白夜行

びゃくやこう

東野圭吾

劉姿君 譯

白夜行

Contents

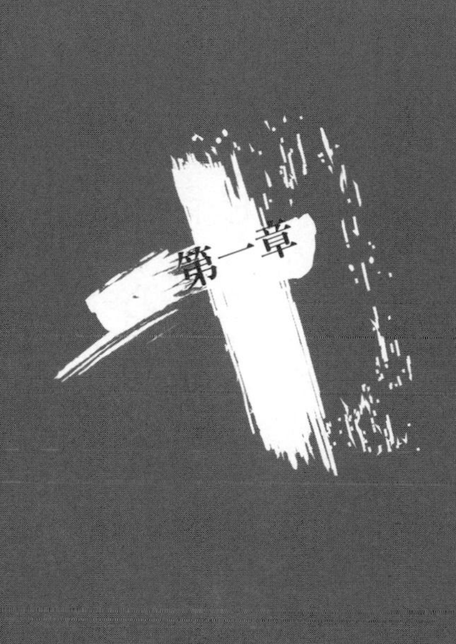

第一章

1

出了近鐵布施站之後，沿著鐵路往西走。已經十月了，天氣仍然悶熱難當，地面卻是乾的，每當卡車疾馳而過，揚起的塵土極可能會飛進眼睛，讓人又皺眉又揉眼睛。

笹垣潤三的腳步說不上輕快，他今天本來不必出勤的。好久沒休假了，還以爲今天可以悠哉地看點書。爲了今天，他特地留著松本清張的新書沒看。

公園出現在右手邊，大小足以容納兩場三壘棒球開打。叢林越野遊戲、鞦韆、滑梯等公園常見的遊樂設施一應俱全。這座公園是附近最大的一座，正式名稱叫做眞澄公園。

公園後面有一棟興建中的七層樓建築，乍看之下平凡無奇，但笹垣知道裡面幾乎空無一物。

看熱鬧的人動作很快，已經聚集在大樓前了，停在那裡的好幾輛警車簡直被群眾團團圍住。因爲在調到大阪府警本部之前，他就待在管轄這一帶的西布施分局。

笹垣沒有直接走向大樓，而是在公園前右轉。轉角數來第五家店，掛著「烤烏賊餅」的招牌，是一家店面不到兩公尺的小店。烤烏賊餅的檯子面向馬路，後面坐著一個五十歲左右的胖女人，正在看報紙。店內看來是賣零嘴的，但沒見到小孩子的身影。

「老闆娘，幫我烤一片。」笹垣出聲招呼。

中年婦人急忙闔起報紙，「好，來了來了。」

婦人站起身來，把報紙放在椅子上。笹垣銜了根和平牌香菸，擦了火柴棒點著菸，瞄了一下那份報紙，看到「厚生省公布市場海鮮汞含量檢查結果」的標題，旁邊以小字寫著「大量食用魚類亦不致達到該含量」。

三月時，法院對熊本水俣病（*1）做出判決，與新潟水俣病、四日市空氣污染、痛痛病（*2）合稱四大公害的訴訟，就此全數結案。結果，每一件訴訟均由原告勝訴，這使得民眾莫不對公害戒慎恐懼。尤其是日常食用的魚類遭汞或PCB（多氯聯苯）污染疑慮未消，使大眾人心惶惶。

烏賊不會有問題吧？笹垣看著報紙想。

烤烏賊餅的兩片鐵板以鉸鍊連在一起，夾住裹了麵粉和蛋汁的烏賊，再利用鐵板加熱。燒烤烏賊的味道激起了食慾。

充分加熱後，老闆娘打開鐵板，又圓又扁的脆餅黏在其中一片鐵板上。她塗上薄薄的醬汁，對摺成一半，再以咖啡色紙包起來，說聲「好了」，把餅遞給笹垣。

笹垣看了看寫著「烤烏賊餅四十圓」的牌子，付了錢。老闆娘親切地說，「多謝。」然後拿起報紙，坐回椅子上。

笹垣正要離開時，有個中年女子在店門口停下腳步，向老闆娘打招呼，她手上提著購物籃，看樣子是附近的家庭主婦。

「那邊好像很熱鬧呢，是不是出了什麼事？」主婦模樣的女子指著大樓說。

「好像是呢，剛才來了好多警車，不曉得是不是小孩受傷了。」老闆娘說。

*1　一九五六年左右發生於日本熊本縣水俣市的公害疾病，起因於工廠排放有機汞至海中，人類食用海鮮後，汞便在人體中累積，至一定程度後便發病。症狀爲手足麻痺，運動、聽力、語言障礙，嚴重者會造成死亡。

*2　一九五〇年代，日本富山縣稻米受到鎘污染，導致食用者骨質疏鬆及腎衰竭，由於關節及脊骨極度疼痛，而有「痛痛病」之稱。

「小孩子？」笹垣回頭問，「大樓裡怎麼會有小孩子？」

「那棟大樓已經成了小孩子的遊樂場了。我早就擔心遲早會有人玩到受傷，結果真的有人受傷了，不是嗎？」

「哦，在那樣的大樓裡，能玩些什麼呢？」

「誰知道他們的把戲呢？反正我早就覺得該把那裡整頓一下，太危險了。」

笹垣吃完烤烏賊餅，走向大樓。看在他身後的老闆娘眼裡，想必會認爲他是個閒著沒事、愛看熱鬧的中年人。

穿著制服的警察在大樓前拉起封鎖線阻擋看熱鬧的人。笹垣鑽過封鎖線，有個警察以威嚇的眼神看他，他指了指胸口，意思是警徽在這裡。制服警察理解了他的手勢，向他行注目禮。

大樓有個類似玄關的地方，原本的設計也許是裝設玻璃大門，但目前只用美耐板和角材擋住。美耐板有一部分被掀開了，以便進入。

向看守的警察打過招呼後，笹垣走進大樓。不出所料，裡面十分幽暗，空氣裡飄蕩著霉味與灰塵混雜的味道。他站住不動，直到眼睛適應了黑暗。耳裡聽到不知從何處傳來的談話聲。

過了一會兒，逐漸可以辨識四周景象了。笹垣這才知道自己站在原本應該是等候電梯的穿堂，因爲右手邊有兩道並排的電梯門，門前堆著建材和電機零件。

正面是牆，不過開了一個四方形洞口出入，洞的另一邊暗不見物，也許是原本建築規畫中的停車場吧。

左手邊有個房間，安裝了粗糙的膠合板門，感覺像是臨時充數的，上面以粉筆潦草地寫著「禁止進入」，大概是建築工人寫的。

門開了，走出了兩個男人。笹垣和他們都很熟，是同組的刑警。他們看到笹垣也停下腳步。

「辛苦了。難得的休假，你眞倒楣呀。」其中一個對笹垣這麼說，他比笹垣大兩歲。另一個年輕刑警調到搜查一課還不到一年。

「我一早就有預感，覺得不太妙，這種第六感何必這麼準呢？」說完，笹垣壓低聲音說，「老大心情怎麼樣？」

對方皺皺眉頭，搖搖手，年輕刑警在一旁苦笑。

「這樣啊。也難怪，他才說想輕鬆一下，就出了這種事。現在裡面在做什麼？」

「松野教授剛到。」

「這樣啊。」

「那我們去外頭轉轉。」

「好，辛苦了。」笹垣目送他們離開，大概是奉命去問話吧。

笹垣戴上手套，緩緩打開門。房間約有七坪半大。陽光從玻璃窗照進來，所以室內不像穿堂那麼暗。

調查人員聚在窗戶對面的牆邊。裡頭有幾張陌生面孔，多半是管區西布施分局的人，其他都是看膩的老面孔，其中交情最深的，第一個往笹垣這邊看。他是組長中塚，頭髮剃成五分平頭，戴著金邊眼鏡，鏡片上半部是淡紫色的。眉心那道皺紋，就算笑的時候也不會消失。

中塚沒說「辛苦了」或「怎麼這麼晚」而是微微動了動下巴，示意他過來。笹垣走過去。

房間沒有像樣的家具，靠牆處擺著一張黑色人造皮長椅，擠一下，大概可以坐三個成人。屍體就躺在上面，是名男性。

近畿醫科大學的松野秀臣教授正在檢視屍體，松野教授擔任大阪府法醫已經超過二十年了。

笹垣伸長脖子，看了看屍體。

屍體的年齡看來約四十五到五十出頭，身高不到一百七十公分。以身高而言體格稍胖，穿著咖啡色上衣，沒有繫領帶，衣物看來都是高級品。只不過胸口有個直徑十公分大小的深紅色血跡，其他還有幾處傷痕，但沒有嚴重的出血現象。

就笹垣所見，並沒有打鬥的跡象。死者衣著整齊，沒有分線、全部向後梳攏的頭髮，也幾乎沒有紊亂變形。

個頭矮小的松野教授站起身來，面向調查人員。

「是他殺，錯不了。」教授肯定地說，「有五處刺傷。胸部兩處，肩部三處。致命傷應該是左胸下方的刺傷，在胸骨往左幾公分的地方。凶器應該是穿過肋骨的間隙，直達心臟。」

「當場死亡？」中塚問。

「大概一分鐘之內就死了吧，我想是冠狀動脈出血壓迫心臟，引起心包膜填塞。」

「凶手身上會濺到血嗎？」

「不，我想應該沒有多少。」

「凶器呢？」

教授噘起下唇，略加思考之後才開口，「是細而銳利的刀刃，可能比水果刀再窄一點。總之，不是菜刀或開山刀之類的刀刃。」

「推定死亡時間呢？」這個問題是笹垣提出的。

「死後僵直已經遍及全身，而且屍斑不再位移，角膜也相當混濁，可能已經過了十七個小時到快一整天了，就看解剖可以精確到什麼程度。」

笹垣看了看表，現在是下午兩點四十分，單純倒推時間，死者便是昨天下午三點左右到晚上十點之間遇害的。

「那馬上送去解剖吧。」

松野教授也贊成中塚提出的這個意見，「這樣比較好。」

這時，年輕的古賀刑警進來了，「死者的太太到了。」

「總算來了。那就先讓她認人吧，帶她進來。」

古賀對中塚的指示點點頭，離開了房間。

笹垣小聲地問身邊的後進刑警，「已經知道死者的身分了？」

對方輕輕點頭，「死者身上有駕照和名片，是這附近當鋪的老闆。」

「當鋪？被拿走什麼東西？」

「不知道，但是沒有找到錢包。」

有聲音響起，古賀再次進來，朝後面說著「這邊請」。所有刑警離開屍體兩、三步。

古賀背後出現了一名女子。首先映入笹垣眼簾的是鮮豔的橘色，原來這名女子穿著橘黑相間的格子連身洋裝，而且足蹬一雙近十公分高的高跟鞋。還有造型完美的長髮，簡直像剛從美容院出來一般。

以濃妝刻意強調的大眼睛，望向牆邊的長椅。她的雙手舉到嘴邊，發出沙啞的聲音。就這樣，身體的動作靜止了幾秒。調查人員深知多言無益，大家都默默注視著現場。

終於，她開始慢慢靠近屍體。她在長椅前停下腳步，俯視躺在上面的男子的面孔。連笹垣都

看得出她的下顎微微顫抖。

「是妳先生嗎？」中塚問。

她沒有回答，雙手覆住臉頰。那雙手緩緩移動，蓋住了臉。雙膝像支撐不住似地一彎，蹲在地板上。好像在演戲，笹垣心想。

哀泣的聲音從她手裡傳了出來。

2

桐原洋介——這是被害人的名字，他是「桐原當鋪」的老闆，店鋪兼自宅距現場約一公里。

經妻子彌生子確認身分後，屍體便迅速移出現場。笹垣幫忙鑑識課人員把屍體移上擔架。這時，有個東西引起了他的注意。

「被害人是吃飽後遇害的？」他喃喃地說。

「咦？」在他身邊的古賀刑警反問。

「這個。」笹垣指的是被害人繫的皮帶，「你看，皮帶繫的孔比平常鬆了兩格。」

「啊，眞的。」

桐原洋介繫的是咖啡色的范倫鐵諾皮帶。皮帶上留下的扣環痕跡，以及已經拉長變形的孔，顯示他平常用的是尾端數來第五個孔。然而，屍體上所扣的卻是尾端數來第三個孔。

笹垣交代附近一個年輕的鑑識人員對這個部分拍照。

屍體運走後，參與現場勘驗的調查人員陸續離開，以進行偵訊工作。留下來的人除了鑑識人員外，只剩笹垣與中塚。

中塚站在房間中央，再次環顧室內。左手扠腰，右手撫著臉頰，這是他站著思考時的習慣。

「笹仔。」中塚說，「你覺得呢？是什麼樣的凶手？」

「完全看不出來。」笹垣的視線也掃了一圈，「現在頂多知道是被害人認識的人。」

衣著、頭髮整齊，沒有打鬥跡象，正面遇刺，這幾點便是證據。

中塚點點頭，臉上的表情表示同意。

「問題是，被害人與凶手在這裡做什麼。」組長說。

笹垣再次一一檢視房內所有物品。大樓進行建築工程時，這個房間似乎被當作臨時辦公室。屍體橫躺的那張黑色長椅，也是那時候留下來的。除此之外，還有一張鐵製辦公桌和兩張鐵椅，再加上一張摺疊式的會議桌，全都靠牆放著。每件東西都生了鏽，上面積了一層灰，活像撒了粉似的。工程早在兩年半前便中止了。

笹垣的視線停留在黑色長椅旁牆上的某一點。通風管的四方形洞穴就在天花板下方，本來應該覆蓋著金屬網的，現在上面當然空空如也。

如果沒有通風管，或許屍體會更晚才被發現。因爲發現屍體的人，是從通風管來到房內的。

據西布施分局調查，發現屍體的是附近國小三年級的學生。今天是星期六，學校的課只上到中午。下午，男孩和五個同學在這棟大樓裡玩。他們玩的並不是躲避球或捉迷藏，而是把大樓裡四通八達的通風管當作迷宮。在複雜蜿蜒的通風管裡爬行，對男孩子而言，或許的確是一種能夠激發冒險精神的遊戲。

雖然不清楚他們的遊戲規則，但其中一人似乎在半途走上另一條路徑。男孩與同伴走失，焦急地在通風管裡四處爬行，最後來到這個房間。據說，男孩一開始並沒有想到躺在長椅上的男人

已經死了，還怕自己爬出通風管跳下來時會吵醒他，然而男人卻一動也不動。男孩感到納悶，躡手躡腳地接近對方，才赫然發現他胸口的血跡。

男孩將近一點時回到家，把狀況告訴家人。但是他的母親花了二十分鐘左右，才把兒子的話當眞。根據紀錄，向西布施分局報案的時間是下午一點三十三分。

「當鋪啊……」中塚冒出這句，「當鋪老闆有什麼事得和人約在這種地方碰面呢？」

「大概是不希望被別人看到，或是被看到了不太妥當的人吧。」

「就算是這樣好了，也不必特地選這種地方吧，可以避人耳目私下密談的地點多得是。而且如果眞的怕被看見，應該會選離家遠一點的地方，不是嗎？」

「的確。」笹垣點頭，摸了摸下巴，手心裡有鬍碴的觸感。今天趕著出門，連刮鬍子的時間都沒有。

「話說回來，他老婆的打扮眞誇張。」中塚提起另一個話題，說起了桐原洋介的妻子彌生子，「差不多是三十出頭吧，被害人的年齡是五十二歲，感覺有點差太多了。」

「她應該做過那一行。」笹垣小聲回應。

「嗯……」中塚縮了縮他的雙下巴。

「女人眞是可怕！現場離家裡根本沒有幾步路，卻還是化了妝才來。不過她看到丈夫屍體時哭的那個樣子，還眞是一絕。」

「哭法跟化妝一樣，太誇張了，是嗎？」

「我可沒有這麼說哦。」中塚賊笑了一下，立刻回復正經的表情，「應該差不多問完他老婆的話了吧，笹仔，不好意思，可以麻煩你送她回家嗎？」

「好的。」笹垣低頭行禮，轉身走向門口。

到大樓外，看熱鬧的人少多了。但開始出現新聞記者的身影，電視台的人好像也來了。

笹垣望向停在大樓前的警車，桐原彌生子就在近前數來第二輛警車的後座。她身旁坐著小林刑警，前座是古賀刑警。笹垣靠近他們，敲了敲後座的玻璃窗，小林打開車門出來。

「情況怎麼樣？」笹垣問。

「大致問過了，剛問完。不過說真的，情緒還是有點不太穩定。」小林以手掩住嘴說。

「她確認過隨身物品了嗎？」

「確認過了。錢包果然不見了，還有打火機。」

「打火機？」

「聽說是登喜路的高級貨。」

「哦。那她先生什麼時候失去聯絡的？」

「她說昨天兩、三點出門的，去哪裡不知道。到今天早上還沒回來，她很擔心。本想再不回來就要報警，結果就接到發現屍體的通知。」

「她先生是被人叫出去的嗎？」

「她說不曉得，她不記得先生出門前有沒有接到電話。」

「她先生出門時的樣子呢？」

「說是沒什麼不對勁的地方。」

笹垣以食指摳摳臉頰，問到的話裡完全沒有線索。

「照這個樣子，也不知道誰可能行凶了。」

「是啊。」小林皺著眉點頭。

「她知道這棟大樓嗎？有沒有什麼線索，問過了嗎？」

「問過了。她以前就知道這棟大樓，但這是什麼樣的建築，她完全不知道。她今天才第一次踏進去，也從來沒聽她先生提過這棟大樓。」

笹垣不由得苦笑，「從頭到尾都是否定句啊。」

「對不起。」

「這又不是你的錯。」笹垣拍了拍後進的胸口，「我來送她，讓古賀開車，可以嗎？」

「好的，請。」

笹垣坐上車，吩咐古賀駛向桐原家。

「稍微繞一下再去，媒體那些人還沒察覺被害人家就在附近。」

「好的。」古賀回答。

笹垣轉身朝向一旁的彌生子，正式自我介紹。彌生子只是微微點頭，看來並不想費力記住刑警的姓名。

「府上現在有人在嗎？」

「有的，有人在看店，我兒子也從學校回來了。」她頭也不抬地回答。

「妳有兒子啊，幾歲了？」

「五年級了。」

這麼說，就是十或十一歲了。笹垣在心裡計算，再次看了看彌生子的臉。雖然她以化妝來掩飾，但是肌膚狀況不太好，細紋也頗明顯。就算有這麼大的孩子，也不足爲奇。

「聽說妳先生昨天什麼都沒交代就出門了，這種情況常有嗎？」

「有時候，都是直接去喝酒。昨天我也以爲是那樣，沒怎麼放在心上。」

「會到天亮才回家嗎？」

「很少。」

「這種情況，他不會打電話回家嗎？」

「他很少打。我拜託他晚歸的時候要打電話，不知道說了多少次，他總是嘴上答應，也不打，我就習慣了。可是，萬萬沒想到他會被殺……」彌生子伸手按住嘴巴。

笹垣一行人坐的車隨處繞了一陣子後，停在標示了大江三丁目的電線杆旁。獨棟住宅沿著狹窄的道路兩旁林立。

「在那邊。」古賀隔著擋風玻璃指著前方。約二十公尺遠處，出現了「桐原當舖」的招牌。媒體似乎還沒有掌握被害人身分，店門口不見人影。

「我送桐原太太回家，你先回去吧。」笹垣吩咐古賀。

「桐原當舖」的鐵門拉下一半，高度大約在笹垣面前。笹垣跟在彌生子身後鑽進門去。鐵門之後，是商品陳列櫃和入口。入口大門裝了毛玻璃，也以金色的書法字體寫著「桐原當舖」。

彌生子打開門走進去，笹垣跟在後面。

「啊，回來了。」待在櫃檯的男子出聲招呼。男子年約四十歲，細瘦的身形，尖尖的下巴，烏黑的頭髮是毫釐不差的三、七分。

彌生子呼地嘆了一口氣，在一把應該是供客人坐的椅子上坐下來。

「怎麼樣？」男子問，視線在她的臉和笹垣之間來回。

彌生子把手放在臉上說，「是他。」

「怎麼會……」男子一臉沉鬱，眉心出現一道深色的線條。「果然是被……被殺的嗎？」

她輕輕點頭，「嗯。」

「豈有此理！怎麼會發生這種事？」男子遮住嘴。視線下垂，像是在整理思緒，不斷眨眼。

「我是大阪府警笹垣。這次的事，眞的很遺憾。」笹垣出示警察手冊自我介紹，「您是這裡的……？」

「我姓松浦，在這裡工作。」男子打開抽屜，取出名片。

笹垣點頭致意，接過名片。這時，他看到男子右手小指戴著一只白金戒指。一個大男人，這麼愛漂亮啊，笹垣心想。

男子名叫松浦勇，頭銜是「桐原當鋪店長」。

「你在這裡待很久了嗎？」笹垣問。

「唔，已經是第五年了。」

笹垣想，五年不算長。之前在哪裡工作、是在什麼因緣之下來這裡工作？笹垣很想請教他這些問題，但決定先忍下來，因爲還會再來這裡好幾次。

「聽說桐原先生是昨天白天出門的。」

「是的，我記得應該是兩點半左右。」

「他沒有提起要去辦什麼事嗎？」

「是的。我們老闆有些獨斷獨行，很少跟我討論工作的事。」

「他出門的時候，有沒有跟平常不同的地方？例如服裝的感覺不太一樣，或者帶著沒見過的東西之類的。」

「這個嘛，我沒有注意。」松浦歪著頭，左手搔了搔後腦勺，「不過好像滿在意時間的。」

「這樣啊，在意時間。」

「他好像看了好幾次手表，不過可能是我想太多了。」

笹垣若無其事地環視店內。松浦背後有一扇緊閉的日式拉門，後面多半是和室客廳，櫃檯左邊有個脫鞋處，從那邊上去是住家。上去之後左邊有一道門，但是就置物間來說，位置很奇特。

「昨天店裡營業到幾點？」

「這個嘛，」松浦看著牆上的圓形時鐘，「平常六點打烊，不過昨天拖拖拉拉的，一直開到快七點。」

「看店的只有松浦先生一個人嗎？」

「是的，老闆不在的時候，大多是這樣。」

「打烊之後呢？」

「我就回家了。」

「府上在哪裡？」

「寺田町。」

「寺田町？是開車上班嗎？」

「不是，我搭電車。」

搭電車的話，包括換車時間，到寺田町差不多要三十分鐘。如果七點多離開，再晚八點應該也到家了。

「松浦先生，你家裡有些什麼人？」
「沒有。我六年前離婚，現在一個人住公寓。」
「這麼說，昨晚你回去之後，也都是一個人嗎？」
「是啊。」
換句話說，就是沒有不在場證明了，笹垣在內心確認，不過他臉上不動聲色。
「桐原太太，妳平常都不會出來看店嗎？」笹垣問坐在椅子上、手按額頭的彌生子。
「因爲店裡的事我都不懂。」她以虛弱的聲音回答。
「昨天妳出門了嗎？」
「沒有，我一整天都在家。」
「一步都沒有出門嗎？也沒有去買東西？」
「嗯。」她點頭，然後一臉疲憊地站起來。
「不好意思，我可以去休息了嗎？我累得連坐著都不舒服。」
「當然，不好意思。妳請休息吧。」
彌生子腳步踉蹌地脫了鞋，伸手扶著左側拉門的把手。打開門，裡面是樓梯。原來如此，笹垣這才了解那扇門的用處。
她上樓的腳步聲從關上的門扉後傳來，當聲音消失後，笹垣來到松浦跟前。
「桐原先生沒回家的事，你是今天早上聽說的嗎？」
「是的。我和老闆娘都覺得很奇怪，也很擔心，結果就接到警察的電話……」
「你一定很吃驚吧。」

「當然啊！」松浦說，「怎麼會呢？我還是不敢相信，老闆竟然會遭人殺害，一定是哪裡弄錯了。」

「那麼，你完全沒有頭緒了。」

「哪來的頭緒呢？」

「可是既然你們是做這一行的，上門的客人也是千百種吧。有沒有客人為了錢的事，和老闆發生爭執呢？」

「當然，我們是有些特別的客人。明明是借錢給對方反而被怨恨，這種事也不是沒有。但是再怎麼樣也不至於要殺老闆……」松浦回視笹垣，搖搖頭，「我實在很難想像。」

「也難怪，你們是做生意的，不能說哪位客人的不是吧，不過這樣我們就無從調查起了。如果能借看最近的客戶名冊，對我們會很有幫助。」

「名冊啊。」松浦為難地皺眉。

「一定有吧，不然就不知道錢借給了誰，也沒辦法管理典當品了。」

「當然是有名冊。」

「不好意思，跟你借一下。」笹垣伸出攤平的手掌，「我把正本帶回去，影印之後馬上奉還。當然，我們會非常小心，不讓其他人看到。」

「這不是我可以決定的……」

「那好，我在這裡等，可以麻煩你去徵求老闆娘同意嗎？」

「喔。」松浦皺著眉，想了一會兒，最後點頭了，「好吧。既然這樣，東西可以借給你們，但是請千萬要好好保管。」

「謝謝，不用先徵求老闆娘同意嗎？」

「應該可以出借吧，回頭我再知會一聲。仔細一想，老闆已經不在了。」

松浦坐在椅子上轉了九十度，打開他身邊的文件櫃。裡面排放著好幾份厚厚的文件夾。

正當笹垣往前探看時，眼角掃到樓梯的門靜靜打開，他往那邊看，心頭一震。

門後站著一個男孩，十歲左右，穿著長袖運動衫、牛仔褲，身材細瘦。

笹垣之所以心頭一震，並不是因爲沒有聽到男孩下樓的聲音，而是在眼神交會的那一剎那，爲男孩眼裡蘊含的陰沉黑暗所衝擊。

「你是桐原先生的兒子？」笹垣問。

男孩沒有回答，反而是松浦回頭說，「哦，是的。」

男孩什麼都沒說，開始穿運動鞋，臉上完全沒有表情。

「小亮，你要去哪裡？今天最好還是待在家裡哦。」

雖然松浦出聲詢問，男孩還是不加理會便出門了。

「眞可憐，他一定受到不小的打擊吧。」笹垣說。

「也許吧，不過那孩子有點特別。」

「怎麼說？」

「這個嘛，我也不太會說。」松浦從文件櫃裡取出一本文件夾，放在笹垣面前，「這是最近的客戶名冊。」

「那我就不客氣了。」笹垣收下，開始翻閱，裡面一大排男男女女的名字。眼裡看著資料，他心裡回想起男孩陰鬱的眼神。

3

屍體被發現的第二天下午，解剖報告便送到設於西布施分局的專案小組。報告結果證實被害人的死因及推定死亡時間，與松野教授的看法大同小異。

只是看了胃部內容物的相關紀錄，笹垣不禁納悶。

紀錄上寫的是，未消化的蕎麥麵、蔥、鯡魚；食用後約二至二·五小時。

「如果資料沒錯，那皮帶的事該怎麼解釋？」笹垣低頭看著雙手抱胸而坐的中塚。

「皮帶？」

「皮帶孔放了兩格，一般是吃過飯後才會這麼做吧，既然過了兩個小時，應該會扣回來吧。」

「大概是忘了，常有的事啊。」

「可是我檢查過被害人的褲子，跟他的體格比起來，褲頭的尺寸相當大。要是皮帶鬆了兩格，褲子應該會往下掉，不好走路才對。」

「唔。」中塚含糊地點了點頭。他皺著眉頭，盯著擺在會議桌上的解剖報告看，「如果是這樣的話，笹仔，你覺得他爲什麼會鬆開皮帶孔？」

笹垣看看四周，湊到中塚身邊，「我看是被害人到了現場後，做了需要鬆開長褲皮帶的事，然後繫回來的時候放了兩格。不過繫回來的是本人還是凶手就不知道了。」

「什麼事需要鬆開皮帶？」中塚抬眼看笹垣。

「這還需要問嗎？鬆開皮帶，就是要脫褲子嘛。」笹垣笑得很賊。

中塚靠在椅子上，鐵椅發出嘰軋聲。「好好的成年人，會特地到那種滿是灰塵、髒兮兮的地方幽會嗎？」

「這個嘛，的確是有點不自然。」

聽到笹垣支支吾吾的回答，中塚像趕蒼蠅似地揮揮手，「聽起來是滿有意思的，不過在運用直覺之前，要先蒐集資料才對吧。去查出被害人的行蹤，首先是蕎麥麵店。」

既然負責人中塚都這麼說了，笹垣也不能唱反調。說聲「知道了」，行過禮便離開了。

沒多久，便找到桐原洋介用餐的蕎麥麵店了。彌生子說他經常光顧布施車站商店街那家「嵯峨野屋」，調查人員立刻到「嵯峨野屋」確認，證實星期五下午四點左右，桐原的確去過。

桐原在「嵯峨野屋」吃了蕎麥麵。照消化狀態倒推，推定死亡時間為星期五下午六點到七點之間。調查不在場證明時，將時間再拉長，以下午五點到八點為重點。

然而照松浦勇和彌生子的說法，桐原是兩點半時離家。他去「嵯峨野屋」之前的一個多小時，到哪裡去了？由他家到「嵯峨野屋」，走得再慢，所需時間也不會超過十分鐘。

這一點在星期一便得到了答案。一通打到西布施分局的電話，揭開了謎底。來電的是三協銀行布施分行的女行員，她在電話中表示，上星期五營業時間結束前，桐原洋介到過銀行。

笹垣和古賀立刻趕到該分行，那家分行在近鐵布施站南口對面。

來電的是負責銀行櫃檯業務的女行員，一張討人喜歡的圓臉，配上一頭短髮非常好看。笹垣他們和她面對面，在以屏風隔開的會客處坐下。

「昨天在報紙上看到名字，我心裡就一直在想，會不會就是那位桐原先生？所以今天早上再度確認姓名，跟上司商量以後，我就鼓起勇氣打了電話。」她說，背脊挺得筆直。

「桐原先生是什麼時候來的呢？」笹垣問。

「快三點的時候。」

「來辦什麼事？」

聽到這個問題，女行員略顯遲疑，可能是難以判斷客戶的機密可以透露到什麼程度，但是最後她開口了，「他來將定期存款解約，提領出去。」

「金額有多少？」

她再度猶豫。舔了舔嘴唇，瞄了一眼在遠處的上司後，小聲地說，「一百萬圓整。」

「哦……」笹垣噘起嘴，這是一筆不像會隨身攜帶的大數目。

「桐原先生沒有提到要把這筆錢用在什麼地方嗎？」

「沒有，他完全沒有提到。」

「那桐原先生把一百萬圓收在哪裡呢？」

「我不清楚……印象中，好像是放在本行的袋子裡。」她有點困惑地偏著頭。

「以前桐原先生曾經像這樣突然將定期存款解約，領走幾百萬嗎？」

「就我所知，這是第一次。不過我是去年底起，才經手桐原先生的定期存款。」

「桐原先生領錢時，看起來如何？是覺得可惜，還是很開心？」

「不清楚。」說完，她又偏著頭說，「看起來，不像是覺得可惜的樣子。不過他說不久之後，他會再存一筆金額差不多的款項。」

「不久……是嗎？」

向專案小組報告後，笹垣和古賀趕往「桐原當鋪」，詢問彌生子與松浦對於桐原洋介提款一

事有無頭緒。然而到桐原家附近，兩人便停下腳步。「桐原當鋪」前聚集了穿著喪服的人。

「對了，今天辦葬禮啊。」

「一時忘了。現在看到才想到，早上聽說過。」

笹垣和古賀一起在稍遠的地方察看葬禮的情況，看樣子正好是出殯的時候，靈車行駛到桐原家門前。

店門敞開著，桐原彌生子第一個步出門外。她臉色看起來比笹垣之前見到時差，人也小得多。但是另一方面，卻令人感覺多了幾分妖冶，或許是來自喪服不可思議的魅力吧。

彌生子顯然穿慣了和服，就連走路的方式，也彷彿經過精心設計，好讓自己看來楚楚動人。如果她想扮演一個年輕貌美、哀慟欲絕的未亡人，那麼她的確將角色詮釋得非常完美——笹垣心中略帶諷刺地想著。警方查出她曾經在北新地當公關小姐。

桐原洋介的兒子抱著加了框的遺照，跟在她身後出來。亮司這個名字，已經輸入笹垣腦海裡了，他們還沒有交談過。

桐原亮司今天也是面無表情。陰鬱深沉的眼眸，沒有浮現任何感情波紋。他那雙有如義眼般的眼睛，看向走在前方的母親腳邊。

到了晚上，笹垣與古賀再度前往「桐原當鋪」。和上次來時一樣，鐵門是半開的，但內側的門卻上了鎖。門旁就有呼叫鈴，笹垣按了鈴，聽到裡面傳來蜂鳴器的聲音。

「是不是出門了？」古賀問。

「要是出門，鐵門應該會拉下吧。」

不久，傳來開鎖的聲音。門打開二十公分左右，門縫露出松浦的臉。

「啊，刑警先生。」松浦的表情有點驚訝。

「有點事想請教，現在方便嗎？」

「呃……我看看。我去問老闆娘，請稍等一下。」松浦說完，關上了門。

笹垣和古賀對看，古賀偏著頭。

門再度打開，「老闆娘說可以，請進。」

說聲「打擾了」，笹垣走進店裡。屋裡瀰漫著線香的味道。

「葬禮順利結束了嗎？」笹垣問，他記得松浦是抬棺人。

「嗯，還好，雖然有點累。」松浦說著，撫平他的頭髮。他身上雖然穿著參加葬禮時的衣服，卻沒有繫領帶。襯衫的第一、二顆鈕釦是鬆開的。

櫃檯後的格子門開了，彌生子走出來。她已經換下喪服，穿著一件深藍色連身洋裝，盤起來的頭髮也放了下來。

「很抱歉，您這麼累還前來打擾。」笹垣點頭行禮。

「哪裡。」她說著微微搖了搖頭，「查出什麼了嗎？」

「我們正在搜集情報，發現了一個疑點，所以前來請教。」笹垣指著她走出來的格子門，「在那之前，可以讓我上炷香嗎？我想先向往生者致意一下。」

一瞬間，彌生子臉上出現了慌張的表情。她先把視線轉向松浦，再回到笹垣身上。

「好的，那個，沒有關係。」

「不好意思。那麼，我就打擾了。」

笹垣在櫃檯旁的脫鞋處脫了鞋。正要跨過門檻的時候，眼睛看到旁邊藏住樓梯的門，門上把

手旁邊掛著鐵鎖。這麼一來，從樓梯那一面是無法開門的。

「請教個奇怪的問題，這個鎖是做什麼的？」

「哦，那個啊。」彌生子回答，「是爲了防小偷半夜從二樓進來。」

「從二樓進來？」

「這附近住家密集，小偷從二樓潛入的可能性很高，附近的鐘表行就是這樣被偷的。所以我先生裝了這道鎖，萬一眞的遭小偷，小偷也下不來。」

「要是小偷來到下面，會損失慘重，是嗎？」

「因爲保險箱在下面。」松浦在後頭回答，「而且客人寄放的東西也全都放在一樓保管。」

「這麼說來，到了晚上樓上都沒有人？」

「是的，我叫兒子也睡一樓。」

「原來如此。」笹垣摩挲著下巴點頭，「我明白爲什麼要上鎖了，可是爲什麼現在也上鎖呢？白天也會上鎖嗎？」

彌生子來到笹垣身邊，打開鎖，「因爲鎖慣了，順手鎖上而已。」

「這樣啊。」笹垣心想，也就是說上面沒有人。

拉開格子門，裡面是一間三坪大的和室。後面似乎還有房間，但也以格子門隔起來，看不見。笹垣猜想那裡應該是夫婦倆的寢室。照彌生子的說法，亮司也和他們一起睡，那麼夫婦性事怎麼處理呢？他不禁感到好奇。

靈位設在西面牆邊，旁邊一個小小的相框裡，框著桐原洋介身著西裝微笑的照片，照片裡看來比現在年輕一些。笹垣上了香，合掌閉眼默禱了大約十秒。

彌生子泡了茶，端了茶杯過來。笹垣以跪坐的姿勢行禮，伸手取過茶杯，古賀也照著做。

笹垣問彌生子，有沒有想起任何與命案有關的線索，她立刻搖頭，坐在店裡椅子上的松浦也沒有開口。

笹垣沉著地說出桐原洋介從銀行領出一百萬圓的事。對此，彌生子和松浦都顯得相當吃驚。

「一百萬！這件事我從來沒聽我先生提過。」

「我也沒有頭緒。」松浦也說，「老闆雖然獨斷獨行，但如果是爲了店裡動用這麼大的金額，應該會告訴我一聲。」

「桐原先生有沒有什麼很花錢的娛樂？例如賭博。」

「他從來不賭的，也沒有什麼特定的嗜好。」

「老闆是那種把做生意當作唯一嗜好的人。」松浦從旁插嘴。

「這麼一來嗯……」笹垣稍微遲疑了一下才問，「那方面呢？」

「那方面？」彌生子皺起眉頭。

「也就是那個……異性關係。」

「哦。」她點點頭，看來並沒有受到刺激的樣子，很篤定地說，「我不相信他在外面有女人，他不是會做那種事的人。」

「妳對妳先生很放心啊。」

「這算是放心嗎……？」彌生子句尾說得很含糊，就這麼低下頭。

接下來又問了幾個問題，笹垣他們便起身告辭，實在說不上有所收穫。

穿鞋時，脫鞋處有雙髒髒的運動鞋映入眼簾，應該是亮司的鞋子。原來他在二樓。

看著掛著鎖的門，笹垣心想，不知男孩在上面做什麼。

4

隨著調查工作的進行，桐原洋介遇害當天的行蹤逐漸明朗。

星期五下午兩點半左右離開自宅後，他先到三協銀行布施分行領出一百萬圓現金，到附近的「嵯峨野屋」吃了鯡魚蕎麥麵，四點多時離開麵店。

問題是在那之後。店員的證詞指出，桐原洋介似乎朝車站的反方向走。如果這是事實，那麼桐原極可能沒有搭電車，他之所以走到布施車站，完全是爲了提領現金。

專案小組以布施車站周圍與陳屍現場一帶爲中心持續調查，結果在一個意想不到的地方發現桐原洋介的蹤跡。

首先，他曾到位於布施車站前商店街一家名叫「和音」的蛋糕店。這家蛋糕店是連鎖店，他詢問店員「有沒有上面有很多水果的布丁」。他指的應該是綜合水果布丁，那正是這家「和音」的招牌商品。

但是很不巧的，當時綜合水果布丁賣完了。那位應該是桐原洋介的客人，便問店員有沒有哪家店可以買到同樣的東西。

年輕的女店員告訴他，大馬路上也有一家「和音」的分店，建議他到那裡問問看。還拿出地圖，指出地點。

那時候，那位客人確認了另一家店的位置，說了這樣的話，「搞半天，原來這裡也有一家『和音』啊！離我要去的地方很近嘛，早點問清楚就好了。」

女店員指引的店面位於大江西六丁目。調查人員火速前往該店，證實了星期五傍晚，果然有個貌似桐原洋介的男子光顧過，他買了四個綜合水果布丁，但是接下來去哪裡就不得而知了。

他不可能爲了要與男性碰面而買四個布丁，調查人員一致認爲桐原要見的對象是女性。

警方不久便過濾出一個名叫西本文代的女子，她的名字登記在「桐原當鋪」的名冊上，住在大江西七丁目。

笹垣與古賀前去拜訪西本文代。

以鐵板與現成木板隨意拼湊、雜亂無章的密集建築中，有一幢名爲「吉田公寓」的住宅。像被煙燻過的灰色外牆，沾滿了深黑色污漬。水泥塗抹的痕跡如蛇行般蜿蜒牆面，想必是嚴重龜裂的地方。

西本文代住在一〇三室。由於緊鄰隔壁建築，一樓幾乎沒有採光可言。昏暗潮溼的通道上，停放著生鏽的腳踏車。

笹垣一面繞過每道門前放置的洗衣機，一面找。從前面數來第三道門上貼了一張紙，上面以麥克筆寫著西本。笹垣敲敲門。

門後傳來「來了」的聲音，是女孩。但門沒有打開，而是出聲問道，「請問哪位？」看樣子，是小孩在看家。

「妳媽媽在不在啊？」笹垣隔著門問。

裡面的人沒有回答，而是再度問道，「請問哪位？」笹垣看著古賀苦笑。大概是被大人教導如果是不認識的人，絕對不能開門。當然，這不是壞事。

笹垣調整音量，讓門後的女孩聽得到，但不至於傳到鄰居家裡。「我們是警察，有點事想問妳媽媽。」

女孩沉默了，笹垣將之解釋爲她不知所措。依聲音推測，她不是小學生就是國中生。這個年紀的孩子，聽到警察自然會緊張。

繼開鎖的聲音後，門開了，但鍊條依然沒有解開。在十公分左右的門縫之後，是一張有著大眼睛的女孩的臉孔，雪白臉頰上的肌膚有如瓷器般細緻。

「我媽媽還沒回來。」女孩說，口氣十分堅定。

「去買東西？」

「不是，去工作了。」

「她平常什麼時候回來？」笹垣看看手表，時間剛過五點。

「應該快回來了。」

「這樣啊，那我們在這裡等一下。」

聽笹垣這麼說，她輕輕點頭，關上了門。笹垣伸手從外套內側的口袋取出香菸，低聲向古賀說，「好懂事的孩子啊。」

「是啊。」古賀回答，「而且……」

年輕刑警話說到一半，門又打開了。這次鍊條沒有繫上。

「可以讓我看看那個嗎？」女孩問。

「那個？」

「手冊。」

「哦。」笹垣了解她的目的後，不由得露出微笑。「好的，請看。」他拿出警察手冊，翻到貼有照片的身分證明那一頁。

她對照過照片與笹垣的面孔後，說聲「請進」，把門開得更大一些。笹垣有點驚訝。

「不了，叔叔在這裡等就可以了。」

她卻搖搖頭，「在外面等，附近的人反而會覺得奇怪。」

笹垣和古賀又對看一眼，很想苦笑，但忍住了。

笹垣說著「打擾了」，走進屋裡。正如從外觀便可想見的，裡面的隔間要讓一家人住是太狹窄了。一進門是兩坪半左右的木質地板，有個小流理台。裡面是和室，大小頂多只有三坪。木頭地板上擺了一組粗糙的餐桌和椅子。在女孩的招呼下，兩人在椅子上坐下。椅子只有兩把，女孩似乎是和母親兩個人生活。餐桌上鋪著粉紅色與白色相間的塑膠格紋桌布，邊緣有香菸燒焦的痕跡。

女孩在和室背靠著壁櫥坐下，開始看書。書的封底貼著標籤，看來是向圖書館借的。

「妳在看什麼？」古賀向她搭話。

女孩默默出示書封，古賀湊過去看，「哦……」發出佩服的聲音，「看這麼難的書啊。」

「什麼書？」笹垣問古賀。

「《飄》。」

「咦！」這下換笹垣驚訝了。

「那個我看過電影的。」

「我也看了，真是部好電影，不過我從來沒想過要看原著。」

「我最近也沒在看書了。」

「我也是。自從《小拳王》完結篇之後，我連漫畫都很少看了。」

「是嗎？終於連《小拳王》都結束了啊。」

「今年五月結束了。《巨人之星》和《小拳王》結束之後，就沒有東西可以看了。」

「那不是很好嗎？好好一個大人看漫畫，實在不太像話。」

「這倒也是。」

笹垣他們對話的時候，女孩頭也不抬地繼續看書，可能認爲那是愚蠢的大人講廢話殺時間。或許古賀也感覺到這一點，便沒再開口了。他雙手好像閒得發慌，以指尖敲餐桌，發出「叩叩」的聲響。女孩抬起頭來，一臉不悅地注視，他不得不停止手指的動作。

笹垣若無其事地環顧室內。屋裡只有最基本的家具和生活必需品，完全沒有一樣算得上奢侈品的東西。既沒有書桌，也沒有書架。窗邊雖然擺了一台電視，但機型非常老舊，必須裝設室內天線。他想像得到，電視大概是黑白的，打開之後，得等上好一陣子才有畫面出現。而且，出現的影像八成會有好幾條礙眼的橫線。

不僅是東西少，這裡明明是女性的住處，卻沒有絲毫明亮精美的氣氛。整個房間之所以令人感到昏暗，顯然不光是因爲天花板上的日光燈舊了而已。

兩個疊在一起的紙箱就擺在笹垣身邊，他以手指頭挑開紙箱蓋，往裡頭看了一下。裡面塞滿了橡膠青蛙玩具，壓下去就會跳的那種，常在廟會時的夜市販售。看來是西本文代的家庭代工。

「妹妹，妳叫什麼名字？」笹垣問女孩。他一般會叫小妹妹，但覺得對她不適用。

她的眼睛還是沒有離開書本，回答道，「西本雪穗。」

「雪穗。唔，怎麼寫呢？」

「下雪的雪，稻穗的穗。」

「哦，雪穗啊。眞是個好名字，是不是？」他徵求古賀的同意。

古賀也點頭稱是，女孩沒有反應。

「雪穗，妳知道有一家叫做『桐原當鋪』的店嗎？」笹垣問。

雪穗沒有立刻回答，而是舔舔嘴唇，輕輕點頭，「我媽媽有時候會去。」

「嗯，好像是呢。妳見過那家店的叔叔嗎？」

「見過。」

「他來過妳家嗎？」

聽到這個問題，雪穗偏著頭回答，「好像來過。」

「雪穗在家的時候有沒有來過？」

「可能有吧，不過我不記得了。」

「他來做什麼呢？」

「我不知道。」

在這裡逼問這個女孩，可能並非上策。他感覺以後會問她話的機會不少。

笹垣再度環顧室內，並沒有什麼特定目的。但是當他看到冰箱旁的垃圾桶時，不禁睜大了眼睛。幾乎要滿出來的垃圾最上方，是印著「和音」商標的包裝紙。

笹垣轉眼看雪穗，和她的視線對個正著。她立刻轉移視線，又回到看書的姿勢。

笹垣的直覺告訴他，她也在看同樣的東西。

過了一會兒，女孩突然抬起頭來，闔上書本，看著玄關。

笹垣豎起耳朵，聽見有人拖著涼鞋走路的腳步聲。古賀似乎也注意到了，微微張開嘴。

腳步聲愈來愈近，在房門前停下。門口傳來「卡鏘卡鏘」的金屬撞擊聲，好像在拿鑰匙。

雪穗走到門邊說，「門沒鎖。」

「怎麼不鎖呢？太危險了。」話聲響起的同時，門打開了。一個穿著淺藍色襯衫的女子走進來，年紀大約三十五歲，頭髮紮在腦後。

西本文代立刻注意到笹垣他們。她一臉驚慌地看向女兒，又看向兩名陌生男子。

「他們是警察。」女孩說。

「警察……」文代臉上露出怯色。

「我是大阪府警，敝姓笹垣。這一位是古賀。」笹垣站起來打招呼，古賀也依樣畫葫蘆。

文代顯然相當忐忑，臉色發青，一副不知所措的樣子。拿著紙袋愣在那裡，門也忘了關。

「我們在調查一件案子，有些事想請教西本太太，所以前來打擾。很抱歉，在妳外出時進屋裡來。」

「調查案子……」

「好像是當鋪那個叔叔的事。」雪穗在旁邊說。

一瞬間，文代似乎倒抽了一口氣。從她倆的神情看來，笹垣確信她們已經知道桐原洋介的死訊，並且私下討論過這件事了。

古賀站起來說，「請坐。」請文代在椅子上坐下。文代惶恐不安的臉色完全沒有稍減，就這麼坐在笹垣對面。

一個五官端正的女人——這是笹垣的第一印象。眼角有點皺紋了，但若好好打扮，一定會被歸類爲美人，而且是冰山美人型的。雪穗顯然是像媽媽。

若是年過中年的男子，應該有不少人會爲她傾倒吧，笹垣想像。桐原洋介五十二歲，就算有不良居心也不足爲奇。

「不好意思，請問一下妳先生……？」

「七年前過世了。在工地工作的時候發生意外……」

「這樣啊，那眞是令人同情。現在您在哪裡高就？」

「我在今里一家烏龍麵店工作。」

她說店名叫做「菊屋」，工作時間從星期一到星期六，早上十一點到下午四點。

「那家店的烏龍麵好吃嗎？」可能是爲了要緩和對方的情緒，古賀笑著問。文代卻只是以僵硬的表情歪了歪頭，說了聲「不知道」。

「那個……桐原洋介先生不幸遇害的事，妳知道吧？」笹垣切入主題。

「知道。」她小聲地回答，「非常令人意外。」

雪穗繞過母親身後，走進三坪的房間，然後和剛才一樣，靠著壁櫥坐下。笹垣觀察她的動作後，視線再度回到文代身上。

「桐原先生很有可能是被什麼事情牽連了，我們正在調查上星期五白天，他離開自宅後的動向，結果查到他好像往府上來了，所以來確認一下。」

「沒有，那個，我這邊……」

「當鋪的叔叔來過吧？」雪穗打斷支支吾吾的文代，插嘴說，「帶『和音』的布丁來的，就是那個叔叔，不是嗎？」

笹垣將文代的狼狽盡收眼底。她的嘴唇微微顫動後，總算發出聲音了，「啊，是的。星期五桐原先生曾經來過。」

「大概幾點來的呢？」

「我記得好像是……」文代看向笹垣的右方，那裡有一台雙門冰箱，上面放著一個小時鐘。「我想……是快五點的時候。因爲我剛到家，他就來了。」

「桐原先生是爲了什麼事來找妳？」

「我想他沒什麼事。他是說因爲人來到附近，順便過來的。桐原先生很清楚我們母女倆在經濟上有困難，有時候會過來，很多事我也會跟他請教。」

「他到附近？這就奇怪了。」笹垣指著垃圾桶裡的「和音」蛋糕店包裝紙，「這是桐原先生帶來的吧？桐原先生本來打算在布施車站前的商店街買。也就是說，他在布施車站附近的時候，已經準備來這裡了。這裡離布施有一段距離，照理說，他應該是一開始就打算到府上拜訪，這樣推論比較合理。」

「話是這麼說，可是桐原先生都那樣講了，我也沒辦法呀，他說他來到附近，順便過來……」文代低著頭說。

「我明白了。那我們就當作是這樣吧，桐原先生在這裡待到幾點？」

「六點……我想是快六點的時候回去的。」

「快六點的時候，妳確定沒錯嗎？」

「應該沒錯。」

「這麼說，桐原先生在這裡，待了大約一個小時。你們談了些什麼？」

「談了什麼啊……就是閒話家常。」

「閒話家常也有很多種啊，像是天氣啦，錢啦。」

「哦……他提到戰爭的事……」

「戰爭？太平洋戰爭嗎？」

桐原洋介曾在二次世界大戰時出征。笹垣還以爲他是談這件事，但文代卻搖搖頭。

「是國外的戰爭。桐原先生說，這樣石油一定會再漲。」

「中東戰爭啊。」看來是指這個月初開打的第四次中東戰爭。

「他說，這下日本的經濟又要開始不穩了。不單是這樣，石油相關產品也會漲價，最後可能會買不到。以後的世界，就比誰更有錢有勢。」

「哦。」

看著低頭垂眼的文代，笹垣心想，這一段她說的可能是眞話。問題是，桐原爲什麼要特地對她說這些？

笹垣想像桐原這番話或許包含了一些暗示，我有錢有勢，爲了自己著想，妳最好還是跟著我。根據「桐原當鋪」的紀錄，西本文代從來沒有將典當的東西贖回過。桐原極有可能是看準了她的貧苦。

笹垣瞄了雪穗一眼，「那時候，令千金在哪裡？」

「哦，她在圖書館……對吧？」她向雪穗確認。

雪穗嗯了一聲。

「原來如此，那本書就是那時候借回來的啊。妳常去圖書館嗎？」他直接問雪穗。

「一星期一、兩次。」她回答。

「放學後去的？」

「是的。」

「去的日子固定嗎？好比星期一、五，或是二、五之類的。」

「沒有固定。」

「這樣當媽媽的不會擔心嗎？女兒即使晚歸，也不知道是不是去圖書館了。」

「啊，可是她六點多一定會回來。」文代說。

「星期五也是那時候回來的？」他再度問雪穗。

女孩沒說話，點了點頭。

「桐原先生走了之後，妳一直待在家裡嗎？」

「沒有，那個……我出去買東西了。去『丸金屋』。」

超市「丸金屋」距離這裡只有幾分鐘腳程。

「妳在超市遇到熟人了嗎？」

文代想了一下，回答，「我遇到木下太太，她是雪穗同班同學的媽媽。」

「妳有對方的聯絡方式嗎？」

「應該有。」

文代拿起電話旁的通訊簿，在餐桌上翻開，指著寫了「木下」的地方，「就是這個。」

看著古賀將電話號碼抄在手冊上，笹垣繼續問，「妳去買東西的時候，女兒回來了嗎？」

「沒有，那時候她還沒有回來。」

「妳買完東西回來，那時候幾點了？」

「大概剛過七點半吧。」

「那時候妳女兒呢？」

「已經回來了。」

「之後就沒有再外出了吧？」

「是的。」文代點頭。

笹垣看看古賀，以眼神詢問他還有沒有其他問題。古賀輕輕點頭，表示沒有問題了。

「不好意思，打擾了這麼久。以後可能還會有問題要請教，到時候還請妳多多幫忙。」笹垣站起來。

文代送兩位刑警來到門外。趁雪穗不在，笹垣又問了一個問題，「西本太太，這個問題可能有點冒昧，不過可以請妳別太介意，回答我嗎？」

「什麼問題？」文代臉上立刻浮現不安的表情。

「桐原先生是否曾經請妳出去吃飯，或者約妳出去碰面？」

笹垣的話讓文代張大了眼睛，她用力搖頭，「從來沒有過這種事。」

「這樣啊。不是的，我是有點好奇，桐原先生爲什麼對妳們這麼好呢？」

「我想他是同情我們。請問，桐原先生遇害的事，警方是不是懷疑我？」

「沒有沒有，沒這回事。我只是確認一下。」

笹垣打過招呼，舉步離開。轉了彎，看不到公寓後，他對古賀說，「很可疑。」年輕刑警也表示同意，「的確很可疑。」

「我問文代星期五桐原是不是來過的時候，一開始她好像要回答沒來過。結果因爲雪穗在旁邊提醒她布丁的事，她只好說實話。雪穗也一樣，本來也是想隱瞞桐原來過的事，不過因爲我注意到布丁的包裝紙，她才判斷說謊反而會出問題。」

「的確，那女孩看來很機靈。」

「文代從烏龍麵店下班回家，大概都是五點左右，那時候桐原來了。另一方面，那時候雪穗正好去圖書館，在桐原走了之後才回家。我總覺得時間太過湊巧。」

「文代會不會是桐原的情婦？所以媽媽跟男人在一起的時候，女兒就在外面殺時間。」

「也許吧，不過如果是情婦，多少可以拿到一點錢吧，那就沒有做家庭代工的必要了。」

「也許桐原正在追求她？」

「有可能。」

兩位刑警趕回設在西布施分局的專案小組。

「可能是一時衝動下的手。」向中塚報告完後，笹垣說，「桐原可能把剛從銀行領出來的一百萬圓給文代看。」

「所以爲了那筆錢殺了他嗎？但在家裡動手，她沒辦法把屍體運到命案現場。」中塚說。

「所以她可能是找個藉口，跟他約在那棟大樓吧？他們應該不會一起走過去。」

「驗屍的結果表示即使凶手是女人，也有可能造成屍體的傷口。」

「而且如果是文代的話，桐原也不會有戒心吧。」

「先確認文代的不在場證明再說吧。」中塚以愼重的口吻說。

當時，笹垣心中對文代的印象，極接近黑色地帶，她那種畏畏縮縮的態度也令人起疑。桐原洋介的推定死亡時間爲上星期五下午五點到八點，文代是有機會的。

然而，調查的結果卻爲專案小組帶來完全出乎意料的消息——西本文代擁有幾近完美的不在場證明。

5

超市「丸金屋」正門前有個小公園，小小的空間無法玩球，只有鞦韆、滑梯和沙坑，正好方便媽媽購物時留下年幼的孩子在此遊玩。

這座公園也是附近主婦閒話家常、交換資訊的場所，有時候她們會把孩子託給認識的人，趁機去買東西。到「丸金屋」購物的主婦，其中有不少都是貪圖這個好處。

桐原洋介遇害當天下午六點半左右，住在附近的木下弓枝在超市賣場內遇到西本文代。文代似乎已經買好東西，正要去結帳。木下弓枝則是剛進超市，籃子還是空的。她們交談了兩、三句話便道別了。

木下弓枝買完東西離開超市時，已過了七點。她準備騎停在公園旁的腳踏車回家，當她跨上腳踏車時，卻看到文代坐在鞦韆上。文代似乎在思考些什麼，呆呆地盪著鞦韆。

當刑警向她確認她看到的人是否眞的是西本文代時，木下弓枝篤定地說絕對沒錯。

彷彿要爲這段證詞背書一般，警方又找到其他看到文代坐在鞦韆上的人，是在超市門口設攤的章魚燒老闆。將近八點，超市快打烊時，他看到有主婦在附近盪鞦韆，深感訝異。章魚燒老闆記憶中的主婦模樣，應該就是文代。

另一方面，警方也獲得桐原洋介行蹤的新消息。藥局老闆在星期五傍晚六點多時，看到桐原一個人獨自走在路上。藥局老闆說，他本想出聲叫住桐原，但看桐原行色匆匆，便作罷了。他看見桐原的地點，正好在西本文代居住的吉田公寓以及陳屍現場中間。

桐原的推定死亡時間爲五點到八點，要是文代盪完鞦韆後，立刻趕到現場行凶，並非不可能；但是調查人員大多認爲這樣的可能性畢竟極低。原本將推定死亡時間延到八點就有點牽強。以未消化食物所判斷的死亡時間，本來就是極爲正確的，有時甚至可以精確至幾點幾分。事實上，行凶時間是以六點到七點之間的可能性較高。

此外還有一項依據，可以推斷行凶時間最晚不會超過七點半，那便是現場的狀況。發現屍體的房間並沒有照明設備，白天還好，但一到晚上，房間便漆黑一片。不過對面建築物的燈光會爲室內帶來微弱的光線，亮度大約是眼睛適應後能辨識對方長相的程度。而對面建築物於七點半熄燈，若文代事先準備好手電筒，就實際環境而言有可能行凶，但考慮到桐原的心理，在那種情況下，很難想像他會毫無戒心。

雖然文代的行跡可疑，但警方不得不承認，她親自下手的可能性很低。

當西本文代的嫌疑逐漸減輕的同時，其他調查人員得到了關於「桐原當鋪」的新情報。依名冊對最近上門的顧客進行調查，發現桐原洋介遇害當天傍晚，有人來到「桐原當鋪」。

那是一名婦人，她住在位於大江南邊數公里，巽這個地方。這名獨居的中年婦人，自前年丈夫病故後，便經常光顧「桐原當鋪」。她之所以選擇離家有段距離的店鋪，據說是不希望進出當鋪時被熟人撞見。她在命案發生的星期五當天，帶著以前與丈夫一起購買的對表，於下午五點半左右來到「桐原當鋪」。

這名婦人說當鋪營業中，門卻上了鎖。她按了呼叫鈴，卻沒有人回應。她無可奈何地離開當鋪，到附近市場購買晚餐食材。之後在回家路上再度前往「桐原當鋪」。當時約為六點半。但是，那時候門依舊是鎖上的。她不再按呼叫鈴，死心回家。三天後，對表在別家當鋪變現。她沒有訂報，直到接受調查人員訪查，才知道桐原洋介遇害一事。

這些情報自然使專案小組轉而懷疑桐原彌生子與松浦勇，他們曾供稱當天營業至晚上七點。

笹垣與古賀，以及另外兩名刑警，再度前往「桐原當鋪」。

看店的松浦雙眼圓睜，「請問究竟有什麼事？」

「請問老闆娘在嗎？」笹垣問。

「她在。」

「可以麻煩你叫她一下嗎？」

松浦露出訝異的表情，將身後的格子門拉開一點，「刑警來了。」

裡面傳出聲響，格子門開得更大了，身穿白色針織上衣與牛仔褲的彌生子走出來。她皺著眉俯看刑警，「有什麼事？」

「可以耽誤妳一點時間嗎？有事想請教一下。」笹垣說。

「可以是可以……什麼事呢？」

「想請妳跟我們一道出去一下。」一名刑警說，「到那邊的咖啡館，不會花太多時間的。」

彌生子的表情略顯不滿，但仍回答「好」，穿上涼鞋。她怯怯瞄了松浦一眼的模樣，笹垣都看在眼裡。

兩名刑警留下笹垣與古賀，帶彌生子走了。

他們一出門，笹垣便靠近櫃檯，「我也有事想請教松浦先生。」

「什麼事呢？」松浦臉上雖然帶著友善的笑容，卻顯得有所防備。

「是命案那天的事。我們調查之後發現，有些事與你的話互相矛盾。」笹垣故意說得很慢。

「矛盾？」松浦的笑容看起來有點僵了。

笹垣說出住在巽的女性顧客的證詞，松浦聽著聽著，臉上的微笑完全消失了。

「這是怎麼回事呢？貴店一直營業到七點，可是卻有人說五點半到六點半之間，店門是上鎖的。這怎麼說都很奇怪，不是嗎？」笹垣直視著對方的眼睛這麼說。

「呃，那時候……」松浦雙手抱胸，說了這句話之後，便「碰」一聲雙手互擊。「對了！原來是那時候！我想起來了。我進保險庫了。」

「保險庫？」

「在裡面的保險庫。我想我之前說過，客人寄放的物品，特別貴重的我們都放在那裡。等一下你們看過之後就知道，那就像座有鎖的堅固倉庫。我想確認一些事情，就到裡面去了。在那裡面有時候會聽不見呼叫鈴。」

「像這種時候，都沒有人看店嗎？」

「平常有老闆在，不過那時候只有我一個人，所以就把門上鎖了。」

「那時老闆娘和她兒子呢？」

「他們都在客廳裡。」

「既然這樣，他們倆一定都聽到呼叫鈴了吧？」

「哦，這個啊，」松浦半張著嘴，沉默了數秒之後繼續說，「他們是在裡面的房間看電視，可能沒聽到聲音。」

笹垣望著松浦顴骨突出的臉，向古賀說，「你去按一下呼叫鈴。」

「好的。」古賀走出門外。鈴聲立刻在頭頂上響了起來，聲音可以用有點刺耳來形容。

「聲音滿大的啊。」笹垣說，「我想，就算看電視再專注，也不可能沒聽到吧。」

松浦臉上的表情變了，卻扭曲著臉露出了苦笑，「老闆娘向來不碰生意的。即使有客人來，她也很少招呼，小亮也從來不看店。那時候他們也許聽到鈴聲，但置之不理。」

「哦，置之不理啊。」

不管是叫彌生子的女人，還是叫亮司的男孩，的確都不像會幫忙店裡生意。

「請問，你們在懷疑我嗎？你們說的好像是我殺了老闆……」

「沒事沒事。」笹垣揮揮手，「一旦發現有矛盾，不管是什麼芝麻蒜皮的小事都得調查清楚，這是我們辦案的基本要求。如果你們能了解這一點，我們就好辦事了。」

「是嗎？不過不管警方怎麼懷疑，我都無所謂啦。」松浦露出泛黃的牙齒，挖苦地說。

「也說不上懷疑，不過最好還是有明確的事證可以證明。那麼，那天六點到七點之間，有沒有什麼可以證實你的確在店裡？」

「六點到七點……老闆娘和小亮可以當證人，這樣不行嗎？」

「所謂的證人，最好是完全無關的人。」

「這種說法簡直是把我們當共犯嘛！」松浦氣得眼睛都瞪大了。

「刑警必須考慮所有的可能性。」笹垣淡淡回應。

「笑死人了！殺掉老闆，我又沒有什麼好處。老闆雖然在外面揮霍無度，可是根本沒有什麼

財產。」

笹垣沒答，微笑以對。心想讓松浦一氣之下多漏點口風也不錯，但松浦沒再多說。

「六點到七點，是嗎？如果是講電話算不算？」

「電話？和誰講的？」

「公會的人，討論下個月聚會的事。」

「那通電話是松浦先生打過去的嗎？」

「這個嘛，不是，是他們打過來的。」

「幾點的時候？」

「第一通是六點，差不多過了三十分鐘，又打了一次。」

「打了兩通嗎？」

「是的。」

笹垣在腦海裡整理時間軸。若松浦說的是實話，那麼六點到六點半左右他便有不在場證明。他以此爲前提，思考松浦行凶的可能性。

很難吧，他下了這個結論。

笹垣問了公會來電者的姓名和聯絡方式，松浦拿出名片夾尋找。

就在這個時候，樓梯的門開了。稍微打開的門縫中，露出了男孩的臉。

發現笹垣的視線，亮司立刻把門關上，接著傳來快步上樓的腳步聲。

「桐原小弟弟在啊。」

「咦？哦，剛剛放學回來了。」

「我可以上去一下嗎？」笹垣指著樓梯。

「去二樓嗎？」

「嗯。」

「這個啊……我想應該沒什麼關係吧。」

笹垣吩咐古賀，「抄完來電者聯絡方式，請松浦先生讓你看看保險庫。」然後開始脫鞋。

笹垣打開門，抬頭看樓梯。昏昏暗暗的，充滿了像是塗牆灰泥的味道。木製樓梯的表面多年來被襪子磨擦得又黑又亮。他扶著牆，小心翼翼地上樓。

來到樓梯盡頭，兩間房間隔著狹窄的走廊相對。一邊是和紙拉門，一邊是格子門。走道盡頭也有門，但多半不是儲藏室就是廁所吧。

「亮司弟弟，我是警察，可以問你幾個問題嗎？」笹垣站在走廊上出聲問道。

等了一會兒沒有回應。笹垣吸了一口氣，準備再次詢問的時候，聽到「卡噹」一聲，是從拉門那邊傳來的。

笹垣打開拉門。亮司坐在書桌前，只看得到他的背影。

「可以打擾一下嗎？」笹垣走進房間。那是間三坪大小的和室，房間應是面向西南，充足的日光從窗戶灑進來。

「我什麼都不知道。」亮司背對著他說。

「沒關係，不知道的事說不知道就好，我只是作爲參考。我可以坐這裡嗎？」笹垣指著榻榻米上的坐墊問。

亮司回頭看了一眼，回答說，「請坐。」

笹垣盤腿坐下，抬頭看著坐在椅子上的男孩，「你爸爸的事，眞的很可憐。」

亮司沒有回應這句話，還是背對著笹垣。

笹垣觀察了一下室內，房間整理得算是相當乾淨。就小學生的房間而言，甚至給人有點冷清的感覺。房內沒有貼山口百惠（*1）或櫻田淳子（*2）的海報，也沒有裝飾超級跑車。書架上沒有漫畫，有的是百科全書、《汽車的構造》、《電視的構造》等兒童科普書籍。

引起他注意的是掛在牆上的畫框，裡面是剪成帆船的白紙，連細繩都根根精巧細緻地表現。笹垣想起遊藝會看到的剪紙工藝表演，但這個作品精緻得多。「好棒啊！是你做的嗎？」

亮司瞄了畫框一眼，微微點頭。

「哦！」笹垣發出驚嘆聲，這是打從心底的反應。「你的手眞巧，這都可以拿去展售了。」

「請問你要問我什麼問題？」亮司問，似乎沒有心情與陌生中年男子閒聊。

「說到這個……」笹垣說著調整了坐姿，「那天你一直在家嗎？」

「那天？」

「你爸爸去世那天。」

「哦……是啊，我在家。」

「六點到七點你在做什麼呢？」

「六點到七點？」

「嗯，不記得嗎？」

男孩歪了歪頭，然後回答，「我在樓下看電視。」

「你自己一個人？」

「跟我媽媽一起。」

「哦。」笹垣點點頭，男孩的聲音沒有一絲害怕畏懼。

「不好意思，你可以看著我這邊講話嗎？」

亮司吐了口氣，慢慢把椅子轉過來。笹垣心想，他的眼神一定充滿叛逆吧。然而，男孩低頭看刑警的視線，卻沒有那種神色。他的眼神，甚至可以用無機質來形容，也像是正在進行觀察的科學家。他是在觀察我嗎？笹垣有這種感覺。

「是什麼電視節目啊？」笹垣刻意以輕鬆的口吻詢問。

亮司說了節目名稱，那是一齣鎖定男孩觀眾的連續劇。

笹垣問了當時播映的內容，亮司沉默了一會兒後才開口。他的說明非常有條理，簡潔易懂。即使沒看過那個節目，也能理解大致的內容。

「你看電視看到幾點？」

「大概七點半吧。」

「然後呢？」

「跟媽媽一起吃晚飯。」

*1 山口百惠（一九五九～），出生於日本東京，爲日本著名歌手、影視明星。一九八〇年十月五日宣布引退，嫁給知名明星三浦友和。

*2 櫻田淳子（一九五八～），出生於日本秋田縣，爲日本著名歌手、女演員，與山口百惠、森昌子被合稱爲「花之三人組」。

「這樣啊。你爸爸沒回來，你們一定很擔心吧？」

「嗯……」亮司小聲地回答，然後嘆了一口氣，看著窗戶。受到他的影響，笹垣也看向窗外，黃昏的天空是紅色的。

「打擾你了，好好用功吧。」笹垣站起來，拍了拍他的肩膀。

笹垣與古賀回到專案小組，和偵訊彌生子的刑警對照雙方的說詞，並沒有在彌生子與松浦的陳述中發現重大矛盾。如同松浦所說，彌生子也聲稱女性客人來的時候，在裡面和亮司一起看電視。她的說法是也許曾經聽到呼叫鈴，但她沒有印象，接待客人不是她的工作，所以也沒把這事放在心上。還說，她不知道自己看電視的時候松浦在做些什麼。另外，彌生子向刑警描述的電視節目內容，也和亮司所說的大致相同。

如果只有彌生子和松浦兩個，要事先套好並不難；但是當兒子亮司也在內，就另當別論了。或許他們說的是實話——這種氣氛在專案小組內愈來愈濃厚。

這件事很快便得到證明。松浦所說的電話經過確認，的確是當天六點、六點半左右打到「桐原當鋪」的。打電話的當鋪同業公會幹事指證，與他通話的人確實是松浦。

調查再度回到原點。以「桐原當鋪」的常客爲主，繼續進行基本偵訊工作。唯有時間不留情地流逝。職棒方面，讀賣巨人隊達成中央聯盟九連霸，江崎玲於奈(*1)發現了半導體的穿隧效應獲得諾貝爾物理學獎。同時，受到中東戰爭的影響，日本原油價格逐漸高漲。全日本籠罩著風雨欲來的態勢。

調查人員開始焦躁時，專案小組獲得一則新情報，這是調查西本文代的刑警找出的線索。

6

入口裝置白木條門的「菊屋」，是家門面清爽整潔的烏龍麵店。店門掛著深藍色布條，上面以白字寫著店名。生意頗為興隆，不到中午便有客人上門，過一點，來客依然絡繹不絕。

到了一點半，有輛白色小貨車停在離店門稍遠處。車身以粗黑體漆了「揚羽商事」的字樣。有個男人從駕駛座下車，他身穿灰色夾克，體型矮壯，年齡看來約四十歲左右。夾克之下穿著白襯衫，打領帶。男子以略顯匆促的腳步走進「菊屋」。

「消息果然沒錯，真的在一點半左右現身了。」笹垣看著手表，佩服地說。他人在「菊屋」對面的咖啡館，從那裡，可以透過玻璃眺望外面。

「還有個附帶消息，他正在裡面吃天婦羅烏龍麵。」說話的是坐在笹垣斜對面的金村刑警。一笑，便清楚露出嘴裡缺了一顆門牙。

「哦，虧他吃不膩。」笹垣將視線轉回「菊屋」。提到烏龍麵，讓他肚子餓了起來。

西本文代雖有不在場證明，但她的嫌疑並未完全排除。由於桐原洋介生前最後見到的是她，調查人員一直對她存疑。

若她與桐原命案有關，首先想到的便是她必然有共犯。守寡的文代是否有年輕的情夫——刑

*1 江崎玲於奈（一九二五～），出生於日本大阪，一九六〇年遷居美國，進入IBM工作，因為發現了半導體的穿隧效應（tunneling），於一九七三年獲頒諾貝爾物理獎。

警以此推論爲出發點撒下的調查網，網住了寺崎忠夫。

寺崎以批發販售化妝品、美容用品、洗髮精與清潔劑等爲業。不僅批發給零售店，也接受客人直接下單，並且親自送貨。公司名稱雖然叫做「揚羽商事」，但並沒有其他員工。

刑警之所以會盯上寺崎，出於西本文代住的吉田公寓附近打聽出的閒話。附近的主婦數度目擊駕駛白色小貨車的男子進入文代的住所。該名主婦說，小貨車上似乎寫了公司名稱，但她並沒有仔細端詳。

刑警持續在吉田公寓附近監視，但傳聞中的小貨車一直沒有出現。後來，在另外一個地方發現了疑似車輛。每天到文代工作的「菊屋」吃中飯的男子，開的便是白色小貨車。

從「揚羽商事」這個公司名稱，立刻查明了男子的身分。

「啊，出來了。」古賀說。寺崎步出「菊屋」。

但寺崎並沒有立刻回到車上，而是站在店門口。這也和金村刑警他們的報告相同。

過了不久，身上穿著白色圍裙的文代從店裡出來。

和寺崎說了幾句話，文代返回店內，寺崎走向車子。兩人都沒表現得在意旁人目光。

「好，走吧。」在菸灰缸中摁熄了和平牌香菸，笹垣站起來。

寺崎才開車門，古賀便叫住他。寺崎驚訝得雙眼圓睜，又看到笹垣和金村，表情都僵了。

刑警提出問話的要求，寺崎相當配合。問他是不是要找家店坐，他說在車裡比較好，於是四人坐進了小貨車。寺崎坐駕駛座，前座是笹垣，後座是古賀與金村。

笹垣首先問他是否知道大江發生的當鋪老闆命案，寺崎看著前方點頭，「我在報紙和新聞上看到了，但是這件命案跟我有什麼關係？」

「遇害的桐原先生最後出現的地方便是西本太太的住處。你認識西本太太吧？」

笹垣看得出寺崎嚥了一口唾沫，他正在思考應該如何回答。「西本太太……你是說在那家烏龍麵店工作的女人吧？對啊，我算是認識她。」

「我們認爲西本太太可能跟命案有關。」

「西本太太？別傻了。」寺崎露出僅有嘴角上揚的笑容。

「哦，很傻嗎？」

「對啊，她怎麼可能跟那種命案有關。」

「你們的交情只不過算是認識而已，你卻這麼幫西本太太說話啊。」

「我並沒有幫她說話。」

「有人經常在吉田公寓旁看到白色小貨車，還說駕駛經常進出西本太太家。寺崎先生，那就是你吧？」

「工作？」

笹垣的話，顯然讓寺崎狼狽不已，但是他舔舔嘴唇說，「我是爲了工作才去找她的。」

「我是把她買的東西送過去，像化妝品和清潔劑之類的，就這樣而已。」

「寺崎先生，別再說謊了。這種事，一查馬上就知道了。目擊者說，你去她那裡的次數相當頻繁，不是嗎？化妝品和清潔劑有必要那麼常送嗎？」

寺崎雙手抱胸，閉上眼睛，大概是在思考該怎麼回答。

「我說，寺崎先生，你現在說謊，這個謊就得一直說下去。我們會繼續牢牢監視你，直到你跟西本太太見面。這樣你怎麼處理？你一輩子不跟她見面了嗎？你辦不到吧？請說實話，你跟西

本太太的關係不尋常吧？」

即使如此，寺崎還是沉默了一段時間。笹垣不再說話，要看對方如何反應。

寺崎吐了一口氣，張開眼睛，「我想這應該沒什麼關係吧，我單身，她老公也死了。」

「可以解釋成男女關係吧？」

「我們是認眞交往的。」寺崎的聲音有點尖銳。

「從什麼時候開始？」

「連這個都非說不可嗎？」

「不好意思，做個參考。」笹垣露出和氣的笑容。

「大概是半年前吧。」寺崎板著一張臭臉回答。

「是什麼機緣下開始的？」

「沒什麼特別的機緣。在店裡常碰面，就熟了，如此而已。」

「西本太太是怎麼跟你說桐原先生的呢？」

「只說他是她經常光顧的當鋪老闆。」

「西本太太跟你提過他常到她家去嗎？」

「她說他去過幾次。」

「聽到她這麼說，你怎麼想？」

笹垣的問題，讓寺崎不悅地皺起眉頭，「什麼意思？」

「你不認爲桐原先生別有居心嗎？」

「想那些又有什麼用？文代小姐又不可能理會他。」

「但是，西本太太似乎受到桐原先生不少照顧哦，搞不好也接受他金錢方面的援助。這麼一來，要是對方強行逼迫，不是很難拒絕嗎？」

「這種事，我從來沒聽說過。請問你到底想說什麼？」

「依常理推論，有個男人經常出入和你交往的女子家，這名女子經常受到他的照顧，不能隨便敷衍。後來男人得寸進尺逼迫她，她的男友要是知道這種狀況，一定相當生氣吧？」

「所以我一時氣昏了頭就殺人，是嗎？請別胡說八道了，我沒那麼蠢。」寺崎拉高嗓門，震動了狹小的車內空間。

「這純粹只是猜想，要是讓你心裡不爽快，我很抱歉。對了，這個月十二日星期五下午六點到七點，你人在哪裡？」

「調查不在場證明，是嗎？」寺崎氣得眼尾都吊起來了。

「是啊。」笹垣對他笑。因爲刑事片走紅，「不在場證明」一詞也成爲一般用語了。

寺崎取出小小的記事本，打開計畫表那一欄。

「十二日傍晚在豐中那邊，因爲要送東西給客人。」

「那是幾點呢？」

「我想，到那邊差不多是六點整吧。」

如果這是事實，那麼他便有不在場證明。這個也落空了啊，笹垣心想。

「那麼，你把貨交給客戶了？」

「沒有，不巧跟客人錯過了。」這時寺崎突然含糊起來，「對方不在家，所以我把名片插在玄關門上就回來了。」

「對方不知道你要過去嗎？」

「我以爲聯絡好了。我曾先打電話說十二日要過去，可是好像沒有聯絡好。」

「這麼說來，結果你誰也沒有見到就回來了，是這樣沒錯吧？」

「是沒錯，不過我留下了名片。」

笹垣點頭。一邊點頭，一邊想著，這種事在事後要怎麼布置都行。

向寺崎問過他所拜訪的客人的住址與聯絡方式後，笹垣讓他離開。

回專案小組報告後，中塚照例問笹垣的印象。

「一半一半吧。」笹垣說出他眞正的想法，「沒有不在場證明，又有動機。要是和西本文代聯手犯案，應該可以順利進行。只是有一點比較奇怪，如果他們眞的是凶手，那他們後來的行動也太過輕率了。一般應該會認爲命案風頭還沒過去前，盡量不要接觸才對。可是寺崎卻和之前一樣，一到中午就到文代工作的店裡去吃烏龍麵。這一點我搞不懂。」

中塚默默聽著部下的話。兩端下垂緊閉的嘴唇，證明他認同這個意見。

警方針對寺崎展開徹底調查。他獨自住在平野區的公寓，結過婚，於五年前協議離婚。

客戶對他的評價極佳。動作快，任何強人所難的要求都會照辦。不僅如此，價格還很便宜。對經營零售店的老闆而言是求之不得的供貨商。當然，不能因此就認定他不會犯下殺人案。不如說因爲他的生意只能勉強支撐，挖東牆補西牆的經營狀態，反而引起調查人員的注意。

「我想桐原纏著文代不放，固然引起他的殺機，但當時桐原身上的一百萬圓，也極有可能讓他眼紅。」調查寺崎經營狀況的刑警在調查會議上如此發言，獲得了絕大多數員警的同意。

經過確認，證實寺崎沒有不在場證明。調查人員到他宣稱留下名片的住家調查，查出該戶人家當天外出拜訪親戚，直到晚上將近十一點才返家。玄關門上的確夾了一張寺崎的名片，但無法判斷他何時前來。此外，該戶人家的主婦對於十二日是否與寺崎有約的問題，她回答，「他說會找時間過來，可是我不記得跟他約好十二日。」她甚至還加了這麼一句話，「我記得我在電話裡跟寺崎先生說過，十二日我不方便。」

後面這一句證言具有重大意義。換句話說，寺崎可能明知該戶人家出門不在，卻於犯案後前往該處留下名片，意圖製造不在場證明。

調查人員對寺崎的懷疑，可說是到了幾近黑色的灰色地帶。

然而，警方並沒有任何物證。現場採集的毛髮當中，沒有任何一項與寺崎一致，沒有指紋，也沒有出現有力的目擊證言。假如西本文代與寺崎是共犯，兩人應該會有所聯繫，卻也沒有發現這樣的形跡。有些經驗老道的刑警主張先行逮捕再徹底偵訊，也許凶手便會招供，但這種情形之下，警方實在無法申請逮捕令。

7

在毫無進展的狀況下，一個月過去了。多日留宿辦案的調查人員漸漸開始回家了，笹垣也泡在睽違已久的自家浴缸裡。他和妻子兩人住在近鐵八尾站前的公寓，妻子克子比他年長三歲，兩人沒有孩子。

睡在自家被窩的第二天早上，笹垣被一陣聲音吵醒，克子忙著更衣，時鐘指針剛過七點。

「這麼早，忙什麼啊？要去哪裡？」笹垣在被窩裡問。

「啊！抱歉，吵醒你了。我要去超市買東西。」

「買東西？這麼早？」

「不這麼早去排隊，可能會來不及。」

「來不及……妳到底要買什麼呀？」

「這還用問嗎？當然是衛生紙呀。」

「衛生紙？」

「我昨天也去了。規定一人只能買一條，其實我很想叫你跟我一起去。」

「買那麼多衛生紙幹嘛？」

「現在沒空跟你解釋啦，我先出去了。」穿著開襟羊毛衫的克子，拿起錢包匆匆出門。

笹垣一頭霧水。這陣子滿腦子都是辦案、調查，對世上發生了什麼事幾乎毫不關心。供油吃緊的事他是聽說了，但他不明白爲什麼要去買衛生紙，還得一大早去排隊。

等克子回來再仔細問她好了，他心裡這麼想，再次閉上眼睛。

不一會兒，電話鈴響了。他在被窩裡翻個身，伸手去拿放在枕邊的黑色電話機。頭有點痛，眼睛也有點張不開。

「喂，笹垣家。」

過了十幾秒，他整個人從被窩裡彈了起來，睡意登時消失得無影無蹤。

那通電話，是通知他寺崎忠夫死亡的消息。

寺崎死在阪神高速公路大阪守口線上。轉彎的角度不夠，撞到護牆上，是典型的行駛中精神不濟肇事。

當時他的小貨車上載有大量的肥皀和清潔劑。後來笹垣才知道，繼衛生紙之後，民眾也開始搶購囤積這類商品，寺崎爲了顧客想多進一點貨，不眠不休地到處張羅。

笹垣等人到寺崎的住處進行搜索，目的是尋找殺害桐原洋介的相關物證，但無法否認的是，那是一次令人倍感徒勞的作業。即使有所發現，凶手也已經不在人世了。

不久，一名調查人員自小貨車車廂內發現重大物證——登喜路打火機。長方形，稜角分明。所有調查人員都記得，同樣的東西自桐原洋介身邊消失了。

然而，這個打火機上卻沒有驗出桐原洋介的指紋。明確地說，上面並沒有任何人的指紋。似乎是以布或類似的東西擦拭過了。

警方讓桐原彌生子檢視打火機，但她迷惑地搖頭。她說東西雖像，但無法肯定同一個。

警方叫來西本文代，再度偵訊。刑警心急如焚，想盡方法逼她招供。審訊官甚至不惜說出一些話，暗示那個打火機確實爲桐原所有。

「再怎麼想，寺崎有這種東西實在奇怪。要不是妳從被害人身上偷來給寺崎，就是寺崎自己偷的，只有這兩種可能。到底是哪一種？說啊！」審訊官讓西本文代看打火機，逼她招認。

但是西本文代一再否認，態度沒有絲毫動搖。寺崎的死訊應該讓她受到不小的打擊，然而從她的態度中卻感覺不出一點遲疑。

一定是哪裡弄錯了，我們走進一條完全錯誤的路了——旁觀偵訊過程的笹垣心裡這麼想。

8

看著體育新聞版，田川敏夫回想起昨晚的比賽，惡劣的情緒再度湧上心頭。

讀賣巨人隊輸了也無可奈何，但問題是比賽的經過。

在關鍵時刻，長嶋又失靈了。向來支撐著常勝軍巨人隊的四號打者，整場打擊始終表現平平，讓觀眾看得心頭火起。在最需要他的時候一定不負眾望，這才是長嶋茂雄啊！即使揮棒被接殺，也會揮出讓球迷心滿意足的一棒，這才是人稱「巨人先生」的本事啊！

但這個球季卻很反常。

不，兩、三年前就出現前兆了，但由於不想接受殘酷的事實，才一直故意視而不見，告訴自己這種事不可能發生在「巨人先生」身上。然而看到現在的狀況，即使自孩提時代便是長嶋迷的田川，也不得不承認任誰都有老去的一天，再了不起的名選手，總有一天也必須離開球場。

看著被三振的長嶋皺著眉頭的照片，田川心想，也許就是今年了。雖然球季才剛開始，但照這個狀況，不到夏天，大家就會開始對長嶋退休一事議論紛紛了吧。若巨人無法奪冠，事情可能會成為定局，田川有不祥的預感，今年要奪冠大概很難。巨人隊去年雖以壓倒性的氣勢創下九連霸的輝煌紀錄，但很難不察覺到整支球隊開始出現疲態，而長嶋就是象徵。

隨意瀏覽過中日龍贏球的報導後，他闔上報紙。看看牆上的鐘，下午四點多了。今天大概不會有人來了吧，他想。發薪日之前，不太可能有人來付房租。

打呵欠的時候，他看到貼了公寓傳單的玻璃門後面有個人影，不過看腳就知道不是成年人。人影穿著運動鞋，田川想，大概是放學回家的小學生為了殺時間，站在那裡看傳單吧。

但是幾秒鐘後，玻璃門打開了。襯衫外套著開襟毛衣的女孩，露出一張怯生生的臉蛋。一雙大眼睛令人聯想到名貴的貓咪，給人深刻的印象，看樣子是小學高年級的學生。

「有什麼事呢？」田川問，連自己都覺得聲音很溫柔。如果來人是附近常見的那種渾身髒兮兮又賊頭賊腦的小鬼，他的聲音可是冷漠得很，和現在可是完全相反。

「你好，我姓西本。」她說。

「西本？哪裡的西本？」

「吉田公寓的西本。」

她的口齒清晰，這在田川耳裡聽來也很新奇。他認識的小孩，淨是些說起話來使他們低劣的頭腦和家教無所遁形的傢伙。

「吉田公寓……哦。」田川點點頭，從身邊的書架上抽出檔案夾。

吉田公寓住了八戶人家，西本家承租的一〇三室位於一樓正中央。田川確認西本家已經兩個月沒繳房租，是該打電話催繳了。

「這麼說……」他的眼睛回到眼前的女孩身上，「妳是西本太太的女兒了？」

「是的。」她點頭。

田川看了看入住吉田公寓的家族成員表。西本家的家長是西本文代，同居者一人，為女兒雪穗。十年前入住的時候還有文代的丈夫秀夫，但不久便亡故了。

「妳是來付房租的嗎？」田川問。

西本雪穗垂下視線，搖搖頭。田川心想，我就知道。

「那麼，妳有什麼事呢？」

「想請您幫忙開門。」

「開門？」

「我沒有鑰匙，回不了家，我沒有帶鑰匙。」

田川總算明白她要說什麼了，「妳媽媽鎖了門出去了嗎？」

雪穗點頭。低頭抬眼的表情蘊含的美豔令人忘記她是個小學生，霎時間田川不禁爲之心動。

「妳不知道媽媽到哪裡去了？」

「不知道。我媽媽說她今天不會出去……所以我沒帶鑰匙就出門了。」

「這樣啊。」

田川想，該怎麼辦呢？看了看鐘，這個時間要關店太早了。身爲店主的父親昨天便到親戚家，要到晚上才會回來。

話雖如此，總不能把備用鑰匙直接交給雪穗。使用備用鑰匙時必須有田川不動產的人在場，他們與公寓所有權人的契約當中有這一條。

等一下妳媽媽就回來了——若在平常他會這麼說，但看著雪穗一臉不安地凝視著他，要說出這種袖手旁觀的話變得很困難。

「既然這樣，我去幫妳開門好了。我跟妳一起回去，妳等我一下。」他站起來，走近收放出租住宅備用鑰匙的保險箱。

從田川不動產的店面到吉田公寓大約需要十分鐘。田川敏夫看著西本雪穗苗條的背影，走在草草鋪設的小巷裡。雪穗沒有背小學生書包，而是提著紅色塑膠製手提書包。

每動一下，她身上便傳出叮鈴鈴的鈴聲。田川對於那是什麼鈴鐺感到好奇，用心去看，但從外表看不出來。

仔細觀察她的穿著，絕非富裕家庭的孩子。運動鞋鞋底磨損，毛衣也都是毛球，而且好幾個地方都綻線了。格子裙也一樣，布料顯得相當破舊。

即使如此，這女孩的身上還是散發出一種高雅的氣質，是田川過去少有機會接觸的。他感到不可思議，這是爲什麼呢？他和雪穗的母親很熟，西本文代是個陰鬱而不起眼的女人，而且和住在這一帶的人一樣，一雙眼睛隱隱透露粗鄙的念頭。和那樣的母親同吃同住，卻出落得這般模樣，田川不由得感到驚訝。

「妳念哪所小學？」田川在後面問。

「大江小學。」雪穗沒有停下腳步，稍微回過頭來回答。

「大江？哦……」

他心想，果然。這一區幾乎所有孩子都是上大江這所公立小學。這所小學每年都會有幾個學生因爲順手牽羊被逮到，幾個學生因爲父母親連夜潛逃而失蹤。下午經過時會聞到營養午餐剩菜剩飯的味道，一到放學時間，便有一些來路不明的可疑男子牽著腳踏車出現，想拐騙小孩的零用錢。只不過大江小學的小朋友，可沒有天眞到會上這些江湖郎中的當。

依西本雪穗的氣質，田川實在不認爲她會上那種小學，所以才問她上哪所學校。其實只要想一想，就知道她的家境不可能供她上私立學校。

他想像得到她在學校裡一定與別人格格不入。

到了吉田公寓，田川站在一〇三室門前，先敲了敲門，然後出聲叫「西本太太」，但是並沒有反應。

「妳媽媽好像還沒回來。」他回頭對雪穗說。

她輕輕點頭，身上又傳出了叮鈴的鈴聲。

田川把備用鑰匙插進鑰匙孔，向右轉。聽到「卡喳」一聲開鎖的聲音。

就在這一瞬間，一種異樣的感覺向他襲來，一種可以說是不祥預感的感覺在他心頭掠過。但他不予理會，直接轉動門把打開門。

田川才踏進房間一步，便看到一個女人躺在裡面的和室。女人穿著淡黃色毛衣和牛仔褲，橫臥在榻榻米上。看不清楚長相，但應該就是西本文代。

搞什麼，明明在家嘛……這麼想的同時，他聞到一股怪味。

「瓦斯！危險！」

他伸手制止身後想進門的雪穗，捂住口鼻，隨後立刻轉頭看就在身邊的流理台。瓦斯爐上放著鍋子，開關是打開的，但爐上卻沒有火。

田川屏住氣關上瓦斯總開關，打開流理台上的窗戶，再走進裡面的房間，一邊瞄著倒在矮桌旁的文代，一邊打開窗戶，然後把頭探出窗外，大口大口地深呼吸。腦袋深處感覺麻麻的。

他回頭看西本文代，她的臉色發青，肌膚完全感覺不到生氣。沒救了——這是他的直覺。房間角落裡有一具黑色電話，他拿起聽筒，開始撥號。但是這一刻，他猶豫了。

要打一一九嗎？不，還是應該打一一〇吧……？

他腦袋一片混亂。除了病死的祖父之外，他沒看過屍體。

播了一、一之後，他猶豫著把食指伸進〇的孔。就在這時候……

「死了嗎？」從玄關傳來聲音。

田川回頭一看，西本雪穗還站在脫鞋處。玄關的門開著，逆光讓他看不清她的表情。

「我媽媽死了嗎？」她又問了一次，話裡夾雜著哭聲。

「現在還不知道。」田川把手指從〇移到九，撥動轉盤。

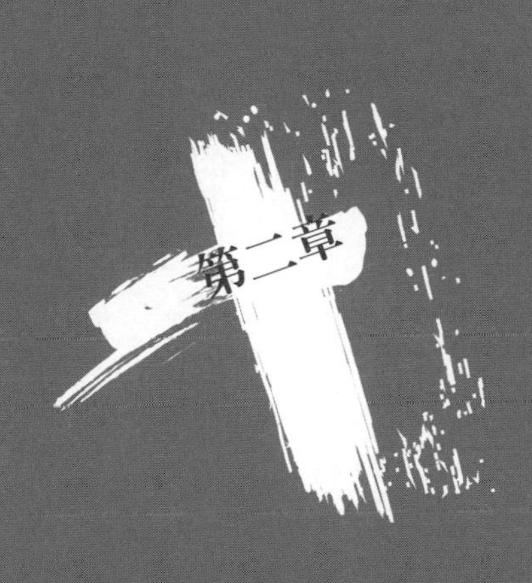

第二章

1

鐘響過幾分鐘後，開始傳來嘈雜的人聲。

秋吉雄一右手拿著單眼相機，彎腰向外窺探。果不其然，女學生成群結隊地步出清華女子學園中學部正門。他把相機拿到胸前，逐一檢視眾多少女的臉孔。

他正隱身在一輛卡車載貨台上，卡車停在距離正門約五十公尺的路旁。這是個絕佳位置，因爲放學時分，絕大多數的清華女子學園學生都會從他眼前經過。而且載貨台上加裝了布幕，對雄一來說，要達成今天的目的，沒有比這裡更理想的藏身之處了。如果可以順利拍到照片，也不枉費他蹺了第六節課跑來這裡。

清華女子學園中學部的制服是水手服，夏天的制服是白底的，只有領子是淺藍色，細褶的學生裙也是同一顏色。不知有多少女學生晃動著淺藍色的裙襬，從躲在布幕後偷看的雄一眼前經過。其中有些少女臉蛋稚嫩得令人以爲是小學生，也有些已經步入成熟女人的階段了。每當後者接近的時候，雄一都很想按下快門，但怕關鍵時刻底片不夠，便強忍住。

以這樣的姿勢盯著路過的少女將近十五分鐘後，他的眼睛找到唐澤雪穗的身影。他急忙拿好相機，透過鏡頭追隨她的動向。

唐澤雪穗照例和她的朋友並肩走在一起。她的朋友是個戴著金屬框眼鏡，瘦巴巴的女孩。下巴很尖，額頭上有青春痘，加上皮包骨身材，雄一並不想把這個女孩當作拍攝目標。

唐澤雪穗的頭髮略帶棕色，髮長及肩。她的髮絲彷彿有一層薄膜包覆，綻放出耀眼的光澤。以自然的動作撩撥頭髮的手指非常纖細，她的身體也同樣纖細，但是胸部和腰部的曲線卻十足地女性化。她的仰慕者當中，有不少人認爲這是她最有魅力的地方。

她那雙令人聯想到嬌貴貓咪的眼睛，看向身邊的朋友。下唇稍厚的小嘴露出了可愛的笑容。

雄一調整好相機，等待唐澤雪穗接近。他想拍更貼近的特寫鏡頭，他喜歡她的鼻子。

雄一的家，是窄巷獨棟住宅中最裡邊的一戶。打開拉門，一進屋右邊就是廚房。因爲是屋齡三十多年的老房子，老舊的牆壁和柱子上吸附了味噌湯、咖哩等等料理混雜而成的奇異氣味。他討厭這種氣味，認爲這是老街的味道。

「菊池同學來了哦。」

雄一的母親面向流理台，邊準備晚餐邊說。看她的手邊，今晚顯然又是炸馬鈴薯，雄一不由得感到厭煩。自從前幾天媽媽的故鄉送來一大堆，餐桌上隔不到三天就一定會出現馬鈴薯。

上了二樓的房間，菊池文彥正坐在兩坪半不到的房間正中央，看著電影介紹。那是雄一四天前去看的《洛基》的小冊子。

「這部電影好看嗎？」菊池抬起頭來問雄一，介紹冊正好翻到席維斯史特龍的特寫。

「很好看啊，滿感人的。」

「噢，每個人都這麼說。」

菊池拱著背，又回頭盯著冊子猛看。雄一知道他很想要，卻默不作聲，開始換衣服。那本冊子不能給他，如果想要，自己去看電影就有了。

「可是電影票有夠貴的。」菊池冒出這麼一句。

「是啊。」雄一從運動背包裡拿出照相機放在書桌上，然後抱著椅背跨坐在椅子上。菊池是

他的好朋友，但是他不太喜歡和菊池提到錢的事。菊池沒有爸爸，從穿著就看得出他過得很苦。自己家裡至少有爸爸工作賺錢，這就該感到慶幸了。雄一的父親是鐵路公司的職員。

「你又照相了？」看到相機，菊池問。他露出別有含意的笑容，應該知道雄一拍什麼。

「是啊。」雄一也以別有含意的笑容回應。

「拍到好照片了嗎？」

「還不知道，不過我滿有把握的。」

「這下，又可以賺一筆了。」

「這能賣多少錢啊，材料也是要花錢的，扣掉有剩就不錯了。」

「可是有這種專長眞好，眞令人羨慕。」

「這算不上什麼專長。連這台相機的用法我都還沒搞清楚，只是隨便拍、隨便洗而已。再怎麼說，這些都是別人給的。」

雄一現在的房間以前是他叔叔住的。叔叔的興趣是攝影，擁有不少相機，也有簡單的工具，能夠沖洗黑白照片。叔叔結婚搬走時，把其中一部分留給了雄一。

「眞好，有人給你這些東西。」

察覺菊池又要說一些豔羨嫉妒的話，雄一不禁有點鬱悶。他向來避免讓話題轉到那個方向，只是菊池不知有意還是無意，經常主動提及與貧富有關的話題。

但今天不同，菊池說，「上次，你不是給我看你叔叔拍的照片嗎？」

「馬路上的照片啊？」

「嗯，那個還在嗎？」

「在啊。」

雄一把椅子轉了一百八十度面向書桌，伸手去拿插在書架邊緣的一本剪貼簿，那也是叔叔留下來的東西。裡面夾著幾張照片，全是黑白照，看起來都是在附近拍的。上星期菊池來玩的時候，聊到攝影的事，雄一就順便拿給他看。

拿到剪貼簿，菊池便十分熱切地翻看起來。

「你到底要幹嘛？」雄一俯視著菊池微胖的身軀問。

「也沒什麼。」菊池沒正面回答，從剪貼簿裡抽出一張照片，「這張照片可不可以借我？」

「哪張？」

雄一注視菊池手上的照片。拍的是路上，一對男女走在一條眼熟的小巷子裡，電線杆上的海報隨風飄動，隨時會掉下來，不遠處的塑膠水桶上蹲著一隻貓。

「你要這種照片做什麼？」雄一問。

「我想拿去給一個人看。」

「給人看？誰呀？」

「到時候再告訴你。」

「哦。」

「借我啦，可以吧？」

「可以是可以，不過你也眞奇怪。」雄一看著菊池，把照片遞給他。菊池拿起照片，小心地放進自己的書包。

當天晚上吃過飯，雄一便躲進房間沖洗白天拍的照片。要在房裡沖洗照片，只要在充當暗房

的壁櫥裡把底片放進專用容器，接下來的步驟便可以在明亮的地方進行。顯像完成後，他從容器裡取出底片，到一樓的洗臉台沖水。原本應當以流動的水沖泡一個晚上，但媽媽看到一定會嘮叨，雄一對此再清楚不過。

沖到一半，雄一透過日光燈檢視底片。確認唐澤雪穗頭髮的光澤呈現清晰的陰影，他感到很滿足。他有把握——沒問題，顧客一定會滿意的。

2

就寢前寫日記，是川島江利子多年習慣。她打從升上小學五年級開始寫，前前後後快五年了。此外，她還有好幾個習慣，例如上學前爲院子的樹木澆水，星期日早上打掃房間等等。不需要寫什麼戲劇性的大事，平鋪直敘也無妨，這是江利子五年來學會的寫日記要領。即使是一句「今天一如往常」亦無不可。

但是今天有很多事要寫，因爲放學後，她到唐澤雪穗家了。

她和雪穗中學三年級才同班，不過她早在一年級就知道雪穗這個人了。

聰慧的五官，高雅而無懈可擊的舉止。從她身上，江利子感覺到一些自己與周遭朋友欠缺的東西，這種感覺可以稱爲憧憬。江利子一直想著，有沒有什麼辦法可以和她成爲朋友。

「妳願意和我當朋友嗎？」

對此，唐澤雪穗沒有絲毫驚異的模樣，而是露出超乎江利子期待的笑容，「如果妳不嫌棄的話當然可以。」

江利子可以清楚感受到，對一個突然和她搭話的人，唐澤盡可能地展現了善意。而一直害怕對方不搭理的江利子，對這個微笑甚至感到激動。

「我是川島江利子。」

「我是唐澤雪穗。」她緩緩說出姓名後，輕輕點了一下頭。對自己所說的話確認似地點頭，是唐澤的習慣，這一點江利子是稍後才知道的。

唐澤雪穗是一個比江利子私下愛慕想像的更加美好的「女性」。她富於感性，江利子覺得光是和她在一起，自己對許多事物便會有全新的體認。而且雪穗具有天生的才能，能讓談話非常愉快。和她說話，甚至會覺得自己也變得能言善道。江利子經常忘記唐澤與自己同齡，在日記裡經常以「女性」來形容她。

江利子爲擁有這麼出色的朋友感到驕傲，想和她成爲朋友的同學當然不在少數，她身邊總是圍繞著許多人。這時候，江利子不免有些嫉妒，覺得好像自己的寶貝被搶走了。

但最令人不愉快的，莫過於附近國中男生注意到雪穗，像追逐偶像似地在她身邊出沒。前幾天體育課時就有男生爬到鐵絲網上偷看。他們一看到雪穗，嘴裡就不乾不淨起來，毫無例外。

今天也是，放學時有人躲在卡車載貨台上偷拍雪穗。雖然只瞄到一眼，但看得出那是個滿面痘痘、一臉不健康的男生，顯然是那種滿腦子下流妄想的類型。一想到他可能會拿雪穗的照片來當他妄想的材料，江利子就噁心得想吐，但雪穗本人毫不介意。

「不用理他們，反正他們要不了多久就會膩了。」

然後彷彿故意要做給那個男生看似的，雪穗撥了一下頭髮。那個男生急忙拿起相機的樣子，江利子都看在眼裡。

「可是妳不覺得不舒服嗎？沒徵求妳的同意就亂拍。」

「是不舒服啊，不過要是生氣去抗議，還得跟他們打交道，那才更討厭。」

「是沒錯。」

「所以不要理他們就好了。」

雪穗直視前方，從那輛卡車前經過。江利子緊跟在她身旁，想盡量妨礙那個男生偷拍。

江利子便是隨後說好要去雪穗家玩的。因爲雪穗說前幾天向她借的書忘了帶，問她要不要去家裡。書還不還無所謂，但她不想錯過造訪雪穗房間的機會，便毫不猶豫地答應了。

上了公車，在第五個站牌下車後走了一、兩分鐘。唐澤雪穗的家位在幽靜的住宅區。房子本身不算大，卻是一棟高雅的日式房屋，有座小巧精緻的庭院。

雪穗和母親兩個人住在這裡。來到起居室，她母親出來了。但是看到她，江利子感到有些困惑。她是個長相和身段都很有氣質、和這個家極爲相配的人，但是年齡看起來足以當她們的祖母。而這個印象，並非來自於她身上顏色素雅的和服。

「慢慢坐。」雪穗的母親以安詳的口吻說了這句話，便離開起居室。她在江利子心中留下體弱多病的印象。

江利子想起最近聽到的一些令人不愉快的傳聞，與雪穗的身世有關。

「妳媽媽看起來好溫柔哦。」只剩下她們倆時，江利子說。

「嗯，很溫柔呀。」

「妳家門口掛了千家(*1)的牌子呢！妳媽媽在教茶道嗎？」

「嗯，教茶道，也教花道。還有，應該也教日本琴吧。」

「好厲害哦！」江利子身子後仰，驚訝地說，「眞是女超人！這樣的話，那些妳都會嘍？」

「我是跟著媽媽學茶道和花道。」

「哇啊！好好喔！可以上免費的新娘學校！」

「可是相當嚴格哦。」雪穗說著，在母親泡的紅茶裡加了牛奶，啜飲一口。

江利子也依樣畫葫蘆。紅茶的味道好香，她想這一定不是茶包沖泡的。

「對了，江利子。」雪穗那雙大眼睛定定地凝視她，「妳聽說那件事了嗎？」

「那件事？」

「就是關於我小學時的事。」

突如其來的問題，讓江利子慌了手腳，「啊，呃……」

雪穗微微一笑，「妳果然聽說了。」

「不是的，其實不是那樣，我只是稍微聽到有人在傳……」

「不用隱瞞，不用擔心我。」

聽她這麼說，江利子垂下眼睛。在雪穗的凝視下，她無法說謊。

「是不是傳得很凶？」她問。

「我想還好，應該沒有多少人知道，跟我講的那個同學也這麼說。」

「可是既然會出現這種對話，表示已經傳到某種程度了。」

*1 裏千家是日本抹茶道流派之一，自千利休（一五二二～一五九一）創千家茶道，至其孫宗旦後分爲三家，有裏千家、表千家與武者小路千家。

雪穗道出重點，讓江利子無話可說。

「那……」雪穗手放在江利子膝上，「妳聽到的是什麼內容？」

「內容啊，沒什麼大不了的，很無聊。」

「說我以前很窮，住在大江一棟髒兮兮的公寓裡？」

江利子陷入沉默。

雪穗進一步問道，「說我親生母親死得很不尋常？」

江利子忍不住抬起頭來，「我一點都不相信！」

或許是她拚命辯解的口氣很可笑，雪穗笑了，「不必這麼拚命否認，再說，那些話也不全是假的。」

「咦？」江利子輕呼一聲，轉頭看向好友，「真的嗎？」

「我是養女，上中學時才搬來這裡。剛才的媽媽並不是我的親生母親。」雪穗的語氣很自然，沒有故作堅強的樣子，彷彿毫不在意一般。

「這樣啊。」

「我住過大江是眞的，以前很窮也是眞的，因爲我爸爸很早就死了。還有另一件事，我母親死得很不尋常也是眞的，那是我六年級時發生的事。」

「死得很不尋常是說……」

「瓦斯中毒。」雪穗說，「是意外過世的。不過曾經被懷疑是自殺，因爲我家實在很窮。」

「原來是這樣啊。」

江利子感到迷惘，不知該如何回應才好，但雪穗也不像揭露重大祕密的樣子。當然，這一定是她體貼的習性，不想讓朋友尷尬爲難。

「現在的媽媽是我爸爸的親戚，我以前偶爾會自己來玩，她很疼我。當我變成孤兒，她覺得我很可憐，立刻收養我。她自己獨居好像也很寂寞。」

「原來是這樣啊，妳一定吃了不少苦吧？」

「還好，不過我認爲我很幸運，因爲我本來會進育幼院的。」

「話是這麼說沒錯……」

同情的話差點就脫口而出，江利子把話吞了回去。她覺得，這時候不管說什麼，只會讓雪穗瞧不起而已。她吃過的苦，一定不是無憂無慮地長大的自己所能體會的。

話說回來，分明歷經如此艱困的過去，雪穗怎能如此優雅呢？江利子欽佩不已。或者正因爲有這些體驗，才讓她從內而外散發出光芒。

「其他還說了我什麼？」雪穗問。

「我不知道，我也沒問。」

「我想一定是一些有的沒有的吧。」

「沒什麼好在意的，那些亂傳的人，只是嫉妒妳而已。」

「我並不是在意，只是好奇，不知道這些話是誰傳出來的。」

「不知道，反正一定是哪個三八阿花啦！」江利子故意說得很粗魯，想盡快結束話題。

江利子聽到的傳聞，其實還包括另一則插曲。雪穗的生母是某人的小老婆，那個男人被殺的時候，還被警方懷疑過。傳聞還繪聲繪影地加油添醋，說她母親自殺是因爲警方認定她是凶手。

但是這些話當然不能讓雪穗知道，這一定是看不慣她受歡迎的人造的謠。

之後，雪穗把最近熱衷的拼布作品拿給江利子看，有坐墊套、側背包等用品。色彩繽紛的碎布組合展現雪穗的絕佳品味。其中只有一個尚未完成的作品用色不同，那個袋子看來是用來裝小雜物的，全都是黑色、藍色等寒色系的布。「這種配色也不錯呢。」江利子由衷稱讚。

3

教授國文的女老師目光只在課本與黑板之間來回。機械式地上課的同時，似乎一心祈禱這地獄般的四十五分鐘早點過去。她從不叫學生朗讀課本，也不指名學生回答問題。

大江國中三年八班的教室內，分成前後兩個集團。多少還有點心想上課的人坐在教室的前半部。完全不想上課的人，利用教室後半部的空間為所欲為。有人玩撲克牌和花紙牌，有人大聲聊天，有人睡午覺，不一而足。

老師們曾經訓斥這些妨礙上課的學生，但隨著時間一個月、兩個月過去，他們便什麼都不再說了。當然，原因在於老師身受其害。某位英文老師沒收了學生上課時看的漫畫，打學生的頭訓誡，結果幾天後遭人襲擊，斷了兩根肋骨。這肯定是報復，但受到訓斥的學生有不在場證明。還有一位年輕的數學女老師，看到一整排黑板粉筆槽裡擺的東西，忍不住驚聲尖叫。粉筆槽裡擺的是內含精液的保險套。在那之前不久，她說過一些批評不良學生的話。身懷六甲的她，差點因為過度驚嚇流產。發生這件事後，她立刻辦理留職停薪。大家都認為，在這屆國三生畢業之前，她應該不會回來任教。

秋吉雄一坐在可說是教室正中央的位置。換句話說，在那個位置，當他想上課時就能上課，也能夠輕易加入妨礙的一方。他很喜歡這個可以視心情轉換立場，有如牆頭草般的位置。

牟田俊之進來的時候，國文課已經上了將近一半了。他用力打開門，絲毫不在意他人的眼光，大剌剌地走向自己的座位，他的位子是靠窗最後一個。國文老師似乎想說什麼，日光追隨著他，但看到他在椅子上坐下，還是繼續上課。

牟田把兩腳蹺在桌子上，從書包裡拿出雜誌，俗稱「小本的」的色情雜誌。「喂！牟田，你可別在這裡打手搶哦。」其中一個同伴說。牟田那張猙獰醜陋的臉上露出了陰森的笑容。

國文課一結束，雄一便從書包裡拿出一個大信封，走近牟田。牟田兩手插在口袋，盤腿坐在桌上。他背對雄一，所以雄一看不見他的表情。但是從他同伴的笑臉推測，他的心情應該不錯。他們正在聊最近流行的遊戲，他聽到「打磚塊」這個詞。他們今天大概又打算溜出學校，直奔電動遊樂場吧。

牟田對面的男生看到雄一，隨著他的目光，牟田也回頭了。剃掉的眉根青青的，坑坑疤疤的臉上兩處凹陷的深處，是一雙小而銳利的眼睛。

「這個。」說著，雄一把信封遞出去。

「什麼東西？」牟田問，聲音很低沉，氣息裡夾雜著香菸的味道。

「昨天我去清華拍的。」

牟田似乎明白信封裡是什麼，戒備的神色從臉上消失了。他一把搶走雄一手上的信封，看了看裡面。

信封裡裝的是唐澤雪穗的照片，今天早上天還沒亮，雄一就起床沖洗的自信之作。雖然是黑白照，但拍出來的成品能夠看出肌膚和頭髮的顏色。

牟田本來以一副想舔嘴唇的表情看著信封裡的東西，一看到雄一，一邊臉頰擠出一個讓人發

毛的笑容，「拍得不錯嘛。」

「不錯吧？費了我好大一番心血。」雄一說。看到顧客滿意的樣子，內心鬆了一口氣。

「不過，也太少了吧，只有三張啊？」

「我只先帶你可能會喜歡的來。」

「還有幾張？」

「還不錯的有五、六張。」

「很好，明天全部帶來。」說著，牟田把信封放在身邊，沒有要還雄一的意思。

「一張三百圓，所以三張是九百圓。」雄一指著信封說。

牟田皺著眉頭，從斜下方以蔑視的眼神瞪著雄一。他這麼做，讓右眼下的傷痕顯得更凶悍。

「錢等照片全部拿到再給你，這樣你沒話說了吧？」

他的口氣擺明有話說就用拳頭來說。雄一當然沒話說。只說句「好啊」便準備離開。

雄一正想走，牟田卻叫住了他，「喂，慢著。」

「秋吉，你知道藤村都子嗎？」

「藤村？」雄一搖搖頭，「不知道。」

「她也是清華三年級的，跟唐澤不同班。」

「我不曉得這個人。」雄一再度搖頭。

「你去幫我拍她的照片，我出同樣的價錢跟你買。」

「可是我不認得她呀。」

「小提琴。」

「小提琴？」

「她放學後都會在音樂教室拉小提琴，看了就知道。」

「音樂教室裡面看得到嗎？」

「這種事，你去看不就知道了。」說著，牟田一副交代完畢的樣子，把臉轉回同伴那邊。

雄一知道這時候再多嘴會讓牟田抓狂，默默地離開了。

牟田是從上學期中開始注意清華女子學園中學部的女生，那所學校的女學生以家境好、氣質佳聞名。看來他們那些不良分子正流行追清華的女生，只不過實際上到底有沒有人如願以償，就不得而知了。

拍攝他們中意女生的照片，是雄一向牟田提議的，因爲雄一聽說他們想要那些女生的照片。雄一有他的原因，因爲零用錢不足以讓他繼續攝影這個興趣。牟田一開始要他拍的是唐澤雪穗的照片。雄一感覺牟田眞的很喜歡雪穗，證據是，即使照片拍得有點瑕疵，他也照單全收。

正因如此，當他提出藤村都子這個名字的時候，雄一有點意外。也許是因爲唐澤雪穗實在太高不可攀了，所以轉移目標了吧，雄一這麼想。無論牟田喜歡的是誰，都與雄一無關。

午休時雄一吃完便當，剛把空便當收進書包，菊池就來身邊。菊池拿著大信封袋。

「你現在跟我一起到屋頂好不好？」

「屋頂？幹嘛？」

「就這個啊。」菊池打開信封口，裡面放著昨天雄一借他的照片。

「哦。」雄一開始感興趣，「好啊，我陪你去。」

「好，那走吧。」在菊池的催促下，雄一站起來。

屋頂上沒有半個人。不久前，這裡還是不良學生群聚的地點，但校方發現這裡有大量菸蒂，此後訓導老師經常來巡視，所以再也沒有人來了。

過了幾分鐘，樓梯間的門開了，出現的是雄一的同班男同學。雄一知道他姓什麼，但幾乎沒有和他說過話。

他姓桐原，叫什麼名字就不記得了。

其實不止雄一，他似乎和同學不相往來。無論做什麼，他都不起眼，上課時也極少發言，午休和下課時間總是一個人看書。陰沉的傢伙——這是雄一對他的印象。

桐原走到雄一和菊池面前站定之後，一一凝視他們。他的眼神透露出之前從未顯現的銳利光芒，讓雄一陡然一驚。

「找我幹嘛？」桐原以不悅的語氣問，看樣子是菊池找他來的。

「我有東西要給你看。」菊池說。

「有東西要給我看？」

「就是這個。」菊池從信封裡拿出照片。

桐原以提高警戒的模樣靠近，接過照片。向黑白照片瞥了一眼，他的眼睛就睜大了，「這是什麼東西？」

「我想，搞不好可以拿來當參考，」菊池說，「就是四年前的案子。」

雄一看著菊池的側臉。四年前什麼案子？

「你想說什麼？」桐原瞪著菊池。

「你看不出來嗎？這張照片上的人是你媽吧？」

「咦！」發出驚呼聲的是雄一。桐原狠狠瞪了他一眼，再度把銳利的目光轉向菊池。

「不是，那不是我媽。」

「怎麼不是，你看清楚，明明就是你媽嘛，跟她走在一起的是你家以前的店員啊。」菊池有點光火了。

桐原又看了一次照片，緩緩搖頭，「我不知道你在說什麼，反正照片上的人不是我媽。你少胡說八道了。」說完把照片還給菊池，轉身就要離開。

「這是在布施車站附近吧？離你家也很近啊。」菊池在桐原背後很快地說，「而且這張照片是四年前拍的，看電線杆上貼的海報就知道了，這是《無語問蒼天》。」

桐原停下腳步，但是他似乎沒有和菊池慢慢談的意思。

「你很煩欸。」他稍稍扭過頭來說，「跟你又沒有關係。」

「我是好心才跟你說的。」

菊池回了這句話，但桐原瞪了他們兩人一眼後，便直接走向樓梯間。

「本來想說可以拿來當線索的。」桐原的身影消失後，菊池說道。

「什麼線索？」雄一問，「四年前有什麼案子？」

聽到雄一這麼問，菊池一臉不可思議地看著他，然後點點頭，「對喔，你跟他不是同一所小學，所以不知道那件案子。」

「到底是什麼案子啦！」

雄一不耐煩地問，菊池看看四周之後才說，「你知道眞澄公園嗎？在布施車站附近。」

「真澄公園？啊啊……」雄一點點頭，「以前去過一次。」

「那個公園旁邊有棟大樓，你記不記得？說是大樓，不過蓋到一半就停工了。」

「我不太清楚，那棟大樓怎樣了？」

「四年前，桐原的爸爸就是在那棟大樓裡被殺的。」

「咦……」

「因爲錢不見了，所以他們說應該是搶匪幹的。那時候鬧得多大啊！每天每天，到處都有警察走來走去。」

「抓到凶手了嗎？」

「警察查到一個男的可能是凶手，可是結果什麼都沒查出來，因爲那個男的死了。」

「死了？被殺的？」

「不不不，」菊池搖搖頭說，「出車禍死的。警察查他的東西，找到一個打火機，跟桐原他爸爸不見的一模一樣。」

「哦，找到打火機，那一定是他幹的嘛。」

「這就很難講了。只知道是一樣的打火機，又不能確定就是桐原他爸的。所以問題就來了。」菊池朝樓梯間瞄了一眼，壓低聲音說，「過了不久，開始有人在傳。」

「傳什麼？」

「說凶手搞不好是他太太。」

「他太太？」

「就桐原他媽媽啊！有人說他媽跟店員有一腿，嫌他爸礙事。」

菊池說，桐原家是開當鋪的。他說的店員，指的就是以前在當鋪工作的男子。

但是對雄一而言，雖然是朋友的敘述，卻像聽電視劇劇情一般，一點眞實感都沒有。「跟店員有一腿」這種話，聽了也沒感覺。「後來怎樣？」雄一要他繼續說下去。

「這傳了滿久的。可是因爲沒什麼根據，後來就不了了之，我也忘了。不過這張照片……」菊池拿剛才的照片給他看，「你看這張照片，後面是賓館欸！這兩個人一定是從賓館出來的。」

「有這張照片，會有什麼不同嗎？」

「當然有！這是桐原他媽媽和店員搞外遇的證明啊！也就是說，他們有殺他爸的動機。我就是這樣想，才拿照片給桐原看的。」

菊池經常借閱圖書館的書，隨口便能說出動機之類的字眼，多半是受惠於此吧。

「說是這樣說，可是站在桐原的立場，他怎麼會去懷疑自己的媽媽呢？」雄一說。

「那種心情我能理解，可是有時候不管多不願意承認，還是得把事情弄個水落石出，不是嗎？」菊池極爲熱切地說完後，輕輕嘆了一口氣。

「算了，我會想辦法證明這張照片裡拍的就是桐原他媽。這樣，他就不能再裝了。要是把這張照片拿去給警察看，他們一定會重新調查。我認識調查這件案子的刑警，我要把照片拿去給那個大叔看。」

「你幹嘛對這件案子這麼認眞？」雄一問，他覺得很納悶。

菊池一邊收照片，一邊抬眼看他，「發現屍體的人，是我弟。」

「你弟？眞的嗎？」

「眞的。」菊池點頭說。

「我弟跟我講，我也跑去看。結果眞的有屍體，我們才去跟我媽講，叫我媽報警。」

「原來是這樣啊。」

「因爲屍體是我們發現的，所以被警察問了好幾次話。可是警察問的，不單單是發現屍體那時候的事。」

「什麼意思？」

「警察認爲被害人的錢不見了，照理是凶手拿的，但是也有被第三者拿走的可能。」

「第三者……」

「聽說發現屍體的人報警前先拿走値錢的東西，好像不是什麼稀奇的事。」菊池嘴角露出冷笑，「不止這樣，警察還想得更多。自己殺了人，再叫兒子去發現屍體，這也有可能。」

「怎麼會……」

「很扯吧，可是這都是眞的。就因爲我們家窮，他們從一開始就用懷疑的眼光看我們。還有因爲我媽去過桐原他們店裡，警察就不放過我們。」

「可是嫌疑都洗清了吧？」

菊池哼了一聲，「這不是重點。」

聽了這些話，雄一不知道該說些什麼才好，只是緊握著雙手，站在那裡。

就在這時候，他們聽到開門的聲音。一個中年男老師從樓梯間走出來，老師眼鏡之後的雙眼顯得怒氣沖沖，「你們在這裡做什麼？」

「沒什麼。」菊池冷冷地回答。

「你！你那是什麼？你拿著什麼？」老師盯上菊池的信封，「拿給我看！」

他似乎懷疑那是色情照片，菊池不耐煩地把信封交給老師。老師看了照片，眉間的力道霎時鬆開了。看在雄一眼裡，那反應有幾分是脫了力，也有幾分是出乎意料。

「這是什麼照片？」老師懷疑地問菊池。

「以前在路上拍的照片，我向秋吉借的。」

老師轉向雄一，「眞的嗎？」

「眞的。」雄一回答。

老師看看照片，又看看雄一，一會兒之後，才把照片放回信封。

「跟課業無關的東西不要帶到學校來。」

「知道了，對不起。」雄一道歉。

男老師查看他們四周的地面，大概是在檢查有沒有菸蒂，所幸沒有找到。老師沒說話，把信封還給菊池。

緊接著，午休結束的鐘聲響了。

這天放學後，雄一又來到清華女子學園，但是他今天的目標不是唐澤雪穗。

他沿著牆走了一段路。

他停下腳步，因爲耳朵已經捕捉到他要找的聲音了。他要找的，便是小提琴的聲音。

他觀察四周，確認沒有人在看之後，毫不猶豫地爬上鐵網。灰色校舍就在眼前，雄一的前方就是一樓的窗戶。窗戶雖然關著，窗簾卻是打開的，裡面的情形一覽無遺。

太好了！雄一在心中歡呼，這裡就是音樂教室。

雄一改變身體的角度，把頭探出去。鋼琴的另一頭站著一個人，身穿水手服，拉著小提琴。

那就是藤村都子啊。

她看起來比唐澤雪穗嬌小。是短髮吧？他想看清楚她的長相，但教室光線很暗，玻璃窗的反射也阻礙了視線。

正當他把脖子伸得更長的時候，小提琴的聲音戛然而止。不僅如此，還看到她往窗邊靠近。雄一面前的玻璃窗打開了，一個一臉好強的女生直直瞪著他。因爲事出突然，他甚至來不及從鐵網上爬下來。

「害蟲！」應該是藤村都子的女生大喊。有如被她的叫聲壓倒一般，雄一的手鬆開了。總算是雙腳先著地，雖然一屁股跌在地上，但並沒有受傷。

裡面有人大聲喊叫。糟了！快逃！雄一拔腿就跑。

等他逃離險境、鬆了一口氣的時候，他才意會到那個女生喊的是「害蟲」。

4

每個星期二、五晚上，川島江利子會和唐澤雪穗一起上英文會話補習班。這當然是受到雪穗的影響。上課時間從七點到八點半。補習班距離學校十分鐘腳程，但是江利子習慣放學後先回家，吃過晚飯再出門。這段期間，雪穗參加話劇社的練習。平常總是和雪穗形影不離的江利子，總不能到了三年級才加入話劇社。

星期二晚上，補習結束後，兩人像平常一樣並肩走著。走到一半，來到學校旁時，雪穗說要打電話回家，便進了公共電話亭。江利子看了看手表，已經快九點了，這是她們在補習班教室裡聊個沒完的結果。
「久等了。」雪穗打完電話出來，「我媽媽叫我趕快回家。」
「那我們得加快腳步了。」
「嗯，要不要抄近路？」
「好啊。」
平常她們都會沿著有公車行駛的大馬路走，但現在兩人轉進小路。走這條路，等於是三角形的第三邊，可以節省不少時間。平常她們很少往這裡走，因爲不但路燈昏暗，而且大都是倉庫和停車場，少有住家。那時候，她們正好走到堆放許多木材，看似木材廠倉庫的建築物前面。
「咦！」說著，雪穗停下腳步，她的目光朝著倉庫的方向。
「怎麼了？」
「掉在那裡的，是不是我們學校的制服？」雪穗指著某個地方。
江利子順著她指的方向看過去，靠牆而立的角材旁，有一塊白布般的東西掉在那裡。
「咦！是嗎？」她歪著頭，「不就是一塊布嗎？」
「不是，那是我們學校的制服。」雪穗走過去，撿起那塊白布，「妳看，果然沒錯。」
她說的對，雖然破了，但的確是制服沒錯。淺藍色的衣領正是江利子她們熟悉的。
「怎麼會有制服掉在這裡？」江利子說。
「不知道……啊！」正在查看制服的雪穗叫了一聲。
「什麼？」
「這個。」雪穗讓她看制服的胸口部分。

名牌以安全別針別在那個位置，上面寫著「藤村」。

江利子沒來由地感到恐懼，只覺一陣戰慄爬過背脊，她一心想立刻離開那個地方。但雪穗卻拿著破掉的制服，四處張望。她發現旁邊倉庫有個小門半掩著，大膽地往裡面看。

「我們趕快回家吧！」江利子說這句話的時候，只聽到雪穗「呀」地尖叫了一聲，手掩住嘴，踉蹌倒退。

「怎麼了？」江利子問，聲音在發抖。

「有人……倒在那裡，可能已經死了。」雪穗說。

倒在那裡的是清華女子學園中學部三年二班的藤村都子，但是她並沒有死。雖然雙手雙腳遭到綑綁，塞住嘴巴的布綁在腦後，而且失去知覺，不過獲救之後很快便恢復了意識。

發現藤村都子的是江利子她們，但救她的並不是她倆。她們以爲發現屍體，報警之後不敢靠近倉庫，兩人握住對方的手，一個勁兒地發抖。

藤村都子上半身赤裸，下半身除了裙子以外，所有衣物都被脫掉，這些衣物就被丟棄在她身旁。此外，還找到了一個黑色塑膠袋。

火速趕來的救護人員將都子送上救護車，但她根本無法說話。即使看到江利子她們，也沒有任何反應，雙眼空洞無神。

江利子和雪穗一同被帶到附近的警察局，在那裡接受了簡單的偵訊。這是她們第一次搭警車，但由於才看過藤村都子悲慘的模樣，實在沒有心情爲此興奮。

對她們提出種種問題的，是一個將白髮剃成五分平頭的中年男子。外貌看來像個壽司店的廚師，但他身上散發出來的氣氛卻截然不同。即使知道他顧慮她們的感受，盡量表現溫和的態度，不過他犀利的眼神還是讓江利子有所畏懼。

刑警的問題最後集中在江利子她們發現都子的經過，以及對於事件是否有什麼頭緒。關於經過，江利子和雪穗不時互望對方，盡可能正確描述，刑警似乎也沒有發現疑點。但說到有沒有頭緒，江利子她們卻無法提供任何線索。由於夜路危險，學校向來勸導同學若因社團活動晚歸，一定要結伴走公車行經的大馬路，但實際上她們從未聽說發生過意外。

「妳們放學回家的時候，有沒有看過奇怪的人，或是有誰在路邊埋伏？不是妳們自己遇到的也沒關係，妳們的朋友有沒有類似的經驗？」在刑警身旁的女警問道。

「我並沒有聽說過這類事情。」江利子回答。

「不過……」在她旁邊的雪穗說，「有人會偷窺學校內部，或是等我們放學偷拍照，對不對？」她看著江利子，徵求同意。

江利子點點頭，她把他們給忘了。

「都是同一個人嗎？」刑警問。

「偷看的有好幾個人，拍照的人……我不知道。」江利子回答。

「但是我想都是同一所學校的。」

「學校？是學生嗎？」女警睜大了雙眼。

「我想是大江國中的人。」雪穗說。她篤定的語氣，讓江利子也有些驚訝地看她。

「大江？妳確定？」女警再度確認。

「我以前住在大江，所以認得出來。我想，那是大江國中的校徽沒錯。」

女警與刑警對望一眼，「其他還記不記得什麼？」

「如果是上次偷拍我的人，我知道他姓什麼，那時候他胸前別了名牌。」

「姓什麼？」刑警眼睛發亮，一副逮到獵物的表情。

「我記得，應該是秋吉。秋冬的秋，大吉大利的吉。」

在旁邊聽著對話，江利子感到很意外。之前，雪穗可說完全無視於那些人的存在，原來她連對方的名字都看得那麼仔細。江利子不記得那個人身上是否別有名牌。

「秋吉……是嗎？」

刑警在女警耳邊悄悄地說了幾句話，女警站了起來。

「最後，想請妳們看一下。」刑警取出塑膠袋，放在江利子她們面前，「這是掉落在現場的東西，妳們有印象嗎？」

塑膠袋裡裝的東西似乎是鑰匙圈的吊飾。小小的不倒翁上繫著鍊子，但鍊子斷了。

「沒有。」江利子回答，雪穗也是相同的回答。

5

「咦，你鍊子斷了。」雄一看到菊池的錢包之後說。那是午休的時候，他們正在福利社買麵包。菊池就站在他前面，手裡拿著錢包，但是他平常掛在上面的鑰匙圈吊飾不見了。雄一記得是一個小不倒翁。

「對呀，我昨天傍晚才發現的。」菊池悻悻地說，「我還滿喜歡那個的。」

「掉了啊？」

「好像是，不過這種鍊子這麼容易斷嗎？」

便宜貨嘛！雄一把這句差點說出口的話吞回去。對菊池，是嚴禁耍這種嘴皮子的。

「對了。」菊池降低音量，「昨天，我去看《洛基》了。」

「哦，那很好嘛。」雄一回視對方，心想，沒多久之前，他明明才在哀嘆電影票很貴。

「因爲我從一個意想不到的地方，拿到電影院的特別優待券。」菊池說，彷彿看穿了雄一的疑問，「客人給我媽的。」

「哦，那眞是太幸運了。」雄一知道菊池的母親在附近的市場工作。

「可是我一看才發現昨天到期，所以我是匆匆忙忙趕去的。還好趕上最後一場，眞的好險。其實仔細想想，要不是快到期，別人也不會拿來送人。」

「也許吧，電影怎麼樣？」

「亂好看一把的。」

接下來，他們便熱烈地討論電影。

午休即將結束，回到教室的時候，一個同班同學叫住雄一，說導師找他。他們的導師是綽號叫「大熊」的理科老師，本名姓熊澤。

到了教職員辦公室，熊澤正一臉嚴肅地等著雄一。

「天王寺分局的刑警先生來了，有事要問你。」

雄一大吃一驚，「問我什麼事？」

「聽說，你在偷拍清華女學生的照片啊。」熊澤以混濁的眼珠狠狠盯著雄一。

「啊，我……」面對突然的舉發，雄一結結巴巴，說不出話來，等於是不打自招。

「眞是的。」熊澤嘖了一聲，站起來，「人蠢還專幹蠢事，眞是學校之恥。」然後動動下巴，示意雄一跟他走。

在會客室裡，有三名男子正在等候他們。其中一個是上次在屋頂上遇到的訓導老師，老師隔著眼鏡瞪視雄一。另外兩人是陌生人，其中一個是年輕人，另一個是中年人，兩人都穿著深色樸素的西裝。看樣子這兩位就是刑警了。

熊澤向他們介紹雄一。這段期間，刑警每一寸都不放過似地觀察著他。

「在清華女子學園國中部附近偷拍學生照片的，就是你嗎？」中年刑警問道。語氣聽起來很溫和，卻隱約透露出老師所沒有的剽悍。光是他的聲音，便足以讓雄一畏怯。

「呃，我……」舌頭好像打結了。

「人家都看到你的名牌了。」刑警指著雄一胸口，「據說你的姓氏很特別就記住了。」

不會吧，雄一心想。

「怎麼樣？你最好還是老實說，你去拍了吧？」刑警再次問道，他身旁的年輕刑警也瞪著雄一。訓導老師的表情難看到極點。

「是……」雄一無奈地點頭，熊澤大大地嘆了一口氣。

「做這種事，你不覺得丟臉嗎？」訓導老師氣得都快口吃了，髮線退後的額頭發紅。

「別這樣、別這樣。」中年刑警做了安撫老師的手勢，目光重新回到雄一身上，「拍照的對象是固定的嗎？」

「是的。」

「你知道她叫什麼名字嗎？」

雄一回答，「知道。」聲音都啞了。

「可以幫我把名字寫在這裡嗎？」刑警拿出白色的筆記紙和原子筆。

雄一在上面寫下「唐澤雪穗」，刑警看了之後，露出會意的表情。

「其他呢？」刑警問道，「還有別人嗎？就只有拍她而已嗎？」

「是的。」

「你喜歡她，是不是？」刑警不懷好意地笑了笑。

「不是……不是我喜歡，是我朋友喜歡。我只是幫他拍而已。」

「你朋友？你幹嘛特地幫他拍？」

雄一低著頭，咬著嘴唇。看到他這個模樣，刑警似乎有所發現。

「哈哈——！」刑警打趣地說，「你拿那些照片去賣，對吧？」

被說中了，雄一身體不由得顫了一下。

「你這傢伙！」熊澤爆出一句，「你白痴啊！」

「拍照的只有你嗎？還有沒有別人跟你一樣？」中年刑警問。

「我不知道，應該沒有。」

「這麼說，經常偷看清華操場的也是你嘍？那裡的學生說，有人常去偷看。」

雄一抬起頭，「我沒有，眞的，我只有拍照而已。」

「那偷看的是誰呢？你知不知道？」

八成是牟田他們，雄一心裡這麼想，嘴上卻沒作聲。要是被他們知道是他說的，天曉得下場會有多淒慘。

「看來，你是知道，但不想說了。隱瞞不說對你可不是什麼好事哦。好吧，沒關係。現在請你告訴我昨天放學後的行動，愈仔細愈好。」

「咦！」

「昨天的行動啊。怎麼了？不能講嗎？」

「請問到底發生了什麼事？」

「秋吉！」熊澤咆哮，「你只要回答就是了！」

「哎，沒關係啦。」這時候，中年刑警又出面安撫激動的老師。刑警帶著一絲微笑看著雄一，「有個清華的女生，在學校附近差點就被欺負了。」

雄一感覺到自己的臉僵了，「我什麼都沒做。」

「沒有人說是你幹的，只是那裡的學生提到你的名字。」刑警的語氣還是一樣平靜。但是話裡卻充滿一種意味——目前就屬你最有嫌疑。

「我不知道，眞的……」雄一搖頭。

「那你昨天在哪裡、做了什麼，就沒什麼不能說的吧？」

「昨天……放學之後，我去了書店和唱片行。」雄一邊回想邊說，「那時候是六點多，後來就一直待在家裡。」

「你在家的時候，家人也在？」

「是的，我媽也在家。大概九點的時候，我爸也回來了。」

「沒有家人以外的人？」

「沒有……」雄一回答，心想，家人的證明不算數嗎？

「好啦，該怎麼辦？」中年刑警以商量的口氣低聲向身邊的年輕刑警說，「秋吉同學說，照片不是自己想要才拍的，可是我們又沒有辦法證實他的話。」

「就是啊。」年輕刑警表示同意，嘴角露出令人厭惡的淺笑。

「我真的是幫朋友拍的。」

「既然這樣，就請你告訴我那個朋友的名字吧。」中年刑警說。

「咦……」雄一很猶豫，但如果再不說，自己便無法洗清嫌疑。他可不要。

這時候，刑警掌握絕妙的時機說，「別擔心，我們不會跟任何人說是你說的。」

這句話簡直說到雄一心坎上，讓他下定決心。

雄一畏畏縮縮地說出牟田的名字。一聽到這個名字，訓導老師便露出厭煩至極的表情。可以想見，每次發生狀況，都少不了這個名字。

「偷看清華操場的人裡面，也有這位牟田同學嗎？」中年刑警問。

「這個我不知道。」雄一舔舔乾澀的嘴唇。

「牟田同學只託你拍唐澤同學的照片而已嗎？有沒有要你拍其他女生的照片？」

「其他的喔，嗯……」雄一不知該不該說，但決定老實招出來。到了這個地步，透露多少都沒有差別了。「最近，他要我拍另一個人。」

「是誰呢？」

「藤村都子，不過我不知道她是誰。」

這一瞬間，雄一感覺到房內的空氣頓時緊張了起來，刑警的表情也出現變化。

「所以你拍了她的照片了？」他低聲問道。

「還沒有。」

刑警點了點頭，「是嗎？」

「別再去拍了。」熊澤從旁氣呼呼地說，「你就是做這種蠢事，才會被懷疑。」

雄一默默點頭。

「我們還想確認一件事。」刑警取出塑膠袋，「你有沒有看過這裡面的東西？」

袋子裡有個小不倒翁。雄一大吃一驚，那正是菊池的鑰匙圈吊飾。

「看樣子你是知道了。」刑警注意到他的表情。

雄一的心又開始動搖了。如果說出這是菊池的東西，會造成什麼後果？會換成菊池被懷疑嗎？可是要是這時候說謊，搞不好會讓事情變得更糟。而且就算自己不說，他們遲早也會發現這是菊池的東西……

「怎麼樣？」刑警以手指頭叩叩有聲地敲著桌子催他回答。那聲響有如針一樣，聲聲刺痛雄一的心。

雄一吞了一口唾沫，小聲地說出不倒翁主人的名字。

6

因社團活動等原因留校時，最晚不得超過五點離校——學校在星期四早上發出這樣的通知。班會時，導師再次強調。

這還用說嗎？——這是川島江利子的感想。考慮到前天發生的事，不要說五點，所有學生都應該一放學就回家才對。

然而其他學生對這道突如其來的指令忿忿不平，這是因爲前天的事情隱瞞得滴水不漏的緣故。對於那天晚上，學校附近的倉庫裡發生了什麼事，她們毫不知情。

當然，學生之間傳出不少臆測，其中不乏接近事實的。例如，「有人在放學途中差點被變態非禮」之類。不過即使是這類謠傳，也必然是由學校的通知推理衍生出來的。因爲老師不可能洩漏內情，江利子她們也保持緘默，所以她們發現被害人的事實，應該沒有同學知道。

江利子對於這個事件隻字不提，並不是出自校方的指示。如果她是個愛說八卦的長舌婦，謠言想必已經滿天飛了。因爲校方的應變速度就是這麼慢。

要江利子對事件保持沉默的是唐澤雪穗，事發當晚，江利子回家之後接到她的電話。

「遇到那種事，我想藤村同學一定受到很大的打擊。如果這件事又被全校同學知道，她可能會自殺。所以我們小心一點，什麼都不要說，別讓事情傳出去，好不好？」

雪穗的提議合情合理。江利子回答，自己也打算這麼做。

江利子和藤村都子二年級時同班，藤村都子功課好、個性積極，在班上居於領導地位。不過江利子有點不知如何與她相處，因爲只要自尊受到一點傷害，她就會立刻翻臉。但相對的，貶低別人的話她說來卻毫不在乎。當然，看她不順眼的人也不在少數，這次的事要是被這些人知道了，一定會立刻傳遍學校。

這天午休，江利子和雪穗一起吃便當。她們的座位靠窗，一前一後，附近沒有別人。

「現在對外說是藤村同學出了車禍，暫時請假。」雪穗小聲地告訴她。

「哦，原來如此。」

「好像沒有人覺得奇怪，但願可以順利隱瞞下去。」

「是啊。」江利子點頭。

吃完便當後，雪穗邊拿出拼布的材料，邊看窗外，「今天那些奇怪的人好像沒來。」

「奇怪的人？」

「平常在鐵絲網外面偷看的人。」

「哦。」江利子也向外看。平常像壁虎似地攀在鐵絲網上的男生，今天卻不見蹤影。「也許是這次的事件傳出去，被警告了吧。」

「也許吧。」

「這次的歹徒，會不會就是那些人啊？」江利子小聲地說。

「不知道。」雪穗說。

「那些人的學校不是爛得要命嗎？」江利子皺著眉頭，「要是我，絕不想進那種學校。」

「可是其中有些人可能是不得已才上那所學校的吧。」雪穗說。

「會嗎？」

「像是因爲家庭環境等等的。」

「這我可以理解啦。」江利子含糊地點頭後，看著雪穗的手邊微笑。前幾天去雪穗家時，雪穗給她看的那個小雜物袋已經縫得差不多了。「就快完成了呢。」

「嗯，只要再做最後的修飾就好了。」

「可是這個，縮寫是RK耶。」江利子看著繡在上面的羅馬字母說，「雪穗（Yukiho）的話，應該是YK，不是嗎？」

「對呀，不過這是要送我媽媽的禮物，我媽媽叫做禮子（Reiko）。」

「這樣啊，妳好孝順喔。」江利子看著雪穗靈巧運針的手指說道。

7

菊池文彥因清華女子學園中學部學生遇襲事件遭到警方懷疑，是顯而易見的事實。首先，星期四早上，他在會客室接受刑警問話。警方問了什麼，他如何回答，他並沒有告訴任何人。回到教室後，仍沉著臉一言不發。當然，也沒有人找他說話。刑警連日造訪的異常情況，使每個人都感到非比尋常。

雄一也沒有和菊池說話，向刑警透露鑰匙圈的事，讓雄一感到內疚。

星期五早上，菊池又被傳喚，離開教室。穿過桌椅走向出口時，他沒有看向任何人。

「好像是清華的女生遭到襲擊了，」菊池出去後，有個同學說，「所以警方懷疑他，聽說他的東西掉在現場。」

「你是聽誰講的？」雄一問。

「有人跑去偷聽老師講話，事情好像很嚴重。」

「被襲擊是怎樣？是被強暴了嗎？」有個男生問，眼裡滿是好奇。

「一定的嘛！而且聽說錢也被搶了。」打開話匣子的人，壓低聲音傳播情報。

雄一察覺四周的人全都露出恍然大悟的表情，大概是想起菊池家家境不好。

「可是菊池說不是他啊，」雄一試探地說，「他說那時候去看電影了。」

有個人說，這實在太可疑了，有好幾個人點頭附和。也有人說，他當然不可能老實招認。

看到桐原也和大家圍在一起，雄一感到有些意外。因為他以為桐原不會湊這種熱鬧，還是因

爲前幾天照片的事，讓桐原對菊池產生興趣了？

雄一心裡轉著這些念頭，看著桐原，不久視線和桐原對上了。桐原注視了雄一一、兩秒鐘，便起身離開了同學的圈子。

8

事件發生四天後的星期六，江利子和雪穗到藤村都子家去探望她。這是出自雪穗的提議。但是她們在客廳等了又等，都子並沒有出現。反而是她母親出來，萬分抱歉地說都子還不想見任何人。

「傷勢很嚴重嗎？」江利子問。

「傷勢其實也還好……只是精神上的打擊就很……」都子的母親輕輕嘆了一口氣。

「查出歹徒了嗎？」雪穗問，「警察問了我們好多事情。」

都子的母親搖搖頭，「現在什麼都還不知道，給妳們添了不少麻煩吧？」

「我們沒關係……藤村同學沒看到歹徒的長相嗎？」雪穗悄聲說。

「關於這一點，因爲是突然從後面被套上黑色塑膠袋，什麼都沒看見。後來頭部又挨打，昏了過去……」都子的母親紅著眼，雙手掩住嘴，「她爲了準備文化祭，每天都很晚回來，我就替她擔心。那孩子是音樂社社長，放了學也總是留在學校……」

看到對方哭泣，江利子覺得很難過，甚至想早點離開。雪穗似乎也有同感，看了看她說，「那我們還是先回去好了。」

「是啊。」江利子準備站起來。

「眞的很對不起，虧妳們特地來探望她。」

「哪裡。希望藤村同學能夠早點振作起來，傷勢也早日康復。」雪穗說，一邊站起身來。

「謝謝。啊！不過……」這時候，都子的母親突然睜大了眼睛，「雖然遇到了那種事，但她只是衣服被脫掉而已，那個……她還是清白的。妳們一定要相信這一點。」

江利子非常清楚她想說什麼，因此她有點驚訝地與雪穗互望一眼。她們雖然都沒有說出口，但當她們兩人提起這件事時，都以都子遭到性侵爲前提。

「當然，我們相信。」雪穗回答的語氣，卻好像從沒那麼想過似的。

「還有……」都子的母親說，「之前，妳們好像都把這起事件當作祕密，以後也拜託妳們繼續保守這個祕密。再怎麼說，那孩子往後還有好長的路要走。這種事要是被知道了，不知道背地裡會被說成什麼樣子。」

「好的，我們知道。」雪穗堅定地回答，「我們絕不會向任何人提起的。即使以後有什麼謠言，只要我們否認就沒事了。請轉告藤村同學，我們一定會保密，請她放心。」

「謝謝妳們。都子有這麼好的朋友，眞是幸福。我會要她一輩子都把妳們的恩情牢記在心。」都子的母親含淚說。

9

菊池似乎是在星期六洗清嫌疑的，之所以用「似乎」這個說法，是因爲雄一是到了星期一才聽說這件事。這在同學之間已經成爲話題了，他們說，今天早上換牟田俊之接受刑警盤問。

聽說了這件事，雄一便去問菊池本人。菊池狠狠瞪了他一眼之後，望向黑板，以冷冷的語氣

回答，「嫌疑是洗清了，那件事就算跟我無關了。」

「那不是很好嗎？」雄一開朗地說，「你是怎麼證明清白的？」

「我什麼都沒做，只是證明那天我真的去看電影而已。」

「怎麼證明的？」

「這種事很重要嗎？」菊池兩手抱胸，大大嘆了一口氣，「不然你希望我被抓，是不是？」

「你在亂講什麼，我怎麼可能這麼想？」

「既然這樣，就不要再提這件事了。光想起來就一肚子不爽。」菊池依然望著前方的黑板，不看雄一一眼，顯然對他懷恨在心。菊池多半隱約察覺到，是誰向警方透露不倒翁的主人。

雄一尋思讓菊池開心的方法，於是說，「關於那張照片，如果你想調查，我陪你。」

「你在說什麼？」

「就是……拍到桐原他媽媽和男人在一起的那張照片啊，不是滿有意思的嗎？」

然而，菊池對這個提議的反應卻不如雄一預期。

「那個啊……」菊池撇撇嘴，「我不想弄了。」

「你不想弄了……」

「我沒興趣了。仔細想想跟我根本沒關係。那麼久以前的事，現在也沒人記得了。」

「可是那是你……」

菊池打斷雄一的話，「再說，那張照片不見了。」

「不見了？」

「好像是掉了。也可能是上次打掃家裡的時候，不小心搞錯丟掉了。」

「怎麼這樣……」

那是我的東西耶！雄一很想這麼說，但看到菊池如能劇面具般沒有表情的臉孔，什麼話都說不出口。對於弄丟了別人的寶貝照片，菊池完全沒有抱歉的樣子，像是在說「不必爲了這點小事向你道歉」。

「那種照片，掉了也沒差吧。」說著，菊池看了雄一一眼，簡直是在瞪他。

「嗯，是沒什麼關係啦。」雄一只好這麼回答。

菊池站起來，離開座位，似乎不想再說話了。

雄一疑惑地目送菊池的背影。這時候，他感覺到來自另一個方向的視線。他轉到那個方向，原來是桐原在看他。那種冰冷、觀察事物般的眼神，霎時讓雄一感到一陣寒意。

但是桐原很快又低下視線，看起文庫本。他的桌上放了一個布製雜物袋，是以拼布做成的袋子，上面繡了縮寫ＲＫ。

當天放學後，才剛走出學校不遠，雄一右邊肩膀突然被人抓住。一回頭，牟田俊之帶著憎恨的眼神站在那裡。牟田身後還有兩個同伴，他們的表情也和牟田一樣。

「來一下。」牟田的聲音低沉響亮。聲音雖然不大，但隱含的威力足以讓雄一的心臟收縮。

雄一被帶到一條窄巷裡。牟田的兩個同伴把他圍在中間，牟田本人站在他對面。

牟田抓住雄一的領口，像勒住脖子般往上提，個子不高的雄一不得不踮起腳尖。

「說！秋吉！」牟田惡狠狠地說，「你出賣了我，是不是？」

雄一拚命搖頭，害怕得臉都抽筋了。

「騙肖！」牟田張大了眼睛，齜牙咧嘴，臉靠了過來，「除了你還會有誰？」

雄一繼續搖頭，「我什麼都沒說，眞的。」

「少騙了，白痴！」左邊的男生說，「你找死啊！」

「老實說，說啊！」牟田以雙手晃動雄一的身體。

雄一的背被按在牆壁上，感覺到水泥冰冷的觸感。

「眞的，我沒騙你，我什麼都沒說。」

「眞的嗎？」

「眞的。」雄一身體後仰，點了點頭。

牟田瞪著他，過了一會兒，鬆開了手。右側那個男生，發出嘖的一聲。

雄一按住喉嚨，吞了一口口水。得救了，他心想。

但下一瞬間，牟田的臉糾成一團。連一眨眼都不到，雄一便被撞倒，四肢著地。衝撞的力道留在臉上，明白了這一點時，雄一發現自己挨揍了。

「除了你還有誰？」隨著牟田暴怒的吼叫，有樣東西塞進雄一嘴裡。直到他倒在另一側，才知道那是鞋尖。

牙齒咬破了嘴，血的味道擴散開來。他才在想，好像在舔十圓硬幣啊，劇烈的疼痛便席捲而來。雄一遮住臉，縮成一團。

在他的腰腹上，牟田等人的拳腳如雨點般落下。

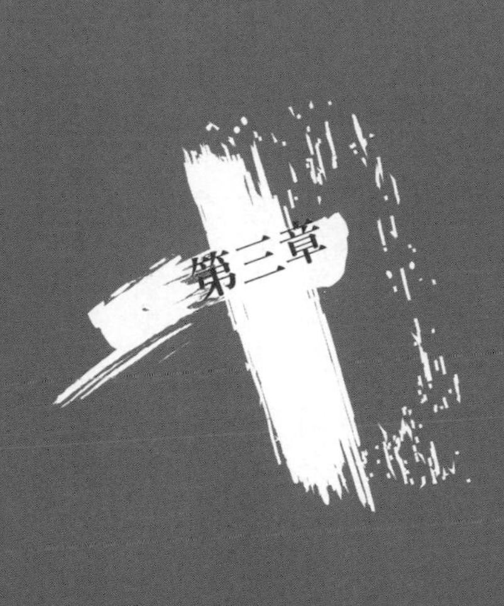

第三章

1

一開門，頭頂上一個大大的鈴鐺便卡啷卡啷作響。

對方指定的咖啡館是家狹窄的小店，除了短短的吧檯，只有兩張小桌子，而且其中一張是兩人座。

園村友彥望了店內一眼，考慮片刻後，在兩人座那桌坐下。他會猶豫，是因爲四人座位唯一一個客人，是張熟面孔。雖然沒有交談過，但友彥知道他是三班的同學，姓村下。村下身形瘦削，輪廓有點外國人的味道，外表想必頗受女生青睞。可能是因爲玩樂團的關係，蓄著燙卷的長髮。灰襯衫外加黑色皮背心，穿著緊身牛仔褲，凸顯出一雙修長的腿。

村下正在看漫畫週刊《少年Jump》。友彥進來時，他一度抬起頭，但視線馬上回到漫畫上，大概是因爲來的不是他等的人。桌上放著咖啡杯和紅色菸灰缸。菸灰缸上有根點著的香菸，顯然是看準高中訓導老師不至於巡視到這裡來。這裡距離他們高中那個地鐵站有兩站之遙。

這裡沒有女服務生，有點年紀的老闆從吧檯裡出來，把水杯放在友彥面前，然後默默微笑。

友彥沒有伸手拿桌上的菜單便說，「我要咖啡。」

老闆點了點頭，回到吧檯。

友彥喝了一口水，又瞄了村下一眼。村下仍舊在看漫畫，不過當吧檯裡的那架錄放音機播放的曲子從奧莉薇亞．紐頓強（Olivia Newton-John）的歌曲變成Godiego（*1）的〈銀河鐵道999〉時，他的眉頭明顯地皺了一下，可能是不喜歡日本的流行樂。

難不成，友彥想，他也是基於相同理由來嗎？如果是這樣，他們等的是同一個人。

友彥環視店內。這年頭每家咖啡館都會有的「太空侵略者」（Space Invaders）桌面式電玩，這裡卻沒有。但是他並不怎麼遺憾，「太空侵略者」他已經玩膩了。要在什麼時機擊落飛碟才能得高分，這類攻略法他瞭如指掌，而且隨時都有留下最高分紀錄的把握。他對『太空侵略者』還有興趣的部分，就屬電腦程式了，但最近他也幾乎摸透了。

爲了打發時間，他翻開菜單，才知道這裡是一家咖啡專賣店。菜單上列了幾十種咖啡品名，他很慶幸沒有在點東西之前看菜單。萬一要是看了，他一定會不好意思只點「咖啡」，而會點哥倫比亞或摩卡，然後多花五十圓或是一百圓。現在的他，連花這一點小錢都會心疼。如果不是和別人約好，連這種咖啡館他都不會進來。

都是那件夾克太失算了——友彥想起上上星期的事。他和朋友在男性服飾精品店順手牽羊，被店員發現。順手牽羊的手法很簡單，假裝試穿牛仔褲，把一起帶進試衣間的夾克藏在自己的紙袋裡。可是，當他們把牛仔褲放回原本的貨架上，準備離開時，被年輕的男店員叫住了。那一刹那，他眞的嚇得差點心臟痲痺。

所幸男店員對於逮住竊賊不如增加業績來得熱衷，所以把友彥他們當作「不小心把商品放進自己紙袋的客人」，因而沒有驚動警察，家裡和學校方面也不知情，但他卻必須支付夾克的定價兩萬三千圓。那時候他身上沒有那麼多錢，店員扣留了他的學生證，讓他回家拿錢。友彥急忙趕回家，拿出他所有的財產一萬五千圓，再向朋友借了八千，付清夾克的費用。

＊1　Godiego爲於一九七六年出道的日本五人樂團，爲日本搖滾樂團先驅。

就結果而言，他得到了一件最新流行的夾克，一點都不吃虧。但是那本來就不是他不惜花錢也想買的衣服，只是認爲有順手牽羊的好機會，沒有細看就隨便挑了一件。打從一開始，他進那家店就不打算買東西。

要是那兩萬三千圓還在就好了——這不知道是友彥第幾十次後悔，這樣就可以隨意購物，還可以看電影。可是現在，除了每天早上媽媽給的午餐費，他幾乎沒有半毛錢，而且還欠朋友八千圓。

老闆端來一杯兩百圓的綜合咖啡，友彥小口小口地啜飲。咖啡很好喝。

如果眞的是「挺不錯的工作」就好了，友彥看著牆上的鐘尋思。所謂「挺不錯的工作」，是約他到這裡的桐原亮司的用詞。

而桐原本人在下午五點整準時出現了。

一進店裡，桐原先看到友彥，然後把視線轉向村下，哼地一聲笑了出來，「幹什麼分開坐啊。」

這一句話，讓友彥明白村下果然也是被桐原叫來的。

村下闔起漫畫週刊，手指插進長髮裡，搔了搔頭，「我是想過他可能跟我一樣，可是萬一不是，他不是會覺得我很怪嗎？所以我就假裝沒事，看我的漫畫。」

看樣子，他對友彥並非視而不見。

「我也是。」友彥說。

「早知道跟你們說有兩人。」桐原在村下對面坐下，朝著吧檯說，「老闆，我要巴西。」

老闆默默點頭。友彥心想，原來桐原是這家店的熟客。

友彥端著自己的咖啡杯，移到四人座的桌子。在桐原示意下，坐在村下旁邊。

桐原稍稍抬眼望著對面的兩人，右手食指在桌面上叩叩叩地敲。那種有如在秤斤論兩的眼神，讓友彥有點不快。

「你們兩個沒有吃大蒜吧？」桐原問。

「大蒜？」友彥皺起眉頭，「沒有，幹嘛？」

「哎，原因很多啦，沒吃就好。村下呢？」

「大概四天前吃過煎餃。」

「你臉過來一點。」

「這樣嗎？」村下把身子探出去，將臉靠近桐原。

「吐一口氣。」桐原說。

村下不太好意思地吐氣之後，桐原指示道，「大口一點。」

桐原嗅了嗅村下用力吐出來的氣，微微點頭，從棉質長褲的口袋裡拿出薄荷口香糖，「我想應該沒問題，不過離開這裡後，嚼一下這個。」

「要嚼是可以，不過到底要幹嘛，講清楚好不好？這樣很詭異欸。」村下焦躁地說。

友彥發現，看樣子這傢伙也不知道詳情，和他一樣。

「我不是說過了嗎，就是到一個地方，陪女人講講話就好了。就這樣而已。」

「就這樣是怎樣……」

村下沒有把話說完，因爲老闆把桐原的咖啡端過來了。桐原端起杯子，先細細品味咖啡香，才緩緩地啜了一口，「老闆，還是一樣好喝。」

老闆笑咪咪地點點頭，回到吧檯。

桐原再度望著友彥和村下，「一點都不難。你們兩個絕對沒問題，所以我才會找你們。」

「我就是在問你，是什麼沒問題。」村下問。

桐原亮司從牛仔外套胸前的口袋拿出紅色紙盒的LARK菸，抽出一根叼在嘴裡，以Zippo打火機點火。

「就是討對方歡心。」桐原薄薄的嘴唇露出笑容說道。

「對方……女人嗎？」村下低聲說。

「沒錯，不過，不用擔心。沒有醜到讓你想吐，也不是皺巴巴的老太婆。是姿色平平，很普通的女人，不過年紀大一點就是了。」

「工作內容就是跟那個女人講話嗎？」友彥問。

桐原朝著他吐出煙，「對，她們有三個人。」

「我聽不懂，你再講詳細一點啦。要到什麼地方、跟什麼女人、說什麼話才好？」友彥稍稍提高了音量。

「到那邊就知道了。更何況，要講什麼我也不知道，那要看情況。講你們最拿手的就好，她們一定會很高興的。」桐原揚起嘴角。

友彥困惑地看著桐原。照他的說明，根本搞不清楚究竟是怎麼回事。

「我不玩了。」村下突然說。

「是嗎？」桐原的樣子並不怎麼驚訝。

「不清不楚，亂詭異的，光聽就覺得有問題。」村下準備站起來。

「時薪三千三哦！」桐原邊端起咖啡杯邊說。「正確地說，是三千三百三十三，三小時一萬。這麼好康的打工，別的地方找得到嗎？」

「可是那不是什麼正經事吧？」村下說，「我是不會去碰那種事的。」

「不是什麼不正經的事。只要你不到處亂講，也不會惹上麻煩，這一點我可以保證。我還可以再保證一件事，結束之後，你們一定會感謝我。這麼好的打工機會，就算把整個工讀求職欄翻遍了，也絕對找不到。這工作誰都想做，但可不是誰想做就能做。你們實在很走運，因爲你們被我相中了。」

「可是……」村下露出躊躇的表情看友彥，大概是想知道友彥做何決定。

時薪三千圓以上，三小時一萬——這對友彥而言非常有吸引力。

「我可以去。」他說，「但是我有一個條件。」

「什麼條件？」

「要跟我講是去哪裡見誰，因爲我要有心理準備。」

「實在沒這個必要。」桐原在菸灰缸裡摁熄了菸，「好吧，出去就跟你講。不過只有園村一個不行，村下不幹的話，這件事就當我沒提過。」

友彥抬頭看著半站著的村下，他維持這個不上不下的姿勢，臉上盡是不安。

「眞的不是什麼不正當的事吧？」村下向桐原確認。

「放心吧，只要你不想，就不會變成那樣。」

聽了桐原意味深長的說法，村下似乎仍然無法下定決心。但是或許是感覺到抬頭看他的友彥眼光裡帶著不耐和不屑，最後他點頭了，「好，那我就跟你們一起去。」

「眞聰明。」桐原一面伸手插進棉質長褲的後口袋，一面站起來，掏出咖啡色皮夾，「老闆，算帳。」

老闆露出詢問的表情，指著他們的桌子畫了一個大大的圓。

「對，沒錯，三個人一起。」

老闆點點頭，在吧檯裡面寫東西，再把小紙片遞給桐原。

看著桐原從皮夾裡拿出千圓鈔，友彥心想，早知道他要請客，就點三明治了。

2

園村友彥上的集文館高中，並沒有所謂的制服。在大學學運盛行的時候，這所高中的學長發起廢除制服運動，而且成功付諸實行。舊式學生服算是他們的標準服裝，但會穿來上學的人不到兩成。尤其升上二年級後，幾乎所有學生都改穿自己喜歡的衣服。此外，雖然禁止燙髮，但遵守這條校規、忍耐著不去燙頭髮的，可說絕無僅有。關於女同學化妝的規定也一樣，所以一身流行雜誌模特兒打扮的女同學，帶著濃烈的化妝品香味坐在教室裡上課的情景，在他們學校司空見慣，只要不妨礙上課，老師也就睜一隻眼閉一隻眼。

穿著便服，放學後即使在鬧區流連，也不必擔心會被輔導。萬一有人問起，只要堅稱是大學生便可矇混過關，像今天天氣這麼好的星期五，放學後直接回家的學生應該少之又少。

園村友彥也一樣，平常他會和幾個同伴成群結隊，到女生會去遊蕩的鬧區，或是直奔引進新機種的電玩遊樂場。他今天沒有這麼做，無非是因爲順手牽羊事件讓他大失血。

桐原亮司來找他時，他因爲那件事，放了學也不打算回家，正在教室一角看《花花公子》。

感覺有人站在前面，抬頭一看，桐原的嘴上掛著不明所以的笑容。

桐原是他的同班同學，然而升上二年級快兩個月了，他們卻幾乎沒有交談過。友彥不算怕生，已經和大多數同學混熟了。反而是桐原身上有一種刻意與人保持距離的氣氛。

「今天有空嗎？」這是他的第一句話。

「有啊……」友彥回答。於是桐原便悄聲說，「有個挺不錯的工作，你要不要試試？只是跟女人講講話而已，這樣就能賺一萬圓。怎樣？不錯吧？」

「就講話而已？」

「要是有興趣，五點到這裡來。」桐原給他一張便條紙。紙上的地圖標示的店，就是剛才那家咖啡專賣店。

「對方那三位應該已經在那裡等了。」桐原不動聲色地對友彥和村下說。

離開咖啡館後，他們搭上地鐵。車上沒什麼乘客，有許多空位，但桐原卻選擇站在門邊，似乎是不想讓別人聽到他們對話。

「客人是誰啊？」友彥問。

「名字不能講，就叫她們蘭蘭、好好、美樹好了。」說了去年解散的三人偶像團體成員的暱稱（*1），桐原賊賊地笑了笑。

*1 指日本一九七〇年代的三人女子偶像團體Candies，由伊藤蘭、田中好子、藤村美樹三人所組成，於一九七八年解散。

「別鬧了，你答應要跟我講的。」

「我可沒說連名字都要跟你講。還有，你別搞錯了，兩邊都不講名字，是爲了自己好。我也沒講你們的名字。我再強調一次，不管她們怎麼問，絕對不能把本名和學校告訴她們。」

桐原眼裡射出冷酷的目光，友彥頓時畏縮了。

「要是她們問了怎麼辦？」村下提出問題。

「跟她們說校名是祕密啊，名字隨便用個假名就好了。不過我想不會有自我介紹這種事，她們不會問的。」

「到底是什麼樣的女人？」友彥換個方式問。

不知爲何，桐原的臉色比較和緩了，「家庭主婦。」他回答。

「家庭主婦？」

「應該說是有點無聊的少奶奶吧，既沒有嗜好也沒有興趣，每天都過著一整天沒講過一句話的日子，悶得很，老公也不理她們。所以爲了打發時間，想和年輕人講講話。」

桐原的描述，讓友彥想起不久之前相當賣座的情色浪漫片——《公寓嬌妻》，他腦海裡浮現出部分畫面，儘管他並沒有看過。

「光講話就有一萬圓？我總覺得怪怪的。」友彥說。

「世界上怪人多得是，不必放在心上。人家既然要給，就不必客氣，收下來就是了。」

「爲什麼要找我和村下？」

「因爲長得帥啊，這還用問嗎？你自己不也這樣想？」

桐原直截了當說出來，友彥不知道該怎麼回話。他的確認爲憑他的長相要進演藝圈並不是難事，對身材也很有自信。

「我不是說了嗎，這不是誰都能做的工作。」說著，桐原像是同意自己似地點了點頭。

「你說她們不是老太婆，對吧？」村下好像還記得桐原在咖啡館裡說過的話，確認似地說。

桐原別有含意地笑了，「不是老太婆，但是也不是二十幾歲的少婦，就三、四十啦。」

「跟那種阿姨要講什麼才好？」友彥打從心底擔心，這麼問道。

「這種事你用不著去想，反正只會講些沒營養的。對了，出了地下鐵，把頭髮梳一梳，噴點髮膠，免得頭髮弄亂了。」

「我沒帶那些東西。」

聽友彥這麼說，桐原打開自己的運動背包給他看。裡面有梳子和髮膠，連吹風機都帶了。

「既然要去，就打扮成超級帥哥秀一下吧，嗯。」桐原揚起了右嘴角。

他們在難波站從地下鐵御堂筋線換乘千日前線，在西長堀站下車。友彥來過這裡好幾次，因爲中央圖書館就在這一站。一到夏天，想利用自修室的考生還得排隊入場。

他們從圖書館前面經過，又走了幾分鐘。桐原的腳步在一棟小小的四樓公寓前停下來，「就是這裡。」

友彥抬頭看建築物，吞了一口口水，覺得胃有點痛。

「你那什麼臉啊，表情這麼僵硬。」

聽到桐原苦笑，友彥不禁摸摸臉頰。

公寓沒有電梯。他們爬樓梯到三樓，桐原按了三〇四室的對講機。「喂——」一個女人的聲音從對講機裡傳出來。

「是我。」桐原說。

開鎖的聲音隨即響起，門開了。一名穿著領口敞開的黑色襯衫、搭配灰黃格子裙的女子，手還握著門把。她的個子嬌小，臉也很小，留著短髮。

「妳好。」桐原笑著打招呼。

「你好。」女子也回應。眼睛四周化了濃妝，耳垂上還掛著鮮紅色的圓形耳環。雖然已盡力故作年輕，但看起來果然不像二十幾歲，眼睛下方也已浮現小細紋。

女子把視線移到友彥他們身上。友彥覺得她的視線有如影印機的曝光燈，把他倆快速地從頭到腳掃描過一遍。

「你朋友啊。」女子對桐原說。

「是的，兩個都是帥哥吧。」

聽到他的話，女子呵呵地笑了，然後說聲「請進」，把門拉得更開一些。

友彥跟著桐原進入室內，進了玄關就是客廳兼餐廳。裡頭有餐桌和椅子，但除了一個固定的架子外，連個碗櫃之類的東西也付之闕如，也沒看到烹飪用具。一台個人用的小冰箱和放在上面的微波爐，也感覺不到生活的氣息。友彥推測，這個房間平常沒有人住，而是租來別有他用。

短髮女子打開裡面的和式拉門。屋裡有兩間三坪的和室，但是隔間的和室拉門已經移除，形成了一細長房間，房間盡頭有一張簡易鐵管床。

房間中央有一部電視機，前面坐著另外兩名女子。其中一個瘦瘦的，棕色頭髮紮成馬尾，但針織連身洋裝的胸部豐滿地鼓起。另一個穿著牛仔迷你裙，上身套著牛仔外套，圓圓的臉，及肩的頭髮燙成大波浪。在三人中，她的五官看起來最平板，不過這可能是其他兩人妝太濃的關係。

「怎麼這麼慢呀。」馬尾女子對桐原說，不過並不是生氣的語氣。
「對不起，因爲有很多事情要一步步來。」桐原笑著道歉。
「什麼事情？一定是解釋在等他們的是什麼樣的歐巴桑，對不對？」
「怎麼會呢？」桐原踏進房間，在榻榻米上盤腿坐下，然後以目光示意友彥他們也坐下來。
友彥和村下都坐下後，桐原卻立刻起身，改由短髮女子坐。這麼一來，友彥和村下便被夾在三個女人之間。
「請問三位，喝啤酒，好嗎？」桐原問她們。
「好呀。」三人點頭回答。
「你們兩個，啤酒可以吧？」說著，也不等友彥他們回答，就進了廚房。裡面發出開冰箱拿啤酒瓶的聲音。
「你常喝酒嗎？」馬尾女問友彥。
「偶爾。」他回答。
「酒量好嗎？」
「不太好。」他帶著和善的笑容搖頭。
友彥發現女子在交換眼色。他不知道她們的視線是什麼意思，但是看樣子，她們對桐原帶來的兩個高中生的外表並無不滿，所以暫時可以放心。
友彥覺得房間很暗，原來玻璃窗外還有防雨窗，而且照明只有一顆罩了籐製燈罩的燈泡。友彥心想，可能是爲了掩飾女子的年紀，才把房間弄得這麼暗吧。馬尾女子的肌膚和他的女同學完全不同。在身邊近看，一目了然。

桐原用托盤端來三瓶啤酒、五個玻璃杯，以及盛了柿種米果及花生的盤子。他把這些東西放在大家面前，立刻又回到廚房，他接著送來的是一個大披薩。

「你們兩個餓了吧？」說著，看看友彥他們。

女子和友彥他們互相斟酒，倒滿彼此的玻璃杯，就這麼開始乾杯了。桐原在客廳兼餐廳處，翻找包包裡的東西。友彥想，他不喝啤酒嗎？

「有沒有女朋友？」馬尾女又問友彥。

「喔，沒有。」

「眞的？爲什麼？」

「爲什麼啊……不知道，就是沒有。」

「學校裡應該有很多可愛的女生吧？」

「有嗎？」友彥拿著玻璃杯，歪著頭。

「我知道了，一定是你眼光很高。」

「哪有，我才沒有呢。」

「照我看，你要交幾個女朋友都沒問題，你就放手去追嘛。」

「可是眞的沒幾個可愛的。」

「是嗎？眞可惜。」說著，馬尾女把右手放在友彥大腿上。

和女子的對話，正如桐原先前所說，你來我往的都是沒有意義的話語。這樣眞的就有錢可拿嗎？友彥覺得不可思議。

話很多的是短髮女和馬尾女，牛仔女感覺上只是喝啤酒聽大家聊天，笑容也有點不自然。

短髮女和馬尾女殷勤地勸酒，友彥來者不拒，不斷地喝。半路上，桐原交代過，若是對方勸菸勸酒，盡可能不要回絕。

「大家好像聊得很開心，不過來一點餘興節目吧。」過了三十分鐘左右，桐原說了這幾句話。友彥已經有點醉意了。

「啊！新片？」短髮女看著他問，眼睛閃閃發光。

「是啊，不知道大家喜不喜歡。」

友彥早就發現，桐原在餐桌上組裝小型投影機，他正想問桐原要做什麼。

「什麼片子？」友彥問桐原。

「這個嘛，看了就知道了。」桐原不懷好意地一笑，按下投影機開關。從機器發射出來的強光，立刻在五人面前的牆壁上形成一個大四方形，看來是要直接將白色牆面當作螢幕。桐原對友彥說，「不好意思，幫忙關燈。」

友彥伸長身子，關掉燈泡開關。同時，桐原開始播放影片。

那是彩色8釐米的電影，沒有聲音。但是那是哪一類的電影，播放沒多久友彥就明白了，因為劈頭就出現赤裸的男女，而且一般電影中絕對不能拍出來的部分，也完全一覽無遺。友彥感覺心跳加速，這並不只是喝啤酒有了醉意的關係。他雖然看過類似的照片，但是會動的影像這還是第一次。

「哇啊！好誇張！」

「哦，原來也有這種做法啊。」

女子可能是要掩飾尷尬，以嬉鬧聲發出評語，她們並不是對彼此說，而是朝著友彥和村下發言。馬尾女在友彥的耳邊輕聲說，「你做過那種事嗎？」

「沒有。」他這樣回答的時候，聲音不中用地發抖。

第一部影片約十分鐘便結束了，桐原迅速更換投影機的帶子。在這個空檔，短髮女說，「怎麼好像變熱了。」脫下襯衫，她襯衫下只穿著胸罩。投影機的光線把她的肌膚照得發白。

就在她脫完衣服後，牛仔女突然站起來。「那個，我……」才說了這幾個字，嘴巴就閉上了，好像不知道說什麼才好。

調整投影機的桐原問道，「要走了嗎？」

女人默默點頭。

「是嗎？那眞是遺憾。」

在大家注視下，牛仔女走向玄關，刻意不和任何人的眼光接觸。

她走了後，桐原鎖好門再回來。

短髮女吃吃笑著說，「對她大概太刺激了吧。」

「一定是三對二，只有她落單了。都要怪亮沒有好好招呼她啦。」馬尾女說，聲音裡夾雜著優越感。

「我是在觀望，不過她好像沒辦法接受。」

「虧我還特地找她來。」短髮女說。

「有什麼關係。好啦，繼續吧。」

「好的，馬上來。」桐原打開投影機的開關，牆面再度出現影像。

馬尾女在第二部電影放到一半時，脫掉針織連身洋裝。衣服一脫掉，她便把身體靠過來，往友彥身上磨蹭。然後小聲耳語，「沒關係，你可以摸。」

他還是處男。

友彥勃起了。但是這是因爲被半裸的女人勾引，還是因爲看了太過刺激的影片，他自己也不清楚。只是到了這一刻，他不可能不明白這份工作眞正的內容。

他感到不安，並不是因爲他想逃避即將發生的事情，他擔心的是到底能不能做好這份工作。

3

友彥家位於國鐵阪和線美章園站旁，座落在小小的商店街之後的第一個轉角，是一棟兩層樓的木造日式住宅。

「你回來啦，眞晚。晚飯呢？」看到他，母親房子便這麼問。已經將近十點了，以前晚歸會被嘮叨，但上了高中後，很少再被說什麼。

「吃過了。」簡短地回答後，友彥回到自己的房間。

一樓一間一坪半的和室是他的房間。以前是儲藏室，他上高中時，重新裝潢作爲他的房間。

一進房在椅子上坐下，第一件事就是打開眼前機器的電源，這是他每天的例行公事。

機器指的是個人電腦，在外面買，要價將近一百萬圓。東西當然不是他買的，是他在電子機械製造商工作的父親利用關係，便宜買來的二手貨。當初他父親想學電腦，但才碰了兩三次便束諸高閣。反而是友彥對電腦產生興趣，靠著看書自修，現在已經會寫一些小有程度的程式了。

確認電腦開啓，打開旁邊錄音機的電源，友彥敲了敲鍵盤。不一會兒，錄音機開始轉動，從喇叭播放出來的不是音樂，而是混雜了雜音和電子音的聲音。

他把錄音機作爲記憶裝置，將長長的程式轉換爲電訊，先以卡帶記錄，使用時再輸入電腦的記憶體。過去以紙帶作爲電腦的記憶體，相較之下，卡帶用起來雖然方便，但缺點是輸入費時。

花了將近二十分鐘輸入後，友彥再度敲鍵盤。十四吋的黑白畫面上顯示出「WEST WORLD」的字幕，接著，提出「PLAY? YES=1 NO=0」的問題。友彥繼按下「1」之後，又按下Enter鍵。

「WEST WORLD」是他自行製作的第一個電腦遊戲，一邊躲避緊追不捨的敵人，一邊尋找迷宮的出口，靈感來自尤伯連納(*1)主演的電影《鑽石宮》（*WESTWORLD*）。他玩這個遊戲有雙重樂趣，一是遊戲本身的樂趣，另一個是改造之樂。一邊玩，一邊尋找更有趣的創意。腦海裡一出現任何靈感，便暫停遊戲，立刻著手改良程式。使原本單純的遊戲日漸複雜的過程，讓他得到培育生物般的喜悅。

過了一會兒，他的手指連續敲擊數字鍵，這是操作螢幕上人物的控制器。

然而今天他完全無法專心玩遊戲，玩到一半就膩了。即使因爲一些不該犯的失誤被敵人打敗，也一點都不懊悔。

友彥嘆了一口氣，雙手離開鍵盤，身體癱在椅子上，仰望斜前方。牆上貼著偶像明星的泳裝海報，他對大膽暴露的胸口和大腿看得出神。想像撫摸沾著水滴的肌膚的觸感，分明不久前才經歷過那麼異常的體驗，卻仍感覺到陽具即將產生變化。

異常的體驗——難道不是嗎？他在腦海裡反芻短短數小時前發生的事，總覺得沒什麼眞實感。但是，那既不是夢境，也不是幻想，這一點他非常清楚。

看完三段８釐米的影片後，性行爲開始了。友彥，恐怕村下也一樣，完全由女人主導。友彥和馬尾女在床上，村下和短髮女在被窩裡，雙雙互相交纏。兩個高中生在各自的對象指導下，經歷了有生以來的第一次性經驗。在離開那兒之後，村下才說他也是處男。

友彥兩度在馬尾女體內射精。第一次發生時他渾渾噩噩的，但第二次他就稍微有點知覺了。自慰時從未體驗過的快感將他完全包圍，有一種精液大量迸射的感覺。

途中女子討論是否要換對象，但馬尾女不想換人，所以並沒有實行。

提出「差不多該結束了」的是桐原。友彥看看時鐘，距離他們到公寓正好過了三個小時。

桐原從頭到尾都沒有參與性行爲，她們也沒有要他加入，應該是一開始就說好的吧。但是他也沒有離開房間的意思。當友彥他們汗水淋漓地和女子相擁時，他就坐在餐廳的椅子上。友彥在第一次射精後，呆呆地朝廚房方向看。桐原在昏暗中蹺著腳，面向牆壁，靜靜地抽著菸。

一離開公寓，桐原帶友彥他們到附近的咖啡館，付了他們現金八千五百圓，「明明講好一萬圓的……」友彥和村下不約而同地抗議。

「我只是扣掉餐飲費。披薩吃了，啤酒也喝了，不是嗎？這樣才一千五，已經很便宜了。」

村下接受這番說詞，所以友彥也不能再說什麼。而且才剛經歷了初體驗，心情相當亢奮。

「要是你們覺得還不錯，以後也要請你們幫忙。她們好像很中意你們，以後搞不好還會找你們。」桐原滿意地說，但接著立刻以嚴厲的表情說，「我先警告你們，絕對不可以私下跟她們見

*1　尤伯連納（Yul Brynner，一九一五～一九八五），法國演員，奧斯卡金像獎得主。《鑽石宮》爲一九七三年上映的電影。

面。這種事情，當作生意的時候很少會出什麼意外。要是動歪腦筋，跑去個人交易，馬上就會變調。現在就答應我，絕對不要私下跟她們見面。」

「不會的。」村下立刻應允。這麼一來，友彥連表示爲難的機會都沒有了。「好啊，我也不會。」他回答。桐原滿意地大大點頭。

友彥邊回想桐原當時的表情，邊伸手插進牛仔褲後口袋，裡面有一張紙。他把紙拿出來，放在書桌上。

紙上有一行數字，總共是七位數，顯然是電話號碼。下面只寫著「Yuko」。

那是他離開房間時，馬尾女迅速塞給他的便條紙。

4

有點醉了。多少年沒有獨自喝酒了呢？她找不到答案，久得讓她想不起來。可悲的是，沒有半個男人來向她搭訕。

回到公寓，打開房間的燈，玻璃門映出自己的身影，因爲她出門時沒有拉上窗簾。西口奈美江走近玻璃門，心情更加沉重。牛仔短裙、牛仔外套，底下穿著紅色T恤，一點都不適合她。就算把以前的衣服翻出來，故作年輕，也只是讓自己更難堪罷了，那些高中生一定也這麼想。

拉上窗簾，隨手把衣服脫掉。全身上下只剩下內衣之後，她一屁股坐在梳妝台前。

鏡子裡有一張肌膚失去光澤的女人的臉，眼睛裡也看不見可以稱爲光采的眼神。那是一張徒然度日、徒然老去的女人的臉。

她把包包拉過來，取出裡面的香菸和打火機。點著火，把煙往梳妝台吹。鏡子裡的女人面孔，登時像是蒙了紗一般。如果什麼時候看都是這樣就好了，她心想，這樣就看不到小細紋了。

剛才公寓裡播放的淫猥影片在腦海裡復甦。

「妳要不要來一次試看看？一定不會後悔的。每天過著一成不變的日子，又有什麼意義呢？放心啦，保證好玩。不偶爾接觸一下年輕人，會老得更快的。」

前天，職場前輩川田和子來邀她。若是平時，她一定一口回絕，但是有件事在她背後推了一把。那就是如果不趁現在改變自己，可能會後悔一輩子的想法。雖然猶豫再三，她還是答應了川田和子的邀約，和子為此異常興奮。

然而奈美江夾著尾巴逃了，她無法置身那種異常的世界。眼看著和子她們使出渾身解數色誘高中生的模樣，讓她產生一種反胃般的不快。

不過她不認為那有什麼不好。有些女性在那種情境下能放鬆身心，但自己並不是那種人。

她望著貼在牆上的月曆，明天又要工作了。為了這種無聊的事情，浪費了寶貴的休假。西口小姐昨天去約會嗎？上司和後進一定會語帶諷刺地這樣問。一想到他們的表情，心情就很沉重。明天要第一個上班，然後全心投入工作。這麼一來，他們應該很難找她說話吧？把鬧鐘時間調早一點……

鐘？

拿起梳子梳了兩、三下頭髮，奈美江的手停了下來，她注意到一件事。霍然一驚的她，打開身旁的包包，翻遍了裡面的東西，但就是找不到。

糟糕……

奈美江咬著嘴唇。看樣子，她忘了帶回來了，而且還把它留在一個很要命的地方。

她的手表不見了。那不是什麼高檔貨，她向來出門都戴著，因爲她認爲弄丟了也不會心疼。神奇的是，它始終沒有搞丟。就這樣，慢慢便產生了感情——就是這樣一支表。

她想起來了，一定是上廁所的時候掉的。她在洗臉台洗手時，照習慣不假思索地拿下來，事後便忘了。

她拿起電話聽筒。只好請川田和子問問看了，不透過她，無法聯絡上那個名叫亮的年輕人。

她當然不想這麼做。她臨陣脫逃，和子一定有所不滿，但這件事她不能不處理。奈美江從包包裡拿出電話簿，邊確認號碼，邊撥動轉盤。

幸好和子已經到家了。知道是奈美江打電話來，好像頗爲意外，「哎呀」一聲，其中也包含了幾分奚落。

「剛才眞對不起，」奈美江說，「我也不知道是怎麼回事，就是有點……不想參加了。」

「沒關係、沒關係。」和子的語氣很輕鬆，「對妳來說，可能有點太勉強了。對不起，應該是我道歉才對。」

「那個，其實……」

那種小場面就落跑，妳還眞沒用啊——聽在奈美江耳裡有此感覺。

奈美江說出手表的事。她告訴和子自己應該是放在洗臉台，不知道和子有沒有看到。

然而和子的回答卻是「沒有耶」。

「要是有人注意到，應該會跟我說，那我就會幫妳收起來。」

「這樣啊……」

「妳確定是掉在那裡嗎?不然我請人幫妳看看好了。」

「不用了，先這樣就好了。也不一定是掉在那裡，我再找找看。」

「是嗎？那麼要是找不到再告訴我。」

「好的，不好意思，這麼晚打擾妳。」

奈美江很快地掛上電話，嘆了好大一口氣。怎麼辦？

如果不管那支表，事情就簡單了。本來，她一直認爲掉了也無所謂。這次也一樣，若是掉在別的地方，她大概早就毫不猶豫地死心了。

但是這次情況不同，不能把那支表掉在那個地方。如果是別的表，一點問題都沒有。奈美江後悔不已，明知道要去那種地方，爲什麼要戴那支表去呢？她還有好幾支手表啊。

抽了好幾口菸之後，她在菸灰缸裡熄掉菸，凝視著空中的某一點。

只有一個辦法，奈美江在腦海裡反覆思考會不會太過莽撞。最後，她覺得這個辦法似乎可行。至少，應該不會有危險。

她看了梳妝台上的鐘，剛過十點半。

十一點多，奈美江離開住處。爲了避人耳目，時間愈晚愈好，但若是太晚，會趕不上最後一班地鐵。距離她公寓最近的車站是四橋線花園町站，到西長堀站必須在難波換車。

車廂很空。一坐下來，對面車窗便映出她的身影。一個戴著黑框眼鏡，穿著運動衫、牛仔褲，打扮沒有絲毫女人味，顯然已三十好幾的女子就在眼前。還是這樣自在多了，她想。

到了西長堀，便沿著白天和川田和子一同走過的路前進。那時和子非常興奮，還說她好期待，不知道來的會是什麼樣的男生。奈美江嘴上雖然附和，但那時候她心裡已經打了退堂鼓。

她順利找到那棟公寓，爬樓梯上了三樓，站在三〇四室門前。她按下對講機，心臟怦怦跳。然而，沒有人回應。她試著再按一次門鈴，還是悄無聲響。

奈美江鬆了一口氣的同時，心情也緊張起來。一邊注意四周，一邊打開位於門旁的水表蓋。白天，她看到川田和子從水管後面拿出備用鑰匙。

「成了常客之後，就會告訴我們備用鑰匙放在哪裡。」和子開心地說。

奈美江伸手到同一個地方，指尖碰到東西。她不由得安心地呼了一口氣。

她以備用鑰匙開了鎖，畏畏縮縮地開了門。室內燈開著，但玄關沒有鞋，果然沒有人在。即使如此，她還是小心翼翼地進入屋內，不敢發出聲音。

白天整理得乾乾淨淨的餐桌上一片凌亂。奈美江雖然不太懂，但看得出那是精細的電子零件和計數器。是音響嗎？她想，或者是在修理投影機呢？

無論如何，都像有人工作尚未完成的樣子。她有點著急，一定要在那個人回來前找到手表。

她到小小的洗臉台前尋找，手表卻不在那裡。有人發現了嗎？如果是這樣，爲什麼沒有交給川田和子呢？

她開始感到不安。難不成，是哪個高中生看到手表了嗎？而他故意隱匿不說，好偷偷據爲己有。也許以爲拿去當鋪之類的地方，多少可以換點錢。

奈美江感到全身發熱，該怎麼辦才好？

她極力要自己鎮靜，先調整呼吸，思考記錯的可能性。她以爲把東西放在洗臉台忘了拿，但可能是她記錯了。也許她把取下來的手表拿在手上，回到房間，不經意地放在某處。

她離開盥洗室，走進和室。榻榻米整理得很乾淨，是那個叫亮的年輕人整理的嗎？他究竟是什麼人呢？
白天拆下來的日式拉門已經裝回去了，看不到有床的那間房間。她輕輕打開拉門。
一個奇異的事物首先映入眼簾，是個電視螢幕。房間中央放著很像電視的物品，播放著影像。那不是一般的影像，她把臉靠過去。
那是……
好幾個幾何圖形在螢幕上移動。一開始她以爲純粹是圖形變化而已，結果不然。仔細一看，中央有個火箭形狀的東西，一邊閃躲前方飛來的圓形或四方形障礙物，一邊設法前進。
應該是一種電玩遊戲吧，奈美江想。她玩過好幾次「太空侵略者」。
螢幕裡的動作並沒有「太空侵略者」那麼流暢。但是火箭成功躲避接二連三襲擊而來的障礙物，令人看得入神。事實上，她一定是看得入了神，才沒注意到細微的聲響。
「看樣子，妳滿喜歡的嘛。」
突然有人從背後發話，奈美江嚇得發出一聲輕呼。一回頭，是那個叫做亮的年輕人。
「啊，對不起。那個，我東西忘了拿，所以，呃，川田小姐跟我說過備用鑰匙的事……」奈美江很狼狽，說起話來結結巴巴的。
但他像沒聽到她的話似的，默默示意她走開，在螢幕前盤腿坐下。接著把擺在一旁的鍵盤放在膝蓋上，雙手手指敲了幾個鍵。
螢幕上的動作立刻發生變化，障礙物的速度加快，色彩也變得更豐富。亮繼續敲鍵盤，火箭一一躲開障礙物。

奈美江也看出是他在操縱火箭的動作，剛才自行移動的火箭，在他的手指掌控下，前後左右地移動。不久，圓形障礙物與火箭撞擊，火箭變成一個大大的╳，螢幕上跟著出現「GAME OVER」的字樣。

他嘖了一聲，「速度還是太慢，頂多只能這樣了吧。」

他指的是什麼，奈美江聽不懂。她一心想早點離開。

「那個，我要回去了。」她說著站起身來。

聽到她這麼說，亮頭也不回地便問，「東西找到了？」

「哦……好像不在這裡。對不起。」

「是嗎？」

「那，我走了，再見。」

奈美江轉身準備離開。這時候，他的聲音從背後傳來，「任職十週年紀念，大都銀行昭和分行……妳的工作還眞死板。」

她停下腳步。一回頭，他幾乎在同一時間站起來。

他把右手伸到她面前，手表就垂在手底下，「妳忘的就是這個吧？」

一時之間，她本來想裝傻的，但還是收了下來，「……謝謝。」

亮默默走向餐桌，餐桌上放著一個超市的袋子。他坐下來，取出袋子裡的東西——兩罐啤酒和盒裝便當。

「晚餐？」她問。

他沒有回答，而是好像想到什麼似的，舉起一罐啤酒，「要喝嗎？」

「啊……不用了。」

「是嗎？」他打開啤酒，白色泡沫冒出。他像要接住泡沫似地喝著啤酒，顯然不想再理她。

「那個……你不生氣嗎？」奈江美問。「我擅自跑進來。」

亮抬頭看了她一眼，「還好啦。」然後打開便當的包裝。

奈美江其實大可直接離開，卻有點遲疑。部分原因是對方都知道自己的工作場所了，自己卻對他一無所知。但是更重要的是，如果就這麼離開，她會覺得自己沒出息。

「你氣我半路跑掉嗎？」她問。

「半路？哦……」他好像明白她在說什麼，「不會啊，偶爾會有那種事。」

「我可不是害怕，本來我就不怎麼想來，是被硬邀來的。」

她才說到一半，他拿著筷子的手開始揮動，「不用解釋了，那些不重要。」

奈美江無話可說，只好沉默看著他。

他無視於她的存在，吃起便當。那是豬排便當。

「我可以喝啤酒嗎？」奈美江問。

隨便妳——他揚了揚下巴，似乎對她這麼說。她在對面坐下來打開啤酒，大口喝了起來。

「你住在這裡嗎？」

他默默吃著便當。

「你沒跟爸媽住一起嗎？」她進一步發問。

「一下子生這麼多問題出來啊。」他哼笑一聲，看來無意回答。

「你爲什麼要打那種工？爲了錢？」

「不然呢？」

「你自己不下場嗎？」

「必要的時候會參加。像今天，如果大姊沒回去，就由我來陪妳。」

「你很慶幸不必和我這種歐巴桑上床？」

「少了收入，失望都來不及了。」

「好大的口氣，根本就只是小孩子在玩而已。」

「妳說什麼？」亮狠狠地瞪著她，「再說一次看看。」

奈美江嚥了一口口水。他的眼裡蘊藏著意想不到的狠勁，但是她又不想讓他以爲他的氣勢壓倒了她。

「你只是當太太夫人的玩具當得很高興而已吧？恐怕對方還沒滿足，自己就先忍不住了。」

亮喝著啤酒，沒有回答。但是當他把啤酒罐放在桌上的那一刹那，他站了起來，以野獸般的敏捷撲向她。

「住手！你幹什麼！」

奈美江被拖到和室，就這樣倒在地面上。她的背部撞到榻榻米，一瞬間無法呼吸。

當她想掙扎起身時，他又再度撲過來，牛仔褲的拉鍊已經拉下來了。

「有本事就讓它射啊！」他說，雙手夾住奈美江的臉，把陽具頂到她面前，「用手用嘴隨便妳，要用下面也可以。妳以爲我撐不了多久，是不是？那妳就試看看！」

他的陽具迅速在眼前勃起，開始鼓動，血管畢露。奈美江雙手擋住他的大腿，頭同時使勁往後仰。

「怎麼了？被小孩的陰莖嚇到了嗎？」

奈美江閉上眼睛，呻吟般地說，「別這樣……對不起。」

幾秒後，奈美江被推開。抬頭一看，他正拉起拉鍊走向餐桌。他坐下來，和剛才一樣吃著便當，從筷子的動作看得出他的煩躁。

奈美江調整呼吸，把亂掉的頭髮往後攏。心跳依然極爲劇烈。

相鄰房間的電視螢幕映入眼簾，畫面上仍呈現「GAME OVER」的字樣。

「爲什麼……？」她開口問道，「你應該還有很多別的工作可以做啊？」

「我只是賣我能賣的東西而已。」

「能賣的東西……是嗎？」奈美江站起來，移動腳步，邊走邊搖頭，「我不懂，我果然已經老了。」

正當她經過餐桌，往玄關走的時候。

「大姊。」他叫住她。

奈美江正準備穿鞋的腳懸在半空中，她維持這個姿勢直接回頭。

「有件好玩的事，要不要加入？」

「好玩的事？」

「對。」他點頭，「賣能賣的東西。」

5

暑假快到了，今天是七月的第二個星期二。

友彥聽到自己名字上前領回英文考卷，才看一眼就讓他想閉上眼睛。雖然早有心理準備，卻萬萬沒想到竟如此淒慘，這次期末考的每一科都慘不忍睹。

不必多想，原因他心知肚明，因爲他完全沒有準備。他雖然偶爾會順手牽羊，不是什麼品學兼優的模範生，好歹是個考前會抱抱佛腳的普通學生，從來沒有像這次毫無準備便應考。

然而正確地說，他並不是沒有準備。他也曾坐在書桌前，試圖至少猜猜題。

但是他完全定不下心，就連猜個題都辦不到。無論他如何想盡辦法專心念書，腦袋似乎只會提醒他那件事，不肯接收最重要的課業內容。

結果就是這種下場。

得小心別讓老媽看到——他嘆了一口氣，把考卷收進書包。

放學後，友彥來到位於心齋橋的新日空飯店咖啡廳。那裡明亮寬敞，透過玻璃可以望見飯店中庭。他一去，便看到花岡夕子坐在角落的老位子看著文庫本，白色帽子壓得很低，戴著一副圓邊太陽眼鏡。

「怎麼了，把臉遮起來。」友彥邊在她對面坐下邊問。

她還沒開口，服務生就來了。「啊，我不用了。」他回絕了服務生，但夕子卻說，「點個東西吧，我想在這裡說話。」

她急迫的語氣讓友彥有點納悶。

「那，冰咖啡。」他對服務生說。

夕子伸手拿起還剩三分之二杯的金巴利蘇打（Campari Soda），喝了一大口，然後呼地舒了一口氣，「學校的課上到什麼時候？」

「這個星期就結束了。」友彥回答。

「暑假要打工嗎？」

「打工……妳是說一般的打工？」

友彥這麼一說，夕子嘴角露出了一絲微笑，「是呀，這還用問嗎？」

「現在還沒那個打算，被操得半死，卻賺不了多少。」

「哦。」

夕子從白色的手提包拿出Mild Seven的盒子，抽出了菸卻只是夾在指尖，也不點火。友彥覺得她似乎很焦慮。

冰咖啡送上來了，友彥一口氣喝掉一半。他覺得很渴。

「吶，怎麼不到房間去？」他低聲問道，「平常妳都直接去的。」

夕子點著菸，接連吐了好幾口煙。然後把抽不到一公分的菸在玻璃菸灰缸摁熄了。

「出了點問題。」

「什麼？」

夕子沒有立刻回答友彥，更令他感到不安。「到底是怎麼了？」他湊近桌子問道。

夕子看看四周，才直視著他，「好像被叔叔發現了。」

「叔叔？」

「我老公。」她聳聳肩，或許想盡力讓情況看來像是開玩笑吧。

「被妳先生抓包了？」

「他還不確定，不過也差不多了。」

「怎麼會……」友彥說不出話來。全身血液彷彿逆流，身體發燙。

「對不起，都是我太不小心了，明知道絕對不能被他發現的。」

「他怎麼發現的？」

「好像是有人看到了。」

「看到了？」

「好像是我和阿彥在一起時，被認識的朋友看到了，那個朋友多嘴告訴他，你太太跟一個很年輕的男生在一起，聊得很開心之類的。」

友彥看看四周。突然之間，他開始在意起別人的眼光。看到他這個動作，夕子不禁苦笑。

「可是我先生是說他看我最近的樣子，早就覺得怪怪的，說我整個人的感覺都變了。聽他這樣講，也有可能。和阿彥在一起後，我也覺得自己變了很多。明明應該多加小心的，卻疏忽了。」她隔著帽子搔搔頭，又搖搖頭。

「他有沒有問妳什麼？」

「他問我對象是誰，叫我把名字招出來。」

「妳招了？」

「怎麼可能？我才沒那麼傻。」

「這我知道……」友彥喝光冰咖啡，仍舊無法解渴，所以他又大口喝玻璃杯裡的水。

「反正那時候我裝傻混過去了。他好像還沒有抓到證據，可是大概只是遲早的事。照他的個性，很可能會去請私家偵探。」

「要是那樣就糟了。」

「嗯，很糟。」夕子點點頭，「而且有件事我覺得怪怪的。」

「怪怪的？」

「通訊錄。」

「通訊錄？」

「有人翻過我的通訊錄，我本來是藏在化妝台抽屜裡的……如果有人翻過，一定是他。」

「妳把我的名字寫在上面？」

「我沒有寫名字，只有電話號碼，不過可能已經被他發現了。」

「有電話，就能查出姓名住址嗎？」

「不知道。不過只要有心，也許什麼都查得出來，他人脈又很廣。」

依夕子所言想像她丈夫的形象，讓友彥非常害怕。被一個成年男子恨之入骨，這種事他連作夢都沒想過。

「那麼該怎麼辦才好？」友彥問。

「我想，我們暫時最好別見面。」

對於夕子的話，他無力地點頭。高二的他也能理解，照她說的話做最爲妥當。

「好了，到房間去吧。」夕子喝光金巴利蘇打，拿起帳單，站了起來。

他們兩人的關係已持續了大約一個月。最初的相遇，當然是在那間公寓，那時的馬尾女就是花岡夕子。

他並不是喜歡上她，只是無法忘記初體驗所得到的快感。自那天後，友彥不知道自慰過多少次，但每次腦海裡浮現的都是她。這是理所當然的，因爲再逼眞的想像，都不及眞實記憶刺激。

結果，友彥在首次見面後第三天打電話給她。她很高興，提議兩人單獨見面，他也答應了。花岡夕子這個名字，是她在飯店床上告訴他的，年紀是三十二歲。友彥也說了本名，連帶也把學校、住家電話都告訴她。答應桐原的事，他決定置之腦後。在年長女性高超技巧的操弄下，他失去了思考能力。

「我朋友說有個派對可以和年輕男生聊天，問我要不要去。喏，就是上次那個短髮的。我覺得好像很有意思，就去了。她好像去過好幾次，不過我是第一次，我好緊張喔！幸好來的是像你這麼棒的男生。」說完，夕子便鑽進友彥的臂窩。年長女性連撒嬌都很有技巧。

最令友彥吃驚的是，她付給桐原的是兩萬圓。換句話說，其中有一萬多圓被桐原私吞了。怪不得他那麼勤快，友彥這才恍然大悟。

友彥每星期和夕子見兩、三次面。她先生好像是個大忙人，所以她晚回家也無所謂。離開飯店時，她都會給他五千圓鈔票，說是零用錢。

明知不應該這麼做，友彥卻仍繼續和有夫之婦幽會。他沉溺在性愛遊戲裡，即使期末考近在眼前，狀況也沒有改變。結果就如實反應在成績上。

「眞討厭，暫時見不到妳了。」壓在夕子身上的友彥說。

「我也不願意呀。」在底下的她這麼說。

「難道沒辦法了嗎？」

「我不知道，不過現在情況有點不太好。」

「什麼時候才能再見面？」

「不知道呢，眞希望能快點再見面。隔得愈久，我就會變得愈老了。」

友彥抱緊她細瘦的身軀，然後放縱他的年輕，執拗地不斷進攻。一想到下次不知何時才能見面，他便把全身能量都釋放在她身上，不留一絲遺憾。她尖叫了好幾次，每次身子都如弓般向後彎曲，雙手雙腳伸展、痙攣著。

異狀發生在第三次交歡結束後。

「我去上個廁所。」夕子說。有氣無力的語氣，是這時候常有的現象。

「請。」友彥說著從她身上離開。她撐起赤裸的上半身，這時，她卻「嗚」一聲，再度癱回床上。友彥以爲她大概是突然起身時頭暈，之前她也經常如此。

然而她動也不動。友彥以爲她睡著了，搖了搖她的身子，但她完全沒有醒來的樣子。

友彥腦海浮現出一種想像，一種不祥的想像。他下床，戰戰兢兢地戳了戳她的眼皮，她依然一無反應。

他全身無法控制地發抖，不會吧！他想，不可能會發生這麼可怕的事……

他觸摸她單薄的胸膛，然而事情正如他的想像，他感覺不到她的心跳。

6

友彥發現飯店房間鑰匙還在口袋裡，是在快回到家裡的時候。完蛋了！一瞬間他咬住下唇。房裡要是沒有鑰匙，飯店的人一定會覺得很奇怪。

然而再怎麼掙扎都無濟於事，他絕望地搖搖頭。

當友彥理解到花岡夕子一命嗚呼的時候，他考慮立刻打電話到醫院。但是這麼一來，便必須表明自己和她在一起，他不能這麼做。何況就算叫醫生來也是枉然，因爲她已經回天乏術了。

他迅速穿上衣服，帶著自己的東西衝出房間，同時小心不讓別人看見他的臉孔地離開飯店。

但是搭上地鐵後，他發現這樣根本於事無補。因爲已經有人知道他們的關係了，那個人偏偏是花岡夕子的丈夫，一個最要命的人。從現場的狀況，他一定會推測和夕子在一起的，就是叫園村友彥的高中生，然後他一定會把這件事告訴警察。警察一詳細調查，想必不費吹灰之力就可以證明做丈夫的推理正確。

完了，他想，一切都完了。這件事要是被公諸於世，他的人生就毀了。

回到家時，母親和妹妹正在起居室吃晚餐。他說在外面吃過了，便直接回房間。

坐在書桌前，他想起桐原亮司。

花岡夕子的事情一旦曝光，那間公寓的事他自然得告訴警察。這麼一來，桐原勢必也無法全身而退，他所做的事與皮條客沒有任何差別。

必須跟他說一聲，友彥想。

他溜出房間，來到放置於走廊的電話邊，拿起聽筒。起居室傳來電視節目的聲音，他暗自祈禱家人多看一會兒電視，看得專心一點。

電話一接通，就傳來桐原的聲音。友彥報出名字，桐原似乎也感到意外。

「出了什麼事嗎？」桐原問道。也許是有所察覺，他才會有那種提防的語氣。

「出事了。」友彥說。光是這樣，就讓他的舌頭幾乎打結。

「怎樣？」

「這個……電話裡很難解釋，說來話長。」

桐原沒作聲，一定是在思考。過了一會兒，他說，「該不會是跟老女人有關吧？」

一開口就被他說中，友彥無話可說。聽筒裡傳來桐原的嘆氣聲，「果然被我說中了。是上次綁馬尾的女人，是不是？」

「對。」

桐原再度嘆氣，「怪不得那女人最近都沒來，原來是跟你簽了個人契約啊。」

「我們不是簽約。」

「哦，不然是什麼？」

友彥無話可說，擦了擦嘴角。

「算了，在電話裡講這些也沒用。你現在在哪裡？」

「家裡。」

「我現在就過去，二十分鐘就到，你等我。」桐原自顧自掛了電話。

友彥回到房間，思考能夠做些什麼。但是頭腦一片混亂，思緒根本無法集中，時間一分一秒流逝。

桐原果真在電話掛斷後二十分鐘準時出現。到玄關開門的時候，友彥才知道他會騎機車。提起這件事，他以「這不重要」一語帶過。

進入狹小的房間，友彥坐在椅子上，桐原在榻榻米上盤腿而坐。桐原身旁放著一個蓋著藍布、小型電視機大小的四方形物體，那是友彥的寶貝，每一個被他請進房裡的人，都得聽他炫耀一番，但他現在沒那個心情。

「好了，說吧。」桐原說。

「嗯，可是我不知道要從哪裡說起……」

「全部，全部說出來。你大概把答應我的事當放屁，就先從那裡開始吧。」

因爲事情正如桐原所說，友彥無法反駁。他乾咳了一聲，一點一滴地說出事情的來龍去脈。桐原臉上的表情幾乎沒變，然而從他的動作可以明顯看出他愈聽愈生氣。他不時壓折手指發出聲音，或用拳頭捶打榻榻米。後來聽到今天的事時，臉色終究變了。

「死了？你確定她眞的死了嗎？」

「嗯，我確認了好幾次，錯不了的。」

桐原嘖了一聲，「那女的是個酒鬼。」

「酒鬼？」

「對，而且年紀一大把了，和你幹得太猛，心臟吃不消。」

「她年紀也沒多大啊，才三十出頭，不是嗎？」

聽友彥這麼說，桐原的嘴角大大上揚，「你睡昏頭啦，那女的都四十幾了。」

「……不會吧。」

「眞的，我見過她好幾次，清楚得很。她是一個喜歡處男的老太婆，你是我第六個介紹給他的小夥子。」

「怎麼會！她跟我講的不是這樣……」

「現在不是爲這些事情震驚的時候。」桐原一臉不耐，皺起眉頭瞪著友彥，「然後咧？那女的怎樣了？」

友彥垂頭喪氣，很快說明情況，還加上他的看法，認爲自己大概躲不過警察的追查。

桐原嗯了一聲，「我明白了。既然對方丈夫知道你，要瞞過去的確很難。沒辦法，你就硬著頭皮接受警方的調查吧。」口氣聽起來是打算袖手旁觀了。

「我準備把事情全部說出來，」友彥說，「在那間公寓發生的事，當然包括在內。」

桐原臉色變得很難看，抓了抓鬢角，「那就麻煩了，那樣事情沒辦法光說是中年女子玩火就了結。」

「可是要是不說的話，就不能解釋我跟她是怎麼認識的。」

「那種理由要多少有多少，就說是你在心齋橋閒晃時，被她找上的不就得了。」

「……要說謊騙過警察，我實在沒把握。搞不好他們一逼問，我就會全招了。」

「要是眞的搞成那樣……」桐原再度瞪著友彥，用力捶了自己的雙膝，「我背後的人就不會不管了。」

「你背後？」

「你以爲光靠我一個人，能做那種生意嗎？」

「黑道？」

「隨便你怎麼想。」桐原左右轉了轉脖子，弄得關節劈啪作響。

下一瞬間，桐原抓住了友彥的衣領。

「反正……」桐原說，「如果你愛惜自己，最好不要多嘴。這個世界上，比警察還要恐怖的人多得是。」

他凶狠的聲音和語氣，讓友彥不敢回嘴。

可能是認爲這樣就算是說服了友彥，桐原站起來。

「桐原……」

「幹嘛？」

「沒事……」友彥低下頭，說不出話來。

桐原哼了一聲，轉過身去。就在這時候，覆蓋四方形盒子的藍布掉落下來，露出友彥心愛的個人電腦。

「喔！」桐原張大了眼睛，「這是你的？」

「嗯。」

「原來你有這種好東西啊。」桐原蹲下來，查看友彥的個人電腦，「你會寫程式？」

「Basic的話，大致都會。」

「Assembler呢？」

「會一點。」一邊回答，友彥心想，原來他對電腦很在行。Basic和Assembler都是電腦語言的名稱。

「你有沒有寫程式？」

「電動程式的話，有。」

「給我看一下。」

「下次吧……現在不是看那種東西的時候。」

「叫你給我看你就給我看！」桐原單手抓住友彥的領口。

懾於對方的氣勢，友彥從書架上取出資料夾，裡面是他記載流程圖和程式的紙張。他把資料夾交給桐原。

桐原以認眞的眼神端詳資料。不久，他闔上資料夾，同時閉上眼睛，就這樣一動也不動。本想出聲問他怎麼回事的友彥，並沒有問出口，因爲桐原嘴唇在動，不知在嘟囔什麼。

「園村。」桐原終於開口了，「你要我幫你嗎？」

「咦？」

桐原轉向友彥，「照我的話去做，你就不會有麻煩，也不會被警察逮捕。我可以讓那女人的死，跟你一點關係都沒有。」

「你辦得到？」

「你肯聽我的？」

「肯，你說什麼我都照做。」友彥點頭。

「你什麼型的？」

「什麼型？」

「你的血型。」

「哦……我是O型。」

「O型……很好。你用了套子吧？」

「套子？你是說保險套嗎？」

「對。」

「有啊。」

「好極了！」桐原再次站起身來，朝友彥伸出手，「把飯店鑰匙給我。」

7

兩天後的傍晚，刑警來找友彥。他們兩人一組，一個是穿白色V領襯衫的中年刑警，另一個穿著水藍色馬球衫。他們找上友彥，果然是因爲夕子的丈夫發覺了她與友彥的關係。

「我們有點事想請教友彥同學。」穿白襯衫的刑警說。他並沒有說明與什麼事件有關。出來應門的房子光是聽到來人是警察，就惶惶不安。

他們把友彥帶到附近的公園。太陽已經下山了，但長凳上還留著白天的餘溫。他和穿白襯衫的刑警坐在長凳上，水藍色馬球衫的男子則站在友彥前面。

來到公園的路上，友彥盡量不說話。這樣看起來雖不自然，但也不必強自鎭定，這是桐原的建議。「高中生在刑警面前一副坦然無事的模樣，反而奇怪。」他說。

白襯衫刑警先給他看一張照片，問他，「你認得這個人嗎？」

照片裡的人是花岡夕子，可能是旅行時拍的吧，她身後是一片蔚藍的海。夕子朝著鏡頭笑，頭髮比生前短。

「是……花岡太太吧。」友彥回答。

「你知道她的名字吧？」

「我記得是夕子。」

「對，花岡夕子太太。」刑警把照片收起來，「你們是什麼關係？」

「什麼關係……」友彥故意吞吞吐吐的，「沒什麼……認識而已。」

「我們就是要問你們怎麼認識的。」白襯衫刑警的語氣雖然平靜，卻有些許不耐煩的感覺。

「你就老實說嘛。」馬球衫刑警說，嘴邊帶著損人的笑容監看著他。
「大概一個月之前，我路過心齋橋的時候被她叫住了。」
「怎麼個叫法？」
「她問我說，如果我有空，要不要跟她去喝個茶。」
友彥的回答讓兩個刑警互望一眼。
「然後你就跟著她去了嗎？」白襯衫刑警問。
「因爲她說要請客。」友彥說。
馬球衫刑警從鼻子呼了一口氣。
「喝了茶，然後呢？」白襯衫刑警進一步問。
「只有喝茶而已，離開咖啡館我就回家了。」
「原來如此，不過你們不止見過一次面吧？」
「後來……又見過兩次。」
「哦，怎麼見面的？」
「她打給我，說她人在南那邊，如果我有空要不要和她一起喝茶……大概就這樣。」
「接電話的是你母親嗎？」
「不是，剛好兩次都是我接的。」
友彥的回答對刑警而言似乎很無趣，刑警噘起下唇，「那你就去了？」
「是的。」
「去做什麼？又是喝了茶就回家嗎？不可能吧。」

「沒有啊，就那樣而已。我喝了冰咖啡，跟她聊了一下就回家了。」

「眞的只有那樣？」

「眞的，只有那樣不行嗎？」

「不是，不是那個意思。」白襯衫刑警搔著脖子，盯著友彥看。那是一種想從年輕人的表情中找出破綻的眼神，「你的學校是男女同校吧，你應該有好幾個女性朋友，何必去陪一個上了年紀的女人呢，不是嗎？」

「我只是因爲很閒，才陪陪她而已。」

「哦。」刑警點點頭，臉上浮現不相信的表情，「零用錢呢？她給你了吧？」

「我沒收。」

「這是什麼意思？她要給你錢，可是你沒收嗎？」

「是的。第二次見面的時候，花岡太太塞給我一張五千圓的鈔票，可是我沒有收。」

「爲什麼沒有收？」

「不爲什麼……我又沒有收錢的理由。」

白襯衫刑警點點頭，抬頭看馬球衫刑警。

「你們在哪家咖啡館見面？」馬球衫刑警問。

「心齋橋新日空飯店的大廳。」

這個問題他誠實地回答了，因爲他知道夕子丈夫的朋友曾經看過他們。

「飯店？都已經去到那裡了，眞的只喝個茶而已嗎？你們沒有直接開房間嗎？」馬球衫刑警既粗魯又無禮，大概是打從心底瞧不起陪主婦殺時間的高中生。

「我們只是喝咖啡聊天而已。」
馬球衫刑警撇了撇嘴，哼了一聲。
「前天晚上。」白襯衫刑警開口了，「放學之後，你到哪裡去了？」
「前天……是嗎？」友彥舔舔嘴唇，這裡是關鍵。「放學後，我到天王寺的旭屋逛逛。」
「什麼時候回家的？」
「七點半左右。」
「然後就一直待在家裡嗎？」
「是的。」
「沒有跟家人以外的人碰面吧？」
「啊……呃，八點左右有朋友來找我玩。是我同班同學，姓桐原。」
「桐原同學？怎麼寫？」
友彥告訴刑警桐原怎麼寫，白襯衫刑警記錄在手冊上，並問道，「你那位朋友在你家待到幾點呢？」
「九點左右。」
「九點，然後你做了些什麼？」
「看看電視，跟朋友講電話……」
「電話？誰打來的？」
「一個姓森下的，我國中同學。」
「你們是什麼時候講電話？」

「他大概十一點的時候打過來，我想我們講完的時候已經超過十二點了。」

「打過來？是對方打給你的？」

「是的。」

這件事是有玄機的，因爲是友彥先打電話給森下。他知道森下去打工不在家，故意挑那個時間打電話，然後請森下的母親轉告森下回電。這當然是爲了確保不在場證明所做的手腳，這一切都是依照桐原的指示進行的。

刑警皺起眉頭，問他如何聯絡森下。友彥記得電話號碼，當場便說了。

「你什麼血型？」白襯衫刑警問。

「血型？我是O型。」

「O型？你確定？」

「我確定，我爸媽都是O型。」

友彥感覺到刑警突然對他失去興趣，但他不明所以。那天晚上，桐原也問過他的血型，那時也沒有告訴他原因。

「請問……」友彥怯怯地問，「花岡太太怎麼了嗎？」

「你不看報紙的？」白襯衫刑警語帶厭煩地說。

「嗯。」友彥點點頭。他知道昨天晚報有小篇幅報導，但他決定裝傻到底。

「她啊，死了，前天晚上死在飯店裡。」

「咦！」友彥故作驚訝，這是他在刑警面前表現的唯一像演技的演技。「怎麼會……」

「天曉得爲什麼。」刑警從長凳上站起來，「謝謝，你的話是很好的參考，我們可能會再來問點事情，到時候再麻煩你。」
「啊，好的。」
「那我們走吧。」白襯衫刑警對同伴說，兩人頭也不回地離友彥而去。
為花岡夕子之死來找友彥的，不止刑警。
刑警來過的四天後，他走出校門不遠，就有人從背後拍他的肩膀。一回頭，一個上了年紀、梳了個大背頭的男子，露出曖昧的笑容站在那裡。
「你是園村友彥同學吧。」男子問道。
「是。」
聽到友彥的回答，男子迅速伸出右手，拿出一張名片，上面的名字是花岡郁雄。
友彥感覺自己臉色轉成鐵青，他知道必須裝作若無其事，然而卻控制不了身體的僵硬。
「我有事想問你，現在方便嗎？」男子一口標準的東京腔，聲音低沉宏亮。
「方便。」友彥回答。
「那麼在車裡談吧。」男子指著停在路旁的銀灰色轎車。
友彥在他的指示下，坐進前座。
「南分局的刑警去找過你了吧？」坐在駕駛座上的花岡開門見山地說。
「是的。」
「是我跟他們提起你的，因為我太太的通訊錄上有你的電話號碼。或許造成了你的麻煩，但是有很多事情我實在想不通。」

友彥不認爲花岡眞會顧慮到他，他沒作聲。

「我聽刑警先生說，她找你好幾次，要你陪她解悶。」花岡對友彥笑著這麼說，但眼裡沒有絲毫笑意。

「我們只是在咖啡館聊天而已。」

「這我知道。聽說是她主動找你的？」

友彥默默點頭，花岡發出低沉的笑聲，「她就是喜歡帥哥，而且偏愛小夥子。都一大把年紀了，看到偶像明星還會尖叫。像你，年輕又英俊，正是她喜歡的類型。」

友彥放在膝頭的雙手握成拳頭。花岡的聲音黏黏膩膩的，也像是嫉妒從字句間滲透出來。

「你們眞的只是聊天而已嗎？」他又換了一個方式問。

「是的。」

「她有沒有約你去做其他的事？譬如說，去旅館開房間之類的。」花岡似乎想故作風趣，但他的口氣一點也不輕鬆愉快。

「從來沒有過。」

「眞的嗎？」

「眞的。」友彥重重點頭。

「那麼，我再問你一件事。除了你之外，還有沒有人像這樣跟她見面？」

「除了我之外？我不知道……」友彥微微偏著頭。

「沒印象？」

「沒有。」

「哦。」

友彥雖然低著頭，卻感覺得到花岡正盯著他。那是成年男子的視線，那種帶刺的感覺，讓人心情盪到谷底。

就在這時候，友彥身旁發出敲玻璃的叩叩聲響。一抬頭，桐原正往車裡看，友彥打開車門。

「園村，你在幹嘛？老師在找你哦。」桐原說。

「咦……？」

「老師在辦公室等，你最好趕快去。」

「啊！」一看到桐原的眼神，友彥立刻明白他的用意。友彥轉身面向花岡，「請問我可以走了嗎？」

既然是老師在找人，總不能置之不理。花岡看來雖然有點心有未甘，也只好說，「可以，沒事了。」

友彥下了車，和桐原並肩走向學校。

「他問你什麼？」桐原小聲地問。

「關於那人的事。」

「你裝傻了吧？」

「嗯。」

「很好，這樣就行了。」

「桐原，現在事情到底怎麼樣了？你是不是做了什麼？」

「這你就不用管了。」

「可是……」

友彥還想繼續說下去，但桐原輕輕拍了他的肩膀，「剛才那傢伙可能還在看，你先進學校再說。回家的時候走後門。」

他們兩人站在學校正門。「我知道了。」友彥回答。

「那我走了。」說著，桐原便離開了。友彥望著他的背影一陣子，便照他的吩咐走進學校。

從那天起，花岡夕子的丈夫便不曾出現在友彥面前，南分局的刑警也沒有再來。

8

八月中旬的星期日，友彥被桐原帶到公寓，就是他經歷第一次性經驗的那間舊公寓。

和那時不同的是，桐原是自己用鑰匙開門的，他的鑰匙圈上掛著一大串鑰匙。

「進來吧。」桐原邊脫運動鞋邊說。

餐廳兼廚房的地方，看起來沒多大改變。廉價的餐桌和椅子、冰箱和微波爐，都和當時一樣。不同的是，當時瀰漫室內的化妝品香味，現在都消散了。

昨晚，桐原突然打電話來，說有東西要給他看，約他明天一起出去。一問爲什麼，桐原便笑著說是祕密。他會發出冷笑之外的笑聲，是非常難得的。

當友彥知道目的地是那間公寓的時候，臉色不由得變得很難看。他對那裡的回憶實在稱不上美好。

「安啦！不會叫你賣身。」似乎是看穿友彥的心思，桐原笑著說。那笑容和冷笑相去不遠。

桐原打開上次來時沒有裝上的日式拉門。當時，花岡夕子她們就坐在拉門後的和室裡，今天那裡沒有人。但是友彥一看到裡面的東西，忍不住睜大了眼睛。

「嚇到你了吧。」桐原開心地說，大概是因爲友彥的反應正如他的預期。

裡頭設置了四部個人電腦，還連接了十幾台周邊機器。

「怎麼會有這些？」還沒從驚訝恢復的友彥愣愣地問。

「還用說，當然是買的啊。」

「你會用？」

「一點點啦，不過我想請你幫忙。」

「我？」

「對，所以才找你過來啊。」

桐原才說完，門鈴就響了。因爲沒想到會有人來，友彥背脊不由得緊繃起來。

「是奈美江吧。」桐原站起身來。

友彥走近堆在房間角落的紙箱，往最上面的箱子裡看，裡面塞滿了全新的卡帶。要這麼多卡帶做什麼？友彥想。

外面傳來開門、有人進來的聲音。他聽到桐原說「園村來了」。

「哦。」是女人的聲音。

然後那個女人走進房間，是個看來年過三十、其貌不揚的女人。友彥覺得好像見過她。

「好久不見了。」女人說。

「咦？」

看到友彥吃驚的樣子，女人輕聲一笑。

「就是上次先走的那個。」桐原在旁邊說。

「那時候……咦！」友彥很驚訝，再次細看女人的長相。

記得她當時一身牛仔裝，今天的妝很淡，比那時候老上幾分。這才是她眞正的模樣吧。

「解釋起來很麻煩，她的事就別問了。她叫奈美江，我們的會計，這就夠了。」桐原說。

「會計……」

桐原從牛仔褲口袋取出一張摺起來的紙，拿給友彥。

紙上以簽字筆寫著一行字「各式個人電腦遊戲郵購　無限企畫」。

「無限企畫？」

「我們公司的名字，賣的是存在卡帶裡的電腦遊戲程式，用郵購的方式販售。」

「遊戲程式啊。」友彥輕輕點頭，「這個……也許會大賣。」

「絕對會大賣，我向你保證。」桐原說得很篤定。

「可是我想應該要看軟體吧。」

桐原走向一部個人電腦，把印表機剛印出來的長串紙拿到友彥面前，「這就是主力商品。」

上面列印的是一連串程式。程式複雜及冗長的程度，幾乎不是友彥所能消化的。程式取名爲「Submarine」。

「遊戲是哪裡來的？你寫的嗎？」

「誰寫的還不都一樣。奈美江，遊戲的名字妳想了沒？」

「想是想了，不過不知道你滿不滿意。」

「說說看。」

「Marine Crash，」奈美江沒把握地說，「……你覺得怎麼樣？」

「Marine Crash啊。」桐原雙手抱胸，想了一會兒，接著點點頭，「好，就用這個名字。」可能是看他很滿意，奈美江鬆了一口氣似地微笑了。

桐原看看表，站起來，「我去一下印刷廠。」

「印刷廠？幹嘛？」

「要做生意，得做很多準備。」桐原穿上運動鞋，離開公寓。

友彥在和室盤腿而坐，望著剛才的程式。但是他很快就抬起頭。奈美江坐在桌子那邊，拿著計算機計算。

「他到底是個什麼樣的人啊？」他朝著她的側臉問道。

她的手停止動作，「什麼什麼樣的人？」

「他在學校裡完全不起眼，好像也沒有走得比較近的朋友，可是背地裡卻在做這些。」

奈美江把臉轉過來，「學校不過就是人生的一小部分而已。」

「話是沒錯，可是也沒人像他這麼詭異啊。」

「亮的事情你最好別打聽太多。」

「我不是想打聽，只是很多事讓我覺得很神奇而已。那時候也是……」友彥含糊其詞，他不知道可以對奈美江透露多少。

然而她卻神色自若地說，「你是說花岡夕子的事？」

「嗯。」他點頭。明白她了解內情，內心鬆了一口氣。「所謂墜入五里霧中，大概就是這種感覺吧，他到底是怎麼解決的？」

「你想知道？」

「當然想。」

聽了友彥的話，奈美江皺著眉，以原子筆尾端搔了搔太陽穴。「就我聽說的，花岡夕子的屍體是她住進飯店的第二天下午兩點左右被發現的。因爲退房的時間已經過了，她既沒有和櫃檯聯絡，打內線到房間也沒有人接，飯店的人很擔心，就過去查看。房門是自動鎖，他們是用總鑰匙開門進去的。聽說花岡夕子一絲不掛地躺在床上。」

友彥點點頭，他能想像那個狀況。

「警察馬上就趕來了，看樣子好像沒有他殺的嫌疑。警察好像認爲她是在進行性行爲時心臟病發作，推定死亡時間是前一天晚上十一點。」

「十一點？」友彥歪著頭，「不對，怎麼可能……」

「服務生見到她了。」奈美江說。

「服務生？」

「聽說有女人打電話給客房服務，說浴室沒有洗髮精，要他們送過來。服務生送過去的時候，是花岡夕子來拿的。」

「不對，這太奇怪了。我離開飯店的時候……」

友彥沒繼續往下說，因爲奈美江開始搖頭，「這是服務生說的，他在十一點左右把洗髮精交給女性客人。那個房間的女性客人，不就是花岡夕子嗎？」

「啊！」

友彥這才明白，原來是有人假扮花岡夕子。那天，夕子戴著大大的太陽眼鏡。只要梳類似的髮型，再戴上那副眼鏡，要騙過服務生應該不難。

那麼是誰冒充花岡夕子的？

友彥看著眼前的奈美江，「是奈美江小姐假扮她的嗎？」

結果奈美江笑著搖頭，「不是我，我沒辦法做這麼大膽的事，我馬上就會露出馬腳。」

「這樣的話……」

「關於這件事，你最好別多想，」奈美江毫不留情地說，「那些只有亮才知道。有人幫了你的忙，這樣不就好了嗎？」

「可是……」

「還有一件事。」奈美江豎起食指，「警察聽了花岡夕子先生的話，盯上了你，可是馬上就對你失去興趣。你知道爲什麼嗎？那是因爲現場找到的跡證是ＡＢ型的。」

「ＡＢ型？」

「精液。」奈美江眼睛眨也不眨地說，「從花岡夕子的身上驗出了ＡＢ型的精液。」

「那……太奇怪了。」

「你大概很想說那不可能，但是事實就是如此，她的陰道裡的確裝了ＡＢ型的精液。」

「裝了」這個說法有點突兀，友彥恍然大悟。

「桐原是什麼血型？」

「ＡＢ。」說完，奈美江點了點頭。

友彥伸手掩住嘴，他有點想吐。分明是盛夏，卻覺得背脊發涼。

「他對屍體……」

「我不許你想像發生了什麼事。」奈美江說，語氣冷得簡直令人打寒顫，眼神也很嚴厲。

友彥找不到話說，一回過神，才發現自己在發抖。

這時候，玄關的門開了。

「廣告我談好了。」進來的人是桐原，他把手上的紙遞給奈美江，「怎麼樣？跟當初的估價一樣吧。」

奈美江接過那張紙，微笑點頭，表情有點僵硬。

桐原似乎立刻發現氣氛有所不同。他打量著奈美江和友彥，一面走到窗邊，叼起一根菸。

「怎麼了？」桐原簡短地問，以打火機點著菸。

「那個……」友彥抬頭看他。

「幹嘛？」

「那個……我……」友彥嚥下一口唾沫，接著說，「我什麼都做，我願意爲你做任何事。」

桐原直勾勾地盯著友彥看，之後，那雙眼睛轉向奈美江，她微微點頭。

桐原的視線再度回到友彥身上，平時的冷笑已經回到他臉上了。他讓笑容掛在嘴邊，愜意地抽菸。

「那當然了。」

然後他仰望著稍顯混濁的藍天。

第四章

1

雨沒有大到需要撐傘，卻也悄無聲息地沾溼了頭髮和衣服。秋雨就這麼綿綿地下著，然而灰色的雲不時分開，讓夜空露臉。出了四天王寺前站，中道正晴抬頭望著天空心想，狐狸嫁女兒啊，這是他母親教他的。

他在大學的置物櫃裡放了一把摺傘，但直到出了大門才想起，便打消了回去拿傘的念頭。他有點匆忙。心愛的石英表指著七點五分，代表他已經遲了，但他要去見的人並不會因為他遲到一下而面露不悅。他的匆忙純粹是因為想盡快到達目的地的民宅。

沒有傘，所以他以車站零售攤買來的體育報擋雨，以免淋溼頭髮。職棒養樂多隊獲勝翌日購買體育報，是他自去年養成的習慣。直到國中都住在東京的他，從養樂多燕子隊還叫原子隊時，便是養樂多球隊的球迷。燕子隊去年在廣岡總教練的領導下奇蹟般獲得冠軍。去年這時候，幾乎每天都看得到報導養樂多選手傑出表現的新聞。

然而今年養樂多隊卻大為走樣，情況跌到谷底。九月以來，他們的排名總是墊底，正晴買體育報的機會當然也變少了。今天身邊有報紙，可說極為幸運。

幾分鐘後，正晴抵達目的地，按了門牌「唐澤」下方的門鈴。

玄關的格子門打開，唐澤禮子隨即出現。她穿著紫色的連身洋裝，可能是因為質地細薄，身形顯得格外孱弱，看了不覺令人心疼。正晴心想，不知這位剛邁入老年的婦人何時會再穿起和服。三月他第一次造訪時，她穿著深灰色捻線綢和服。而自梅雨前夕起，和服便換成了洋裝。

「老師，眞對不起。」一看到正晴，禮子便過意不去地說，「剛才，雪穗打電話回來，說為了準備文化祭無論如何脫不了身，會晚三十分鐘左右。我已經要她盡快趕回來了。」

「這樣啊。」正晴鬆了一口氣，「聽您這麼說，我就放心了。我還以爲會遲到，心裡著急得很呢。」

「眞的很抱歉。」禮子低頭行禮。

「那麼，我該做什麼好呢？」正晴看著手表，自言自語般喃喃地說。

「請到裡面來等吧，我來準備點冷飲。」

「是嗎，請不要太費心。」正晴點點頭，走進室內。

他被領進一樓的起居室，這裡本來是和室，但放置了籐製桌椅，作爲西式房間使用。他只在第一次造訪時踏進這間房間。

距那時大約半年了。

爲正晴找到這份家教工作的，是他的母親。她聽說她的茶道老師想爲即將升高二的女兒找數學家教，便推薦自己的兒子，那位茶道老師便是唐澤禮子。

正晴大學就讀理工科，自高中時代便對數學頗具自信。事實上，直到今年春天，他都是一個高三男生的數學和理科家教，這名學生順利考上了大學，所以正晴必須找下一份家教工作。母親爲他介紹的這個機會，正是求之不得。

正晴非常感謝母親。不僅是因爲這個工作確保了他每個月的收入，每週二造訪唐澤家更令他期待不已。

他坐在籐椅上等候，不久禮子便以托盤端著盛有麥茶的玻璃杯回來了。看到麥茶，他鬆了一口氣。上次進這間房間時，劈頭便端上抹茶，他完全不知道喝抹茶的規矩，急出一身冷汗。

禮子在他對面坐下，說聲「請用」，招呼他喝茶。正晴不客氣地伸手拿起玻璃杯，冷涼的麥茶流過乾渴的喉嚨，感覺非常舒服。

「不好意思，讓老師等。我倒是覺得，只不過是準備文化祭，雪穗大可找機會溜出來。」禮子再度道歉，顯然十分過意不去。

「哪裡，沒關係的，請不要放在心上，而且交朋友也很重要。」正晴說，他有意故作老成。

「那孩子也是這麼說。而且，她說要爲文化祭做的準備，並不是班上要辦的活動，而是社團那邊的，所以三年級學姊盯得很緊，很難走得開。」

「哦，原來如此。」

正晴想起，雪穗提過她在學校參加了英語會話社，也聽她說過幾句英文。不愧從中學就開始上英語會話補習班，果然不同凡響。他還記得她捲舌的發音自己實在無法相比。

「如果是一般高中，一定沒有高三學生還對文化祭這麼熱衷吧？畢竟是這樣的學校，所以才能這麼悠哉。中道老師念的是有名的升學高中，高三之後，一定沒有心思管什麼文化祭吧？」

對於禮子的話，正晴苦笑著搖搖手，「我們學校也有高三生對文化祭很投入的。大概有不少人是在準備考試之餘，當作消遣吧。我自己也一樣，高三秋天時還是無心念書，有什麼活動，馬上就樂翻天。」

「哎呀，是嗎？不過，那一定是因爲老師成績優秀，才能那麼從容。」

「哪裡，沒這回事，眞的。」正晴不斷搖手。

唐澤雪穗就讀的是清華女子學園，正晴聽說她是從清華的中學部直升的。

她準備直升同一所學校的大學。若高中時期成績優秀，只須面試便能進入清華女子大學。

只不過視志願學科而定，入學的關卡有時也可能是道極窄的窄門。雪穗的志願是競爭最激烈的英文系。爲了確保直升的機會，她的學業成績必須在全學年維持名列前茅。

雪穗幾乎所有科目成績都很優秀，只有數學稍弱。爲此擔心的禮子才想到聘請家教老師。希望設法在高三上學期爲止，維持前幾名的成績——這是最初見面時，禮子提出的希望。因爲推薦入學之際，至三年級上學期爲止的成績都會納入參考。

「雪穗如果那時候上公立國中的話，明年就得準備考大學，那更辛苦了。想到這一點，我覺得當時讓她進現在這所學校，眞是做對了。」唐澤禮子雙手捧著玻璃杯，感慨萬千地說。

「是啊，考試眞的愈少愈好。」正晴說。這是他平常的想法，過去也常對他家教的學生家長這麼說，「最近愈來愈多家長在孩子上小學的階段，便選擇這一類私立附屬中小學。」

禮子鄭重地點點頭，「是呀，這麼做是最好的安排，我對姪甥輩也這麼說。孩子的考試，最好在很早的階段一次解決。愈往後，要進好學校就愈難。」

「您說的一點也沒錯。」正晴點點頭。接著因爲有些小疑問，便問道，「雪穗小學上的是公立學校吧，那時候沒有參加考試嗎？」

禮子沉思似地偏著頭，沉默了一會兒，顯得有所遲疑。

不久，她抬起頭來，「如果當時她在我身邊，我一定會這樣建議，但是那時候我還沒和她住在一起。大阪這個地方，和東京比起來，會想到讓孩子進私立學校的父母親很少。最重要的是，即使想上私立學校，當時那孩子的環境也不允許。」

「啊，原來如此……」正晴有些後悔，自己恐怕問了一個微妙的問題。

雪穗並不是唐澤禮子的親生女兒，這件事在他接下這份工作時便聽說了。但是她是在什麼前因後果下成爲養女，完全沒有人告訴他，之前也從未提及。

「雪穗的親生父親算是我的表弟，不過在她還小的時候便意外過世了，所以家境不是很好。他太太雖然出去工作，但一個女人要養家養孩子，實在不容易。」

「她親生母親怎麼了？」

正晴一問，禮子的表情更憂鬱了，「她也是意外身亡，我記得是雪穗剛升上六年級的時候。好像是……五月吧。」

「出車禍嗎？」

「不是的，是瓦斯中毒。」

「瓦斯……」

「聽說是瓦斯爐上開著火煮東西，人卻打盹睡著了。後來鍋子裡的湯汁溢出來澆熄了火苗，睡著了沒發現，就這樣中毒了。我想她一定是累壞了。」禮子悲傷地蹙起細細的眉毛。

正晴心想，這很有可能。最近都市住家的瓦斯漸漸換成天然瓦斯，所以不再發生因瓦斯造成的一氧化碳中毒，但從前經常發生類似的意外。

「尤其可憐的是，發現她身亡的就是雪穗。一想到雪穗當時受到多大的驚嚇，我就心疼不已……」禮子沉痛地搖搖頭。

「她自己發現的嗎？」

「不，聽說房間上了鎖，她請房仲來開鎖，我想她是和對方一起發現的。」

「哦，和房仲一起啊。」

正晴想，那個人眞是遭到無妄之災。發現屍體的時候，一定被嚇得面無人色吧。

「雪穗就是因爲那次意外變得無依無靠了啊。」

「是啊，葬禮我也出席了，雪穗倚著棺木嚎啕大哭。看到她那個模樣，連我們大人也跟著心碎了……」

或許是內心浮現了當時的情景，禮子頻頻眨眼。

「所以，呃，唐澤女士便決定收養她了？」

「是的。」

「這是因爲唐澤女士和她家往來最密切嗎？」

「坦白說，我和雪穗的親生母親並沒有怎麼往來。住家雖然算是距離較近，卻也不是能步行往來的距離。不過，我和雪穗倒是從文代女士去世前就經常見面了。她常到我這裡來玩。」

「哦……」

雪穗爲什麼會自己跑來和母親沒有親密往來的親戚家玩呢？正晴感到不解。也許是他的疑惑顯現在臉上，禮子便對他這麼說明，「我和雪穗第一次見面，是在她父親七週年忌的時候。我們聊了一會兒，她對我懂得茶道似乎非常感興趣，興致勃勃地問了好多問題。我對她說，既然這麼有興趣，就來我家玩吧，這應該是她母親去世前一、兩年的事。後來，她眞的很快就來找我了。我有點吃驚，因爲當時只是隨口說說。不過她似乎是眞心想學茶道，我也因爲一個人住，相當寂寞，就以半好玩的心態教她。她幾乎每個星期都會自己坐公車來找我，喝著我泡的茶，告訴我學校裡發生的事。不久，她的到訪便成爲我最期待的一件事。有時候她因爲有事不能來，我就覺得好寂寞。」

「那麼雪穗是從那時候開始學茶道的？」

「是的。不過不久她也開始對插花有興趣。我插花的時候，她會在旁邊興致勃勃地看，有時候也會插手玩玩，還要我教她怎麼穿和服。」

「簡直就像新娘教室啊。」正晴笑著說。

「就是那種感覺。只是因爲她當時還小，應該說是扮家家酒吧，那孩子啊，還會學我說話呢。我說那多教人害臊，要她別學了，她卻說在家裡聽媽媽講話，連自己也粗言粗語起來，所以要在我這裡改過來。」

他這才明白，雪穗在高中女生身上難得一見的高雅舉止，原來是從那時候培養起來的。當然，前提是本人要有意願。

「說到這一點，雪穗說話沒什麼關西口音呢。」

「我和中道老師一樣，以前一直住在關東，幾乎不會講關西腔，不過她說這樣才好。」

「我也不太會說關西腔。」

「是啊，雪穗說和中道老師講話很輕鬆。要是和操著濃厚大阪腔的人說話，還得小心不受影響，說起話來很累人。」

「哦，可是她明明是在大阪出生長大的啊。」

「她說她就是討厭這一點。」

「眞的嗎？」

「是啊。」初老的婦人撇著嘴點頭後，又微偏著頭，「只不過呢，有一點讓我有點擔心。那孩子一直和我這種老人家生活在一起，我怕她會少了年輕女孩應有的活潑。要是她不規矩，我也會頭痛，但是她太乖了，我甚至覺得叛逆一點也不爲過。中道老師，如果您方便的話，請帶她出去玩。」

「咦！我嗎？可以嗎？」

「當然，中道老師我才放心。」

「是嗎，那麼下次我找她出去好了。」

「請您務必這麼做，我想她一定會很高興的。」

禮子的話似乎告一段落了，正晴再度伸手拿玻璃杯。這段對話並不枯燥，因爲他正想多了解雪穗。然而他認爲這位養母似乎不完全了解她，唐澤雪穗這個女孩，既不像禮子認爲的那麼守舊，也不會太過乖巧。

有件事令他印象深刻，七月的時候，像平常一樣上完兩個小時的課後，他喝著送上來的咖啡，邊和雪穗閒聊。當時正晴的話題必定與大學生活脫不了關係，因爲他知道這是她喜歡聽的。

當他們閒聊了五分鐘後，有人打電話給她。禮子來叫她，說是「一個英語辯論大會辦事處的人說要找妳」。

「喔，我知道了。」雪穗點點頭，下樓去了。正晴把咖啡喝完，站了起來。

他下樓的時候，雪穗正站在走廊上的電話架旁說話，表情看起來有點凝重。但當他向她打手勢，表示要回家的時候，她笑容可掬地向他點頭，輕輕揮揮手。

「雪穗眞厲害，要參加英語的辯論賽啊。」正晴對送他到玄關的禮子說。

「不曉得呢，我完全沒聽她提起。」禮子偏著頭說。

離開唐澤家後，正晴進了四天王寺前站旁的一家拉麵店，吃遲來的晚餐，這已經成爲他每星期二的習慣。

邊吃著餃子和炒飯邊看店裡的電視，但當他不經意地透過玻璃窗向外看時，正好看到一名年輕女孩快步走向大馬路。正晴頓時睜大了眼睛，因爲那不是別人，正是雪穗。

會是什麼事呢？他從她的表情感覺到事情非比尋常。她來到大馬路上，匆匆攔了計程車。時鐘的指針指著十點。再怎麼想，都只有一個結論——一定是有什麼突發狀況。

正晴很擔心，便在拉麵店打電話到唐澤家。鈴聲響了幾次之後，禮子接起電話。

「哎呀，中道老師。有什麼事嗎？」聽到他的聲音，她意外地問，絲毫沒有急切感覺。

「請問……雪穗呢？」

「雪穗嗎？我叫她來接吧。」

「咦？她現在就在旁邊嗎？」

「沒有，在房裡。她說明天社團有事，一早就要集合，要早點睡。不過她應該還醒著。」

一聽到這幾句話，正晴立刻有所警覺，發現自己做了不該做的事。

「啊，那就不用了。下次到府上拜訪時，我直接跟她說，不是什麼急事。」

「這樣嗎？可是……」

「眞的沒關係，請別打擾她，讓她睡吧，打擾您了。」

「是嗎？那麼明天早上我再告訴她中道老師打過電話找她。」

「好的，那就請您轉告。對不起，這麼晚還打擾您。」正晴急忙掛斷電話，腋下已經被汗水浸溼了。

雪穗多半是瞞著母親偷偷外出的，也許和剛才的電話有關。雖然對她的目的地大感好奇，但正晴不想妨礙她。

但願雪穗的謊言不會因爲自己這通電話被拆穿，他心想。

他的擔憂第二天便解除了，因爲雪穗打電話給他，「老師，媽媽說昨晚您打電話給我。對不起，我今天一早社團有練習，昨天很早就睡了。」

聽到她這麼說，正晴便知道她對禮子說的謊並沒有被拆穿。

「也沒有什麼事啦，只是不知道發生了什麼事，有點擔心而已。」

「發生了什麼事？」

「我看到妳一臉沉重地搭上計程車。」

果然，一時之間她沒有說話，然後才低聲道，「原來老師看到了。」

「因爲我在拉麵店裡啊。」正晴笑著說。

「原來是這樣，不過老師幫我跟媽媽保密了，對不對？」

「因爲要是被妳媽媽知道，可能不太妙吧。」

「沒錯，那就不太妙了。」她也笑了。

原來事情沒有那麼嚴重——正晴從她的反應猜想。

「到底發生了什麼事？我看和之前那通電話有關。」

「老師太犀利了，一點也沒錯。」她說著，壓低了聲音，「其實是我朋友自殺未遂。」

「咦！眞的嗎？」

「好像是被男朋友甩了，一時衝動才那麼做，我們幾個好朋友急忙趕去她那裡。可是這種事總不能跟媽媽說。」

「是啊，那妳朋友呢？」

「已經沒事了。看到我們之後，她就恢復理智了。」

「那眞是太好了。」

「她眞是太傻了，不過就是男人嘛，何必這樣就尋死。」

「就是啊。」

「所以嘍。」雪穗開朗地繼續說，「這件事就麻煩老師保密了。」

「嗯，我知道。」

「那麼下星期見。」說著，她掛斷電話。

回想起當時的對話，正晴至今仍不禁苦笑。他萬萬沒有想到會從她嘴裡聽到「不過就是男人嘛」這種話。他深深體會到，年輕女孩的內心實在不是旁人能夠想像的。

不必擔心，令千金並不像您想像的那麼稚嫩——他很想對眼前這名老婦人這麼說。

當他把麥茶喝完時，玄關傳來格子門打開的聲音。

「好像回來了。」禮子站起來。

正晴也離開座位，利用面向庭院的玻璃門反射出的影子，迅速檢查頭髮是否紊亂。

你這笨蛋，臉紅心跳個什麼勁兒啊！——正晴臭罵映在玻璃上的自己。

2

中道正晴隸屬於北大阪大學工學院電機工程學系第六研究室，選擇的畢業研究主題是利用圖形理論的機器人控制。具體地說，是藉由單一方向的視覺辨識，使電腦判斷該物體的立體形狀。

他坐在書桌前修改程式時，研究生美濃部開口叫他，「喂，中道，你來看看這個。」

美濃部坐在HP個人電腦前，看著電腦螢幕叫正晴過去。

正晴站在學長身後，看向黑白畫面。畫面上顯示了三個格眼細密的方格，以及一個類似潛水艇的圖案。

他認得這個畫面，那是他們稱爲「Submarine」的遊戲，內容是盡快擊沉潛藏於海底的敵方潛水艇。從三個座標顯示的幾項數據推測敵人的位置，正是這個遊戲的樂趣所在。當然，如果只顧著攻擊，己方的位置便會遭敵人察覺，招致魚雷攻擊。

這個遊戲是第六研究室的大學生和研究生利用研究餘暇做出來的，程式的編寫與輸入均以共同作業進行，可說是他們的地下畢業研究。

「有什麼不對嗎？」正晴問。

「你仔細看，這跟我們的『Submarine』有點不同。」

「咦！」

「像這個座標顯示的方式，還有潛水艇的形狀也有點不同。」

「怪了。」正晴凝神仔細觀察，「眞的耶。」

「很奇怪吧？」

「是啊，有人改過程式了嗎？」

「並不是。」

美濃部重新啓動電腦，按下放置在身旁的錄音機按鍵，取出當中的錄音帶。這架錄音機不是用來聽音樂，而是個人電腦的外接儲存裝置。雖然IBM已經發表了使用碟型磁片的儲存方式，但個人電腦的外接儲存裝置大多仍使用卡帶。

「我把這個放進去，啓動後就是剛才那樣。」美濃部把卡帶拿給正晴看。卡帶上的標籤只寫著「Marine Crash」，是印刷字體，不是手寫的。

「『Marine Crash』？這是什麼啊？」

「三研的永田借我的。」美濃部說。三研是第三研究室的簡稱。

「他怎麼會有這種東西？」

「因爲這個。」

美濃部從牛仔褲口袋裡拿出車票夾，抽出一張摺起來的紙，看來是從雜誌裡剪下來的。他攤開那張紙。

各式個人電腦遊戲郵購——這一行字映入眼簾。

而且下面有產品名稱和該遊戲的簡單說明，以及售價表。產品共約三十種，價錢便宜的一千多圓，昂貴的大約五千圓出頭。

「Marine Crash」在表格的中段，但是字體較其他粗，還附註「娛樂性★★★★」。以粗體字標明的還有另外三種，但標示四顆星的只有這個。一看就知道賣方強力推薦此款遊戲。

從事販賣的是一家名爲「無限企畫」的公司，正晴既沒看過也沒聽說過。

「這是什麼？原來有人在做這種郵購啊？」

「最近有時候會看到，我沒注意，不過三研的永田說他之前就知道了。看到這個『Marine Crash』的遊戲內容跟我們的『Submarine』很像，他覺得怪怪的。後來，他朋友有人跟這裡下訂單買東西，他去借來看。結果就像你看到的，內容一模一樣。他嚇了一跳，跑來告訴我。」

「嗯……」正晴一頭霧水，完全無法理解到底是怎麼回事，「這是怎麼回事？」

「『Submarine』……」美濃部說著往椅背上靠，金屬擠壓磨擦，發出嘰嘰軋軋的聲響，「是我們的原創作品。沒錯，說得精確一點，我們是拿楙省理工學生做的遊戲爲基礎，可是這是靠我們自己的創意發展出來的，這一點無庸置疑。一個毫不相關的人，在毫不相關的地方想到同樣的創意，還具體地做出來，這種偶然可以說是幾乎不存在的，不是嗎？」

「這麼說……」

「不會吧？」

「唯一的可能，就是我們當中有人把『Submarine』的程式洩漏給這家『無限企畫』。」

「不然你還想得到其他的可能性嗎？手上有『Submarine』的，就只有參與製作的成員而已，如果不是特殊情況，也不隨便出借。」

對於美濃部的質疑，正晴無話可說，他確實想不出其他的可能。事實擺在眼前，酷似「Submarine」的遊戲正透過郵購管道販售。

「要集合大家嗎？」正晴提議。

「是有這個必要。馬上就要午休了，叫大家吃過飯後到這裡集合吧。問過所有人，可能會有線索。前提當然是那個人沒有說謊。」美濃部嘴角一撇，以指尖把金邊眼鏡往上推。

「我實在很難想像有人會背著大家，把東西賣給業者。」

「中道，你要相信大家是你的自由，但有人出賣我們是事實。」

「也不一定是蓄意的吧？」

聽到正晴的話，美濃部揚起一道眉毛，「什麼意思？」

「也有可能是在本人不知情的情況下，程式被別人偷走了。」

「你是說，犯人不是成員，而是他身邊的人嗎？」
「是的。」雖然對「犯人」這種說法有點排斥，但正晴還是點點頭。
「不管怎麼樣，都有必要問過所有人。」說著，美濃部將雙手盤在胸前。
參與「Submarine」製作的，包括研究生美濃部在內共有六人，大家在午休時間全部聚在第六研究室。
美濃部向大家報告事情的經過，但所有人都堅稱自己一無所知。
「先不說別的，做這種事，肯定會像現在這樣露出馬腳啊，哪有人笨到會沒想到這一點的。」一個四年級學生對美濃部這麼說。
另一個人說，「既然要賣，當然跟大家商量後我們自己賣啊，這樣賺的錢絕對比較多。」
有沒有人曾經把程式借給別人？——美濃部提出這個問題。有三個學生回答，曾經借給朋友玩一下，但都是在本人在場的情況下，每個人都篤定朋友沒有時間複製程式。
「這麼說，可能是有人擅自把程式拿出去了。」美濃部說道，要每一個人交代記載程式的卡帶的去向，但是沒有任何人遺失。
「大家再一次想想看。既然不是我們，那麼就是我們身邊有人擅自把『Submarine』賣給別人，而出錢買下的人，竟然光明正大地拿來做生意。」美濃部心有不甘地說，注視著每個人。
解散後，正晴回到座位，再度確認自己的記憶。最後的結論是，至少自己的卡帶沒有被人偷拿的可能。平常，他都把儲存了其他資料的卡帶和「Submarine」卡帶，收在家裡書桌抽屜裡。帶出來的時候，也是隨身片刻不離，甚至從未把卡帶留在研究室裡。換句話說，東西絕對不可能是從他這裡遭竊的。

話雖如此，這次的事情卻讓他有全然不同的感想。他完全沒有想到他們的遊戲之作竟然可以成爲商品，或許，這將是一項全新的商機……

3

正晴想起唐澤雪穗的身世，是在與禮子交談後半個月左右，他陪朋友到位在中之島的府立圖書館查資料的時候。這位朋友是他在冰上曲棍球社的同學，姓垣內。垣內爲了寫報告，正在調查以前的新聞報導。

「哈哈哈！對對對，就是那時候，我也常被叫去買衛生紙。」垣內看著攤開的報紙縮印本，小聲地說。桌上放著十二冊縮印本，從一九七三年七月分到七四年六月分，一個月一冊。

正晴從旁邊探過頭去看。垣內看的是一九七三年十一月二日的報導，內容是大阪千里新市鎮的超級市場內，衛生紙賣場擠進了三百名消費者。

那是石油危機時的事，垣內正在調查電力能源需求，必須閱覽當時的相關報導。

「東京也有大家搶著囤積的情形嗎？」

「好像有。不過首都圈那邊，應該是搶清潔劑搶得比衛生紙凶。我表弟說，他不知道被叫去買過多少次。」

「哦，這邊也寫著，有主婦在多摩的超市買了市價四萬圓的清潔劑。這該不會就是你親戚吧？」垣內笑著虧他。

「你少扯了。」正晴也笑著回答。

正晴心想，自己那時候在做些什麼呢？他當時高一，剛搬到大阪不久，正努力適應新環境。

他突然想起，不知道那時候雪穗幾年級。在心裡算了算，應該是小學五年級，但他無法想像她小學時的模樣。

接著，他便想起唐澤禮子的話。

「是意外身亡，我記得是雪穗剛升上六年級的時候。好像是……五月吧。」

她指的是雪穗的親生母親。雪穗六年級的話，就是一九七四年了。

正晴從縮印本中找出七四年五月分那一冊，在桌上攤開。

那個月發生過「眾議院通過修訂大氣污染防治法」、「主張女權的女性爲反對優生保護法修正案，於眾議院集會」等等事件。也看到日本消費者聯盟成立，東京都江東區7-Eleven第一家店開幕的報導。

正晴往社會版看，不久便找到一則小小的報導。標題是「大阪市生野區　瓦斯爐熄火造成一人中毒死亡」的標題。內容如下：

「廿二日午後五時許，大阪市生野區大江西七丁目吉田公寓一〇三室房客西本文代（女，三十六歲），被房仲員工發現倒在屋內，經緊急呼叫救護車急救，但西本女士到院前已死亡。據生野分局調查，屍體發現時屋內瓦斯瀰漫，西本女士可能死於瓦斯中毒。現正針對瓦斯外漏的原因進行調查，研判極有可能是瓦斯爐上加熱的味噌湯溢出導致熄火，西本女士卻未發現。」

就是這個！正晴很有把握。報導與唐澤禮子告訴他的內容幾乎完全一致。發現者並未出現雪穗的名字，這應該是報社基於新聞道德做的處理吧。

「你看什麼那麼認眞？」垣內從旁邊探頭過來看。

「喔，沒什麼大不了的。」正晴指著報導，說這是發生在家教學生身上的事。

垣內大爲驚訝，「哦，竟然還上報了呢，不容易耶。」

「又不是跟我有關。」

「可是你不是在教那個小孩嗎？」

「是沒錯啦。」

「嗯——」垣內發出不明所以的欽佩鼻音，又看了一次報導。

「生野區大江啊，在內藤家附近嘛。」

「哦，內藤家？眞的嗎？」

「嗯，我記得應該沒錯。」

他們說的內藤，是冰上曲棍球社的學弟，比正晴他們小一屆。

「那下次我問問內藤好了。」正晴邊說邊把報紙上吉田公寓的住址抄下來。

他在兩個星期後，才向內藤問起這件事。因爲上了大四，已經不參與冰上曲棍球社的活動，也少有機會和學弟碰面。正晴會到社團，也是因爲缺乏運動開始發胖，想稍微活動一下筋骨。

內藤是個瘦小的男生。雖然擁有高超的溜冰技巧，但重量不夠，近距離接觸時不耐撞。簡單來說，是個不太強的選手。不過爲人細心周到，又懂得照顧別人，所以在社內主要是擔任幹部。

正晴趁著在操場上做體能訓練的空檔找上內藤。

「哦，那件意外啊。我知道啊，嗯，那是幾年前的事啊？」內藤邊用毛巾擦汗邊點頭，「就在我家附近，雖說不是在隔壁，但是走一下就到得了。」

「那件意外，當時在你們那裡是不是造成話題？」正晴問。

「那應該叫話題嗎？是有一些奇怪的流言啦。」

「奇怪的流言？」

「說那不是意外，而是自殺之類的。」

「你是說開瓦斯尋死啊？」

「對。」回答後，內藤看著正晴，「怎麼了？中道學長？那件意外有什麼不對嗎？」

「嗯，其實是跟我認識的人有關。」

他向內藤說明緣由，內藤驚訝地睜大了眼睛。

「哦，原來中道學長在教那一家的小孩啊，那眞的是很巧耶。」

「對我來說，沒什麼巧不巧的。不過你再說得仔細一點，爲什麼會有自殺的流言呢？」

「不知道耶，我不太清楚，那時候我才念高中。」內藤偏了一下頭，立刻想起什麼似的，往手上捶了一拳。「啊！對了，去問那裡的大叔，搞不好他知道什麼。」

「那裡的大叔是誰啊？」

「我租停車位的房仲大叔。他之前說過因爲房客在公寓裡開瓦斯自殺，把他害得好慘，大概就是那間公寓吧？」

「房仲？」一個念頭從正晴腦中閃過，「你說的是發現屍體的人嗎？」

「咦！那個大叔嗎？」

「發現屍體的好像是出租公寓的房仲，可以麻煩你幫我確認一下嗎？」

「啊……可以啊。」

「拜託你了，我想詳細了解一下。」

「好。」

體育社團裡的輩分關係是絕對的。學長拜託這種麻煩事，內藤雖然感到困惑，卻只能抓抓腦袋點點頭。

第二天傍晚，正晴坐在內藤駕駛的CARINA前座上。這部車是內藤以三十萬圓向表哥買的中古車。

「抱歉，麻煩你這種事。」

「哪裡，我無所謂，反正就在我家附近。」內藤和顏悅色地說。

前一天答應的事，學弟立刻去辦了。他打電話給介紹停放這輛CARINA停車位的房仲，確認對方是否是五年前瓦斯中毒案的發現人。對方表示發現屍體的人不是他，而是他兒子，他兒子目前在深江橋經營另一家店。深江橋位於東成區，在生野區北邊。而抄寫了對方電話號碼和簡單地圖的便條紙，現在就在正晴手裡。

「不過中道學長果然很認眞。是因爲了解家教學生的身世，對教學有幫助，對不對？我打工的時候，實在沒辦法做到這種程度。」內藤佩服地說。看他自行做了這種解釋，正晴不置一詞。

事實上，他自己也不明白爲什麼要這麼做。當然，他知道自己受到雪穗強烈吸引，但是他並不是因此才想知道她的一切。照他的看法，他認爲過去的事根本無關緊要。

他想，大概是因爲無法了解她吧。即使他們的距離近得可以觸碰彼此，言談也很親近，但有時他仍會驀然覺得她遙不可及。他不明白爲什麼，因爲不明白而焦躁。

內藤不時和他攀談，講的是今年新加入的社員。「每個人程度都好不到哪裡去。因爲有經驗的人很少，所以今年冬天會是關鍵。」把隊伍成績看得比自己的學分重要的內藤，臉色略帶凝重地說。

田川不動產深江橋店，位於自幹道中央大道轉彎的第一條路上，剛好就在阪神高速公路東大阪線高井田交流道旁。

店裡，一個瘦子正在書桌前塡寫文件，看來沒有別的職員。瘦子看到他們，便問道，「歡迎光臨，找公寓嗎？」顯然以爲他們想找房子。

內藤向他解釋，他們是來打聽吉田公寓那次意外事件的。

「我向生野店的大叔打聽，他說遇到那件意外的是這邊的店長。」

「哦，沒錯。」田川警戒的眼神在兩名年輕人臉上交替，「都過了這麼久了，爲什麼還想問這個？」

「發現屍體時，有一個女孩也在場吧？」正晴說，「一個名叫雪穗的女孩，那時候她是姓西本……沒錯吧？」

「對，是西本家。你是西本的親戚？」

「雪穗同學是我的學生。」

「學生？哦，原來你是學校老師啊。」田川恍然大悟般點點頭，再次看了看正晴，「好年輕的老師。」

「是家教老師。」

「家教？哦，原來啊。」田川的視線露出輕蔑的神色，「那孩子現在在哪裡？她媽媽死了，不就無依無靠了嗎？」

「她被親戚收養了，是一戶姓唐澤的人家。」

「哦。」田川似乎對姓氏不感興趣，「她好不好啊？後來再也沒見過她了。」

「很好，現在念高二。」

「已經這麼大了啊。」

田川從 Mild Seven 紙盒裡抽出一根菸，銜在嘴裡。正晴看在眼裡，心想，沒想到他挺趕時髦的。Mild Seven 在兩年多前推出，儘管一般風評認爲味道不佳，但甚受喜新厭舊的年輕人歡迎。正晴的朋友有一大半從 Seven Star 改抽 Mild Seven。

「她是怎麼跟你說這件事的？」吐了一口煙後，田川問道。這男人一看對方年紀比他小，口氣變得不客氣起來。

「她說受到田川先生很多幫助。」

這當然是謊話，他沒有跟雪穗提起這件事，他怎麼忍心碰觸她的痛處。

「哎，也說不上什麼幫助啦，那時候嚇都嚇死了。」

田川往椅背上一靠，雙手枕在腦後。然後，一五一十地說起發現西本文代屍體時的情景。可能正好閒著沒事做，正晴連帶得以掌握整起意外的概況。

「比起發現屍體那時候，後來的事更麻煩。警察跑來問東問西。」田川皺起眉頭。

「警察都問些什麼？」

「進屋裡時的事。我說我除了打開窗戶、關掉瓦斯總開關外，沒有碰其他地方，不知道他們是哪裡不滿意，還問我有沒有碰鍋子啊，玄關是不是眞的上了鎖啊，眞是敗給他們了。」

「鍋子有什麼問題嗎？」

「我也不知道。他們說什麼如果是味噌湯冒出來，鍋子四周應該更髒才對。話是這麼說，事實就是冒出來的湯澆熄了火，又有什麼辦法。」

聽著田川的話，正晴心裡想像當時的狀況。他自己也曾在煮泡麵時，不小心讓鍋子裡沸騰的熱水冒出來過。發生那種狀況，鍋子四周的確會弄髒。

「話說回來，能夠讓請得起家教的家庭收養，就結果來說，也是好事一樁吧。跟那種母親生活在一起，她大概只有吃苦的份。」

「她母親有什麼不對嗎？」

「她有沒有什麼不對我是不知道，可是生活應該很苦。以前是在烏龍麵店還是類似的地方工作，也是勉強才付得起房租，而且還積欠房租哩！」田川朝著上空吐煙。

「這樣啊。」

「可能是因爲日子過得很苦吧，那個叫雪穗的女孩冷靜得出奇。發現她母親屍體的時候，連一滴眼淚也沒流。這倒是嚇了我一跳。」

「哦……」

正晴頗感意外，回視房仲老闆。因爲禮子對他說過，雪穗在文代的葬禮上嚎啕大哭。

「那時候，有人認爲可能是自殺，對吧？」內藤從旁插話。

「啊，沒錯沒錯。」

「那是怎麼回事呢？」

「好像是有好幾件事，這樣比較講得通。不過我是從一直跑來找我的刑警聽來的。」

「講得通？」

「是哪些啊？好久以前的事，我都忘了。」田川按著太陽穴一帶，但不久便抬起頭來，

「啊，對了，西本太太吃了感冒藥。」

「感冒藥？這有什麼不對嗎？」

「吃的量不是普通的量。照空藥袋看，好像是一次就吃了一般用量的五倍還不止。記得他們說，那時候屍體有送去解剖，結果證明真的吃了那麼多。」

「五倍還不止……那的確很奇怪。」

「所以警察才懷疑是不是爲了助眠。不是有種自殺方法，是吃安眠藥加開瓦斯嗎？所以他們才會懷疑是不是因爲安眠藥很難買，才用感冒藥代替。」

「代替安眠藥啊……」

「好像還喝了不少酒，聽說垃圾桶裡，有三個杯裝清酒的空杯子。人家說那個太太平常幾乎不喝酒的，所以也是爲了入睡喝的吧？」

「這樣啊。」

「對了，還有窗戶。」可能是記憶漸漸復甦了，田川打開話匣子。

「窗戶？」

「有人認爲房間全關得死死的，太奇怪了。她們住處的廚房沒有抽風機，所以煮東西時應該會把窗戶打開才對。」

正晴對田川的話點頭表示同意，聽他這麼一說，的確如此。

「不過也有可能是忘了打開。」

「是啊。」田川點點頭，「這不能算是自殺的有力證據。感冒藥和杯裝清酒也一樣，別的解釋也說得通。更何況，有那孩子作證。」

「那孩子是指……」

「雪穗。」

「什麼作證?」

「她也沒說什麼特別的，只是證實說她媽媽感冒了，還有她媽媽覺得冷的時候，偶爾也會喝日本酒。」

「原來是這樣啊。」

「刑警他們是說，就算感冒吃藥，那個藥量也太奇怪了，可是她吃那麼多藥到底想幹嘛，只有問死者才知道了。再說，要自殺的話，何必特地把鍋子裡的味噌湯煮到冒出來呢?因爲這樣，後來就當作意外結案了。」

「警察覺得鍋子有問題嗎?」

「天曉得，不知道有沒有，反正那也不重要吧?」田川在菸灰缸裡把變短的Mild Seven摁熄，「警察是說，要是早三十分鐘發現的話，搞不好還有救。不管是自殺還是意外，她就是註定要死吧。」

他話聲剛落，有客人從正晴他們身後進來了，是一對中年男女。「歡迎光臨!」田川看著客人出聲招呼，臉上堆滿生意人的親切笑容。正晴認爲他不會再理會自己，便向內藤使個眼色，離開了店裡。

4

略帶棕色的長髮，遮住了雪穗的側臉。她以左手中指把髮絲塞在耳後，但仍遺漏了幾根。正晴非常喜歡她這個撥頭髮的動作，看著她雪白光滑的臉頰，便會忍不住興起一股想吻她的衝動。打從第一次上課便是如此。

求空間中兩個面相交時的直線方程式——這是雪穗正在解的問題。解法已經教過，她也懂了，所以她手裡的自動鉛筆幾乎未曾停過。

距離正晴規定的時間還有好一段時間，她便抬起頭說「寫完了」。正晴仔細檢查她寫在筆記上的公式。每個數字和符號都寫得很清楚，答案也正確。

「答對了，非常好，無可挑剔。」他看著雪穗說。

「真的？好高興。」她在胸前輕輕拍手。

「空間座標方面妳大概都懂了。只要會解這個問題，其他的都可以當作這一題的應用題。」

「那可不可以休息一下？我買了新紅茶呢。」

「好啊，妳一定有點累了吧。」

雪穗微笑著從椅子上站起來，離開房間。

正晴仍坐在書桌旁，環視房間。她去泡茶的時候，他都單獨留在房裡，但這段時間總是讓他坐立難安至極點。

坦白說，他很想探索房間的每個角落。想打開小小的抽屜，也想翻開書架上的筆記本。不，即使只知道雪穗用的化妝品品牌，一定也會得到相當的滿足。但是如果他到處亂翻，碰了房間裡的東西，被她發現的話……一想到這裡，他只敢安安分分地坐著，他不想被她瞧不起。

早知如此，就把雜誌帶上來了，他想。今天早上，他在車站零售攤買了一本男性流行雜誌。但雜誌在運動背包裡，他又把運動背包留在一樓的玄關。背包不但髒，而且是他練習冰上曲棍球時用的大包包，他習慣上課時把包包留在下面。

無可奈何之下，他只能看著室內。書架前有一台粉紅色的小型錄音機，旁邊堆著幾卷卡帶。正晴稍稍起身，好看清楚卡帶的標示。上面有荒井由實、OFF COURSE（*1）等名字。

他重新在椅子上坐好，從卡帶聯想到全然無關的事——「Submarine」。

他們今天也在美濃部主導下交換消息，但對於程式由何處洩漏依然沒有頭緒。另外，美濃部打電話到販售卡帶的「無限企畫」公司，也沒有任何收穫。

「我問他們是怎麼拿到程式的，對方堅持不能透露。接電話的是個女的，我請她叫技術人員來聽，也不得其門而入。他們鐵定知道自己在幹什麼勾當，我看目錄上其他商品的程式一定也是偷來的。」

「直接去他們公司呢？」正晴提議。

「我想沒有用。」美濃部當下便駁回，「你去抗議說他們的程式是從我們這裡剽竊的，他們也不會理你。」

「如果拿『Submarine』給他們看呢？」

美濃部依然搖頭，「你能證明『Submarine』是原創作品嗎？只要一句你是抄襲『Marine Crash』的，什麼都不用再說了。」

聽了美濃部的話，正晴愈來愈懊惱，「照學長的說法，豈不是什麼程式都可以偷來賣嗎？」

「沒錯。」美濃部冷冷地說，「這個領域遲早也需要著作權的保障。其實我把事情告訴了懂法律的朋友。我問他說，如果能證明他們偷了我們的程式，可以請求什麼賠償，結果他的回答是『No』，換句話說，根本很難，因為沒有前例可循。」

「怎麼這樣……」

「正因爲這樣，我巴不得找到罪魁禍首，找到以後，絕對要他好看。」美濃部惡狠狠地說。

就算找到剽竊者，頂多也只能揍他一、兩拳吧，正晴倍感無力。腦海裡浮現出同伴的臉，到底是誰這麼粗心，讓別人偷走程式呢？他眞想數落那傢伙一頓。

原來程式也是一種財產啊——正晴再次這麼想，之前他鮮少意識到這一點。到目前爲止，由於這程式對他而言非常重要，存放處置都很小心，卻幾乎從未想過有人會偷。

美濃部提議，每個人把自己曾經展示、提及「Submarine」的名單列出來。原因是「會想到剽竊『Submarine』的人，一定對『Submarine』有所了解」。

大家都把想得到的名字列出來了，人數多達數十人。研究室的人、社團的同學、高中時代的朋友等等，什麼人都有。

「這當中，應該有人和『無限企畫』有所關聯。」美濃部說著，注視著抄錄了名字的報告用紙，嘆了一口氣。

他嘆氣的原因正晴能夠理解，即使有所關聯，也不見得是直接的。這數十人當中，不乏再延伸出更多分枝的可能性。果眞如此，要實際追蹤調查談何容易。

「每個人去問自己提過『Submarine』的人吧，一定可以找到線索的。」

同伴都對美濃部的指示同意。正晴雖然點頭，卻不禁懷疑這眞的能找到剽竊者嗎？

---

*1 OFF COURSE是成立於一九六九年，由小田和正領軍的搖滾樂團，一九八九年解散。

他幾乎沒有和別人提過「Submarine」，對他而言，製作遊戲也是研究的一環，這種專業的話題，外行人多半感到枯燥乏味。而且遊戲本身的趣味性也遠遠不及「太空侵略者」。

不過有一次他把「Submarine」的事告訴一個完全無關的人，那個人不是別人，正是雪穗。

「老師在大學裡做什麼研究呀？」

聽到她這麼問，正晴先說起畢業研究的內容。但影像解析和圖形理論對一個高二女生自然不是什麼有趣的話題。雪穗臉上雖然沒有明白表示無聊，但聽到一半，顯然失去興趣。爲了引起她的注意，他提起遊戲的事。她眼睛隨之一亮。

「哇！聽起來好有趣哦，你們做的是什麼樣的遊戲？」

正晴在紙上畫出「Submarine」的畫面，向她說明遊戲內容。雪穗聽得出神。

「好厲害，原來老師會做這麼厲害的東西！」

「不是我一個人做的，是研究室的伙伴一起做的。」

「可是整個架構老師不是都懂嗎？」

「是沒錯啦。」

「所以還是很厲害呀！」

在雪穗的注視下，正晴感覺心頭火熱起來。聽到她說讚美的話，是他無上的喜悅。

「我也好想玩玩看哦。」她說。

他也想實現她這個願望。問題是他自己沒有電腦，研究室裡雖然有，但總不能帶她去。說明了這一點，她露出失望的神情。

「這樣啊，眞可惜。」

「如果有個人電腦就好了。可是我朋友也都沒有，因爲那很貴。」

「只要有個人電腦就可以玩了？」

「可以啊，把卡帶裡存的程式輸進去就行了。」

「卡帶？什麼卡帶？」

「就是普通的錄音帶啊。」

正晴向雪穗解釋卡帶可以作爲電腦的外接儲存裝置。不知道爲什麼，她對這件事深感興趣。

「老師，可不可以讓我看看那卷卡帶？」

「咦？妳要看卡帶？當然可以，可是看了也沒有用，那就是普通的卡帶，跟妳的一樣。」

「有什麼關係，借我看看嘛。」

「好吧。」

雪穗大概以爲電腦用品或多或少和普通卡帶有所不同吧。明知她會失望，下次上課時，正晴還是把卡帶從家裡帶過去了。

「咦，眞的是普通的卡帶呢。」她把記錄了程式的卡帶拿在手上，露出不可思議的表情。

「我不是說過了嗎？」

「我現在才知道，原來卡帶也有這種用途。謝謝老師。」雪穗把卡帶還給他，「這是很重要的東西吧，忘了帶走就糟了，最好現在馬上收進包包裡。」

「是啊。」正晴認爲她說的一點都沒錯，便離開房間，把卡帶收進放在一樓的包包。

雪穗和程式的關係僅止於此。之後，她和正晴都沒有再提起「Submarine」。

正晴並沒有告訴美濃部他們這段經過，因爲沒有說的必要。他確定雪穗偷走程式的可能性微乎其微。應該說，打從一開始，他完全沒有列入考慮。

當然，只要雪穗有那個意圖，那天是可以從運動背包裡偷偷取走卡帶。她只須假裝上洗手間，溜到一樓就行了。

但是她拿了之後又能怎麼樣？光偷出來是沒有用的。如果要瞞住他，必須在兩小時內複製卡帶，再把原本的卡帶放回背包才行。沒錯，只要有設備就辦得到。但是她家不可能有個人電腦，複製卡帶可不是拷貝OFF COURSE的錄音帶。

假設她是犯人的確是一個有趣的幻想題材——想著想著，正晴不覺露出笑容。門正好在這時候打開了。

「老師，什麼事那麼好笑？笑得那麼開心。」雪穗端著放有茶杯的托盤，笑著問他。

「沒有，沒什麼。」正晴揮揮手，「好香啊。」

「這是大吉嶺哦。」

她把茶杯移到書桌上，他拿起了其中一杯。就在他啜了一口，放回書桌時，一時沒拿好，茶水灑在牛仔褲上。

「哇！我怎麼這麼笨！」

他急忙從口袋裡取出手帕，一張對摺的紙隨之掉落在地板上。

「還好嗎？」雪穗擔心地問。

「沒事，沒有怎麼樣。」

「這個掉了。」說著，她把掉落在地板上的紙撿起來，在看到內容的那一剎那，她的一雙杏眼睜得更大了。

「怎麼了？」

雪穗把那張紙遞給正晴。上面寫著電話號碼和簡圖，還標示著田川不動產。原來正晴把生野店店主寫給內藤的便條紙直接塞進口袋裡。

完了！他在心中暗自著急。

「田川不動產，是在生野區的那家田川不動產嗎？」她問，表情有點僵硬。

「不，不是生野區，是東成區。妳看，上面寫著深江橋。」正晴讓她看地圖。

「不過我想那裡應該是生野區的田川不動產的分店或是姊妹店。那家店是一對父子開的，大概是兒子開的店吧。」

雪穗的推理很準確。正晴一面注意不露出狼狽的神色，一面說，「這樣啊。」

「老師，你怎麼會去那裡？去找房子？」

「沒有，我只是陪朋友去而已。」

「是嗎……」她露出遙望遠方的眼神，「我想起一些特別的事。」

「特別的事？」

「以前我住的公寓，就是生野區的田川不動產管理的。我以前在生野區的大江住過。」

「哦。」正晴迴避她的視線，伸手拿茶杯。

「我母親去世的事，老師你知道嗎？我是說我生母。」她的聲音很平靜，聽起來比平常低。

「沒有，我不知道。」他拿著茶杯搖頭。

雪穗嫣然一笑，「老師，你眞不會演戲。」

「呃……」

「我知道，上次我遲到的時候，老師和媽媽聊了很久，不是嗎？老師是那時候聽說的吧？」

「呃，嗯，一點點啦。」他放下茶杯，搔搔頭。

這次換雪穗拿起茶杯。她喝了兩、三口紅茶後，呼地吐了一口長氣。

「五月二十二日，」她說，「那是我媽媽去世的日子，我一輩子都不會忘記。」

正晴默默點頭，他也只能點頭。

「那天天氣有點涼，我穿著媽媽爲我織的開襟毛衣上學。那件毛衣，我現在還留著。」

她的視線望向五斗櫃，那裡面多半收納了充滿心酸回憶的物品吧。

「妳一定嚇壞了。」正晴說。他認爲應該說些什麼，但是話才一出口，他就後悔幹什麼問這種無聊的問題。

「好像在作夢，當然，是噩夢。」雪穗不自然地笑了，然後又恢復原本悲傷的表情，「那天學校放學後，我跟朋友一起玩，比較晚回家。如果我沒有去玩的話，也許可以早一個小時回家。」

正晴明白她話裡的含意，那一個小時意義重大。

「如果我早一個小時回家的話……」雪穗咬了一下下唇繼續說，「這樣的話，媽媽可能就不會死了。一想到這裡……」

正晴一動也不動，聽著她的聲音轉成哭聲。他想掏手帕，卻不知何時掏才好。

「有時候，我覺得媽媽等於是我害死的。」她說。

「這種想法是不對的，妳又不是明知道狀況，故意不回家。」

「我不是這個意思。媽媽爲了不讓我過苦日子，吃了很多苦。那天也累得筋疲力盡，才會出事。如果我更懂事一點，不讓媽媽吃苦，就不會發生那麼悲慘的事了。」

正晴屏著呼吸，看著大滴的淚水從她雪白的臉頰上滑落。他恨不得緊緊抱住她，但當然不能這麼做。

我這笨蛋！正晴在心裡痛罵自己。事實上，從房仲那裡聽說事件經過後，他腦海裡潛藏著一個非常可怕的想像。

在他的想像裡，眞相應該不是自殺。

服用過量的感冒藥空藥袋，杯裝清酒，窗戶不合常理地緊閉，這些都解釋爲自殺才合理。而與這個結論相悖的，只有澆熄瓦斯的鍋子。

然而警察說，那只鍋子雖然澆熄了爐火，四周卻不怎麼髒。

正晴研判實際上是自殺，但有人把鍋子裡的味噌湯潑出來，把現場布置成意外。

這個人除了雪穗，不可能有別人。而她會針對感冒藥和酒的疑點加以解釋，也就說得通了。

那麼她爲什麼要將自殺布置成意外？應該是爲了世人的眼光。考慮到往後的人生，母親自殺身亡，只會造成負面影響。

只是這個想像撇不開一個可怕的疑問。

那便是——雪穗最初發現事情時，她母親已然氣絕，或者尙有一線生機？

田川說，聽說只要提早三十分鐘發現，便能撿回一命。

當時，雪穗有唐澤禮子這位可以依靠的人物。或許，雪穗早已在與唐澤禮子的往來中，感覺出萬一親生母親發生意外，這位高雅的婦人可能會收養她。這麼一來，當雪穗發現西本文代處於瀕死狀態，她會採取什麼行動？

這正是這個想像最可怕之處。正晴也因思及至此，沒有繼續推理下去，但是這個想法一直揮之不去也是事實。

現在看著她的眼淚，正晴深深感覺到自己的居心是多麼卑鄙。這女孩怎麼可能那麼做？

「這不能怪妳。妳再說這種話，天國的媽媽也會傷心的。」

「那時候要是我帶著鑰匙就好了。那我就不用去找房仲，可以早點發現了。」

「運氣眞是不好。」

「所以我現在一定會把家裡的鑰匙帶在身上。看，就像這樣。」

雪穗站起來，從掛在衣架的制服口袋裡，拿出鑰匙給正晴看。

「好舊的鑰匙圈。」正晴看了之後說。

「是呀。這個那時候也串了家裡的鑰匙。可是偏偏就在那一天，我放在家裡忘了帶。」說著，她把鑰匙歸回原位。

這時候，鑰匙圈上的小鈴鐺發出了「叮鈴」的聲響。

第五章

1

喧鬧聲從出了電車車站剪票口便沒停過。

男大學生競相發傳單。「××大學網球社，請參考」——由於一直扯著喉嚨高聲說話，每個人的聲音都又粗又啞。

川島江利子沒有收下半張傳單，順利走出車站，然後與同行的唐澤雪穗相視而笑。

「好誇張。」江利子說，「好像連別的大學也來拉人。」

「對他們來說，今天是一年當中最重要的日子呀。」雪穗回答，「不過可別被發傳單的人拉走哦，他們都是社團裡最基層的。」她說完，撥了撥長髮。

清華女子大學位於豐中市，校舍建於尚留有舊式豪宅的住宅區中。由於只有文學院、家政學院以及體育學院，平常出入的學生人數並不多。加上都是女孩子，不會在路上喧譁。遇到今天這種日子，附近的住戶肯定會認爲大學旁不宜居住——江利子這麼想。與清華女子大學交流最頻繁的永明大學等校的男學生大舉出動，爲自己的社團或同好會尋找新鮮感與魅力兼具的新成員。他們帶著渴望的眼神，在學校必經之路徘徊，一遇到合適的新鮮人，便不顧一切展開遊說。

「當地下社員就好，只要聯誼的時候參加，也不必交社費。」類似的話，充斥耳際。

平常走路到正門只要五分鐘，江利子她們卻花了二十分鐘以上。只不過那些糾纏不清的男學生的目標都是雪穗，這一點江利子十分清楚。自從中學與雪穗同班，她對此便習以爲常。

新社員爭奪戰在學校正門便告終止。江利子和雪穗走向體育館，入學典禮將在那裡舉行。體育館裡排列著鐵椅，行列最前方豎立著寫有學系名稱的立牌。她們兩人在英文系的位子上並排坐下。英文系的新生約有四十人，但位子超過一半是空的。校方並沒有硬性規定開學典禮必須出席，江利子猜想，大多數新生的目的大概都是參加典禮之後舉行的社團介紹。

整個開學典禮只有校長和院長致詞，無聊的致詞使得抵擋睡意成為一種折磨，江利子費盡力氣才忍住呵欠。離開體育館，校園裡已經排好桌椅攤位，各社團和同好會的社員高聲招攬社員。其中也有男學生，看樣子是與清華女子大學聯合舉辦社團活動的永明大學學生。

「怎麼樣？要參加什麼社團？」江利子邊走邊問雪穗。

「這個嘛……」雪穗望著各式海報和招牌，看來並非全然不感興趣。

「好像有很多網球和滑雪的。」江利子說。事實上，光是這兩種運動就占了一半。但是絕大多數既不是正式的社團，也不是同好會，只是一些喜歡網球或滑雪的人聚在一起的團體。

「我不參加那種的。」雪穗說得很乾脆。

「是嗎？」

「會曬黑的。」

「哦，那是一定的……」

「妳知道嗎？人體的肌膚擁有絕佳的記憶力。聽說，一個人的肌膚會記住所承受過紫外線的量。所以曬黑的肌膚就算白回來了，等到年紀大了，傷害依然會出現，黑斑就是這樣來的。有人說曬太陽要趁年輕，其實年輕時也不行。」

「原來如此。」

「不過別太介意，如果妳想去滑雪或打網球的話，我不會阻止的。」

「不會啊，我也不想。」江利子連忙搖頭。

看著好友人如其名，擁有雪白的肌膚，她心想，的確值得細心呵護。

即使她們在交談，男學生依舊如蛋糕上的蒼蠅般前仆後繼。網球、滑雪、高爾夫、衝浪——偏偏都是些逃不過日曬的活動，江利子不禁莞爾。雪穗自然不會給他們機會。

雪穗停下腳步，一雙貓咪般微微上揚的雙眼，望著某個社團的海報。

江利子也朝同一個方向看。在那個社團擺設的桌前，有兩個看似新生的女生正在聽社員解說。那些社員不像其他社團穿著運動服。無論是女社員，或者應該是來自永明大學的男社員，都穿著深色西裝外套，每個人看起來都比其他社團的學生成熟，也顯得大方出眾。

社交舞社——海報上這麼寫著，後面以括弧註明：永明大學聯合社團。

像雪穗這樣的美女一旦佇足，男社員不可能忽略，其中一人立刻走向她。

「對跳舞有興趣嗎？」一名輪廓很深、稱得上好看的男學生，以輕快的口吻問雪穗。

「一點點。不過我沒有跳過，而且什麼都不懂。」

「每個人一開始都是初學者啊，放心，一個月就會跳了。」

「可以參觀嗎？」

「當然可以。」說著，這名男學生把雪穗帶到攤位前，把她介紹給負責接待的清華女子大學社員。接著，他回過頭來對江利子說，「妳呢？怎麼樣？」

「不了，我不用了。」

「這樣啊。」

他對江利子的招呼似乎純粹出自禮貌，才說完便立刻回到雪穗身邊。他一定很著急，深怕自己好不容易取得的介紹人身分，被其他人搶走。事實上，已經有另外三個男學生圍繞著雪穗了。

「去參觀也好啊。」有人在呆站著的江利子耳邊說道。她嚇了一跳，往旁邊一看，一個高個子的男學生正低著頭看她。

「啊，不了，我不用了。」江利子揮手表示婉拒。

「為什麼？」男學生笑著問她。

「因為……我這種人不適合跳社交舞，要是我學跳舞，家人聽到一定會笑到腿軟。」

「這跟妳是哪一種人無關，妳朋友不是要參觀嗎？那妳就跟她一起來看看。光看又不必花錢，參觀之後，也不會勉強妳參加的。」

「呃，不過，我還是不行。」

「妳不喜歡跳舞？」

「不是的，我覺得會跳舞是一件很棒的事。不過我是不可能的，我一定不行的。」

「為什麼呢？」高個子的男學生訝異地偏著頭，但他的眼裡帶著笑意。

「因為，我一下子就暈了。」

「暈？」

「我很容易暈車、暈船，我對會晃的東西沒輒。」

她的話讓他皺起眉頭，「我不懂這跟跳舞有什麼關係？」

「因為……」江利子悄聲繼續說，「跳社交舞的時候，男生不是會牽著女生讓她轉圈圈嗎？《亂世佳人》裡面，有一幕不就是穿喪服的郝思嘉跟白瑞德一起跳舞嗎？我光看就暈了。」

江利子說得一本正經，對方卻聽著就笑了出來，「有很多人對社交舞敬而遠之，不過這種理由我倒是頭一次聽到。」

「我不是開玩笑的，我眞的很擔心會那樣啊。」

「眞的嗎？」

「眞的。」

「好，那妳就親自確認一下，是不是會頭暈。」他拉起江利子的手，把她帶到社團攤位。

不知道身邊那三個男學生說了什麼，在名單上塡完名字的雪穗正在笑。雪穗看到江利子的手被一個男學生拉著，似乎有些驚訝。

「也讓她來參觀。」高個子的男學生說。

「啊，篠塚同學……」負責接待的女社員喃喃地說。

「看來，她對社交舞似乎有非常大的誤會。」他露出潔白的牙齒，對江利子微笑。

2

社交舞社的社團參觀活動在下午五點結束，之後，永大幾個男學生便約他們看上的新生去喝咖啡。爲此而加入這個社團的社員不在少數。

當天晚上，篠塚一成來到大阪城市飯店。他坐在窗邊的沙發上，攤開筆記本。上面列著二十三個名字。一成點點頭，覺得成績還算不錯，雖然不是特別多，至少人數超過去年。問題是會有幾個人入社。

「男生比往年都來得興奮。」床上有人說。

倉橋香苗點起香菸，吐出灰色的煙。她露出赤裸的雙肩，以毛毯遮住胸口。夜燈暗淡的光線，在她帶有異國風情的臉蛋上形成深深的陰影。

「比往年興奮？有嗎？」

「你沒感覺？」

「我覺得跟平常差不多。」

香苗搖搖頭，長髮隨之晃動，「今天特別興奮，就爲了某一個人。」

「某一個人？」

「那個姓唐澤的要入社，不是嗎？」

「唐澤？」一成的手指沿著名單上的一連串名字滑動，「唐澤雪穗……英文系的啊。」

「你不記得？不會吧。」

「忘是沒忘，不過長相記得不是很清楚，今天參觀的人那麼多。」

香苗哼了兩聲，「因爲你不喜歡那種類型的女生嘛。」

「那種類型？」

「一看就是大家閨秀。你不喜歡那種，反而喜歡有點壞的女生，對不對？像我這種的。」

「沒有啊。再說，那個唐澤有那麼像大家閨秀嗎？」

「人家長山還說她絕對是處女，興奮得不得了呢。」香苗吃吃地笑了。

「那傢伙眞是呆瓜一個。」一成苦笑，大嚼客房服務叫來的三明治。

他想著今天來參觀的新生。

他眞的不太記得唐澤雪穗，他對她的確留下了「美麗女孩」的印象，但僅止於此，無法正確回想起來她的長相。只說過一、兩句話，也沒有仔細觀察過她的言行舉止，甚至連她像不像名門閨秀都無法判斷。他記得和他同一屆的長山很興奮，但直到現在，他才知道原來是因爲她。

留在一成記憶裡的，反而是像跟班似的和唐澤雪穗一起來的川島江利子。沒有特別化妝，衣服也中規中矩，是個與「樸素」這個字眼非常吻合的女孩。

記得應該是唐澤雪穗在填參觀名單的時候吧，川島江利子站在不遠處等待。不管有人從她身旁經過，不管有人大喊大叫，她似乎都不放在心上。彷彿那樣的等待，對她而言甚至是舒適愉快的。那模樣，讓他聯想起一株開了花的雜草，一朵在路旁迎風搖曳、沒有人知道名字的小花。

像是想摘下小花一般，一成以同樣的心理叫住了她。身為社交舞社社長的他，本來並不需要親自招攬新社員。

川島江利子是個獨特的女孩，對一成話語的反應完全出乎預料，話語和表情也極其新鮮。

在參觀會期間，他也很留意江利子。也許應該說不知不覺就會在意她，目光總是轉向她。或許是因為她在所有參觀者中顯得最認真。而且，即使其他人都坐在鐵椅上，她自始至終一直站著。可能是認為坐著看，對學長姊不夠禮貌吧。

她們要離開的時候，一成追上去叫住她，問她感想如何。

「好棒。」川島江利子說，雙手在胸前握緊，「我一直以為社交舞已經落伍了，但是能跳得那麼好，眞是太棒了。我覺得他們一定是得天獨厚。」

「這妳就錯了。」一成搖頭加以否認。

「咦！不是嗎？」

「不是得天獨厚的人來學社交舞，而是在必要時跳起舞來不至於出洋相的人留了下來。」

「原來如此……」川島江利子有如聽牧師講道的信徒，以欽佩、崇拜交織的眼神仰望一成，

「好厲害哦。」

「好厲害？什麼好厲害？」

「能說出這種話啊，不是得天獨厚的人來跳舞，而是會跳的人才得天獨厚，眞是至理名言。」

「別這樣，我只是隨便想到，隨便說說而已。」

「不，我不會忘記的。我會把這句話當作鼓勵，好好努力的。」江利子堅定地說。

「這麼說，妳決定要入社了？」

「是的，我們兩人決定一起加入，請學長多多關照。」說著，江利子看著身旁的朋友。

「是嗎，那也請妳們多多指教。」一成轉向江利子的朋友。

「請多指教。」她朋友說，有禮地低頭致意，然後直視一成。

這是他第一次正面看到唐澤雪穗，眞是一張五官端正細緻的臉——他留下了這樣的印象。

然而，當時他對她貓咪般的雙眼還產生另一種不同的感想。如今回想起來，他發現可能就是因爲這個感想，才讓他認爲她不是一般的名門閨秀。

她的眼神裡有一種微妙得難以言喻的刺，但是那並不是社交舞社社長無視她的存在，只顧和朋友講話而自尊受傷的樣子。那雙眼睛裡所棲息的光，並不屬於那種類型。

那是更危險的光——這才是一成的感想，甚至是隱含了卑劣下流的光。他認爲眞正的名門閨秀，眼神裡不應棲息著那樣的光。

3

自開學典禮以來，已經過了兩個星期。

上完英文系的第四堂課，江利子便和雪穗結件前往永明大學。從清華女子大學出發，搭電車約三十分鐘便可抵達。社交舞社的聯合練習於每星期二、五舉行，但清華女子大學社員並沒有在校內練習，所以她們今天是第四次練習。

「但願今天可以學會。」江利子在電車裡做出祈禱的動作。

「妳不是已經會跳了嗎？」雪穗說。

「不行啦！我的腳都不聽話，我快跟不上了。」

「講這種喪氣話，篠塚學長會失望哦，妳是他那麼熱心地邀請入社的。」

「這樣講，我就更難過了。」

「聽說社長直接招募的社員，就只有江利子一個哦。也就是說，妳是ＶＩＰ。別辜負人家的期待呀。」雪穗露出取笑的眼神。

「別這麼說啦，我會有壓力。不過爲什麼篠塚學長只找我呢？」

「因爲看上妳了，一定的嘛。」

「那怎麼可能！如果是雪穗的話，我還能理解。更何況，社長已經有倉橋學姊了。」

「倉橋學姊啊。」雪穗點點了頭，「他們好像在一起很久了。」

「長山學長說他們從一年級就在一起了。聽說是倉橋學姊主動追求，不知道是不是眞的。」

「也許吧。」雪穗再次點頭，顯然不怎麼驚訝。

篠塚一成和倉橋香苗是公認的一對，這件事江利子第一次參加練習時便知道了。香苗親暱地直呼篠塚的名字，而且像是故意要向新社員炫耀般，跳舞時身體緊貼著篠塚。其他社員對此未置一詞，反而證明了他們的關係。

「倉橋學姊可能是想向我們示威吧。」雪穗說。

「示威？」

「向大家聲明：篠塚學長是我的哦。」

「嗯……」江利子點點頭，認爲或許眞是如此，而且她非常了解那種心情。

一想到篠塚一成，江利子便感到胸口有點發燙。她不知道這種感覺是不是就叫做戀愛，但是當她看到他和倉橋香苗戀人般的舉止時，心情難免失落也是事實。如果這是香苗的目的，那麼她可以說全面成功了。

然而從二年級學姊那裡得知篠塚一成的身分時，她認爲對他有戀愛的感覺根本是笑話一樁。他家是日本五大製藥公司之一的篠塚藥品，又是篠塚藥品董事的長子，現任社長是他的伯父。換句話說，他是如假包換的小開。這種人物竟然近在身邊，這件事對江利子而言有如天方夜譚。所以她把篠塚的主動接近，解釋成小開一時興起。

江利子和雪穗一起在永明大學前的車站下了電車，一出車站，和煦的風便撫上臉頰。

「今天我想先走，對不起喔。」雪穗說。

「約會？」

「不是，有點事。」

「噢。」

不知從何時起，雪穗偶爾會像這樣，和江利子分頭行動。江利子現在已經不會問她有什麼事了。以前曾一度窮追不捨，結果被她斷絕來往。和雪穗之間鬧得不愉快，只有那一次。

「好像快下雨了。」抬頭看著陰沉的天空，雪穗喃喃地說。

4

可能是因爲陷入沉思的關係，沒注意到擋風玻璃開始沾上細小的水滴。才想著下雨了，玻璃隨即被雨水打溼，看不見前方了。一成趕緊以左手扳動操縱桿想啓動雨刷，馬上察覺不對，換手握方向盤，以便扳動右側的操縱桿。絕大多數進口車即使方向盤位在右邊，操縱桿等位置仍與日本國產車相反，上個月才買的這輛福斯 Golf 也不例外。

出了學校大門，走向車站的大學生，無不以書包或紙袋代替雨傘擋在頭上，匆匆趕路。

他不經意瞥見川島江利子走在人行道上，她似乎毫不在乎白色外套被淋溼，步伐悠閒一如往常。平時總是和她形影不離的唐澤雪穗，今天卻不見人影。

一成將車子駛近人行道，減速到江利子步行的速度，但她一無所覺，以同樣的步調、節奏走著。可能在想什麼愉快的事，嘴角掛著淺淺的微笑。

一成輕輕按了兩次喇叭，總算讓江利子朝車子這邊看了。

他打開左側車窗，「嗨！落湯雞，我來替妳解圍吧。」

然而江利子沒有對這個玩笑露出笑容，相反的，她板起面孔，加快腳步。一成急忙開車追上，「喂！妳是怎麼了？別跑啊！」

聽到他出聲叫她，她不但沒停下，腳步反而更快了，連看都不看他一眼。他這才發現自己好像被誤會了。

「是我啊！川島。」

聽到有人喊她名字，她總算停下來了，然後一臉驚訝地回頭。

「要搭訕，我會找好天氣啦，我才不想趁人之危。」
「篠塚學長……」她眼睛睜得好大，伸手遮住了嘴。
川島江利子的手帕是白色的，不是全白，而是白底有小碎花圖案。她以小碎花手帕擦過淋溼的手與臉，最後才輕拭頭頸。溼透的外套脫下來放在膝蓋上，一成說放在後座就好，但她卻說會沾溼座椅，不肯放手。
「眞的很對不起，太暗了，我沒有看到學長。」
「沒關係，那種叫人方式，難怪被誤以爲是搭訕。」一成邊開車邊說。他準備送她回家。
「對不起，因爲有時候會有人那樣跑來搭訕。」
「妳好紅啊。」
「啊，不是的，不是我。和雪穗在一起，走在路上時常會有人搭訕……」
「說到這個，難得今天妳沒跟唐澤在一起。她不是來練習了嗎？」
「她有事，先走了。」
「這樣啊，所以妳才會落單。不過……」一成瞄她一眼，「妳爲什麼用走的？」
「用走的？」
「剛才呀。」
「因爲我得回家啊。」
「我不是那個意思，我是問妳爲什麼沒有跑，卻慢慢走。其他人不是都用跑的嗎？」
「哦，可是我又不趕時間。」

成大雨了。打在玻璃上的雨滴飛濺開來，又被雨刷刷落。

「可是用跑的會覺得雨滴猛力打在臉上，就像這樣。」她指著擋風玻璃。剛才的小雨已經變

「不是會淋溼嗎？」

「不過可以減少淋雨的時間啊。」

「依我的速度，頂多只能縮短三分鐘吧。我不想為了縮短這麼一點時間，在溼答答的路上跑，而且搞不好會跌倒。」

「跌倒？不會吧。」一成笑出來。

「我不是開玩笑的，我經常跌倒。啊啊，說到跌倒，今天練習的時候，我也跌倒了，而且還踩到山本學長的腳……山本學長雖然叫我不用放在心上，可是一定很痛吧。」江利子伸出右手輕搓從百褶裙底下露出來的腳。

「習慣跳舞了嗎？」

「一點點。不過還是完全不行。新生當中，就數我學得最慢了。像雪穗，感覺已經完全像個淑女了。」江利子嘆氣。

「馬上就會跳得很好的。」

「會嗎？但願如此。」

遇到紅燈，一成停下車來，看著江利子的側臉。她依然一臉素淨，但在路燈照耀下，臉頰表面幾乎完美無瑕。簡直像瓷器一樣，他想。她的臉頰上沾了幾根溼頭髮，他伸手過去，想把頭髮撥開。結果她好像受到驚嚇，身體一震。

「啊，抱歉，因為妳頭髮黏在臉上。」

「啊！」江利子低聲輕呼，把頭髮撥到後面。即使在昏暗中，也看得出她臉頰微微泛紅。

綠燈了，一成發動車子。

「妳這髮型什麼時候開始留的？」他朝著前方問。

「咦？這個嗎？」江利子伸手摸摸被淋溼的頭，「高中畢業前。」

「想想也是，最近好像很流行，還有好幾個新生也是剪這個髮型。叫做『聖子頭』是不是？也不管適不適合，每個人都剪這種髮型。」

他說的是中長髮，額前披著劉海，兩側頭髮向後攏的髮型。這是去年出道的女歌手的招牌髮型，一成不太喜歡。

「不適合我嗎？」江利子畏畏縮縮地問。

「這個嘛……」一成換檔，轉彎，完成方向盤的操作後才說，「老實說，是不怎麼適合。」

「是嗎？」她頻頻撫摸頭髮。

「妳很滿意？」

「也不是啦，只是這是雪穗建議的，說這樣很適合我……」

「又是她，妳什麼都聽唐澤的呢。」

「沒有啊……」

一成以眼角餘光看到江利子垂下視線，突然間有了一個主意。他瞄了手表一眼，快七點了。

「接下來妳有什麼事嗎？要打工嗎？」

「啊，沒有。」

「那可以陪我一下嗎？」

「要去哪裡？」

「不必擔心，不會帶妳去什麼不良場所。」說著，一成踩下油門。

他在路上找到電話亭打電話。他沒有告訴江利子去哪裡，看她略帶不安是一種樂趣。

車子在一棟大樓前停下，他們的目的地是位於二樓的店面。來到店門口，江利子雙手遮住嘴，向後倒退，「咦！爲什麼來美容院？」

「我的頭髮在這裡剪了好幾年，老闆的手藝很高明，妳儘管放心。」交代了這些，他便推著江利子的背，打開店門。

老闆是個人中蓄著鬍子，年過三十的男子。他曾在多項比賽中獲獎，技術與品味頗受好評。老闆向一成打招呼，「你好！歡迎光臨。」

「不好意思，這麼晚還跑來。」

「哪裡哪裡，既然是一成先生的朋友，幾點到都不嫌晚。」

「其實我是想請你幫她剪頭髮。」一成手掌朝江利子一比，「幫她修剪一個適合的髮型。」

「原來如此。」老闆打量江利子的臉蛋，露出發揮想像力的眼神。江利子不由得感到難爲情。

一成接著對旁邊的女助理說，「可以幫她稍微化個妝嗎？好襯托她的髮型。」

「好的。」女助理信心十足地點頭。

「篠塚學長……」江利子渾身不自在，扭捏地說，「我今天沒帶什麼錢，而且很少化妝……」

「這些妳用不著擔心，妳只要乖乖坐著就好。」

「可是，那個，我沒跟家裡說要上美容院，太晚回去家裡會擔心的。」

「這倒是眞的。」一成點點頭，再度看著女助理，「可以借一下電話嗎？」

「好的。」助理回答後把櫃檯上的電話拿過來。電話線很長，可能是要供剪髮中的客人接聽。一成把電話拿給江利子，「來，打回家吧，說妳去一下美容院就不會挨罵了吧？」

或許是明白再掙扎也是白費工夫，江利子垮著臉，拿起了聽筒。

一成在店內一角的沙發坐下，等待江利子。一個看似高中生的打工女孩端上咖啡。這女孩理了平頭般的髮型，一成看了有些驚訝，但的確相當適合她，一成不禁感到佩服，同時認爲這種髮型以後或許會流行起來。

江利子會變身爲什麼模樣呢？一成內心十分期待。如果自己的直覺沒錯，她一定會綻放出蘊藏的美麗。

爲什麼一成會對川島江利子如此在意，連他自己也不太明白。打從第一次看到她，他便受到吸引，但究竟是哪一點吸引了他，他卻無法說明。唯一能夠確定的，便是她不是別人爲他介紹，也不是她主動接近，而是他靠自己的眼光找出來的女孩。這個事實爲他帶來極大的滿足，因爲他過去交往的女孩，都不出這兩者。

仔細想想，這種情況好像不僅止於男女交往，一成回顧過去，浮現這種想法。無論是玩具還是衣物，全是別人準備好的。沒有一樣東西是自己找到、想要，設法取得的。因爲所有東西都已經事先爲他準備好，很多時候，他甚至沒有想過那些究竟是不是他要的。

選擇永明大學經濟系，也很難說是出自他本身的意願。最主要的理由是許多親戚都畢業於同一所大學。與其說是選擇，不如說「早就決定好」來得貼切。

就連選擇社交舞社作爲社團活動，也不是一成決定的。他的父親以妨礙學業爲由，反對他從事社團活動。唯有社交舞或許在社交界有所幫助，才准許他參加。

還有……

倉橋香苗也不是他選擇的女人，是她選擇了他。清華女子大學的社員當中，從他們還是新鮮人時起，她最爲美麗出眾。新社員第一次發表會由誰當她的舞伴，是男社員最關心的一件事。有一天，她主動向一成提議，希望他選她作爲舞伴。她的美麗也深深吸引一成，這項提議讓他得意忘形。而後他們搭檔再三練習下來，旋即成爲一對戀人。

但是，他想……

對香苗究竟有沒有戀愛的感覺，他並沒有把握。反倒像是因爲可以和一位美麗的女孩交往、有肌膚之親而樂不可支。證據就是，遇到其他好玩的活動時，他犧牲與她約會的情況不少，而且這麼做也不怎麼難過。她經常要他每天打電話給她，他卻時常對此感到厭煩。

再者，對香苗來說，她是不是眞的愛自己也頗有疑問。她難道不是只想要「名分」嗎？有時她會提起將來這個字眼，但一成私下推測，即使她渴望與自己結婚，也不是因爲想成爲他的妻子，而是想躋身篠塚家族。

無論事實如何，他正考慮結束和香苗間的關係。今天練習時，她像是向其他社員炫耀似地把身體貼上來，這種事他實在受夠了。

正當他邊喝咖啡邊想這些事情時，女助理出現在他眼前，微笑地說，「已經好了。」

「怎麼樣？」他問。

「請您親自確認。」女助理露出意味深長的眼神。

江利子坐在最裡邊的椅子上。一成慢慢走近，看到她映在鏡子裡的臉，不禁大爲驚嘆。

頭髮剪到肩上的部位，露出一點耳垂，但並不顯得男孩子氣，而是凸顯出她的女性美。而且化了妝的臉蛋讓一成看得出神，肌膚被襯托得更美了；細長的眼睛讓他心蕩神馳。

「眞是驚人。」他喃喃地說，聲音有些沙啞。

「很奇怪嗎？」江利子不安地問。

「一點也不。」他搖頭，轉頭看老闆，「眞是手藝精湛，了不起。」

「是模特兒天生麗質。」老闆笑容可掬地說。

「妳站起來一下。」一成對江利子說。

她怯怯地站起來，害羞地抬眼看他。

一成細細打量她全身，開口說，「明天妳有事嗎？」

「明天？」

「明天星期六，妳只有上午有課？」

「啊，我星期六沒有排課。」

「那正好。有沒有別的事？要跟朋友出去？」

「沒有，沒什麼事。」

「那就這麼決定了，妳陪我出去吧，我想帶妳去幾個地方。」

「咦！哪裡？」

「明天妳就知道了。」

一成再度欣賞江利子的臉蛋和髮型，眞是超乎預期。要讓這個個性派美人穿什麼樣的衣服才好呢？——他的心早就飛到明天的約會去了。

5

星期一早上，江利子來到階梯教室，先就座的雪穗看到她，眼睛便睜得好大，表情就此凍結，似乎驚訝得說不出話來。

「……妳是怎麼了。」過了一會兒，雪穗說，聲音難得地有點走調。

「發生了很多事。」江利子在雪穗身邊坐下。幾個認得她的學生，也以驚訝的表情朝她這邊看。感覺眞好。

「頭髮什麼時候剪的？」

「星期五，那個下雨天。」

江利子把那天的事告訴雪穗。平常冷靜的雪穗，一直露出驚訝的表情。但是不久後，驚訝變成笑容，「那不是很棒嗎？篠塚學長果然看上江利子了。」

「是嗎？」江利子以指尖撥弄側邊剪短的頭髮。

「然後你們星期六到哪裡去了？」

「星期六……」江利子接著說。

星期六下午，篠塚一成帶江利子去的地方，是販售高級名牌的精品店。他熟門熟路地走進店裡，和那家美容院一樣，向一名看似店長的女子表示希望幫江利子找適合的衣服。

穿著高雅的店長，聽到這句話便卯足了勁，命年輕店員拿出一件又一件的衣服，試衣間完全被江利子獨占了。

知道目的地是精品店時，江利子心想買一件成熟的洋裝也不錯，但當她看到穿在身上的衣服標價，眼珠差點掉下來。她沒帶那麼多錢，即使有，也不敢爲幾件衣服花上那麼一大筆錢。

江利子悄悄將這件事告訴一成，結果他滿不在乎地說，「沒關係，我送妳。」

「咦──！那怎麼可以，這麼貴的東西。」

「男人說要送的時候，妳不客氣地收下就好。妳不必擔心，我不會要求回報的，我只是想讓妳穿適合妳的衣服而已。」

「可是昨天美容院的錢也是學長出的……」

「因爲我一時興起，剪掉了妳心愛的秀髮，付錢是當然的。再說，這一切也是爲了我自己。帶在身邊的女孩，頂著不適合的聖子頭，穿得像個保險業務員，我可受不了。」

「平常的我有這麼糟糕啊……」

「坦白說，的確是。」

聽一成這麼說，江利子感到無地自容，她向來認爲自己在打扮上也頗爲用心。

「妳現在正要開始結繭。」篠塚一成站在試衣間旁邊說，「連妳也不知道自己會變得多美。而我想爲妳結繭盡一點力。」

「等我破繭而出，可能沒有什麼改變……」

「不可能的，我保證。」他把新衣服塞給她，拉上試衣間的門簾。

結果那天，他們買了一件連身洋裝。雖然一成要她多買一、兩件，但她不能仗著他的好意占便宜。連這件洋裝，她都煩惱回家後該怎麼向母親解釋。因爲前一天的美容院變身，已經讓她大吃一驚了。

「說是在大學裡的二手衣拍賣會買的就行了。」一成笑著建議，然後又加上一句，「不過眞的很好看，像女明星一樣。」

「哪有。」江利子紅著臉照鏡子，但是心裡也有幾分贊同。

聽完後，雪穗驚嘆搖頭，「像眞人版灰姑娘，我太驚訝了，不知道該說什麼。」

「我自己也覺得好像在作夢，忍不住會懷疑眞的可以接受學長的好意嗎？」

「可是江利子，妳喜歡篠塚學長吧？」

「嗯……我也不知道。」

「臉紅成這樣，還說不知道呢。」雪穗溫柔地白了她一眼。

第二天是星期二，江利子一到永明大學，社交舞社的社員也對她的改變投以驚異之色。

「好厲害哦！才換個髮型、化個妝就差這麼多。我也來試試看好了。」

「那是人家江利子天生麗質，一磨就發亮。本錢不夠好，怎麼弄都沒救啦。」

「啊！好過分——！」

像這樣被圍繞著、成爲話題的中心，這在江利子過去的人生中從未發生。以往她遇到這種場面時，圓圈的中心都是雪穗。而雪穗，今天卻在不遠處微笑。眞是令人難以置信。

永明大學的男社員也一樣，一看到她便立刻靠過來，然後對她提出種種問題。吶，妳是怎麼了，怎麼變這麼多？是有什麼心境上的變化嗎？失戀了啊？還是交了男朋友？

江利子從來不知道原來受人矚目這麼愉快。對於向來引人矚目的雪穗，再次感到羨慕。

然而並不是每個人都樂意看到她的改變。社團學姊當中，有人刻意把她當作透明人。像倉橋香苗，就曾不懷好意地打量江利子，對她說出「要打扮，妳等下輩子吧」的話。但是她似乎並沒有發現，改變江利子的正是自己的男友。

在練習開始前，江利子被二年級的學姊叫去。

「算一下社費的支出。」長髮學姊遞給她一個咖啡色袋子，「帳簿和前年度的收據都在裡面，把日期和金額塡一塡，再把每個月的支出算出來。知道了嗎？」

「請問，什麼時候要做好？」

「今天練習結束前。」學姊向背後瞄了一眼，「是倉橋學姊交代的。」

「好的，我知道了。」

等二年級的學姊走了，雪穗靠過來，「眞不講理，這樣江利子不就沒有時間練習了嗎？我來幫忙。」

「沒關係，應該很快就可以做完的。」

江利子看了看袋子裡的東西，裡面塞滿了密密麻麻的收據。她拿出帳簿打開一看，這兩、三年來的帳目全部付之闕如。

有東西掉了，撿起來一看，原來是一張塑膠卡片。

「這不是金融卡嗎？」雪穗說，「大概是社費戶頭的吧。眞是太不小心了，竟然塞在這種地方，要是被偷還得了。」

「可是不知道密碼就不能用啊。」江利子說。她想起父親最近也辦了金融卡，卻抱怨說沒有把握正確操作機器，所以從來沒拿它領過錢。

「話是沒錯……」雪穗好像還想說什麼。

江利子看卡片正面，上面印著三協銀行的字樣。

江利子在練習場所一角開始記帳，但比預期的還耗時。中途雪穗也來幫忙，但計算完畢、全部登記在帳簿上後，練習時間已經結束了。

她們兩人拿著帳簿，走在體育館的走廊上，要把東西交還給應該還在更衣室的倉橋香苗。其他社員幾乎都離開了。

「眞不知道今天是來做什麼的。」雪穗懶洋洋地說。

就在她們抵達女子更衣室前的時候，裡面傳來了說話聲。「我告訴你，你少瞧不起人了。」

江利子立刻停下腳步，那是倉橋香苗的聲音。

「我沒有瞧不起妳，就是因爲尊重妳，才會找妳好好談！」

「這是哪門子尊重？這就叫瞧不起人！」

門重重地打開，倉橋香苗怒氣沖沖地衝了出來。她似乎沒把她們兩個看在眼裡，不發一語地沿走廊快步離去。現場的氣氛讓江利子她們實在不敢出聲叫她。

接著，篠塚一成步出房間，看到她們，露出苦笑，「原來妳們在這裡。看樣子，好像讓妳們聽到一些難堪的話了。」

「學長不用追過去嗎？」雪穗問。

「不用了。」他簡短地回答，「妳們也要走了吧？我送妳們。」

「啊，我有事。」雪穗立刻說，「請學長送江利子就好。」

「雪穗……」

「下次我再把帳簿交還給倉橋學姊。」雪穗從江利子手裡拿走袋子。

「唐澤，眞的不用嗎？」

「眞的。那麼，江利子就麻煩學長了。」低頭行禮後，雪穗便朝倉橋香苗離開的方向走去。

一成嘆了一口氣，「唐澤大概是不想當電燈泡吧。」

「倉橋學姊那邊眞的沒關係嗎？」

「沒關係，已經沒事了。」一成把手放在她的肩膀上，「已經結束了。」

6

身穿黑色迷你裙的女孩，在鏡子裡笑著。裙子很短，大腿外露，這是她以前絕對不敢穿的衣服。即使如此，江利子還是轉了一圈，心想，他應該會喜歡。

「如何呢？」女店員來了。看到她的模樣笑著說，「哇！非常好看。」聽起來不像奉承。

「我要買這件。」江利子說。雖然不是名牌，但穿起來很好看。

離開服飾店，天已經全黑了。江利子朝著車站加快腳步。

已經進入五月中了。她在心裡數著，這是這個月第四件新衣服。最近她經常單獨去購物，因爲這樣心情比較輕鬆。到處尋找一成可能會喜歡的衣服，走到雙腿僵硬，卻讓她感到欣喜。她當然不能要雪穗陪她，況且，她還是有點難爲情。

經過百貨公司的展示櫥窗時，看見櫥窗反射出自己的影子。如果是兩個月前，她可能會認不出現在的自己。

江利子現在對自己的容貌極爲關心。她不時在意在他人眼裡，以及在一成眼裡的她是什麼樣子。對於研究化妝方法、尋找適合自己的時尚感也不遺餘力。而且她能夠感覺得到下的工夫愈多，鏡子裡的模樣便愈美，這讓她雀躍不已。

「江利子，妳眞的變漂亮了。看得出妳一天比一天美，就好像從蛹羽化成蝴蝶一樣。」雪穗也這麼說。

「別這樣啦！妳這樣講，我會害羞的。」

「可是這是眞的呀。」說著，雪穗點點頭。

她還記得一成以繭所做的比喻，她很想早點變成眞正的女人，破繭而出。

她和一成的約會，已經超過十次了。一成正式向她提出交往的要求，就是在他和倉橋香苗吵架的那一天。在開車送她回家的路上，他對她說，希望妳和我交往。

「因爲和倉橋學姊分手了，所以才和我交往嗎？」當時江利子這麼問。

一成搖搖頭，「我本來就打算和她分手了。這時候妳出現了，讓我下定決心。」

「如果知道我和篠塚學長開始交往，倉橋學姊一定會生氣的。」

「暫時保密就好了，只要我們不說，沒有人會知道。」

「不可能的，一定會被看出來的。」

「那就到時候再說，我會想辦法的，不會讓妳爲難的。」

「可是……」江利子只說了這兩個字，就說不下去了。

一成把車停在路邊。兩分鐘後，他吻了江利子。

從那一刻起，江利子便有如置身夢中，甚至擔心自己不配享有如此美好的一切。

他們兩人的關係在社交舞社內似乎隱瞞得很好，她只告訴雪穗一人，其他人都不知情。證據就是這兩個星期來，有兩個男社員找江利子約會，她當然拒絕。這也是她以前無法想像的。

只是她對倉橋香苗仍不無芥蒂。

後來，香苗只出席過兩次練習。香苗自然不想與一成碰面，但江利子認爲，她知道自己就是他的新女友也是原因之一。她們有時在女子大學內碰面，每次她都以能射穿人般銳利的眼神瞪著江利子。由於她是學姊，江利子會主動打招呼，但香苗從不回應。

這件事她並沒有告訴一成，但她覺得應該找他商量一下。

總而言之，除了這一點，江利子很幸福。一個人走在路上的時候，甚至會忍不住笑出來。提著裝了衣服的紙袋，江利子回到住家附近。再五分鐘，就能看到一棟兩層樓的舊民宅了。抬頭仰望天空，星星露臉了。知道明天也會是晴天，她安心了。明天是星期五，可以見到一成，她打算穿新衣服。

發現自己下意識地笑著，江利子自顧自地害羞起來。

7

鈴聲響了三下，有人接起電話。「喂，川島家。」電話裡傳來江利子母親的聲音。

「喂，您好，敝姓篠塚，請問江利子在家嗎？」一成說。

對方瞬間陷入沉默，他有不好的預感。

「她出去了。」她母親說，一成也料到她會這麼回答。

「請問她什麼時候回來？」

「這個，我不太清楚。」

「不好意思，請問她去哪裡了呢？不管我什麼時候打，她總是不在家。」

這是這個星期以來的第三通電話。

「她剛好出門，到親戚家去了。」她母親的聲音有點狼狽，這讓一成感到焦躁。

「那麼可以請她回來之後給我一個電話嗎？說是永明大學的篠塚，她應該就知道了。」

「篠塚同學……是嗎。」

「那就麻煩您了。」

「那個……」

「是？」

聽到一成的回應，她母親沒有立刻回答。幾秒鐘後，聲音總算傳了過來，「那個……這眞是令人難以啓齒，不過希望你以後不要再打電話來了。」

「咦？」

「承蒙你的好意，和她交往過一陣子。但是她年紀還小，所以請你去找別人吧，她也認爲這樣比較好。」

「請等一下，請問您的話是什麼意思？是她親口說不想再和我交往了嗎？」

「……不是這個意思，但是總而言之，她不能再和你交往了。對不起，我們有我們的苦衷，請你不要追究。再見。」

「啊！等等……」

叫聲來不及傳達，或者應該說是對方刻意忽視，電話被掛斷了。

一成離開電話亭，完全不明所以。

和江利子失去聯絡已經超過一個星期了，最後一次通電話是上個星期三，她說明天要去買衣服，星期五會穿新衣服去練習，但是星期五的練習她卻突然請假。

據說社團曾經接到聯絡，是唐澤雪穗打電話來，說教授突然指派雜務，她和江利子都無法參加當天的練習。

那晚，一成打電話到江利子家。可是和今天一樣，被告知她今晚到親戚家，不會回來。星期六晚上他也打過電話，那時候她也不在家。找藉口搪塞的母親語氣很不自然，給人一種窘迫的感覺，似乎認爲一成的電話是種麻煩。

後來他又打了好幾次電話，每次都得到同樣的回答。雖然他留言請對方轉告，要江利子回家後打電話給他，但不知是否沒有順利傳達，她一次也沒有回電。

之後，江利子都沒有出席社交舞社的練習。不僅江利子，連唐澤雪穗也沒有來，想問也無從問起。今天是星期五，她們依舊沒有現身，所以他在練習途中溜出來打電話，對方卻突然做出那番宣告。

一成怎麼想，也想不出江利子突然討厭他的理由。江利子母親的話也沒有這樣的意味。她說的是「我們有我們的苦衷」，究竟是什麼苦衷？

種種思緒在腦海裡盤旋，一成回到位於體育館內的練習場地。有個女社員一看到他便跑過來。「篠塚學長，有一通奇怪的電話要找你。」

「奇怪的電話？」

「說要找清華女子大學的社交舞社負責人……我跟他說倉橋學姊請假，他就說，那永明大學的社長也可以。」

「是誰？」

「他沒有說。」

「我知道了。」

一成走到體育館一樓的辦公室，放在警衛前方的電話聽筒還沒有掛回去。一成徵求警衛的同意後，拿起聽筒。

「喂，您好。」一成說。

「是永明大學的社長嗎？」一個男人的聲音問道。聲音很低，但年紀似乎很年輕。

「是的。」

「清華有個姓倉橋的女人吧，倉橋香苗。」

「有是有，那又怎麼樣？」配合對方，一成講起話來也不再客氣。

「你去告訴那女人，叫她快點付錢。」

「錢？」

「剩下的錢。事情我都給她辦好了，當然要跟她收剩下的報酬。講好的，訂金十二萬，尾款十三萬。叫她趕快付錢，反正社費是那女人在管的吧。」

「付什麼錢？什麼事情辦好了？」

「這就不能告訴你了。」

「既然這樣，要我傳話不是很奇怪嗎？」

聽到一成這麼問，對方低聲笑了，「一點都不奇怪，因爲由你來傳話最有效果。」

「什麼意思？」

「你說呢？」說完，男子便掛了電話。

一成只好放下聽筒。剛上了年紀的警衛一臉訝異，一成立刻離開辦公室。

訂金十二萬，尾款十三萬，一共二十五萬……

倉橋香苗付這些錢，究竟要那個人做什麼？照電話裡的聲音聽起來，那個男人應該不是善類。他說由一成傳話效果最好，這句話也令人在意。他想過，稍後再打電話問香苗，但總覺得百般不願意。分手後，他們再也沒交談過，而且他現在滿腦子都是江利子。

社交舞社的練習一結束，一成便開車回家。他房間門上，裝了一個專用信箱。寄給他的郵件，傭人會放在裡面。他打開一看，裡面有兩封DM，一封限時專送。限時專送沒有寫寄件人，收件人的住址和姓名好像是用直尺一筆一畫描出來的，字跡非常奇特。

他走進房間，坐在床上，懷著不祥的預感打開信封。

裡面只有一張照片。

看到那張照片的那一剎那，一成大受衝擊，腦海裡颳起狂風暴雨。

8

唐澤雪穗比約定時間晚了五分鐘出現。一成朝著她稍稍舉起手，她立刻發現，便走了過來。

「對不起，我遲到了。」她道歉。

「沒關係，我也才剛到。」

女服務生過來招呼，雪穗點了奶茶。因爲是非假日白天，家庭餐廳裡人不多。

「不好意思，還請妳特地出來。」

「哪裡。」雪穗輕輕搖頭，「不過我在電話裡說過，如果是江利子的事，我無可奉告。」

「這我知道，我想她一定是有很大的祕密吧。」

聽到他這句話，雪穗垂下眼睛，好長的睫毛。有些社員認爲她像法國洋娃娃，如果眼睛再圓一點，倒是一點都沒錯——一成心想。

「但是這種做法只有在我一無所知的前提下，才有意義吧。」

「咦！」雪穗驚呼一聲，抬起頭來。一成看著她說，「有人寄了一張照片給我，匿名，而且是限時專送。」

「照片？」

「我實在不想讓妳看那種東西，但是……」一成把手伸進上衣口袋。

「請等一下。」雪穗急忙打斷他，「那是那個……卡車載貨台的？」

「對，地點是在卡車載貨台上，拍的是……」

「江利子？」

「對。」一成點點頭，省略了「全裸的模樣」。

雪穗掩住嘴，那雙眼睛似乎隨時會掉下眼淚，但女服務生正好送奶茶過來，她總算忍住了。一成鬆了一口氣，要是她在這種地方哭出來，可不太妙。

「妳也看過這張照片了？」他問。

「是的。」

「在哪裡看到的？」

「江利子家，寄到她家去的。太嚇人了，那麼悲慘的模樣……」雪穗哽咽了。

「怎麼會這樣！」一成在桌上用力握拳，手心裡冒出又溼又黏的汗水。

爲了讓情緒冷靜下來，他朝窗外看。外面不斷飄著綿綿細雨，雖然時序還不到六月，但可能已經進入梅雨季了。他想起第一次帶江利子上美容院的事，那時也下著雨。

「妳可以告訴我嗎？到底發生了什麼事？」

「發生了什麼事……就是那麼一回事，江利子突然遭到襲擊……」

「妳光是這樣講，我不明白。地點在哪裡？是什麼時候？」

「地點是江利子家附近，時間是……上上星期四。」

「上上星期四……沒錯吧？」

「沒有錯。」

一成取出記事本，翻開月曆確認日期。果然一如他的推測，就是江利子最後一次打電話給他的第二天，她說要去買衣服的日子。

「報警了嗎？」

「沒有。」

「爲什麼？」

「江利子的父母說要是行動讓這件事公諸於世，造成的傷害反而更大……我也這麼認爲。」

一成捶了餐桌一下。心裡雖然忿忿難平，但他能夠理解江利子父母的心情。

「歹徒把照片寄給我和江利子，可見得不是衝動犯罪。這一點，妳明白嗎？」

「我明白，但是誰會做這麼過分的事……」

「我想到一個可能。」

「咦？」

「只有一個人會這麼做。」

「你說的難道是……」

「沒錯。」一成只說了這兩個字，回視雪穗的眼睛，她也意會到了。

「不會吧……女人怎麼會做這種事？」

「請男人做的，去找一個做得出這種下流事的男人。」

一成把上星期五接到不明男子電話一事，告訴雪穗。

「接到電話後，就看到那張照片，我馬上把這兩件事聯想在一起。還有，我也想起那個男的在電話裡說一些莫名其妙的話，他說社交舞社的社費是香苗在管理。」

雪穗倒抽一口氣，「你是說，她用社費付錢給歹徒？」

「雖然令人難以置信，我還是去確認過了。」

「直接問倉橋學姊嗎？」

「我沒有這麼做，但是我有其他的辦法。我知道帳號，請銀行調查是否有提款就行了。」

「可是存摺在倉橋學姊那裡呀？」

「是沒錯，不過還是有辦法。」

一成含糊其辭。事實上，一成是硬拜託出入家中的三協銀行的人調查的。

「結果上上星期二以金融卡領了十二萬。今天早上再確認的結果，這個星期一開始，也領了十三萬。」一成壓低聲音這麼說。

「可是那未必就是倉橋學姊領的，也可能是其他人。」

「根據我的調查，過去這三個星期，除了她，沒有別人碰過那張卡片。最後碰過的是妳。」說著，他往雪穗一指。

「是倉橋學姊要江利子記帳那次，對吧？在兩、三天後，我就把存摺和卡片還給學姊了。」

「從那時候起，金融卡就一直在她那裡。絕對錯不了，是她找人攻擊江利子。」

雪穗吐出一口長氣，「我實在無法相信。」

「我也一樣。」

「但是這只是篠塚學長的推理吧？一切都沒有證據，就算是帳戶那些，也許只是剛好提領了同樣的金額而已。」

「妳說天底下有這麼不自然的巧合嗎？我認為應該報警。警察徹底調查就查得到證據。」

但是雪穗露出了明顯對這個看法不表贊同的表情。一成一說完，她便開口了，「就像我一開始說的，江利子家不希望事情鬧大。即使像學長說的報警調查，查出是誰做的壞事，江利子所受的傷害也不會癒合。」

「話是這麼說沒錯，但事情不能這樣就算了，我嚥不下這口氣。」

「這……」說著，雪穗凝視一成的眼睛，「這就是篠塚學長的問題了，不是嗎？」

這句話，登時讓一成無話可回。他驚愕地屏住氣息，回視雪穗端正的臉孔。

「今天我來這裡，也是為了傳達江利子的話。」

「她的話？」

「再見，我很快樂，謝謝你——這就是她要說的話。」雪穗以公事公辦的口吻說。

「等一下，讓我見她一面。」

「請別做無理的要求，稍微體諒一下她的心情。」雪穗站起來，奶茶幾乎沒有碰過。「其實我一點都不想做這種事。但是為了她，我才勉強答應。請你也體諒我的心情。」

「唐澤……」

「失陪了。」雪穗走向出口，但是她隨即又停下腳步，「我不會退出社交舞社的，要是連我都退出，她會過意不去的。」接著再度邁開腳步，這次完全沒有停下來。

等她的身影從視野裡消失，一成嘆了一口氣，轉眼望向窗外。

雨依舊下個不停。

9

電視上只有無聊的八卦節目和電視新聞。江利子伸手去拿被子上的魔術方塊，這個去年風靡一時的解謎遊戲，現在完全被遺忘了。這個遊戲以難以破解成爲話題，但一旦知道解法，連小學生也可以在轉眼間完成。即使如此，江利子到現在仍與魔術方塊苦戰。魔術方塊是雪穗四天前帶來給她的，也教了她一些破解的訣竅，卻毫無進展。

我不管做什麼都做不好，她再次這麼想。

有人敲門。回應一聲「進來」，便聽到母親的聲音，「雪穗來了。」

「啊，請她進來。」

不一會兒，便聽到另一個腳步聲。門緩緩打開，露出雪穗白皙的臉龐。

「妳在睡覺？」

「沒有，我在玩這個。」江利子拿起魔術方塊。

雪穗微笑著進入房間。在椅子上就座前，說「妳看」，把盒子給她看。是江利子最愛吃的泡芙。「謝謝。」江利子向她道謝。

「伯母說等一下會拿紅茶過來。」

「好。」點頭後，江利子怯怯地問，「妳去見他了？」

「嗯。」雪穗回答，「見過了。」

「那……跟他說了？」

「說了，雖然很不好受。」

「對不起，要妳去做那麼討厭的事。」

「不會，我沒關係。倒是妳……」雪穗伸手溫柔地握住江利子的手，「覺得怎麼樣？頭不痛了吧？」

「嗯，今天好多了。」

遇襲的時候，歹徒用氯仿迷昏她，因而造成後遺症，有一段時間頭痛不止。不過醫生認爲心理因素的成分比較大。

那天晚上，因爲女兒遲遲不歸而擔心的母親，在前往車站迎接女兒的路上，發現倒在卡車載貨台上的江利子。當時，江利子仍處於昏迷狀態。從那不適的昏睡中醒來時的震驚，她恐怕一輩子都不會忘記，而她身邊的母親正放聲大哭。

不僅如此，還有幾天後送來的那張可怕照片。寄件人不明，也沒有隻字片語，彷彿犯人的惡意深不見底，讓江利子驚懼不已。

她決定從今以後，絕不再引人矚目，要躲在別人的影子下生活。過去她也是這麼過的，這樣才適合自己。雖然發生這起悲慘至極的事，但不幸中有件大幸。奇怪的是，她並沒有遭到性侵。歹徒的目的似乎只是脫光她的衣服，拍攝不堪入目的照片而已。

雙親決心不報警也是基於這一點，事情若是曝光，不知道會被怎麼中傷。要是事情傳了出去，恐怕任何人都會認爲她被強暴了。

江利子想起中學時代的一起事件，同年級有個學生在放學途中遇襲。發現下半身赤裸的她的，正是江利子和雪穗。

被害人藤村都子的母親，曾對江利子這麼說，「幸好只是衣服被脫掉，身體並沒有被玷污。」那時候，她曾懷疑怎麼可能有這種事，現在遇到同樣的慘事，才知道這的確有可能。她認爲自己的情況一定也沒人肯相信。

「妳要早點好起來，我會幫妳的。」雪穗說著，握緊了江利子的手。

「謝謝，雪穗是我唯一的支柱。」

「嗯，有我在妳身邊，什麼都不用怕。」

這時，電視機裡傳來新聞主播的聲音，「銀行發生了盜領事件。存款人在毫不知情的狀況下，戶頭遭到盜領。受害者是東京都內的上班族，本月十日到銀行櫃檯提領存款時，發現應有兩百萬圓左右的餘額變成零。調查結果發現，存款是於三協銀行府中分行以金融卡分七次提領，最後一次提款是四月二十二日。被害人是在銀行推廣下，於一九七九年辦理金融卡，但卡片一直放在辦公室的辦公桌內，從未使用。警方研判極有可能是金融卡遭到僞造，現正展開調查……」

雪穗關掉了電視機。

第六章

1

悄悄深呼吸一口氣之後，園村友彥穿過自動門。

他好想伸手扶住頭，老覺得假髮快掉下來了。但是桐原亮司嚴厲警告他，絕對不許那麼做。眼鏡也一樣，若是頻頻觸碰，很容易被察覺是用來變裝的小道具。

三協銀行玉造辦事處裝設了兩台自動櫃員機，一個穿著紫色連身洋裝的中年婦人正在使用其中一台。可能是不習慣操作機械，動作非常緩慢。她不時四下張望，大概是想找能幫忙的行員吧。但是銀行裡沒有半個人在，時鐘的時針剛過下午四點。

友彥深怕這名略微發福的中年婦人向自己求助，要是她那麼做，今天的計畫便必須中止。四周沒有其他人，友彥不能一直杵著不動。他心裡盤算著該怎麼辦，應該死心回頭嗎？但是想及早進行「實驗」的欲望也不小。

他慢慢接近無人使用的那部機器，巴不得中年婦人快走，但她仍然朝著操作面板歪頭苦思。

友彥打開包包，伸手入內。指尖碰到卡片了，正當他捏住卡片，準備拿出來的時候……

「請問……」中年婦人突然對他說，「我想存錢，卻存不進去。」

友彥慌張地把卡片放回包包，也不敢面向那婦人，低著頭輕輕搖手。

「你不會啊？他們說很簡單，誰都會的。」中年婦人這麼問，就是不死心。友彥的手繼續搖動，他不能出聲。

「好了沒？妳在幹嘛？」這時候，入口處響起另一個女人的聲音，似乎是中年婦人的朋友。

「不快點會來不及哦。」

「這個很奇怪啊，不能用耶。妳有沒有用過？」

「那個啊。不行不行，我們家是不碰那個的。」

「我們家也是。」

「不然改天再去櫃檯辦嘛，妳不急吧？」

「我是不急，不過我們那家銀行的人說，用機器方便多了，我們才辦卡的。」中午婦人似乎總算死了心，從機器前離開。

「阿呆，那不是讓客人方便，是銀行可以少請幾個人啦。」

「眞的耶，眞氣人，還說什麼以後是卡片的時代呢。」

中年婦人氣呼呼地走出去。

友彥輕輕吁了一口氣，再次探進提包。這個包是借來的，是不是現在流行的款式，他不太清楚。不要說包了，從現代女性的角度來看，他現在的模樣究竟算不算怪，他深感懷疑。不過桐原亮司卻說，「比你更怪的女人都大大方方地在街上走咧。」

他緩緩取出卡片，卡片的大小、形狀和三協銀行金融卡一模一樣，上面卻沒有印任何圖案，只貼了一條磁帶。他必須小心謹慎，盡可能不要讓監視錄影機拍到他的手。

友彥的視線在鍵盤上搜尋，然後按下「提款」鍵，「請插入金融卡」字樣旁的燈號開始閃爍。他感覺到心臟跳動加劇，同時迅速將手裡拿的空白卡片插進機器。

機器沒有出現異常反應，將卡片吸進去後，顯示輸入密碼的要求。

成敗的關鍵就看這裡了，他想。

他在鍵盤的數字鍵上按了４１２６，然後按下確認鍵。

接下來是剎那的空白，感覺非常久。只要機器出現一點異常反應，他就須立刻離開。但機器一切如常，接著詢問提款金額。友彥強行按捺住雀躍的心情，在鍵盤上按了2、0、萬、圓。

幾秒鐘後，他手裡有了二十張萬圓紙鈔及一張明細表，他取回空白卡片，快步走出銀行。長度過膝的百褶裙絆住腳，走起路來很不方便。即使如此，他還是注意自己的腳步，盡量若無其事地走著。銀行前是一條車水馬龍的大馬路，人行道卻沒什麼人，眞是謝天謝地。因爲他不習慣化妝的臉，僵硬得像塗了漿糊一樣。

在距離約二十公尺的路邊，停了一輛Liteace（*1）。友彥一靠近，前座的門便從裡面打開。友彥先留意一下四周，才輕輕撩起裙子坐進車裡。

桐原亮司闔上剛才還在看的漫畫，那是友彥買的。有一部叫《福星小子》（*2）的漫畫在雜誌上連載，他很喜歡裡面一個叫做拉姆的女孩。

「情況怎麼樣？」桐原亮司轉動鑰匙發動引擎，同時這麼問道。

「吶。」友彥把裝了二十萬圓的袋子給他看。

桐原斜眼瞄了一下，把方向盤機柱式排檔桿換成低檔，開動Liteace，表情沒有太大變化。

「也就是說，我們成功破解了。」桐原朝著前方說，語氣裡聽不出絲毫興奮。「不過我本來就很有把握。」

「有是有，可是眞的成功的時候，身體還是會不由自主地發抖。」友彥抓著小腿內側，穿著絲襪的腿很癢。

「你記得留意監視錄影機吧？」

「安啦，我頭完全沒有抬起來過。不過……」

「怎樣？」桐原斜眼瞪了友彥一眼。

「有個怪怪的歐巴桑，所以滿險的。」

「怪怪的歐巴桑？」

「嗯。」友彥說了自動櫃員機前的情況。

桐原的臉立刻沉了下來，他緊急煞車，把Liteace停在路邊。

「喂，我一開始就警告過你，只要情況有一點不對勁，就要立刻撤退的。」

「我知道，我只是覺得應該沒關係……」友彥的聲音控制不住地發抖。

桐原抓住友彥的領口，那是女性襯衫的領子。「不要依你自己的想法判斷，我可是拿性命來賭的。要是出事，被抓的不止你一個。」說著，眼睛睜得斗大。

「沒有人看到我的臉，」友彥的聲音都變調了，「我也沒有出聲，真的，所以絕對沒有人會認出我的。」

桐原的臉扭曲了，然後嘖了一聲，放開友彥的領子，「你白痴啊，你！」

「呃……」

*1 豐田汽車生產的一款廂型車。

*2 日本著名漫畫家高橋留美子第一部長篇連載作品，原載於《少年Sunday週刊》，女主角拉姆是一位穿著虎皮比基尼的外星少女。

「你以爲我是爲什麼把你扮成這種噁心的樣子？」

「就是裝成女人……不是嗎？」

「沒錯。是爲了矇過誰？當然是銀行和警察啊。要是使用僞卡被發現，他們首先就是檢查監視錄影機。看到裡面拍的是你現在的樣子，十個人有十個會以爲是女人。在男生裡你算是秀氣的，而且最重要的是你長得夠漂亮，高中時甚至還有後援會。」

「所以錄影機拍到的……」

「錄影機也會拍到那個囉嗦的歐巴桑，不是嗎？警察會把那個女人找出來。要找很簡單，她用過隔壁那台機器，會在裡面留下紀錄。警察找到了就會問她，對那時候旁邊的女人有沒有印象。那個歐巴桑要是說，她覺得你是個扮成女裝的男人，那裝也白裝了。」

「這一點眞的沒問題，那種歐巴桑才不會注意到那麼多。」

「你怎麼能保證她不會注意到？女人這種動物，明明沒有必要，也愛觀察別人。搞不好她連你手上的包是什麼牌子都記得。」

「怎麼會……」

「就是有這種可能。要是她眞的什麼都不記得，只能算你走運。但是既然要做這種事，就不能指望有什麼好狗運。這跟你以前在精品店偷摸東西可不一樣。」

「……我知道了，對不起。」友彥微微點頭道歉。

桐原嘆了一口氣，再度把排檔換到低檔，然後緩緩開動車子。

「可是……」友彥戰戰兢兢地開口，「我覺得那個歐巴桑眞的不需要擔心，因爲她只顧著自己的事。」

「就算你這個直覺是對的，扮女裝也已經失去意義了。」

「爲什麼？」

「你不是說你完全沒出聲嗎？哼都沒哼。」

「對啊，所以……」

「所以才有問題。」桐原低聲說，「天底下有哪一個人，被人家那樣問卻連一句話都不回的？警察自然會推斷說一定是有什麼原因才不出聲。這下，就會有人提出可能是男扮女裝的說法。到那時候，扮女裝就失去意義了。」

聽了桐原的話，友彥無話可說，因爲桐原說的一點也沒錯。他很後悔，那時候還是應該立刻折返的。桐原說的道理並不難，腦筋稍微轉一下就能明白。然而自己卻連這麼簡單的道理都想不到，他爲自己的愚蠢感到生氣。

「對不起。」友彥朝著桐原的側臉，再次道歉。

「這種事，我不會再說第二次了。」

「我知道。」友彥回答。桐原不會原諒犯同樣錯誤的蠢人，這一點他十分清楚。

友彥狼狽地穿過駕駛座和前座間的狹小空隙，從放在載貨台上的紙袋裡拿出自己的衣服，在晃動的車子中保持平衡，開始換裝。脫掉絲襪時，有種奇妙的解放感。

大尺寸的女裝、女鞋、手提包、假髮、眼鏡，以及化妝品，這些女用裝扮全是桐原張羅的。他絕口不提是如何弄到的，友彥也不會問。友彥早已由過去相處的經驗中得到慘痛的教訓，知道桐原有許多領域絕不容他人越雷池一步。

換好衣服、卸完妝時，Liteace已停在地下鐵車站附近。友彥準備下車。

「傍晚到辦公室來一趟。」桐原說。

「我知道，我本來就打算要去。」友彥打開車門，下了車。目送 Liteace離開後，才走下地鐵樓梯。樓梯牆上貼著《機動戰士鋼彈》(*1)的海報。一定要去看，他想。

2

高壓電工程的課程令人昏昏欲睡。根據學生間的小道消息，這門課不但不點名，考試的時候對作弊也睜一隻眼閉一隻眼，可容納五十人以上的教室只坐了十來個學生。友彥坐在前面數來第二排的椅子上，強忍著不時會令人失去意識的睡意，將滿頭白髮的副教授慢條斯理解說的電弧放電、輝光放電原理抄在筆記上。如果不動動手，可能隨時會趴在桌上睡著。

園村友彥在學校是個認眞的學生，至少，信和大學工學院電機系的學生都這麼認爲。事實上，凡是他選的課，一定會出席。他會蹺課的，僅限於法學、藝術學或普通心理學等與電機無關的通識科目。他才二年級，課表裡這類必修課很多。

友彥之所以在專業科目的課堂上認眞聽講，原因只有一個——因爲桐原亮司叫他這麼做，理由是爲了事業。

說起來，友彥會選擇攻讀電機系，便是受到桐原的影響。高三時，他的數理成績很好，考慮就讀工學院或理學院，但要選什麼學系卻難以決定。當時桐原對他說，「以後是電腦的時代，要是你能學到這方面的知識，可以幫我的忙。」

那時候，桐原繼續從事電腦遊戲的郵購，而且頗有斬獲，友彥也幫他開發程式。桐原所說的「幫忙」，指的大概是發展自己的事業吧。

對此，友彥曾對桐原說，既然他有這種想法，不如自己去念。因爲桐原的數理科成績比起友彥毫不遜色。

那時候，桐原露出一個糾結的笑容，「要是有閒錢去上大學，我還用得著做這種生意嗎？」這時友彥才知道桐原不打算繼續升學。他下定決心學會電子和電腦的知識，與其渾渾噩噩地面對將來，不如以幫助他人爲目的來決定，這樣升學更有意義。

更何況，友彥還欠桐原一份人情，無論得花多少年都必須償還。高二夏天發生的那件事，至今仍在他心裡留下深沉的創傷。

基於這樣的理由，友彥決定凡是專業科目，都盡可能認眞上課。令人訝異的是，他在課堂上整理的筆記，桐原看得極其認眞。爲了了解筆記的內容，身旁還堆著專業書籍。桐原雖從未上過信和大學半堂課，但他無疑是最了解上課內容的人。

桐原這陣子對一樣東西很感興趣，那就是金融卡、信用卡等磁卡。

友彥甫進大學不久，開始接觸磁卡。友彥在學校看到某種設備，能夠讀取、改寫輸入於磁帶上的資料，叫做編碼器。

聽友彥提起編碼器，桐原眼睛爲之一亮地說，「那麼只要用那個，就可以複製金融卡了。」

「也許可以。」友彥回答，「可是做了也沒有意義。使用金融卡時，還要密碼吧，所以金融

*1 《機動戰士鋼彈》是日本機器人動畫變革先驅，開創寫實機器人動畫潮流的著名動畫作品。原爲電視動畫，一九八一年推出劇場版。

卡萬一掉了也不必擔心，不是嗎？」

「密碼啊。」之後，桐原似乎陷入沉思。

過了兩、三個星期，他把一個錄音機大小的紙箱搬進製作個人電腦程式的辦公室，箱子裡裝的就是編碼器。有插入磁卡的地方，也有顯示磁帶內容的面板。

「虧你弄得到這種東西。」聽友彥這麼說，桐原只是微微聳肩，笑了笑。

拿到這台中古編碼器不久，桐原僞造了一張金融卡。友彥並不知道原卡的持有人是誰，因爲那張卡停留在桐原手邊只有幾個小時而已。

桐原似乎以那張僞卡分兩次提領了二十幾萬圓。驚人的是，他竟然從磁卡記載的資料中破解了密碼。

然而，這當中是有玄機的。事實上，在取得編碼器前，桐原便已經成功解讀磁卡的模式了。沒有特殊機器，如何破解模式呢？桐原曾經實際操演給友彥看，那眞是令人跌破眼鏡。

他準備了顆粒極細的磁粉，撒在卡片的磁帶上。不一會兒，友彥「啊」地叫出聲來。

因爲磁帶上浮現出細細的條紋。

「其實跟摩斯密碼很像，」桐原說，「我在事先知道密碼的卡片上重複這麼做，就看出模式了。這麼一來，接下來就反向操作，就算不知道密碼，只要讓模式浮現出來，就可以破解了。」

「這樣的話，只要在隨便撿到、偷到的金融卡上撒上磁粉……」

「就可以用了。」

「眞是……」友彥想不出該說什麼。

可能是他的樣子很好笑，桐原難得地打從心裡愉快地笑了，「很可笑吧！這哪裡安全了？銀行行員常叮嚀我們要把存摺和印鑑分開保管，可是金融卡這種東西，等於是把保險箱和鑰匙放在一起。」

「他們真的認爲這樣不會出問題嗎？」

「應該有人知道這東西其實相當危險，可是要收手也來不及了，只好閉嘴。心裡怕出事是一定的。」桐原又發出笑聲。

但是桐原並沒有立刻運用這項祕密技術。除了忙於本行，製作個人電腦程式，更重要的是，要拿到別人的卡並沒有那麼簡單。所以只在弄到那台編碼器後，複製那張來路不明的金融卡而已。接下來有一段時間，他都沒有提起卡片的事。

然而到了今年，桐原說，「仔細想想，根本不必拿到別人的金融卡。」當時，他們正在狹窄的辦公室內，隔著舊餐桌面對面喝著即溶咖啡。

「什麼意思？」友彥問。

「簡單地說，需要的是現在還在使用的帳號，不是密碼。仔細想一想，這是當然的。」

「我聽不懂。」

「也就是說……」桐原往椅子上一靠，雙腳抬到餐桌上，順手拿起一張名片。「假設這是金融卡，把卡片放進機器，機器就會讀磁帶裡的各項資料，其中一項就是帳號和密碼。當然，機器不會知道插入卡片的是不是本人。爲了判斷這一點，才會叫你按密碼。只要有人按下磁帶上記錄的那個號碼，機器就不會懷疑，會照你的要求把錢吐出來。所以如果拿一張磁帶上什麼資料都沒有的空白卡，在上面輸好帳號等必要資料，再隨便輸一組密碼進去，會有什麼結果？」

「啊！」

「這樣做出來的卡片當然跟眞正的不同，因爲密碼不同。但是機器對此沒有判斷能力，機器只會確認磁帶上記錄的號碼跟提款人按的號碼一不一樣。」

「那麼，要是知道眞正帳號的話……」

「要做多少張假金融卡都沒問題，雖然是假的，卻眞的可以領錢。」桐原的嘴角上揚。

友彥渾身起了雞皮疙瘩，他明白，桐原所說的絕不是無法實現的空談。

後來，兩人便開始製作僞造的金融卡。

首先，他們重新分析卡片上記錄的暗碼，找出其中的排列規則，依序是起始符號、ＩＤ代碼、認證代碼、密碼及銀行代碼。

其次，他們撿回許多丟棄在銀行垃圾桶裡的明細表，依照找出來的規則，把帳號和任意選取的密碼變換成七十六位的數字與羅馬字母。

接下來，便是以編碼器將這一串數字與代號輸入磁帶中，貼在塑膠卡片上，便大功告成。

友彥成功領出現金的空白卡片，便是他們的第一號成品。他們從撿回來的好幾張明細表中，選出餘額最多的一個帳戶。這是桐原的意見，因爲這樣比較不容易被發現，友彥也有同感。

這無疑是違法行爲，友彥卻沒有罪惡感，原因之一或許是製造僞卡的過程實在太像遊戲了。而完全看不見遭竊對象也是部分原因吧，但是他腦裡深深記著桐原經常掛在嘴邊的一番話，這才是最主要的因素。

「撿別人掉的東西不還，跟偷別人隨意放置的東西，並沒有什麼差別。有錯的，難道不是把裝了錢的包包隨便放的人嗎？這個社會上，讓別人有機可乘的人注定吃癟。」

每次聽到這番話，友彥在心驚膽戰的同時，總是會感到一陣全身毛髮豎起的快感。

3

第四堂課一結束，友彥立刻前往辦公室。說是辦公室，其實也沒有招牌，只是以舊大樓的其中一戶充數。

對友彥而言，這地方有著種種回憶。第一次來這裡的時候，他作夢也沒想到自己會如此頻繁地在此出入。

來到三〇四室門前，他以鑰匙開門。一進門是餐廳兼廚房，桐原面向調理台坐著。

「很早嘛。」他轉身向友彥說。

「我一下課就來了。」友彥邊脫鞋邊回答，「因爲立食麵店(*1)客滿，進不去。」

調理台上放著個人電腦，是NEC的PC8001，綠色畫面上排列著文字：今日晴，您好，我是山田太郎……

「文字處理系統啊。」友彥站在桐原身後問。

「對，晶片和軟體送到了。」

桐原雙手靈巧地敲著鍵盤，他敲的是羅馬字母鍵，但畫面顯示的卻是日文平假名。按了UMA，出現的是「うま」。桐原接著按空白鍵，連接電腦的磁碟機便發出「卡嗒」聲響，畫面右下角出現了「馬」與「午」的漢字，上面各自編有1與2的號碼。桐原按下1的數字鍵，硬碟

*1　日本由於寸土寸金，有些餐廳並未設置座位，顧客須站立飲食，即爲立食餐廳，價格較爲低廉。

再度發出動作聲響，「うま」的平假名便變成漢字「馬」。接著他輸入「しか」，以同樣的方式變換成「鹿」這個漢字。這才總算完成「馬鹿」（意即笨蛋）這個詞。前後花的時間近十秒。

友彥忍不住苦笑，「用手寫絕對比較快。」

「這種方式是把系統輸入磁片裡，每次變換再叫出來，當然很花時間。如果把整個系統輸入記憶體裡，速度就會快上好幾倍，不過這台電腦頂多只能這樣。話說回來，磁片還是很厲害。」

「以後會是磁片的天下嗎？」

「那當然了。」

友彥點點頭，視線轉向磁碟機。過去讀寫程式大部分是以卡帶作爲媒介，但實在太費時，記憶容量也小。若改用磁片，速度和記憶容量都不可同日而語。

「問題在軟體。」桐原冒出一句。

友彥再度點頭，拿起放在桌上的五．二五吋的磁碟片。桐原在想什麼，他了然於心。

他們經營遊戲軟體的郵購時，得到的反響非常驚人。有一天，現金袋突然如雪片般寄到，全是訂購遊戲軟體的費用。桐原斷定「絕對會大賣」的預測，果然成眞了。

接下來的一段時間，銷售狀況極佳，可以說大賺一筆。但是走到這一步，便逐漸遇到瓶頸。一方面是競爭對手增加，但最大的原因在於著作權。

過去，像「太空侵略者」等當紅軟體的盜版，都光明正大地刊登廣告販售，但最近的跡象顯示，無法再如此隨心所欲了，因爲政府開始針對拷貝軟體展開取締行動。事實上，已經有好幾家公司挨告，友彥他們的「公司」也收到警告函。

桐原對此的預測是，「如果打官司，他們大概會判定拷貝的程式違法。」最好的證明是一九八〇年美國修正著作權法，明文規定「程式爲書寫者個人學術思想之創作性表現，爲著作物」。若拷貝程式不得公開販賣，那麼要在這條路上生存，只有自行開發程式。但是友彥他們既沒有這麼多資金，也沒有技術。

「對了，這個給你。」桐原突然想起似地這麼說，從口袋裡拿出信封。

友彥接過信封一看，裡面裝了八張一萬圓鈔票。

「今天的報酬，你的份。」桐原說。

友彥丟掉信封，把裡面的鈔票塞進牛仔褲口袋裡，「關於那個，以後要怎麼辦？」

「那個？」

「就是……」

「金融卡嗎？」

「嗯。」

「這個嘛……」桐原雙手抱胸，「如果想用那一手撈一票，最好趁早。拖拖拉拉下去，他們會採取防治措施。」

「防治措施……密碼即時認證系統嗎？」

「對。」

「可是那麼做成本很高，大多數金融機構都興趣缺缺……」

「你以爲發現金融卡缺點的，只有我們嗎？要不了多久，全國到處都會有人幹我們今天做的事。等到那時候，再小氣的銀行也管不了成本，馬上就會換掉。」

「這樣啊……」友彥嘆氣。

所謂的密碼即時認證系統，指的是持卡人密碼不直接存入金融卡，而是記錄於銀行的主電腦。換句話說，每當持卡人使用卡片，自動櫃員機須一一向主電腦查詢密碼是否正確。這麼一來，像他們這次製造的僞卡便無用武之地。

「話是這麼說，像今天這種事要是重複做上好幾次也很危險。就算過得了監視錄影機那一關，也不知道會在哪裡露出馬腳。」桐原說。

「而且要是銀行存款莫名其妙短少，誰都會去報警吧。」

「重點就是最好連用僞卡都不會被發現。」

桐原說到這裡時，玄關的門鈴響了，兩人對看一眼。

「是奈美江嗎？」友彥說。

「她今天應該不會來，再說，這時候她也還沒下班。」桐原看著時鐘納悶，「算了，你去開門吧。」

友彥站在門後，從窺視孔觀察外面的情況。門外站著一個身穿灰色工作服的男子，年紀大約三十歲左右。

「有什麼事嗎？」

「抽風機定期檢查。」男子面無表情地說。

「現在？」

男子默默點頭。友彥心想，這人態度眞冷淡，一邊把門先關上，然後取下門上的鍊條，再次開門。

門外突然多了兩名男子，穿著深藍色外套的大個頭，和一個穿綠西裝的年輕男子就站在眼前，穿工作服的退到後面押陣。友彥立即察覺危險，想把門關上，卻被大個頭擋住了。

「打擾一下。」

「你們有什麼事？」

友彥開口問，男人卻不發一語，硬是擠進來。他寬闊的肩膀讓友彥有些害怕，他衣服上帶有柑橘的味道。

繼大個頭之後，穿綠西裝的年輕男子也進來了，年輕男子的右眉旁有一道傷疤。

桐原仍坐在椅子上，抬頭看闖入者，「哪位？」

大個頭依然沒有回答，穿著鞋子便直接走進室內到處查看，一面拉開友彥剛才坐的椅子坐了下來。

「奈美江呢？」男人問桐原，眼裡射出冷光。他一頭烏黑頭髮全往後梳，貼在頭皮上。

「不知道。」桐原歪了歪頭，「請問您哪位？」

「奈美江在哪裡？」

「我不知道，請問你找她有什麼事？」

男子依然對桐原的問題置若罔聞，向綠西裝男子使個眼色。年輕男子一樣穿著鞋子入內，走進裡面的房間。

大個頭的眼光移到調理台上的電腦，揚起下巴，盯著畫面直看。

「這什麼東西？」男人問。

「日文文字處理系統。」桐原回答。

「哼。」男子彷彿立刻失去興趣，再度環視室內，「這工作賺得了錢嗎？」

「懂得取巧的話。」桐原回答。

男子聳聳肩，低聲笑了，「看樣子，小哥們不太懂嘛，是不是？」

桐原朝友彥看，友彥也看著他。

裡面的年輕男子翻找紙箱裡的東西，裡面的房間是倉庫。

「請問你找西口小姐有事嗎？」桐原說出奈美江的姓氏，「如果是的話，可以請你星期六或日再來嗎？她非假日是不會來的。」

「這我知道。」

男子從外套內口袋取出登喜路的香菸盒，叼了一根，用同樣是登喜路的打火機點著。

「奈美江有沒有聯絡？」男子吐了口煙問。

「今天還沒有，有什麼話要轉告她嗎？」桐原說。

「沒那個必要。」

男子作勢把香菸的菸灰抖在餐桌上，桐原迅速伸出左手，準備接住菸灰。

男子揚起一道眉毛，「你這是幹什麼？」

「這裡有很多電子機器，請你小心菸灰。」

「那就拿菸灰缸出來。」

「沒有菸灰缸。」

「哦。」男子的嘴角歪了，「那好，就用這個吧。」說著，把菸灰抖在桐原的手心。

桐原眼睛連眨都沒眨，似乎令男子感到不悅。「你這菸灰缸滿不錯的嘛。」說著，直接把香菸在桐原手掌裡摁熄。

友彥看得出來，桐原全身肌肉繃緊，但表情並沒有太大的變化，也沒有發出聲音，就這麼伸著左手，瞪著男人。

「你這是在表示你很有種，啊？」男子說。

「沒有。」

「鈴木。」男子朝裡面叫，「有沒有找到什麼？」

「沒有，好像什麼都沒有。」被喚做鈴木的年輕男子回答。

「是嗎？」

男子把登喜路的香菸盒和打火機收回口袋，拿起桌上的原子筆，在攤開來的文字處理軟體使用說明書邊緣寫了些什麼。

「要是奈美江跟你聯絡，就打電話到這裡來，說是電器行我這邊就知道了。」

「請問貴姓？」

「知道我的名字，對你也沒什麼屁用。」男子站起身來。

「要是我們沒打給你呢？」桐原問。

男子笑了，從鼻子裡噴出氣來，「爲什麼不打呢？這麼做，對小哥你們有什麼好處？」

「西口小姐也許會叫我們不要跟你聯絡。」

「聽好了，小哥。」男子指著桐原的胸口，「聯不聯絡，小哥你們都不會有好處的。但不聯絡呢，包你吃虧，搞不好是讓你們後悔一輩子的虧。所以應該怎麼辦，你應該很清楚了吧。」

桐原盯著男子看了一會兒，才微微點頭，「我知道了。」

「那就好，小哥不是傻瓜。」男子向鈴木使個眼色，鈴木走出房間。

男子取出皮夾，遞給友彥兩張一萬圓鈔票，「燙傷的治療費。」

友彥默默收下，他的指尖在發抖。男子一定是把這情況看在眼裡了吧，鄙夷似地冷笑。

男子一離開，友彥便鎖上門，扣上鍊條，回頭看桐原，「你還好嗎？」

桐原沒有回答，走進裡面的房間，打開窗簾。

友彥也走到他身旁，從窗戶往下看。公寓前的馬路上停著一輛深色的賓士。過了一會兒，剛才那些人出現了。大個頭和叫鈴木的年輕人坐進後座，穿工作服的男子進了駕駛座。

看到賓士開動後，桐原才說，「打電話給奈美江看看。」

友彥點點頭，用擺放在餐廳兼廚房的電話打到西口奈美江家。但只聽到鈴聲響，奈美江並沒有接電話。他邊放下聽筒邊搖頭。

「要是她在家，那些人也不會跑來。」桐原說。

「那也不會在銀行吧？」友彥說。奈美江正式的工作地點是大都銀行昭和分行。

「可能請假了。」桐原打開小冰箱的門取出製冰盒。把冰塊敲進水槽，左手握住其中一塊。

「你的燙傷要不要緊？」

「沒什麼大不了的。」

「那些人是什麼人啊？看起來好像流氓。」

「八九不離十。」

「奈美江怎麼會去招惹那些人……」

「天曉得。」第一塊冰塊在手裡融化後，桐原又握住另一塊。

「反正，你先回家，有什麼消息我再跟你聯絡。」

「你呢？有什麼打算？」

「我今晚留在這裡，奈美江可能會打電話來。」

「那我也……」

「你回家。」桐原立刻說，「剛才那些人的同夥可能在監視這裡。要是我們兩個都留在這裡，他們會覺得可疑。」

的確，桐原說的沒錯。友彥打消主意，決定回家。

「會不會是銀行出了什麼事啊？」

「天曉得。」桐原以右手摸了摸左手的燙傷，或許造成了劇痛，他的臉痛苦地扭曲了。

4

園村友彥回到家時，家人已經吃完晚飯了。在電子機械製造商工作的父親，正在和室的起居間看職棒晚場比賽直播，就讀高中的妹妹躲在自己房裡。

最近，友彥的父母完全不干涉他的生活了。他們對兒子考進名校電機系欣喜萬分，對於兒子和一般大學生不同，不但認眞上課，該拿的學分一個不缺，也感到十分滿意。協助桐原的工作，友彥對雙親解釋爲在個人電腦店打工，他們自然沒有反對。

母親趁著洗餐具的空檔，爲他將烤魚、滷蔬菜和味噌湯擺上餐桌，只有白飯是友彥自己盛的。吃著母親親手做的料理，他心想，桐原怎麼解決晚餐？

他們認識三年了，但他對桐原的身世和家庭狀況幾乎一無所知。他只知道桐原的父親曾經營當鋪，已經去世了。他大概沒有兄弟姊妹，母親好像還在世，但是否與他同住也不甚清楚。至於好友死黨，據友彥所知一個都沒有。

西口奈美江也一樣。雖然他們委託她處理會計工作，但友彥幾乎從未聽過她提起自己的私生活。聽說是在銀行上班，但負責哪一方面的業務他也不知道。

竟然有流氓在找西口奈美江……

這究竟是怎麼回事呢？友彥想。心裡浮現奈美江那張小而圓的臉孔。

吃完晚餐，友彥準備回房間。這時候，起居室傳來播報新聞的聲音，原來職棒轉播結束了。

「今天上午八點左右，一名中年男子胸口流血，倒在昭和町路旁，經路人發現報警後，立即送往醫院急救，但隨即宣告不治。該名男子爲居住於此花區西九條的銀行員眞壁幹夫，四十六歲，胸口遭利刃刺傷。在路人發現死者前，有民眾在現場附近目擊一名持刀的可疑男子，警方研判該男子與本命案有關，現正追查此人行蹤。遇害當時，死者正準備前往距離命案現場約一百公尺的大都銀行昭和分行上班。接著播報下一則新聞……」

一直到新聞中段，友彥都以爲是最近爆增的隨機殺人。但聽到最後一部分，他心頭一驚。大都銀行昭和分行，這個名稱他不止有印象，那是西口奈美江上班的銀行。

友彥來到走廊，拿起放置於走廊中央的電話聽筒，心急地按下號碼。

但是人應該在辦公室的桐原卻沒有接電話。電話鈴響了十聲後，友彥掛上聽筒。

思索片刻，友彥回到起居室，他知道父親會看十點的新聞節目。

他和父親看了一陣子電視，友彥假裝專心看電視，以免父親找他說話。他爸爸有個毛病，只要一開口，無論話題爲何，都會提及兒子的將來。

節目接近尾聲時，總算播出那起命案的相關新聞了，但是內容與先前聽到的無異。節目主持人進行推理，認為是無特定對象的凶殺案。

接著，電話響了起來。友彥反射動作般起身，對父母親說聲「我來接」，來到走廊。

他拿起聽筒說，「喂，這裡是園村家。」

「是我。」聽筒那端傳來他預期的聲音。

「我剛剛才打電話給你。」友彥降低音量說。

「是嗎？你看到新聞了吧。」

「嗯。」

「我也是，我剛才在這邊也看到新聞了。」

「這邊？」

「說來話長，你能不能出來一下？」

「咦！」友彥回頭看了起居間一眼，「現在嗎？」

「對。」

「我可以想辦法出去。」

「你出來一下，我有事找你商量，是奈美江的事。」

「她跟你聯絡了嗎？」友彥握緊聽筒。

「她就在我旁邊。」

「咦！怎麼會？」

「等下再跟你解釋，反正你馬上過來。不過不是辦公室，我們在飯店。」桐原把飯店的名稱和房號告訴他。

聽完後，友彥的心情有些複雜。那家飯店，就是高二時發生那件事的地方。

「我知道了，我馬上過去。」友彥把房號複述一遍，掛掉電話。

友彥對母親交代說打工的電腦店出了點問題，需要人手，便出門了。母親沒有起疑，只是體貼地說句「眞是辛苦了」。

他隨即出門，還有電車可搭。友彥回想起和花岡夕子約會時的事，沿著當時的路徑前進。無論是換車出入口、月台上等電車的位置，儘管免不了微微的苦澀感，卻也令人懷念。那個有夫之婦是他的第一個異性伴侶，她死了之後，一直到去年和聯誼認識的某女子大學生上床爲止，友彥甚至沒有和女性接過吻。

友彥一抵達那充滿回憶的飯店，便直接走向電梯大廳。他對這家飯店的內部設置相當熟悉。他在二十樓出了電梯，尋找２０１５號房門，在走廊最裡邊找到了。友彥敲敲門。

「來了，哪位？」是桐原的聲音。

「平安京外星人。」友彥回答，那是遊戲名稱。

門朝裡開了。臉上冒出鬍碴的桐原拇指朝上，示意他進門。

裡面是間有兩張小床的雙人房。窗邊有茶几和兩張椅子，其中一張坐著身穿格紋連身洋裝的西口奈美江。

「你好。」奈美江先出聲招呼。她臉上雖然帶著微笑，卻顯得頗爲憔悴。原本圓圓的臉蛋，現在連下巴都變尖了。

「妳好。」友彥回應，環顧了一下室內，在沒有一絲皺褶的床上坐下。「呃……」他看著桐原，「這是怎麼回事？」

桐原兩手插在棉質長褲口袋裡，往牆邊一張書桌上坐下，「你走了之後大概一小時，奈美江打電話來。」

「嗯。」

「她說沒辦法再幫我們工作了，想把帳簿這些東西還給我們。」

「沒辦法幫忙是說……」

「她準備逃走。」

「咦！為什麼？」友彥看向奈美江，想起剛才的新聞，「跟同一家銀行的人遇害那件案子有關嗎？」

「可以這麼說。」桐原說，「不過人不是奈美江殺的。」

「我沒這麼想。」

友彥雖然這麼說，但他的腦海的確閃現過這個想法。

「動手的，好像是傍晚來辦公室的那票人。」

桐原的話讓友彥倒抽一口氣，「他們為什麼要那麼做……」

奈美江仍舊低頭不語。看到她這樣，桐原告訴友彥說，「穿深藍色外套那個塊頭很大的流氓，叫榎本，奈美江在倒貼他。」

「倒貼……錢嗎？」

「都說是倒貼了，當然是錢，只不過不是自己的錢。」

「咦！這麼說，難不成是……」

「對。」桐原縮起下巴，「是銀行的錢。奈美江利用線上系統私下把錢匯進榎本戶頭。」

「多少？」

「總金額到底有多少，連奈美江自己也不清楚。再怎麼說，多的時候曾經一次轉過兩千萬圓以上，持續了一年多。」

「妳辦得到這種事嗎？」友彥問奈美江，她仍垂著頭。

「既然她自己都這麼說了，那就是辦得到吧。可是有人察覺奈美江挪用公款，就是那個眞壁。」

「眞壁……剛才新聞裡的……」

桐原點點頭，「眞壁好像沒有想到就是奈美江幹的，向她提起自己的疑慮。奈美江知道大事不妙，跟榎本聯絡說事跡要敗露了。榎本當然不想失去這個敲一下錢就滾滾而來的小金槌，就叫他的同夥還是手下殺了眞壁。」

聽著聽著，友彥突然覺得口乾舌燥，心跳更加劇烈了，「原來如此……」

「可是奈美江一點也不感到慶幸。因爲說起來，眞壁算是被她害死的。」

聽到桐原這麼說，奈美江開始啜泣，細瘦的肩膀微微顫動。

「你也不必說得這麼難聽吧。」友彥體貼她的心情，這麼說。

「這種事，說得再好聽也沒有意義吧！」

「可是……」

「沒關係。」奈美江開口了。眼皮雖然腫腫的，但眼裡似乎已經有了決心。「那是事實，亮說的一點都沒錯。」

「也許吧，可是……」友彥只說了這些，就說不下去了。看著桐原，要他繼續說下去。

「這麼一來，奈美江認爲不能不跟榎本斷絕關係了。」桐原指著書桌旁，那裡有兩個塞得鼓鼓的大型旅行袋。

「怪不得他們慌了手腳，到處找奈美江。要是奈美江不見了，殺了眞壁就沒意義了。」

「不光是這樣，榎本急需一大筆錢。本來說好昨天白天，奈美江要用老辦法匯錢給他。」

「他做了不少事業，可是沒有一樣做起來。」奈美江低聲說。

「妳怎麼會跟那種人……」

「現在問這些有意義嗎？」桐原冷冷地說。

「話是沒錯……」友彥抓抓頭，「那麼接下來要怎麼辦？」

「只能想辦法逃了。」

「說的也是。」

自首這個提議，在這個節骨眼不能提吧，友彥在心裡盤算。

「話是這麼說，現在連要在哪裡藏身都還沒決定。要是一直待在飯店，遲早會被找到。就算逃得過榎本那一關，警察那邊可沒那麼容易擺脫。今明兩天，我來找能夠長期藏身的地方。」

「找得到嗎？」

「找不到也得找。」桐原打開冰箱，拿出一罐啤酒。

「我對不起你們。萬一被警察抓到，我絕對不會說出你們幫過我。」奈美江過意不去地說。

「妳有錢嗎？」友彥問。

「這倒是還好。」她的口氣有些含糊。

「不愧是奈美江，她可不是只會當榎本的傀儡。」桐原一手拿著啤酒罐說，「她早就料到會有這一天，開了五個祕密戶頭，偷偷把公款匯到戶頭裡去，眞令人佩服。」

「哦。」

「別說了，又不是什麼值得驕傲的事。」奈美江伸手貼住額頭。

「可是有錢總比沒錢好。」友彥說。

「沒錯。」說著，桐原喝了啤酒。

「那我該做些什麼？」友彥的視線在奈美江和桐原之間來回，問道。

「我希望你這兩天在這裡陪奈美江。」

「咦……」

「奈美江不能隨便外出，要買東西什麼的，只能找人幫忙，能拜託的就只有你了。」

「這樣啊……」

友彥撥了撥劉海，看著奈美江。她眼裡帶著求救的眼神。「我知道了。包在我身上。」他以強而有力的語氣說。

5

星期六中午，友彥在百貨公司地下樓食品販賣部買了便當，帶回飯店房間。他買的是五目飯(*1)配烤魚、雞塊的便當，加上以飯店附贈的茶包泡的日本茶，在小小的桌上吃午餐。

「對不起，要你陪我吃飯。」奈美江歉然地說，「你可以在外面吃完再回來的。」

「沒關係啦，有人一起吃，我也吃得比較開心。」友彥邊以免洗筷夾開烤魚邊說，「而且這便當還滿好吃的。」

「嗯，很好吃。」奈美江瞇起眼睛微笑。

吃完便當，友彥從冰箱裡拿出布丁，這是他買來當作飯後甜點的。看到布丁，奈美江高興得像個少女。

「你好細心，將來一定會是個好老公。」

「咦，是嗎？」把布丁往嘴裡送的友彥害羞了。

「園村，你沒有女朋友啊？」

「去年交過一個，分手了。老實說，是被甩了。」

「爲什麼呢？」

「她說，她比較喜歡更會玩的男生，她嫌我太土了。」

「她們都沒有看男人的眼光。」奈美江搖搖頭，隨後她便自嘲地笑了，「我也沒資格說人家。」說完，以湯匙挖起杯子裡的布丁。

看著她的動作，友彥本想問一個問題，但沒問出口，因爲覺得問了也沒有意義。

但是奈美江把他的表情看在眼裡。

「你想問榎本的事，對不對？」她說，「想問我爲什麼會跟那種人扯上關係，爲什麼會倒貼他一年多。」

「呃，沒有啦……」

*1 五目飯指在飯中加入五種根莖蔬菜烹煮的飯。

「沒關係，你就問吧。因爲不管是誰都會覺得我很傻。」奈美江把還沒吃完的布丁杯放在桌上，「你有菸嗎？」

「是Mild Seven喔。」

「嗯，那就可以了。」

拿著向友彥要來的香菸，以友彥的陽春打火機點著，奈美江深深吸了一口。白色的煙優雅地在空中飛舞。

「大概一年半前，我開車出了一場小車禍，」她看著窗外說道，「跟另一部車擦撞。其實只擦到一點點，我也不認爲我有錯。可是呢，倒楣的是遇到難纏的人了。」

友彥立刻明白了，「流氓？」

奈美江點點頭，「他們把我圍住，一時之間，我還以爲完了。就在這時候，榎本從另一輛車裡下來，他好像認識那個流氓。就這樣，他幫我把事情談到付修理費就好。」

「他們跟妳索取高額賠償嗎？」

奈美江搖搖頭，「我記得好像是十萬圓左右吧。不過榎本還是跟我道歉，說他沒把事情談好，覺得很過意不去。你一定很難相信，可是那時候他眞的很紳士。」

「是很難相信。」

「他的穿著打扮也很得體，說他自己不是混黑道的，手上有好幾樁事業，還給我名片。」

「現在全都丟了。」她補充。

「所以妳喜歡上他了？」友彥問。

奈美江沒有立刻回答，抽了一會兒菸，視線隨著煙轉，「說起來很像藉口，但是那時候他眞的對我很好，讓我相信他是眞心愛我的。我活到快四十歲，才第一次有這種感覺。」

「所以妳也想爲對方做些什麼。」

「其實應該說我怕榎本對我不再有興趣，想表示我是個有用的女人。」

「所以給他錢？」

「很傻吧？他說新事業需要錢，我一點都沒有懷疑。」

「可是妳早就發現榎本其實也是流氓吧？」

「是啊，不過那時候已經無所謂了。」

「無所謂？」

「我的意思是不管他是不是流氓，都無所謂了。」

「哦……」友彥注視著桌上的菸灰缸，不知該如何回答。

奈美江在菸灰缸裡摁熄香菸，「我總是遇到不三不四的男人，這叫男人運不好嗎？」

「以前也發生過類似的事嗎？」

「是啊。可以再給我一根菸嗎？」她從友彥遞給她的香菸盒裡抽出一根菸，「我以前的男朋友是個酒保，但是他從來不好好工作。他愛賭，把從我身上搜括到的錢，統統拿去賭。把我的存款用得一毛不剩之後，也不管我死活，就消失得無影無蹤。」

「那是什麼時候的事？」

「嗯……三年前。」

「三年前……」

「對，和園村第一次見面就是在那時候。因爲遇到那種事，覺得活著很沒意思，才會想去那

種地方。」

「哦。」

那種地方——和小夥子雜交的地方。

「我很久以前跟亮說過這件事。我想這次，亮一定覺得很受不了我。」奈美江拿起放在桌上的陽春打火機，點著香菸。

「爲什麼？」

「因爲我重蹈覆轍啊，亮最討厭別人這樣了，不是嗎？」

「哦。」的確沒錯，友彥心想，「可以問一個問題嗎？」

「什麼問題？」

「要盜領銀行的錢，有這麼簡單嗎？」

「這個問題很難回答。」奈美江蹺起腳，繼續抽菸，似乎是在想該如何說明。香菸短了兩公分之後，她開口了，「想來想去，算是很簡單吧，不過這就是陷阱所在。」

「怎麼說？」

「簡單來說，只要僞造匯款單就行了。」奈美江以兩隻夾著香菸的手指抓了抓太陽穴，「在單子上塡好金額和對方的戶頭，蓋上集中作業課的主任和課長的印章就可以了。課長經常不在位子上，要偷蓋他的章並不難。主任的公印我是用僞造的。」

「這樣不會被發現嗎？沒有人會檢查嗎？」

「我們有一張日報表，是用來算資金餘額的。會計部的人負責驗算，不過只要有那個人的印章，就可以僞造通過驗算的文件了。這麼一來，就可以暫時矇混過去。」

「暫時？」

「用這個方法，結算金額會突然減少，被發現只是時間的問題，所以我就盜用墊付金。」

「那是什麼？」

「金融機構間的匯款原理是這樣的：承辦匯款的銀行先替客戶代墊，事後再跟錢匯進去的銀行結算。先墊的那筆錢，就叫做墊付金，無論哪家金融機構，都會另外提存起來。我就是看上了那筆錢。」

「聽起來好複雜。」

「操作墊付金需要專業知識，只有具備多年實務經驗的行員能夠掌握整個狀況。在大都銀行昭和分行，就是我在負責的。所以本來應該要經過會計部、查核部二重、三重的檢查，實際上卻是由我一手包辦。」

「反正就是沒有按照規矩檢查？」

「簡單來說就是那樣。好比我們銀行規定，匯款金額超過一百萬圓以上時，要在管核簿上填寫收款人與金額，經過課長許可，借用鑰匙，才能操作電腦終端機。而且這筆轉帳的結果，必須在第二天列印成報表，交給課長檢查。可是幾乎沒有銀行檢查得這麼嚴格，所以把盜領的傳票和那天的日報表藏起來，只讓上司看正常處理的傳票和日報表，誰也不會發現哪裡不對勁。」

「哦。聽起來好像很難，結果是上司太馬虎了嘛。」

「是啊，不過……」奈美江歪著頭，大大嘆了一口氣，「總有一天會有人發現的，就像眞壁先生。」

「明知道會有人發現，還是沒辦法收手啊。」

「嗯，就像……嗑藥上癮。」奈美江在菸灰缸裡抖落菸灰，「稍微在鍵盤上打幾個鍵，就可以把一大筆錢從這邊移到那邊，讓人覺得自己有一雙會施魔法的手。可是那完全是錯覺。」

最後奈美江對友彥這麼說，「要騙電腦，最好適可而止。」

友彥對家裡說要暫時住在打工的地方，借用了飯店房裡並排的兩張床的其中一張。他先沖了澡，穿上浴衣後鑽到床上。之後，奈美江才進浴室。那時候，除了夜燈外，所有燈都關了。

奈美江走出浴室，上了床。友彥聽見背後的聲音，還聞到香皀的味道。

黑暗中，友彥動也不動。他一點都不想睡，情緒很激昂。也許是必須設法讓奈美江平安逃脫的意識，讓他精神亢奮。然而，今天一整天，桐原都沒有消息。

「園村，」背後傳來奈美江的聲音，「你睡著了嗎？」

「沒。」他閉著眼睛回答。

「睡不著？」

「嗯。」友彥心想，難怪奈美江睡不著。因爲她得逃命，而且前途未卜。

「我問你，」她再度出聲叫他，「你會想起那個人嗎？」

「那個人？」

「花岡夕子。」

「啊……」聽到這個名字，他無法保持平靜。他小心不讓她發現他的情緒波動，回答道，「有時候。」

「是嗎？果然。」奈美江說的話表示他的回答一如她的預期，「你喜歡她？」

「我不知道，那時候我還年輕。」

聽到友彥的回答，她呵呵笑了，「現在也還很年輕啊。」

「是沒錯啦。」

「那時候，」她說，「我跑掉了。」

「是啊。」

「你一定覺得我這女人很奇怪吧？都已經去了，還臨陣脫逃。」

「不會……」

「有時候，我會後悔。」

「後悔？」

「嗯。我會想，那時候是不是留下比較好。待在那裡，讓一切順其自然，也許就會重生。」

友彥閉上雙唇。他明白她這番低語裡包含的沉重意味，他無法貿然回答。

在沉悶的氣氛中，她又說，「會不會已經太遲了？」

她問這句話的意義，友彥也很清楚。因爲其實他也逐漸被同樣的想法支配。

「奈美江，」他終於下定決心，開口叫她，「要做嗎？」

她陷入沉默，友彥還以爲說了不該說的話。但不久她便問道，「像我這種歐巴桑你也願意？」

友彥回答，「奈美江跟三年前一樣，都沒有變。」

「你是說我三年前就是歐巴桑了？」

「不是，我不是那個意思……」

他感覺到奈美江下了床。幾秒鐘之後，她鑽進友彥的床。

「但願能夠重生。」她在友彥耳邊說。

6

星期一早上，桐原來接他們了。他首先向奈美江道歉，因爲沒有找到適合的藏身之處，所以希望她在名古屋的商務飯店暫時躲一躲。

「你昨天明明不是這麼說的。」友彥說。昨晚桐原打電話來，說找到適合的地方，要奈美江準備一早出發。

「今天早上突然變卦了，時間不會拖太久的，妳忍耐一下。」

「沒問題。」奈美江說，「我以前住過名古屋一陣子，地方也熟。」

「我就是聽妳提過，才選名古屋的。」桐原說。

飯店的地下停車場停著一輛白色的MARK II。桐原說是租來的，因爲平日使用的Liteace可能被榎本他們盯上了。

「這是新幹線的車票，還有商務飯店的地圖。」上車後，桐原把一個信封和一張白色影印紙交給奈美江。

「謝謝你幫我這麼多。」她道謝。

「還有一樣，這個妳最好帶著。」桐原拿出一個紙袋。

「這要幹嘛？」看過紙袋的內容物，奈美江苦笑。

友彥也從旁邊探頭去看，袋子裡是卷度很誇張的女用假髮、太陽眼鏡，以及口罩。

「妳那些假戶頭裡的錢，一定得用金融卡提領吧？」桐原邊發動引擎邊說，「領錢的時候，最好化裝一下。就算多少有點不自然，也不能被監視錄影機拍到臉。」

「考慮得眞周到，那我就收下了。謝謝。」奈美江把紙袋塞進已經滿得不能再滿的旅行袋。

「到了那邊要聯絡哦。」友彥說。

「嗯。」奈美江笑著點頭。

桐原發動車子。

送奈美江坐上新幹線後，友彥和桐原一起回到辦公室。

「但願她能順利逃脫才好。」

友彥這麼說，但桐原沒有任何回應，反而問他，「你聽說榎本的事了嗎？」

「嗯。」友彥回答。

「那女人很傻吧？」

「咦……」

「榎本打從一開始就是故意接近奈美江的，八成是打算利用奈美江在銀行裡的職位騙錢。她出車禍被流氓找麻煩，鐵定是榎本一手設計的。連這麼簡單的手法都沒發現，她腦袋有問題啊。那女的從以前就是這樣，一遇到男人就栽進去，連半點判斷力都不剩。」

友彥無可反駁，只有猛吞口水，但胃好像吞了鉛塊般沉重。他完全沒有桐原這種想法。

那天，友彥提早回家，在家等奈美江的電話。

但是他沒有等到。

友彥送走奈美江後的第四天，她被發現陳屍於名古屋的商務飯店，胸部和腹部遭利刃戳刺，據研判死亡已超過七十二個小時。

奈美江向任職的銀行請了兩天假。第三天起便無故曠職，銀行方面也在找她。

奈美江的隨身物品中有五本存摺，裡面的存款總額在星期一還遠超過兩千萬圓，但發現屍體時，幾乎已經是零。

據銀行調查的結果，她盜領公款已有多年，那五本存摺，似乎便是爲此而設。

警方自西口奈美江轉帳的戶頭，循線查出某公司董事榎本宏，並以盜領的嫌疑將他逮捕。同時，也以榎本爲主要對象，著手調查西口奈美江命案。

只不過從奈美江的五個戶頭提領出來的錢，目前仍未發現。款項確實是奈美江本人以卡片領取的，因爲自動櫃員機的監視錄影機拍到一個變裝過的女人，提款時所使用的假髮、太陽眼鏡及口罩，已於她的行李中找到。

看了上述報導後，園村友彥衝進廁所嘔吐，直到胃部掏空爲止。

第七章

1

申請書上的標題是「渦電流探傷線圈之形狀」(*1)，這份專利申請書與尋找汽車水箱排水管缺損的器具有關。以電話與撰寫申請書的技術人員討論過後，高宮誠站起來，向並排著四部電腦終端機的牆望去。每一部終端機都有一名負責人，四個人都背對著他。四名負責人都是女性，只有最右邊一個穿著東西電裝的制服，其他三人穿著便服，因爲她們是派遣公司的員工。

這家公司的專利資料以往是以微膠卷記錄，但爲了方便以電腦搜尋，計畫改以磁片記錄，她們便是爲其間的資料移轉而受僱的。最近，以這種方式僱用派遣人員的企業有愈來愈多的趨勢。嚴格說來，人才派遣業違反「職業安定法」的色彩相當濃厚，但不久前國會已立法予以承認。但相對的，同時也通過了以保護派遣工作者爲目的的「勞動者派遣事業法」。

高宮誠走近她們，不，正確地說，是向最左邊的那個背影走去。長長的頭髮在腦後綁成一束，是爲了避免影響鍵盤的操作，之前他們稍事閒聊時，聽她提起過。

三澤千都留交互看著終端機的畫面與一旁的紙張，以令人暈眩的速度敲著鍵盤。因爲實在太過快速，聽起來有如生產線上機器運作的聲響。其他三人當然也是如此。

「三澤小姐。」誠從斜後方叫她。

有如機器被關掉開關一般，千都留的雙手停止動作，停了一拍之後，她轉向誠。她戴著大大的黑框眼鏡，鏡片之後的眼睛可能是一直盯著螢幕的關係，有點嚴肅刻板，但在認出誠的同時，頓時放鬆，變得極爲柔和。

「是。」她回答。這時候，她的嘴角露出笑容。乳白色的細緻肌膚，與明亮的粉紅色口紅非常相襯。圓臉讓她看起來有點稚氣，其實她只比誠小一歲，這一點他也在之前的對話中，不著痕跡地打聽出來了。

「我想查一下渦電流探傷這個項目，之前提過哪些申請。」

「渦電流？」

「是這樣寫的。」誠把拿在手上的文件標題給她看。

千都留迅速抄下標題，接著以清晰的口齒說，「我知道了。我搜尋一下，找到之後印出來，再送過去給高宮先生，這樣可以嗎？」

「不好意思，這麼忙還麻煩妳。」

「哪裡，這也是我分內的工作。」千都留微笑回答。「分內的工作」是她的口頭禪。或許是派遣員工的口頭禪也說不定，但誠幾乎沒有和其他派遣員工說過話，其實他並不清楚。

誠回到座位上，比他早一年進公司的男同事問他要不要休息一下。這家公司除了高階主管和會客室等特殊場所外，嚴禁讓女同事在工作場合端茶倒水。員工休息時，都會到自動販賣機購買杯裝飲料。

「不了，我等一下再去。」誠對前輩說，於是前輩便獨自離開辦公室了。

高宮誠被分配到東西電裝東京總公司專利部快三年了。東西電裝是製造啟動馬達與火星塞等汽車電器零件的公司，專利部管理與公司產品相關的所有工業專利權。具體而言，便是協助技術

*1 當導體有缺陷時，會造成渦電流局部方向改變，「渦電流探傷」指藉渦電流檢測材料表面的缺損。

人員申請其發明技術的專利，或是當公司與其他公司發生專利糾紛時，提出對策。

不久，三澤千都留便將印出來的資料拿過來了。

「這樣就可以了嗎？」

「多虧妳了，謝謝。」誠邊看文件邊說，「三澤小姐，妳休息過了嗎？」

「還沒有。」

「那麼我請妳喝杯茶吧。」說著，誠站起來，走向出口。走到一半向後看了一眼，確認千都留是否跟來。

自動販賣機位於走廊上。誠站在離自動販賣機有點距離的窗邊，拿著裝有咖啡的紙杯，站著喝了起來。千都留雙手捧著裝了檸檬茶的紙杯走過來。

「每次看妳們工作都覺得好辛苦，一直敲鍵盤，肩膀不會痠嗎？」誠問。

「肩膀還好，眼睛比較累，因爲整天盯著螢幕看。」

「對喔，對眼睛也不太好。」

「自從我開始做這份工作，視力就變差了。以前，我可以不必戴眼鏡的。」

「這也算一種職業病吧。」

不在電腦前工作時，千都留會把眼鏡拿下來。這麼一來，她的眼睛顯得更大了。

「在不同的公司之間來去，對體力和精神想必都是很大的負擔吧。」

「是啊。不過和被派去設計相關公司的男同事比起來，我們輕鬆多了。他們爲了趕交貨，加班、整夜沒睡是家常便飯。白天公司的人要用電腦執行一般業務，所以檢查和修正都只能在晚上進行，我還知道有人一個月加班一百七十個小時呢。」

「那眞是太厲害了。」
「有些系統光是列印程式就要兩、三個小時。聽說他們遇到這種情況，都會帶睡袋在電腦前打地鋪。神奇的是，印表機的聲音一停，他們就會自動醒來。」
「好慘啊。」誠搖搖頭，「不過待遇相對也比較好吧？」
對此問題，千都留露出苦笑，「就是爲了精簡人事，才會出現派遣員工的需求啊，說穿了，就像用過即丟的免洗碗筷一樣。」
「條件這麼苛刻，虧妳們能忍耐。」
「沒辦法，爲了養活自己嘛。」說著，千都留啜了一口檸檬茶。誠偷偷望著她嘴唇微微噘起的模樣。
「我們公司怎麼樣？有沒有虧待你們？」
「東西電裝公司算是非常好的，公司乾淨又舒服。」說著，千都留微微皺起眉頭，「不過能在這裡工作的日子也不多了。」
「咦！是嗎？」誠內心一驚，他第一次聽說。
「下個星期，分派的工作就差不多結束了。當初簽的就是半年約，再加上最後的檢查工作，我想頂多下下星期就結束了。」
「哦……」誠把喝完的空紙杯捏扁，心想應該說些什麼，卻找不到話可說。
「不知道下次會被派去什麼樣的公司。」千都留唇邊掛著笑，望著窗外喃喃地說。

2

高宮誠請喝自動販賣機的檸檬茶那天，三澤千都留下班後和同一家派遣公司的上野朱美兩個人，前往位於青山的一家義大利餐廳吃晚餐。她們兩人同年，而且都獨居，所以經常結伴用餐。

「終於要跟東西電裝說再見了。一想到量多到爆的專利竟然全整理好了，雖然是我們弄的，還是忍不住要佩服一下自己。」上野朱美把章魚芹菜沙拉送進嘴裡，讓裝了白葡萄酒的杯子斜向一邊，以冷冷的語氣說。她的化妝和穿著分明很有女人味，言行舉止有時卻非常粗魯。據她本人的說法，這歸咎於她生長的老街。

「不過條件還不錯吧，之前那家鋼鐵公司很糟糕。」

「是啊，那邊根本不列入討論。」朱美撇撇嘴，「因爲高層全都是白痴，一點都不懂得怎麼用派遣人員，把派遣的當奴隸，只會在那裡放屁，給的錢又他媽的少。」

千都留點點頭，喝了葡萄酒。聽朱美講話，有消除壓力的效果。

「接下來，妳有什麼打算？」當朱美的話告一個段落，千都留問道，「要繼續工作嗎？」

「對啊，繼續做。」朱美拿叉子叉住炸櫛瓜，另一隻手撐住臉頰，「不過可能會辭。」

「這樣啊。」

「他家那邊囉嗦得要命。」朱美皺起眉頭，「說是說我可以工作啦，不過看樣子只是說說而已。因爲他說什麼不希望一天到晚見不到面，害我聽了覺得很煩。但是他們家想趕快生孩子，要生當然就不能工作了，那跟現在辭掉也沒什麼兩樣。」

朱美的話說到一半，千都留點點頭，「我覺得這樣比較好，反正這又不是可以一直做下去的工作。」

「是啊。」朱美把櫛瓜塞進嘴裡。

朱美下個月就要結婚了，對象是大她五歲的上班族。本來對婚後是否要維持雙薪家庭有些爭議，看樣子結論已經出爐了。

義大利麵送到兩人面前。千都留點的是海膽奶油義大利麵，朱美的是大蒜辣椒麵。怕大蒜味就無法享受美食——這是朱美一貫的理論。

「千都留呢？打算繼續做這個工作？」

「嗯……我猶豫了很久。」她以叉子捲起義大利麵，卻沒有立刻送進嘴裡，「我想先回老家再說。」

「這樣也不錯。」朱美說。

千都留的老家在札幌。因爲考上東京的大學來到東京，但自大學時代到現在成爲上班族，從來沒有回去過。

「什麼時候？」

「還不曉得。不過我想等東西電裝的工作一結束就回去。」

「那就是下星期六或日嘍。」朱美把一口大蒜辣椒麵放進嘴裡，嚥下去後說，「沒記錯的話，高宮先生好像那個星期日結婚。」

「咦！眞的嗎？」

「應該沒錯，上次我聽別人講的。」

「哦……跟公司的同事嗎？」

「好像不是，聽說是學生時代就在一起了。」

「原來如此。」千都留把麵放進嘴裡，卻完全吃不出是什麼味道。

「不知道是何方神聖，不過運氣眞好，那麼好的男人可不多呢。」

「妳也快結婚了，有什麼好說的？還是朱美其實喜歡那種類型的？」千都留故意損她。

「哪一型不重要啦，重要的是他條件很好，他可是地主的兒子呢，妳知道嗎？」

「完全不知道。」

他們幾乎沒有談過私事，所以沒有機會知道。

「很誇張哦，聽說他家住成城，在那附近有很多土地，還聽說有好幾棟公寓大樓。爸爸好像已經死了，不過光靠房租就可以過得很舒服了。有這麼好的條件，那個準媳婦心裡一定暗爽，他爸爸死得好啊！」

「妳消息好靈通哦。」千都留佩服地看著朱美。

「專利部的人都知道啊，所以打高宮先生主意的女生也很多。不過最後還是沒有人贏得過他學生時代的女朋友。」朱美的口氣聽起來很痛快，可能是她打從一開始就沒有那個資格吧。

「高宮先生的話，」千都留大著膽子說，「就算沒有財產，還是會有很多人喜歡吧。他長得帥，又有氣質，對我們又很紳士。」

聽到這句話，朱美輕輕揮揮手，「妳怎麼這麼呆，就是因爲家裡有錢，才紳士得起來，外表也才會顯得有氣質。同一個人要是生在窮人家，鐵定沒品、沒氣質啦！」

「也許吧。」千都留輕輕一笑。

接著，主菜鮮魚料理上桌了。她們兩人聊了很多，話題中不再出現高宮誠。

千都留回到早稻田的公寓時，已經過十點。朱美還想再喝點小酒，但她很累便拒絕了。開了門，打開牆上的電燈開關，慘白的日光燈照亮了一房一廳的套房。隨即映入眼簾的是雜亂的衣物和日用品，讓她倍感疲累。她大學二年級便住進這裡，從那時起的種種苦惱與挫折，似乎全沉積在房間各個角落。

她連衣服都沒換，直接倒在角落的床上。床下傳來擠壓的聲音，所有東西都舊了。

腦海裡驀地浮現高宮誠的臉。

其實，對於他已經有特定的對象這件事，她並非一無所知，她曾經無意中聽見專利部女職員說起。但是他們交往到什麼程度，她就不得而知了。想當然耳，她無法追問。更何況，即使知道了，也莫可奈何。

身為派遣人員，唯一稱得上樂趣的，便是有機會認識形形色色的男性。千都留每到一個新的工作地點，都會暗自期待，不知道會不會遇到合適的對象？

但是到目前為止，期待都落空了。絕大多數的工作場所幾乎沒有認識異性的機會，甚至令人懷疑公司是否為了保障自家的女職員，幫她們杜絕了可能的情敵。

然而東西電裝卻不同，派遣上工的第一天，她便發現了理想的對象，那就是高宮誠。

當然，首先吸引她的是他的外表。但不只是因為他的臉五官端正，她感覺得到他發自內在的教養、品格。這一點和只看重外表的其他男職員截然不同。

工作上和他接觸後，千都留更加確信自己的直覺是正確的。他不但為人體貼，懂得為派遣人員設身處地著想，同時也很誠實，對上司不說謊、不敷衍。

結婚就應該找這樣的對象——千都留這麼認為。

事實上，她有點會錯意，以爲高宮誠對她也有意思。他從來沒說過類似的話，但是他的一些小動作、看她的眼神、和她說話的方式，讓她有這樣的感覺。

不過看來那是她的錯覺。想起白天的事，千都留自嘲地苦笑，差一點就出糗了。

當高宮誠說要請她去自動販賣機喝茶時，她滿心期待，以爲他終於要提出邀約了。他卻沒有開口的樣子，她才若無其事地提起待在這裡的時間不多了。她想，若是知道這個狀況，也許他會感到著急。

然而高宮誠似乎沒有任何特別的感覺。到了新的公司，也要好好努力哦——他說的，只有這樣而已。

反覆咀嚼朱美的話，千都留深切感到他的反應是理所當然的。一個兩週後就要結婚的人，自然不會留意一個派遣人員。他自始至終不變的溫柔，純粹出於善良的本性。

千都留決心不再想他，然後起身，伸手拿枕邊的電話，準備打電話回札幌老家。突然說要回家，故鄉的父母會有什麼反應呢？說不定對連過年都不回家的女兒，至今仍餘怒未消呢。

3

從凸窗吹進來的風，充滿秋天的味道。第一次來看房子的時候，還飄著梅雨時常見的綿綿細雨。高宮誠想起短短三個月前的事。

「眞是個適合搬家的好天氣。」原本在擦拭地板的高宮賴子停下手邊的動作，「本來擔心天氣不好，像現在這樣，搬家的人好做事多了。」

「人家搬家公司可是專業的，什麼天氣對他們來說沒什麼差別啦。」

「那可不見得。山下家上個月不是幫媳婦搬家嗎？他們說遇到颱風，差點搬不成。」

「颱風是例外，現在都十月了。」

「十月也有可能下大雨呀。」

賴子再度動手的時候，對講機的鈴響了。

「會是誰啊？」

「應該是雪穗吧？」

「可是她應該有鑰匙啊。」說著，誠拿起裝設在客廳牆上的對講機聽筒。

「喂。」

「是我，雪穗。」

「原來是妳啊，妳忘了帶鑰匙？」

「不是的……」

「我先開門。」

誠按下開門鈕，走到玄關，開了鎖，打開門等著。

聽到電梯停止的聲音，有腳步聲接近。不久，唐澤雪穗的身影出現在走廊轉角，她穿著淺綠色線衫，白色棉質長褲。可能是今天特別暖和的關係，外套拿在手上。

「嗨！」誠笑著招呼。

「對不起，我買了好多東西，來晚了。」雪穗把手上的超市袋子拿給他看。裡面有清潔劑、菜瓜布和塑膠手套等物品。

「上星期不是打掃過了嗎？」

「可是已經過了一個星期，而且等家具搬進來以後，一定到處都髒兮兮的。」

她的話讓誠大大搖頭，「原來女人都說一樣的話，媽也這麼說，還帶一套掃除用具過來。」

「啊！那我得趕快幫忙。」雪穗急忙脫掉運動鞋。看到她穿運動鞋，誠感到意外，她總是穿著跟很高的高跟鞋。想到這裡，他才發現自己第一次看到雪穗穿長褲。

他說出這件事，她臉上露出又好氣又好笑的神情，「搬家的日子穿裙子、高跟鞋，不就什麼事都做不了了嗎？」

「一點也沒錯。」裡面傳來聲音，捲起袖子的賴子笑著走出來。

「妳好呀，雪穗。」

「您好。」雪穗低頭行禮。

「這孩子從以前就是這樣，從來沒打掃過自己的房間，完全不知道又擦又掃的有多累人。以後雪穗可辛苦了，妳要多擔待啊。」

「哪裡，這一點您不用擔心。」

賴子和雪穗一進客廳，便開始決定打掃的順序。誠聽著兩人的對話，像剛才一樣站在凸窗邊，看著下方的馬路。家具應該快送到了，電器送達的時間，則指定在一個小時後。

就快到了——誠這麼想。再過兩個星期，他就是有家室的人了。在這之前，都不太有現實感，但是現在距離如此之近，他也不由得緊張起來。

雪穗早已穿上圍裙，開始擦拭隔壁和室的榻榻米。即使做居家打扮，也絲毫無損她的美，足證她是真正的美人。

「整整四年啊。」誠喃喃自語，他指的是與雪穗交往的時間。

他是在大四的時候認識雪穗的，當時他參加的永明大學社交舞社與清華女子大學社交舞社舉辦聯合練習，她也加入了社團。

在好幾個新生當中，雪穗顯得特別耀眼。精緻的五官，勻稱的身材，簡直就是流行雜誌的封面女郎。許多男社員都爲她傾倒，夢想著能成爲她的戀人。

誠也是其中之一。那時候他剛好沒有女朋友也是原因之一，但自第一眼看到她時，他的心就被她奪走了。

即使如此，若是沒有後來的機緣，他大概不會追求雪穗吧。他知道有好幾個社友都被她拒絕了，他以爲自己也只有吃閉門羹的份。

然而雪穗有一次主動向他說，有一個舞步她怎麼也學不會，希望他能教她。對誠而言，這是天賜良機。他以一對一特訓的名目，成功取得與大家的偶像獨處的時間。

在他們一再單獨練習的過程中，誠感覺到雪穗對自己的印象也不差。有一天，他下定決心找她約會。

定定地凝視著誠的雪穗，是這樣回答的，「你要帶我去哪裡呢？」

誠強忍心頭的狂喜回答，「任何妳喜歡的地方。」

結果他們去看了音樂劇，在義大利餐廳用餐。當然，他也送她回家。

接下來四年多的時間，他們兩人一直都是情侶。

誠認爲，如果那時候她沒有主動請他教舞，他們多半不會展開交往。因爲翌年他即將畢業，畢業後想必也不會再見面。一想到這裡，他認爲自己眞是抓住了唯一的機會。

同時，另一位女社員退社，也對他們的關係產生了微妙的影響。事實上，誠也注意到另一位

新社員。當時他視雪穗為高不可攀的對象，曾考慮過追求那位女孩。那個名叫川島江利子的社員，雖然不像雪穗般美麗出眾，卻有一種獨特的氛圍，似乎和她在一起便能安心。

然而川島江利子不久便突然退出社交舞社。與她非常親近的雪穗，也說不知道她退社的真正原因。

如果江利子沒有退社，誠對她展開追求的話，會有什麼結果呢？他想即使自己遭到拒絕，事後也不會轉而追求雪穗吧。這麼一來，眼前的狀況便完全不同。至少，他不可能在兩星期後，於東京都內的飯店與雪穗結婚。

人的命運真是難以預料啊——他不由得有此感慨。

「對了，妳明明有鑰匙，怎麼還按對講機呢？」誠問正在打掃廚房吧檯的雪穗。

「因為不能擅自進來呀。」她手也不停地回答。

「為什麼？就是要讓妳進來才給妳鑰匙的啊。」

「可是又還沒有舉行婚禮。」

「何必在乎這些。」

聽到這裡，賴子又插進來了，「這就是為婚前婚後劃清界線呀！」說完，對著兩個星期後即將成為媳婦的女孩微笑。

雪穗也對兩個星期後即將成為婆婆的女人點點頭。

誠嘆了一口氣，視線回到窗外。他的母親似乎打從第一次見到雪穗，便很喜歡她了。

或許是命運的線，將自己與唐澤雪穗綁在一起，誠這麼想。而且也許只要順著這條線走，一切都會很順利。

但是……

此刻卻有一個女孩的臉孔，在他腦海中揮之不去。即使教自己不要去想，每每一回過神，卻發現自己想的都是她。

誠搖搖頭，一種類似焦躁的情緒，支配著他的心神。

幾分鐘後，家具行的卡車抵達了。

4

翌日晚間七點，誠來到新宿車站大樓裡的某家咖啡館。

鄰桌兩個操關西腔的男子正大聲談論棒球，話題當然是阪神老虎隊。這支一直處於低迷狀態的球隊，今年卻讓所有專家跌破眼鏡，優勝竟已唾手可得。這難能可貴的佳話似乎大大地鼓舞了關西人。在誠的公司，向來不敢聲張自己是阪神球迷的部長，突然成立臨時球迷俱樂部，幾乎每天下班都去喝酒狂歡。這股熱潮短期內勢必不會消退，使身爲巨人隊球迷的誠感到不勝厭煩。

但關西腔倒令人懷念。他的母校永明大學位於大阪，大學四年，他都獨自住在千里的公寓。

他喝了兩口咖啡，等待的人便出現了。穿著灰色西裝的身影瀟灑俐落，十足是個職場菁英。

「再兩個星期就要告別單身了，心境如何啊？」篠塚一成不懷好意地笑著，坐在對面的位子上。女服務生來招呼，他點了義式咖啡。

「不好意思，突然把你叫出來。」誠說。

「沒關係，星期一比較空閒。」篠塚蹺起修長的腿。

他倆念同一所大學，也雙雙參加社交舞社。篠塚是社長，誠是副社長。

大學生會想學社交舞的，家境多半相當富裕。篠塚是個小開，伯父是大製藥廠的老闆，老家在神戶，但現在來到東京，在該公司的業務部任職。

「你應該比我更忙，不是嗎？有很多事情要準備吧。」篠塚說。

「是啊，昨天家具和電器送到公寓了。我準備今晚自己先過去住。」

「這麼說，你的新居差不多就緒了啊，就只差新娘嘍。」

「她的東西下星期六就會搬進去了。」

「是嗎？時候終於到了。」

「是啊。」誠移開視線，把咖啡杯端到嘴邊。篠塚的笑容顯得好耀眼。

「那你要找我談什麼？昨天聽你在電話上說的好像很嚴重，我有點擔心。」

「嗯……」

昨晚誠回家之後，打電話給篠塚。可能因爲他說有事不方便在電話裡談，篠塚才會擔心吧。

「都已經這個節骨眼了，你該不會現在才要說你捨不得單身生活吧？」說著，篠塚笑了。

當然，他是開玩笑的。但是此刻的誠，卻連說幾句俏皮話來配合這個笑話的心情都沒有。就某種角度而言，這個笑話的確一語中的。

篠塚似乎從誠的表情看出端倪，蹙起眉頭，把上半身湊過來，「喂，高宮……」

這時，女服務生把義式咖啡送過來了。篠塚身體稍稍遠離桌子，但眼睛卻緊盯著誠不放。

女服務生一離開，篠塚也不碰咖啡杯，再度問道，「你是開玩笑的，是吧？」

「老實說，我很迷惘。」誠雙手抱胸，迎向好友的眼神。

篠塚睜大眼睛，嘴巴半開，然後提防什麼似地張望了一番，再度凝視著誠，「都什麼時候了，你還迷惘什麼？」

「就是……」誠決定開誠布公，「我不知道該不該就這樣結婚。」

一聽這話，篠塚的表情定住了，一雙眼睛打量著誠，接著緩緩點頭，「別擔心。之前我聽說過，大多數男人結婚前，都會想臨陣脫逃。因爲突然感覺有家室的負擔和拘束就要成眞了。安啦，不是只有你這樣。」

看樣子，篠塚是往好的方面解釋了。但誠不得不搖頭，「很遺憾，我並不是這個意思。」

「不然是什麼意思？」

篠塚問了這個理所當然的問題，誠卻無法直視他的眼睛。誠感到不安，如果把現在的心情老實告訴篠塚，他會多麼瞧不起自己？但是除了篠塚外，沒有可以商量的對象了。

誠猛喝玻璃杯裡的水，「其實我有其他喜歡的人。」他決定豁出去。

篠塚沒有立刻反應，表情也沒有變。誠以爲，也許他說的不夠明白，他準備再說一次，吸了一口氣。

就在這時候，篠塚開口了，「是哪裡的女人？」他以嚴肅的目光，眨也不眨地直視著誠。

「現在在我們公司。」

「現在？」

誠把三澤千都留的事告訴一臉不解的篠塚，篠塚的公司也僱用了人才派遣公司的人員，他立刻理解了。

「這麼說來，你和她只有工作上的接觸而已，並沒有私下見面什麼的，對吧？」聽完他的話後，篠塚提出問題。

「以我現在的立場，不能和她約會。」

「那當然。可是這樣的話，你就不知道她對你的感覺了。」

「沒錯。」

「既然這樣，」篠塚的嘴角露出一絲笑容，「最好把她忘了吧。在我看來，你只是一時意亂情迷而已。」

誠對好友的話報以淡淡一笑，「我就知道你會這麼說。我是你，大概也會說同樣的話。」

「啊，抱歉。」篠塚好像發現了什麼，連忙道歉，「如果只是這樣，不用我說你自然也明白。你就是因爲無法控制自己的感情，煩惱不已，才會找我商量。」

「我自己知道我腦袋裡想的事有多荒唐。」

篠塚附和般點點頭，喝了一口有點變涼的義式咖啡，「什麼時候開始的？」

「什麼事情？」

「你什麼時候開始在意她的。」

「哦。」誠稍微想了想，答道，「今年四月吧，從我第一次見到她開始。」

「那不是半年前的事了嗎？你怎麼不早點採取行動？」篠塚的聲音裡有些不耐。

「沒辦法啊，那時候結婚會場已經預約好了，下聘的日子也定了。不，先別說那些，連我都不敢相信自己會有那種感情。就像你剛才說的，我也以爲是一時意亂情迷，要自己趕快甩開那份莫名其妙的感情。」

「可是一直到今天都甩不掉，是嗎？」篠塚嘆了一口氣，伸手抓了抓頭。學生時代曾略加整燙的頭髮，如今理得短短的。「只剩兩個星期了，才冒出這種麻煩事。」

「抱歉，能夠商量這種事的人，只有你了。」

「我是無所謂。」嘴上這麼說，但篠塚仍皺著眉頭，「可是問題是你並不知道對方的心意啊，也就是說，你連她怎麼看待你都不知道吧。」

「當然。」

「這樣的話……這麼說也很怪，重點就看你現在怎麼想。」

「我不知道該不該抱著這樣的心情結婚，說得更白，我不想在這種狀態下舉行婚禮。」

「你的心情我明白，雖然我沒經驗。」篠塚又嘆了一口氣，「那，唐澤呢？你對她又怎麼樣？你不喜歡她了嗎？」

「不，沒這回事。我對她的感情還是……」

「只不過並不是百分之百就是了。」

被篠塚這麼一說，誠無言以對，他喝光玻璃杯裡剩下的水。

「我不好說什麼不負責任的話，但是我覺得以你現在的狀況結婚，對你們兩個都不太好。當然，我說的是你和唐澤。」

「篠塚，如果是你，你會怎麼做？」誠問。

「要是我，一旦婚事定下來了，就盡可能不和別的女人打照面。」

聽到篠塚獨特的笑話，誠笑了。不用說，他並不是打從心裡覺得好笑。

「就算這樣，萬一我在結婚前有了喜歡的人，」篠塚說到這裡，停了下來，抬眼向上，再度看著誠，「我會先把婚禮取消。」

「即使是前兩週？」

「即使是前一天也一樣。」

誠陷入沉默，好友的話很有分量。

篠塚爲了緩和氣氛，露出潔白的牙齒粲然一笑。「事不關己才能說得這麼乾脆。我知道事情沒這麼簡單。再說，這跟感情的深淺也有關係，我不知道你對那女孩的感情多深。」

對於好友的話，誠重重點頭，「我會作爲參考的。」

「每個人的價値觀都不同，無論你做出什麼結論，我都沒有異議。」

「等結論出來，我會向你報告的。」

「等你想到再說吧。」說著，篠塚笑了。

5

手繪地圖上標示的大樓就在新宿伊勢丹旁邊，三樓掛著鄉土居酒屋的招牌。

「既然要請，不會找好一點的地方啊？」進了電梯，朱美忿忿不平地說。

「沒辦法啊，歐吉桑主辦的嘛。」

聽到千都留的話，朱美一臉不耐煩地點頭說道，「也對啦。」

店門入口處裝設自動式的日式格子門。時間還不到七點，就聽得到喝醉的客人大聲喧鬧。隔著門，可以看到卸下領帶的上班族。

千都留她們一進去，便聽到有人喊，「喂！這邊這邊！」一千人都是東西電裝專利部的熟面孔。他們占據了幾張桌子，其中好幾個人已經喝得滿臉通紅。

「要是敢叫我倒酒，老娘立刻翻桌走人。」朱美在千都留耳邊悄聲說。事實上，她們不管去哪家公司，在聚餐的場合經常都被迫倒酒。

千都留猜想，今天應該不至於吧，再怎麼說，這是她們的歡送會。

一群人照例說幾句告別的話，乾了杯。千都留看開了，把這當作工作的一部分，露出親切的笑容，心想散會時一定得提高警覺。非禮公司女性職員，事情要是鬧開來會很難堪，但對方若是派遣人員便無此後患——有這種想法的男人出乎意料地多，這一點千都留是憑過去經驗知道的。

高宮誠坐在她斜對面，偶爾把菜送進嘴裡，以中杯啤酒杯喝啤酒。平常話就不多的他，今天也被當作聽眾。

千都留感覺到他的視線不時投射在自己身上，當她朝他看的時候，他便轉移目光——她有這種感覺。

不會吧，妳想太多了，千都留這樣告訴自己。

不知不覺間，話題轉到朱美的婚事。有點醉意的主任開起老掉牙的玩笑，說什麼很多男同事都想追朱美。

「在如此動盪的一年結婚，未來眞令人擔心。要是生了男孩，我一定要取名爲虎男，讓他沾沾阪神老虎隊的光。」朱美大概也醉了，說這些話取悅大家。

「說到這，聽說高宮先生也要結婚了，對不對？」千都留問，特別留意不讓聲音不自然。

「嗯，是啊……」高宮似乎有些不知如何作答。

「就是後天了，後天。」坐在千都留對面一個姓成田的男子，拍著高宮誠的肩膀說，「後天，這傢伙多采多姿的單身生活就要結束了。」

「恭喜恭喜。」

「謝謝。」高宮小聲地回答。

「這傢伙不管哪方面都得天獨厚，完全不需要恭喜他。」成田說起話來舌頭有點不靈光。

「哪有啊？」高宮雖然露出困擾的表情，仍然保持笑容。

「有有有，你命實在太好了。吶，三澤小姐，妳聽聽看，這傢伙明明比我小兩歲，卻有自己的房子了。這種事，有天理嗎？」

「那不是我的房子啊。」

「明明就是，那間公寓不必付房租，不是嗎？那不叫你的房子叫什麼啊？」成田說得口沫橫飛，就是不放過高宮。

「那是我媽的房子，我只是借住而已，跟食客沒兩樣。」

「聽到沒？他媽媽有房子。妳不覺得他命很好嗎？」成田一邊徵求千都留的同意，邊往自己的酒杯倒酒。一口氣喝乾後，又繼續說，「而且啊，平常人家說的公寓，指的是兩房或三房的公寓吧？這傢伙可不是哦，他家有一整棟公寓，他分到其中一間。這種事，有天理嗎？」

「前輩，放過我吧。」

「不行，天理不容啊！還沒完哩！這傢伙要娶的老婆，還是個大美人。」

「成田前輩。」高宮露出全無招架之力的表情。爲了讓成田閉嘴，他往成田的酒杯倒酒。

「那麼漂亮呀。」千都留問成田，這正是她感興趣的地方。

「漂亮、漂亮！漂亮得可以去當女明星了。而且，連茶道、花道什麼的都會，對不對？」成田問高宮。

「呃，還好啦。」

「很厲害吧？英文還溜得很咧。可惡！爲什麼你這傢伙就是這麼走運。」

「好了，成田，你就等著看吧，人不會一直走運的啦。不久，好運也會找上你的。」坐在邊邊的課長說。

「哦，會嗎？什麼時候啊？」

「我看嘛，大概下個世紀中吧。」

「五十年以後的事，到時候我是不是還活著都不曉得呢。」

成田的話把大家都逗笑了。千都留也笑了，一邊偷偷看向高宮，結果，一瞬間兩人的視線對上了。千都留覺得他好像想說些什麼，但是這一定也是錯覺。

歡送會在九點結束，離開店裡時，千都留叫住高宮。

「這個是結婚禮物。」她從包包裡取出一個小包裹，是她昨天下班後買的。「今天本來想在公司裡拿給你的，但沒有機會。」

「這……妳不用破費的。」他打開包裝，裡面是條藍色手帕。「謝謝妳，我會好好珍惜。」

「這半年來謝謝你。」她雙手在身前併攏，低頭行禮。

「我什麼都沒做啊。倒是妳，以後有什麼打算？」

「想暫時回老家休息一陣子，我後天回札幌。」

「哦……」他點點頭，一邊收起手帕。

「高宮先生是在赤坂的飯店舉行婚禮吧？那時候我人大概已經在北海道了。」

「妳一早出發？」

「明天晚上我準備去住品川的飯店，想早一點出發。」

「哪家飯店？」

「公園美景飯店。」

聽她這麼說，高宮似乎還想說什麼，但是這時候，入口傳來叫聲，「喂，你們在幹什麼？大家都已經下去了。」

高宮稍稍舉起手，邁開腳步。千都留跟在他身後，心想，以後再也沒機會注視他的背影了。

6

參加三澤千都留等人的歡送會後，誠回到成城的老家。

家裡目前住著母親賴子與外公外婆。已去世的父親是贅婿，賴子才是代代均爲資產家的高宮家嫡系子孫。

「只剩下兩天了，明天可有得忙了，得上美容院，還得去拿訂做的首飾。得起個大早才行。」賴子在骨董風格的餐桌上攤開報紙，削著蘋果皮說。

誠坐在她對面，假裝看雜誌，其實在注意時間，他準備十一點打電話。

「要結婚的是誠，妳打扮得再美又有什麼用。」坐在沙發上的外公仁一郎說。他的面前擺著西洋棋盤，左手握著菸斗。年過八旬，走起路來背脊仍挺得筆直，聲音也很宏亮。

「可是參加孩子婚禮的機會，這輩子就這麼一次，稍微打扮一下有什麼關係，對不對？」最後那句對不對，是朝坐在仁一郎對面織毛線的文子說的。嬌小的外婆默默微笑。

外公的西洋棋，外婆的毛線，以及母親朝氣蓬勃的談話聲。自誠的孩提時代，這些便構成這個家獨特的世界，即使他後天就要結婚，今晚這一切仍舊沒有改變。他深愛這個家不變的一切。

「不過沒想到誠要娶媳婦了，那就表示我眞的是個糟老頭子了。」仁一郎頗有感觸地說。

「我是覺得要結婚，他們兩個都太年輕了點，不過都交往四年了，再拖下去也不是辦法。」說著，賴子看向誠。

「雪穗那孩子是個非常好的女孩，這樣我也放心了。」文子說。

「嗯，那孩子很好，年紀雖輕，卻很懂事。」

「我也是，打從誠第一次帶她到家裡，我就很喜歡她。教得好的女孩家果然不一樣。」賴子把切好的蘋果裝盤。

誠想起第一次帶雪穗見賴子他們的情景。賴子首先便對她的容貌十分欣賞，接著對她與養母兩人相依爲命的境遇感到同情，後來知道養母不但教導雪穗大小家事，甚至指導她茶道、花道，更是佩服不已。

吃了兩片賴子切好的蘋果，誠從椅子上站起來，快十一點了。「我上二樓去了。」

「明天晚上要跟雪穗她們吃飯，可別忘了。」賴子突然說。

「吃飯？」

「雪穗和她媽媽明天晚上不是住飯店嗎？我打電話過去，問她們要不要一起吃晚飯。」

「幹嘛自作主張啊？」誠的聲音提高了。

「哎喲，不行嗎？反正你明天晚上本來就要跟雪穗碰面的嘛。」

「……幾點開始？」

「我跟餐廳預約七點，那家飯店的法國菜可是出了名的。」

誠一語不發地離開了起居室，爬上樓梯，走向自己的房間。

除了最近剛買的衣服，幾乎所有東西都原封不動地留下。誠坐在學生時代便愛用的書桌前，拿起桌上電話的聽筒。這是他的專線電話，現在依然保持通話狀況。

看著貼在牆上的電話小抄，他按下按鍵式電話的數字鍵。響了兩聲後，電話接通了。

「喂。」聽筒傳來冷淡的聲音，對方可能正聽著古典音樂，消除工作的疲憊吧。

「篠塚嗎？是我。」

「哦。」聲調變高了些。「怎麼了？」

「現在方便嗎？」

「方便啊。」篠塚一個人住在四谷。

「我有重要的事跟你說，八成會嚇到你，你要沉住氣，聽我說。」

這幾句話似乎讓篠塚料到接下來的談話內容了，他並未立刻出聲回應，誠也保持沉默，耳邊只聽到電話的雜訊。這時，誠想起大約三個月前，通訊品質變差了，不容易聽清楚對方的聲音。

「該不會是上次那件事的後續？」篠塚總算開口問道。

「對，就是那件事。」

「喂！」聽筒裡傳來輕笑聲，但是對方恐怕並非真的在笑，「後天就是你的婚禮了吧？」

「上次是你說，即使是前一天，你也會取消的。」

「我是說過。」篠塚的呼吸有點亂了，「你是認眞的？」

「對。」誠嚥了一口口水才繼續說，「明天，我想向她表明我的心意。」

「你說的她，是那位派遣人員吧，姓三澤，是不是？」

「嗯。」

「表明之後呢？要向她求婚嗎？」

「我沒有想那麼多，只是想把我的心情告訴她，也想知道她的心意。就這樣而已。」

「如果她說對你沒意思呢？」

「如果是這樣，那一切就到此爲止。」

「那你準備第二天裝作什麼事都沒發生過，跟唐澤舉行婚禮？」

「我知道這樣很卑鄙。」

「不會。」篠塚頓了頓才說，「我想，這一點心機是不能少的。最重要的，是選擇你不會後悔的路。」

「聽你這麼說，我覺得心情稍微輕鬆一點了。」

「問題是……」篠塚壓低聲音，「如果那女孩也喜歡你，到時候你怎麼辦？」

「到時候……」

「你要拋開一切嗎？」

「我是這麼打算的。」

耳邊聽到一聲輕嘆，「高宮，這可不是一件小事。你明白嗎？這會給多少人帶來麻煩，會傷多少人的心。不說別的，唐澤會有什麼感受……」

「我會補償她的，我會盡我所能補償她。」

雙方再度陷入沉默，只有雜訊在電話線之間來去。

「好吧，既然你都這麼說了，一定是痛下決心了吧，我不會再說什麼了。」

「抱歉，讓你擔心了。」

「你不用對我覺得過意不去，反倒是你，看來，後天可能會有一場大騷動。連我都忍不住起雞皮疙瘩了。」

「我也是，沒辦法不緊張。」

「也難怪。」

「對了，我有件事想拜託你，明天晚上你有空嗎？」

7

決定命運的那一天，從早上便陰沉沉的，好像隨時都會下雨。吃完較晚的早餐，誠在自己的房間裡呆望著天空。昨晚沒睡好，讓他頭痛得很厲害。

誠思索著有沒有辦法聯絡上三澤千都留。他知道她今晚將下榻品川的飯店，所以逼不得已的時候，可以直接到飯店找她，但他希望盡可能在白天見到她，向她表明心意。

但是他卻找不出聯絡的方法。他們沒有私下往來，他既不知道她的電話，也不知道住址。她是派遣人員，公司的通訊錄自然不會有她的名字。

課長或主任也許知道，但該怎麼開口詢問？更何況，他們不見得會將通訊錄放在家裡。

只剩下一個辦法，就是到公司去，調查三澤千都留的聯絡方式。今天雖然是星期六，但到公司加班的同事應該不少。即使誠到辦公室找東西，也不必擔心有人起疑。

正當誠心想事不宜遲，從椅子上站起來的時候，玄關的門鈴響了。他立即產生不祥的預感。

大約一分鐘後，他證實自己的直覺果然準確。房外傳來有人上樓的聲音，像穿著拖鞋走路的獨特腳步聲，應該是賴子。

「誠，雪穗來了哦。」賴子在門外說。

「她來了？……我馬上下去。」

一下樓，雪穗正在起居室和賴子、外公外婆喝紅茶。她今天穿著深棕色的連身洋裝。

「雪穗帶蛋糕來了，你要不要來一塊？」賴子問道，看來心情極佳。

「不了，我不用了。呃，妳怎麼會來？」問雪穗。

「我漏買了好幾樣旅行用品，想請你陪我去買。」她像唱歌般地說，一雙杏眼發出寶石般閃耀的光輝。她已經露出新娘的表情了，這麼一想，讓誠覺得心好痛。

「是嗎……那，該怎麼辦呢？我有點事要到公司一趟。」

「什麼啊！都這時候了！」賴子的雙眉間出現皺紋，「結婚前還叫人家去上班，你們公司有什麼毛病啊？」

「不是啦，也算不上是工作，只是想看一下資料。」

「那麼買東西時順道去吧？」雪穗說，「不過我可不可以跟你一起進公司？你之前不是說假日的時候不必穿制服，非公司職員也可以自由進出。」

「是可以啦……」誠內心徬徨不安，他完全沒料到雪穗會提出這個建議。

「工作狂真討人厭。」賴子垮下嘴角，「家庭和工作，哪一個重要？」

「好啦，反正也不急，我今天就不去公司了。」

「真的？我無所謂呀。」雪穗說。

「嗯，不去了，沒關係。」誠對著未婚妻露出笑容，心裡盤算著晚上直接到飯店向三澤千都留告白。

說聲「我去換衣服」，要雪穗等候，誠回到房間，立刻打電話給篠塚，「我是高宮。那件事沒問題吧？」

「嗯，我準時九點到。你呢？跟她聯絡上了嗎？」

「還沒，我還是找不到她的聯絡方式。更麻煩的是，我現在要跟雪穗去買東西。」

篠塚在電話的另一頭嘆氣，「光聽我都替你覺得累。」

「抱歉，要你替我做這種事。」

「沒辦法啊，那就九點。」

「麻煩了。」

掛斷電話，換好衣服，誠打開門，雪穗就站在走廊上，他不禁嚇了一跳。她雙手放在背後，靠著牆凝視著他，嘴角露出淺淺的笑容，這個笑容看起來和她平常的微笑似乎有所不同。

「你好慢，所以我過來看看。」她說。

「抱歉，我在選衣服。」

正當他準備下樓的時候，雪穗從背後問道，「那件事是什麼事？」

誠差一點就踩空了，「妳聽我講話？」

「是聲音自己傳出來的。」

「這樣啊……是工作上的事。」他步下樓梯。深怕她繼續問下去，但她不再發問。

他們在銀座購物。繼三越、松屋等著名百貨公司後，在名牌專賣店裡逛。

說是要買旅行用品，但誠看雪穗並無意買東西。當他指出這一點，她聳聳肩，吐了吐舌頭，「其實我只是想好好約個會。因爲今天是我們單身的最後一天呀，可以吧？」

誠輕輕嘆了一口氣，他總不能說不可以。

望著雪穗逛街的開心模樣，誠回想起他們在一起的四年時光，重新檢視自己對她的感情。的確因爲喜歡她，才交往到現在。但決心結婚的直接原因是什麼？是對她深厚的愛情嗎？很遺憾的，或許並非如此，誠心想。他是在兩年前開始認眞考慮結婚的，因爲那時候發生了一件事。

一天早上，雪穗約他在東京一家小商務飯店見面。後來他才知道，她爲什麼在那裡投宿。雪穗以前所未見的嚴肅表情等候著他。

「我想讓你看看這個。」說著，她往桌上一指。那裡豎著一根透明的管子，長度大約只有香菸的一半，裡面裝了少量的液體。「不要碰，從上面看。」她加了一句。

誠照她所說的往下看，看到管底有兩個小小的同心圓。他把看到的情形說出來，雪穗便默默遞給他一張紙。

那是驗孕器的說明書，上面說明若出現同心圓，便代表檢驗結果爲陽性。

「說明書說要檢查早上起床後第一道尿液。我想要讓你看看結果，才來這裡住的。」雪穗說，口氣聽得出她本來就確信自己懷孕了。

誠當時的臉色想必極爲難看，因爲雪穗以開朗的語氣說，「放心吧，我不會生下來，醫院我也會自己去的。」

「眞的嗎？」誠問。

「嗯，因爲現在還不能生小孩吧？」

坦白說，聽到雪穗的話，誠七上八下的心才放下來。自己即將成爲父親，這種事他連想都沒

有想過，自然也沒有心理準備。

正如同她所說的，雪穗單獨上醫院，悄悄接受了墮胎手術。那段期間，大約有一個星期沒有看見她，後來她的舉止和之前一樣開朗。她絕口不提孩子的事，即使他想開口詢問，她也立刻察覺，總是搶先搖頭說，「什麼都別再說了，我沒事，眞的。」

因爲這件事，誠開始認眞考慮和她的婚事，他認爲這是男人的責任。

然而誠現在卻認爲，當時自己是不是忘了更重要的事……

8

喝著餐後的咖啡，誠看看手表，已經九點多了。

高宮家與唐澤家七點開始的聚餐，從頭到尾幾乎全是賴子在說話，雪穗的養母唐澤禮子始終面帶寬容的笑容扮演聽眾的角色。禮子是一名高雅的女性，她的高雅來自於知性。一想到明天也許會辜負她，誠不由得感到內疚。

離開餐廳時約九點十五分。這時，賴子一如誠預料的提議，時間還早，不妨去酒吧坐坐。

「酒吧人一定很多，到一樓交誼廳去吧。那裡一樣可以喝酒。」

唐澤禮子首先贊成誠的意見，她似乎不擅飲酒。

搭乘電梯來到一樓，一行人走向交誼廳。誠看了一眼鐘，已過了九點二十分。

四個人進入大廳時，背後傳來「高宮」的叫聲，誠一回頭，篠塚正向他走來。

「喔！」誠故作驚訝。

「你怎麼這麼慢？我還以爲計畫中止了。」篠塚小聲地說。

「晚餐拖太晚了，不過你來得正好。」

假裝交談幾句後，誠回到雪穗等人的身邊，「永明大學畢業的校友就在這附近聚會，我去露個臉。」

「何必在這時候去呢？」賴子顯然很不高興。

「有什麼關係呢，和朋友之間的來往也很重要。」唐澤禮子說。

「不好意思。」誠向她低頭道歉。

「要盡可能早點回來哦。」雪穗看著他的眼睛說。

「嗯。」誠點點頭。

一離開交誼廳，誠便和篠塚衝出飯店。令人慶幸的是，篠塚是開愛車保時捷來的。

「要是超速被抓，罰款你可要幫我付。」說完，篠塚立刻發動車子。

公園美景飯店距品川車站五分鐘腳程。接近十點時，誠在飯店大門從篠塚的保時捷上下車。他直奔飯店櫃檯，說要找住宿在此，名叫三澤千都留的女性。頭髮剪得乾淨俐落的飯店人員禮貌地回答：「三澤小姐的確有預約，但尚未入住。」

飯店人員還說，預定抵達時間是晚間九點。

誠向他道謝，離開了櫃檯。環視大廳一周，在附近的沙發上坐下，那裡可以清楚望見櫃檯。不久她就會出現了——光是如此想像，心臟便加速跳動。

9

千都留在九點五十分時抵達品川車站。整理房間、準備回家，比預期的花時間。

她與大批人群一起走過車站前的十字路口，向飯店前進。

公園美景飯店的行人專用入口雖然在馬路上，但要到飯店正門，必須走過飯店的庭園。千都留提著沉重的行李，在蜿蜒的小路上前進。燈光照亮了色彩繽紛的花朵，她卻無心欣賞。

總算接近飯店正門了，一輛輛計程車陸續駛進玄關，讓乘客下車。千都留心想，來這種飯店，畢竟還是坐車才有派頭。飯店的門房似乎也對徒步而來的客人視而不見。

正當千都留準備穿過正門的自動門時……

「小姐，不好意思。」背後突然有人叫她。

回頭一看，是一名穿著深黑色西裝的年輕男子。

「很抱歉，請問您現在要去辦理住房手續嗎？」男子問道。

「是啊。」千都留頗有戒心地回答。

「是這樣的，我是警察。」說著，男子從西裝內側翻出黑色手冊讓她看了一眼，「有件事務必請您幫忙。」

「我嗎？」千都留非常驚訝，她認爲自己並未涉入任何案件。

「麻煩移駕到這邊。」說著，男子便往庭園走，千都留無奈地跟著過去。

「今晚您是單獨住宿嗎？」男子問。

「是的。」

「您一定得住這家飯店嗎？像是後面也有飯店，不能住那邊嗎？」

「我是無所謂，但是我預約了……」

「是的，所以我們才想請您幫忙。」

「怎麼說？」

「其實，有個嫌犯住在這家飯店裡，我們希望就近監視。可是很不巧，今晚有團體訂房，飯店沒辦法給我們搜查用的房間。」

男子想說的，千都留已經明白了，「所以想要我的房間？」

「是的。」男子點頭，「要已經入住的房客換房間有困難，而且如果有異常的舉動，恐怕會被嫌犯發現。所以我才會在外面等已經預約但還沒有入住的房客。」

「哦，原來如此……」千都留看著對方。仔細一看，他給人的感覺相當年輕，可能是新進員警吧。但是他穿著整齊的西裝，極有誠意的態度博得了她的好感。

「如果您能體諒，我們會負責您今晚的住宿費，同時送您到飯店前。」男子說。他說起話來帶著一絲關西腔。

「這後面的飯店是皇后大飯店吧？」千都留確認，那家飯店比公園美景飯店高級得多。

「我們保留了皇后大飯店四萬圓的房間。」男子似乎看穿了她的心思，提到房間的等級。

那是絕對不會自掏腰包住的房間，她想，這讓她打定了主意，「既然這樣，我無所謂。」

「謝謝您！那麼，我送您到飯店。」男子伸手接過千都留的行李。

10

時間超過十點半，三澤千都留仍未現身。

誠攤開別人留下的報紙，眼光卻沒有從櫃檯離開。這時，他並不急著表白，只是一心想快點看到她。心跳依然飛快。

有名女性客人走近櫃檯，他登時精神一振，但發現長相完全不同，又失望地垂下視線。

「我沒有預約，請問還有房間嗎？」女性客人問。

「您一位嗎？」櫃檯的男子問。

「是的。」

「那麼單人房可以嗎？」

「嗯，單人房就可以了。」

「好的。我們有一萬二千圓、一萬五千圓以及一萬八千圓三種房間，請問您要哪一種呢？」

「一萬二的就可以了。」

原來沒有預約，空房也很多啊，誠心想。今晚飯店似乎沒有團體房客。

誠一度將視線朝向入口，接著又呆望著報紙。他看著文字，內容卻完全沒有進入腦海。

即使如此，仍有一則報導引起了他的興趣，內容與竊聽有關。

自去年起，共產黨黨員遭警方竊聽事件頻傳。為此，各界對維護公共安全的做法議論紛紛。

但是誠關心的並不是這類政治議題，他在意的是發現竊聽的過程。

電話雜訊增多及音量變小，是促使電話所有人委託ＮＴＴ調查的契機。

我家應該沒問題吧，他想，因為他的電話也出現了報導中描述的情形。只不過他實在想不出竊聽他的電話有什麼用處。

正當誠摺好報紙時，櫃檯的飯店人員來到他身邊。

「您在等候三澤小姐嗎？」飯店人員問道。

「是的。」誠不由得站起身來。

「是這樣的，剛才我們接到電話，說要取消三澤小姐的預約。」

「取消？」霎時間，誠感覺到全身發熱。「她現在人在哪裡？」

「這一點我們沒有請教。」飯店人員搖頭，「而且打電話來的是一位男士。」

「男的？」

「是的。」飯店人員點點頭。

誠踉踉蹌蹌地邁開腳步，不知如何是好。但至少他確定，繼續在這裡等下去沒有意義。

他從飯店大門離開。門前停著一列計程車，他搭上最前面的一輛，交代司機到成城。

一陣笑意不覺湧現，對自己的滑稽感到可笑。

他想，自己與她之間終究沒有命運之繩連結。平常極少有人會取消準備投宿的飯店，現在這種偶發事件竟然發生了。他不得不相信有一股不知名的力量在冥冥中作祟。

回顧過去，他曾有無數的告白機會。或許他一開始就錯了，不該平白錯過機會，蹉跎至今。

他從口袋取出手帕，擦去額上不知何時冒出的汗水。這才發現，那條手帕是千都留送他的。

他想起明天婚宴的程序，閉上眼睛。

第八章

1

在六點打烊之際進來的是兩名同行的客人，一個是五十歲左右的矮小中年男子，與一個看似高中生的瘦削少年，園村友彥從他們之間的氣氛推測應該是父子。友彥認得少年，他曾經來過好幾次。但是別說買東西了，他連話都沒說過，只是看看陳列的高級電腦就走了。這樣的少年除了他還有好幾個，但友彥並不會對他們說什麼。因爲那麼做，他們恐怕會以爲這家店拒絕光看不買的客人，再也不踏進店裡。愛怎麼看就怎麼看，等他們哪天有了額外的收入，或是成績進步、要求父母買電腦作爲獎勵的時候，再上門來光顧就行了——這是老闆，也就是桐原亮司的想法。

戴著金邊眼鏡的父親，在狹窄的店內逛了一圈後，視線首先停留在招牌商品上，那是少年每次都會看的個人電腦。父子倆看著商品，低聲交談。不久父親說了句「這什麼啊」，身子向後一仰，看樣子是看到標價了。他以斥責的語氣對兒子說，「這未免也貴得太離譜了。」

「不是啦，還有很多別的。」兒子回答。

友彥面向電腦螢幕，假裝心思沒有在客人身上，繼續觀察那對父子。做父親的只是以眺望外國風景般的視線，呆呆望著陳列的電腦主機和周邊商品，八成沒有電腦的相關知識。混雜些許銀絲的頭髮，梳理得整整齊齊，高領毛衣外搭一件開襟毛線外套的休閒打扮，仍消除不了白領階級的味道。友彥猜他是企業裡經理級的人物，十二月分穿得這麼單薄，想必是開車來的。

正在整理陳列架上零件的中琉弘惠，瞄了友彥一眼，眼神裡帶著「去招呼一下比較好吧」的意味。他微微點頭，表示「我知道」。

看好時機，友彥站起來，向那對父子露出親切的笑容，「請問您在找什麼商品嗎？」

做父親的露出有如得救，卻又略帶怯意的表情。兒子或許是怕和店家交涉，臭著一張臉望著架上的軟體。

「是我兒子啦，說要買什麼個人電腦。」父親苦笑，「可是又不知道該買什麼樣的才好。」

「您準備用在哪方面呢？」友彥交替看著父子倆。

「用在哪方面？」父親問兒子。

「文字處理啊，電腦連線啊……」兒子低著頭，小聲地回答。

「電動之類的？」友彥試著問。

兒子微微點頭，依然擺著一張臭臉，可能是因爲買東西卻不得不帶父親一起來，以不高興掩飾難爲情吧。

「您的預算是？」友彥問父親。

「這個嘛……大概十萬圓左右吧。」

「就跟你說十萬買不到啦！」兒子口氣很衝。

「請稍等。」

友彥回到自己的座位，敲了敲電腦鍵盤，螢幕上立刻出現庫存清單。

「如果是８８的話，正好符合您的需求。」

「八八？」

「ＮＥＣ的８８系列。今年十月才剛上市，有個機種不含稅大約十萬圓左右。不過我想應該可以再算便宜一點。東西不錯哦，ＣＰＵ是十四Mega的，標準DRAM是六十四Ｋ。加上磁碟機，算您十二萬就好。」

友彥在後面的架子上找出型錄，拿給這對父子。父親接過去，稍微翻了翻，便遞給兒子。

「需要印表機嗎？」友彥問猶豫不決的兒子。

「如果有當然好。」少年自言自語般地說。

友彥再次查看庫存，「日文熱轉印印表機是六萬九千八百圓。」

「這樣加起來就十九萬了，」父親的臉色很難看，「完全超過預算嘛。」

「很抱歉，除此之外，您還必須購買軟體。」

「軟體？」

「就是讓電腦進行各項工作的程式，如果沒有軟體，電腦只是一個箱子。不過若是您自己能夠寫程式，就另當別論。」

「什麼啊，那個東西沒有含在裡面啊？」

「因爲視各種不同的用途，需要不同的程式。」

「哦。」

「加上文字處理及一些常用的軟體，」友彥按按計算機，對父親顯示出169800這個數字，「這個價錢如何呢？別家店絕對不止這個數字。」

做父親的嘴角歪了，顯然是因爲被迫掏出更多的錢而鬱悶，然而兒子想的卻是另一回事。

「98還是很貴嗎？」

「98系列的話，沒有三十萬還是沒辦法。如果再備齊相關機器，恐怕會超過四十萬。」

「想都別想！小孩子的玩具那麼貴。」父親大搖其頭，「那個什麼88的就已經太貴了。」

「看您了，如果堅持預算的話，也是有相對應的商品，只是性能差很多，機種也很舊。」

做父親的猶豫不決，注視兒子的目光表露出這一點。但是最後還是不敵兒子懇求的眼神，向友彥說，「那，還是給我那個88好了。」

「謝謝您，您要自己帶回去嗎？」

「嗯，我開車來的，自己搬得動吧。」

「那麼我馬上把商品拿過來，請您稍等一會兒。」

友彥把付款的手續交給中琉弘惠處理，離開店裡。雖說是店，其實只是改裝成辦公室的一間公寓而已。如果不是門上貼著「個人電腦商店　MUGEN」的招牌，恐怕看不出這是什麼地方。而他們的倉庫則是隔壁的公寓。

作爲倉庫使用的這一戶裡，擺放著辦公桌和簡單的客用桌椅。友彥一進去，在裡面相對而坐的兩個男人幾乎同時看向他。其中一個是桐原，另一個姓金城。

「88賣掉了。」友彥邊說邊把傳票拿給桐原看，「加螢幕和印表機，1、6、9、8。」

「88總算全部銷出去了，謝天謝地，這樣麻煩就清掉了。」桐原歪了一下嘴角，露出笑容，「接下來可是98的時代。」

「一點也沒錯。」

公寓裡，裝了個人電腦和相關機器的紙箱，幾乎快堆到天花板。友彥看著紙箱上印刷的型號，在箱子間走動。

「你做這生意還眞踏實啊，久久才來一個肯花十萬出頭的客人。」金城以揶揄的口吻說。友彥人在成堆的紙箱裡，看不見金城的表情，但他不用看也想像得到。金城一定是歪著皮包骨的臉頰，故意睜大他那雙凹陷的眼睛。每次看到這個人，友彥都不由得聯想到骷髏。他大多穿著灰色西裝，看起來就像掛在大小不適合的衣架上似的，肩膀的地方會凸出來。

「腳踏實地最好，」桐原亮司回答，「報酬低，風險也低。」

傳來一陣沉悶的笑聲，一定是金城發出來的。

「你忘了去年的事嗎？很好賺吧，所以你才能開這家店。你不想再賭一把嗎？」

「之前我就說過了，要是知道那次那麼驚險，我才不會矇著眼跟你們走那一遭。要是走錯一步，一切就完了。」

「別說的那麼誇張。你當我們是白痴啊，該注意的地方我們都注意到了，根本沒什麼好擔心的。再說你又不是不曉得我們這邊的底，你應該早就知道那次一點風險都沒有。」

「總之，這件事我沒辦法，請你去找別人。」

他們說的是哪件事呢？友彥邊找紙箱邊想，心裡出現幾個假設。對於金城這個人來訪的目的，友彥自認心裡有譜。

不久，他找到紙箱了，總共是電腦主機、螢幕和印表機三箱。友彥把箱子一一搬到屋外。每次都得經過桐原和金城身邊，但他們倆只是默默盯著對方，友彥無法再偷聽到更多消息。

「桐原。」離開房間前，友彥出聲叫他，「可以打烊了嗎？」

「好。」桐原回答，聲音聽起來心不在焉。「打烊吧。」

友彥應聲好，離開公寓。在他們對話期間，金城完全沒有朝友彥看上一眼。

把貨品交給那對父子後，友彥關了店門，找中琉弘惠一起吃飯。

「那個人來了吧？」弘惠皺著眉頭說，「長得好像骷髏的人。」

聽到她的話，友彥笑出來。弘惠對那個人的印象竟然與自己相同，讓他覺得很好笑。一說出來，她也笑了，但是笑了一陣，她的臉色沉了下來。

「桐原跟那個人講些什麼啊？他究竟是幹嘛的？友彥，你知不知道？」

「關於這件事，慢慢再告訴妳。」說著，友彥穿上外套。這並不是三言兩語講得完的。

離開店裡後，友彥和弘惠在夜裡的人行道上並肩漫步。才十二月初，街上便四處裝飾著聖誕飾品。平安夜要在哪裡過呢？友彥心想。去年他預約了大飯店裡的法國餐廳，但今年還沒有想到什麼點子。不管怎麼樣，今年也會和弘惠一起過吧，這將是他和她一起渡過的第三個平安夜。

弘惠是友彥大二時打工認識的，工作的地點，是標榜價格低廉的大型電器行。他在那裡負責銷售個人電腦和文字處理機。當時，對這個領域有所認識的人比現在更少，所以友彥相當受到器重。他本應在店面負責銷售，卻不時被派去支援技術服務的工作。

他之所以會在那裡打工，是因爲桐原開設的「無限企畫」陷入歇業的困境。由於電腦熱興起，遊戲公司如雨後春筍般成立，導致品質粗糙的遊戲過度泛濫，連帶使消費者對產品失去信心，大多數公司因而倒閉。「無限企畫」可說是被這波浪潮呑沒了。

但是友彥現在反而對那次歇業心存感激。因爲這造就了他與中琉弘惠相識的機緣。弘惠與友彥在同一個樓層負責電話與傳眞機的銷售。他們經常碰面，不久便開始交談。第一次約會，是友彥開始打工後一個月左右。他們並沒有花太多時間，便把對方當作自己的男女朋友。

中琉弘惠並不是美人，她單眼皮，鼻子也不挺。圓臉，個頭小，而且瘦得不像個少女，反倒像個少年。不過她身上散發出一種令人心安的柔和氣氛，友彥只要和她在一起，就會忘卻內心的煩惱。而和她見過面後，也會認爲絕大多數的煩惱並不是什麼大問題。

但是友彥曾經一度害苦了弘惠。大約兩年前，他讓她懷孕，結果她不得不去墮胎。

即使如此，弘惠也只在動完手術當晚哭泣過。那天晚上，她說無論如何都不想一個人過，希望友彥和她一起到旅館過夜。她在外面租房子獨居，白天工作，晚上上專門學校。友彥當然答應了她的請求。躺在床上，他輕輕抱住剛動過手術的她，她顫抖著流下眼淚。此後，她從未因爲想起那時的事而哭泣。

友彥的錢包裡，有一個透明的小管子，大小相當於半根香菸。從一頭望進去，可以看到底部有雙重的紅色同心圓。那是弘惠確認懷孕時用的驗孕器，雙重同心圓代表陽性反應。只不過友彥帶在身上的小管子，底部的同心圓是他用紅色油性筆畫上去的。實際使用時，是弘惠的尿液在管子底部產生紅色的沉澱物，形成陽性的判斷記號。

友彥之所以隨身攜帶小管子，唯一的目的就是自我警惕。他不想再讓弘惠受那種罪，所以錢包裡也有保險套。

這個「護身符」，友彥曾經借給桐原。他表示要作爲警惕，拿給桐原看了之後，桐原便問他能不能借一下。

友彥問他拿這個東西做什麼，他回答想拿去給一個人看，就沒有再多說什麼。只是歸還時，桐原帶著別有含意的冷笑說，「男人眞好應付，一聽到懷孕，就舉雙手投降。」

他拿那個「護身符」去做什麼，至今友彥仍不知道。

2

友彥和弘惠來到一家玄關裝了格子拉門的小居酒屋，裡面坐滿了上班族，只有最外面的一張桌子是空的。友彥和弘惠相對而坐，把外套放在鄰座。頭頂上的電視正播放著綜藝節目。

穿著圍裙的中年女性來點菜，他們點了兩杯啤酒和幾樣菜。這家店除了生魚片，口式蛋捲和滷菜尤其可口。

「我第一次見到那個姓金城的人，是去年春天。」友彥以店裡送的涼拌烏賊明太子當下酒菜，喝著啤酒開始說，「桐原叫我出去，介紹給我認識。那時候，金城的面相還沒有那麼差。」

「比骷髏多一點肉，是不是？」

弘惠應的這句話，讓友彥笑了，「可以這麼說啦，不過他一定是刻意裝好人吧。那時候金城想找人寫遊戲的程式，所以跑來委託桐原。」

「遊戲？什麼遊戲？」

「高爾夫遊戲。」

「他委託你們幫忙開發？」

「簡單地說是這樣沒錯，不過其實複雜得多。」友彥一口氣喝乾玻璃杯裡剩下的一半啤酒。總而言之，那件事打從一開始就很可疑。第一，金城讓友彥看的是遊戲的企畫書和未完成的程式。他的委託內容，便是希望在兩個月內完成這個程式。

「都已經寫到這裡了，爲什麼剩下的要找別人做呢？」友彥提出最大的疑問。

「負責寫程式的人突然心臟麻痺死了。這家遊戲公司其他工程師都沒什麼本事，再這樣下去，怕趕不上交貨時間，才到處找可以配合的人。」那時金城客氣的程度，是現在無法想像的。

「怎麼樣？」桐原問，「雖然未完成，不過系統大致已經架好了。我們要做的，就是把像被蟲蛀掉的空洞塡起來而已。既然有兩個月的時間，應該還可以吧。」

「問題是bug啊，」友彥回答，「我想程式只要一個月就行了，可是如果要做到完全沒問

題，剩下一個月夠不夠就很難說了。」

「拜託你們了，我沒有其他人可以拜託了。」金城鞠躬哈腰。這男人只有在這種時候，才會擺出低姿態。

結果，友彥他們接下這份工作，最大的理由是條件很好。要是一切順利，也許能夠讓「無限企畫」復活。

遊戲的內容，充分表現出高爾夫球的眞實性。玩家視情況分別使用不同的球桿或打法，上了果嶺還得判斷草紋。爲了弄清楚這些特性，友彥和桐原必須研究高爾夫球，因爲他們兩人都是高爾夫球的門外漢。做好的遊戲，據說是要賣到遊樂場或咖啡館。金城說，運氣好的話，也許會成爲「太空侵略者」第二。

友彥並不清楚金城是號什麼人物，因爲桐原並沒有仔細介紹。但是在幾次對話當中，友彥聽出他似乎與榎本宏有所關聯。

榎本宏——曾與友彥他們一起工作的西口奈美江的愛人。

奈美江在名古屋被殺的命案還沒有破案。榎本因爲收受她盜領的款項而遭到警方懷疑，但警方並未握有關鍵證據，而盜領案目前仍在訴訟中。由於關鍵人物奈美江已死，警方的調查也無法順利進行。

友彥相信奈美江是榎本殺害的。問題是，榎本從何得知奈美江人在名古屋。

友彥當然知道答案，但是他死也不敢說出口。

友彥不提西口奈美江的事，只向弘惠說明自己是在什麼情況下，投入高爾夫遊戲的程式。這期間，綜合生魚片和日式蛋捲送上桌了。

「所以你們就把那個高爾夫遊戲做好了。」弘惠邊問邊用筷子把蛋捲分成一半。友彥點點頭，「我們照進度，在兩個月之後做好。又過了一個月，就開始出貨到全國各地。」

「賣得很好吧？」

「很好啊，妳怎麼知道的？」

「因爲我也知道那個遊戲啊，還玩過好幾次呢，切球和推桿滿難的。」

從弘惠嘴裡聽到高爾夫球術語，友彥感到有些意外。他以爲她對高爾夫球一無所知。

「我是很想說感謝您的惠顧啦，不過我不知道妳玩的，是不是我們做的那個遊戲。」

「咦！爲什麼？」

「那個高爾夫遊戲，全國大概賣了一萬台。但是其中只有一半是我們做的，其他的是從別的公司賣出去的。」

「那就跟『太空侵略者』一樣，很多公司都仿冒嘍？」

「有點不同。『太空侵略者』是先由一家公司推出，後來因爲大受歡迎，其他公司才開始抄襲。可是這個高爾夫球遊戲，幾乎在兆位娛樂這家大型遊戲公司推出的同時，盜版就出來了。」

「咦！」弘惠準備把烤茄子送進嘴裡的手半路停下來，雙眼圓睜，「怎麼回事？同一時期發售同一款遊戲……應該不是巧合吧？」

「這種事不可能是碰巧發生的。眞相恐怕是有人事先拿到其中一邊的程式，再拿來抄襲。」

「我先問一下，你們做的是原版的？還是盜版的？」弘惠抬眼看著友彥。

友彥嘆了一口氣，「這還用說嗎？」

「說的也是。」

「我不知道金城他們走了什麼門路，不過他們一定是在開發階段，就拿到高爾夫遊戲的程式和設計圖了。因爲程式不全，才會來找我們補齊的。」

「這樣竟然沒出事？」

「有啊。兆位公司發了瘋似地調查盜版是從哪裡來的，不過沒有找到。看樣子，他們用的通路好像很複雜。」

這裡說的通路，直截了當地說，就是和黑道有關，但友彥並不想讓弘惠知道這麼多。

「你們不擔心會受到牽連嗎？」弘惠不安地問。

「不知道，到目前爲止沒事。不過萬一警察來問，也只有說不知道，裝傻裝到底。而且我們本來就不知道。」

「說的也是，不過原來你們做過這麼危險的事啊。」弘惠凝視著友彥。她的眼神裡夾雜著驚訝與好奇，但沒有輕視的樣子。

「我已經受夠了。」友彥說。

雖然沒有告訴弘惠，但友彥認爲，桐原恐怕打從一開始就看穿整件事的底細了。他那麼精明，不可能把金城這種老狐狸的話全盤接收。證據就是，當他們知道自己受託做的是盜版遊戲時，桐原並不怎麼驚訝。

過去桐原的所作所爲，友彥都親眼看到了。一想起那些，友彥認爲或許寫個盜版遊戲，對桐原來說不算什麼。

以前，桐原熱衷僞造銀行金融卡，並實際以僞卡盜領過別人的錢，友彥也幫過他的忙。雖然不知道桐原靠那些賺了多少錢，但可以肯定的是，絕對不止一、兩百萬。

不久之前，桐原熱衷於竊聽。友彥並不知道他是受誰之託、竊聽誰的電話，但他曾數度找友彥討論有效的方法。只不過桐原現在似乎把心力集中在讓個人電腦店順利經營下去。但願他不會被金城那些人慫恿才好，友彥心想。事實上，桐原並不是個會因爲別人的話而改變自己想法的人，這一點友彥比誰都清楚。

送弘惠到車站，友彥決定回店裡，他覺得桐原或許還在。桐原在另一棟公寓大樓租屋居住。來到公寓旁往上一看，店裡的燈還是亮著的。「個人電腦商店 MUGEN」位於二樓。

友彥爬上樓梯，以鑰匙打開店門。從門口往裡看，桐原正坐在電腦前喝著罐裝啤酒。

「幹嘛又跑回來？」看到友彥，桐原說道。

「總覺得有點放心不下。」友彥打開靠牆放的摺疊鐵椅坐下，「金城又跑來做什麼？」

「老樣子。高爾夫遊戲賺了一票的事，他一直念念不忘。」桐原拉開另一罐啤酒的拉環，喝了一大口。他的腳邊有個小冰箱，裡面隨時有一打左右的罐裝海尼根。

「這次說了什麼？」

「異想天開的事。」桐原哼笑了兩聲，「要是眞的好賺，多少有些風險我也肯擔，但是這次不行，實在沒辦法做。」

友彥是從他的表情而不是話語，明白這件事的危險性。桐原的眼裡露出他在認眞思考時才會發出的精光。他雖然不想參與金城的提議，但一定很有興趣。那個骷髏男到底來談什麼，友彥愈來愈好奇了。

「他要幹嘛？」他問。

桐原看著友彥，冷冷一笑，「你還是別知道的好。」

「該不會……」友彥舔舔嘴唇。能讓桐原這麼緊張的獵物，他只想得到一個，「該不會是『怪物』吧？」

桐原把啤酒舉得高高的，似乎是在說「正確答案」。

友彥不知該說些什麼，只是一味搖頭。

「怪物」，這是他們給某個遊戲取的綽號，不是基於遊戲的內容，而是針對它一枝獨秀的銷售成績。

這個遊戲叫做「超級瑪利歐兄弟」，是任天堂爲紅白機推出的遊戲。今年九月甫上市便大受歡迎，各地頻頻缺貨，銷售量直逼兩百萬份。內容是主角「瑪利歐」一路躲避敵人攻擊，拯救公主。除了突破重重關卡，還設計了繞路和捷徑，並加入尋寶的要素。驚人的是，不僅遊戲本身暢銷，連攻略遊戲關卡的書籍和雜誌也銷售長紅。在聖誕節前夕，熱賣情況更是有增無減。友彥和桐原一致認爲瑪利歐熱明年還是會繼續發燒。

「他們能拿瑪利歐怎樣？難不成又要做盜版的？」友彥問。

「偏偏就是那個『難不成』啊。」桐原說，一副覺得可笑的樣子，「金城那傢伙問我要不要做盜版超級瑪利歐，還吹牛說什麼技術上應該不怎麼難。」

「技術上的確並不困難，成品都上市了，只要拿一個去拷貝ＩＣ晶片，弄到基板上就好了。只要有個小工廠，馬上可以做。」

桐原點點頭，「金城的意思，就是要我們做這一段。說明書和仿正版包裝的印刷，已經找好滋賀的印刷工廠了。」

「滋賀？他們找的印刷廠還眞遠。」

「那裡的老闆八成是跟金城背後的黑道借錢。」桐原一副司空見慣的樣子。

「可是現在才做，趕不上聖誕節這一檔啊。」

「金城他們本來就沒有要賺聖誕節這一檔，他們看中的是小孩子的壓歲錢。只是現在才開始做，再怎麼趕工，要做出完整的商品，也是一個半月以後的事了。那時候，小孩子的壓歲錢還在不在就很難說了。」桐原笑著說風涼話。

「就算做好了，他們打算怎麼賣啊？要鋪到中盤的話，只能賣給專做現金交易的中盤……」

「那太危險了。那些中盤消息靈通得很，突然拿一大堆到處缺貨的超級瑪利歐來叫他們進貨，他們當然會覺得有問題，一去問任天堂就完了。」

「不然要在哪裡賣？」

「他們最在行的黑市吧，不過這次跟『太空侵略者』和高爾夫球那時候不一樣，客人不是電動遊樂場，也不是混咖啡館的歐吉桑，是一般的小孩子。」

「不管怎麼樣，這件事你回絕了吧？」友彥確認。

「當然，我可不想跟他們一起自尋死路。」

「聽你這麼說，我就放心了。」友彥從冰箱拿出海尼根，拉開拉環。細白泡沫噴了出來。

3

友彥和桐原談過超級瑪利歐的隔週星期一，那個男人來了。桐原出去進貨，留友彥招呼上門的客人。中琉弘惠也在，不過她的工作是接聽電話。他們在雜誌和廣告上刊登廣告，所以打來詢

問和下單的人不少。「MUGEN」是去年底開張，那時候弘惠還不是員工，友彥和桐原兩人忙得暈頭轉向，她今年四月起才來工作。當友彥一開口，她隨即答應了。弘惠說原本的工作很無聊，正考慮要辭職，她前一份工作，就是友彥工作到去年秋天的那家量販店。

以半價買了舊型電腦的客人離開後，那個男人進來了。中等身材，年齡看來似乎還不到五十。額際的髮線有點退後，頭髮全往後梳。他穿著白色燈芯絨長褲，黑色麂皮運動夾克，一副金邊的綠色墨鏡掛在運動夾克胸口的口袋。他的臉色不好，兩眼無神。嘴巴不悅地閉得緊緊的，嘴唇兩端有點下垂，讓友彥聯想到蠶蜥蜴。

男人一進店裡，先是往友彥看，接著以加倍的時間觀察正在通電話的弘惠。弘惠注意到他的視線，可能是覺得不舒服，便把椅子轉到一旁。

之後，男人盯著架上堆的電腦和周邊機器看。看他的表情，就知道他不打算買，對電腦也不感興趣。

「沒有遊戲嗎？」男人終於出聲了，聲音很沙啞。

「您要找什麼樣的遊戲呢？」友彥制式地問道。

「瑪利歐。」男人說，「像超級瑪利歐那類很好玩的。有沒有那種的？」

「很抱歉，沒有您說的那種遊戲。」

「是嗎，眞可惜。」和說的話相反，男人一點都沒有失望的樣子。他露出不明所以且令人反感的笑容，繼續在房間裡瀏覽。

「這樣的話，我建議您用文字處理機。雖然電腦也可以進行文字處理，但是用起來還是不太方便……NEC嗎？是的，NEC也推出了。如果是高級機種的話，有文豪5V或5N……檔案儲存磁碟片裡……平價的機種一次能顯示的行數很少，要儲存的時候，比較大的文件有時候必須分成幾個檔案來存……是的，如果您的工作是以書寫文字爲主的話，我想高級機種會比較適合。」弘惠朝著聽筒說話的聲音，整個店裡都聽得到。友彥聽得出來，她的聲音比平常來得更快更響。他了解她的用意是想向男人表示店裡很忙，沒時間應付你這種莫名其妙的客人。

友彥思忖著他究竟是何方神聖，同時提高警覺。他顯然不是一般客人，從他嘴裡聽到超級瑪利歐，使友彥更加不安。這個人和上星期金城提出的那件事有關嗎？

弘惠一掛上電話，男人似乎就在等這一刻，再度將視線投注在友彥他們身上。彷彿不知道該向誰開口似的，視線在他們兩人臉上轉來轉去，最後停在弘惠身上。

「亮呢？」

「亮？」弘惠以疑惑的眼神看著友彥。

「亮司，桐原亮司。」男人冷冷地說，「他是這裡的老闆吧，他不在？」

「出去辦事了。」友彥回答。

男人轉向他，「什麼時候回來？」

「這就不清楚了，他說會晚一點。」

友彥說的是假話，按照預定，桐原應該快回來了。但是友彥直覺地認爲不能讓這個男人見到桐原，至少不能就這樣讓他們見面。以亮稱呼桐原的人，據友彥所知，只有西口奈美江一個。

「哦。」男人直視友彥的眼睛。那是想看穿這個年輕人的話背後有什麼含意的眼神。友彥好想把臉別開。

「那好吧。」男人說，「我就等他一下。可以在這裡等吧？」

「當然可以。」他不敢說不行。而且，友彥認為桐原一定能順利處理這種場面，把這個人趕走。他恨自己不能像桐原一樣，把事情處理妥當。

男人坐在鐵椅上，本來準備從夾克口袋裡拿出香菸，好像是看到牆上貼著禁菸的紙條，便直接放回口袋裡，手上戴著白金尾戒。

友彥不理他，開始整理傳票，卻因為在意他的視線，弄錯了好幾次。弘惠背對著那男人，確認訂單。「沒想到，那小子也滿有一手的嘛，這家店不錯啊。」男人環視店內開口說，「亮那小子還好吧？」

「很好啊。」友彥看也不看男人，直接回答。

「是嗎，那就好。不過他從小就很少生病。」

友彥抬起頭來，從小這個字眼讓他感到好奇。「這位客人，您跟桐原是什麼樣的朋友呢？」

「是老相識了。」男人露出令人厭惡的笑容說，「我從他小時候就認識他了。不但認識他，也認識他爸媽。」

「是親戚嗎？」

「不是，不過也差不多吧。」說完，男子好像很滿意自己的回答，嗯嗯有聲地點頭。他停下動作後，反問道，「亮那傢伙還是一樣陰沉嗎？」

「咦？」友彥發出一聲疑問。

「我問你他是不是很陰沉。他從小就陰森森的，腦袋裡在想什麼讓人完全摸不透。我在想，他現在是不是好一點了。」

「還好啊……很普通啊。」

「是嗎，很普通啊。」不知哪裡好笑，男人沒出聲地笑了，「普通啊，眞是太好了。」

友彥心想，就算這男人眞是桐原的親戚，桐原也絕對不想和他有所來往。

男子看看手表，往大腿上一拍，站了起來，「看樣子他不會回來，我下次再來好了。」

「如果需要留言，我可以幫忙轉告。」

「不用了，我想直接跟他說。」

「那麼我把您的大名轉告他好了。」

「我說不用。」男人瞪了友彥一眼，走向玄關。

那就算了，友彥心想。只要把這個男人的特徵說給桐原聽，他一定會知道的。再說，現在第一要務是讓這男人早點離開。

「謝謝光臨。」友彥對男人說，男人卻一句也不回地伸手拉門把。

但是在他的手碰到門把之前，門把便轉動了，接著門打開了。

桐原就站在門外。他一臉驚訝，應該是因爲門前有人的緣故。

然而當他的視線在男人臉上一聚焦，表情就變了。雖然同樣是驚訝，性質卻完全不同。

他整張臉都扭曲了，接著變得像水泥砌的面具般僵硬。黑影落在他的臉上，眼裡沒有任何光采，嘴唇抗拒世上的一切。他這副模樣，友彥還是第一次看到，不明白究竟發生了什麼事。

不過桐原這些變化只發生在刹那。下一刻，他竟然露出笑容，「這不是松浦先生嗎？」

「是啊。」男人也笑著回應。

「好久不見了，你好嗎？」

兩人當著友彥的面，握了手。

4

松浦，就是那個男人的姓氏，他們確實從以前就認識。桐原告訴友彥的只有這麼多，交代了這句，兩人便到隔壁倉庫去了。

友彥感到疑惑。從桐原露出的笑臉看來，那個人應該不是他不想見到的人。這麼一來，友彥先前認爲不應該讓他們見面的直覺就錯了。

然而比起桐原的笑容，在笑容之前的表情更讓友彥放心不下。雖然只是短短的一剎那，桐原全身噴出一種由負面能量凝聚而成的暴戾之氣。那種樣子和他之後的笑容實在無法聯想在一起。雖然友彥懷疑是不是自己想太多，可是他實在無法相信那種異樣的氛圍出自於他的誤會。

弘惠回來了，她剛才端日本茶去隔壁。

「怎麼樣？」友彥問。

弘惠先歪著頭想了想，才說，「看起來好像滿開心的。我一進去，他們正說著冷笑話，在那裡笑。桐原竟然會說冷笑話耶，你能相信嗎？」

「不能。」

「但那是事實，我還懷疑我的耳朵呢。」弘惠做了掏耳朵的動作。

「妳聽到松浦找他幹嘛了嗎？」

聽到友彥這麼問，她歉然搖頭，「我在時，他們淨說些閒話，好像不想讓別人聽到。」

「哦。」友彥內心有種不安的預感，他們究竟在隔壁談什麼呢？

又過了三十分鐘左右，他感覺隔壁的門開了。又過了十秒，店門打開了，桐原探頭進來。

「我送一下松浦先生。」

「啊，他要走了？」

「嗯，聊了很久了。」

人在桐原身後的松浦，說聲「打擾了」，揮揮手。

門再度關上，友彥看看弘惠，她也正看著友彥。

「到底是怎麼回事啊？」友彥說。

「我第一次看到桐原那樣。」弘惠驚訝地睜大了眼睛。

不久之後，桐原回來了，一開門便說，「園村，來隔壁一下。」

「哦……好。」友彥回答時，門已經關上了。

友彥託弘惠看店，她訝異地偏著頭，友彥只能對她搖頭。他和桐原雖然認識多年，對桐原的了解卻極爲有限。

一到隔壁，桐原正打開窗戶，讓空氣流通。友彥馬上明白他這麼做的理由，因爲房裡瀰漫著菸味。就友彥所知，這是桐原第一次准許訪客抽菸。便利商店買來的鍋燒烏龍麵的鋁箔製容器，被拿來充當菸灰缸。

「他對我有恩，因爲沒什麼好招待的，我想至少讓他抽個菸。」桐原說，似乎是想解開友彥的疑惑。聽起來很像藉口，友彥反而覺得這不像桐原會做的事。

讓空氣流通，等室內的溫度降到和外面十二月的氣溫一樣時，桐原關上窗戶。

「要是弘惠等一下問你我們談了什麼……」桐原說著往沙發上坐，「就說，松浦先生要我用進價賣兩台電腦給他。我想她現在一定在猜我們講了些什麼。」

「這麼說，其實不是這樣？」友彥說，「是不能讓她知道的事？」

「沒錯。」

「跟那個松浦有關？」

「對。」桐原點點頭。

友彥雙手把頭髮往後攏，「怎麼說呢，我覺得很沒意思。我連他是誰都不知道。」

「是我家僱用的人。」桐原說。

「咦？」

「那男的是我家以前僱用的人。我不是說過，我家以前開當鋪嗎？那時候他在我家工作。」

「在當鋪工作……這樣啊。」這是超乎友彥想像的答案。

「我爸死了以後，一直到當鋪收起來，他都一直在我家工作。也就是說，我跟我媽其實是靠他養的。如果沒有松浦先生，我爸一死，我們就流落街頭了吧。」

聽了桐原的話，友彥不知如何回答。從桐原平常的樣子，實在很難想像他會講這種三流小說裡的話。友彥想，大概是見到往日的恩人，情緒很激動吧。

「那你們家的大恩人現在跑來找你做什麼？不，先等一下，他怎麼知道你在這裡的？是你聯絡他的嗎？」

「不是。是他知道我在這裡做生意，才來找我的。」

「他怎麼知道的？」

「這個啊……」桐原一邊臉頰微微扭曲，「好像是聽金城說的。」

「金城？」友彥內心興起一股不好的預感。

「我跟你說過，即使做得出盜版的超級瑪利歐，也不知道他們怎麼賣。現在找到答案了。」

「是有什麼玄機嗎？」

「沒那麼誇張。」桐原的身體晃了晃，「簡單得很。就是說，小孩有小孩的黑市。」

「什麼意思？」

「意思是，松浦先生專門經手一些來路有問題的商品。他什麼商品都碰，只要是能賺錢的，就進貨再轉手賣掉。這陣子努力經營的，聽說是小孩子的遊戲。超級瑪利歐在正規商店裡很難買得到，價格不必比實際定價低多少，照樣賣得嚇嚇叫。」

「他從哪裡進瑪利歐？他在任天堂有什麼特別的門路嗎？」

「哪來那種門路啊，不過他倒是有特別的進貨管道。」桐原別有含意地一笑，「就是一般的小孩，小孩會把東西帶到松浦先生那裡去賣。那，那些小孩的東西是從哪裡來的呢？很好笑，他們有的是去偷來的，有的是去跟有瑪利歐的小孩幹來的。松浦先生手上有超過三百個這種壞小孩的名單，這些小孩會定期把自己的收穫拿去賣。松浦先生就用市價的一到三成買來，再以七成的價錢賣給別的小孩。」

「假的超級瑪利歐也要在那家店賣嗎？」

「松浦先生有他的銷售網，他說還有好幾個跟他差不多的仲介商。交給這些人，超級瑪利歐賣個五、六千圓，保證一下子就賣光。」

「桐原。」友彥稍微伸出右手，「你說你不幹的。我們上次說好這實在太危險，不是嗎？」

聽到友彥的話，桐原露出苦笑。友彥想解讀這個笑容的意義，卻無法明白其中眞正的含意。

「松浦先生從金城那裡聽說我的事，發現我是他以前雇主的兒子，所以才來說服我。」

「你該不會因爲這樣就被說動了吧？」友彥再三追問。

桐原重重嘆了一口氣，然後上身微微靠向友彥，「這件事我一個人來，你完全不要碰，也不要管我做些什麼。弘惠那邊也一樣，不要讓她發現我在做什麼。」

「桐原……」友彥搖頭，「太危險了，這件事做不得啊！」

「這我知道。」

凝視著桐原認眞的眼神，友彥感到絕望。當他出現這種眼神的時候，自己終究無法說服他。

「我也來……幫忙。」

「我拒絕。」

「可是很危險啊……」友彥在嘴裡咕噥。

5

「MUGEN」十二月三十一日照常營業。對此，桐原列舉兩個理由。第一，一直到年底最後一天才準備寫賀年卡的人，可能會抱著有文字處理機便可輕鬆完成的心態來買；另一個理由則是，年底必須結算各種款項的人，可能因爲電腦臨時出狀況而衝進店裡來。

事實上，聖誕節一過，店裡幾乎沒什麼客人。來的多是誤以爲這裡是電視遊樂器行的小學生和國中生，友彥大都和弘惠玩撲克牌打發時間。兩個人一邊把撲克牌攤在桌上，邊聊著以後的小孩說不定連什麼叫接龍、抓鬼都不知道。

店裡雖然沒有客人，桐原卻每天忙進忙出，肯定是爲了製作盜版超級瑪利歐。對於弘惠提起桐原究竟到哪裡去的疑問，友彥絞盡腦汁找理由搪塞。

松浦是二十九日那天露臉的。弘惠去看牙醫，店裡只有友彥在。

自第一次見面後，友彥就沒有見過松浦。他的臉色還是一樣暗沉，眼睛也一樣混濁。彷彿是爲了加以遮掩，這天他戴著淺色太陽眼鏡。

一聽說桐原出門，他照例說聲「那我等他好了」，便在鐵椅上坐下來。

松浦穿著毛領皮夾克，他把夾克脫下，掛在椅背上，環顧店內。

「都年底了，還照樣開店啊，連除夕都開嗎？」

「是的。」一聽友彥這麼回答，松浦微微聳肩笑了。

「眞是遺傳。那小子的爸爸也一樣，主張大年夜開店開到晚上。說什麼年底正是低價買進壓箱寶的好機會。」

這還是友彥頭一次從桐原以外的人口中聽到他父親的事。

「桐原的父親去世時的事，您知道嗎？」

友彥一問，松浦骨碌碌地轉動眼珠看他，「亮沒跟你講啊？」

「沒說詳情，只提了一下，好像是被路煞刺死的……」

這是他好幾年前聽說的。我爸是在路上被刺死的——關於父親的事，桐原只說過這麼多。這句話激起友彥強烈的好奇心，但不敢多問，因爲桐原身上有種不許別人觸碰這個話題的氣氛。

「不曉得是不是路煞，因爲一直沒有捉到凶手。」

「原來如此。」

「他是在附近的廢棄大樓裡被殺的，胸口被刺了一下。」松浦的嘴角扭曲了，「錢被搶走了，所以警察以爲是強盜幹的。而且，他那天身上偏偏帶了一大筆錢，警察還懷疑凶手是不是認識的人。」不知道有什麼好笑的，松浦說到一半便邪邪地笑了起來。

友彥看出他笑容背後的含意，「松浦先生也被懷疑了嗎？」

「是啊。」說著，松浦沒出聲，笑得更厲害了。一臉惡人相的人，不管再怎麼笑，也只是令人感到噁心。松浦臉上帶著這樣的笑容繼續說，「亮的媽媽那時候才三十幾歲，還算有點魅力，店裡又有男店員，警察很難不亂猜。」

友彥吃了一驚，視線再度回到眼前這個男人臉上，警察懷疑他和桐原母親的關係嗎？

「結果事情到底是怎麼樣呢？」他問。

「什麼怎麼樣？我可沒殺人哦。」

「不是的，您和桐原的媽媽之間……」

「哦……」松浦開口了，有點猶豫地摸摸下巴才回答，「什麼都沒有，沒有任何關係。」

「是嗎？」

「就是，你不相信？」

「沒的事。」

友彥決定不再追問這件事。

但是他內心下了一個結論，松浦與桐原的母親間恐怕是有某種關係的。至於和他父親的命案有無關聯，就不得而知了。

「警方也調查你的不在場證明嗎？」

「當然了。刑警難搞得很，隨便一點的不在場證明，他們還不信咧。不過他父親被殺的時候，正好有人打電話到店裡給我，那是沒辦法事先安排的電話，警察才總算放過我。」

「哦……」

友彥心想，簡直就像推理小說。「桐原那時候怎麼樣？」

「亮啊，那小子是被害人的兒子，社會都很同情他啊。命案發生的時候，我們說他是跟我還有他媽媽在一起。」

「你們說？」這種說法引起了友彥的注意，「這是什麼意思？」

「沒什麼。」松浦露出泛黃的牙齒，「我問你，亮是怎麼跟你說我的？只說我是以前他們家僱用的人嗎？」

「怎麼說喔……他說你是他的恩人，說是你養活他和他媽媽的。」

「是嗎，恩人嗎？」松浦聳聳肩，「很好，我的確算是他的恩人吧，所以他在我面前抬不起頭來。」

友彥不懂這句話的意思，正想問的時候——

「你們在講古啊。」突然間傳來桐原的聲音，他站在入口前。

「你回來了。」

「聽那些八百年前的事，很無聊吧。」說著，桐原拿下圍巾。

「不會。以前都不知道，實在滿驚訝的。」

「我跟他講那天的不在場證明。」松浦說，「你還記得那個姓笹垣的刑警嗎？那傢伙實在有夠難纏。他到底來跟我、亮和亮的媽媽確認過多少次不在場證明啊？同樣的話要我們講一百遍，煩得要死。」

桐原坐在置於店內一角的電熱風扇前，正在暖手。他維持著這個姿勢，把臉轉向松浦，「今天來有什麼事？」

「喔，沒什麼事，只是想在過年前來看看你。」

「那我送你出去。不好意思，今天有很多事要處理。」

「這樣啊。」

「嗯，像瑪利歐的事。」

「喔！那可不行，你可得好好幹吶！還順利吧？」

「跟計畫一樣。」

「那就好。」松浦滿意地點點頭。

桐原站起來，再次圍上圍巾，松浦也離開座位。

「剛才那些，下次再繼續聊吧。」松浦對友彥說。

兩人離開後不久，弘惠回來了，說在下面看到桐原和松浦。桐原一直站在路邊，直到松浦搭的計程車開走。

「桐原爲什麼會尊敬那種人啊？雖然以前受到他的照顧，說穿了也不過就是他爸爸去世以後，繼續在他家工作而已啊。」

弘惠大大搖頭，似乎百思不得其解。

友彥也有同感，聽了剛才的話，讓他更加迷惘。如果松浦和桐原的母親關係不單純，桐原那麼精明，不可能沒發現。既然發現了，實在很難相信他會以現在這種態度對待松浦。

難道，松浦與桐原的母親之間是清白的嗎——才剛相信的事，友彥卻已經開始沒有把握了。

「桐原好慢啊。」坐在辦公桌前的弘惠抬起頭來說，「在做些什麼呢？」

「說的也是。」就算是目送松浦搭上計程車，也應該早就回來了。友彥有點擔心，便來到外面。當他準備下樓梯，卻停下了腳步，桐原就站在一、二樓之間的樓梯間。人在二樓的友彥，正好俯視著他的背影。

樓梯間有個窗戶可以眺望外面，快六點了，馬路上行駛的車燈像掃描般一一從他身上閃過。友彥不敢出聲叫喚，從桐原凝視著外面的背影之中，他感覺到一種不尋常的氣氛。

和那時候一樣，友彥想，就是桐原和松浦重逢的時候。

友彥躡手躡腳地回到店門口，小心翼翼地打開門，溜進室內。

6

「MUGEN」一九八五年的營業，於十二月三十一日晚間六點畫下句點。大掃除後，友彥、桐原及弘惠舉杯稍事慶祝。被弘惠問到明年的抱負，友彥回答，「做出不輸給紅白機的遊戲。」桐原的回答是「在白天走路」。

弘惠笑桐原說他的回答和小學生一樣，「桐原，你的生活這麼不規律嗎？」

「我的人生，就像行走在白夜一樣。」

「白夜？」

「沒什麼。」桐原喝了海尼根後，交替看著友彥和弘惠，「對了，你們不結婚嗎？」

「結婚？」喝啤酒的友彥差點嗆到，他沒想到桐原會提到這種話題，「還沒想那麼遠。」

桐原伸長了手，打開辦公桌抽屜，從裡面拿出一張Ａ４的影印用紙，和一個扁平細長的盒子。友彥沒看過這個盒子，盒子頗爲老舊，邊緣都磨損了。

桐原打開盒子，取出裡面的東西。原來是一把剪刀，刀刃部分長達十餘公分，前端相當銳利。刀身閃耀著銀色的光芒，流露出骨董風格。

「這剪刀看起來好高級哦。」弘惠直率地說出心裡的感受。

「以前拿到我家當的，好像是德國製的。」桐原拿起剪刀，讓刀刃開合了兩、三次，發出清脆俐落的刷刷聲。

他左手拿著紙，用剪刀裁剪起來，細膩流暢地移動紙張。友彥直盯著他的手，左右手的合作堪稱絕妙。

不久，桐原剪完，把紙遞給弘惠。她看著剪好的紙張，眼睛睜得好圓，「哇啊！好厲害！」紙張已經變成一個男孩與一個女孩手牽手的圖案。男孩戴著帽子，女孩頭上綁著大大的蝴蝶結，成品非常精緻。

「眞厲害。」友彥說，「我都不知道你還有這項本領。」

「就當作是預祝你們結婚吧！」

「謝謝！」弘惠道了謝，小心翼翼地把那幅剪紙放在旁邊的玻璃櫃上。

「友彥。」桐原說，「接下來是電腦時代。這項買賣要賺多少有多少，就看怎麼做了。」

「話是這麼說，可是這家店是你的啊。」

友彥一說完，桐原立刻搖頭，「這家店以後會怎麼樣，就看你們了。」

「講這種話讓我壓力很大耶。」友彥故意笑著迴避，因爲桐原的話裡有莫名的嚴肅。

「我可不是開玩笑的。」

「桐原……」友彥想再次露出笑容，臉頰卻僵住了。

這時，電話響了。可能出自習慣，坐得離電話最遠的弘惠拿起聽筒，「喂，MUGEN您好。」

下一瞬間，她的臉就沉了下來，把聽筒拿給桐原，「金城先生。」

「這時候，有什麼事啊。」友彥說。

桐原把聽筒拿到耳邊，「喂，我是桐原。」

幾秒鐘後，桐原的臉色變得很難看，拿著聽筒就站了起來。不僅如此，另一隻手去拿掛在椅背上的運動夾克。

「我知道了，我這邊會自己處理。盒子和包裝……好的，麻煩了。」放下聽筒，他對兩人說，「我出去一下。」

「去哪？」

「以後再解釋，沒時間了。」桐原圍上他常用的圍巾，走向玄關。

友彥跟著他出去，但桐原走得很快，一直到離開公寓才追上他。

「桐原，究竟出了什麼事？」

「還沒出事，但就要出事了。」桐原大步走向公務用廂型車邊回答，「盜版瑪利歐被抓包了，聽說明天一大早，犯罪防治課就會去搜工廠和倉庫。」

「被抓包？怎麼會洩露出去？」

「不知道，可能有人去告密吧。」

「消息確實嗎？怎麼知道明天一早警方要去查？」

「任何事都是有門路的。」

他們到了停車場，桐原坐進廂型車，發動引擎。在十二月的寒冬中，引擎不太肯動。

「不知道到幾點，你們弄一弄就先走，別忘了關門窗。弘惠那邊，隨便幫我找個理由。」

「我跟你一起去吧。」

「這是我的工作，一開始我就說了。」輪胎發出聲響，桐原發動廂型車。然後以簡直可說是粗暴的動作轉動方向盤，消失在黑夜裡。

友彥無奈地回到店裡，弘惠正擔心地等著。

「這種時候，桐原到底要去哪裡啊？」

「大型遊戲承包商那裡。以前桐原碰過的機器，程式好像出了點問題。」

「可是都已經除夕夜了。」

「對遊戲製造商來說，一月正是賺錢的時候，所以想早點解決問題。」

「哦。」

弘惠顯然看出友彥在說謊，但她似乎明白現在不是怪他的時候。她悶悶不樂地望著窗外。

接著，兩人看了一會兒電視。每個頻道播的都是兩小時以上的特別節目，有回顧今年的單元。螢幕上播出阪神老虎隊的教練被隊員抬起來的鏡頭，友彥想，這畫面不知道看過多少次了。

桐原大概不會回來了，友彥和弘惠說不到兩句。友彥的心根本不在電視上，弘惠想必也是。

「弘惠，妳還是先回去好了。」ＮＨＫ紅白大賽開始的時候，友彥說。

「是嗎？」

「嗯，這樣比較好。」

弘惠似乎有些猶豫，但她說聲「好吧」，便站起來。

「友彥要等嗎？」

「嗯。」友彥點頭。

「小心別感冒了哦。」

「謝謝。」

「今晚怎麼辦？」弘惠會這麼問，是因為他們之前約好大年夜要一起過。

「我會過去，不過可能會晚一點。」

「嗯，那我先把蕎麥麵準備好。」弘惠穿上外套，離開店裡。

一落單，種種想像便在友彥的腦海裡浮現。電視照例播出跨年節目，但他壓根兒無心觀看。一回過神來，電視節目已經改成慶祝新年了，友彥完全沒察覺十二點已經過了。他打電話給弘惠，說他可能沒辦法去了。

「桐原還沒回來嗎？」弘惠的聲音有點顫抖。

「嗯，事情好像有點棘手，我再等他一下。弘惠，妳要是睏了，就先睡吧。」

「不用，沒關係。今晚到天亮會播一些滿好看的電影，我要看電視。」可能是故意的吧，弘惠的聲音很開朗。

凌晨三點多，門開了。呆呆看著深夜電影的友彥聽到聲響轉過頭去，桐原一臉陰沉地站著，再往他身上一看，友彥吃了一驚。牛仔褲上全是污泥，運動夾克的袖子也破了，圍巾拿在手上。

「到底怎麼了？怎麼弄成這樣……」

桐原沒有回答，對於友彥在這裡也沒說什麼。整個人顯得疲累不堪，他蹲在地上，垂著頭。

「桐原……」

「回去。」桐原低著頭，閉著眼睛說。

「咦？」

「我叫你回去。」

「可是……」

「回去。」桐原似乎沒有說第三個字的意思。

友彥無可奈何，準備離開。這段期間，桐原的姿勢完全沒有改變。

「那我走了。」最後友彥對桐原說，但後者沒有回應。友彥死了心，走向門口。當他正要開門時，卻被一聲「園村」叫住了。

「幹嘛？」

桐原沒有立刻回答，一直盯著地面。正當友彥準備再開口問時，他說，「路上小心。」

「哦……嗯。桐原，你也趕快回去睡吧。」

沒有得到回答。友彥死了心，開門走了。

7

一月三日的報紙上，刊登了查獲大量盜版「超級瑪利歐兄弟」的報導。查獲的地點是某仲介商住家的停車場，該仲介商亦經手二手遊戲軟體。

就這篇報導判斷，友彥認爲仲介商應該就是松浦。松浦行蹤不明，警方認爲製作盜版軟體的嫌犯及通路極可能與黑道掛勾，不過除此之外沒有任何線索，也完全沒提及桐原的姓名。

友彥立刻打電話給桐原，但只聽到電話響，無人接聽。

一月五日，「MUGEN」照原訂計畫開工。然而桐原並沒有出現，友彥便和弘惠兩人完成進貨與銷售的工作。學校還在放寒假，很多國、高中生上門。

友彥趁工作的空檔打了好幾次電話給桐原，但對方的電話一直沒有人接聽。

「桐原會不會出了什麼事啊？」店裡沒有客人的時候，弘惠不安地說。

「我想應該不需要擔心，不過我回家的時候順道過去看看。」

「對呀，去看看比較好。」

弘惠看著桐原平常坐的椅子，椅背上掛著圍巾，就是除夕夜桐原圍著的那一條。

那把椅子後面的牆上，略高於椅子的地方掛著一個小畫框，這是弘惠拿來的。畫框裡是桐原那晚以高超技巧剪出來的男孩與女孩的剪紙。

友彥腦海突然浮現一個想法，拉開桐原辦公桌的抽屜，收著那把剪刀的盒子不見了。

這時，友彥產生了一個預感，那就是桐原可能再也不會出現了。

這天工作結束後，友彥在回家前去了桐原的住處。即使他按門鈴，門後也沒有任何動靜。來到大樓外，抬頭看窗戶，屋裡一片漆黑。

第二天以及接下來的幾天，桐原都不曾現身。後來，桐原的電話似乎被停話，打不通了。友彥到他的住處去打探，正好遇到幾個陌生人從他的住處搬出家具和電器。

「請問你們在做什麼？」他問一個看似帶頭的人。

「我們……在清理房間啊，是這裡的住戶委託的。」

「幾位是？」

「雜務公司。」對方訝異地看著友彥。

「桐原搬家了嗎？」

「應該是吧，他把房子退掉了。」

「請問他搬到哪裡去了？」

「這個我就沒聽說了。」

「沒聽說……你們不是要把東西搬過去嗎？」

「對方交代全部處理掉。」

「處理掉？全部？」

「對，錢也事先付清了。不好意思，我還有工作要做。」說完，這名男子便開始對其他人發號施令。

友彥退後一步，看他們把桐原的東西一一搬出來。

聽說了這件事，弘惠面露困惑、不知所措，「怎麼這樣……他怎麼會突然走掉呢？」

「他有他的想法吧，反正現在只能靠我們把店撐起來。」

「桐原以後會跟我們聯絡嗎？」

「一定會的。在那之前，我們兩個一起努力吧。」

弘惠雖然一臉不安，還是對友彥點頭。

開工後第五天下午，一名男子來到店裡。男子五十歲左右，穿著老舊的人字呢外套。就他那個年代的人而言，個子很高，肩膀也很寬。眼睛是厚厚的單眼皮，眼神既柔和又敏銳。

友彥立刻判斷他不是來買電腦的客人。

「你是這裡的負責人嗎？」男人問道。

「是的。」友彥回答。

「好年輕啊，跟桐原同學差不多吧……」

他一提桐原的名字，友彥忍不住睜大眼睛，男子似乎對他的反應很滿意。

「可以打擾一下嗎？有點事想請教。」

「這位客人……」

男子舉手在面前揮了揮，「我不是客人，我是做這一行的。」男人從外套內側掏出手冊。

友彥並不是第一次看見警察手冊，高二時，他曾被刑警問過話。眼前這名男子身上，散發出與當時那兩名刑警相同的味道。

他很慶幸弘惠剛好出門了。

「是要問關於桐原的事嗎？」

「是啊。我可以坐這裡嗎？」男子指著放在友彥對面的那張鐵椅。

「請坐。」

「那我就不客氣了。」男子在椅子上坐下，整個身體靠在椅背上，以此姿勢環顧店內，「你們賣的東西好難懂啊，小孩子會來買這些嗎？」

「客人是以大人居多，不過有時候也有國中生來買。」

「哦。」說著，男人搖搖頭，「這個世界愈來愈不得了了，我已經跟不上了。」

「請問是什麼事呢？」友彥問，有點心急。

刑警似乎以觀察友彥的神情為樂，露出一絲笑容。

「這家店的老闆原本是桐原亮司同學吧，他現在在哪裡？」

「您找桐原有什麼事？」

「我想先請你回答我的問題。」刑警笑得有點賊。

「他現在……不在這裡。」

「這我知道。他去年還住的公寓也解了約，屋子全空了，所以我才來問你。」

友彥嘆了一口氣，看來搪塞是沒有意義的。

「其實我們很頭痛，因爲老闆突然不見了。」

「報警了嗎？」

「沒有。」友彥搖搖頭，「我一直認爲他不久就會跟我們聯絡。」

「最後一次見到他是什麼時候？」

「除夕那天，一直到打烊他都還在。」

「後來通過電話嗎？」

「沒有。」

「對於你這個伙伴也是一句話都沒有，就消失了啊，怎麼會這樣呢？」

「所以我們才頭痛啊。」

「原來如此。」男子摸摸下巴，「你最後見到桐原同學時，他有沒有不尋常的地方？」

「沒有，我沒有注意到有什麼不尋常，跟平常一樣。」友彥盡量不動聲色，一邊想著爲什麼這個人提到桐原的時候，會加個同學。

男子伸手到上衣口袋裡，拿出一樣東西，「你對這個人有印象嗎？」

那是一張照片，是松浦的大頭照。

友彥必須當場判斷該怎麼回答，最後，他的結論是謊話還是少說爲妙。

「有，是松浦先生吧，聽說以前在桐原家工作過。」

「他來過這裡嗎？」

「來過幾次。」

「來做什麼？」

「不知道。」友彥故意歪著頭，「我只聽說他很久沒見到桐原了，所以來找他。我幾乎沒有跟他說過話，不太清楚。」

「哦。」男子目不轉睛地凝視友彥的雙眼，那是想看清他話裡有多少謊言的眼神。友彥拚命忍住想別過頭去的念頭。

「松浦先生出現後，桐原同學有什麼反應？有沒有什麼讓你印象深刻的地方？」

「沒什麼，他們很懷念似地聊天。」

「很懷念地？」

友彥感覺到男子的眼睛亮起來，「是的。」

「哦……」男子深感興趣地點點頭，「你記不記得他們聊了些什麼呢？我想應該提到了過去的事吧。」

「好像吧，不過我沒有聽到詳細的內容，因爲我那時候忙著招呼客人。」

友彥想起松浦所說桐原父親遇害的命案，但是他直覺判斷現在最好不要提起。

這時候，門開了，一個高中生模樣的男生進來，友彥說聲「歡迎光臨」招呼客人。

「是嗎？」男子總算站起來了，「那我改天再來好了。」

「請問……桐原做了什麼？」

友彥這麼一問，男子霎時間出現了猶豫的表情，然後說，「現在還不知道他做了什麼。不過他肯定做了些什麼，所以我才在找他。」

「做了什麼……」

「喔！」男子無視友彥的話，把視線轉向那個框了剪紙的畫框，「這個是他做的吧？」

「是的。」

「是嗎，他的手還是一樣巧啊。而且是男孩女孩牽手的樣子，眞好。」

友彥想他怎麼知道這是桐原做的？他相信這個人不只來追查製作盜版瑪利歐的嫌犯。

「打擾了。」男人向門口走去。

「請問……」友彥叫住那個背影，「可以請教您的大名嗎？」

「哦。」男子停下腳步，回頭說，「我姓笹垣。」

「笹垣先生……」

「告辭了。」男子離開店裡。

友彥按住額頭，笹垣……他聽說過這個姓氏，應該是從松浦嘴裡聽到的。松浦說，爲了桐原父親的命案，三番兩次確認他的不在場證明的刑警就姓笹垣。

他轉身向後，凝視桐原留下的剪貼。

第九章

1

東西電裝株式會社東京總公司各部門，大多於星期一早上開會。由各部門主管報告會議的決議事項，或指示工作方針。各單位負責人如果有事宣布，也會利用這個場合。

四月中旬的星期一，專利部專利一課課長長坂提到前幾天通車的瀨戶大橋。他說再加上上個月通車的青函隧道，縮短了日本各地的距離，進一步朝汽車社會發展。競爭勢必更趨激烈，同仁必須要有憂患意識，嚴陣以待——談話便以此作爲結論，想必是把上個星期會議中某人的發言拿來現學現賣。

會議結束後，員工各自回座，開始工作。有人打電話，有人拿出文件，有人匆匆忙忙出門。每個星期一，在這個部門都可以見到類似的情景。

高宮誠也像平常一樣投入工作，著手完成上星期五未結束的專利申請手續。他的做法是保留幾件不甚緊急的工作待下星期處理，作爲頭腦的暖身操。

工作尚未完成，便聽到有人說「E組，集合一下」。開口的是去年年底升任組長的成田。

E組是負責電氣、電子、電腦相關專利的小組，E取自英文Electronics第一個字母，連組長在內共有五名成員。

誠等人圍著成田的辦公桌坐下來。

「這件事很重要。」成田的表情略顯嚴肅，「跟生產技術專家系統有關。這是什麼，大家都知道吧？」

包括誠在內，有三個人點頭。只有去年剛進公司的山野歉然地說，「我不是很清楚。」

「你知道專家系統嗎？」成田問。

「不知道……只聽說過名稱。」

「那ＡＩ呢？」

「呃，是指人工智慧吧？」山野沒什麼把握地回答。

近來快速成長的電腦世界，如何讓電腦更接近人腦的研究日益蓬勃。例如，當一個人與他人錯身而過時，並非刻意計算自己與對方的距離決定移動的腳步，而是以過去的經驗或直覺，「適當地」決定走路速度和方向。讓電腦擁有這類具彈性的思考與判斷能力，便稱爲「人工智慧」。

「專家系統是人工智慧的應用之一，就是以電腦取代專家的系統。」成田說，「平常被人稱爲專家的人，不只是知識豐富而已，更具備了專業領域中的技能，對吧？把這些做成一個嚴謹的系統，讓外行人有了這個系統，也可以做出專家的判斷，這就是專家系統。現在醫療專家系統和經營顧問專家系統已經上市了。」

說明到這裡，成田問山野是否明白。

「大致明白了。」山野回答。

「我們公司在兩、三年前就注意到這個系統，部分原因是公司快速成長，以至於老手和新人間年齡差距很大。當然，等老前輩一退休，公司就沒有眞人的專家了。尤其像金屬加工方面的熱處理、化學處理，這類生產技術一定會用到專業知識、技法，少了老手情況會很嚴重。因此趁現在建立起專家系統，就算將來只剩下年輕的技術人員，也能夠應付。」

「這就是生產技術專家系統嗎？」

「沒錯。這是生產技術部和系統開發部共同開發的，現在已經載入工作站，應該可以用了吧？」成田望著其他三個人問道。

「應該可以用了。」誠回答，「但是先決條件是擁有搜尋技術資料的密碼。」技術資料中包含許多公司內部的機密，因此即使是公司員工，也必須另行申請才能取得密碼。誠等專利部人員因為工作上必須搜尋專利資料，均已取得密碼。

「好，說明就到此為止。」成田調整姿勢，把聲音壓低，「剛才講的那些都跟我們沒有什麼關係，應該可以說根本無關。因為既然生產技術專家系統的前提是僅供公司內部使用，那麼基本上就跟專利部無緣。」

「出了什麼事嗎？」另一個同事問。

成田微微點頭，「剛才，系統開發部的人來過。他們說，現在好幾家中堅製造商之間，出現了一種電腦軟體。那個軟體，聽說簡直是金屬加工專家系統的翻版。」

他的話，讓後輩面面相覷。

「那個軟體有什麼問題嗎？」誠問。

成田稍稍傾身向前，「因為剛好有機會拿到那份軟體，系統開發部和生產技術部研究了其中的內容，發現裡面的資料和我們的生產技術專家系統的金屬加工部分很像。」

「這麼說，是我們的系統程式外流了？」比誠大一歲的前輩問。

「還不能完全肯定，但不能排除有這個可能。」

「不知道軟體的出處嗎？」

「這倒是知道，是東京某家軟體開發公司，他們好像發布那份軟體作為宣傳。」

「宣傳？」

「那份軟體算是試用版，裡面只有少數資料。意思是先給你用用看，要是滿意，再跟他們買眞正的金屬加工專家系統。」

原來如此，誠明白了，跟化妝品的試用品一樣。

「問題是，」成田繼續說，「萬一眞的是我們的生產技術專家系統的內容外流，那份軟體的確是抄襲我們的東西做出來的，我們要如何證明？還有，如果能夠證明，能不能採取法律手段制止他們製造、銷售。」

「所以要我們調查？」

成田對誠的提問點點頭，「電腦程式作爲著作權保護的對象，已經有判例可循了。但是要證明內容是剽竊的，並沒有那麼簡單。跟小說的抄襲一樣，到底像到什麼程度才算違法，很難界定。不過我們試試看吧。」

山野開口問道，「但是假如我們的專家系統內容外流了，爲什麼會外流呢？技術資訊都受到嚴密的管理啊。」

聽到這個問題，成田露出一個冷笑，「講一個有趣的故事給你聽。有家公司高度機密開發新型渦輪增壓器，零件一個個做出來，樣品第一號總算完成了。在兩個小時之後……」他接著靠近山野，「競爭公司的渦輪引擎開發課長的辦公桌上，就放著一個一模一樣的增壓器。」

「咦！」山野驚呼一聲，愣住了。

成田得意地笑著，「這就叫做開發競爭啊！」

「……是這樣子嗎？」

看著依舊一臉不服氣的後輩，誠苦笑，因爲他也聽過同一個故事。

2

當天，誠在晚上八點剛過回到位於成城的公寓，由於調查專家系統一事，不得不加班。但是打開自家大門時，他就後悔了，早知道就在公司待晚一點，因爲室內仍是一片黑暗。玄關、走廊、客廳，他一一打開燈。雖然時序已進入四月，不過即使穿著拖鞋，一股寒氣仍從一整天沒有熱氣的地板透上來。

誠脫掉上衣，坐在沙發上鬆開領帶，拿起桌上的電視遙控器，打開電視。幾秒鐘後，三十二吋的大畫面中，出現撞毀的火車車廂。這影像他看過好多次，是上個月發生於中國上海近郊火車迎面相撞事故，電視節目正播出車禍的後續發展。私立高知學藝高中修業旅行一行一百九十三名師生，搭上這班出事的火車，一名領隊老師與二十六名學生喪生。

日本與中國就遇難者賠償問題持續進行談判，卻遲遲無法達成協議，主播說著類似的話。

誠想看棒球賽轉播，切換頻道，但想起今天是星期一，便關掉電視。一關掉，他感到屋裡比打開電視前更冷清了。他看了一眼牆上的時鐘，這個時鐘是他們收到的結婚賀禮，點綴著鮮花圖案的底盤上，指針指著八點二十分。

誠站起來，邊解開襯衫的鈕釦，邊探頭看廚房。系統廚房整理得一塵不染。水槽裡沒有待洗的餐具，整列拿取極爲方便的各式調理用具，有如全新般閃閃發光。

但這時候他想知道的，並不是廚房的清潔是否徹底，而是今天晚餐妻子有什麼打算。他想知道，她在出門前便準備好晚餐，還是想回家再處理。照廚房的樣子看來，今晚屬於後者。

他又看了一下時鐘，長針移動了兩小格。

他從客廳的家具櫃抽屜中拿出原子筆，在牆上月曆當天這一格畫上大大的×，這是自己先到家的記號。他是從這個月開始記錄的，但並未告訴妻子記號的意義。他打定主意找機會告訴她，儘管自知這種行爲並不光明正大，但他認爲有必要以某種形式客觀地記錄目前的狀況。

這個月才過了一半，×記號便已超過十個。

果然不應該答應讓她去工作的，這不知道是誠第幾次後悔了。同時，對於自己懷有這種想法感到自我厭惡，認爲自己是個器量狹小的男人。

和雪穗結婚已經兩年半了。

正如誠所預料的，她是一個完美的妻子。不管做什麼都乾淨俐落，而且成果無可挑剔。尤其廚藝高超更是令他感動不已，無論是法國菜、義大利菜還是日式料理，她做出來的每一道菜，都足以媲美專業廚師。

「我是很不想承認啦，可是你眞的是本世紀最幸運的男人。娶到那麼美的老婆就應該偷笑了，她竟然還會燒一手好菜！一想到我跟你活在同一個世界上，實在很難不嫌棄自己。」說這番話的，是婚後在家裡招待的一群朋友之一。其他的人也頗有同感，講了一連串酸溜溜的話。

當然，誠也誇獎了她的手藝。新婚時，他幾乎每天都誇獎她。

「我媽以前經常帶我去別人口中的一流餐廳，她說，年輕時沒有嘗過美味料理，就沒有辦法培養眞正的味覺。還說，有些人到一些價格昂貴卻一點都不好吃的店還沾沾自喜，就是小時候沒有吃過美味料理的證明。因爲媽媽有這種想法，我對自己的舌頭還算有自信。不過能讓你吃得開心，我眞的好高興。」

對於誠的讚美，雪穗開心地這麼回答。略帶嬌羞的模樣，讓他興起一股想永遠緊緊抱住她的

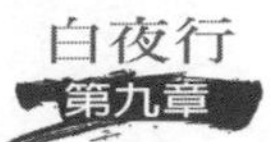

衝動。

然而，餐餐都得以享用她的好菜的生活，才兩個月便宣告結束。原因是她的這一句話，「親愛的，我可以買股票嗎？」

「啊？」

這時候，誠無法意會「股票」這兩個字，是因爲這與雪穗的日常生活距離太遙遠了。當他明白她說的是股票時，他的反應是疑惑甚於驚訝，「妳懂股票嗎？」

「懂啊，我研究過了。」

「研究？」

雪穗從書架上拿出幾本書，都是買賣股票的入門書或相關書籍。誠平常不太看書，完全沒注意到客廳的仿骨董書架上擺著這些書。

「妳怎麼會想到要買股票？」誠改變問題的方向。

「因爲光是在家裡做家事，有很多空閒時間呀。而且，現在股票行情很好哦，以後還會更好，比放在銀行裡生利息好得多。」

「可是也可能會賠啊。」

「沒辦法呀，這是一種賭注嘛。」雪穗爽朗地笑了。

這句「這是一種賭注嘛」，第一次讓誠對雪穗產生反感，他有種遭到背叛的感覺。她接下來的話，更加強了這種感覺，「你放心，我有自信，絕對不會賠錢的。再說，我只用我的錢。」

「妳的錢……」

「我自己也有點積蓄啊。」

「有歸有……」

「我的錢」這種想法，讓他心生排斥。既然是夫妻，還用得著分誰的錢嗎？

「還是不行？」雪穗抬眼望著丈夫，看誠沒有說話，便輕輕嘆了口氣，「說的也是，畢竟不行吧。我連家庭主婦都還不夠格，沒資格分心管別的事。對不起，我不會再說了。」然後垂頭喪氣地開始收拾股票類書籍。

看著雪穗苗條的背影，誠不由得認爲自己眞是個心胸狹窄的男人，她至今從未提過任何無理的要求。

「我有條件。」他朝著雪穗的背影說，「不可以太過投入，絕對不可以借錢。這些妳都能答應嗎？」

雪穗回過頭來，眼睛裡閃耀著光采，「可以嗎？」

「我說的條件，妳都能做到吧？」

「一定做到，謝謝！」雪穗抱住他的頸項。

然而誠雙手環著她的纖腰，心裡卻有不好的預感。

就結論而言，雪穗確實遵守他開出來的條件。她透過股票，順利增加資產。她最初投入多少資金、進行哪種程度的買賣，誠一無所知。但聽她與證券公司的窗口的電話對答，她所動用的金額超過一千萬圓。

她的生活自此改以股票爲中心。由於必須隨時掌握行情，一天到證券公司報到兩次。爲了怕漏接股票營業員的來電，她極少外出。即使不得已出門，也每隔一小時便打電話。報紙最少看六

份，其中兩份是經濟報與工業報。

「妳給我節制一點！」有一天，雪穗掛掉證券公司打來的電話後，誠忍無可忍地說。電話從早上就響個不停，誠平常人在公司，並不在意，但那天是公司的創社紀念日，放假在家。「難得的休假都毀了。爲了買賣股票，夫妻倆連出個門都不行！爲了股票，搞得生活都沒辦法好好過，那就別再玩了！」

誠對雪穗粗聲粗氣，連交往期間算在內，這還是第一次。這時候，他們結婚八個月。不知是吃驚還是受到驚嚇，雪穗茫然佇立。看到她慘白的臉蛋，誠立刻感到心疼。但是他還沒開口道歉，她便低聲說：

「對不起，我一點都沒有忽視你的意思，請一定要相信我。可是因爲股票有一點成績，我好像有點得意忘形了。對不起，我根本沒有盡到妻子的本分。」

「我不是這個意思。」

「沒關係，我明白。」說完，雪穗拿起電話聽筒。她打電話到方才的證券公司，當場交代窗口把所有的股票脫手。

掛掉電話，她轉身面對誠。「只有信託基金無法立刻解約。這樣，能不能原諒我……」

「妳眞的不後悔？」

「不會的，這樣才能斷得一乾二淨。一想到給你帶來那麼多不愉快，我就覺得好難過……」

雪穗跪坐在地毯上，低著頭，雙肩微微顫抖著，眼淚一滴滴掉落在她的手背上。

「別再提這件事了。」誠把手放在她的肩上。

從第二天起，與股票有關的資料完全從家裡消失，雪穗也絕口不提股票。

但是，她顯然失去了活力，同時閒得發慌。不出門就懶得化妝，連美容院都很少去。

「我好像變成醜八怪了。」有時候她會看著鏡子，無力地笑著說。

誠建議她去學點東西，但她對這方面似乎提不起興趣。誠猜想，可能是因為從小便學習茶道、花道和英語會話，造成這種反彈現象。

他也知道，生小孩是最好的解決之道。因為養兒育女，一定會占據雪穗所有的空閒時間。然而，他們沒有小孩。兩人只在新婚半年間採取避孕措施，但之後雪穗全無懷孕的跡象。

誠的母親賴子也認為養兒育女要趁早，對兒子媳婦完全沒有消息感到不滿。一有機會她都會對誠暗示，既然沒有避孕卻生不出小孩，最好去醫院檢查檢查。

其實，他也想上醫院檢查，事實上，他曾向雪穗這麼提議過，但是那時候她少見地堅決反對。問她原因，她紅著眼眶說，「因為可能是那時候的手術讓我不能生的啊，如果是的話，我一定會傷心得活不下去。」

那時候的手術，指的是墮胎。

「所以徹底檢查不是比較好嗎？也許治療就會好了。」

即使誠這麼說，她仍然搖頭，「不孕是很難治療的，我才不要去檢查不能懷孕的原因。而且沒有小孩不也很好嗎？還是你不想跟一個不會生小孩的女人在一起？」

「沒這回事，有沒有小孩都沒關係。好吧，我不會再提這件事了。」

誠知道責備一個無法懷孕的女人是多麼殘酷的事。事實上，從他們這番對話後，他幾乎沒有提過孩子的事。母親賴子那邊也以謊言帶過，說他們到醫院接受檢查，雙方都沒有問題。

只是，有時雪穗會自言自語般喃喃地說，為什麼我不能懷孕呢？緊接著，她必定會說這句話，「那時候是不是不應該拿掉呢……」

誠只能默默聆聽。

3

玄關傳來開鎖的聲音，躺在沙發上發呆的誠爬起來。牆上的時鐘指著九點整。

走廊傳來腳步聲，門猛然打開。

「對不起，我回來晚了。」

身穿苔綠色套裝的雪穗進來了，兩手都拿著東西。右手是兩個紙袋，左手是兩個超市的袋子，肩上還掛著黑色的側背包。

「你餓了吧？我馬上準備。」

她把超市的袋子放在廚房地板上，走進寢室。她經過的地方，留下甜甜的香水味。

幾分鐘後從房間出來的她，已經換好家居服，手裡拿著圍裙，邊穿邊走進廚房。

「我買了現成的回來，不用等太久，還有罐頭湯。」略帶喘息的話聲從廚房傳來。

誠本來正在看報，聽到這些話，不由得心頭火起。究竟是哪裡惹惱了他，他自己也說不上來。眞要說的話，應該是她活力十足的聲音吧。

誠放下報紙，站起來，走向發出開伙聲音的廚房。「結果，妳要讓我吃外面現成的？」

「咦？你說什麼？」雪穗大聲說，抽油煙機的聲音讓她聽不清楚，這讓他更加暴躁。

誠站在廚房門口，正準備在瓦斯爐上燒水的雪穗看著他，不解地偏著頭。

「我是問妳，妳讓我等這麼久，結果要讓我吃偷工減料的東西，是不是！」

她的嘴巴張成「啊」的嘴形，接著，她關掉抽油煙機。空氣立刻停止流動，整個家裡隨即靜了下來。

「對不起，你不高興？」

「如果只是偶爾，我也沒話說。」誠說，「但是這陣子根本就是每天，妳每天都晚歸，端出現成的菜，一直都是這個樣子！」

「對不起，可是我怕讓你等太久……」

「我是等很久了，等到我都不想等了。我還想乾脆吃泡麵算了，結果等到吃外面現成的，跟吃泡麵有什麼兩樣？」

「對不起。我……雖然不成理由，可是最近真的很忙……給你添麻煩，我真的很抱歉。」

「生意興隆，真是恭喜啊。」誠自知自己的嘴角難看地歪了一邊。

「別這麼說。對不起，以後我會注意的。」雪穗雙手放在圍裙上，低頭道歉。

「這句話我聽過好幾遍了。」誠雙手插進口袋，丟下這句話。

雪穗只是低著頭，沒作聲，大概是因爲無可反駁吧。然而最近每當遇到這種場面，誠突然會產生一種感覺，懷疑她是不是以爲只要像這樣低著頭，等到風頭過去就算了。

「妳生意還是不要做了吧。」誠說，「我看還是沒辦法兼顧家裡，妳也很辛苦吧。」

雪穗什麼都沒說，避免爲這件事爭吵。

她的肩膀開始微微顫抖，雙手抓住圍裙的下襬，按住眼睛，嗚咽聲從她手裡傳出來。

「對不起。」她又說了一次，「我眞沒用，眞的好沒用，只會給你添麻煩……你讓我做我喜歡做的事，我卻完全無法報答。我眞沒用，我眞是個沒有用的人。誠，也許你不該和我結婚

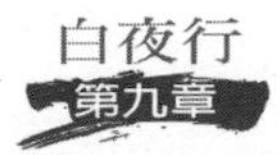

的。」淚水讓話語斷斷續續，還不時夾雜著抽噎聲。

一聽到她這一連串反省的話語，誠無法再責備她。反而覺得自己爲了一點小事而大發雷霆，心眼未免太小了。

「別哭了。」他就此收兵。既然雪穗一句反駁的話都沒有，要吵也吵不起來。

誠回到沙發上，攤開報紙。雪穗卻來問他，「那個……」

「幹嘛？」他回頭問。

「晚餐……怎麼辦？要做也沒有材料。」

「啊……」誠感到全身懶洋洋的，倦怠不堪，「今晚就算了，吃妳買回來的就好。」

「可以嗎？」

「不然也沒辦法吧。」

「對不起，我現在馬上準備。」雪穗的身影消失在廚房中。

聽著抽油煙機再度運轉的聲音，誠有種無法釋懷的感覺。

「我可以去工作嗎？」再一個月便要迎接結婚一週年的某一天，雪穗提出這個問題。由於完全沒有預期到她會這麼問，誠愣住了。

雪穗的說法是，她在服裝界的朋友要獨立開店，問她要不要一起經營。她們打算開設進口服飾店。

誠問雪穗想不想做，她說想試試看。

自從不再碰股票以來，她那雙黯然無光的眼睛，又開始閃閃發光。看到她這樣，誠說不出反對的話。

誠只說別太勉強自己，便答應她了。雪穗十指在胸前交握，以種種話語表達她的喜悅。

她們的店面在南青山。誠去過好幾次，那是一家全面玻璃帷幕，感覺華麗明亮的店，路過時便可看到店裡琳瑯滿目的進口女裝、雜貨。後來誠才知道，店面的裝潢費用全都由雪穗出資。

雪穗的合作對象名叫田村紀子，臉孔和身體都圓滾滾的，有種平民氣質。誠如她的外表給人的印象，是個刻苦耐勞的人。照誠的觀察，她們的工作似乎是這樣分擔的：雪穗負責招呼客人，而取貨、算帳則是田村紀子的工作。

這家店採完全預約制，也就是顧客預約好來店日期。這麼一來，她們便能依照客人的尺寸與喜好備妥商品。這種做法可以節省無謂的商品陳列空間，可說相當有效率。

這種做法的成敗端看她們有多少人脈，但開張以來，客人似乎沒有斷過。

雪穗會不會因爲熱衷經營服飾店，便忽略了家事，誠多少有點擔心，不過那時候還沒有這種現象。雪穗多半也怕誠這麼想吧，開店後，她做起家事比以前更賣力。那時候她不但做飯不會敷衍了事，也不會比誠晚歸。

開店後兩個月左右，雪穗又提出意想不到的事，這次她問誠願不願意當店東。

「店東？我嗎？爲什麼？」

「房東爲了繳遺產稅，急需一筆錢，問我們要不要買。」

「妳想買嗎？」

「不是我想不想，而是我覺得買下來絕對划算。那個地點，以後一定只漲不跌。現在房東開的價錢，可以說是破盤價呢！」

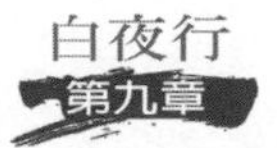

「如果我不買呢？」

「那就沒辦法了。」雪穗嘆氣，「只好由我來買。」

「妳買？」

「我想如果是那個地點，銀行應該肯貸款。」

「妳要去借錢？」

「對呀。」

「妳那麼想買？」

「是想買沒錯，但是我認爲，不買恐怕以後會有問題。如果我們不買，房東一定會去找房屋仲介業者，這麼一來，要是運氣不好，可能就得退租了。」

「退租？」

「叫我們退租，好以更高的價錢把土地賣掉呀。」

誠先是不置可否，然後開始認眞考慮起來。

他並不是買不起。高宮家在成城有好幾塊地，將來全歸誠繼承，只要賣掉一些就行了。如果說服得法，母親賴子應該也不會反對。因爲他們家持有的土地實際上幾乎都處於閒置狀態。

他不贊成雪穗去向銀行貸款。因爲這麼一來，她很可能把所有心思放在事業上。況且，若以她的名義開店，總令人有種家庭、工作無法分割的感覺。

「讓我考慮兩、三天。」誠對雪穗說，其實當時可以說他已下定決心了。

一九八七年伊始，南青山的店便歸誠所有。雪穗她們會自營業收入中，定期將房租匯入他的帳戶。

過了不久，誠便領教到雪穗的先見之明。

由於東京都心的辦公大樓需求增加，地皮創下天價，短期內連翻三、四倍已不足爲奇。頻頻有人找上誠，詢問南青山的店面與土地是否打算出售。每次聽到對方開價，他都忍不住懷疑事情的眞實性。

大概就此時起，他開始對雪穗產生淡淡的自卑感。他漸漸認爲，論生活能力、經營管理能力及大膽果斷這幾點，自己可能都比不上這個女人。他並不清楚她事業上的成績如何，但可以肯定的是，她們的服飾店業績正順利成長。目前她計畫在代官山開第二家店。

相形之下，自己呢？一想到這裡，誠便感到鬱鬱不樂。自己根本沒有開創的勇氣，只以自己的個性適合爲人所用爲由，賴在公司不敢走。得天獨厚繼承的土地也不曾好好利用，住在家裡出資購買的公寓裡。

還有一件事，更讓他覺得抬不起頭來，那便是當前的股票熱。去年ＮＴＴ股票上市立刻狂飆，而股市彷彿順勢被拉抬似的，開始上漲，甚至到了全民炒股的地步。

然而高宮家與股票無緣，理由當然是他因此責備過雪穗。在那之後，她也絕口不提股票。但一想到她是以什麼樣的想法看待這場空前的股票熱，誠便感到渾身不自在。

4

這天晚上上床前，雪穗提起一件令人意外的事。

「高爾夫教室？」誠在加大的單人床上，看著妻子映在梳妝台裡的臉問。從新婚起，他們就分床睡，不過雪穗睡的是單人床。

「對呀，我想，如果是星期六傍晚的話，我們可以一起去。」雪穗把一張傳單放在誠面前。

「哦，美國高爾夫球協會認可的高爾夫球學校，妳從以前就想學高爾夫球了嗎？」

「有一點，現在愈來愈多女性在打了嘛。高爾夫球的話等上年紀，夫妻也可以一起打呀。」

「上了年紀以後啊……我倒是沒想過這麼久以後的事。」

「開始學嘛，一起去一定很好玩的。」

「說的也是。」

誠還記得父親生前便喜歡打高爾夫球，每到假日，便把大大的高爾夫球袋放進車子的後車廂出門去。那時候父親的神情，比平常來得有活力，或許是因爲贅婿的身分讓他在家裡悒悒不樂。

「聽說下個星期六有說明會，要不要先去看看？」完成肌膚保養的雪穗邊上自己的床邊說。

「好啊，就去看看吧。」

「太好了。」

「這件事就說定了，妳要不要過來？」

「啊，好。」雪穗離開自己的床，輕巧地滑進誠的床。

誠調整枕邊的按鈕，把燈光轉暗。接著往她身邊靠，手伸進白色睡衣的胸口。她的乳房非常柔軟，比外表有分量得多。

今天應該沒問題吧？他想。這陣子，因爲某個原因，經常發生夫婦生活不協調的狀況。

揉捏乳房、吸吮乳頭一陣子後，他緩緩撩起雪穗的睡衣，從頭部脫下。然後脫下自己的睡衣，他的陰莖已經完全勃起了。

全裸之後，他再度抱住雪穗的身體，那是一具彈性十足的身體。撫摸她的腰，她似乎有點怕癢。他抱著她，親吻她的頸部，輕咬她的乳頭。
誠伸手褪下她的內褲，一褪到膝蓋下方，便用腳一口氣脫掉。這是他平常的做法。接著，他懷著某種期待，伸手觸摸她的三角地帶，中指慢慢往下滑。
微微的失望在他心中蔓延，應接納他的陰莖的部位，一點都不溼潤。他決定愛撫她的陰蒂，但是無論手指的動作再輕柔，也感覺不到溼潤。
誠不認為自己的做法有問題，因為不久之前，這樣便足以產生充分的潤滑。不得已，他把中指伸入陰道內，但是那裡仍緊閉著。他正準備硬鑽進去時，雪穗悶哼一聲，「好痛！」即使在昏暗中，也看得出她皺著眉。
「抱歉，很痛嗎？」
「沒關係，別介意，進來吧。」
「可是，才手指妳就這麼痛了。」
「沒關係，我會忍耐的。慢慢進來反而會痛，一口氣進來。」雪穗把腿張得更開一點。
誠來到她的雙腿間，握住陰莖，讓前端靠住她的陰道口，腰往前挺。
「啊！」雪穗叫出聲來，可以看見她咬住牙的樣子。誠不認為他的動作這麼具侵略性，困惑不已，因為他連前端都還沒有進去。
如此反覆了好幾次，雪穗開始發出原因不明的呻吟。
「怎麼了？」誠問。
「我肚子……好痛。」
「肚子？」

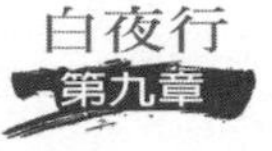

「就是子宮那邊……」

「又來了啊。」誠嘆氣。

「對不起。不過沒關係，馬上就不痛了。」

「不用了，今晚還是算了吧。」誠撿起掉落在床下的內褲，穿起來。接著邊穿上睡衣，想著不是「今晚還是」，而是「今晚也是」。這陣子老是這樣。

雪穗也穿上內褲，拾起睡衣，回到自己床上。

「對不起。我到底是怎麼了……」

「還是去給醫生看看比較好吧？」

「嗯，我會的。只是……」

「只是什麼？」

「我聽說拿過小孩的人，有時候會這樣。」

「妳是說不會溼潤、子宮會痛嗎？」

「嗯。」

「我倒是沒聽說。」

「因爲你是男人啊……」

「這倒也是。」

眼見話風不對，誠側身背對她，蓋上棉被。陰莖雖已疲軟，性慾卻沒消退。既然無法做愛，他希望雪穗至少以口或手來表現她的愛意，但雪穗是絕不會這麼做的女人，誠很難要求她。

不久，耳裡聽到啜泣聲。

誠覺得懶得去安慰她，便把臉孔埋進棉被裡，裝作沒聽見。

5

老鷹高爾夫練習場，建築在規畫成棋盤方格狀的住宅區當中。招牌上寫著「全長兩百碼　備有最新型給球機」。綠色網子內側，小白球不斷交織飛舞。

這裡從誠他們的公寓開車約二十分鐘左右。剛過四點便離開家裡的兩人，於四點半抵達。傳單上寫著說明會自五點開始。

「果然太早了。我就說嘛，晚點再出門就行了。」誠操控著ＢＭＷ的方向盤說。

「我怕會塞車呀。不過可以看看別人打球，說不定能當作參考。」坐在前座的雪穗回答。

「外行人練習看再久也沒有幫助。」

由於正值高爾夫球熱，加上星期六，客人相當多。停車場幾乎客滿也顯示出這一點。

總算找到車位停好車，兩人下了車，走向入口。路上有個電話亭，雪穗停在電話亭前。

「對不起，我可以打個電話嗎？」說著，她從包包裡取出記事本。

「那我先進去看看。」

「好。」說話的時候，她已經拿起聽筒了。

高爾夫練習場的玄關，寬敞明亮得像家庭餐廳一般。穿過玻璃自動門，誠來到建築物內部。鋪著灰色地毯的大廳裡，有好幾個無所事事的客人。一進來左手邊便是櫃檯，兩名穿著鮮豔制服的年輕女性員工正在招呼客人。

「不好意思，可以麻煩您在這裡填您的大名嗎？一有空位，我們便會按順序呼叫。」其中一名員工說。和她對話的是一個看來與運動無緣的肥胖中年男子，身旁放著黑色高爾夫球袋。

「什麼，人很多啊？」中年男子不悅地問。

「是啊，可能要請您等二、三十分鐘。」

「唔，眞沒辦法。」男子不情不願地寫名字。

看來大廳裡無事可做的那群人，都是在排隊。誠再次體認到，所謂的高爾夫球熱原來是眞的。或許是因爲無須接待客戶，他的同事鮮少有人打高爾夫球。

誠走近櫃檯，告訴工作人員他們要參加高爾夫球課的說明會。其中一名工作人員笑容可掬地回答，「我們會廣播，請在這裡稍候。」

這時候，雪穗進來了，一看到誠便立刻跑過來，但神情和剛才有些不同。

「對不起，出了點問題。」

「怎麼了？」

「店裡發生一點麻煩，我不能不去處理。」雪穗咬著嘴唇說。

她的店星期日公休，星期六由田村紀子與一名打工的小姐負責。

「現在馬上就要去嗎？」誠問，從聲音明顯聽出他非常不高興。

「嗯。」雪穗點頭回答。

「那高爾夫球課怎麼辦？妳不聽說明會了？」

「不好意思，你一個人去好不好？我現在要搭計程車趕回店裡。」

「我一個人，是嗎？」誠嘆氣說，「眞拿妳沒辦法。」

「對不起。」雪穗雙手合十，「你去聽聽看，要是很無聊，就馬上回家吧。」

「當然啦。」

「眞的很抱歉，那我先走了。」雪穗快步走出玄關。

目送她的背影離開後，誠再度輕輕嘆了口氣。他設法壓抑內心竄升的怒氣，因爲他知道讓怒氣延燒，結果只會讓自己身心俱疲。這種經驗他不知經歷過多少次了。

誠決定到開設在大廳一角的高爾夫球用品店逛逛，店內除了高爾夫球桿、用品，還陳列著小飾品。光是看這些，並沒有加深他對高爾夫球的興趣。事實上，誠對高爾夫球幾乎一無所知。頂多只知道基本規則，以及一般高爾夫球玩家的目標是破百而已。但是所謂的破百究竟是什麼樣的分數，他完全無法想像。

正當他在看金屬球桿時，感覺到一道視線。一雙穿著長褲的女性雙腿就在他身邊，那名女性似乎是面向誠站立。

他稍微把視線往上一抬，正好和她的眼波對個正著。

在他發出「啊」的驚叫前，有一、兩秒鐘的空白。在這一刹那間，他認出了這名女性、腦袋裡想著她不該在這裡，但又確認是她本人沒錯。

站在那裡的是三澤千都留，她剪短了頭髮，整個人的感覺不同了，但的確是她。

「三澤小姐……妳怎麼會在這裡？」誠問。

「來練習高爾夫球……」千都留拿起手上的高爾夫球桿。

「啊，說的也是。」明明不癢，誠卻抓抓臉頰。

「高宮先生也是吧……」

「啊，嗯，是啊。」聽到她還記得自己的名字，誠暗自欣喜。

「妳一個人來？」

「是呀，高宮先生呢？」

「我也是。啊，找個地方坐吧。」

等候的客人幾乎占據了大廳所有椅子，不過靠牆處正好有兩人的空位。他們在那裡坐下來。

「嚇了我一跳，沒想到會在這裡見到妳。」

「對呀，我也是，一時以爲自己認錯人了。」

「妳現在在哪裡？」

「我住下北澤，現在在新宿的建設公司工作。」

「也是當派遣人員嗎？」

「是的。」

「我記得妳跟我們公司的約結束後，說要回札幌老家。」

「你記性眞好。」千都留微笑，露出健康的白色牙齒。她的笑容，讓誠不禁認爲她果眞比較適合剪短髮。

「結果妳沒回札幌？」

「住了一陣子，不過很快就又回來了。」

「這樣啊。」說著，誠看看手表，已經四點五十分了。說明會五點就要開始，他有點焦躁。

兩年多前的那個日子，又在他腦海裡復甦。和雪穗結婚前一天的那個晚上，誠待在某家飯店大廳，因爲千都留理應在那裡出現。

他愛上了她，一心認爲即使犧牲一切，也要向她表白。那一刻，他深信三澤千都留才是他命中註定的另一半。

然而千都留並沒有出現，誠不知道原因，只知道原來她不是他命運中的另一半。

再次相逢，誠自知當時的愛苗並沒有完全消失。僅僅是人在千都留身邊，便感到飄飄然，那是一種許久不曾體會的、甜美的亢奮。

「高宮先生現在住哪？」千都留問道。

「我住成城。」

「成城……說到這兒，之前你好像說過。」她說，露出搜尋記憶的眼神。「已經兩年半了，有孩子了嗎？」

「還沒呢。」

「不打算生嗎？」

「不是不打算生，是生不出來吧……」誠露出苦笑。

「這樣啊。」千都留的表情顯得不知所措，一定是不知是否該表示同情吧。

「三澤小姐結婚了嗎？」

「沒有，我還是孤家寡人。」

「有這個計畫嗎？」誠觀察她的表情問。

千都留笑著搖搖頭，「沒有對象呀。」

「這樣啊。」

誠知道自己內心放下了一顆大石頭。但是另一方面，卻又問另一個自己，她單身又能如何？

「妳常來這裡？」他問。

「一星期一次，我在這裡上高爾夫球課。」

「咦！高爾夫球課？」

「是的。」千都留點點頭。

她說，她從兩個月前開始，參加每個星期六下午五點上課的初學者課程，也就是誠他們預定參加的那個課程。

誠說自己是來參加同一課程的說明會。

「這樣啊！這裡每兩個月招生一次嘛。那麼，以後每個星期都會見面嘍？」

「是啊。」誠回答。

然而對於這次的偶遇，誠心情卻很複雜，因爲雪穗也會一起來。他並不想讓千都留見到自己的妻子，同時，也不敢向她表明妻子打算和自己一同上課。

這時候，廣播在大廳內響起——參加高爾夫球課說明會的來賓，請到櫃檯前集合。

「那麼我去上課了。」千都留拿著球桿站起來。

「等一下我會去參觀。」

「咦——！不要啦，好丟臉喔。」她皺起鼻子笑了。

6

誠回到公寓時，雪穗的鞋子已經在玄關了，屋內傳來炒菜的聲響。

他走進客廳，雪穗穿著圍裙在廚房裡做菜。

「你回來啦，好晚喔。」她一邊翻動平底鍋，一邊大聲說。時間已經超過八點半了。

「妳什麼時候回來的？」誠站在廚房門口問。

「大概一個小時之前。我想得回來準備晚餐，就急忙趕回來了。」

「這樣啊。」

「就快好了，你等一下吧。」

「我跟妳說，」他朝著俐落地做著沙拉的雪穗的側臉說，「今天，我在練習場那邊遇到以前的朋友。」

「嗯。」

「哎呀，是嗎，我不認識的人？」

「然後呢？」

「因爲很久沒見了，想說一起吃個飯，所以就在附近的餐廳隨便吃了。」

雪穗的手停了下來，把手舉到脖子附近，「這樣啊……」

「我以爲妳今天也會很晚回來，因爲妳店裡好像有麻煩。」

「那件事很快就解決了。」雪穗擦了擦脖子，接著露出無力的笑容，「說的也是，誰教我老是晚回來呢。」

「抱歉，我應該想辦法和妳聯絡的。」

「別放在心上。我還是把飯做好，如果餓了就一起吃吧。」

「好的。」

「高爾夫球課怎麼樣？」

「哦。」誠先含糊地點點頭，「也說不上怎麼樣，只是說他們排了課程表，會按照課程安排一步步教。」

「你還喜歡嗎？」

「唔……這個嘛……」

該怎麼解釋才好呢？誠盤算著。既然三澤千都留在那裡上課，他並不想和雪穗去。不得已，他決定放棄那裡的課程，問題是怎麼說服雪穗。

「我跟你說……」他還在思索該怎麼開口的時候，雪穗先說話了，「明明是我提出來的，現在要反悔實在很過意不去，可是狀況實在有點糟糕。」

「咦？」誠轉頭看她，「有困難？怎麼說？」

「分店不是要開張了嗎？所以我們正在徵求店員，可是一直找不到適當的人選。你也知道最近就業市場完全是勞方市場，新人根本不肯來我們這種小店。」

「所以呢？」

「今天我跟紀子商量，以後我星期六也盡可能去上班。我想應該不至於每個星期六都要……」

「這麼說來，妳確定能休息的，就只有星期日了？」

「是啊。」雪穗縮著肩，抬眼看誠，顯然是怕他生氣。

但是他並沒有生氣，他的心思完全被別的事情占據了。

「這樣，妳不就沒辦法去上高爾夫球課了？」

「是啊，所以我才向你道歉。明明是我出的主意，自己卻不能去。對不起。」雪穗雙手在身前併攏，深深低頭。

「妳不能去了啊。」

「嗯。」她回答，輕輕點頭。

「是嗎？」誠雙手抱胸地走向沙發。「那就沒辦法了。」說著，一屁股在沙發上坐下，「那我自己去上高爾夫球課好了，既然都參加說明會了。」

「你不生氣？」雪穗對丈夫的反應似乎感到意外。

「不生氣，我決定不要再爲這種事生氣了。」

「太好了。我還以爲又會惹你生氣，心裡七上八下的呢。別的問題都還好解決，可是人手不足實在沒辦法……」

「算了，別提這件事了。只是要是妳改變心意，還是想學，也已經趕不上我那一班了哦。」

「嗯，我知道。」

「那就好。」

誠拿起桌上的電視遙控器，打開電視，把頻道轉到棒球賽轉播。王貞治率領的巨人隊在今年甫落成的東京巨蛋，與中日隊陷入苦戰。但是他眼睛看著電視，心裡想的不是誰要遞補去年退休的投手江川（*1）的空缺，也不是原選手（*2）本季能不能拿下全壘打王。

而是什麼時候才能背著雪穗打電話。

*1 江川卓（一九五五～），日本職棒巨人隊著名投手，一九八七年退休。

*2 原辰德（一九五八～），日本職棒巨人隊著名選手，一九九五退休，現爲球評。

這天夜裡，誠輾轉難眠。一想到與三澤千都留重逢，身體就莫名發熱。她的笑容在腦海中閃現，她的聲音在耳內迴盪。

說明會中安排了參觀實際教學，誠從後面觀看千都留他們在指導教練的教導下擊球。注意到他在場的千都留，可能因為太緊張，失誤了好幾次。每次失誤，她都會回頭朝著他吐出粉紅色的舌頭。

說明會結束後，誠鼓起勇氣邀她一起吃飯。

「我回家後也沒得吃，本來就準備在外面吃完再回家。不過一個人吃實在沒什麼意思。」他編了這樣的藉口。

她的神色似乎有些猶豫，但還是笑著回答，「那就由我來作陪吧。」誠看在眼裡，並不認為她是礙於情面不得不奉陪。

千都留是搭電車再步行來高爾夫球練習場的，誠讓她坐在ＢＭＷ前座，開車到去過幾次的義大利麵專賣店。這家店他從未帶雪穗來過。

在照明刻意昏暗的店內，誠與千都留相對用餐。仔細回想起來，他們在同一家公司共事時，甚至不曾兩人相偕進過咖啡館。誠的心情十分放鬆，不禁認為他們天生即十分契合。和她在一起，話題便源源不絕地湧現，甚至覺得自己能言善道。她不時發出銀鈴般的笑聲，間或說幾句話。在各家公司輾轉來去的她，提及本身經驗時，有一些見識甚至令誠感到驚訝。

「妳怎麼會想學高爾夫球？為了美容？」用餐時，誠問道。

「也沒有為什麼。勉強要說的話，算是為了改變自己吧。」

「有那個必要嗎？」

「我常想最好改變一下，不能再過這種浮萍般隨波逐流的生活了。」

「哦。」

「高宮先生爲什麼想學呢？」

「我嗎？」誠一時不知如何回答。他不敢說是出於妻子的提議，「因爲運動不足啊。」

千都留似乎接受了這個答覆。

離開餐廳後，誠送她到家。當然，她一度謝絕了，但看來並非出於厭惡，於是誠再次堅持，她便爽快地答應了。

不知千都留是否刻意，用餐期間，她沒有詢問誠的婚姻生活。他當然也沒有說出讓她意識到雪穗存在的話。但車子開動後不久，千都留問了一個問題，「你太太今天不在家嗎？」

或許是誠多心，覺得她的口氣聽起來有點不自然。

「她工作很忙，經常不在家。」

千都留默默地輕輕點頭。之後，再也沒有提起類似的問題。

她的公寓位於沿鐵路興建的一棟雅緻的三層樓建築。

「謝謝你，那麼下星期見。」下車前她說。

「嗯……不過就像我剛才說的，我不一定會去上課。」誠說。當時，他並不打算報名。

「這樣啊，你一定很忙吧。」千都留露出遺憾的表情。

「不過我們偶爾可以見個面。我可以打給妳吧？」誠問道。用餐時，他問過她的電話。

「可以呀。」她邊說邊點頭。

「那就這樣。」

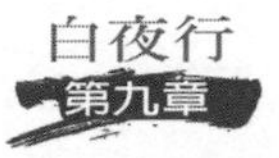

「再見。」

她下車時，誠有一股想抓住她的手的衝動。抓住她，把她拉過來，親吻她。當然，這些只停留在他的想像之中。

從後照鏡看著她目送自己，誠發動了車子。

要是告訴她自己要報名高爾夫球課，她會感到欣喜嗎？誠把頭埋在枕頭裡想著。好想早點告訴她，因爲今晚沒有機會打電話。

以後，每個星期都能見到她。光是這麼想，誠的心就像少年般雀躍不已。下個星期六眞教人迫不及待。

他翻個身，才注意到身旁的床上傳來熟睡的呼吸聲。

今晚，他一點都沒有擁抱妻子的念頭。

7

「集合一下。」

成田在進入七月的某一天召集E組的成員。窗外飄著梅雨時期特有的綿綿細雨。空調雖冷，但成田依舊把襯衫袖子捲到手肘上。

「關於專家系統，系統開發部那邊有新的情報。」確認組員到齊後，成田這麼說，手上拿著一份報告。

「系統開發部認爲，如果資料遭到竊取，應該是有人以不正當的手段侵入專家系統才對，持續調查的結果，終於在前幾天發現了被侵入的跡象。」

「結果眞的是遭到竊取嗎？」比誠早三期的前輩說。

「去年二月，好像有人利用公司內部的工作站，拷貝了整個生產技術專家系統。這麼做通常會留下紀錄，但據說那份紀錄被改寫了，所以之前才找不到。」組長降低音量說。

「那麼把資料帶出去的，果然是我們公司的人了？」誠說話時也注意四周。

「應該是吧。」成田以嚴肅的表情點點頭，「系統開發部說待進一步調查後，才會決定要不要報警。不過雖然查出這件事，還是無法確認那個上市的專家系統是不是抄襲我們的，這件事必須審愼調查。但是現在可以肯定的是，可能性已經提高了。」

「請問……」新進職員山野舉手發問，「不一定是公司的人吧？要是假日潛進公司，操作工作站終端機就可以了。」

「還要有ＩＤ和密碼啊。」

「其實關於這一點，」成田把聲音壓得更低了，「山野提的這個問題，系統開發部也考慮過了。因為下手的人一定對電腦相當專精，否則想得手也很難。坦白說，這是專業人士搞的鬼，所以可能性有兩種，一種就是公司有人內神通外鬼，另一種就是歹徒透過某種關係，取得某人的ＩＤ和密碼。因為我想大家都沒有認清這兩組記號的重要性，我也一樣。歹徒或許就是看準了這個漏洞。」

誠摸摸放在長褲後口袋的錢包，他把工作證放在錢包裡。而使用工作站終端機需要的ＩＤ和密碼，就抄在工作證背面。

不要把這兩組記號放在別人看得到的地方——誠想起拿到密碼時，曾被如此叮嚀過。他心想，最好趕快擦掉。

「哦，原來東西電裝也發生了這種事啊。」千都留拿著裝了咖啡的紙杯，頗感興趣地點頭。

「妳這麼說，別的公司也發生了嗎？」誠問。

「最近很多呀，尤其接下來的時代，資訊就是金錢。現在不管哪家公司，都改用電腦來儲存資料，可是這對想偷資料的人來說，這是正中下懷。因爲以前的資料是數量龐大的文件，現在全都裝在一張磁碟片裡。再加上只要操作一下鍵盤，就能找到自己需要的部分。」

「原來如此。」

「東西電裝現在用的，基本上只是公司的內部網路吧？不過現在有愈來愈多公司，可以與外部網路連線。這麼一來，心懷不軌的人便能從外部侵入，可能會發生更嚴重的案件。在美國，好幾年前就開始發生這種事了。他們把擅自侵入別人電腦惡作劇的人叫做駭客。」

「哦。」

千都留畢竟待過各種不同的公司，這方面的知識非常豐富。仔細想想，將誠公司裡的專利資料從微膠卷改存入電腦的，正是她。

時間接近下午五點了，誠把空紙杯丟進一旁的垃圾桶。老鷹高爾夫球練習場的大廳，依舊有許多客人排隊等候。誠和千都留最後還是沒有找到空位，只好靠牆站著聊天。

「對了，後來妳練習切球了嗎？」誠把話題轉移到高爾夫球上。

千都留搖搖頭，「還是沒時間來練習。高宮先生呢？」

「我也一樣，上星期上過課之後，就沒碰過球桿。」

「可是高宮先生很厲害呀，明明是我先學的，現在你卻已經在學更進階的課程了。運動神經好就是不一樣。」

「只是剛好抓到要領而已。稍微遲鈍一點的，最後反而打得更好。」

「你這是在安慰我嗎？聽起來不怎麼讓人高興呢。」雖然這麼說，千都留卻笑得很開心。

誠上高爾夫球課，已經快滿三個月了。這段期間，他一次都沒有缺席。高爾夫球固然比他想像中來得有趣，但能夠見到千都留的喜悅更數倍於此。

「對了，練習結束後要到哪裡？」誠問。上完高爾夫球課一起用餐，已成爲兩人習慣。

「我都可以。」

「那，好久沒吃義大利菜了，去吃吧。」

「嗯。」千都留應聲點頭，露出撒嬌般的表情。

「我說啊，」誠稍稍留意四周，一邊小聲說，「下次，我們找其他時間出來見面吧。偶爾也想不必在意時間，好好聊聊。」

他有把握她不會排斥這個提議，關鍵在於千都留是否會猶豫。畢竟在其他日子碰面，意義完全不同於高爾夫球課後一同用餐。

「我都可以呀。」千都留爽快地回答。也許她是故意表現得很爽快，但是她的口氣並沒有任何不自然，嘴角也保持著笑容。

「那麼，等我決定好日期再跟妳聯絡。」

「嗯。早點說的話，我可以調整一下工作。」

「我知道了。」

僅僅是這段短短的對答，便讓誠情緒激昂不已，感覺自己往前跨越了一大步。

8

與千都留約會的日子，選定於七月第三個星期五。因爲隔天放假，不必急著回家，而且千都留說她那天可以早點離開公司。

再加上有另一件更方便的事。從星期四起，雪穗要前往義大利一個星期左右。不過她不是去旅行，而是採買服飾。每隔幾個月，她便會到義大利一趟。

雪穗出發的前一天，也就是星期三晚上——

誠一回家，雪穗在客廳攤開行李箱，爲旅行做準備。「你回來了。」她說，但並沒有看著他，而是面向桌上打開的萬用記事本。

「晚餐呢？」誠問。

「我做好奶油燴飯了，隨便吃吧，你看就知道了。我現在有點不方便。」說這些話的時候，雪穗也沒有看丈夫。

誠默默進了寢室，換上T恤與運動褲。

他覺得雪穗最近變了。不久之前，對於無法把誠照料得無微不至，她會流著淚反省，而現在卻叫他「隨便吃」，說起話來語氣也很冷淡。

一定是事業上的得意所產生的自信，以這種方式表現在對丈夫的態度上，但是誠認爲更重要的原因是他也不再要求了。以前一有什麼不滿，他立刻火冒三丈，現在則是連大聲說話的情形都不曾發生了，他只求每天平安渡過。

誠自我分析，認爲他與三澤千都留的重逢改變了一切。自那天起，誠對雪穗不再關心，也不再渴望她的關心了。所謂的情淡意弛，就是這種情形吧。

誠一回到客廳，雪穗便說，「啊，對了。」

「今晚，我叫夏美來我們家過夜，這樣明天我們一起出門比較方便。」

「夏美？」

「你沒見過？從開張就在店裡工作的女孩呀，我這次和她一起去。」

「妳讓她睡哪裡？」

「我已經整理好小房間了。」

妳什麼都先斬後奏嘛，誠忍住這句刻薄的話。

夏美在十點多到了他們家，是個年紀二十出頭，五官清秀的女孩。

「夏美，妳該不會打算這身打扮去吧？」看到夏美穿著紅色T恤和牛仔褲，雪穗問。

「我明天會換成套裝，這身衣服就收進行李箱。」

「T恤和牛仔褲都不需要，我們不是去玩的，不用帶去了。」雪穗的聲音很嚴厲，誠從未聽過她用這種語氣說話。

「是……」夏美小聲地回答。

她們在客廳討論起來，誠趁機沖澡。等他從浴室裡出來，客廳已經空無一人，她們似乎轉移陣地了。

誠從客廳的家具櫃取出玻璃杯和蘇格蘭威士忌，用冰箱裡的冰塊調了一杯加冰威士忌，坐在電視機前啜飲。他不太喜歡啤酒，想獨自小酌時，一定喝加冰的蘇格蘭威士忌。這也是他每晚的享受。

門開了，雪穗走了進來。但誠沒有看她，眼睛盯著體育新聞。

「老公。」雪穗說，「把電視的聲音轉小一點，夏美會睡不著。」

「那個房間聽不到吧。」

「聽得到。就是因爲聽得到，才請你把音量轉小。」

這種說法很衝，誠聽了很不高興，但仍默默拿起遙控器，把音量轉小。

雪穗依然站著。誠感覺得到她的視線，也察覺到她似乎有話想說。是三澤千都留的事嗎？誠腦海裡突然閃過這個念頭，但這是不可能的。

雪穗嘆了一口氣，「眞羨慕你。」

「咦？」他轉頭看雪穗，「羨慕我？」

「因爲你每天可以這樣過呀，喝你的酒，看你的職棒報導……」

「我又沒有說你不對，只是說很羨慕你呀。」雪穗掉頭走向寢室。

「妳先別走，妳這話是什麼意思？妳到底想說什麼？有話想說就直說啊！」

「這有什麼不對？」

「不要這麼大聲，會被聽到的。」雪穗皺起眉頭。

「是妳找我吵的。我問妳，妳到底想說什麼？」

「沒有啊……」說完，雪穗轉身面對誠，「我是在想你難道沒有夢想嗎？沒有企圖心、不想求上進嗎？難道你打算就這樣放棄一切努力，不再磨練自己，每天就這樣無所事事地老去嗎？我只是這樣想而已。」

誠的神經很難不受到這幾句話的刺激，他陡然間感到全身發熱。

「妳是想說，妳有企圖心，又求上進，是吧？妳也不過是在裝女強人的樣子而已！」
「我可是認眞在做的。」
「店是誰的？那可是我買給妳的店！」
「我們付了房租呀，而且你是用賣掉家裡土地的錢買的，不是嗎！有什麼好驕傲的！」
誠站起來，瞪著雪穗，她也還以凌厲的眼神。
「我要睡了，明天還要早起。」她說，「你最好也早點睡吧，酒別喝過頭了。」
「不要妳管。」
「那好，晚安。」雪穗一邊的眉毛挑了一下，消失在寢室裡。
誠再度往沙發坐下，抓住蘇格蘭威士忌的瓶子，往只剩一小塊冰塊的酒杯裡猛倒。喝了一大口，味道比平常來得辛辣。

一醒來，便感到一陣劇烈的頭痛。誠皺著眉頭，揉揉視線模糊的眼睛。他看到雪穗坐在梳妝台前化妝的背影。
他看看鬧鐘，差不多該起床了，但身體卻像鉛一樣沉重。
他想和雪穗說話，卻想不出該說些什麼。不知道爲什麼，她的身影感覺非常遙遠。但是一看她映在鏡子裡的面孔，他不禁覺得奇怪，因爲她一邊眼睛戴著眼罩。
「妳那是怎麼了？」他問。
塗完口紅，正在整理化妝包的雪穗停下手上的動作，「哪個怎麼了？」
「妳的左眼啊，不是戴著眼罩嗎。」

雪穗緩緩轉過身來，像能劇面具般面無表情，「就是昨晚那件事呀。」

「那件事？」

「你不記得了？」

誠沒說話，努力想喚起昨晚的記憶。他和雪穗吵了幾句，然後多喝了一點酒。到這裡他都還記得，但是之後發生了什麼事卻想不起來，恍恍惚惚地記得非常睏倦。但是那時候的狀況他完全沒印象，頭痛也讓他無法回想起來。

「我做了什麼嗎？」誠問。

「昨天晚上我睡了之後，你突然掀開我的棉被……」雪穗嚥了一口唾沫才繼續說，「不知道吼了什麼，就動手打我。」

「咦！」誠睜大了眼睛，「我沒有！」

「你在說什麼，你明明就動手了。我的頭，我的臉……所以才會變成這樣。」

「……我完全沒印象。」

「也難怪，你好像醉了。」雪穗從椅子上站起來，走向門口。

「等等。」誠叫住她，「我真的不記得。」

「是嗎？但是我卻忘不了。」

「雪穗。」他試圖調整呼吸，腦中一片混亂，「如果我動了手，我向妳道歉，對不起……」

雪穗站著俯視他一陣子，「我下星期六回來。」說完便開門出去了。

誠倒回床上，凝視著天花板，試著再度回溯記憶。

但是他仍然什麼都想不起來。

9

千都留手上的平底玻璃酒杯裡，冰塊喀啦喀啦作響。她的眼睛下緣有些泛紅。

「今天眞的很開心，聊這麼多，又吃好吃的東西。」千都留的頭像唱歌般緩緩左右晃動。

「我也開心極了，好久沒這麼痛快了。」誠說，他的一隻手肘架在吧檯上，身體朝向她，「這都要謝謝妳，今天眞的感謝妳陪我。」這句話要是被別人聽見，不免令人臉紅，所幸酒保並不在旁邊。

他們在赤坂的某家飯店，在法國餐廳用餐後，兩人來到這裡。

「應該道謝的是我，總覺得這幾年來的鬱悶，一下子全都煙消雲散了。」

「妳有什麼鬱悶的事嗎？」

「當然嘍，人家也是有很多煩惱的。」說著，千都留喝了一口新加坡司令。

「我啊，」誠搖著裝了奇瓦士的玻璃杯說，「能遇見妳，眞的很高興，甚至想感謝上天。」

這句話可以解釋爲大膽的告白，千都留微笑著，微微垂下眼睛。

「我要向妳坦白一件事。」

一聽他這麼說，千都留抬起頭來，她的眼睛有點溼潤。

「約三年前，我結婚了。但事實上在結婚典禮前一天，我下了重大決心，到某個地方去。」

千都留偏著頭，笑容從她臉上消失了。

「我要告訴妳這件事的經過。」

「好的。」

「但是要在我們兩人獨處的地方。」

她似乎吃了一驚，睜大了眼睛。誠把右手伸到她面前打開，手心裡是一把飯店的房間鑰匙。

千都留低著頭，默不作聲。誠十分明白她內心正天人交戰。

「我剛才說的某個地方，就是公園美景飯店。那天晚上妳預定住的那家飯店。」

她再度抬起頭來，這次，她的雙眼泛紅了。

「到房間去吧。」

千都留凝視著他的眼睛，輕輕點了點頭。

前往飯店房間的路上，誠告訴自己，這樣才是對的。自己之前都走錯了路，如今他總算找到正確的路標了。

他停在房門前，把鑰匙插進鑰匙孔。

10

委託人的姓名為高宮雪穗，是個臉蛋美麗得足以當女明星的少婦。然而她的表情卻和其他人一樣黯淡。

「這麼說來，是您先生要求您跟他離婚的了？」

「是的。」

「理由他卻不肯明說，是嗎？只說他沒辦法再跟妳在一起了？」

「是的。」

「妳心裡有沒有懷疑什麼呢？」

委託人對這個問題先是顯得有些猶豫，才開口說，「他好像喜歡上別的女人了。這個，是我請人調查的。」

她從香奈兒包包裡拿出幾張照片，裡面清清楚楚地拍到一對男女在各種不同的地方約會。男方是頭髮三七分、一臉勤懇老實相的上班族，一個是短髮的年輕小姐，兩人看來顯然沉醉在無比的幸福中。

「您曾經問過您先生這位小姐是誰嗎？」

「還沒有，我想先跟您談過再決定。」

「這樣啊，您有分手的意願嗎？」

「有的。我想我們已經無法挽回了，之前我就這麼想了。」

「發生了什麼事情，讓您有這種想法？」

「我想，應該是他和這位小姐交往後才開始的，他有時候會動粗……不過是喝醉的時候。」

「這真是太過分了。有人知道這件事嗎？我是說，能夠作證的人？」

「我沒跟任何人提過。不過，有次剛好我們店裡的店員來我家過夜，我想她應該記得。」

「我明白了。」

女律師一邊記錄談話內容，一邊想著，有了證人，要對方就範的方法多得是。這種乍看之下是好好先生，卻回家欺凌老婆的紙老虎，是她最厭惡的類型。

「我眞不敢相信，他竟然會這樣對我。他以前明明那麼溫柔……」高宮雪穗雪白的雙手掩住嘴，開始啜泣。

第十章

進了停車場，今枝直巳便皺起眉頭，因爲幾十個停車位幾乎全停滿了。泡沫經濟不是已經破滅了嗎？他自言自語地嘀咕。

1

今枝在最裡邊的停車位上停好愛車Prelude，從車廂拉出高爾夫球袋。上面薄薄的一層灰，是在房間角落放了兩年的結果。他在公司前輩的建議下開始打高爾夫球，有段時間相當熱衷，但獨立開業後一個人工作，球桿便再也沒有離開過球袋。並不是因爲工作忙碌，而是沒有機會上場。他深深感到高爾夫球這種運動，實在不適合獨來獨往的人。

老鷹高爾夫球練習場正門玄關令人聯想到平價的商務飯店。通過玄關，今枝再度感到不耐煩，因爲大廳裡排隊等候的高爾夫球玩家無聊地看著電視，人數將近十人。

雖然很想改天再來，但凡是假日，狀況應該都是如此吧。他無奈地向櫃檯登記排隊。

今枝在沙發上坐下，茫然地望著電視。電視正在轉播相撲，是大相撲的夏場所（*1）。因爲時間還早，畫面上出現的是十兩力士的對戰。最近相撲愈來愈受歡迎，十兩和幕內前半的比賽也受到愈來愈多的相撲迷關注。想必是受到若貴兄弟、貴鬥力、舞之海等新星出頭的影響。尤其貴花田在三月場所成爲史上最年輕的三賞力士，繼這項成就之後，夏場所首日，便打敗千代富士，成爲史上最年輕的金星（*2）。兩天後，千代富士又敗給了貴鬥力，讓他決心宣告引退。

今枝看著電視，心想時代的確不停地改變。媒體連日報導泡沫經濟已然破滅。那些靠股票和土地身價暴漲的人，看到夢想如泡沫般消逝，想必寢食難安吧。這麼一來，這個國家也許會沉澱一點，今枝如此期待。以五十億圓買一幅梵谷的畫，便是社會陷入瘋狂的證明。

只是環視大廳，今枝認爲年輕女性的奢華作風還是沒有改變。不久之前，高爾夫球還是男人的遊戲，而且是具有某種地位的成年男子的娛樂。然而最近，高爾夫球場似乎被年輕女性攻占了。事實上，排隊等候的高爾夫球玩家有一半是女性。

只不過我也是因爲這樣，才把閒置已久的高爾夫球桿又翻出來的——他暗自苦笑。四天前接到學生時代的朋友來電，說與兩名公關小姐相約打高爾夫球，問他要不要一同前往。聽朋友的說法，應是原本同行的男子無法前去。

想到許久不曾從事像樣的運動，他便答應了。當然，聽到有年輕女性同行，讓他有所期待也是事實。

唯一擔心的是自己好一陣子沒有握球桿了，他想到這裡有家練習場，便過來練習。實際上場是兩週後的事，他希望在那之前找回以往的球感，至少不要在球場上出醜。

可能是來的時間還不錯，等了三十分鐘左右，廣播便呼叫今枝的名字。在櫃檯接過打擊席次的號碼牌和出球用的代幣，他走進練習場。

他分配到的打擊席位在一樓右側。在附近的給球機投入代幣，先拿了兩盒球。

做了幾個輕度柔軟操動作後，他在打擊席上就定位。因爲荒廢許久，他決定從過去拿手的七

---

*1 「本場所」係指日本大相撲比賽，每年共有六次，分別於一、三、五、七、九、十一月舉行，每次賽期爲十五天。於五月舉行的「五月場所」一般稱爲「夏場所」。

*2 日本大相撲的力士位階由高至低爲：橫綱、大關、關脇、小結、前頭、十枚目（又稱十兩）、幕下、三段目、序二段、序之口。金星係指前頭力士擊敗橫綱。

號鐵桿開始，且不全力揮桿，先練習擊球。

最初還有些生澀，但感覺慢慢回來了。打完二十球左右，便能大大揮桿了。重心移動很順暢，也掌握到以球桿面的甜蜜點(*1)擊球的感覺。就他的目測，鐵桿應該打出了一百五、六十碼遠。今枝很高興，覺得疏於練習也不算什麼，自己還滿能打的。他熱衷高爾夫球時，曾請認識的專業教練教導。

換成五號鐵桿打了幾球後，感覺到斜後方有一道視線。在今枝前一個打擊席打球的男子正坐在椅子上休息，不過他似乎從剛才就一直看今枝打球。感覺雖然不至於不舒服，但在他的視線下打來很彆扭也是事實。

今枝邊換球桿，邊偷瞄男子。對方是個年輕人，可能還不到三十歲。

咦！今枝微偏著頭，覺得這個人似曾相識。今枝再次偷偷觀察他幾眼，果然沒錯，今枝對這名男子有印象，他們一定在哪裡見過。但是就對方的模樣看來，他似乎不認得今枝。

尚未回想起來，今枝便練習起三號鐵桿。不久，前面的男子開始打了，球技相當高明，姿勢也很漂亮。他用的雖然是一號木桿，但打出的球仍直撲兩百碼外的網子。

男子的臉稍微偏右時，露出頸後並排的兩顆痣。看到那兩顆痣，今枝差點失聲驚呼，因爲他突然想起男子是誰了。

他是高宮誠，在東西電裝株式會社專利部工作。

對了，這下一切都說得通了。在這裡遇到這名男子，完全不是偶然。想練習高爾夫球時立刻想起這家練習場，是因爲三年前那件案子的關係，他就是在那時候認得高宮的。

難怪高宮不認得今枝，這是理所當然的。

後來，不知道事情怎麼樣了？今枝心想。他現在仍和那名女子交往嗎？三號鐵桿怎麼打都打不好，今枝決定稍事休息。在自動販賣機買了可樂，坐下來看高宮打球。高宮正在練習劈球，看來目標是五十碼之前的那面旗子。輕揮桿打出去的球輕輕上拋，落在旗子旁。眞是好身手。

或許是感覺到視線，高宮回過頭來。今枝別過視線，把罐裝可樂送到嘴邊。

高宮走近今枝，「那是布朗寧吧？」

今枝咦了一聲，抬起頭來。

「那根鐵桿，是不是布朗寧的？」高宮指著今枝的球袋說。

「哦……」今枝確認刻在桿頭的製造商名稱，「好像是，我也不太清楚。」

那是他在隨意逛進一家高爾夫球店時衝動購物的結果，這是店主推薦的球桿。店主在長篇大論說明球桿的優點後，還說「最適合像你這種體格稍瘦的人」。但今枝決定購買並不是相信店主的說法，而是他喜歡「布朗寧」這個製造商的名稱。他有一段時間對槍枝相當著迷。

「可以借看一下嗎？」高宮問。

「請。」今枝說。

高宮抽出五號鐵桿，「我有個朋友球技突飛猛進，他就是用布朗寧。」

「哦，不過應該是你朋友球技好吧。」

*1 高爾夫球桿面與球的觸點能使球飛出最遠距離，這一點稱爲「甜蜜點」。

「可是他是換了鐵桿後突然變好的，所以我想是不是應該找適合自己的球桿。」

「原來如此，不過你已經很厲害了。」

「哪裡，眞的上場就不行了。」高宮擺好姿勢，輕輕揮了揮，「嗯，握把細了點……」

「要不要打打看？」

「可以嗎？」

「請啊，請。」

高宮說聲「那我就不客氣了」，便拿著今枝的球桿進入打擊席，開始一球、兩球地打。轉速極快的球以沖天之勢往上飛。

「漂亮。」今枝說，並不是恭維。

「感覺很棒。」高宮滿意地說。

「你請盡量打吧，我要用木桿練習。」

「是嗎？謝謝。」

高宮再度揮桿，幾乎沒有失誤。這並不是球桿的功勞，而是因爲他的姿勢正確。今枝想，高爾夫球教室果然沒有白上。

是的，高宮曾經在這裡的高爾夫球教室上課，而且和此處的女學員交往。

稍微想了想，今枝便想起那名女學員的名字，她叫三澤千都留。

2

三年前，今枝待在「東京綜合研究」這家公司，公司專門承辦調查企業或個人資訊，在日本各地擁有十七家事務所，今枝服務於目黑事務所。這家公司的特點在於委託人多半是企業，委託內容包羅萬象，從調查考慮交易的公司的業績及營運狀況，乃至於是否有獵人頭公司對自己的員工展開挖角行動等，不一而足。也有委託案是調查年輕社長與哪個女職員有染，後來查明該公司隸屬於董事室的四名女職員全遭年輕社長染指，負責調查的今枝他們也不由得苦笑。

那名自稱東西電裝株式會社相關人士的男子，所委託的案件也頗爲特異，他希望調查某家公司的某產品。所謂的某家公司，是一家名爲Memorix的軟體開發公司，而某產品則是該公司正強力促銷的金屬加工專家系統軟體。

換句話說，這件委託案是調查該軟體的研發過程、主要研發者的簡歷、人際關係等。

至於調查的目的，委託人並沒有詳細說明，但從他的言談中可隱約窺知一二。東西電裝似乎認定該軟體竊自他們內部自行研發的系統，但僅透過產品比較難以證明，因此想找出軟體盜用者。委託人認爲要竊取東西電裝的電腦軟體，必有內部共犯，只要調查Memorix研發負責人，應可找出與東西電裝間的連接點。

那時東京綜合研究目黑事務所約有二十名調查員，其中半數被指派進行這項工作，今枝也是其中之一。

展開調查約兩週後，他們便掌握了Memorix這家公司的概況。該公司成立於一九八四年，由曾任程式設計師的安西徹擔任社長。包括兼職者在內，共有十二名系統程式設計師。主要是接受客戶的委託，進行各種程式的研發，以此追求企業成長。

然而，問題所在的金屬加工專家系統的確有很多疑點，其中最主要的是與金屬加工相關的龐大技術與資料的來源。他們對外宣稱進行軟體研發時，曾與某中堅金屬材料製造商技術合作，但

今枝等人詳細調查的結果，發現軟體早已研發完成，那家金屬材料製造商只是進行確認而已。

最可能的情況便是盜用過去往來客戶的資料。Memorix曾與多家公司合作，有機會接觸對方的技術資訊。其中當然也包含金屬加工的相關資料。

然而，這樣的可能性畢竟極低。因爲Memorix就資訊管理方面與客戶簽有數紙規範詳盡的合約，若Memorix員工未經許可擅自將資料攜出、洩露，一經發現，Memorix必須賠償巨額罰金。

也因此東西電裝的軟體被竊是合理的推測。Memorix與東西電裝完全沒有接點，而且東西電裝的軟體從未離開過公司。即使軟體內容有極酷似之處，Memorix仍可主張是偶然的一致。

繼續調查後，終於鎖定一名男子，此人的頭銜是Memorix的主任研發員，名字是秋吉雄一。

這名男子於一九八六年進入Memorix，他一加入，Memorix便突然展開金屬加工專家系統的研究。翌年，研發工作已初步完成。速度之快，超乎常理。這樣的研究，一般再短也需要三年。

秋吉雄一是否帶著金屬加工專家系統的基礎資料投效Memorix？這是今枝等人所做的推論。

然而對於秋吉這個人，他們的調查卻一無所獲。

他住在豐島區的出租公寓，但沒有在此區設籍。今枝等人透過公寓管理公司，調查秋吉入住前的地址，沒想到竟然是在名古屋。

調查員立刻前往該處，卻只見一棟如煙囪般高聳的大樓昂然挺立。調查員在附近打聽，但無法問到該大樓動工前是否曾有姓秋吉的人在此居住。向區公所調查的結果也一樣，秋吉雄一的戶籍並不在此。此外，秋吉租屋時填寫的保證人住在名古屋，但其住處卻空無一人。

秋吉究竟是何許人也？爲了查明這一點，他們進行最基礎的調查，即持續監視他的行動。

他們趁秋吉不在時，於他在豐島區的公寓設置兩台竊聽器，一台竊聽屋內，一台竊聽電話。

同時，寄給他的郵件除了掛號與限時外，幾乎全數拆封調查。調查完畢後，將郵件重新封好，放回信箱。當然，以這類手法獲得的資料無法用來對簿公堂，但此時以查明他的身分為第一優先。

秋吉的生活，似乎只在公司與自家間來去。沒有人造訪他的住處，也沒有值得調查的電話。毋寧說，幾乎連電話都沒有。

「這個人活著到底有什麼樂趣啊？根本就孤獨得要命。」和今枝同組的男子曾望著螢幕裡拍攝的房間窗戶這麼說。那時候，他們正坐在僞裝成乾洗店貨車的廂型車裡，攝影機裝設在車頂。

「搞不好他是在逃命，所以才隱姓埋名。」

「比如殺人犯之類的？」搭檔笑了。

「可能哦。」今枝也笑著回答。

不久後，他們查出秋吉至少會與一個人聯絡。有一次他待在屋裡，突然傳來一陣刺耳的電子音，原來是呼叫器的聲音。今枝繃緊神經，把注意力集中在耳機上，他以爲秋吉會打電話。

然而秋吉卻離開了房間，而且走出公寓大樓。今枝他們急忙尾隨在後。

秋吉在菸酒店外的公共電話前停下腳步，撥打電話，面無表情地說了些什麼。談話期間視線也不忘注意四周，所以今枝他們無法靠近。

這種情況發生了好幾次。呼叫器響了後，秋吉一定會外出打電話。因爲他絕不使用屋內的電話，今枝他們也曾以爲他發現竊聽器了，但如果眞是如此，他應該會拆掉竊聽器才對。秋吉恐怕是養成凡是重要電話都使用公共電話的習慣，而且縱使撥打公共電話，也不使用固定一處，而是每次更換不同的場所，防範得相當徹底。

是誰撥打他的呼叫器呢？這是當時最大的謎。

但是這個謎還沒有解開，事情便朝另一個方向發展。因爲秋吉採取了令人不解的行動。

首先，某個星期四，秋吉難得地在下班後來到新宿。其實這不叫難得，因爲根本是今枝他們展開調查以來第一次。秋吉進入新宿車站西口旁的咖啡館。

在那裡，他與某個男子碰面。該男子年約四十五歲，身材瘦小，面無表情，令人難以猜測他的心思。今枝第一眼看到那個男人，心中便興起一陣不安。

秋吉從男子那裡接過一個大信封，他確認過內容後，便交換般遞給男子一個小信封。男子抽出信封裡的東西，原來是現金。他迅速點數後塞進外套的內口袋，再拿出一張紙給秋吉。

一定是收據，今枝想。

接著，秋吉與男子交談了幾分鐘，同時站起身來。今枝與搭檔分頭跟蹤兩人。今枝跟的是秋吉，秋吉事後直接回到住處。

搭檔跟蹤的，經查明身分後，是於東京都內開設事務所的偵探社社長，雖然名爲社長，也只有一個由妻子身兼助手的員工而已。

果然不出所料，今枝並不意外，因爲那名男子身上有一股同行特有的氣息。

他們想知道秋吉透過偵探調查什麼，如果是與東京綜合研究有關聯的徵信社，並非無法可想。但秋吉僱用的偵探是以自由工作者身分營業，若接觸時一有不慎，被探出自己的調查內容，後果不堪設想。

他們決定暫時繼續鎖定秋吉。

那個星期六，秋吉再度有所行動。

今枝等人照例監視公寓，只見秋吉穿著運動衫與牛仔褲，以一身休閒打扮出現，今枝與搭檔一同跟蹤他。當時，今枝有種預感，秋吉的背影散發出一股不尋常的氣氛，他認爲這不是單純的外出。

秋吉換了電車，在下北澤車站下車。他不時以銳利的視線掃視四周，但似乎並未發現自己遭到跟蹤。

他手上拿著小張便條紙，不時查看門牌標示，在車站附近走動。今枝推測他在找某戶人家。不久，他停下腳步。地點是鐵路旁一幢三層樓的小型建築前，看來是供單身人士居住的套房式公寓。

秋吉並未踏入那幢公寓，而是進入對面的咖啡館。今枝猶豫片刻後，要同行的搭檔進入咖啡館，他認爲秋吉可能與人相約在此碰面。他自己則到附近的書店等候。

一小時後，搭檔獨自從咖啡館出來。

「他不是約了人而是監視，一定是監視住在那裡面的人。」搭檔朝對面公寓揚揚下巴。

今枝想起之前的偵探，秋吉是否請人調查住在這幢公寓裡的人？

「那我們只好繼續待在這裡了。」今枝說。

「沒錯。」

今枝嘆了一口氣，尋找公共電話，請事務所開車過來。

但是車子還沒到，秋吉便離開咖啡館。今枝往公寓一看，一名年輕女子正往車站走去，手裡拿著高爾夫球袋。秋吉跟在該女子十數公尺後，而今枝他們則尾隨著秋吉。

女子的目的地是老鷹高爾夫球練習場，秋吉也進入練習場內，這次換今枝跟著進去。

今枝持續在場觀察，發現女子參加了高爾夫球教室。秋吉彷彿確認般目送她之後，拿了一張

高爾夫球教室的簡介便離開了。當天他並未再次前往老鷹高爾夫球練習場。

他們對該女子展開調查，立刻查明了她的身分。她名叫三澤千都留，服務於人才派遣公司。今枝等人向該公司洽詢，得知她曾被派遣至東西電裝。於是，秋吉與東西電裝總算連結起來了。

今枝等人乘勝追擊，繼續鎖定秋吉，深信他遲早會與三澤千都留接觸。

然而，事情卻往意外的方向發展。

有段時間均無異常行動的秋吉，於某個星期六再度前往老鷹高爾夫球練習場，時間正是三澤千都留參加的高爾夫球教室開始前。

秋吉並沒有接近三澤，他照樣暗地裡監視她。

不久，三澤千都留與另一個男人比鄰而坐，親密地交談起來，兩人宛如情侶。

至此，秋吉離開了練習場，彷彿他的目的就是親眼確認這一幕。

就結果而言，這是秋吉最後一次接近三澤千都留。之後，他再也不曾前往老鷹高爾夫球場。

今枝等人調查了與三澤千都留交談甚歡的男子。男子名叫高宮誠，是東西電裝的員工，隸屬於專利部。

他們當然認爲其中有蹊蹺，調查了兩人的關係，以及與秋吉之間的關聯。

然而調查的結果並未發現任何與盜用軟體相關的線索，唯一的收穫是已婚的高宮誠似乎與三澤千都留發生外遇。

不久，委託人便提出停止調查的請求。這也難怪，因爲調查費不斷增加，卻得不到一絲一毫有用的情報。東京綜合研究交給委託人一疊厚厚的報告，但對方如何運用不得而知。今枝猜想，多半是直接送進碎紙機吧。

3

不尋常的金屬聲讓今枝回過神來，一抬頭，只見高宮誠一臉錯愕地站在那裡。

「啊、啊啊……」高宮誠看著手上的球桿前端，嘴巴張得老大，球桿的前端整個斷了。

「啊！斷掉了啊。」今枝看看四周，桿頭落在高宮前方三公尺處。

四周的客人也發現異樣，紛紛停下打球的動作看著高宮。今枝趁這個空檔走到前面，撿起斷裂的桿頭。

「啊！眞對不起。怎麼這樣？」高宮握著沒桿頭的球桿，不知如何是好，臉色發青。

「大概是所謂的金屬疲勞吧，這根五號鐵桿之前被我操得很凶。」今枝說。

「眞的很抱歉，我以爲我的打法沒錯……」

「這個我知道。一定是我以前沒打好的後果，以今天這種形式反應出來。就算是我來打，也會折斷的。請不要放在心上。倒是你，有沒有受傷？」

「沒有，我沒事。那個……請讓我賠償，球桿畢竟是我打斷的。」

高宮這麼說，但今枝揮了揮手，「不必不必。反正本來遲早會折斷的。要是讓你賠，我才不好意思呢。」

「可是這樣我會過意不去。更何況，賠償也不是我自掏腰包，我有保險。」

「保險？」

「是的，我買了高爾夫玩家保險。只要辦好手續，應該可以獲得全額理賠。」

「可是這是我的球桿，保險應該不能用吧？」

「不會，應該可以。我去問問這裡的高爾夫球用品店。」

高宮拿著折斷的球桿往大廳走，今枝也跟在後面。

高爾夫球用品店位於大廳一角。高宮似乎是熟客，臉孔曬得黝黑的店員一看到他便打招呼。高宮出示斷裂的球桿，說明緣由。

「沒問題，保險會理賠的。」店員立刻說道，「申請保險金需要損壞地點的證明，損壞球桿的照片，以及修理費的請款單。至於球桿是否為本人所有，是無法證明的。相關文件由我們準備，麻煩高宮先生與保險公司聯絡。」

「麻煩了。請問，修好球桿大概要幾天呢？」

「這個嘛，必須先找到同樣的桿身，可能要兩個星期左右。」

「兩個星期……」高宮以困擾的表情回頭望著今枝，「可以嗎？」

「可以，沒問題。」今枝笑著說。如果要花上兩個星期，可能趕不上球場之約，但他並不認爲少一根球桿會對成績造成什麼影響，而且他不想再讓高宮過意不去。

今枝他們當場便委託修理，離開了用品店。

「啊，誠。」

當兩人準備再度前往練習場時，有人叫住了高宮。一看到聲音的主人，今枝不由得閉緊嘴巴，他認得那張臉，那是三澤千都留。她身後站著一個高個子男子，這個人他就不認得了。

「嗨。」高宮對兩人說。

「練習結束了？」千都留問。

「還沒，因爲發生了一點小意外，給這位先生造成不少麻煩。」

高宮把事情告訴千都留他們，聽著聽著，她出現了擔憂的神色，「原來是這樣啊。眞是對不起，向您借球桿已經夠厚臉皮了，竟然還折斷……」千都留向今枝鞠躬道歉。

「哪裡，眞的沒關係。」今枝連忙搖手，向高宮問道，「呃，這位是尊夫人嗎？」

「是啊。」高宮回答，顯得有點難爲情。

這麼說，外遇修成正果了，天底下果眞無奇不有，今枝心想。

「沒有人受傷吧？」站在千都留身後的男人問。

「這倒是不用擔心。啊，對了，忘了給你我的名片。」高宮從高爾夫球長褲的口袋裡取出皮夾，拿出名片遞給今枝。

「敝姓高宮。」

「啊，幸會幸會。」

今枝也取出皮夾，他也是把名片放在皮夾裡。但是，一時間他猶豫了，不知該給他哪一張名片才好。他隨身攜帶好幾種名片，每一張的姓名和頭銜都不同。

結果，他決定給高宮眞正的名片。這時候用假名並沒有意義，而且誰也不能斷定將來高宮他們不會成爲他的顧客。

「哦，原來是偵探事務所的人啊。」看了今枝的名片，高宮一臉不可思議的表情。

「如果有什麼需要，請務必光顧。」今枝輕輕行了個禮。

「比如說調查外遇嗎？」千都留問道。

「是啊，當然。」今枝點點頭，「這類工作最多了。」

她嘻嘻一笑，對高宮說，「那這張名片最好還是交給我保管嘍！」

「也許哦。」高宮也逗趣地笑著回答。

今枝也想對千都留說，是啊，尤其是現在這個時期最危險了，妳最好小心點。因爲她的下腹部已經高高隆起。

4

今枝直巳的事務所兼住處位於西新宿，在一棟面對小路建造的五層樓建築的二樓。大樓旁便有公車站，從新宿車站到這裡只要幾分鐘時間，但是這對客人來說並不見得方便。每次在電話裡說出路徑，客人都會不約而同地發出猶豫的沉吟。爲了說服客人大駕光臨，今枝往往好話說盡，但每次電話一掛，疲倦感總是如浪潮般席捲而來。

他也知道移到車站旁較爲有利。委託人在前往偵探事務所的路上，多半抱著種種煩惱迷惘，極有可能在搭公車的那幾分鐘改變心意，決定還是不要找偵探。

但隨著地價高漲，房租也跟著飆高。今枝實在不想爲了租一間小小的辦公室，每個月付出令人咋舌的大把鈔票。畢竟羊毛出在羊身上，房租貴，調查費也會隨著水漲船高。盡可能以合理的收費服務委託人，這是他創業的宗旨。

篠塚一成打電話到事務所，是七月將屆的星期三。窗外飄著絲絲細雨，他已經死了心，以爲那天不會有客人了。

一聽到來電的人是篠塚，今枝的直覺登時告訴他有工作上門了。因爲委託人的聲音會有一種獨特的語氣。

果然，對方表示有些私事想談，詢問是否方便現在前來拜訪。今枝回答，「我等您過來。」

掛掉電話，今枝歪著頭思忖，篠塚一成應該未婚，這麼說，或許不是一般的外遇調查。而且，他看起來也不像是發現情人劈腿，卻委任他人調查的人。

與高宮誠在高爾夫球練習場偶遇那天，站在成爲高宮妻子的千都留身後的，便是篠塚一成。那天他們三個人相約用餐，約在高爾夫球練習場碰面。今枝自然不可能參與他們的聚會，不過在練習場大廳喝著紙杯裝的即溶咖啡，倒是和三人相談甚歡。篠塚便是那時候遞給他名片的。

之後，今枝在高爾夫球練習場和他再次碰面，篠塚的高爾夫球藝也頗爲高竿。

他們曾略微提及今枝的工作，篠塚看似不甚在意，但或許當時他內心已經有所盤算。

今枝從Marlboro盒子裡抽出一根香菸，以陽春打火機點了火。雙腳往文件亂堆的辦公桌一蹺，靠在椅子上吞雲吐霧一番。灰白色的煙在微暗的天花板上飄蕩。

篠塚一成並不是一般上班族。他的伯父是篠塚藥品的社長，他是未來的領導階層。這麼一來，他要委託的調查，可能與產業有關。

想到這裡，今枝感到全身血流加速，好久沒有這種感覺了。

今枝在兩年前辭掉東京綜合研究的工作自立門戶，他厭倦了被當成廉價勞工剝削，有了單槍匹馬闖天下的自信，也建立起各方面的人脈。

事實上，他的營業狀況不錯。委託的工作相當穩定，要養活自己不成問題。他有一小筆積蓄，也有一個月享受一次高爾夫球的寬裕，但就是缺乏成就感。

他目前的工作多半是外遇調查，任職於東京綜合研究時常接觸的產業調查，現在可說是絕緣了。每一天，都爲追查男人與女人的愛恨情仇奔波。他並不討厭這種情況，只是發現自己不再像以前那樣，隨時繃緊神經。

以前，他有段時期想當警察，甚至考進了警校。然而警校無意義的嚴謹紀律令他心生反感，便中途退學，這是他二十來歲時的事了。

後來他做過幾份打工的工作，有一天，在報紙上看到東京綜合研究徵求職員的廣告。既然當不了警察，就當偵探吧。他以這種半開玩笑的心情接受面試，雖然錄取，但一開始是打工人員待遇，過了半年才成爲正式職員。

當上調查員，後他發現自己極爲適合這一行。這份工作完全不像電影或電視出現的私家偵探般精采，只是一味地重複著孤獨而單調的工作。因爲不具備警察的公權力，並不是所有地方都得以堂而皇之地長驅直入。此外，他們負有保守委託人祕密的義務，盡最大可能不留下調查的形跡，同時不能有任何遺漏。而歷經千辛萬苦得到夢寐以求的情報時，那種喜悅與成就感，是從別的地方體會不到的。

或許可以找回那種亢奮——接到篠塚的電話，今枝懷著這樣的期待。他有不錯的預感。

但他搖搖頭，在菸灰缸裡摁熄了菸。算了吧，期待愈高，只會愈失望。反正一定又是調查女人的品行，十之八九錯不了。

他站起來，準備泡咖啡，牆上的時鐘指著兩點。

5

篠塚一成於兩點二十分抵達。他穿著淺灰色西裝，儘管外面下著雨，髮型還是一絲不亂。看起來比在高爾夫球練習場時大上四、五歲，這就是菁英分子的氣派吧，今枝想。

「最近很少在練習場碰面呢。」在椅子上坐下後，篠塚說。

「沒有上球場，就不禁散漫起來。」今枝邊端出咖啡邊說道。自從上次和公關小姐去打球後，他只去過練習場一次。而且那一次是為了去拿修理好的五號鐵桿，順便練習而已。

「既然這樣，下次一起去吧，有好幾個球場可以帶朋友去。」

「真不錯，請務必要找我。」

「那麼也找高宮一起去吧。」說完，篠塚把咖啡杯端到嘴邊。今枝發現，他的姿勢和口吻出現了委託人特有的不自然。

篠塚放下咖啡杯，呼出一口氣才開口，「其實我要拜託你的，是一件不太合常理的事。」

今枝點點頭，「來這裡的客人，大多都認為自己的委託不合常理。是什麼樣的事呢？」

「是關於某個女性，我希望你幫忙調查一名女子。」

「原來如此。」今枝略感失望，果然是女人的問題啊。「是篠塚先生的女友嗎？」

「不是的，這名女子和我沒有直接關係……」篠塚從西裝外套的內袋取出一張照片，放在桌上，「就是她。」

「我看一下。」今枝伸手拿起。

照片裡是一名美麗的女子，似乎是在某豪宅前拍攝的。她穿著外套，季節應該是冬天，那是件白色皮草。她朝著鏡頭微笑的表情極為自然，即使說是專業模特兒也不足為奇。「眞是美人。」今枝說出他的感想。

「我的堂哥正在和她交往。」

「堂哥……這麼說，是篠塚社長的？」

「兒子，現在擔任常董。」

「不知他今年貴庚？」

「四十五……吧？」

今枝聳聳肩。這個年齡當上大製藥公司的常董，是一般上班族無法企及的。

「應該有堂嫂夫人吧？」

「沒有，現在沒有，六年前因為空難去世了。」

「空難？」

「日航客機墜落失事的那件空難。」

「哦，原來堂嫂夫人搭了那班飛機啊，眞是遺憾。除了堂嫂夫人，還有其他親人亡故嗎？」

「沒有了，搭乘那班飛機的親人只有她。」

「沒有孩子嗎？」

「有兩個，一個男孩，一個女孩。幸好當時這兩個孩子沒有搭那班飛機。」

「眞是不幸中的大幸。」

「是啊。」篠塚說。

今枝再度看看照片中的女子，那雙微微上揚的大眼睛令人聯想到貓咪。

「既然堂嫂夫人已經過世，那麼你堂哥和女性交往，應該沒有問題吧？」

「當然。身為親戚，我也希望他盡快找到好對象。畢竟，不久的將來，他便要肩負起我們整個公司。」

「這麼說……」今枝的指尖在照片旁咚咚地敲著，「是這名女子有問題了？」

篠塚調整了一下坐姿，身體往前傾，「老實說，正是如此。」

「哦。」今枝再度拿起照片。裡面的女子愈看愈美。肌膚看來如同瓷器般，又白又光滑。

「怎麼說呢？如果方便的話，可以請教一下嗎？」

篠塚微微點頭，雙手在桌上十指交叉，「其實這名女子結過婚，這當然不成問題，問題是她結婚的對象。」

「是誰呢？」今枝忍不住壓低聲音。

篠塚緩緩深呼吸一口氣才說，「那個人你也認識。」

「啊？」

「高宮。」

「咦！」今枝陡然挺直了背脊，直直地盯著篠塚看，「你說的高宮，是那位高宮先生嗎？」

「是的，就是高宮誠，她是他的前妻。」

「這眞是，太……」今枝看著照片，搖搖頭，「太令人驚訝了。」

「可不是嗎？」篠塚露出一絲苦笑，「之前我好像提過，我和高宮在大學都參加了社交舞社。照片裡的女子，是和我們聯合練習的女子大學社交舞社的社員。他們是因爲這樣認識、交往、結婚的。」

「什麼時候離婚的？」

「一九八八年……所以是三年前了吧。」

「離婚的原因是千都留小姐？」

「詳情我並沒有聽說，不過我想應該是吧。」篠塚的嘴角微妙地扭曲了。

今枝雙手盤在胸前，回想起三年前的情況。這麼說，他們停止調查後不久，高宮就與妻子離

異了。

「而高宮先生的前妻，正與你堂哥交往。」

「是的。」

「這是偶然嗎？我的意思是說，你堂哥是在你完全不知情的狀況下遇見高宮先生的前妻，開始交往的嗎？」

「不，也不能說是偶然。現在想起來，應該算是我把堂哥介紹給她認識的。」

「你的意思是？」

「是我帶我堂哥到她店裡去的。」

「店裡？」

「一家位於南青山的精品店。」

篠塚說，這個名叫唐澤雪穗的女子，尚未與高宮離婚前便開了好幾家精品店。當時篠塚從未去過，但她與高宮離婚後不久，他收到精品店特賣會的邀請函，才首次光顧。至於原因，他解釋，「是高宮拜託我的。他們雖然離婚了，但曾經是枕邊人的女子要獨力生存，他似乎是想暗地裡爲她出一點力。離婚的原因好像出在他身上，所以也有點道歉的意味在內吧。」

今枝點點頭，這種情形很常見。每次聽到這種事，他都深深感到男人眞是心軟的動物。甚至有些男人，即使離婚肇因於妻子，分手後仍希望爲前妻盡力。反觀女人，對於分手後的男人的人生往往不加聞問，就算錯在自己也一樣。

「我對她多少也有些關心，所以決定親自去看看她過得好不好。當我跟我堂哥提起這件事，他說要跟我一起去。他的理由是想找時髦一點的休閒服，所以我們一同前往。」

「於是命運的邂逅便發生了。」

「看來似乎是如此。」

篠塚說，他完全沒注意到他堂哥康晴強烈地受到唐澤雪穗的吸引，事後康晴向他坦誠，「說來難爲情，不過我對她一見鍾情。」甚至表示自己非卿莫娶。

「他不知道這位名叫唐澤雪穗的女子，是你好友的前妻嗎？」

「他知道。第一次帶他去精品店之前，我就告訴他了。」

「即使如此，仍然愛上她？」

「是的。我堂哥本來就是個很熱情的人，一旦栽進去，任誰也阻止不了。我之前全然不知，不過聽說我帶他去之後，他三天兩頭往她的精品店跑。女傭抱怨家裡多了好些衣服，我堂哥根本也不穿。」

篠塚的話，讓今枝忍俊不住，「我可以想像得到，那眞是不得了。那麼，你康晴堂哥的努力追求有結果了？你剛才說，他們已經在交往了。」

「我堂哥想和她結婚，但聽說女方不肯給他明確的答覆。似乎是因爲年齡的差距，再加上有孩子，讓她猶豫不決。」

「的確，但或許是因爲第一次婚姻失敗，讓她更加愼重了吧？這也是人之常情啊。」

「也許吧。」

今枝放開盤在胸前的雙手，放在桌上。「那麼要調查這女子的哪一部分呢？照你剛才的描述，你對這位唐澤雪穗似乎已經相當了解了。」

「事實不然。老實說，她全身上下充滿了謎團。」

「對你而言是不相關的人，充滿了謎團是當然的吧，這樣有什麼不對嗎？」

但篠塚卻緩緩搖頭，「問題在於謎團的性質。」

「謎團的性質？」

篠塚拿起唐澤雪穗的照片，「我認爲如果我堂哥眞能得到幸福，跟她結婚也無妨。雖然她是我好友的前妻，的確讓我有點排斥，但我想久了就會習慣了。只是……」他把照片轉向今枝，繼續說，「看著她，總會感到一種莫名的詭異，我實在不認爲她只是個堅強的女性而已。」

「這個世界上有哪個女子只是堅強而已呢？」

「她這個人乍看之下，就會讓人這麼認爲。無論如何艱辛困苦，她都咬牙忍耐，拚命露出笑容，她就是給人這種印象。我堂哥也說他之所以受到吸引，不僅是因爲她的美貌，也是因爲來自內在的光輝。」

「你是說，她的光輝是假的？」

「我就是希望你調查這一點。」

「很難吶。有什麼具體的理由，讓你以這種懷疑的眼光來看她呢？」

聽到今枝這麼問，篠塚低著頭沉默了一會兒，才又抬起頭來，「有的。」

「是什麼呢？」

「錢。」

今枝的背往椅子上靠，再次望著篠塚，「怎麼說？」

篠塚輕輕吸了一口氣，「高宮也覺得這一點很奇怪，因爲她的資產似乎有很多是不透明的。就拿開設精品店來說，高宮說他完全沒有給予資助。據說她當時對股票非常熱衷，但一個外行的投資人不可能在短期內賺那麼多錢。」

「是因為娘家有錢嗎？」

今枝提出這個可能性，但篠塚卻搖頭，「照高宮的說法顯然不是，聽說她母親是教茶道的，加上年金，才能勉強過日子而已。」

今枝點點頭，他開始產生興趣了，「篠塚先生，那麼你心裡有什麼疑慮呢？你認為這位唐澤雪穗背後有金主嗎？」

「我不知道。結了婚仍與金主維持關係，這實在說不通……但我認為她背地裡一定有鬼。」

「背地裡啊……」今枝以小指摳了摳鼻翼。

「還有另一件事也讓我起疑。」

「另一件事？」

「每個和她有密切關係的人，」篠塚放低音量說，「都遭遇了某種形式的不幸。」

「咦？」今枝回視他，「不會吧！」

「其中一個是高宮。雖然他現在跟千都留結了婚，過得很幸福，但我想離婚畢竟是一個不幸的結果。」

「但原因不是出在他身上嗎？」

「表面上是這樣，但真相就不見得了。」

「哦……好吧。其他遭遇不幸的人呢？」

「我以前的女朋友。」說完，篠塚的雙唇緊緊閉上。

「哦……」今枝喝了口咖啡，只剩下微溫了，「發生了什麼事？如果方便告訴我的話。」

「那是很慘痛的遭遇，對女性而言非常不幸。因爲這件事導致我們分手。所以……」他繼續說，「我也是遭遇不幸的人之一。」

6

今枝把髒髒的Prelude停在距離精品店稍遠的路旁。若被看穿了連換新車的餘力都沒有，特地向篠塚借的高級西裝和手表就失去意義了。「我問你，眞的什麼都不買給我嗎？連便宜的也不行？」走在他身旁的菅原繪里問。她把她最好的一件衣服穿在身上。

「我想那裡沒什麼便宜的東西吧，恐怕每件東西的標價都會嚇得妳眼珠子掉下來。」

「咦咦——！那要是我想要怎麼辦？」

「妳可以用妳自己的錢買啊，那就不干我的事了。」

「什麼嘛，小氣。」

「別抱怨了，我都說我會付妳鐘點費了。」

不久，兩人來到精品店「R&Y」門前。精品店的門面全是透明玻璃，從外頭看，只見店內擺滿了各式女裝、飾品。

「哇啊！」今枝身邊的繪里發出讚嘆，「果然每一件看起來都貴得要命。」

「小心妳的用詞。」他用手肘輕頂繪里的側腰。

菅原繪理是在今枝事務所旁一家居酒屋工作的女孩。白天在專門學校上課，但今枝並不清楚她在學些什麼。不過她値得信任，遇到最好攜伴同行的場面時，他有時會付錢請她幫忙。繪里似乎也喜歡幫今枝工作。

今枝打開玻璃門走進店裡。空調的溫度恰到好處，空氣中瀰漫著香水味，卻不會流於低俗。

「歡迎光臨。」一名年輕女子從後方出現。她穿著白色套裝，露出空姐般的樣板笑容。她並不是唐澤雪穗。

「敝姓菅原，我們有預約。」

聽今枝這麼說，女子行禮說道，「菅原先生您好，我們正在等候您。」

和繪里一起行動的時候，今枝盡可能用菅原這個姓氏。因爲若用別的姓氏，有時候繪里會反應不過來。

「今天您要找什麼樣的衣服呢？」白衣女子問道。

「找適合她的衣服。」今枝說，「夏天到秋天都可以穿的，要有型，但是不要太花俏，穿去上班也不會太惹眼。她才剛出社會，要是太出風頭，怕會被欺負。」

「好的。」白衣女子點頭表示明白，「我們有衣服正好符合您的要求，我現在就去拿。」

女子轉過身去的同時，繪里也轉向今枝，他輕輕向她點頭。就在這時，裡面出現了另一個人，今枝便朝那個方向看。

唐澤雪穗像穿梭於衣飾間一般，緩緩向他們靠近，露出微笑。而且，笑容一點都不做作，因爲她的眼裡同樣流露出滿是溫柔的光。竭誠款待來店顧客的心情，像光暈般自她全身散發出來。

「歡迎光臨。」她微微點頭說道，視線沒有離開過今枝他們身上。

今枝也默默朝她點頭。

「您是菅原先生吧，聽說是篠塚先生介紹您來的。」

「是的。」今枝說。預約的時候，對方便問過介紹人了。

「您是篠塚……一成先生的朋友？」雪穗微偏著頭。

「是的。」點頭應答後，今枝心想，爲什麼她提起的是一成，而不是康晴呢？

「今天是爲夫人置裝？」

「不是的。」今枝笑著搖搖手，「是我姪女。她成了社會新鮮人，我還沒送禮。」

「哦，原來是這樣呀，是我太冒失了。」雪穗微笑著，垂下長長的睫毛。這時，劉海飄然落在臉上，她以無名指撩起。這個動作著實優雅，今枝不禁想起老洋片裡的貴族女子。

唐澤雪穗應該才剛滿二十九歲，這麼年輕，她是如何培養出這種氣質的？今枝感到不可思議。他現在能夠了解篠塚康晴對她一見鍾情的心境了，但凡男人，大概沒有人能不受她吸引。

白衣女子拿著好幾件洋裝出來，向繪里介紹，問她的意見。

「儘管向小姐請教，選適合妳的衣服。」今枝對繪里說。

繪里轉身朝著他，挑了挑眉毛，露出別有含意的笑容。以眼神傳話——你根本就不肯買給我，還說呢！

「篠塚先生還好嗎？」雪穗問。

「好哇，還是一樣忙。」

「很抱歉，方便請教您和篠塚先生的關係嗎？」

「我們是朋友，高爾夫球伴。」

「哦，高爾夫球……原來如此。」她點點頭，那雙杏眼的視線落在今枝的手腕上，「好棒的手表。」

「咦？哦……」今枝以右手遮住手表，「別人送的。」

雪穗再度點頭，但今枝覺得她臉上浮現的微笑改變了。一時之間，今枝還以爲露出馬腳，被她看出這支手表是向篠塚借的。篠塚出借這支表時曾告訴他，「別擔心，我沒有在她面前戴過這支表。」不可能露出馬腳的。

「妳這家店眞是不錯。要備齊這麼多一流的商品，想必需要相當的經營管理能力吧，妳還這麼年輕，眞了不起。」今枝環視店內說。

「謝謝您的稱讚。但是我們還是無法完全滿足顧客的需求，還得繼續努力呢。」

「妳太謙虛了。」

「是眞的。您要喝點冷飲嗎？冰咖啡或冰紅茶？當然，也有熱飲。」

「是嗎？那麼請給我熱咖啡。」

「好的。請您在那邊稍候。我馬上送過來。」雪穗以手指向放置沙發和桌子的角落。

今枝在一張看似義大利製的獸腳沙發上坐下。桌子兼作陳列架，玻璃桌面下，精心布置著項鍊、手環等飾品。上面沒有標價，但想必是商品。目的顯然是於客人選衣服累了稍事休息時，吸引他們的目光。

今枝從上衣口袋裡取出Marlboro菸盒與打火機，打火機也是向篠塚借的。以打火機點著了菸，讓整個肺裡吸滿煙，感覺緊繃的神經緩緩地鬆弛下來。今枝發現自己居然緊張起來，只不過是面對一個女人……

這個女人的氣質和優雅是怎麼來的？他想。究竟是如何培養、又是如何磨練的？

今枝的腦海裡浮現一幢老舊的兩層樓建築，吉田公寓。那是一幢屋齡高達三十年的老房子，至今還沒垮掉反而令人覺得不可思議。

今枝上週去過吉田公寓一趟，因爲唐澤雪穗曾住過那裡。聽了篠塚的話之後，他決定先查明她的身世。

公寓四周有不少又小又舊的房子，應該是戰前便存在了。住戶中有好幾個人還記得當初住在吉田公寓一〇三室的母女。

這對母女姓西本。西本雪穗，這是她的本名。

由於父親去世得早，她與生母文代兩人相依爲命。文代據說是以兼職工作維持生活。

文代在雪穗六年級時亡故，據說死於瓦斯中毒。雖然以意外處理，但附近的主婦告訴他「也有人說好像是自殺」。

「西本太太好像吃了藥，而且聽說還有很多奇怪的地方。她先生死得突然，所以過得很苦。不過最後還是沒搞清楚，好像就當作是意外死亡了。」在當地住了三十幾年的主婦悄聲這麼說。

經過吉田公寓時，今枝故意走近些，繞到後面，有一扇窗戶敞開，屋內景況一覽無遺。

屋裡的隔間除了廚房外，只有一間小小的和室。老五斗櫃、破舊的籐籃等靠牆擺放，和室中央有一張沒有鋪上棉被的暖桌，應該是用來代替矮腳桌的，桌上放著眼鏡和藥袋。今枝想起附近主婦的話，現在公寓住的都是老人。

他想像一個國小女生，和一個年近四十歲的母親生活在眼前這個房間裡的情景。女孩或許就著暖桌，權充書桌做功課，而母親一副極度疲累的模樣準備晚餐……

這時，今枝感到內心深處糾結起來。

在吉田公寓四周打探的結果，讓他注意到另一件特異的事。

一樁殺人案。

文代死前一年左右，附近發生一起殺人案，據說她也受到警方調查。遇害的是當鋪老闆，西本文代常出入該當鋪，因而列入嫌犯名單。當然，她並未遭逮捕，所以嫌疑應該很快便洗清了。

「可是啊，被調查的事情一下子就傳開了，結果害她丟了工作，大概吃了更多苦吧。」附近賣香菸的老人家以滿懷同情的口吻，告訴今枝這件事。

今枝以微膠卷查閱這樁殺人案的報導。文代死前一年是一九七三年，而且他知道是在秋天。沒花多少工夫，他便找到相關報導。報上說屍體是在大江一棟未完工的大樓中發現的，屍體上有數處刺傷。凶器推測爲細長的刀刃，但並未找到。被害人桐原洋介前一天下午離家未歸，妻子正準備報警。被害人當時身上持有的現金一百萬圓不見蹤影，警方判斷應該是見財起意，而且是知道桐原身懷鉅款的人下的手。

就今枝找到的資料，沒有關於這起命案的破案報導。賣菸老闆也說，他記得沒有捉到凶手。若西本文代眞的經常出入那家當鋪，受到警方注意也合乎情理。既是熟面孔，當鋪老闆自然不會防備，而且即使是女人，要趁隙刺殺一個人，也不無可能。

但是只要被警察找過一次，來自社會的目光自然有所不同。就這個觀點來看，西本母女也算是這起命案的被害人。

7

今枝察覺身旁有人，回過神來，接著咖啡香撲鼻而來。一個二十來歲的女子穿著圍裙，以托盤端來咖啡。圍裙底下穿著緊身T恤，身體曲線畢露。

「謝謝。」說著，今枝伸手拿起咖啡杯。在這種地方，連咖啡的香味都顯得濃郁起來。「這家店就妳們三位照顧嗎？」

「是的，大致上如此。不過我們老闆經常到另一家店去。」穿圍裙的女孩拿著托盤回答。

「另一家店？」

「在代官山。」

「眞厲害，這麼年輕就有兩家店。」

「接下來，我們還準備在自由之丘開一家童裝專賣店。」

「還要開第三家？眞令人佩服。難不成唐澤小姐家裡有聚寶盆嗎？」

「因爲我們老闆眞的很勤奮，我們都懷疑她到底有沒有睡覺。」她小聲地說了這句話後，悄悄地向裡面瞥了一眼。然後，說聲「請慢用」，便退下了。

今枝不加糖、不加奶精地喝了咖啡。比一般咖啡館煮的還好喝。

今枝想，也許這個名叫唐澤雪穗的女人，是那種比外表更看重金錢的人，否則做生意不會這麼成功。而且，據他推測，她這種特質一定是住在吉田公寓時便形成的。

失去親生母親的雪穗，被住在附近的唐澤禮子收養，她是雪穗父親的表姊。

今枝也去看過唐澤禮子的住處，那是一幢高雅的日式房舍，有一座小小的庭院，門上掛著茶道千家的門牌。

在唐澤家，雪穗向養母學習茶道、花道等好幾項對女子有益的技藝。現在雪穗全身上下散發出來的女人味，想必是在那個時期萌芽的。

唐澤禮子仍住在那裡，因此無法在附近毫無顧忌地打聽消息。但雪穗被收養後的生活，似乎沒有什麼異狀。即使是當地的居民，也只記得「有個長得很漂亮、很文靜的女孩」而已。

「叔叔。」

聽到有人叫，今枝抬起頭來。菅原繪里穿著一件黑色天鵝絨連身洋裝站在那裡。裙子短得令人心跳，露出一雙美腿。

「妳敢穿這樣上班？」

「不行嗎？」

「這件怎麼樣呢？」白衣女子拿出另一件藍底的西式上衣，只有領口是白色的。「搭配裙子或褲裝都很適合。」

「嗯……」繪里沉吟了一聲，「我好像有一件類似的。」

「那就算了。」今枝說，然後看看表，該走了。

「叔叔，可不可以下次再來？我都搞不清楚自己到底有什麼衣服了。」繪里說出他們事先套好的說詞。

「眞拿妳沒辦法，那就下次吧。」

「對不起喔，看了那麼多件都沒買。」繪里向白衣女子道歉。

「哪裡，沒關係的。」女子親切地笑著回答。

今枝站起來，等繪里換回自己的衣服。這時，唐澤雪穗從後面走出來。

「您姪女似乎沒有找到中意的衣服呢。」

「眞是不好意思，她就是三心二意的，讓人傷透腦筋。」

「哪裡，請不要放在心上。要找適合自己的東西，其實是一件很困難的事。」

「好像是。」

「我認爲服裝和配件不是用來掩飾一個人的內在，而是用來襯托才對。因此我認爲，當我們爲客人挑選衣服的時候，必須了解客人的內在。」

「原來如此。」

「例如，眞的有氣質有教養的人來穿，不管是什麼衣服，看來都顯得高雅非凡。當然……」雪穗直視著今枝的雙眼繼續說，「反之亦然。」

今枝微微點頭，別過臉去。

她是在說我嗎？他想。這套西裝不合身嗎？還是繪里有什麼不自然的地方？

繪里換好衣服走過來。

「久等了。」

「我們會寄邀請函給您，可以麻煩您塡一下聯絡資料嗎？」雪穗把一張紙遞給繪里。繪里以不安的眼神看今枝。

「寫妳那裡比較方便吧。」

聽他這麼說，繪里點點頭，接過原子筆開始塡寫。

「您的表眞的很棒。」雪穗說，再度看著今枝的左手手腕。

「妳似乎很喜歡這支表。」

「是啊，那是卡地亞的限定款。除了您之外，擁有這支表的人，我只知道一個。」

「哦……」今枝把左手藏到背後。

「請您務必再度光臨。」雪穗說。

「一定。」今枝回答。

離開精品店，今枝開車送繪里回她的公寓。鐘點費是一萬圓。

「試穿高級女裝還有一萬圓可賺，這打工不錯吧。」

「根本就是吊人胃口，下次一定要買東西給我哦。」

「如果有下次的話。」說著，今枝踩下油門，他認爲應該不會有第二次了。今天特地走這一趟，並不是爲了調查，而是想親眼看看唐澤雪穗是個什麼樣的人物。

況且，接近那家店太危險了。唐澤雪穗這個女人，或許比他以爲的更加無法掉以輕心。

回到事務所，他打電話給篠塚。

「怎麼樣？」一知道來電的是今枝，篠塚立刻問道。

「我現在多少明白你的意思了。」

「你是指？」

「她的確是個令人摸不清底細的女人。」

「可不是。」

「不過實在是個大美人，難怪令堂兄會愛上她。」

「……是啊。」

「總之，我會繼續調查。」

「麻煩你了。」

「對了，我想確認一件事，有關向你借的那支手表。」

「請說。」

「你眞的從來沒有在她面前戴過這支手表嗎？即使沒有戴過，是不是曾經向她提起過？」

「沒有啊，應該沒有才對……她說了什麼嗎？」

「也不算說了什麼。」今枝把店裡發生的事大略說了，篠塚發出沉吟。

「她應該不知道啊。」說完這句話，篠塚低聲繼續說，「只不過……」

「只不過？」

「嚴格來說，我曾經在她在場的時候戴過這支表。可是那個場合她絕對看不到，即使看到，也應該不會記得。」

「是哪個場合？」

「婚宴上。」

「婚宴？哪一位的？」

「他們的。參加高宮和雪穗小姐的結婚喜宴時，我戴的就是那支表。」

「啊……」

「但是我人雖然在高宮身邊，卻幾乎沒有靠近過她。最靠近的時候，應該是點蠟燭的時候吧，我實在很難想像她會記得我的手表。」

「點蠟燭……那麼果然是我太多慮嗎？」

「應該是吧。」

今枝拿著聽筒點點頭。篠塚是個聰明人，既然他這麼說，應該沒有記錯才對。

「眞對不起，拜託你這種麻煩事。」篠塚向他道歉。

「哪裡，這也是工作啊。再說，我個人也對她產生興趣了。不過請你不要誤會，不是指我愛上她。我覺得她背後似乎有些什麼。」

「這是偵探的直覺嗎？」

「唔，可以這麼說。」

篠塚在電話另一端沉默下來，也許是在思考這種直覺的根據。

一會兒之後，他說，「那麼，就麻煩你了。」

「好的，我會好好調查的。」說完，今枝掛上電話。

8

兩天後，今枝再度來到大阪。此行的目的之一是和某位女性見面，他上次在唐澤家附近打聽消息時，碰巧得知對方的存在。

「你如果是要問唐澤家小姐的事，元岡家的小姐可能知道。我聽說她們都是上清華女子學園。」這一家小麵包店的老闆娘這麼告訴他。

今枝打聽對方的年齡，這一點倒是讓麵包店老闆娘大傷腦筋。

「我想應該是和唐澤家小姐同年，不過我不太確定……」

那名女性名叫元岡邦子，有時會光顧那家麵包店。老闆娘只知道她是與大型不動產公司簽約合作的室內設計師。

回到東京後，他向那家不動產公司洽詢。經過好幾道關卡，最後總算得以透過電話與元岡邦子聯絡。

今枝向元岡表明自己是自由記者，解釋他正在為某女性雜誌進行採訪。

「這次我想做一個專題報導，探討名門女校校友自立門戶的狀況。我到處打聽畢業自東京和大阪兩地的女子學校，而且目前正在職場上衝刺的傑出校友，有人向我提到元岡小姐。」

元岡邦子在電話中發出意外的輕呼，並謙虛地說「我算不上的」之類的話，但聽得出她並不全然否定。

「到底是誰提起我的呢？」

「很抱歉，這一點我無法奉告，因爲我答應對方保密的。不過我想請教一下，元岡小姐是哪一年從清華女子學園畢業的？」

「我嗎？我是一九八一年從高中部畢業的。」

今枝內心暗自歡呼。一如他的期待，她和唐澤雪穗是同一屆的校友。

「這麼說，您知道唐澤小姐吧？」

「唐澤……唐澤雪穗小姐嗎？」

「是的、是的。您知道她吧？」

「知道，不過我沒和她同班過。她怎麼了？」元岡邦子的聲音顯得有些提防。

「我也準備要採訪她，唐澤小姐目前在東京經營精品店。」

「這樣啊。」

「那麼只要一小時就好，能不能請您撥個時間見面呢？希望能和您談談您現在的工作，還有您的生活方式等等。」今枝鼓起勁這麼說。

元岡邦子似乎有些猶豫，但最後還是答應若是不影響工作就沒有問題。

元岡邦子的工作地點，位於地下鐵御堂筋線本町站徒步幾分鐘的地方，也就是俗稱為「船場」的大阪市中心地帶。這裡不愧是以批發業、金融業聚集聞名，商業大樓林立。雖然人人都說泡沫經濟已經破滅，但來往於人行道上的企業精英仍是腳步匆促，彷彿連一秒鐘都捨不得浪費。

不動產公司所有的大樓第二十層樓，是「Designmake」公司的辦公室。今枝在地下一樓的一家咖啡館等候元岡邦子。

當玻璃掛鐘指著下午一點五分時，一名穿著白色西裝上衣的女客進來了。她戴著鏡框稍大的眼鏡，就女性而言，身材相當高䠷。這已經符合電話裡聽說的所有特徵了。她還有一雙修長的腿，是個頗具魅力的美女。

今枝站起來迎接她，打招呼，同時遞出印著自由記者頭銜的名片，名字當然也是假的。接著，他拿出在東京購買的一盒點心，元岡邦子客氣地收下了。

她點了奶茶之後就座。

「對不起，在您百忙之中打擾。」

「哪裡，倒是我，真的有採訪的價值嗎？」元岡邦子以無法釋懷的模樣問道。不用說，她一口關西腔。

「那當然了，我想多採訪各個行業的傑出女性。」

「你所說的報導，會用真名嗎？」

「原則上是用假名，當然如果您希望以真名報導的話……」

「不不不。」她連忙搖手，「用假名就好。」

「那麼我們就開始吧。」

今枝拿出紙筆，開始提出一些關於「名門女校校友自立門戶狀況」的問題。這是他在搭新幹線時構思的。元岡邦子不知道這是假訪問，對每個問題都認眞作答。看著她這樣，今枝總覺得過意不去，認爲至少要認眞進行採訪。如顧客聘請室內設計師的優點、不動產公司因爲她的努力，意外得到不少附加好處等等，她的談話內容至少也讓他增廣了些見聞。

大約三十分鐘後，問題問完了。元岡邦子似乎也鬆了一口氣，把奶茶端到唇邊。

今枝正在盤算該何時提起唐澤雪穗的話題。前幾天的電話已經預留伏筆，但他絕不能讓話題顯得不自然。

結果，元岡邦子竟說，「你說你也要去採訪唐澤小姐吧？」

「是的。」今枝回視對方，心想被猜中心思了。

「你說她在經營精品店？」

「是的，在東京的青山。」

「哦……她也滿努力的嘛。」元岡邦子把視線移開，表情顯得有些僵硬。

今枝的直覺開始啓動，告訴他對方對唐澤雪穗似乎並沒什麼好印象。這眞是求之不得，要打聽雪穗的過去，找的如果是一個不肯說眞心話的人也沒有意義。

他伸進上衣口袋問道，「請問，我可以抽根菸嗎？」

「請。」她說。

今枝嘴裡叼著 Marlboro，以打火機點火，表示接下來是閒談。

「關於唐澤小姐啊，現在出了點問題，讓我很頭痛。」

「什麼問題？」元岡邦子臉上的表情出現變化，顯然對這個話題極有興趣。

「說起來也不是什麼大問題……」今枝把菸灰抖落在菸灰缸裡，「有些人提起她的時候，話說得不是很好聽。」

「話說得不好聽？」

「她那麼年輕就開了好幾家店，我想招嫉是在所難免。而且我想實際上，她一路走來，做的事情未必都像外表看來那麼高雅。」今枝喝了一口變涼的咖啡，「總而言之，就是說她見錢眼開啊，爲了做生意不惜利用別人，諸如此類的。」

「哦。」

「我們想報導的是年輕有爲的女性經營者，編輯部裡有人認爲如果做人方面的風評不太好，不如暫時喊停，所以我才覺得頭痛。」

「因爲事關雜誌的形象嘛。」

「是啊、是啊。」今枝邊點頭邊觀察元岡邦子的表情，看來她並沒有因爲聽到校友的不良風評感到不快。

今枝在菸灰缸裡把變短的菸摁熄，立刻點起另一根菸。他小心抽著，不讓煙燻到對方的臉。

「元岡小姐中學、高中都和她同校吧？」

「是的。」

「那麼就您當時的記憶，您覺得她怎麼樣？」

「什麼怎麼樣？」

「就是說，您認爲她是這樣的人嗎？這些我不會寫在報導裡，希望您給我最眞實的意見。」

「我也不清楚。」元岡邦子偏了偏頭，瞄了自己的手表一眼，似乎很在意時間。「我在電話裡也說過，我沒有和她同班過。不過唐澤小姐在學校是個名人，不同班當然也認識她，我想其他學年的人大概也都認得她吧。」

「她爲什麼這麼有名呢？」

「這還用說嗎？」她說著眨了眨眼，「她那麼漂亮，不引人注目也難，還有男生組成後援會之類的呢。」

「後援會啊。」今枝回想起雪穗的臉孔，認爲這不難想像。

「成績好像也挺優秀的。我一個朋友說的，她中學跟唐澤同班。」

「那就是才女了。」

「不過像個性或爲人之類的，我就不知道了。我從沒跟她說過話。」

「妳那位跟她同班的朋友對她評價如何？」

「她倒是沒有說過唐澤小姐什麼壞話。是曾經半開玩笑、半嫉妒地說，天生是那種大美人，眞是走運。」

元岡邦子的話裡有種微妙的含意，今枝並沒有錯過。「您剛才說……那位朋友沒有說唐澤小姐的壞話，那麼是其他人對唐澤小姐沒有好評嗎？」

可能是沒想到會被抓到語病，元岡邦子眉頭微蹙；但今枝看得出來，這絕不是她的眞心話。

「中學時代，有一則關於她的傳聞，滿詭異的。」元岡邦子說，聲音壓得極低。

「是什麼樣的傳聞？」

聽他一問，她先是以懷疑的眼光看著他，「你眞的不會寫在報導裡吧？」

「當然。」他用力點頭。

元岡邦子吸了一口氣才說，「傳聞說她謊報經歷。」

「謊報經歷？」

「說她其實生長在一個環境很差的家庭，卻隱瞞事實，裝作千金大小姐。」

「請等一下，那是指她小時候被親戚收養嗎？」

如果是就不算什麼新聞了，今枝想。

一聽這話，元岡邦子微微探過身來，「是指這件事沒錯，問題是她的原生家庭。傳聞是說，她的親生母親靠著男女關係來賺錢。」

「哦……」今枝並沒有表現出大驚小怪的樣子，「是指當別人的情婦嗎？」

「也許吧，不過對象不止一個。這些都是傳聞就是了。」

元岡邦子特別強調「傳聞」這個部分然後繼續說，「而且聽說其中一個對象還被殺了。」

「咦！」今枝發出驚呼，「眞的嗎？」

她肯定地點頭，「聽說唐澤小姐的親生母親因此受到警方偵訊。」

今枝忘了回應，只顧盯著菸頭。

就是那件當鋪老闆命案，他想。警察盯上西本文代，看來並非純粹因爲她是當鋪的常客。當然，如果傳聞屬實的話。

「請不要告訴任何人說這是我說的，好嗎？」

「我不會告訴任何人的，請放心。」今枝對她笑了笑，但馬上恢復嚴肅的表情，「不過既然有這種傳聞，一定造成不小的騷動吧？」

「沒有，並沒有造成多大的風波。雖說是傳聞，但其實傳出去的範圍極爲有限。而且大家也

知道這些話是誰在散播的。」

「是嗎？」

「她好像是因爲有朋友住在唐澤小姐老家附近，才知道我說的那些事。我跟她不是很熟，是聽別人說的。」

「她也是清華女子學園的……」

「和我們同屆的同學。」

「她叫什麼名字？」

「這就不太方便說了……」元岡邦子低下頭。

「說的也是，是我失禮了。」今枝抖落菸灰，他不希望追根究柢而遭到懷疑，「那麼她怎麼會放出這些傳聞呢？難道沒有考慮到會傳進本人耳裡嗎？」

「她當時似乎對唐澤小姐懷有敵意。可能是她自己也有才女之稱，所以把唐澤小姐當作競爭對手吧。」

「很像女校常有的故事。」

聽到今枝這麼說，元岡邦子露齒一笑，「現在回想起來，眞的是呢。」

「後來她們兩人的敵對關係有什麼變化？」

「關於這一點……」說完，她沉默了一會兒，才緩緩開口，「因爲發生了一件意外，讓她們變得很要好。」

「一件意外？」

元岡邦子巡視四周般轉動視線，他們的附近沒有其他客人。

「放出這個傳聞的女孩被襲擊了。」

「被襲擊？」今枝上半身向前傾，「您是說？」

「她請了一段長假。表面上說是出車禍，其實聽說是放學回家路上遭到襲擊，身心受創無法復原，才請假的。」

「這麼說是遭到性侵了？」

元岡邦子搖搖頭，「詳情我不清楚。有人說她被強暴，也有未遂的說法。只不過遭到襲擊應該是事實。因爲住在出事地點附近的人，說看到了警察進行種種調查。」

有一件事引起了今枝的注意，他認爲不應該聽過就算了。

「您剛才說，因爲發生這件意外，她和唐澤小姐變得很要好，是嗎？」

元岡邦子點點頭，「因爲發現她昏倒的人，就是唐澤小姐。後來唐澤小姐好像也常去探望她，對她很照顧。」

唐澤雪穗去探望、照顧對方……

今枝的思路受到衝擊，他表面佯裝平靜，卻感覺到渾身發熱。

「發現的是唐澤小姐一個人嗎？」

「不，我聽說她是和朋友兩個人一起發現的。」

今枝邊嚥下一口唾沫，邊點頭回應元岡邦子的回答。

晚上，今枝住在梅田車站旁一家商務飯店。隱藏式錄音機播放出元岡邦子的話，今枝把內容整理在筆記上。她並未發現他在外套內側口袋藏了錄音機。

今枝心想，今後大概有好一陣子，元岡邦子都會持續購買那本理應會刊登自己故事的女性雜誌吧。雖然有點可憐，但他認爲這也算是給她一個小小的夢想吧。等手邊處理的事情告一段落，他伸手去拿床頭櫃上的電話，看著記事本按下電話號碼。

鈴響了三聲之後，對方接電話了。

「喂，是篠塚先生嗎？……是的，我是今枝。我現在人在大阪……對，是爲了那個調查。其實有個人我無論如何都想見上一面，希望能和她取得聯繫，才來請教篠塚先生她的聯絡方式。」

今枝說出了那個人的名字。

9

玄關的鈴聲響起時，江利子正要拿出烘乾機裡的衣物。她把抱在手上的床單和內衣褲扔進旁邊的籃子裡。

對講機裝設在餐廳的牆上，江利子拿起聽筒「喂」了一聲。

「請問是手塚太太嗎？敝姓前田，是從東京來的。」

「啊，好。我現在就開門。」

江利子脫下圍裙，走向玄關。新買的這間中古屋，走廊有些地方會發出聲響。她一直催丈夫民雄趁早修好，他卻遲遲不肯行動，他的缺點就是有點懶。

她沒有取下鍊條直接開門。一個穿著短袖白襯衫、打著藍領帶的男子站在門外，年齡大約是三十開外。

「不好意思，突然來打擾。」男子行了禮，頭髮梳得很整齊。「請問，令堂轉告您了嗎？」

「是的，我母親跟我說過了。」

「那就好。」男子露出安心的笑容，取出名片，「這是我的名片，請多多指教。」

名片上寫著「紅心婚姻顧問協調中心調查員　前田和郎」。

「不好意思，稍等一下。」江利子先把門關上，取下鍊條後再次打開，但是她並不想讓陌生男子進門。「那個……我家裡很亂……」

「沒關係、沒關係。」前田搖搖手，「這裡就可以了。」他說著從白襯衫胸前的口袋取出記事本。

今天早上她接到母親打來的電話，告訴她專門調查婚姻狀況的調查員要來。看來調查員似乎是先到江利子的娘家去了。

「調查員說是想打聽唐澤同學的事。」

「打聽雪穗？她離婚了呀。」

「就是因爲這樣，好像又有人要跟她提親。」

母親說，調查員好像是受到那個對象的委託，前來調查雪穗的事情。

「說是想聽聽以前朋友的說法，才跑來我們家的。我跟他說江利子結了婚不住在這裡，他問我可不可以跟他說妳夫家地址。可以跟他說嗎？」

調查員顯然是在一旁等母親打電話。

「我無所謂啊。」

「他說如果可以的話，今天下午就過去找妳。」

「噢……好啊，我可以。」

「那我就跟他說可以嘍。」

母親告訴她，調查員姓前田。

如果是平常，她會因爲討厭這種來路不明的人物，而請母親回絕。這次她之所以沒有這麼做，是因爲對方調查的人是唐澤雪穗。江利子也想知道她現在過得怎麼樣。

只不過她還以爲調查結婚對象，行動會更加隱密。調查員竟然大大方方地自道姓名來訪，倒是令她頗爲意外。

前田站著，彷彿擠進半開的門縫中，針對江利子與雪穗之前的來往提出問題。她大略說明她們在清華女子學園中學部三年級時同班，因而熟絡起來，大學也選擇同校同系。調查員以原子筆將這些記在記事本中。

「請問……她的對象是什麼樣的人呢？」當問題告一段落時，江利子反問調查員。

前田的表情顯得有些出乎意料，接著露出苦笑，抓抓頭，「很抱歉，目前還不能告訴您。」

「你說目前是指……」

「若是這件婚事正式進行，我想您總會知道的。不過很遺憾的是，現階段還沒有成定局。」

「你的意思是，對方的新娘候選人有好幾位嗎？」

前田略顯遲疑，但他還是點點頭，「您可以這麼解釋。」

看來，對方相當有身分地位。

「那麼你們來找我問問題的事，最好也不要告訴唐澤小姐？」

「是的，您肯這麼做就太好了。知道有人背地裡調查自己，那種滋味總是不好受。呃，您與唐澤小姐現在還有來往嗎？」

「幾乎沒有了，只有寫寫賀年卡。」
「很抱歉，請問手塚太太是什麼時候結婚的呢？」
「兩年前。」
「唐澤小姐沒有出席您的婚禮嗎？」
江利子搖搖頭，「我們雖然舉行了婚禮，但沒有盛大宴客，只是近親聚個餐而已，所以我沒有寄喜帖給她，只寫信告訴她我結婚了。她人在東京，而且，怎麼說呢，時機有點不太對，我也不太好意思邀請她……」
「時機？」說完，前田恍然大悟似地用力點頭，「那時候唐澤小姐剛離婚吧？」
「她那年的賀年卡上，簡單寫著他們分手了，所以我不太好意思邀請她參加我的婚禮。」
「原來如此。」
得知雪穗離婚時，江利子本想打電話去關心的。但覺得自己這麼做未免太不識相，就作罷了。她心裡認爲，也許雪穗會主動和她聯絡，但是雪穗並不曾來電。至今她仍不清楚雪穗離婚的緣由，賀年卡上只寫著「於是我又再度回到起跑點，重新出發」而已。
一直到大學二年級，江利子都和中學、高中時代一樣，經常和雪穗在一起。不管逛街購物，還是聽演唱會，總是請她作陪。一年級發生的可怕意外，使江利子不但不敢結交陌生男子，甚至害怕有新朋友，雪穗便成爲她唯一依靠。換句話說，她是江利子與外部社會連繫的管道。
然而，這種狀態自然不可能永遠持續下去，這一點江利子比誰都清楚。同時，她也認爲不能把雪穗拖下水。儘管雪穗從未表現出絲毫不滿，但江利子知道她與社交舞社的高宮學長交往，這麼一來，雪穗自然會想多陪陪男朋友。

還有另一個眞正的原因。雪穗和高宮交往，讓江利子經常想起某名男性，那就是篠塚一成。雪穗從不在江利子面前提起高宮，但她無心的隻字片語，還是會透露出男友的存在。這時，江利子便感到心裡蒙上一層灰色的紗，無法制止自己的心跌落至黑暗的深淵。

大約在大二下學期時，江利子刻意努力減少和雪穗碰面的次數。雪穗一開始似乎感到困惑，但慢慢的，她也不再主動和江利子接觸。或許是她的聰慧讓她察覺了江利子的用意，也或許是認爲再這樣下去，江利子永遠無法靠自己站起來。

她們並不是不再當朋友，也沒有完全斷絕聯絡。見了面還是會聊天，偶爾也會互通電話。但是和其他朋友比起來，並沒有特別親密。

大學畢業後，兩人的關係更加疏遠了。因爲江利子透過親戚的介紹，在當地的信用金庫任職，而雪穗則遷居東京與高宮結婚。

「我想請教一下，就您的印象。」前田繼續發問，「唐澤小姐是哪一種類型的女性呢？只要簡單形容就可以了，好比是內向而纖細敏感，或是好勝而不拘小節等等。」

「要這樣形容很難呢。」

「那麼用您自己的話來說也可以。」

「用一句話來說啊……」江利子稍加思考後說，「她是個堅強的女性。雖然不是特別活躍，但靠近她身邊，會感到她釋放出一股能量。」

「像是光芒四射？」

「是的。」江利子一本正經地點頭。

「其他呢？」

「其他啊……這個嘛，嗯，她什麼都知道。」

「哦！」前田眼睛稍微睜大了些，「這倒挺有意思。什麼都知道，您指她很博學嗎？」

「不是一般所說的知識豐富那種，而是她對於人類的本質或社會各層面都很了解。所以和她在一起的時候，感覺非常……」她停頓了一下才繼續說，「可以學到很多東西。」

「學到很多東西啊。如此熟知人情世故的女性，婚姻卻以失敗收場。關於這件事，您有什麼看法？」前田連珠炮似地接著問。

江利子明白調查員的目的了。原來他的重點還是雪穗的離婚，擔心離婚的根本問題出在雪穗。「關於她那次婚姻，也許她做錯了。」

「怎麼說？」

「我覺得她好像是受到氣氛影響決定結婚的，這在她來說很難得。我想，如果她更堅持自己的意見的話，應該是不會結婚的。」

「您是說，是男方強烈要求結婚的嗎？」

「不是的，也說不上是強烈要求。」江利子小心翼翼地選擇用詞，「一般人戀愛結婚的時候，我認爲彼此的感情一定要達到某種平衡的狀態才行。關於這一點，他們就有點……」

「和高宮先生比起來，唐澤小姐的感情沒有那麼強烈，您是這個意思嗎？」

前田說出高宮的姓氏。他們不可能忽略雪穗的前夫，所以並不值得驚訝。

「我不太會講……」江利子不知該如何表達。她困惑地說，「我想，他不是她最愛的人。」

「哦。」前田睜大了眼睛。

話一出口，江利子就後悔了。她多話了，這種話不應該隨便說的。

「對不起，剛才那是我自己的想像，請不要放在心上。」

前田不知爲何陷入沉默，凝視著她。後來才好像注意到什麼似地回過神來，然後慢慢恢復笑容，「不會的。我剛才也說過，只要依您的印象來說就可以了。」

「可是我還是別再說了。我不希望因爲我隨便亂講，造成她的困擾。請問你問完了嗎？我想應該有人比我更清楚她的事才對。」

江利子伸手拉門把。

「請等一下，再問最後一個問題。」前田豎起食指，「有件中學時的事想請教一下。」

「中學時代？」

「是一件意外。您三年級的時候，有位同學遭到歹徒攻擊，聽說是您和唐澤同學發現的，是眞的嗎？」

江利子感到血液從自己的臉上消退，「這有什麼……」

「唐澤小姐那時候有沒有什麼讓您印象深刻的地方呢？好比可以看出她的爲人的小插曲。」

對方話還沒有說完，江利子便猛搖頭，「完全沒有。拜託你問到這裡就好，我很忙的。」

可能是懾於她的氣勢，調查員很乾脆地從門口抽身，「好的，謝謝您寶貴的時間。」

江利子沒有回應他的道謝，便關上了門。明知不能讓對方看出自己心情大受影響，仍無法佯裝平靜。

她在玄關門墊上坐下，頭部隱隱作痛，她舉起右手按住額頭。

灰暗的記憶自心中擴散開來。都這麼多年了，心頭的傷口仍未癒合，只是忘了那裡有個傷口而已。

調查員提起藤村都子也是原因之一。但是事實上在這之前，那件可怕的往事便已在腦海裡蠢蠢欲動了。

從他提起雪穗開始。

自某個時期起，江利子心裡便暗藏著一個想像。一開始，只是一閃而過的念頭，後來便慢慢發展成一個故事。

然而這件事她絕對不能說出口。因爲她認爲這種想像非常邪惡，絕不能讓別人發現自己心裡有這種想法。她也努力要自己拋開這種愚蠢的幻想。

可是想像卻在她心中盤踞，不肯消失，這件事讓她萬分厭惡自己。每當雪穗溫柔對待自己，她都認爲自己是個卑鄙小人。

但是另一方面，還是有一個再三檢視這個想像的自己。這眞的只是想像嗎？這難道不是事實嗎……？

其實，這才是她疏遠雪穗最大的原因，因爲內心不斷擴大的疑惑與自我厭惡，讓江利子無法負荷。

江利子扶著牆站起來，全身疲累不已，感覺彷彿無數廢物沉澱在體內各處。

她抬起頭來，發現玄關的門還沒上鎖。她伸手上鎖，牢牢上了鍊條。

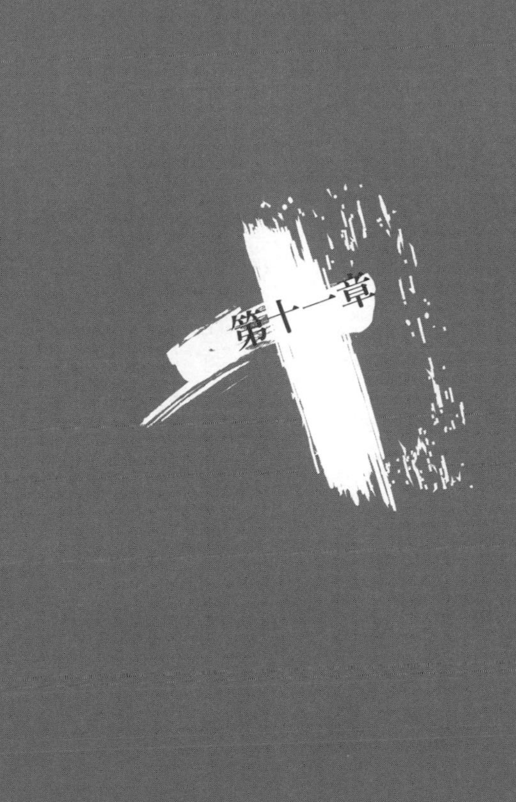
第十一章

1

約好碰面的咖啡館朝向銀座中央通。時間是下午五點四十七分，剛下班的男女與購物者熙來攘往，每個人臉上多少都露出滿足的表情。也許泡沫經濟破滅的影響還沒有波及到一般市井小民吧，今枝這麼覺得。

一對年輕男女走在他前面，頂多才二十歲吧，男方身上穿的夏季西裝外套大概是亞曼尼的，剛才今枝親眼看到他們從停在路邊的BMW下車。那輛車想必是趁著景氣好的時候買的。乳臭未乾的小鬼開高級進口車的時代，最好趕快過去，他暗忖。

爬樓梯經過店裡一樓的蛋糕店時，手表指著五點五十分，已經比他預定的時間晚了。比約定時間早到十五至三十分鐘是他的信條，同時也是一種在心理上占上風的技巧。只不過對今天要見的人，不需使這種心機。

他很快掃視了一下咖啡館，篠塚一成還沒有來。今枝在一個得以俯瞰中央通的靠窗位子坐了下來。店內座位大約坐滿五成。

一名東南亞輪廓的服務生走了過來。人事費用因泡沫景氣高漲之際，僱用外籍勞工的經營者增加了。或許這家店也是這樣存活下來的，這樣總比僱用一些工作態度不可一世的日本年輕人好多了。他心裡邊想著這些，一邊點了咖啡。

叼著Malboro菸，點了火之後，他往馬路上看。這幾分鐘，人似乎又更多了。據說各行各業都刪減了交際費，但他懷疑那是否只是一小部分。或者，這是蠟燭將要熄滅前最後的光輝？

今枝從熙攘的人群中找到一名男子。他手上拿著米色西裝外套，大步前行。時間是五點五十五分。今枝再度見識到，一流的人果然是不遲到的。

幾乎在膚色黝黑的服務生端咖啡上桌的同一時間，篠塚一成舉起一隻手打了招呼，向桌邊走來。篠塚一邊就座，一邊點了冰咖啡。「好熱啊！」篠塚以手掌代替扇子搧著臉。

「就是啊。」今枝表示同意。

「今枝先生的工作，也有中元掃墓之類的假期嗎？」

「沒有。」今枝笑著說，「因為沒有工作的時候就等於是放假了。更何況，中元掃墓可說是進行某一類調查的好時機。」

「某一類調查是指？」

「外遇。」今枝說著點了點頭，「例如，我會向委託調查丈夫外遇的太太這樣建議，請向妳先生說，中元節妳無論如何都必須回娘家一趟。如果先生面有難色，那就說，要是他不方便，妳就自己回去。」

「原來如此，這麼一來，如果丈夫在外面有女人的話……」

「不可能會錯過這個機會的。做太太的在娘家坐立難安時，我就把丈夫和情人開車出去兜風、過夜的情況拍下來。」

「實際上真有這種事嗎？」

「發生過好幾次，丈夫上當的機率是百分之一百。」

篠塚無聲地笑了笑，似乎多少緩和了緊張的氣氛。他走進咖啡館時，表情有點僵硬。

服務生把冰咖啡送上來。篠塚沒有使用吸管，也沒有加果糖或奶精，便大口喝了起來。

「那麼查到什麼了嗎？」篠塚說。他大概從剛才就巴不得趕緊提問。

「我做了很多調查。不過調查出來的報告，也許不是你所預期的。」

「可以先讓我看看嗎？」

「好的。」

今枝從公事包裡取出檔案夾，放在篠塚面前。篠塚立刻翻開。

今枝喝著咖啡，觀察委託人看報告的反應。對於調查唐澤雪穗的身世、經歷以及目前情況的這幾項委託，他有把握幾乎已全數達成。

不久，篠塚從報告裡抬起頭來，「我不知道她的親生母親是自殺身亡的。」

「請看仔細，上面並沒有寫自殺。可能是自殺，但並未發現關鍵性的證據。」

「可是她們當時的處境，即使自殺也不足爲奇。」

「的確。」

「眞教人意外。」說完，篠塚立刻又接著說，「不，也不見得。」

「怎麼說？」

「她雖然有一種出生和教養都是千金大小姐的氣質，但偶爾顯露出來的表情和動作，該怎麼說呢……」

「看得出出身不好？」今枝露出不懷好意的笑容。

「還不至於。只是有時候覺得她在優雅之外，有一種隨時全神戒備、嚴密防範的感覺。今枝先生，你養過貓嗎？」

「沒有。」今枝搖搖頭。

「我小時候養過好幾隻貓，全都撿來的，不是那種有血統證明的貓。我自認爲是以同樣的方式來飼養，但貓對人的態度，卻因爲牠們被撿回來的時期而有很大的不同。如果撿回來的是小貓，從懂事起就待在家裡，在人類庇護下生活，對人類不太有戒心，天眞無邪，又愛撒嬌。但如果是大一點才撿回來的貓，雖然也會跟你親近，卻不會百分之百解除戒心。可以看得出來，牠們好像對自己說，既然有人餵我，那就暫時跟他一起住好了，不過絕對不可以掉以輕心。」

「你是說，唐澤雪穗小姐也有同樣的氣質？」

「要是知道別人用野貓來比喩她，她一定會氣得抓狂吧。」篠塚的嘴角露出笑容。

今枝回想起唐澤雪穗那雙聯想到貓的銳利眼睛，「可是有時候，這種特色反而是種魅力。」

「你說的一點也沒錯，所以女人是很可怕的。」

「我有同感。」今枝喝了一口水，「關於股票交易的報告內容，你看過了嗎？」

「我看了一下，眞虧你找得到證券公司的承辦營業員。」

「因爲高宮先生那裡還留有一點資料，我就是從那裡找出來的。」

「高宮那裡啊。」篠塚的臉色微微一暗，那是種種憂慮在腦裡交織閃過的表情，「你怎麼跟他說明這次的調查的？」

「我單刀直入地說了。說我受希望和唐澤雪穗小姐結婚的男方家人的委託，進行調查。這樣不好嗎？」

「不會，這樣很好。萬一眞要結婚，他遲早會知道的。他有什麼反應？」

「他說但願她能夠找到好對象。」

「你沒有告訴他，對象是我的親戚吧？」

「沒有，但是他似乎隱約察覺到是你委託的。這是一定的吧，雖然我與高宮先生只有數面之緣，但如果說正好有個不相干的人委託我調查唐澤雪穗，也未免太巧了。」

「也對。那我最好找個機會，主動告訴高宮。」篠塚自言自語地說完，視線再度落在檔案夾上，「根據這份報告，她似乎靠股票賺了不少。」

「是啊。可惜的是，負責承辦她業務的營業員今年春天結婚離職了，所以手上得到的資料完全出自於營業員的記憶。」

今枝心想，如果不是已經離職，她也不肯透露客戶的祕密吧。

「我聽說一直到去年，即使是一般外行的散戶也賺了不少……但是上面寫她投資了兩千萬圓買理卡德的股票，是眞的嗎？」

「應該是眞的，承辦的營業員說她印象非常深刻。」

理卡德株式會社原本是半導體製造商，大約兩年前，該公司發表開發出氟氯碳化物替代品的消息。自從一九八七年九月聯合國通過限用氟氯碳化物的規定後，國內外的開發競爭便益發激烈，最後理卡德脫穎而出。一九八九年五月，「赫爾辛基宣言」決議於二十世紀末全面停用氟氯碳化物，此後理卡德的股票便一路長紅。

營業員訝異的是，唐澤雪穗購買股票的時候，理卡德的研發狀況尚未對外公開。不僅未公開，甚至業界對理卡德進行哪方面的研究都一無所知。國內數一數二的氟氯碳化物廠商太平洋玻璃，數名長期從事氟氯碳化物開發的技術人員遭到挖角一事，也是在宣布研發替代品的記者會結束後才曝光。

「其他還有很多類似的例子。雖然不知道唐澤小姐是基於什麼根據，但凡是她買進股票的公司，不久之後一定都會有亮眼的表現。營業員說，機率幾乎是百分之百。」

「她有內線？」篠塚放低音量說。

「營業員似乎也這麼懷疑。她說，唐澤小姐的先生好像是在某家製造商工作，會不會是透過什麼特殊管道得知其他公司的開發狀況。當然，她並沒有詢問唐澤小姐本人。」

「我記得高宮的單位是……」

「東西電裝株式會社的專利部。那個部門的環境，的確得以掌握其他企業的技術，但也僅限於已公開的技術。不可能得到未公開、而且還在開發中技術的消息。」

「這麼一來，只能說她在股票方面的直覺很準了。」

「直覺的確是很準。那位營業員說她拋售股票的時機也抓得很準。在股票還有些微漲勢的階段，她就很乾脆地切換到下一個目標。營業員說，一般外行的散戶很難做得到這一點。不過光靠直覺是玩不了股票的。」

「她背後有鬼……你是這個意思嗎？」

「我不知道，但是我有這種感覺。」今枝微微聳了聳肩，「這就眞的是我的直覺了。」

篠塚的視線再度轉向檔案夾，他微微偏著頭，「還有一點，讓我感到不解。」

「哪一點？」

「這份報告說，一直到去年，她都頻繁地買賣股票，現在也沒有收手的樣子。」

「是啊。大概是因爲店裡很忙，暫時沒辦法專心在這方面。不過她手上好像還有好幾支強勢的股票。」

篠塚沉吟了一會兒，「奇怪了。」

「有什麼不對嗎？報告有什麼錯誤的地方嗎？」

「不，不是，只是跟高宮說的有點不同。」

「高宮先生怎麼說？」

「我知道他們離婚前，雪穗小姐就已經開始玩股票了。但我聽說的是，後來因爲她忽略了家事，她自己作主全賣掉了。」

「賣掉了？全部？這一點高宮先生確認過了嗎？」

「這我就不知道了，大概沒有吧。」

「就那個營業員的說法，唐澤雪穗小姐從來就沒有離開過股市。」

「看來是這樣沒錯。」篠塚不快地閉緊嘴唇。

「這麼一來，我們大致理解她的資金運用了，只是最重要的問題依然沒有解決。」

「你是說……原本的資金是從哪裡來的，是嗎？」

「正是。因爲沒有具體的資料，很難正確追溯，但以營業員的記憶來推測，她應該是從一開始就有一筆不小的金額。而且，絕不止是主婦的私房錢。」

「你是指幾百萬圓嗎？」

「我想可能不止。」

篠塚雙手抱胸，低聲說道，「高宮也說，他摸不清她有多少財產。」

「你說過，她的養母唐澤禮子並沒有龐大的資產，至少要動用幾百萬圓並不容易。」

「你可以設法調查這一點嗎？」

「我也準備這麼做，但是可以再多給我一些時間嗎？」

「好的，那就麻煩你了。這份檔案可以給我嗎？」

「請收下，我手邊有複本。」

篠塚帶著一個薄薄的硬皮公事包，他把檔案收進裡面。

「對了，這個得還你才行。」今枝從公事包拿出一個紙包。一打開，裡面是手表，他把手表放在桌上，「這是上次向你借的手表。衣服已經請快遞送了，應該這兩天就會送到。」

「手表也一起用快遞送就好了啊。」

「那怎麼行，萬一出了什麼事，快遞公司可不賠。聽說這是卡地亞的限量表。」

「是嗎？這是別人送的。」篠塚朝表面瞄了一眼，放進西裝外套的內袋。

「是她說的，唐澤雪穗小姐。」

「是嗎？」篠塚的視線在空中游移了一下，才說，「不過既然她是做那一行的，對這些東西應該很清楚吧。」

「我想原因不止如此。」今枝意味深長地說。

「你的意思是？」

今枝稍微把身體往前移，雙手在桌上交扣。

「篠塚先生，你說唐澤雪穗小姐對於令堂兄的求婚，一直不肯給予正面答覆，是吧？」

「是的，這有什麼不對嗎？」

「關於她為什麼會這麼做，我想到一個原因。」

「是什麼？請你務必告訴我。」

「我想……」今枝注視著篠塚的眼睛說，「她可能另有喜歡的人。」

笑容霎時間從篠塚的臉上消失了，取而代之的是學者般冷靜的表情。點了好幾次頭後，他才

開口，「這一點我也不是沒有想過，雖然只是胡亂猜測。不過聽你的說法，想來對於那個人是誰有點概念了？」

「嗯。」今枝點點頭，「是的。」

「是誰？是我認識的人嗎？如果不方便的話，不說也沒關係。」

「不會不方便，方不方便是在於你。」今枝喝了口水，直視著篠塚說，「就是你。」

「咦？」

「我想她眞正喜歡的不是你堂兄，應該是你。」

篠塚像是聽到什麼胡言亂語似地皺起眉頭，然後肩膀抖動一下，輕聲笑了，還輕輕搖了搖頭，「別開玩笑了。」

「雖然不能跟你比，但我也是很忙的，我不會把時間浪費在無聊的笑話上。」

今枝的口吻讓篠塚也跟著嚴肅起來。其實他應該也不是眞以爲偵探突然開起這種不識相的玩笑。只是因爲太過突兀，讓他不知如何反應吧。

「你爲什麼會這麼想？」

「如果我說是直覺，你會笑嗎？」

「笑是不會笑，但也不會相信，只是聽過就算了。」

「我想也是。」

「是你的直覺嗎？」

「不，我是有根據的。一個就是那支手表，唐澤雪穗小姐很清楚地記得手表的主人是誰。你戴這支表的時間短得連你自己都不記得，但她只看了一眼，至今仍然沒有忘記。這難道不是因爲對表的主人懷有特別的感情嗎？」

「所以我說這是她的職業使然啊。」

「你在她面前戴這支表的時候，她應該還不是精品店的老闆。」

「這個……」說完兩個字，篠塚沒有再接下去。

「還有另一點，我到精品店去時，被問到介紹人，我便回答篠塚先生，她首先就說出你的名字。照理說，她應該會提到令堂兄——大名是篠塚康晴——才對吧？因爲康晴先生年紀比你大，在公司裡的職位也比較高，而且最近經常造訪那家店。」

「只是巧合吧，她應該是不好意思，才沒提起康晴的名字。再怎麼說，我堂哥都是向她求婚的人吶。」

「她可不是那種類型的女性，她做生意是很精明的。很抱歉，請問你到她店裡去過幾次？」

「兩次……吧？」

「最後一次去是什麼時候？」

今枝的問題讓篠塚陷入沉默。接下來今枝又問，「超過一年了吧？」他才微微點頭。

「現在在她店裡提到篠塚先生，應該是大主顧篠塚康晴先生才對。如果她對你沒有特殊感情，在那種場合不可能會提起你的名字。」

「這實在太……」篠塚苦笑。

今枝也笑了，「太牽強了嗎？」

「我是這麼認爲。」

今枝伸手拿起咖啡杯，喝了一口，往後一靠。嘆了口氣，又像剛才那樣，挺起上半身。

「你說過，你和唐澤小姐是大學時代認識的。」

「是的，因爲社交舞社的關係。」

「請你回想當時情況，有沒有質疑的地方？也就是可以解釋爲她對你有好感的事情。」

社交舞社的話題似乎令篠塚想起了什麼，臉色變得有點難看。

「你還是去找她了嗎？」他眨了眨眼才說，「找川島江利子。」

「去了。但是你不必擔心，我完全沒有提起你的名字，沒有絲毫令人起疑的舉止。」

篠塚嘆了一口氣，輕輕搖了搖頭，「她好嗎？」

「她很好。兩年前結婚了，對象是在電氣工程公司工作的總務人員。據說是相親結婚的。」

「她過得很好就好。」篠塚點點頭，然後抬起頭來，「她說了什麼？」

「高宮先生可能不是唐澤雪穗最愛的人——這是川島小姐的看法。換句話說，她最愛的另有其人。」

「而那個人就是我嗎？眞是太可笑了。」篠塚笑著，手掌在面前揮動。

「但是川島小姐似乎是這麼認爲的。」

「怎麼可能？」篠塚的笑容登時消失了，「她這麼說的嗎？」

「不，是我從她的態度感覺到的。」

「光憑感覺來判斷是很危險的。」

「這我知道，所以我沒有寫在報告裡，但是我相信是如此。」

高宮不是唐澤雪穗最愛的人——今枝還記得川島江利子說出這句話時的表情。她顯然感到無比後悔，內心有所恐懼。今枝與她面對面，發現了她恐懼的原因。她害怕的是「那麼唐澤雪穗最愛的人是誰？」這個問題。想到這裡，好幾片拼圖便組合起來了。

篠塚吁出一口氣，抓住冰咖啡的玻璃杯，一口氣喝掉一半。冰塊移動，發出「卡啷」聲響。

「你叫我想，我也想不出任何跡象。她從來沒有向我告白過，生日或聖誕節也沒有送過我禮物。勉強算得上的，就只有情人節的人情巧克力吧，可是全部男社員人人有份。」

「也許只有你的巧克力裡有特別的含意。」

「沒有，絕對沒有。」篠塚搖頭。

今枝手指探進 Malboro 的紙盒裡，裡面還有最後一根菸。他銜起菸，以陽春打火機點了火，左手捏扁了 Malboro 的空盒。

「還有一點，我也沒有寫在報告。她中學時代發生的事情中，有件事讓我特別在意。」

「什麼事？」

「強暴案，不對——不確定是否眞強暴。」

今枝把雪穗同年級的學生遇襲、由雪穗與川島江利子發現、被害人原本對雪穗懷有敵意等事告訴篠塚。後者的表情一如預期，微微僵住了。

「這件案子有什麼不對？」他問，聲音也變生硬了。

「你不認爲很像嗎？和你大學時代經歷的那件事。」

「像又怎麼樣？」篠塚的語氣表現出明顯不快。

「那個案子，最後讓唐澤雪穗成功攏絡了她的對手。學會這招後，爲了趕走情敵，她讓同樣的戲碼上演——這種可能性是存在的。」

篠塚盯著今枝看，視線可以用凶狠來形容。

「這種事，就算是猜想，也不怎麼令人愉快。川島小姐可是她的好友。」

「川島小姐是這麼想沒錯，但唐澤雪穗究竟是不是也這麼想，就不得而知了。我甚至懷疑中學時代的那件事也是她設計的。這樣想，一切就都解釋得通了。」

篠塚在面前張開右手阻止今枝，「別再說了，我只想要事實。」

今枝點點頭，「我知道了。」

「我等你下一份報告。」

篠塚站起來，要拿放在桌邊的帳單，今枝卻搶先一步按住了帳單，「如果我發現證據，能夠證明剛才那些話不完全是猜想，而是事實的話，你有勇氣告訴令堂兄嗎？」

聽完，篠塚緩緩以另一隻手推開今枝的手，拿起帳單。「當然，如果是事實的話。」

「我明白了。」

「那麼我等你下一份報告，查有實據的報告。」

篠塚拿著帳單邁開腳步。

2

今枝與篠塚在銀座碰面兩天後的晚上，菅原繪里打電話來。今枝因為另一件工作，在澀谷監視某家賓館到晚上十一點多，回到家裡已超過十二點。脫了衣服，正想沖個澡時，電話響了。

繪里說，因為有點不對勁，所以打電話過來。聽她的語氣，並不是開玩笑。

「電話錄音裡有好幾通無聲電話，害我心裡毛毛的，不是今枝先生打的吧？」

「我對打那種電話沒興趣，會不會是居酒屋哪個花錢捧妳場的客人打的？」

「才沒有那種人呢，而且我不會把電話號碼告訴客人。」

「電話號碼隨便查就查得到。」

例如打開信箱，偷看電信局寄來的電話帳單，今枝不禁想起自己的慣用伎倆。只不過說出來只會讓繪里更害怕，所以他沒有說。

「還有另一件事也讓我覺得怪怪的。」

「什麼事？」今枝問。

「可能是我太多心了。」繪里放低音量說，「我總覺得好像有人進過我房間。」

「什麼……」

「剛才我下班回來，一開門就有這種感覺，就是怪怪的。」

「有什麼具體的事情讓妳這樣覺得？」

「嗯。第一個，涼鞋倒了。」

「涼鞋？」

「一雙跟很高的涼鞋，我放在玄關，有一隻倒了。我最討厭鞋子倒了，不管多急著出門，都一定會把鞋子放好。」

「可是鞋子卻倒了？」

「還有電話也是。」

「電話怎麼了？」

「放的角度變了。我都斜斜地擺在架子上，這樣我坐著左手就可以拿到聽筒。可是不知道爲什麼，電話跟架子是平行的。」

「不是妳自己弄的嗎？」

「我覺得不是，我不記得這樣放過。」

今枝腦海裡立刻浮現一個想法，但他也沒有告訴繪里。

「我知道了。繪里，妳聽清楚了，我現在就過去妳那邊，可以嗎？」

「咦！今枝先生要來啊？呃……是可以啦。」

「妳不必擔心，我不會變成大野狼的。還有在我到之前，千萬不要用電話。知道了嗎？」

「知道了……可是這是怎麼回事？」

「我到了再解釋。還有，我會敲門，但是妳一定要確認是我才可以開門，知道了嗎？」

「嗯，我知道了。」繪里回答，聲音比剛通上電話時顯得更加不安。

今枝一掛掉電話就穿上衣服，迅速將幾樣工具放進運動背包裡，穿上運動鞋，走出房間。外面下著小雨。一時之間他想回去拿傘，但最後他決定用跑的，從這裡到繪里的公寓，只有幾百公尺的距離。

公寓所在的巷子位在公車行經的大馬路後面，面對著收費停車場，外牆已經有了裂縫。今枝跑上公寓的戶外梯，敲了二〇五室的門。門開了，露出繪里擔憂的臉孔。

「怎麼回事？」她皺著眉頭問。

「我也不知道，但願只是妳神經過敏。」

「才不是我神經過敏。」繪里搖搖頭，「掛掉電話後，我心裡更毛了，覺得這裡簡直不像我住的地方。」

這真的是神經過敏。儘管這麼想，今枝卻默默點頭，從門縫裡鑽了進去。

玄關擺著三雙鞋沒收。一雙是運動鞋，一雙是包鞋，剩下的一雙是涼鞋。涼鞋的鞋跟果然很高。這種高度，稍微一碰大概就會倒了。

今枝脫了鞋，進了屋內。繪里的住處是套房，只有一個小流理台，沒有廚房、客廳。即使如此，她還是在中間掛上布簾，免得整個房間在門口就一覽無遺。布簾後面擺了床、電視以及桌子，老舊的冷氣可能是她搬進來時就有的吧，噪音雖大，吹出來的至少是冷風。

「電話呢？」

「那裡。」繪里指著床鋪旁邊。

那裡有個小架子，架子上方幾乎呈正方形，上面放著一具白色的電話。不是最近流行的無線電話，想來是因爲這個房間用不到。

今枝從背包裡取出一個黑色四方形裝置，上面裝了天線，表面上有好幾個小小的碼表和開關類的東西。

「那是什麼？無線電？」繪里問。

「不是，是個小玩具。」

今枝打開電源，接著轉動調整頻率的鈕。不久，碼表在一百兆赫附近出現了變化，顯示感應的燈開始閃爍。他保持這種狀態，有時靠近電話，有時拿遠些，碼表的反應始終沒變。

今枝關掉裝置的開關，拿起電話查看底部後，從背包取出一組螺絲起子。他拿起十字起子，轉開鎖住電話外殼的十字螺絲。果然不出所料，鬆開螺絲並不費力，因爲有人拆過了。

「你在做什麼？要把電話弄壞？」

「不是，是要修理。」

「咦？」

取下所有螺絲後，今枝小心地拆下電話底座，露出電子零件羅列的底盤。他立刻注意到一個以膠帶黏貼的小盒子，以手指夾出。

「那是什麼？拿掉沒關係嗎？」

今枝沒有回答繪里的問題，以螺絲起子撬開盒蓋，裡面有鈕釦式汞電池。他又以螺絲起子挖出電池。

「好，這樣就OK了。」

「那到底是什麼？告訴我啦！」繪里吵鬧著。

「沒什麼大不了的，是竊聽器。」今枝邊說邊把電話外殼復原。

「咦──！」繪里驚訝得眼珠子差點掉下來，拿起拆下來的盒子，「不得了了！幹嘛在我房間裝竊聽器？」

「我還想問妳呢，妳是不是被什麼男人糾纏了？」

「我都說沒有了。」

今枝再度打開竊聽裝置偵測器的開關，一邊改變頻率，一邊在室內走動。這次碼表沒有任何反應。

「看樣子，沒有慎重到裝兩、三道。」今枝關掉開關，把偵測器和整組螺絲起子收進背包。

「你怎麼知道有人裝了竊聽器？」

「先給我一點喝的吧，跑來跑去的，好熱。」

「啊，好好好。」

繪里從約半人高的小冰箱裡拿出兩罐啤酒。一罐放在桌上，一罐拉開拉環。

今枝盤坐在地上，先喝了一口啤酒。放鬆的同時，汗水也從全身上下冒了出來。「簡單地說，就是來自經驗的直覺。」他一手拿著啤酒說，「發現有人進屋的跡象，電話被動過，這麼一來，懷疑有人對電話動過手腳不是很合理嗎？」

「對喔，還滿簡單的嘛。」

「聽妳這麼說，倒是很想告訴妳並沒有那麼簡單，不過算了。」他又喝了一口啤酒，以手背擦擦嘴角，「妳真的不知道什麼可疑人物嗎？」

「不知道，真的完全沒有。」繪里坐在床上，用力點頭。

「這麼說，目標果然是……我了。」

「目標是今枝先生？怎麼說？」

「妳不是說電話留言裡有很多無聲電話嗎？妳覺得很不放心，打電話給我。但是這可能中了計。也就是說，竊聽者的目的是要妳打電話。發現留言裡有無聲電話，會先問可能打來的人，這是人之常情。」

「要我打電話幹嘛？」

「掌握妳的人際關係。像是妳的好朋友是誰，萬一有事的時候，妳會依靠誰。」

「知道這些半點好處都沒有啊，想知道，直接來問我不就得了，根本不必裝什麼竊聽器。」

「他想知道，卻不想被妳發現吧。好了，把我們剛才說過的話整理一下，就是竊聽者想知道某個人的名字和身分，但只有妳這條線索。竊聽者大概只知道那個人和妳很親近。」今枝把啤酒喝光，以手心壓扁空罐，「對於這種狀況，妳想到什麼？」

繪里左手拿著啤酒罐，低著頭啃咬右手拇指的指甲，「上次那家南青山的精品店？」

「聰明。」今枝點點頭，「那時候，妳在店裡留下了聯絡方式，但是我卻什麼都沒留。想知道我是誰，只能從妳身上下手。」

「這麼說，是那家店的人想調查今枝先生嘍？爲什麼？」

「這個嘛，原因很多。」今枝賊笑了一下，「大人的事。」

篠塚手表的事情，他一直無法釋懷。唐澤雪穗顯然看穿了那支表是篠塚的東西。有人不惜去借貴重的手表配戴也要到自己的店來，會疑心這個人是何方神聖並不奇怪。所以她僱用今枝的同行，從菅原繪里這條線索展開調查——這是極有可能的。

今枝回想剛才在電話裡與繪里的對答。她稱呼他爲「今枝先生」。裝了竊聽器的人，遲早會查出這戶公寓附近，有一家徵信社是由一個名叫今枝直巳的人所經營的。

「可是我沒有寫正確的住址啊。明明假扮有錢人家的小姐，住址卻是山本公寓，不就會露出馬腳嗎？而且我連電話號碼也故意寫錯。」

「眞的嗎？」

「眞的啊，人家我好歹也能當偵探的助手，多少會動腦的。」

今枝回想起在唐澤雪穗精品店的那段時間，是不是哪裡有陷阱？

「那天，妳身上帶了錢包嗎？」今枝問。

「帶了。」

「放在包包裡吧？」

「嗯。」

「那時候，妳不停換衣服，那段時間妳把包包放哪裡？」

「嗯……我想應該是更衣室裡面。」

「一直放在那裡？」

「嗯。」繪里點頭回答，表情變得有點不安。

「那個錢包借我看一下。」今枝伸出左手。

「咦——裡面又沒有多少錢。」

「錢不重要，我要看的是錢以外的東西。」

繪里打開掛在床鋪一角的側背式包包，拿出一個黑色錢包。形狀細細長長的，上面有Gucci的標誌。

「妳也有高檔貨嘛。」

「店長送的。」

「那個小鬍子店長嗎？」

「對。」

「眞凱啊。」今枝打開錢包，查看其中的卡片。駕照和百貨公司、美容院的卡排放在一起。他抽出駕照確認內容，上面的住址寫的是這棟公寓。

「咦！你是說她們偷看我的東西？」繪里很驚訝。

「我是說也許，機率有百分之六十以上。」

「好過分！平常人會做這種事嗎？那是什麼意思？她們從一開始就懷疑我們了？」

「沒錯。」打從看到手表的那一刻起，唐澤雪穗便起疑了，擅自查看別人的錢包對她而言也

許不算什麼。今枝腦海裡浮現出那雙貓眼，心裡這麼想。

「既然這樣，我們離開那家店前，她們幹嘛要我留姓名住址啊？還說要寄邀請函給我。」

「大概是爲了確認吧。」

「確認什麼？」

「確認妳會不會寫下眞正的姓名住址，結果妳沒有。」

繪里很過意不去地點點頭，「我故意把區碼寫錯。」

「這樣她就可以確定我們不是去買衣服的。」

「對不起，我不應該做那種小動作的。」

「沒關係，反正我們早就被懷疑了。」今枝站起來，拿起背包，「要小心門戶，我想妳也知道，在行家手裡，這種公寓的鎖有跟沒有一樣。妳人在房間裡的時候，一定要記得上鍊條。」

「嗯，我知道了。」

「那我走了。」今枝把腳套進運動鞋裡。

「今枝先生，你不會有事吧？會不會有人來要你的命？」

繪里的話讓今枝噗哧笑出來，「說得跟○○七一樣。不用擔心，頂多是一臉凶相的殺手來找我吧。」

「啊——！」繪里的臉沉了下來。

「那我走了，晚安。門要鎖好。」今枝走出房間，帶上門。但他沒有立刻離開，而是確實聽到上鎖以及上鍊條的聲音後，才邁開腳步。

好了，會有什麼樣的人找上門來呢……？

今枝抬頭仰望天空，小雨仍下個不停。

3

第二天，小雨轉變爲持續的陰雨，氣溫也因此下降了一些，使得這天早晨在持續酷熱的八月裡感覺分外舒適。

今枝早上九點多爬出被窩，穿著T恤和牛仔褲離開住處。撐起傘骨彎了一截的雨傘，進入大樓對面一家叫做「波麗露」的咖啡館。木門上掛著一個小小的鈴，每當門開關時，便會發出「卡啷卡啷」的聲響。在這裡吃早餐、看體育娛樂報紙是今枝每天的習慣。

「波麗露」是一家小店，只有四張桌子和吧檯。其中兩張桌子有人，吧檯也坐了一個客人。禿頭的老闆在吧檯內向今枝點頭。

今枝猶豫了一會兒，最後在最裡面的桌位就座。他認爲這個時間應該沒什麼客人了。要是位子眞的不夠，到時候再移到吧檯就好。

今枝沒有點餐。靜靜地坐上幾分鐘，老闆就會送上夾著粗大香腸的熱狗和咖啡，而且熱狗裡還會夾著炒高麗菜絲。

就在他身旁的雜誌架上放了好幾份報紙。吧檯的客人在看運動娛樂報，只剩下一般報紙和財經日報。今枝死了心，抽出《朝日新聞》。店裡也有《讀賣新聞》，但他自己就是訂戶。

在椅子上坐定，正準備打開報紙的時候，聽到了「卡啷卡啷」的聲響。他反射性地朝門口看，有一名男客走進來。

男子看來將近六十歲，小平頭上摻雜了白髮。體格很好，穿著白襯衫的胸膛很厚實，短袖裡露出的手臂也很粗。身高有一百七十公分以上吧，而且姿勢如古代武士般挺拔。

然而最吸引今枝注意的並不是他的外表，而是他一踏進店裡，銳利的視線便朝今枝射過來，彷彿在他走進這家店前，就知道今枝在那裡似的。

其實這只是一眨眼間的事，男子立刻把視線轉移到其他方向，同時，男子本人也移動了。他在吧檯的位子上坐下。

「我要咖啡。」男子向老闆說。

聽到他這句話，視線已經回到報紙上的今枝又抬起頭來。因爲男子的口音帶著關西腔，讓他感到有些意外。

這時候，男子又朝今枝這邊看。一瞬間，兩人的視線對上了。

男子的眼裡並沒有威嚇的意味，似乎也不帶惡意，但那是一雙看盡人性醜惡的眼睛。一種眞正冷靜透澈的光靜靜棲息其中，今枝感覺到背上竄過一股涼意。

然而兩人目光交會的時間，其實非常短暫，可能不到一秒。不約而同地轉移視線數秒後，今枝看著報紙社會版的標題，那是一則大型拖車在高速公路上肇事的報導。但是今枝無法忽略那名男子。他究竟是何方神聖？這樣的思緒有如撇不清的絲絮棉屑般，緊黏著意識不放。

老闆送來熱狗加咖啡的套餐。今枝在熱狗上加了大量的番茄醬和芥末醬，大口咬下。他喜歡門牙咬破腸衣的感覺。

在吃熱狗時，今枝刻意不去看男子。他覺得若是看了，兩人的視線不免再度交會。

把最後一口熱狗塞進嘴裡後，今枝一邊把咖啡杯端到嘴邊，一邊偷瞄男子。男子正好轉動頭部，面向前方準備喝咖啡。

剛才他一直看著我——這是今枝的直覺。

他喝完咖啡，站起來。手伸進牛仔褲口袋，掏出千圓鈔放在櫃檯上。老闆默默地找給他四百五十圓。

這段期間，男子的姿勢幾乎沒變，以背脊挺得筆直的姿勢喝著咖啡。有如機器設定一般，節奏相同，動作也相同，看也不看今枝。

今枝走出店門，傘也不撐便跑過馬路，然後跑上大樓的樓梯。進屋前往下看了看「波麗露」，那名上了年紀的男子並沒有出來。

今枝打開鋼架上的迷你音響開關，播放。惠妮．休士頓的CD一直放在CD唱盤裡。不一會兒，架在牆上的兩個喇叭便傳出魄力十足的歌聲。

他脫掉T恤，準備淋浴。昨晚從繪里那裡回來後，他沒有淋浴就睡了，頭髮油膩膩的。

他才剛拉下牛仔褲的拉鍊，玄關的門鈴就響了。

平常聽慣的鈴聲，今天聽來卻別有意味。他沒有接起對講機，鈴聲又響了。

今枝拉起拉鍊，再次穿上脫下的T恤。心裡嘀咕著究竟什麼時候才能沖澡，邊走到玄關開鎖、開門。

那個男子就站在門外。

若是平常，這樣的場面應該令人驚訝，但今枝幾乎不為所動。打從聽到第一聲門鈴，他便有預感了。

男子看到今枝，露出淺淺的笑容。他左手持傘，右手拿著收費員常用的黑色手拿包。

「有什麼事？」今枝問。

「你是今枝先生吧？」男子說，果然是關西口音。「今枝直巳先生……沒錯吧？」

「我是。」

「有點事情想請教，可以耽誤你一點時間嗎？」發自丹田般低沉的聲音響起。以眉間爲中心，有如雕刻刀刻劃出來的皺紋布滿全臉。今枝注意到，其中有一道是刀刃切割的傷痕。

「很抱歉，請問你哪位？」

「敝姓笹垣，從大阪來的。」

「那眞是遠道而來。不過，很抱歉，我接下來有工作，得立刻出門。」

「不會花你多少時間的，只要請你回答兩、三個問題就好。」

「麻煩你改天再來，我眞的趕時間。」

「趕時間還在咖啡館看報紙看得那麼悠哉啊。」男子的嘴角向上彎。

「我怎麼用我的時間跟你無關，請你回去。」今枝想關門，但男子把手上雨傘插進門縫。

「熱愛工作是很好，不過我這邊也是工作。」男子把手伸進灰色長褲的口袋，掏出一本黑色手冊，上面印著大阪府的字樣。

今枝吁了一口氣，拉門把的力道減輕，「既然是警察，一開始明說不就好了。」

「有些人不喜歡警察在門口表明身分，可以請教你幾件事嗎？」

「請進。」今枝說。

今枝讓男子坐在委託人的椅子上，自己也在位子上就座。事實上，委託人的椅子稍微低一點。光是這麼一點點機關，便足以讓他在洽談時處在有利的位置。但是看著眼前這張滿是皺紋的臉，今枝心想，這個把戲對他大概不管用。

今枝要求對方出示名片，男子卻說他沒有。這肯定是謊言，但今枝不想爲了這點小事和他爭論，便要求再看一次警察手冊。

「我應該有這個權利吧，你又不能證明你眞的是警察。」

「你當然有這個權利，愛怎麼看就怎麼看吧。」男子打開手冊，翻到身分證明那一頁讓他看。名字叫做笹垣潤三，照片上的臉稍微瘦一點，但看來是同一個人沒錯。

「這樣你相信了嗎？」笹垣收起手冊，「我現在在西布施分局，刑事課一組。」

「一組的刑警？這麼說，是調查凶殺案了？」眞令人意外。這一點今枝倒是沒想到。

「是啊。」

「這是怎麼回事？我沒聽說我身邊發生凶殺案。」

「當然，命案也有很多種。有些被當作話題，有些無人聞問。不過不管怎樣，都是命案。」

「是誰、什麼時候、在哪裡被殺了？」

笹垣笑了，臉上的皺紋形成複雜的圖案，「今枝先生，可以請你先回答問題嗎？等你回答後，我也會禮尚往來的。」

今枝看著這名刑警。來自大阪的老刑警在椅子上微微搖晃身體，然而表情沒絲毫動搖。

「好吧，你先問問題。你要問些什麼？」

笹垣把傘豎在身前，雙手放在傘柄上，「今枝先生，大約兩個星期前，你到大阪去了一趟吧。在生野區大江那一帶徘徊，是不是？」

今枝有種突然被擊中要害的感覺。自從聽到他是大阪府刑警起，他就想起去過大阪的事。同時，他也想起當時曾在布施車站搭車。

「怎麼樣？」笹垣又問了一次，但他臉上是知道答案的表情。

「是的。」今枝只好承認，「你還眞清楚。」

「那一帶啊，連哪隻野貓懷孕我都知道。」笹垣咧開嘴笑了，沒發出笑聲，卻發出漏氣般奇特的嘶聲。他先把嘴閉起來才說，「你是去做什麼？」

今枝腦筋快速轉動地回答，「工作。」

「哦，工作。什麼樣的工作呢？」

這次換今枝露出笑容了，他想稍示從容，「笹垣先生，你又不是不知道我的職業。」

「你的工作好像很有趣啊。」笹垣望著擺滿檔案的鋼架，「我朋友也在大阪開業，不過賺不賺錢我就不知道了。」

「我就是爲了這份工作到大阪去的。」

「在大阪調查唐澤雪穗就是你的工作啊？」

今枝明白了，他果然是從這條線追查過來的。思考著他是如何查出自己，不禁想起昨天的竊聽事件。

「要是你能告訴我，爲什麼要調查唐澤雪穗出生、成長的環境，那眞是求之不得。」笹垣用三白眼看著今枝。說這句話的口吻，黏稠得似乎字字句句緊緊糾纏在一起。

「笹垣先生，既然你的朋友也從事這份工作，你應該明白，我們不能透露委託人姓名。」

「你是說，你是受託調查唐澤雪穗的嗎？」

「是的。」今枝一邊回答，一邊思考這位刑警連名帶姓稱呼唐澤雪穗的原因。是因爲特別親近，還是來自刑警的職業習慣呢？或者是……

「與婚事有關嗎？」笹垣突然說。

「咦？」

「聽說有人想向唐澤雪穗提親。身爲男方的家人，既然要娶一個似乎在從事投機事業的女人，當然會仔細調查她的身家吧。」

「你在說什麼？」

「就是婚事啊。」笹垣嘴邊露出令人不舒服的笑容，看著今枝。他的視線往辦公桌上移動。

「可以抽菸嗎？」他指著菸灰缸問。

「請。」今枝回答。

笹垣從襯衫胸前口袋拿出已經被壓扁的Hilite菸盒。從盒子裡抽出來的香菸有點彎曲。他銜著菸，以火柴棒點了火。那火柴看來是從「波麗露」拿的。

彷彿要表示自己有的是時間，刑警緩緩抽著菸。吐出來的煙搖晃著上升，在空氣中化開。

刑警顯然是要給今枝考慮的時間。自己先出幾張牌，看對方如何出牌，這種做法可能是他的拿手好戲。故意在咖啡館現身，暗示「你一直在我的監視之下」，也是要讓自己手裡的牌顯得更強勢的手法吧。刑警毫無表情地看著煙的去向，那雙眼睛似乎隱藏了無盡的狡猾算計。

今枝極想知道那些牌的內容，爲什麼負責凶殺案的刑警會追查唐澤雪穗？不，追查這個說法並不正確，這名男子一定握有關於唐澤現狀的大量資料。

「我也知道有人和唐澤小姐論及婚嫁。」今枝考慮後回答，「但是如果你問我這件事與我的調查有沒有關係，我既不能回答有，也不能回答沒有。」

笹垣手指夾著菸點頭，表情顯得很滿意。

笹垣慢慢地把變短的菸在菸灰缸裡摁熄。

「今枝先生，你記得瑪利歐嗎？」

「瑪利歐？」

「『超級瑪利歐兄弟』，小朋友的玩意兒，不過聽說最近連大人都很迷。」

「電視遊樂器那個啊，我當然記得。」

「幾年前眞是瘋狂啊，玩具店前面還有人大排長龍呢。」

「是啊。」今枝疑惑地附和，不知道刑警說這些話到底有什麼目的。

「在大阪，有個男人想賣那個玩具的假貨，東西都已經做好，只等出貨銷售了，結果在最後這個階段，被警方查了出來。假貨被扣押了，人卻沒找到，失蹤了。」

「逃走了啊。」

「那時候警方是這麼想的。不對，現在也是這麼想，還在通緝他。」笹垣打開手拿包，從裡面拿出一張摺起的傳單類的紙，打開給今枝看。在「若您發現此人」這幾句熟悉的字眼下，是一個梳了大背頭的男人，看來年約五十歲，名字叫松浦勇。

「我還是問問好了，你看過這個人嗎？」

「沒有。」

「我想也是。」笹垣把紙摺起來，再度收進手拿包裡。

「你在追查那個姓松浦的人嗎？」

「是啊，也可以這麼說。」

「也可以這麼說？」今枝再一次看著笹垣。來自大阪的刑警嘴角別有含意地垮下。

這一瞬間，今枝恍然大悟。一個辦凶殺案的刑警，不可能單單追查一個遊戲盜版犯。笹垣認爲松浦被殺了，他在找的是松浦的屍體，以及殺害松浦的凶手。

「那個男的跟唐澤雪穗小姐有什麼關係嗎？」今枝問。

「也許沒有直接的關係吧。」

「既然這樣，爲什麼……」

「有個男人和松浦一起消失了。」笹垣說，「這個男人極可能參與製造盜版超級瑪利歐，而他大概……」刑警好像爲了選擇用詞，略微停頓才開口，「就在唐澤雪穗身邊的某個地方。」

「身邊的某個地方？」今枝跟著問，「這是什麼意思？」

「就是字面上的意思，他應該是藏起來了。你知道槍蝦這種蝦子嗎？」刑警又提了一個用意不明的話頭。

「槍蝦？不知道。」

「槍蝦啊，會挖洞，住在洞裡。可是有個傢伙卻要去住在牠的洞裡，那就是蝦虎魚。不過蝦虎魚也不是白住，牠會在洞口巡視，要是有外敵靠近，就擺動尾鰭通知洞裡的槍蝦。牠們合作無間，這好像叫做互利共生。」

「請等一下。」今枝稍微伸出左手，「你是說，唐澤雪穗小姐有這樣一個共生的對象嗎？」

如果有，事情就不得了了，但今枝無法相信。截至目前爲止的調查中，完全沒有任何關於這類人物的蛛絲馬跡。

笹垣露出得意的笑容，「這是我的想像，什麼證據都沒有。」

「可是你一定是因爲有什麼根據，才有這種想像吧？」

「沒有什麼說得上是根據的東西，只不過是老刑警的直覺，當然也有猜錯的可能性，實在不能當眞啊。」

騙人，今枝心想。他一定有什麼確切根據，否則也不會單槍匹馬來到東京。

笹垣再度打開手拿包，拿出一張照片，「你對這個人有印象嗎？」

今枝伸手拿起他放在辦公桌上的照片。照片裡的男子正對鏡頭，可能是駕照的照片。年齡大約三十歲左右，下巴很尖。

今枝第一個想法是他看過這張臉。他小心不讓表情透露出半點跡象，一面在記憶中探索。他善於記住別人的長相，也有自信一定想得起來。

當他凝視著照片時，霧突然散了。他清清楚楚想起在哪裡看過照片裡的男子。他的全名、職業、居住地點，一切全都在瞬間列印出來。與此同時，他差點驚呼出聲，因爲這實在太令人意外了。他很想當場表達出他的詫異，但硬是按捺下來。

「這個人就是唐澤雪穗小姐的共生對象嗎？」他以相同的聲調問。

「這就難說了，你有印象嗎？」

「好像有，又好像沒有。」今枝把照片拿在手裡，故意喃喃說著，「我要確認一下，可以到隔壁房間去一下嗎？我想對照一下資料。」

「什麼資料？」

「我會拿過來，請稍等一下。」今枝不等笹垣回答就站起來，匆匆走進隔壁房間，上了鎖。

這裡是他的寢室，但他也把這裡當成暗房。如果要沖洗黑白照片，在房裡便能進行。他從排列在架上的攝影器材中，拿起可近距離拍攝的立可拍。那是一台顯像後必須把正負層撕開的撕開式相機。

今枝把照片放在地上，手裡拿著相機。一邊從取景窗查看，一邊調整距離對焦。因爲調整鏡頭更花時間。

在對好焦距的位置按下快門，鎂光燈閃了一下。

他抽出底片，把相機歸回原位。輕輕揮動底片，另一隻手從書架拿出一本厚厚的檔案，爲調查唐澤雪穗所拍的照片都整理好，放在裡面。他快速翻閱，確認是否讓笹垣看了也沒有問題。

他瞄了一下手表，確定時間已過了幾十秒，便撕下底片的正層。翻拍非常成功，連原版照片細微的污漬都複製過來了。

今枝把照片放進抽屜裡，拿著原版照片和檔案離開房間。

「不好意思，花了一點時間。」今枝把檔案放在辦公桌上，「我以爲好像看過，結果是我弄錯了。很遺憾，我不知道他是誰。」

「這份檔案是？」笹垣問。

「關於唐澤雪穗小姐的調查資料，不過沒什麼大不了的照片。」

「可以借我看嗎？」

「請。不過我不能針對照片說明，還請見諒。」

笹垣一一仔細查看檔案裡的照片。有些拍的是唐澤雪穗娘家附近，有的是偷拍證券公司的承辦營業員。

看完後，刑警抬起頭來，「這些照片眞有意思。」

「有幫得上忙的嗎？」

「如果純粹是調查結婚對象，還眞是特別。例如，爲什麼連唐澤雪穗進出銀行都要拍呢？我實在不懂。」

「這個嘛，就任你想像了。」

事實上，唐澤雪穗在那家銀行租了保險箱，他是靠跟蹤查明這一點的。拍攝她進銀行前後的樣子，是爲了觀察她的穿著打扮有沒有任何變化。例如出來時戴著原先沒有戴的項鍊，那麼東西就是存放在保險箱裡。這雖然是個笨法子，卻也是檢驗財產的手法之一。

「今枝先生，你可以答應我一件事嗎？」

「什麼事？」

「往後你繼續調查時，要是看到這個人……」笹垣說著拿起剛才那張照片，「要是看到這張照片上的人，請你務必通知我，而且要盡快。」

今枝的視線在照片與笹垣滿是皺紋的臉上來回。

「那麼請告訴我一件事。」他說。

「什麼事？」

「名字。請告訴我這個人叫什麼名字，還有他最後的住址。」

對於今枝的要求，笹垣第一次露出猶豫之色，「如果你看到他，到時候他的資料你要多少都給你。」

「我現在就想要他的姓名和住址。」

笹垣注視了今枝數秒後點點頭。撕下一張辦公桌上的便條紙，用便條紙所附的原子筆寫好，放在今枝面前。

「桐原亮司　大阪市中央區日本橋2-X-X　MUGEN」

「桐原亮司……MUGEN是什麼?」

「桐原以前經營的電腦店。」

「哦。」

笹垣又寫了一張，把那張紙也放在今枝面前。上面寫著笹垣潤三的名字以及一串應該是電話號碼的數字。意思大概是要今枝打這個電話號碼。

「在你正準備出門工作的時候打擾這麼久，眞是不好意思。」

「哪裡。」今枝心想，你明明就看穿了我不準備工作。「對了，你是怎麼知道我在調查唐澤雪穗的?」

笹垣微微一笑，「這種事呢，到處走訪就會知道。」

「到處走訪?不是聽收音機嗎?」今枝做了轉動旋鈕的動作，意指竊聽器的收訊機。

「收音機?你在說什麼?」笹垣露出驚訝的表情。如果是演戲，他的演技也太逼眞了。正因如此，今枝認爲他應該不是在裝傻。

「沒有，沒事。」

笹垣以傘代替枴杖般，拄著傘走向門口，但是他在開門前回頭，「你可能嫌我多管閒事，不過我有句話很想告訴委託你調查唐澤雪穗的人。」

「什麼話?」

聽他這麼一問，笹垣的嘴角扭曲了，「最好不要娶那女人，她可不是普通的狐狸精。」

「嗯。」今枝點點頭，「這我知道。」

笹垣也點點頭，開了門走出去。

4

一群看似從某才藝教室下課的女人占據了兩張桌子。今枝很想換地方，但相約的對象應該已經離開辦公室了，他只好選擇距離她們最遠的桌位。她們平均年齡大約四十歲左右，桌上除了飲料杯外，還有三明治和義大利麵的盤子。時間是下午一點半，本來看準了這個時段午休剛結束，咖啡館應該很空，沒想到卻大大失算。才藝教室結束後，來這裡吃中飯及話家常，肯定是她們最大的樂趣。

今枝喝了兩口咖啡，益田均便走進店裡。他看起來比以前共事時略瘦一些，穿著短袖襯衫，打了深藍色的領帶，手上拿著一個牛皮紙袋。

益田很快就看到今枝，向他走近，「好久不見了。」說著在對面的位子坐下，卻對前來的女服務生說，「不用了，我馬上就走。」

「看來還是一樣忙啊。」今枝說。

「是啊。」益田冷冷地說，心情顯然不太好。他把牛皮紙袋放在桌上，「這樣就行了吧？」

今枝拿起紙袋，查看內容物。裡面是二十張以上的Ａ４影印紙。他翻了一下內容，用力點頭。他曾經看過這些東西，其中有些文件影本還是他親筆寫的。

「這樣就行了。不好意思，麻煩你了。」

「我先把話說清楚，以後可別再要我幫你做這種事。把公司的資料給外面的人看意味著什麼，你幹了那麼多年的偵探，不可能不知道吧？」

「抱歉，只此一次，下不為例。」

益田站起來，但沒有立刻走向出口，而是低頭看著今枝問，「你現在才想要這些東西，到底是怎麼回事？找到懸案的新線索了嗎？」

「不是的，只是有點事想確認而已。」

「隨便啦。」益田邁開腳步。他不可能這麼相信今枝的話，但不想插手工作以外的事情。

看著益田離開咖啡館，今枝再次翻閱文件。三年前的那些日子立刻在腦海復甦，那時接受自稱東西電裝株式會社相關人士委託進行調查，此刻手上的文件便是當時調查報告的影本。

當時調查受挫的最大原因，在於他們始終無法查出Memorix公司秋吉雄一這號人物的真實身分。無論是本名、經歷，還是來自何方，他們都一無所知。

然而前幾天，今枝卻從出乎意料之處，得知秋吉的真實身分。笹垣刑警出示的那張照片裡的男子，桐原亮司，便是他曾經跟監許久的秋吉雄一，絕對沒錯。

不僅曾經營個人電腦專賣店的經歷適用於秋吉，連桐原自大阪消聲匿跡，也與秋吉進入Memorix的時間吻合。

一開始，今枝以為這純粹是巧合。他認為若長期從事這份工作，過去追查某人的真實身分未果，數年後在另一件全然不同的調查中意外查明，這種狀況也許的確有可能發生。

不過當他在腦中進行整理時，卻發現這是一個天大的錯覺。他愈想愈認為這並不是巧合，東西電裝委託的調查與這次的調查，追根究柢其實是相通的。

他之所以會受篠塚之託，對唐澤雪穗進行調查，是因為他在高爾夫球練習場上遇見了高宮誠。那麼他為何會到那家高爾夫球練習場去？那是因為三年前，他跟蹤秋吉時曾經去過，他也是

在那時知道高宮此人。高宮與秋吉跟蹤的那位名叫三澤千都留的女子相當親密。而高宮誠當時的妻子，正是唐澤雪穗。

笹垣刑警把桐原亮司形容爲與唐澤雪穗互利共生的對象。那位老刑警會這麼說，一定有所根據。今枝假設實際上桐原與唐澤雪穗之間有密切的關係，回頭重新檢視三年前的調查。這麼一來，會得到什麼結論？

非常簡單，答案立刻出現。雪穗的丈夫任職東西電裝專利部，掌管公司技術資訊。這意味著他可以接觸最高機密，公司自然會給他利用電腦查詢機密資料的ＩＤ與密碼。當然，這是絕對不能讓外人知道的，想必高宮也遵守了這條規定。但是對妻子又是如何？他的妻子是否知道他的ＩＤ和密碼？

三年前，今枝他們亟欲找出秋吉雄一與高宮誠間的關聯，卻一無所獲。也難怪他們找不到，因爲他們的目標應該是高宮雪穗才對。

這麼一來，今枝又產生另一個疑問，那便是三澤千都留與高宮誠的關係。秋吉，也就是桐原，究竟爲什麼要監視千都留呢？

受雪穗之託調查她丈夫的外遇，這樣推理不算離譜，然而這個想法有太多不合理的地方。首先，她爲何要委託桐原？若要調查外遇，只要請個偵探就行了。而且如果是調查高宮誠的外遇，一般而言應該監視高宮才對，但桐原監視的對象卻是三澤千都留，這是因爲他們已經確定她就是高宮的外遇對象了嗎？既然如此，應該沒有繼續進行調查的必要。

今枝一邊思考，一邊看著益田給他的影本。不久，他注意到一件令人不解的事。

桐原跟蹤三澤千都留首次來到老鷹高爾夫球練習場，是三年前的四月初。當時高宮誠並未出現在高爾夫球練習場。兩週後，桐原再度前往高爾夫球練習場。這時，高宮誠才第一次出現在今枝他們面前。他與三澤千都留親密交談。

之後，桐原便再也不曾前往高爾夫球練習場。但今枝他們卻繼續觀察三澤千都留與高宮誠的情況。只要追溯當時的紀錄，便能明顯看出他們關係日漸親密。到調查中止的八月上旬時，他們兩人已完全陷入外遇關係。

令人不解的便是這一點。明知他們的關係愈來愈深入，雪穗卻沒有採取任何對策，她不可能一無所知，她應該早已從桐原那裡得到情報。

今枝把咖啡杯端到嘴邊，咖啡已經涼了。他想起不久前也喝過這種冷掉的咖啡，就是在銀座的咖啡館與篠塚碰面時。

這一瞬間，一個想法突然浮現在今枝腦海裡。那是一個全然不同角度的發想。

如果是雪穗想和高宮分手呢……？

這並非不可能。借用川島江利子的話，打從一開始，高宮應該就不是雪穗最愛的人。想分手的丈夫，正好愛上其他女人。既然如此，就等這段關係發展成外遇吧——雪穗會不會是這麼想的？

不，今枝在心裡搖頭，那個女人不是那種會聽天由命的人。

如果三澤千都留與高宮相遇及其後的進展，都在雪穗的計畫中呢？

今枝認為不可能，但同時，他心中又認為或許可能。唐澤雪穗這個女人有一種特質，讓他無法以一句不可能便對此加以否定。

然而，這就形成一個疑問——人心能夠如此輕易地操控嗎？即使三澤千都留是世界第一美女，也不能保證每個人都會愛上她。

不過若是曾經心儀過的對象，那就另當別論了。

今枝一走出咖啡館，便尋找公共電話亭。他邊看記事本邊按號碼，電話打到東西電裝東京總公司，找高宮誠。

等候片刻後，聽筒裡傳來高宮的聲音，「喂，我是高宮。」

「喂，我是今枝。不好意思，打擾你工作。」

「是……」對方傳來略帶困惑的聲音，可能因爲一般人都不太希望偵探打到工作地點吧。

「前幾天眞不好意思，你那麼忙還去打擾。」他先針對先前詢問唐澤雪穗股票一事道歉，「其實我還想向你請教一件事。」

「什麼事呢？」

「我希望能面對面談。」他實在不好意思在電話裡表明，想詢問你與現任妻子認識的經過。

「今天或明天晚上，不知道你有沒有空？」

「明天我沒問題。」

「是嗎，那麼明天我再打電話給你，好嗎？」

「好啊。對了，今枝先生，有件事我必須跟你說一聲。」

「什麼事？」

「其實，」高宮放低音量，「幾天前，有個刑警來找我，是一位年紀相當大的大阪刑警。」

「然後呢？」

「他問我，最近有沒有人向我問起前妻的事情，我就把今枝先生的名字告訴他了。這樣是不是不太好？」

「啊，原來是這樣……」

「造成你的困擾了？」

「沒有，這個嘛，沒關係。請問，你也把我的職業告訴他了嗎？」

「是啊。」高宮回答。

「這樣啊，我知道了。那麼我心裡有數。我不耽誤你的時間了。」說完便掛了電話。

原來還有這條線啊，今枝納悶自己怎麼沒想到。原來笹垣不費吹灰之力，便找到今枝了。

這麼一來，那個竊聽器究竟是誰裝的……？

今枝當天很晚才回到自己的公寓大樓。他為另一件工作四處奔波後，還光顧了許久沒去，菅原繪里工作的那家居酒屋。

「後來我只要在家裡，就一定上鍊條。」繪里這麼說完，又說就她的感覺，並沒有人再次潛進她的住處。

公寓前，停著一輛陌生的白色廂型車。他繞過那輛車，走進建築內，爬上樓梯。身體好重，連抬起腳都覺得費事。

來到房間前，掏口袋想開鎖時，他看到走廊上有小推車和摺起來的紙箱靠牆而立。紙箱很大，大概連洗衣機都放得下。當下他心想，誰放的？但並沒有放在心上。這棟公寓的居民沒什麼公德心，把垃圾袋直接放在走廊是家常便飯，今枝自己也絕不是什麼模範房客。

他拿出鑰匙圈，把鑰匙插進鑰匙孔裡。向右一轉，聽到「卡嗒」一聲的同時，也傳來鎖開了

的感觸。

這時候，他突然覺得不太對勁，鑰匙似乎與平常有所不同。他想了一、兩秒鐘，把門打開。他決定當作是自己神經過敏。

開了燈，環顧室內，並沒有什麼不同。房間和平常一樣冷清，和平常一樣蒙了一層灰。爲了去除男人的體味，刻意調得略濃的芳香劑也和平常一樣。

他把東西放在椅子上，走向廁所。他醉得正舒服，有點睏，有點懶。

打開廁所的燈時，他發現抽風機開著沒關。他覺得奇怪，自己做了這麼浪費的事嗎？

打開門，馬桶蓋是蓋上的，這也讓他納悶。他沒蓋馬桶蓋的習慣，平常連坐墊都沒放下。

關上門，他掀開馬桶蓋。

霎時間，全身的警報器開始響起。

他感到一種非比尋常的危險向自己襲來。他想蓋上馬桶蓋，必須盡快離開這裡……

身體卻動彈不得，也發不出聲音。不要說出聲，連呼吸都有困難，肺好像不是自己的。

接著視野突然大大晃動，轉了好大一圈。他感到身體似乎撞到什麼東西，卻不覺得痛，所有感覺在瞬間全被奪走了。他拚命想移動手腳，卻連一根手指頭都不聽使喚。

似乎有人站在他身邊，也許是他的錯覺。視野逐漸被黑暗包圍。

第十二章

1

九月的雨比梅雨更沒完沒了。天氣預報說入夜雨便會停，但如粉末般細微的雨幕仍包圍著整條街道。

粟原典子走進西武池袋線練馬站前的商店街，商店前的通道蓋有天棚，從車站到公寓約十分鐘腳程。

途中經過電器行門前，面向通道放置的電視播出恰克與飛鳥的〈SAY YES〉。聽說這首歌是當紅連續劇的主題曲，CD也跟著大賣。典子這才想起，同事提到今天好像是最後一集。她幾乎不看電視連續劇。

一走出商店街，就沒有東西遮雨了。典子取出藍灰相間的格子手帕蓋在頭上，再度邁開腳步。再往前一點有一家便利商店，她進了店裡，買了豆腐和蔥。本來也想買透明雨傘的，看了價錢便打消原意。

她的公寓位於西武池袋線旁，是兩房一廳的公寓，月租八萬圓。一個人住是太大了點，但當初找房子時，她本打算和某個男人同住。事實上，那個男人也曾住過幾次，但也僅止於此。那「幾次」過去後，她便形單影隻，寬敞的房間變得多餘。但她沒搬家的心力，便這麼住下來。

現在，她慶幸當初沒有搬家。

舊公寓的外牆被雨打溼，變成泥土般的顏色。典子小心不讓衣服被牆壁的雨水沾溼，爬上公寓的戶外梯。這幢建築的一、二樓各有四戶，她住的是二樓最裡面的那一戶。

開了鎖，打開門。室內一片昏暗，一進門的廚房與裡面的和室都沒有開燈。

「我回來了。」她說著，打開廚房的燈。家裡有人，看玄關脫鞋處就知道了。髒髒的運動鞋扔在那邊，「他」就只有這雙鞋。

除了裡面那間和室，還有一間西式房間。她打開了西式房間的門，這個房間也是暗的，但裡面有個東西在發光，那是放在窗邊的電腦螢幕。「他」就盤坐在螢幕前。

「我回來了。」典子朝著男子的背影又說了一次。

男子正在鍵盤上輸入的手停了下來，他轉過身來，看了一眼書架上的鬧鐘，再轉頭看她，「好慢啊。」

「被留下來了。你肚子餓了吧？我現在馬上做晚飯。今天也是湯豆腐，可以嗎？」

「都好。」

「那等一下喔。」

「典子。」

男子叫住正準備到廚房的她，她回過頭來。男子站起來，走近她，以手心撫觸她的頸後。

「妳淋溼了？」

「一點點而已，不過沒關係。」

男子彷彿沒聽到她的話，手從她的脖子移到肩膀。透過針織布料，典子感到強大的握力。就這樣，她被緊緊抱住，無法動彈。男子吸吮她的耳垂，他熟知她的敏感部位。他粗野卻又靈巧地操縱著嘴唇與舌頭，典子感到背後有如一陣電流竄過，使她幾乎無法站立。

「我……站不住了。」她喘息著說。

即使如此，男子依然不作答，用力支撐著想往地上坐的她。

不久，他放鬆了手臂的力道，把她的身子轉過去背向他。接著撩起她的裙子，把絲襪與內褲往下拉。褪到膝蓋下方後，右腳一踩，一下子全部脫掉。

典子的腰被男子抱住，也無法蹲下。她的身體向前弓，雙手抓住門把。門的金屬配件發出嘰軋聲。

他以左手箍住她的腰，就這樣愛撫起她最敏感的部位。快感的脈動穿透了典子的中心，她把身體向後挺。

她感覺到男子匆匆脫下褲子與內褲，又熱又硬的東西抵住她。在承受壓力的同時，傳來一陣刺痛。她咬牙忍住，她知道男子喜歡這個姿勢。

男子的部位完全進入體內後，疼痛依然沒有消退。男子一開始動，疼痛登時加劇，然而痛苦的顚峰到此爲止。典子咬緊牙根後，快感便緊接而來。疼痛彷彿不曾出現般消失了。

男子拉起她的針織衫，把胸罩向上扯開，雙手揉捏乳房，以指尖逗弄乳頭。典子聽著他的氣息，每當他吐氣，脖子便感到一陣暖意。

不久，如雷鳴由遠而近般，高潮的預感逐漸逼近。典子的四肢繃緊，男子的律動更加激烈。他的動作與快感的週期在她的體內開始共鳴，接著雷電貫穿了典子的中心。她發出聲音，全身痙攣，失去了平衡感，一陣天旋地轉。

典子的手自門把鬆開。她再也站不住了，雙腿猛烈顫抖。

男子將陰莖自她的陰道抽離。典子跌坐在地板上，雙手撐著地板，雙肩上下起伏地喘著氣，腦袋裡陣陣耳鳴。

男子把內褲與長褲同時拉起。他的陰莖依舊昂然挺立，但他不予理會，拉上長褲的拉鍊。然後，宛如什麼事都不曾發生過一般，回到電腦前，盤腿坐下，敲著鍵盤。從他手指的節奏裡，感覺不出絲毫紊亂。

典子無力地撐起身子，穿好胸罩，拉下針織衫，然後右手抓住內褲和絲襪。

「我得去準備晚飯。」她扶著牆站起來。

男子名叫秋吉雄一，只不過典子並不知道這是不是他的本名。既然他本人如此自稱，她也只能相信。

典子是在今年五月中旬遇見秋吉的。那天，天氣微涼，她回到公寓附近時，看到一個男人蹲在路旁。是一個三十歲左右、瘦削的男子。他穿著黑色丹寧長褲，上身是黑色皮夾克。

「你怎麼了？」她邊查看男子狀況邊問。男子表情扭曲，劉海覆蓋的額頭冒出溼黏汗水。男子的右手按著腹部，揮動另一隻手，似乎在說沒事，但看起來一點都不像沒事。

由他按住的腹部位置推測，似乎是胃痛。

「我幫你叫救護車吧。」

這時，男子還是揮手，同時搖了搖頭。

「你常常這樣嗎？」她問。

男子繼續搖頭。

典子猶豫了一會兒，說句「你等一下喔」，便爬上公寓的樓梯，進了住處，用最大的馬克杯裝了熱水瓶裡的熱水，加了一點冷水後，拿著杯子再度回到男子身邊。

「把這個喝下去。」她把馬克杯端到男子面前，「不管怎麼樣，都要先把胃清乾淨。」

男子並沒有伸手來接馬克杯，反而說了一句令人意外的話，「有沒有酒？」

「咦？」她反問。

「酒……最好是威士忌。直接灌下去應該就不痛了。之前有一次，我就是這樣治好的。」

「別胡說八道了，那樣會嚇到胃的。你先喝了這個再說。」典子再次把馬克杯遞出去。

男子皺著眉頭注視馬克杯，可能是認爲喝下去總比束手待斃好，便以一副不情願的模樣接過馬克杯，喝了一口水。

「全部喝下去，這是要洗胃的。」

聽典子這麼說，男子露出反感的表情。但他並沒有抱怨，一口氣喝光馬克杯裡的溫水。

「覺得怎麼樣？想吐嗎？」

「有點。」

「那最好把胃裡的東西吐出來。吐得出來嗎？」

男子點點頭，緩緩站起來。他按著腹部，想繞到公寓後面。

「在這裡吐就好。沒關係，我已經習慣看別人吐了。」

他不可能沒有聽到典子的話，卻默默消失在公寓後方。

有好一陣子，他都沒有出來，只是不時發出呻吟。典子無法袖手離去，便留在原處等。

男子終於出來了，表情看起來比先前輕鬆了幾分。他在路旁的垃圾桶上坐下。

「怎麼樣？」典子問道。

「好一點了。」男子回答，口氣冷冷的。

「是嗎，那眞是太好了。」

男子依然皺著眉頭，坐在垃圾桶上蹺起腳，把手伸進夾克的內口袋。拿出來的是一盒香菸，他叼住一根菸，準備以陽春打火機點火。

典子快步走近，一把抽走他嘴裡的菸。男子手裡還拿著打火機，以驚愕的眼神看著她。

「如果你愛惜自己的身體，最好不要抽菸。你知道嗎？抽菸會讓胃液比平常多分泌幾十倍。飯後一根菸，快樂似神仙，就是這個原因。但是空腹的時候抽菸，胃液會傷害胃壁，結果就變成胃潰瘍。」

典子把搶來的菸折成兩半，尋找丟棄的地方。這才發現，那就在男子的屁股底下。

「站起來。」

她要男子站起來，把菸丟進垃圾桶裡，接著朝男子伸出右手，「盒子給我。」

「盒子？」

「香菸盒。」

男子露出苦笑，伸手進內口袋，拿出香菸盒。典子接過來，丟進垃圾桶，蓋上蓋子，啪啪拍了拍手。「請，可以坐了。」

聽典子這麼說，男子再度坐上垃圾桶。以稍感興趣的眼神看著她。

「妳是醫生嗎？」他問。

「怎麼可能？」她笑了，「不過雖不中亦不遠矣。我不是醫生，我是藥劑師。」

「原來如此。」男子點點頭，「難怪。」

「你家在這附近？」

「對。」

「是嗎，你自己走得回去？」

「走得回去。托妳的福，已經不痛了。」男子從垃圾桶上站起來。

「要是有時間，最好去醫院給醫生看，急性胃炎其實是很可怕的。」

「醫院在哪裡？」

「醫院啊，這附近的話，光之丘綜合醫院不錯。」

典子才講到一半，男子便搖頭，「我是說妳上班的醫院。」

「哦。」典子點點頭。「帝都大附屬醫院，在荻窪那邊……」

「我知道了。」男子邁開腳步，卻又停了下來，回頭說，「謝謝妳。」

「請多保重。」典子說。男子舉起一隻手當招呼，再度向前，就這樣消失在夜晚的街道。

她並不認為會再次與那名男子相逢。即使如此，從第二天起，就連在醫院上班，她就是無法控制地掛念著他。他該不會眞的跑到醫院來吧？心裡這麼想，不時到內科候診室張望。遞進到藥局的處方箋如果與胃病有關，而且患者是男性的話，她便會配著藥，腦海裡延伸出無限想像。

但是最後男子並沒有出現在醫院裡，而是再度出現在他們首次邂逅的地方，時間是整整一週之後。

那天，她晚上十一點多回到公寓。典子的工作有日、夜班之分，當時她輪值夜班。

男子和上次一樣，坐在垃圾桶上。因為天色很暗，典子沒有發現是他，準備裝作沒看見，趕緊通過。說實話，她覺得心裡有點發毛。

「帝都大附屬醫院操人操得眞凶。」男子對她說。

典子認得這個聲音。她發現是他，驚呼出聲，「你怎麼會在這裡？」

「在等妳，我想爲上次的事道謝。」

「等我……你從什麼時候開始等的？」

「不知道，是什麼時候啊？」男子看看表，「我來的時候好像是六點吧。」

「六點？」典子睜大眼睛，「你等了五個鐘頭？」

「因爲上次遇到妳，是六點的時候。」

「我上星期値日班。」

「日班？」

「我這個星期是夜班。」典子向他說明自己的工作有兩種上班時間。

「是嗎，好吧，既然見到妳了，那都無所謂了。」男子站起來，「去吃個飯吧。」

「這時候這附近沒得吃了。」

「搭計程車，二十分鐘就到新宿了。」

「我不想到太遠的地方去，我累了。」

「是嗎，那就沒辦法了。」男子稍稍舉起雙手，「那就下次吧。」

「那我走了。」說著男子掉頭邁開腳步。看著他的背影，典子有些著急。

「等等！」她叫住男子，對回過頭來的他說，「那邊的話，應該還有得吃。」她指著馬路對面的一幢建築。

那幢建築上掛著「Denny's」的招牌。

喝著啤酒，男子說，他已經有五年沒進這種家庭餐廳了。他面前擺著盛了香腸和炸雞的盤子，典子點的是和風套餐。

秋吉雄一，便是當時他報上來的名字。他拿出來的名片上也印著這個名字。那時候，典子完全沒有懷疑他會使用假名。

名片上印著 Memorix 的公司名稱，他說那是開發電腦軟體的公司，典子自然沒有聽過。

「反正就是專門承包電腦方面工作的業者。」

對於自己的公司與工作，秋吉只這麼向典子說明。之後，他絕口不提這方面的話題。相反的，他卻對典子工作細節十分好奇，舉凡工作形態、薪資、津貼，以及每天工作內容等，都仔細詢問。典子以爲這些一定讓他無聊透頂，但聽她說話時，他的眼神顯得無比認眞。

典子並不是沒有與男性交往的經驗，但是過去約會時，她都是負責聽話的那一方。她本來就口齒笨拙，完全不知道說什麼才能取悅對方。然而秋吉卻要她說話。而且不管她說什麼，都顯得極有興趣。至少看起來如此。

「我再跟妳聯絡。」分手之際，他這麼說。

結果，三天後秋吉打電話給她。這次，他們來到新宿。在咖啡吧(*1)裡喝著酒，典子又說了好多話，因爲他接二連三地發問，問她故鄉的情形、成長經歷、學生時代的事情等等。

「你老家在哪裡？」典子發問。

他的回答是「沒那種東西」，而且變得有點不快，於是她便不提這個話題。不過從他的口音聽得出他來自關西。

離開店裡後，秋吉送典子回公寓。愈接近公寓，她內心愈迷惘。應該要像沒事般道別，還是該請他上去坐坐？

該如何決定，秋吉給了她線索。當走到公寓旁，他在自動販賣機前停下腳步。

「你口渴啊？」她問。

「我想喝咖啡。」

他把硬幣投入機器裡，瞄了陳列的商品一眼，準備按下罐裝咖啡的按鈕。

「等等。」她說，「要喝咖啡的話，我泡給你喝。」

他的指尖停在按鈕前，並沒有特別驚訝的樣子，只是點一下頭，便轉動退幣鈕。硬幣退回時發出「卡啷卡啷」的聲響，他一語不發，從退幣口取出硬幣。

進了門，秋吉在室內到處打量。典子泡著咖啡，一顆心七上八下。因爲她怕他會發現「上一個」男人的痕跡。

他津津有味地喝著典子泡的咖啡，稱讚她房間整理得很乾淨。

「不過最近我很少打掃。」

「是嗎，書架上的菸灰缸有一層灰，是因爲這樣嗎？」

他的話讓典子心頭一震，抬頭看那個菸灰缸。那是上一個男人用的東西，她不抽菸。

「那個……不是因爲我沒有打掃。」

「哦。」

「兩年前，我交過男朋友。」

「我不太想聽這種告白。」

*1 營業到深夜的咖啡館，店內提供咖啡、輕食與調酒，一九八〇年代在日本風行一時。

「啊……對不起。」

秋吉從椅子上站起來，典子以爲他要走了，也跟著起身。她才站起來，他的手便伸過來。她還來不及發出聲音，便被他緊緊抱住。

但是她並沒有抗拒。當他的嘴唇靠過來，她放鬆了自己，閉上眼睛。

2

投影機的燈光，從下方斜照著發表者的側臉。發表者是國際業務部的男職員，年齡不到三十五歲，頭銜是主任。

「……所以在高血脂症治療用藥『美巴隆』方面，已確定獲得美國食品暨藥物管理局的製造許可。因此正如各位手邊的資料所說，我們正考慮在美國市場販售。」口氣有點生硬的發表者說著，挺直了背脊，眼睛掃視會議室。他舔了舔嘴唇，這一幕篠塚一成都看在眼裡。

篠塚藥品東京總公司二〇一會議室正在舉行會議，討論新藥品如何打開國際市場。與會者共有十七人，幾乎都是營業總部的人，但開發部長與生產技術部長也在其中。與會人士中，位階最高的是常務董事篠塚康晴。四十五歲的常務董事，坐在排列成ㄇ字形的會議桌中央，以足以穿透對方的眼神看著發表者，咄咄逼人的氣勢似乎是想告訴大家，他一個字都不會錯過。一成等人認爲他有點太過賣力，但這也許是無可奈何的。公司的人背地裡說他是靠父親庇蔭才坐上常務董事的位子，這一點他本人不可能不知道，而在這種場合打一個哈欠的危險性，想必他也十分清楚。

康晴慢條斯理地開口，「與史洛托邁亞公司的對外授權簽約日期，比上次會議報告提出的晚了兩週。這是怎麼回事？」他從資料裡抬起頭來，看著發表者。金屬框眼鏡的鏡片，發出閃光。

「我們花了一點時間確認出口的形態。」回答的不是發表者，而是坐在前面的小個頭男子，聲音有點走調。

「不是要以粉末原料的形態出口嗎？跟出口到歐洲一樣。」

「是的，是相同的。不過雙方在如何處理粉末原料方面，認知有些不同。」

「我怎麼沒聽說呢？相關報告呈給我了嗎？」康晴打開自己的檔案。像他這樣，帶檔案來開會的董事很少。事實上，就一成所知，只有康晴一人。

小個頭男子焦急地與鄰座的人及發表者低聲交談後，面向常務董事說，「我們馬上將相關資料送上。」

「麻煩了，以最快速度送來。」康晴的視線回到檔案上，「『美巴隆』這方面我了解了，但是抗生素和糖尿病治療用藥方面進展如何？在美國的上市申請手續應該完成了吧？」

這一點由發表者作答，「抗生素『瓦南』與糖尿病治療用藥『古科斯』，兩者目前都進行到人體試驗階段。下個月初，報告便會送到。」

「嗯，最好盡可能加快速度。其他公司莫不積極開發新藥，設法增加國外產業財產權收入。」

「是。」包括發表者在內有好幾個人點頭。

歷經一個半小時的會議結束了。一成整理東西時，康晴走過來，在他耳邊說，「等一下可以到我辦公室來一下嗎？我有話跟你說。」

「啊……是。」一成小聲回答。

康晴隨即離開。雖然他們是堂兄弟，但雙方的父親嚴格規定他們，不得在公司內私下交談。

一成先回到他在企畫管理室的座位，他的頭銜是副室長。這個部門原本沒有副室長這個職位，換句話說，這是專門爲他設立的。截至去年，一成已經待過營業總部、會計部、人事部等部門。於各個部門歷練後分派至企畫管理室，是篠塚家男子的標準進程。就一成而言，比起目前監督各單位的這個職位，他寧願與其他年輕職員一樣從事實務方面的工作。事實上，他也曾向父親叔伯表達他的意願。然而進公司一年後，他明白既然繼承了篠塚家的血統，那是不可能的。爲了讓複雜的系統順利發揮功能，對於上司來說，手下不能是不好使喚的齒輪。

一成的辦公桌旁，設置了一個黑板式的公告欄，用來交代去處。他把欄內的二〇一會議室改成常董室，再度離開企畫管理室。

他敲了敲常董室的門，聽到低沉嗓音答「進來」。一成開門，康晴正坐在書桌前看書。

「不好意思，還要你特地過來。」康晴抬頭說。

「哪裡。」說著，一成環顧室內。這是爲了確認有沒有其他人。說是常董室，但只有書桌、書架以及簡單的客用桌椅，絕對說不上寬敞。

康晴得意地笑了，「剛才國際業務部的人很緊張吧。他們一定沒想到，我竟然連授權簽約的日期都記得。」

「一定是的。」

「這麼重大的事竟然不向我這個主管報告，他們膽子也眞大。」

「經過這件事，他們應該也知道不能不把常董看在眼裡了。」

「但願如此。不過這都多虧了你，謝了。」

「哪裡，這不算什麼。」一成苦笑著搖搖手。

授權簽約日期更動一事，的確是一成告訴康晴的。一成是從隸屬於國際業務部，同一時期進入公司的同事那裡問出來的。像這樣偶爾將各部門的小情報告訴康晴，也是他的工作之一。這不是什麼愉快的工作，但是現任社長，也就是康晴的父親託他，要當年輕常董的得力助手。

「那麼請問有什麼吩咐？」一成問。

康晴皺起眉頭，「不是跟你說，就我們兩個人的時候，不要那麼見外嗎？再說，我要跟你說的話也不是工作，是私事。」

一成有不好的預感，不由得握緊右手拳頭。

「好了，你先坐下。」康晴一邊站起來，一邊要一成在沙發上坐下。

即使如此，一成還是等康晴在沙發上就座，他才坐下。

「其實，我是在看這個。」康晴把一本書放在茶几上，封面印著「婚喪喜慶入門」的字樣。

「有什麼喜事嗎？」

「如果是就好了，不是，正好相反。」

「那是喪事嘍，哪一位亡故了？」

「不是，還沒有，只是有可能。」

「是哪一位呢？如果方便告訴我的話……」

「如果你能保密，是沒什麼不方便的，是她母親。」

「她是指……」明知用不著問，一成還是向康晴確認。

「雪穗小姐。」康晴有幾分難爲情，但語氣是明確的。

果然，一成心想，他一點都不意外。

「她母親哪裡不舒服？」

「昨天，她跟我聯絡，說她母親昏倒在大阪的家裡。」

「昏倒在家裡？」

「就是所謂的蛛網膜出血。她好像是昨天早上接到電話的。聯絡的人是學茶道的學生，去她家跟她母親商量茶會的事，結果發現她母親倒在院子裡。」

一成也知道唐澤雪穗的母親在大阪獨居。

「這麼說，現在人在醫院？」

「好像馬上就送過去了，雪穗小姐是在醫院打電話給我的。」

「原來如此。那麼情況如何？」一成雖發問，卻也知道這是個沒有意義的問題。如果順利復元，那麼康晴就不會看什麼《婚喪喜慶入門》了。

果不其然，康晴輕輕搖頭，「剛才我跟她聯絡，聽說意識一直沒有恢復，醫生的說法也不怎麼樂觀。她在電話裡說，可能很危險，很少聽她說起話來這麼怯懦的。」

「她母親今年高壽？」

「記得她之前提過大概七十了吧，你也知道她不是親生女兒，所以年齡差距很大。」

一成點點頭，他知道這件事。

「那麼，爲什麼是常董在看這個呢？」一成看著桌上的《婚喪喜慶入門》問。

「別叫我常董，至少在談這件事的時候別這樣叫。」康晴露出不勝其煩的表情。

「康晴哥應該不必爲她母親的葬禮操心吧？」

「你的意思是說，人都還沒死，現在想到葬禮太性急了嗎？」

一成搖搖頭，「我的意思是，這不是康晴哥該做的事。」

「爲什麼？」

「我知道康晴哥向她求婚了，可是她沒有答應，對吧？換句話說，在目前這個階段，怎麼說呢……」一成想著修辭，最後還是照原本想到的話說出來了，「她還是與我們無關的外人。高高在上的篠塚藥品常董爲了這樣一個人的母親過世忙著張羅，這樣會有問題。」

聽到無關的外人這個說法時，康晴整個人往後一仰，看著天花板，臉上浮現無聲的笑容。然後他維持相同表情面向一成，「聽你說到無關的外人，還眞是嚇我一跳。的確，她並沒有給我肯定的答覆，但是她也沒有給我否定的答覆。如果沒有希望，她早就拒絕了。」

「如果有那個意思，早就已經答覆了，我說的是正面的答覆。」

康晴搖搖頭，手也跟著揮動，「那是因爲你還年輕，也沒結過婚，才會這麼想。我跟她一樣，都結過婚。像我們這種人，如果有機會再次組織家庭，怎麼可能不愼重。尤其是她，她跟她前夫並不是死別。」

「這我知道。」

「最好的證明就是，自己的母親病危，會通知一個無關的外人嗎？我倒是認爲她在心酸難過的時候找上我，也算是一種答覆。」康晴豎起食指這麼說。

難怪剛才他心情這麼好，一成這才恍然大悟。

「更何況，當朋友遇到困難時伸出援手，這也是人之常情吧。這不僅是一個社會人士的常識，也是做人的道理。」

「她遇到困難了嗎？她是因爲不知如何是好，才打電話給康晴哥的嗎？」

「當然，堅強的她並不是找我哭訴，也不是求助，只是說明一下狀況。不過不必想都知道她一定遇到困難了。你想想看，雖然大阪是她的故鄉，但她在那裡已經沒有親人了。萬一她母親就這麼走了，她不但傷心難過，還得準備葬禮，也許就連她這麼能幹的人，也會驚慌失措。」

「所謂的葬禮，」一成注視著堂哥，「包含準備階段在內，整個程序安排會讓往生者家屬連悲傷難過的時間都沒有。她只要撥一通電話給葬儀社就行了。只要一通電話，其他一切都由業者一手包辦。她只須同意業者的建議，在文件上簽名，把錢備妥就沒事了。要是還有一點空閒時間，就朝著遺照掉掉眼淚，不是什麼天大的事。」

康晴無法理解似地皺起眉頭，「你竟然能說得這麼無情，雪穗小姐可是你大學學妹啊。」

「她不是我學妹，只是在社交舞社一起練習過而已。」

「不必分得這麼清楚。不管怎麼樣，是你介紹我們認識的。」康晴盯著一成說。

所以我後悔得不得了——一成想說這句話，卻忍耐著不作聲。

「反正，」康晴蹺起腳，往沙發上靠，「這種事準備得太周到也不太好，不過我個人希望要是她母親有什麼萬一，心裡能有個備案。只是剛才你也說過，我有我的立場。就算她母親過世了，我能不能立刻飛到大阪也是個問題。所以呢，」他說著指著一成，「到時候可能要請你到大阪去一趟。那地方你熟，而且雪穗小姐看到熟人也比較安心。」

聽著他的話，一成皺起眉頭，「康晴哥，拜託你放過我吧。」

「為什麼？」

「這就叫公私不分，別人平常就背地裡說，篠塚一成是常董的個人祕書了。」

「輔佐董事也是企畫管理室的工作。」康晴瞪著他。

「這件事跟公司沒有關係吧？」

「有沒有關係，事後再想就好。你應該想的就只有一件事，是誰下的命令。」說完，康晴嘴邊露出得意的笑容，盯著一成，「不是嗎？」

一成嘆了一口氣，很想問「就我們兩個人的時候，不要叫我常董」這句話是誰說的。

一回到座位，一成便拿起聽筒，另一隻手打開辦公桌抽屜，拿出萬用記事本。翻開通訊錄的第一頁，以目光搜尋今枝的名字。

邊確認號碼邊按鍵，聽筒抵在耳邊等待。鈴聲響了一聲、兩聲。右手手指在辦公桌上敲得叩叩作響。鈴聲響了六次，電話接通了，然而一成知道不會有人接，因爲今枝的電話設定於鈴響六聲後啓動答錄功能。

果然，接下來聽筒裡傳來的，不是今枝低沉的聲音，而是以電腦合成、活像捏著鼻子說話的女性聲音：您要找的人現在無法接聽電話，請在嗶聲後，留下您的姓名、電話與聯絡事項——一成在聽到訊號聲前便掛上聽筒。

他忍不住嘖了一聲。可能是聲音不小，坐在他正前方的女同事頭部顫了一下。

這是怎麼回事？他想。

最後一次與今枝直巳見面是八月中旬，到現在已經過了一個多月，卻連一點音訊都沒有。一成打過好幾次電話，總是轉爲語音答錄。一成在答錄機裡留過兩次話，希望今枝與他聯絡，但今枝連一通電話都沒有。

一成想過，今枝可能出門旅行了。若眞是如此，這個偵探的工作態度也太隨便了。打從委託他這件事起，一成便要他保持密切聯繫。

或者，一成又想，或者他追唐澤雪穗追到大阪去了？這也不無可能，但沒有向委託人聯絡畢竟不太對勁。

辦公桌邊緣一張文件映入眼簾，他順手拿起來，原來兩天前開會的會議紀錄傳閱到他這兒來。那場會議討論的是開發一種自動組合物質之化學構造的電腦系統。一成對這項研究頗感興趣，也出席了，但現在他只是機械性看過了事。他心裡想完全無關的事，康晴及唐澤雪穗。

一成打從心底後悔帶康晴到唐澤雪穗店裡去。受高宮誠之託，他才想到店裡看看，於是他以極爲輕鬆隨意的心態邀康晴一同前往。他萬萬不該這麼做。

康晴第一次見到雪穗時的情景，一成還記得一清二楚。當時康晴的樣子，實在不像是墜入情網，甚至顯得老大不高興。雪穗向他說話，他也只是愛理不理地應上幾句。然而事後回想起來，那正是康晴心旌動搖時會有的反應。

當然，他能夠找到心儀的女性是値得高興的。他才四十五歲，沒有理由帶著兩個孩子孤獨終老一生。一成認爲如果有適合的對象，康晴理應再婚。

然而他就是不喜歡康晴現在這個對象。

他到底對唐澤雪穗的哪一點不滿，其實也說不上來。就像今枝所說的，她身邊有些來路不明的金錢周轉，的確令人感到不對勁。但是仔細想想，這也可以說是欲加之罪，何患無辭。他只能說，大學時在社交舞練習場首次見面的印象，一直留在他心裡。

一成認爲這件婚事能緩則緩。然而要說服康晴，需要充分的理由，否則向他說多少次那女人很危險、不要娶她，他也不會當眞。不，多半還會惹惱他。

正因如此，一成對今枝的調查寄予厚望，他甚至把一切寄託在揭露唐澤雪穗的眞面目上。

剛才康晴託他的事重回腦海。如果有了萬一，一成必須到大阪去一趟，而且是爲了去幫助唐澤雪穗。

開什麼玩笑，他在心裡嘀咕。而另一方面，他也想起今枝曾經對他說過的話。

她喜歡的其實不是令堂兄，而是你……

「開什麼玩笑。」這次，他小聲說了出來。

3

「我要出去兩、三天。」秋吉突然這麼說。當時典子剛洗完澡，坐在化妝台前。

「你要去哪？」她問。

「收集資料。」

「跟我講一下地點有什麼關係？」

秋吉似乎有點猶豫，但還是一臉厭煩地回答，「大阪。」

「大阪？」

「我明天就出發。」

「等等。」典子從化妝台前走過來，面對他坐下，「我也要去。」

「妳要工作吧？」

「請假就好了，我從去年到現在一天假都沒休。」

「我又不是去玩的。」

「我知道，我不會妨礙你的。你工作的時候，我就一個人在大阪到處看看。」

秋吉皺著眉頭考慮了好一會兒，顯然舉棋不定。若是平常，典子態度不會這麼強硬，但她一聽到目的地是大阪，便認爲無論如何都要去，原因之一是她想看看他的故鄉。他對自己的家世絕口不提，但典子由這些日子以來的對話，察覺他似乎是在大阪出生的。

然而典子之所以想與他同行，有一個更重大的理由。因爲她的直覺告訴她，要了解他，那裡一定有什麼線索。

「我去那裡沒有什麼計畫，也不知道行程會有什麼改變。說得誇張一點，連什麼時候回來都沒決定。」

「那也沒關係。」典子回答。

「隨便妳。」他回答，似乎不想再多說了。

望著他面向電腦的背影，典子不安得幾乎無法呼吸。她怕自己這個決定，會造成無可挽回的後果。然而，一定要採取什麼行動的想法更加強烈。再這樣下去，他們的關係一定無法維持——同居才兩個月，典子便飽受這種強迫性思考之苦。

兩人住在一起的起因，是秋吉離職。

她無法從他口中問出明確的理由，他說，只是想休息一下。

「我有存款，可以撐一陣子，以後的事以後再說。」

在他們交往的過程中，典子了解到這個男人這輩子恐怕沒有依靠過別人。即使如此，他沒有找她商量，仍讓她感到失落，所以她才打定主意要盡力幫助他，希望能成爲他不可或缺的助力。

提議同居的是典子。秋吉起初似乎不怎麼感興趣，不過一週後，他搬進來了，一套電腦器材和六個紙箱是他所有的行李。

於是，典子朝思暮想和心愛的人雙宿雙飛的同居生活便開始了。早上醒來時，他就在身旁，但願這樣的幸福可以持續到永遠。

至於結婚，她不強求。若說不想是騙人的，可是她更怕提起這件事，讓兩人關係發生變化。然而不祥的風不久便吹了過來。

當時他們一如往常，在薄薄的被榻上纏綿，典子二度迎向高潮。在這之後，輪到秋吉射精，這是他們做愛的模式。

秋吉從第一次就沒有用保險套。他的做法是在劇烈的抽動後，從她的陰道裡抽出陰莖，在面紙裡射精。關於這件事，她從來沒有抱怨過。

她無法說明那時為何會發現，只能說是直覺。一定要解釋的話，勉強可以算是從他的表情察覺吧。

完事後，他往床上一躺，典子將手伸到他的雙腿之間，想摸他的陰莖。

「別這樣。」說著，他扭過身子，背向她。

「雄一，你……」典子撐起上半身，窺探他的側臉，「你沒有射出來嗎？」

他沒有回答，表情也沒有變，只是把眼睛閉上。

典子離開被窩，伸手進垃圾桶，翻找他丟掉的面紙團。

「別這樣。」耳邊傳來他冷冷的聲音。典了一回頭，他轉過身朝向她，「少無聊了。」

「為什麼？」她問。

他沒有回答，抓抓臉頰，看來像是在鬧脾氣。

「從什麼時候開始的？」

他也沒有回答這個問題。

典子赫然驚覺，「從一開始……一直到現在都是這樣？」

「這一點都不重要吧。」

「很重要！」她一絲不掛地在他面前坐下，「這是怎麼回事？跟我就不行嗎？跟我做愛一點快感都沒有嗎？」

「不是這樣。」

「那不然是爲什麼？你說啊！」

典子眞的動氣了。她有種被愚弄的感覺，既可悲，又淒慘，同時又感到萬分羞恥。一想起之前和他的性事，就羞得無地自容。她這麼歇斯底里地逼問，其實是一種遮羞的舉動。

秋吉呼的嘆了一口氣，輕輕搖頭，「並不是只對妳這樣而已。」

「咦？」

「我這輩子，從來沒有在女人體內射精過。就算我想，也出不來。」

「你是說……遲洩？」

「應該是，而且症狀很嚴重。」

「眞不敢相信，你不是在開玩笑吧？」

「這樣妳滿意了嗎？」

「你給醫生看過了嗎？」

「沒有。」

「爲什麼不去？」

「我覺得這樣沒什麼不好。」
「怎麼會好？」
「妳煩不煩啊！我覺得好就好，不要妳管。」他再度背向她。
典子以為或許他們再也不會做愛了，但三天後，他卻主動要求。她任憑他擺布，想著既然他不能達到高潮，那自己也不要有感覺，然而她卻無法控制肉體。羞恥與悲傷包圍了她。
「這樣就好。」他難得地以溫柔的聲音說沒關係，撫摸她的頭髮。
不過有一次，他開口問典子願不願意用嘴巴和手試一次。她當然照做，熱烈地以舌頭纏繞，以手指愛撫。然而他的陰莖雖然勃起，卻完全沒有要射精的樣子。
「算了，別弄了。抱歉。」他說。
「對不起。」
「這不是典子的錯。」
「為什麼不行呢……」
秋吉沒有回答，望著她握住陰莖的手，冒出一句，「好小啊。」
「咦？」
「手，典子的手好小。」
她看看自己的手，同時突然驚覺。
他是不是拿我跟別人比？是不是有別的女人像這樣愛撫他，所以他拿我的手跟她比？
而……
是不是在那名女子的手與口中，他就能射精？

他問她，能不能弄到氰化鉀。

正因這件事，典子心裡開始產生不安與疑惑的時候，秋吉突然說出意想不到的話。

他的陰莖在典子的手心裡，完全疲軟了。

「是爲了寫小說。」他說，「我想寫推理小說，總不能一直閒混不做事吧。我想在小說裡用氰化鉀，可是我沒親眼見過，也不曉得性質。所以我在想，不知道能不能拿到實際的東西。典子，妳們醫院那麼大，應該有吧？」

這件事著實讓典子感到意外，她沒有想到他會寫小說。

「這個……不查一下不曉得呢。」

典子先搪塞過去，其實她知道東西放在一個特別的保管庫裡，不是用來治療，而是作爲研究用的樣品。只有少數幾個院方的人能進入保管庫。

「你只是要看看而已吧。」

「最好能借一下。」

「借……」

「我還沒有決定要怎麼用，想等看過實物再說。我想請妳幫我弄一點。當然，如果妳實在不願意，也不必勉強。我再去找別的管道。」

「你有其他的管道？」

「因爲之前的工作，我跟各行各業公司都有點來往。利用這點關係，不至於弄不到。」

如果不知道他有其他的管道，也許典子會拒絕他的請求。然而她不希望他和其他人私相授受如此危險的物品，便答應了他。

八月中旬，典子把從藥局拿出來的氰化鉀瓶放在他面前。

「你沒有要拿去用對不對，只是要看看而已，對不對？」她再三確認。

「對，妳一點都不需要擔心。」秋吉把瓶子拿在手上。

「絕對不可以打開蓋子哦，如果只是要看，這樣就可以了吧。」

他沒有回答她，而是注視著瓶子裡的白色粉末。

「致死量大概是多少？」他問。

「據說是一百五十毫克到兩百毫克之間。」

「這樣講也不知道是多少。」

「耳挖子一勺或兩勺吧，差不多就那樣。」

「好毒啊！溶於水嗎？」

「是溶於水沒錯，可是如果你想的辦法是在果汁裡下毒的話，我想光是耳挖了一、兩勺是行不通的。」

「爲什麼？」

「因爲喝一口就會覺得奇怪，聽說味道對舌頭很刺激，雖然我沒喝過。」

「妳是說，如果要讓人喝一口就沒命，一定要加很多嘍?可是，這麼一來味道會更奇怪，被害人可能不會喝下去，直接就把飲料吐出來。」

「而且氰化鉀有一種怪味，鼻子靈的人可能還沒喝就發現了。」

「杏仁味，是不是？」

「不是杏仁果核的味道哦，是杏子的味道。我們平常吃的杏仁果是杏仁的果核。」

「小說裡有人用過把氰化鉀溶液塗在郵票背面的手法……」

典子搖搖頭苦笑，「那很不實際。那麼一點點溶液，差致死量太多了。」

「還有混在口紅裡的手法。」

「這個也達不到致死量。要是太濃，因爲氰化鉀是強鹼，大概會讓皮膚潰爛吧。再說，用這種方法，氰化鉀不會進到胃裡，是無法發揮毒性的。」

「怎麼說？」

「氰化鉀本身是一種很安定的物質，到了胃裡，會跟胃酸反應產生氰化氫，因爲這樣才引起中毒症狀。」

「原來不必讓被害人喝，只要讓他吸進氰化氫就行了。」

「是沒錯，可是實際要做很困難，因爲行凶的人也可能會死。氰化氫可經由皮膚、呼吸被人體吸收，光是屏住氣不呼吸可能沒有用。」

「原來如此。既然這樣，那我再想想看。」秋吉說。

事實上，他們談過後，有兩天的時間，他一直坐在電腦前思考。

「假設想殺的人家裡的廁所是西式的，」晚餐吃到一半時，他說，「在他快到家時，潛進他家，把氰化鉀和硫酸倒進馬桶，蓋上馬桶蓋，立刻離開，這樣凶手就不會中毒了吧？」

「應該不會。」典子說。

「這時候被害人回來，進了廁所。馬桶裡發生了化學反應，產生大量的氰化氫，但他不知道，打開馬桶蓋，氰化氫全部冒出來，被害人吸了進去——這個手法怎麼樣？」

典子稍微想了想後，回答應該還不錯，「我覺得基本上沒有問題。反正是小說，這樣就差不多了吧，要講究小地方就沒完沒了了。」

這句話似乎讓秋吉感到不滿，他放下筷子，拿起記事本和原子筆。

「我不想隨隨便便的。既然有問題，就好好告訴我。我就是爲了這個才找妳商量的。」

典子覺得自己好像被甩了一巴掌。她正襟危坐，「說不上是有問題。照你所說的方法，也許會成功。但是如果有什麼閃失，對方可能不會死。」

「爲什麼？」

「因爲氰化氫會漏出來，就算把馬桶蓋蓋上，那也不是密閉吧，整間廁所會充滿漏出來的氰化氫，再慢慢逸出去。這樣一來，凶手想殺的人還沒進廁所，可能就發現情況不對了。不對，說發現不太貼切，應該是說，可能會吸進一點點氰化氫，出現中毒症狀。如果這樣就一命嗚呼當然是很好……」

「妳是說要是吸進去的氰化氫量太少，即使中毒也不一定會死？」

「這是我的推測。」

「不，也許就像妳說的這樣。」秋吉雙手盤在胸前，「那就得花點心思，讓馬桶蓋密合度高一點了。」

「再打開通風扇，也許更好。」她建議。

「通風扇？」

「廁所的通風扇啊，打開通風扇，讓馬桶裡漏出來的氰化氫排出去，就不會跑進屋裡了。」

秋吉默默思考片刻，然後看著典子點點頭，「好！就這麼辦！幸好我找妳商量。」

「希望你能寫出一部好小說。」典子說。

典子把氰化鉀帶出醫院時，心裡是帶著一抹不安的，但這時候那份不安也煙消雲散了。她覺得自己幫了他，心裡非常高興。

然而，一星期後，當典子從醫院回到家時，家裡卻不見秋吉身影。她以為他到外面小酌，但到了深夜他依然沒有回家，也沒有電話聯絡。她開始擔心，想尋找他可能的去處，卻發現連一丁點兒線索都沒有。她不知道秋吉有哪些朋友，也不曉得他可能會到哪裡去。她認識的秋吉，永遠只會在房間裡面對電腦。

天亮時，他回來了。典子一直沒有闔眼，妝也沒卸，飯也沒吃。

「你跑到哪裡去了？」典子問在玄關脫鞋的他。

「我去搜集小說的資料。那裡剛好沒有公共電話，沒辦法跟妳聯絡。」

「我好擔心。」

秋吉身穿T恤、牛仔褲，白色T恤骯髒不堪。他把手上的運動包放在電腦旁，脫掉T恤，身體因汗水而發亮。

「我去沖個澡。」

「如果可以等一下，我去放洗澡水讓你泡澡。」

「用沖的就好了。」他拿著脫下的T恤走進浴室。

典子準備把他的運動鞋擺好時，發現運動鞋也髒兮兮的。明明不是很舊，鞋緣卻沾著土壤，彷彿在山裡走動過。

他到底去了哪裡？

典子覺得秋吉不會把當晚的行蹤告訴她，他散發出來的氣氛也讓典子難以開口詢問。她的直覺告訴她，搜集小說資料的說法一定是謊言。

她很在意他帶出門的運動包，如果翻看它，是不是就能知道他的去處？

浴室裡傳來淋浴的聲音。沒有時間猶豫了，她走進裡面的房間，打開他剛才放下的運動包。首先看到的是幾本檔案夾，典子拿出最厚的一本，但裡面是空的。她又翻了其他檔案夾，每一本都是空的。只不過其中一本貼著一張貼紙──今枝偵探事務所。

這是什麼？典子感到不解。爲什麼秋吉會有偵探事務所的檔案夾？而且還是空無一物的檔案夾。是基於某些原因，將裡面的資料處理掉了嗎？

典子進一步查看運動包，看到放在最底部的東西，她倒抽了一口氣，就是那瓶氰化鉀。她膽顫心驚地拿出瓶子。瓶子裡裝著白色粉末，然而粉末的量卻比之前少了將近一半。

她心裡狂潮大作，感到噁心反胃，心跳加劇。

這時，浴室水聲停了。她急忙把瓶子和檔案歸回原位，闔上運動包。

一如典子所料，秋吉對當晚的行蹤絕口不提。從浴室出來後便坐在窗邊，久久凝視著窗外，他的側臉顯露出典子未曾見過的晦澀陰狠。

典子不敢發問。她知道如果開口問，他一定會給她答案，但是她害怕他的解釋將是顯而易見的謊言。他到底把氰化鉀用在什麼地方了？她稍加想像，恐懼便排山倒海而來。

之後，秋吉突然向典子求愛。他的粗魯猴急也是前所未見的，簡直就像想忘卻什麼似的。

當然，這次他也沒有射精。他們兩人做愛，只要典子沒有達到高潮就不會結束。

那天，典子第一次假裝自己因快感而痙攣。

4

那名男子來電，是在康晴找一成商量雪穗母親事情的三天之後。一成開完業務會議，才剛回到座位，電話便響了起來。一列並排在話機上小燈的其中一個亮起，顯示來電爲外線。

男子自稱笹垣，一成對這個姓氏全然陌生。聽聲音應是年長者，口音明顯是關西腔。

男子身爲大阪府刑警這一點，讓一成更加困惑。

「我是從高宮先生那裡得知篠塚先生大名的，抱歉在你百忙之中，仍冒昧來電。」男人以略帶黏稠的口吻說。

「請問有什麼事呢？」一成問，聲音有點生硬。

「我在調查某件案子，想和你談談。只要三十分鐘就可以了，能請你撥個時間嗎？」

「某個案子是指？」

「這等見面再說。」

聽筒中傳來類似低笑的聲音。來自大阪、老奸巨猾的中年男子形象，在一成的腦海中迅速擴展開來。

究竟和什麼案子有關呢？一成感到好奇。既然從大阪遠道而來，應該不會是小案子吧。

男子彷彿看透他的內心一般，「其實這件事與今枝先生也有關，你認識今枝直巳先生吧？」

一成握住聽筒的手一緊，一股緊張感從腳邊爬上來，心中的不安同時加深了。

這個人怎麼會知道今枝？不，他怎麼會知道今枝與自己的關係？他相信從事那類工作的人，即使遭到警方盤問，也不會輕易透露委託人的姓名。

只有一個可能性。「今枝先生出事了嗎？」

「這個嘛，我要和你談的也包括這件事。可以請你務必抽空見個面嗎？」男子的聲音比之前更多了幾分犀利。

「你現在人在哪裡？」

「就在貴公司旁邊，可以看到白色的建築，好像是七層樓吧。」

「請告訴服務台你要找企畫管理室的篠塚一成，我會先交代好。」

「企畫管理室嗎，我知道了，我馬上過去。」

「好的。」

掛斷電話後，一成再度拿起聽筒，這次是撥打內線。他打給公司正門的服務台，交代若有一位姓笹垣的男性來訪，請對方到第七會客室。那個房間，主要是爲董事們處理私事準備的。

在第七會客室等候一成的，是一名年齡雖長，體格卻相當健壯的男子。頭髮剃得很短，而且遠望即知其中摻雜了白髮。也許是一成開門前先敲了門，男子是站著的。儘管天氣依舊相當悶熱，男子仍穿著棕色西裝，還繫著領帶。由於他電話中操著關西腔，一成原本對他隱約產生了一種厚臉皮、沒神經的印象，此刻看來也許這個印象必須稍加修正。

「不好意思，在百忙之中前來打擾。」男子遞出名片。

一成也遞出名片與男子交換，然而看到對方的名片，他不禁有些迷惘。因爲上面既沒有警署名，也沒有部門與職稱，只印著笹垣潤三，以及住址和電話。住址是在大阪府八尾市。

「基本上，如果不是眞的有必要，我不用印有警察名義的名片。」笹垣的笑容讓臉上皺紋顯得更深，「以前我的警察名片曾被人拿去做壞事。打從那次之後，我就用個人名義的名片。」

一成默默點頭，他一定是活在一個不容絲毫大意的世界。

笹垣伸手進西裝內口袋，拿出手冊，翻開貼了照片的身分證明頁讓一成看，「請確認。」

一成瞥了一眼，便說「請坐」，以手掌指著沙發。

刑警道謝後坐下。膝蓋彎曲的那一瞬間，他微微皺了皺眉，這一瞬間顯示出他畢竟還是上了年紀。

兩人才剛面對面坐下，便聽到敲門聲。入內的是一名女職員，以托盤端來兩個茶杯，在桌上放妥後，行禮離開。

「貴公司眞氣派。」笹垣邊說邊伸手拿茶杯，「氣派的公司，會客室也很氣派。」

「哪裡。」一成說。然而，事實上，他認爲這個會客室並不怎麼氣派。雖然是董事專用，但沙發和茶几都和其他會客室相同。之所以作爲董事專用，是因爲這個房間具有隔音功能。

一成看著刑警，「您要談的是什麼事呢？」

笹垣唔了一聲，點點頭，把茶杯放在桌上，「篠塚先生，你曾委託今枝先生辦事吧？」

一成輕輕咬住牙根，他怎麼知道的？

「也難怪你會提高警覺，但是我想請你誠實回答。我並不是從今枝先生那裡打聽到你的。事實上，今枝先生失蹤了。」

「咦！」一成不由得失聲，「眞的嗎？」

「眞的。」

「什麼時候的事？」

「這個嘛……」笹垣抓了抓白髮斑斑的頭，「還不清楚。但聽說上個月二十日，他曾打電話給高宮先生，說希望當天或隔天碰面。高宮先生回答隔天可以，今枝先生說會再以電話聯絡。然而第二天，他卻沒有打電話給高宮先生。」

「這麼說，從二十日或二十一日之後就失蹤了……」

「目前看來是如此。」

「怎麼會……」一成雙手抱胸，不自覺地沉吟，「他怎麼會失蹤呢……？」

「其實我在那之前不久見過他。」笹垣說，「那時爲了調查一起案子，有事情向他請教。後來我想再和他聯絡，打了好幾通電話卻沒有人接。我覺得很奇怪，昨天來到東京，就去了今枝先生的事務所一趟。」

「沒有人嗎？」

對於一成的問題，笹垣點了點頭，「我看了他的信箱，積了不少郵件。我覺得有問題，就請管理員開了門。」

「屋裡什麼狀況？」一成把上半身湊過來。

「很正常，沒有發生過打鬥的痕跡。我通知了管區，但是照現在這個情況，他們可能不會積極尋找今枝先生。」

「意思是他是自行消失的嗎？」

「也許是。但是……」笹垣搓了搓下巴，「我認爲這個可能性很低。」

「怎麼說？」

「我認爲推測今枝先生出事了應該比較合理。」

一成嚥了一口唾沫，但喉嚨仍又乾又渴。他端起茶杯，喝了一口，「他會不會是接下什麼危

險的工作？」

「問題就在這裡。」笹垣再度伸手進內口袋，「呃，可以抽菸嗎？」

「請。」他把放在茶几一端的不鏽鋼菸灰缸移到笹垣面前。

笹垣拿出來的是hi-lite。看著白底藍字的包裝，一成心想，這年頭抽這款菸還眞少見。

刑警手指夾著菸，吐出乳白色的濃煙，「照我上次與今枝先生碰面時的感覺，這陣子他主要的工作是調查某名女子。這名女子是誰，篠塚先生，你應當知道吧？」

一直到上一刻，笹垣的眼神甚至令人以為他是個老好人，這時卻突然射出爬蟲類般混濁的光芒。他的視線似乎黏糊糊地往一成的身上爬。

一成感覺這時候裝傻也沒有意義，而他將造成這種感覺的原因解釋為所謂刑警的氣勢。

他緩緩點頭，「是的，我知道。」

笹垣點點頭，彷彿是讚許一成的答案，將hi-lite的菸灰抖入不鏽鋼菸灰缸中，「委託他調查唐澤雪穗小姐的……就是你吧？」

一成故意不正面回答，而是主動提出問題，「您說，您是從高宮那裡聽說我的，我實在不明白您怎麼能從那裡做出這種聯想？」

「這一點都不難，你不需要放在心上。」

「但是若您不解釋清楚的話……」

「你就難以奉告？」

「是的。」一成點頭。對面前這個想必經歷過大風大浪的刑警，投以再怎麼凶狠的眼神八成都沒有任何效果，但至少要直視著他。

笹垣露出笑容，抽了一口菸，「由於某種緣故，我也對唐澤雪穗這名女子具有濃厚的興趣，但是我發覺最近有人四處打聽她的事情。是何方神聖在做這件事，我自然感到好奇。所以我便去找唐澤雪穗小姐的前夫高宮先生，我就是在那時候知道今枝先生這個人。高宮先生說，有人和唐澤雪穗小姐論及婚嫁，男方的家人委託今枝先生對她進行調查。」

一成想起，今枝說過他已將事情老實地告訴高宮。

「然後呢？」他催刑警說下去。

只見笹垣把身邊的舊提包放在膝上，拉開拉鍊，從裡面拿出一台小錄音機。他露出別有含意的笑容，把錄音機放在桌上，按了播音鍵。

首先傳出來的是「嗶」的訊號及雜音，接著是說話的聲音，「……呃，我是篠塚。關於唐澤雪穗的調查，後來怎麼樣了？請與我聯絡。」

笹垣按下停止鍵，直接把錄音機收進提包，「這是我昨天從今枝先生的電話裡借出來的。篠塚先生，這一段話就是你說的吧？」

「是的，月初時，我確實在答錄機裡留下這段話。」一成嘆著氣回答。這時和刑警爭論隱私權也沒有意義。

「聽了這段話，我再次和高宮先生聯絡，問他認不認識篠塚先生。」

「他當場就把我的事告訴你了。」

「正是。」笹垣點點頭，「跟我剛才說的一樣，沒花多少工夫。」

「的確，一點也沒錯，是不難。」

「那麼我再次請教，是你委託調查唐澤雪穗小姐的吧？」

「是的。」一成點頭回答。

「和她論及婚嫁的是……」

「我的親戚。只不過婚事還沒有決定，只是當事人個人的希望而已。」

「可以請教這位親戚的姓名嗎？」笹垣打開記事本，拿好原子筆。

「您有必要知道嗎？」

「這就很難說了。警察這種人，不管什麼事情，都會想了解一下。如果你不肯告訴我，那麼我會去四處打聽，問別人是誰想和唐澤雪穗小姐結婚。」

一成的嘴角扭曲。如果他眞的這麼做，自己可吃不消。

「是我堂哥篠塚康晴，康是健康的康，晴是晴天的晴。」

笹垣在記事本上寫好後，問道，「他也在這家公司工作吧？」

聽到一成回答他是常務董事，老刑警張大了眼睛，微微搖了搖頭，然後把這件事一併記在記事本裡。

「有幾件事我不太明白，可以請教嗎？」一成說。

「請說，但能不能回答我就不能保證了。」

「您剛才說，您因爲某個緣故，對唐澤雪穗小姐有興趣。請問是什麼緣故呢？」

一聽到這個問題，笹垣露出苦笑，拍了兩下後腦勺，「很遺憾，這一點我現在無法說明。」

「是調查上必須保密嗎？」

「你可以這麼解釋，不過最大的理由，是因爲不確定的部分太多，現階段實在不能說出來。再怎麼說，相關的案件距今已經將近十八年了。」

「十八年……」複述之後，一成在腦海裡想像這個字眼代表的時間長短。這麼遙遠的過去，究竟發生了什麼？「這起十八年前的案子，是哪一類的案子呢？這也不能透露嗎？」

他這麼說，老練的刑警臉上露出猶豫之色。幾秒後，刑警眨了一下眼回答，「命案。」

一成挺直背脊，呼地吐了一口長氣，「誰被殺了？」

「這就難以奉告了。」笹垣兩手一攤。

「這個案子和她……唐澤雪穗小姐有關？」

「我現在只能說，她可能是關鍵人物。」

「可是……」一成發現一件重要的事，「十八年的話，命案的時效已經過了。」

「是啊。」

「但您還是繼續追查這件命案？」

刑警拿起 hi-lite 的盒子，手指探入盒中，抽出第二根菸。第一根菸是什麼時候摁熄的，一成渾然不覺。

笹垣以陽春打火機點了菸，動作比點燃第一根時慢得多，應該是刻意的。

「這就像長篇故事。故事是十八年前開始的，但是到現在還沒有結束。要結束，得回到最開頭的地方。大概就是這樣。」

「可以請您告訴我整個故事……」

「先不要吧。」笹垣笑了，煙從他的嘴裡冒了出來，「要是講起這十八年的事，有多少時間都不夠。」

「那麼下次可以請您告訴我嗎？等您有空的時候。」

「也好。」刑警正面迎著他的視線，吸著菸點頭。表情已經回復先前嚴肅的模樣了。「下次找時間慢慢聊吧。」

一成想拿茶杯，發現杯子是空的，便縮了手。一看，笹垣的茶也喝光了。

「我再請他們倒茶吧。」

「不了，我不用了。倒是篠塚先生，方便讓我問幾個問題嗎？」

「什麼問題？」

「我想請你告訴我，你委託今枝先生調查唐澤雪穗小姐的眞正理由。」

「這您已經知道了，沒什麼眞假可言。當親人考慮結婚時，調查對方背景很常見吧。」

「的確是很常見，尤其是像篠塚先生堂兄弟倆這樣，必須繼承龐大家業的人來說是不足爲奇。但是如果委託是出自雙親，我能理解，但堂弟私下聘請偵探調查，倒是沒聽過。」

「就算這樣，也沒有什麼不妥吧。」

「還有一些事情不合常理。說起來，你調查唐澤雪穗這件事本身就很奇特。你和高宮先生是老朋友，而她是你這位老友的前妻。再說到更久之前，聽說你們在大學社交舞社是一起練習的同伴，不是嗎？也就是說，用不著現在做調查，你對唐澤雪穗應該已經有相當程度的認識了，爲什麼還要聘請偵探？」

笹垣的語調不知不覺提高了不少，一成不禁暗自慶幸自己選了有隔音設備的房間。

「剛才，我提及這名女子時都沒有加稱呼，直接叫她唐澤雪穗。」笹垣彷彿在確認一成的反應般，慢條斯理地說，「但是怎麼樣？篠塚先生？你也不覺得有什麼不自然的地方，不是嗎？我想你聽在耳裡並不覺得突兀。」

「不知道……您是怎麼說的，我並不是很留意。」

「你對於直呼她的名字這件事，應該不介意。至於原因，篠塚先生，因爲你自己也是這樣。」說著，笹垣拍拍提包，「要再聽一次剛才那卷帶子嗎？你是這麼說的，關於唐澤雪穗的調查，後來怎麼樣了？請與我聯絡。」

一成想解釋，因爲她以前是社團的學妹，那是習慣。但笹垣在他出聲前便開口了。「你連名帶姓叫唐澤雪穗的語氣裡，有一種難以形容的高度警戒。說實話，我聽到這段錄音時，一下就聽出來了，這就是刑警的直覺。我當下就想，有必要找這位篠塚先生談談。」刑警在菸灰缸裡摁熄了第二根菸。接著身子向前傾，雙手撐在茶几上，「可以請你說實話嗎？你委託今枝先生調查的眞正用意是什麼？」

笹垣的眼光還是一樣犀利，卻沒有脅迫威逼的意味，甚至令人感到一種包容。一成心想，也許在偵訊室裡和嫌犯面對面時，他就是利用這種氣勢。而且，一成明白了這名刑警今天來找他，主要目的就在於此。唐澤雪穗要和誰結婚，恐怕無關緊要。

「笹垣先生，您說中了一半，但是另一半卻說錯了。」

「哦。」笹垣抿起嘴，「那我想先請教說錯的那部分。」

「那就是我委託今枝先生調查她，純粹是爲了我堂哥。如果我堂哥不想和她結婚，那麼她是個什麼樣的女人、渡過了什麼樣的人生，我一點興趣都沒有。」

「原來如此。那麼，我說中的部分是？」

「我對她特別有戒心這一點。」

「哈哈——！」笹垣靠回沙發，凝視著一成，「原因呢？」

「是極度主觀而模糊的，沒關係嗎？」

「沒關係，我最喜歡這種曖昧不清的事情了。」笹垣笑了笑。

一成將委託今枝時做的說明，幾乎原封不動地告訴笹垣。例如在金錢方面，他感到唐澤雪穗背後有股看不到的力量，而且對她產生一種印象，感覺她身邊的人都會遭遇某些不幸。一成說著，也認爲這些想法實在是既主觀又模糊，但笹垣卻抽著第三根菸，以認眞的表情聽他說話。

「你說的我了解了，謝謝你告訴我。」笹垣一邊摁熄手上的菸，一邊低下五分平頭致意。

「您不認爲這是無聊的妄想嗎？」

「哪裡的話。」笹垣像是要趕走什麼似的，在面前揮手，「說實在的，篠塚先生對狀況看得這麼透澈，讓我頗爲驚訝。你這麼年輕卻有這種眼光，眞了不起。」

「透澈……您這麼認爲嗎？」

「是的。」笹垣點點頭，「你看穿了唐澤雪穗那女人的本質。一般人都沒有你這麼好的眼力，就連我也一樣，有好長一段時間，根本什麼都看不見。」

「您是說我的直覺沒錯嗎？」

「沒錯。和那女人扯上關係，絕對不會有好事。這是我調查了十八年所得到的結論。」

「眞想讓我堂哥見見笹垣先生。」

「我也希望有機會當面勸他。但是我想，他是不會把我的話聽進去的。老實說，能夠這麼開誠布公談這件事的，你還是第一個。」

「眞想找到確切證據，我很期待今枝的調查。」一成鬆開盤在胸前的雙手，換了姿勢。

「今枝先生向你報告到什麼程度？」

「剛著手調查後不久，他向我報告過她在股票交易方面的成果。」

唐澤雪穗眞正喜歡的是你——今枝對他說的這句話，他決定按下不表。

「這是我的想像。」笹垣低聲說，「今枝先生很有可能查到了什麼。」

「您這話有什麼根據？」

刑警點點頭，「有的。昨天，我稍稍查看了今枝先生的事務所，與唐澤雪穗有關的資料全部消失了，連一張照片都沒留。」

「咦！」一成睜大眼睛，「這就代表……」

「以目前狀況來說，今枝先生不可能不向篠塚先生報備就不知去向。這樣一來，能想得到最可能的答案只有一個，也就是有人造成今枝先生失蹤。說得更清楚一點，那個人害怕今枝先生的調查行動。」

一成當然懂笹垣這幾句話的意思，他也明白笹垣的想法並不是隨意猜測，然而他心裡依然存有非現實的感覺。

「怎麼可能……」他喃喃地說，「怎麼會做到那種地步……」

「你認爲她沒有那麼心狠手辣？」

「失蹤眞的不是偶然嗎？像是發生意外。」

「不，不可能是意外。」笹垣說得斬釘截鐵，「今枝先生訂閱兩份報紙，我向派報中心確認過，上個月二十一日他們接到電話，說今枝先生要去旅行，要他們暫時停止送報，是一個男人打的電話。」

「男人……這樣的話，也可能是今枝先生自己打的吧？」

「當然，但是我認爲不是他。」笹垣搖搖頭，「我認爲，是那個設計讓今枝先生失蹤的人做了一些防範措施，盡可能不讓人發現他失蹤了。如果報紙在信箱前堆積如山，鄰居或是管理員不免會覺得奇怪。」

「可是事情如果眞是這樣，那個人豈不太無法無天了？因爲照您所說的，今枝先生可能已經不在人世了。」

一成的話讓笹垣的臉如能劇面具般失去表情，他不帶感情地說，「我認爲他還活著的可能性很低。」

一成嘆口氣，轉頭看著旁邊。這眞是消磨心神的對話，心臟老早就怦怦加速搏動了。

「但是既然是男人打電話給派報中心，也許和唐澤雪穗無關。」

說著，一成自己也覺得奇怪。他明明想證明她並不是個常人眼中一般的堅強女子，然而一旦事關人命，說出來的話反而像在爲她辯解。

笹垣再度伸進西裝的內口袋，但這次是另一邊。他拿出一張照片，「你看過這個男人嗎？」

「借看一下。」一成接過照片。

照片裡拍的是一個臉型瘦削的年輕男子，肩膀很寬，與身上的深色上衣相當搭配。不知爲何，給人一種冷靜深沉的印象。

一成完全不認識他，也如實告訴笹垣。

「是嗎，那眞可惜。」

「這是什麼人？」

「我一直在追查的人。剛才和你交換的名片，可以借一下嗎？」

一成將印有笹垣潤三的名片遞給他，他在背面寫了一些字，說聲「請收下」，又還給一成。

一成翻看背面，上面寫著「桐原亮司」。

「桐原……亮司，這是誰？」

「一個像幽靈一樣的人。」

「幽靈？」

「篠塚先生，請你把這張照片上的面孔，還有這個名字牢記在心。如果你在哪裡看到他，無論是什麼時候，都請你立刻和我聯絡。」

「您要我這麼做，但這個人究竟在哪裡？如果不知道他人在哪裡，就跟一般的通緝犯一樣啊。」一成兩手一攤。

「現在完全不知道他在哪裡，但是他一定會在一個地方現身。」

「哪裡？」

「那就是……」笹垣舔舔嘴唇繼續說，「唐澤雪穗身邊。蝦虎魚一定會待在槍蝦身邊。」

一成一時無法了解老刑警話裡的含意。

5

田園風光掠過窗外。偶爾，有些標識企業或商品名稱的看板豎立在田地裡，風景既單調又無聊。想要眺望城鎮街景，但新幹線經過城鎮時，總是被防音牆包圍，什麼景色都看不見。

典子手肘靠著窗緣，看向鄰座。秋吉雄一閉著眼睛，動也不動。她發現他並不是睡著，而是

在思考。

她再度將視線移往窗外，令人窒息的緊張感一直壓在心頭，這趟大阪行，會不會招來不祥的風暴呢？她總拋不開這個念頭。

然而她認爲這或許是她了解秋吉最後的一次機會。回顧過往，典子幾乎是在對他一無所知的狀況下與他交往，直到現在。她並不是對他的過去不感興趣，但是她心裡存在著比起過去，現在更重要的想法也是事實。在極短的時間內，他便在她心裡占有不可取代的地位。

窗外的風景有了些微變化，新幹線似乎來到了愛知縣，與汽車製造相關產業的看板增加了。典子想起自己的老家，她來自新潟，她家附近，也有一家生產汽車零件的小工廠。

栗原典子十八歲時來到東京。那時候，她並沒有打定主意要當藥劑師。只是報考了幾家自己可能考得上的學系，恰巧考上某大學藥學系。

大學畢業後，在朋友的介紹下，她順利進入現在的醫院工作。典子認爲，大學時代和在醫院上班的前五年，應該是自己最自在的時期。

工作的第六年，她有了情人，是在同一家醫院擔任職員的三十五歲男人，她甚至認眞考慮要和他結婚。但是要這麼做有困難，因爲他有妻小。我準備和她分手——他這麼說。典子相信他的話，也因此租下現在的房子。要是他離了婚，他就無處可去了，當他離開家時，她希望能給他一個可以休憩的所在。

然而正如大多數的外遇，一旦女方下定決心，男方便逐步退縮。他們碰面時，他開始冒出各式各樣的藉口，他擔心小孩、現在離婚得付爲數可觀的贍養費，花時間慢慢解決才聰明……我和你見面不是爲了聽這些話——這句話她不知說了多少次。

他們的分手來得相當令人意外。一天早上，到了醫院，不見他的蹤影。典子詢問其他職員，得到的回答是，「他好像辭職了。」

「他啊，好像私吞了病患的錢。」女職員悄聲說，一臉以小道消息爲樂的表情。她並不知道他與典子的關係。

「私吞……」

「病患的治療費、住院費等繳費明細，不是全由電腦管理嗎？他故意弄得像是資料輸入失誤，把入帳紀錄刪掉，然後把那部分的錢據爲己有。有好幾個病患反應，明明付了錢，怎麼還收到催款通知，才被發現的。」

「什麼時候開始的……」

「我也不清楚詳情，不過好像一年多前就有異常跡象了。因爲從那時候起，患者繳款就有延遲的現象，很多都是差一點就要寄催款通知。他好像是動用後面的病患繳的款項補前面的虧空金額，加以掩飾。這樣當然又會扯出新的虧空。然後新的虧空就像滾雪球一樣愈滾愈大，最後終於沒辦法補救，爆發出來。」

典子茫然地望著喋喋不休的女職員的紅唇，感覺宛如身陷噩夢一般，一點都不眞實。

「私吞的金額有多少？」典子極力佯裝平靜地問。

「聽說是兩百多萬圓。」

「他拿那些錢做什麼？」

「聽說是去付公寓的貸款。他啊，什麼時候不好買，偏偏挑房價炒得最高的時候買。」女職員兩眼發光地回答。

她告訴典子，院方似乎不打算循法律途徑，只要他還錢，便息事寧人，多半是怕媒體報導危害醫院的信譽。

過了幾天都沒有他的消息。那段期間，她工作心不在焉，發呆失誤的情況大增，讓一起工作的同事大爲訝異。她也想過要打電話到他家，但一考慮到接聽者不是他的狀況，就猶豫不決。

有天半夜，電話響了。聽到鈴響，典子知道一定是他。果不其然，聽筒另一端傳來他的聲音，只是聽來非常微弱。

「妳還好嗎？」他先問候她，她回答，「不太好。」

「我想也是。」他說。她眼前似乎可以看到他露出自嘲的笑容。

「妳應該已經聽說了，我不能再去醫院了。」

「錢要怎麼辦？」

「我會還的，不過得分期，這是後來談出來的結果。」

「有辦法負擔嗎？」

「不知道……不過，非還不可。要是眞的沒辦法，把這裡賣了也得還。」

「聽說是兩百萬圓？」

「呃，加一加兩百四十萬吧。」

「這筆錢，我來想辦法吧。」

「咦！」

「我還有點存款，兩百萬左右的話，我可以幫忙。」

「是嗎……」

「等我付了這筆錢，那個……你就跟你太太……」

她正要說「離婚」的時候，他開口了，「不用了，妳不必這麼做。」

「咦！」這次換她輕噫了一聲，「不用了，什麼意思？」

「我不想麻煩妳，我會自己想辦法。」

「可是……」

「當初買房子的時候，我跟岳父借了錢。」

「借了多少？」

「一千萬圓。」

她感到胸口遭受重擊，一陣心痛，腋下流下一道汗水。

「如果要離婚，得想辦法籌到這筆錢。」

「可是你之前從來沒有提過這件事。」

「跟妳提又有什麼用。」

「這次的事，你太太怎麼說？」

「妳問這個幹嘛？」男子的聲音顯得不悅。

「我想知道啊，你太太沒生氣？」

典子內心暗自期待他太太為此生氣，也許就會提出離婚的要求，然而他的回答令人意外。

「我老婆向我道歉。」

「道歉？」

「吵著說要買房子的是她，我本來就不怎麼起勁，貸款也付得有點吃力。她大概也知道，那

是造成這件事的原因。」

「是嗎……？」

「爲了還錢，我老婆說她要去打零工。」

一句「眞是個好太太」已經爬上典子的喉嚨了，她嚥下這句話，在嘴裡留下苦澀的餘味。

「那我們之間，暫時不能指望有任何進展了。」

她勉強開口說了這句話，卻讓男人頓時陷入沉默。接下來，典子聽到的是嘆氣聲。「拜託妳別再這樣了。」

「我怎麼了？」

「我是說別再說這種挖苦人的話了，反正妳早就心知肚明了吧？」

「我心知肚明什麼？」

「我不可能離婚，妳應該也只是玩玩而已吧？」

男人的話讓典子瞬間失聲。她多想大聲向他咆哮，我是認眞的！但是，當這句話來到嘴邊的那一刻，一股無可言喻的淒慘迎面襲來，她唯有沉默以對。他會說這種話，當然是看準了她的自尊心會讓她拉不下臉來。

電話中傳來人聲，問他這麼晚了在跟誰說話，一定是他妻子。他說是朋友，因爲擔心，打電話來問候。

過了一會兒，他以更微弱的聲音對典子說，「那，事情就是這樣。」

典子很想質問他，什麼叫做「就是這樣」，但是滿心空虛讓她發不出聲音。男人似乎認爲目的已經達成，不等她回答便掛斷了電話。

不用說，這是典子與他最後一次對話。從此之後，他就不曾出現在她面前。

典子把屋裡所有的他的日常用品全部丟棄，牙刷、刮鬍刀、刮鬍乳液，以及保險套。她忘了丟菸灰缸，只有這樣東西一直擺在書架上。菸灰缸漸漸地蒙上了灰塵，似乎代表她心頭的傷口也慢慢癒合了。

從這件事後，典子沒有和任何人交往。但她並不是決心孤獨一生，毋寧說，她對結婚的渴望反而更加強烈。她渴望找到一個適當的對象，結婚生子，建立一個平凡的家庭。

與醫院職員分手正好一年的時候，她找到一家婚友社。吸引她的，是一套以電腦選出最佳配對的系統。她決定將感情戀愛放一邊，以其他條件來選擇人生伴侶。戀愛，她已經受夠了。

一個看來十分親切的中年女性，問了她幾個問題，將她的答案輸入電腦。過程中還對她說了好幾次「別擔心，一定會找到好對象的」。

對方沒有食言，這家婚友社陸陸續續爲典子介紹適合的男性。她前前後後總共與其中六人見過面。然而其中五個人只見過一次，因爲這些對象一見面便令人大失所望。有的是照片與本人完全兩樣，甚至有人登記的資料是未婚，見了面卻突然表明自己有小孩。

典子與某個上班族約會了三次。這個人四十出頭，樣子老實勤懇，讓典子認眞考慮要不要結婚。可是第三次約會時，她才知道他和患了失智症的母親相依爲命。那名男子說，「如果是妳，一定可以助我們一臂之力。」不爲別的，他只不過是想找一個能夠照顧他母親的女子。一問之下，他對婚友社提的條件是「從事醫療工作的女性」。

「請保重。」典子留下這句話，便與那名男子分手了，之後當然也沒有再見面。她認爲他太瞧不起人了。不僅瞧不起她，也瞧不起所有女性。

見過六個人之後，典子便與這家婚友社解約了，她覺得根本是在浪費時間。

又過了半年，她便遇見了秋吉雄一。

抵達大阪時，已經傍晚了。在飯店辦好住房手續後，秋吉便爲典子介紹大阪這個城市。雖然她表示想同行時他曾面露難色，但今天不知爲何，他對她很溫柔。典子猜想，也許是回到出生地的緣故。

兩人漫步心齋橋，跨越道頓堀橋，吃了章魚燒。這是他們首次結伴遠行，典子雖然爲接下來可能發生的事情忐忑不安，心情卻也相當興奮，她第一次來到大阪。

「你老家離這裡遠不遠？」在可以眺望道頓堀的啤酒屋喝著啤酒時，典子問道。

「搭電車差不多五站。」

「很近嘛。」

「因爲大阪很小啊。」秋吉看著窗外說。固力果巨大的廣告牌閃閃發光。

典子猶豫了一會兒說，「等一下帶我去好不好？」

秋吉看著她，眉間出現皺紋。

「我想看看你住過的地方。」

「玩只能玩到這裡。」

「可是……」

「我有我的事要做。」秋吉轉移視線，心情顯然變得很差。

「……對不起。」典子低下頭。

兩人默默喝著啤酒，典子望著跨越道頓堀的一波波人潮。時間剛過八點，大阪的夜晚似乎才剛開始。

「那是個很普通的地方。」秋吉突然說。

典子轉過頭來，他的眼睛仍朝著窗外，「一個破破爛爛的地方，灰塵滿天，髒兮兮的，一些小老百姓像蟲子一樣蠢動，只有一雙眼睛特別銳利。那是個絲毫大意不得的地方。」他喝光啤酒，「那種地方妳也想去？」

「想。」

秋吉沉思片刻，手放開啤酒杯後插進長褲口袋，掏出一張萬圓鈔，「妳去結帳。」

典子接過那一萬圓，朝櫃檯走去。

一離開啤酒屋，秋吉便攔了計程車。他告訴司機的地點，是典子完全陌生的地名。更吸引她注意的是他以大阪腔說話，這對典子來說也非常新鮮。

秋吉在計程車裡幾乎沒開口，只是一直凝視著車窗外。典子心想，他可能後悔了。

計程車開進一條又窄又暗的路，途中秋吉詳細指示道路，這時他說的也是大阪腔。不久，車子停了，他們來到一座公園旁。

下了車，秋吉走進公園，典子跟在他身後。公園頗爲寬敞，足以打棒球。裡面還有鞦韆、越野遊戲、沙坑，是舊式的公園，沒有噴水池。

「我小時候常在這裡玩。」

「打棒球？」

「打過棒球、躲避球，也玩過足球。」

「有那時候的照片嗎？」

「沒有。」

「是嗎，眞可惜。」

「以前這附近沒有別的比較空曠的地方可以玩，所以這座公園很重要。但是和公園一樣重要的，還有這裡。」秋吉向後看。

典子跟著他向後看，他們身後是一棟老舊的大樓。

「大樓？」

「這裡也是我們的遊樂場。」

「這種地方也能玩呀？」

「時光隧道。」

「咦？」

「我小時候，這棟大樓還沒蓋好，蓋到一半就被閒置在那裡。會出入大樓的，就只有溝鼠和我們這些住附近的小孩。」

「不危險嗎？」

「就是危險，小鬼才會跑來啊！」秋吉笑了，但立刻恢復嚴肅的表情，嘆了一口氣，再度抬頭看大樓，「有一天，有個傢伙發現了一具屍體，是男人的屍體。」

「被殺的……」他接著說。一聽到這句話，典子覺得心口一陣悶痛。

「是你認識的人嗎？」

「算是。」他回答，「是個守財奴，每個人都討厭他，我也很討厭他。那時候大概每個人都覺得他死了活該吧，所有住在這一區的人都被警察懷疑。」

接著，他指著大樓的牆，「牆上畫了東西，看得出來吧？」

典子凝神細看。顏色掉得很厲害，幾乎難以辨識，但灰色牆上的確有類似畫的東西。看來像是裸體的男女，彼此交纏，互相愛撫，實在算不上是藝術作品。

「命案發生後，這棟大樓就完全禁止進入。過沒多久，這棟觸霉頭的大樓也有人要租，一樓有一部分又開始施工了。那時候，大樓牆上用塑膠布圍起來。工程結束，塑膠布也拆掉了，露出來的就是這幅下流的圖。」

秋吉伸手進外套的內口袋，抽出一根菸。他叼住菸，以剛才那家啤酒屋送的火柴點著，「不久，一些鬼鬼祟祟的男人就常往這裡跑，進大樓的時候還偷偷摸摸的，怕別人看到。一開始，我不知道在大樓裡能幹嘛，問別的小孩，也沒有人知道，大人也不肯告訴我們。不過沒多久，就有人搜集到情報了。他說那裡好像是男人買女人的地方，只要付一萬圓，可以對女人爲所欲爲，還可以做牆上畫的那檔事之類的。我無法置信，那時候的一萬圓很大，不過我還是不能想像怎麼會有女人去做那種買賣。」秋吉吐了一口煙，低聲笑了，「那時候算是很單純吧，再怎麼說，才小學而已。」

「如果是小學那時候，我想我也會很震驚。」

「我沒有很震驚，只是學到這個世界上最重要的東西是什麼。」他把不算短的菸丟在地上踩熄，「講這些很無聊吧。」

「那個凶手抓到了嗎？」

「凶手？」

「命案的凶手啊。」

秋吉搖搖頭，「抓到了沒呢，我也不知道。」

「哦……」

「走了。」秋吉邁開腳步。

「要去哪裡？」

「地鐵站，就在前面。」

典子和他並肩走在陰暗的小路上。又舊又小的民宅密密麻麻並排著，其中有很多連棟住宅。各戶人家的門緊鄰道路，近得甚至令人以爲這裡沒有建蔽率的規定。

走了幾分鐘後，秋吉的腳步停了下來，他注視著小路另一邊的某戶人家。那戶人家在這附近算是比較大的，是一幢兩層樓的日式建築。好像是店面，門面有一部分是鐵捲門。

典子不經意地抬頭看向二樓，那裡掛著舊招牌，「桐原當鋪」幾個字已經模糊了。

「你認識這戶人家？」

「算是。」他回答，「算認識吧。」然後又開始向前走。

當他們走到距當鋪十公尺的地方，有個五十歲左右的胖女人從一戶人家走出來。那戶人家前擺著十來個小盆栽，其中一半以上突出到馬路。女人似乎準備爲盆栽澆水，手上拿著澆花壺。

穿著舊T恤的女人似乎對路過的情侶產生興趣，先盯著典子看。用的是那種爲了滿足好奇心，即使對方不舒服也毫不在意的眼神。

那雙蛇一般的眼睛轉向秋吉，女人出現了意外的反應。原本爲了澆水而微微前傾的身體挺了起來。

她看著秋吉說，「小亮？」

但他看也不看那女人一眼，好像沒注意到有人對他說話。他腳下的速度沒有任何改變，筆直前進，典子只好跟著他走。兩人很快地從女人面前經過。典子發現女人一直看著秋吉。

「認錯人了啊。」他們走過之後，典子聽到背後傳來這一句，是女人的自言自語，秋吉對這句話也全無反應。

但女人那聲「小亮」卻一直在典子耳邊縈繞。不僅如此，更有如共鳴，在腦裡大聲迴響。

在大阪的第二天，典子必須單獨渡過。早餐後，秋吉說今天有很多資料要搜集，晚上才能回飯店，便出門了。

待在飯店也不是辦法，典子決定再到前一天秋吉帶她去過的心齋橋等處走走。銀座有的高級精品店這裡也不少，和銀座不同的是，柏青哥店、遊樂場和精品店比鄰而立。也許要在大阪做生意，要先學會放下身段。

典子買了點東西，但時間還是很多。她興起了再去一次昨晚那個地方的念頭，那座公園，還有那家當鋪。

她決定在難波站搭地鐵。她記得站名，應該也還記得從車站過去的路。

買了車票後，她一時興起，到零售店買了一台即可拍相機。

典子下了車，沿著前一天跟著秋吉走過的路反方向前進。白天和黑夜的景色大不相同，好幾家商店在營業，路上的行人也很多。商店老闆和路人的眼神都炯炯有神，當然，並不純粹是活力十足，而是彷彿有不良居心棲息在閃爍不定的眼光裡，要是有人一時大意，便要乘虛而入，占一頓便宜。印證了秋吉的形容是正確的。

她在路上漫步，偶爾隨興按下快門。她想以自己的方式，記錄秋吉生長的地方。只是她認為不能讓他知道這件事。

她來到那家當鋪前，但店門緊閉，也許已經歇業了。昨天晚上並沒有注意到，但白天看來，這裡有一種廢墟般的氣氛。

她用相機拍下這幢破屋。

然後是那棟大樓。公園裡，孩子踢著足球，典子在喧譁聲中拍下了照片，也將那幅淫猥的壁畫納入鏡頭。之後，她繞到大樓的正面。現在這裡看來並沒有經營見不得人的買賣，和泡沫經濟崩潰後那些用途不明的大樓沒什麼差別，不同的只是這裡老朽得厲害。

她來到大馬路上，攔了計程車回飯店。

晚上十一點多，秋吉回來了。他看起來心情極差，也非常疲倦。

「工作順利結束了？」她畏畏縮縮地探問。

他整個人癱在床上，大大地嘆了一口氣。

「結束了。」他說，「一切都結束了。」

是嗎，那太好了——典子想對他這麼說，但不知為何說不出口。

結果兩人幾乎沒有任何交談，在各自的床上入睡。

6

輾轉反側的夜晚接連而至，篠塚一成翻個身，前幾天與笹垣的一席話一直在腦海裡盤旋不去。自己可能處於一個不尋常的狀況，這個想法隨著現實感壓迫著他的胸口。

那位老刑警雖然沒有明言，但他暗示今枝可能已遭遇不測。就他所描述的失蹤與房內的狀態，一成也認爲這樣的推論是合理的。然而他附和老刑警時的心情，仍有部分像是在聽電視劇或小說的情節。即使大腦明白這些事情便發生在周遭，卻缺乏眞實感。即使笹垣臨別之際對他說，「你可不能以爲自己能高枕無憂哦。」他也感到事不關己。

等到他獨自一人，關掉房間的燈躺在床上，一閉上眼類似焦躁的衝擊便席捲而來，讓他全身冒冷汗。

他早就知道唐澤雪穗不是一個普通女人，所以才不贊成康晴和她結婚。然而萬萬沒有想到自己委託今枝調查，竟然危及他的性命。

她究竟是什麼人？他再次思索，那女人眞正的身分到底是什麼？

還有那個叫做桐原亮司的男人。

笹垣並沒有清楚交代他是個什麼樣的人。只以槍蝦和蝦虎魚來比喻，說桐原與唐澤雪穗就像這兩種動物一樣，互利共生。

「但是我不知道他們的巢穴在哪裡，爲此我追查了將近二十年。」說這幾句話時，刑警的臉上露出了自嘲般的笑容。

一成聽得一頭霧水。無論十幾二十年前大阪發生了什麼事，那些事怎麼會影響到自己？

一成在黑暗中睜大眼睛，拿起放在床頭櫃上的空調遙控器。按下開關後不久，便滿室涼意。

這時，電話響起。他心頭一驚，打開檯燈，鬧鐘就快指向一點。一時之間，他以爲家裡出事了。現在一成獨自住在三田，這間兩房兩廳的公寓是去年買的。

他輕輕清了清喉嚨，拿起聽筒，「喂。」

「一成嗎，抱歉這時候打電話給你。」

光聽聲音就知道來電者是誰，心裡同時湧現不好的預感。與其叫做預感，不如說是確信比較接近。

「康晴哥……出了什麼事嗎？」

「上次跟你提過的那件事，她剛才跟我聯絡了。」

康晴壓低聲音的原因，恐怕不單單是因爲夜深了，一成更加確信了。

「她的母親嗎？」

「嗯，已經走了，結果還是沒有醒過來。」

「是嗎，眞可憐……」一成說，但並不是出自肺腑，只是自然反應。

「明天，你沒問題吧。」康晴說，他的口氣不給一成任何反對的餘地。

即使如此，一成還是加以確認，「你的意思是要我到大阪去？」

「明天我實在走不開，史洛托邁亞公司的人要來，我得跟他們見面。」

「這我知道，是爲了『美巴隆』的事吧。按照預定，我也要出席。」

「你的行程已經改了，明天你不用上班。一早，你盡量搭早一點的新幹線到大阪去，知道了吧。幸好明天是星期五，我可能還得接待客人，要是晚上沒辦法過去，後天早上應該走得成。」

「這件事社長那邊……」

「明天我會說一聲。這個時間還打電話過去吵醒他，他老人家的身體會吃不消。」

社長指的便是篠塚總輔，社長府邸與康晴家同樣位於世田谷的住宅區。康晴是在結婚時搬離老家的。

「你向社長介紹過唐澤雪穗小姐了嗎？」儘管認爲這個問題涉及私人領域，一成還是問了。

「還沒有。不過我跟他提過我有考慮結婚的對象。我爸那種個性，看樣子也不怎麼關心。我看他也沒有閒工夫管四十五歲的兒子的婚事吧。」

一般認爲篠塚總輔是個不拘小節的人，他也的確不曾過問一成他們的私事。但一成早就發現，這是一種極端的工作狂個性，對生意之外的事一概不關心。

一成猜想，社長心裡恐怕認爲只要那個女人不會讓篠塚家聲名塗地，兒子再婚對象是誰都無所謂。

「明天，你會去吧？」康晴最後一次確認。

眞想拒絕。聽過笹垣的話之後，一成更加不想與唐澤雪穗有所牽扯，然而他找不到拒絕的理由。計畫結婚的對象的母親死了，希望堂弟代爲幫忙處理葬禮等事宜——康晴的請託從某個角度來看，是合情合理的。

「要去大阪哪裡？」

「她上午應該是在葬禮會場安排事情，她說下午會先回娘家一趟。我已經收到傳眞，兩個地方的地址和電話都有了，等一下傳給你。你的傳眞也是這個號碼吧？」

「對。」

「那，我先掛電話。你收到傳眞後，可以打個電話給我嗎？」

「好的，我知道了。」

「那就麻煩你了。」電話掛斷了。

一成下了床。人頭馬白蘭地和白蘭地酒杯就放在玻璃門書櫃裡。他拿出酒瓶與酒杯，在酒杯裡倒進約一公分半高的白蘭地，站著便將酒往嘴邊送，讓白蘭地停留在舌上，細細品味白蘭地的酒香、味道與刺激後再入喉。有種全身血液都甦醒的感覺，他感受到自己的神經都敏銳了起來。

自從康晴表明對唐澤雪穗的愛意以來，一成不知有多少次想找父親篠塚繁之商量。他認爲只要將她的不尋常處告訴父親，伯父遲早會從父親口中得知此事。但是要干預未來篠塚家族掌權人康晴的婚事，他手上的訊息實在太過曖昧，不具說服力。光是空口說她有問題，只會徒增父親困擾。父親極有可能反過來斥責他，要他擔心別人之前先擔心自己。而且父親去年甫出任篠塚藥品旗下篠塚化學公司的社長，肯定沒有餘力爲姪子的再婚操心。

第二口白蘭地流進喉嚨時，電話響了。一成站在原地，沒有接起聽筒。連接著電話的傳眞機，開始吐出白色的紙張。

一成將近正午時抵達新大阪。踏上月台的那一刻，立即感覺到溼度與溫度的差別。都過了九月中了，還是暑氣逼人。一成這才想起，是啊，大阪的秋老虎是很凶猛的。

下了月台樓梯，走出收票口。車站建築物的出口就在眼前，計程車招呼站在對面。他走向招呼站，心想先到葬禮會場再說。

就在這時，有人喊著「篠塚先生」，是女人的聲音。他停下腳步，環顧四周。一名二十四、五歲的女子以小跑步靠近他，她身上穿著深藍色套裝，內搭T恤，長髮紮成馬尾。

「謝謝您大老遠趕過來，辛苦您了。」一在他面前站定，她便客氣地行禮招呼，紮起來的頭髮恰似馬尾巴般掃動。

他見過這名女子，她是唐澤雪穗南青山精品店的員工。

「妳是……」

「我姓濱本。」她再次行禮，取出名片，上面印著濱本夏美。

「妳是來接我的？」

「是的。」

「妳怎麼知道我要來？」

「是社長交代的。社長說，您應該會在中午前到達，但是我因爲塞車來晚了，眞是抱歉。」

「哪裡，沒關係……呃，她現在在哪裡？」

「社長在家與葬儀社的人談事情。」

「在家是指？」

「我們社長的老家，社長要我帶篠塚先生過去。」

「是嗎……」

濱本夏美朝計程車招呼站走去，一成跟在她身後。

他推測一定是他搭乘新幹線時，康晴打電話告訴雪穗。也許康晴曾對她說會派一成過去，有什麼事儘管吩咐之類的話。

濱本夏美對司機說，請到天王寺。一成昨晚接到康晴的傳眞，知道唐澤禮子家位於天王寺區眞光院町。不過那是在大阪哪個地方，他幾乎完全沒有概念。

「突然發生這種事，妳們一定措手不及吧？」計程車開動後，他說道。

「是啊。」她點點頭，「因爲可能有危險，我昨天就先過來了，可是沒想到竟然就走了。」

「是什麼時候往生的呢？」

「醫院是昨晚九點左右通知的。那時候還沒有走，只說情況突然惡化，可是等我們趕到的時候，已經斷氣了。」濱本夏美淡淡地敘述。

「她……唐澤小姐的情況怎麼樣？」

「這個啊……」說著，濱本夏美蹙起眉頭，搖搖頭，「連我們看的人都難過。我們社長那種人是不會放聲大哭的，可是她把臉埋在母親的床上好久，動也不動。我想社長一定是想忍住悲傷，可是我們連她的肩膀都不敢碰。」

「那麼昨晚大概沒怎麼睡吧。」

「我想應該是沒有闔過眼。我在唐澤家的二樓過夜，半夜有一次下樓去，看到房間裡開著燈，也聽到微弱的聲音，我想大概是社長在哭。」

「原來如此。」

一成心想，無論唐澤雪穗有什麼樣的過去，懷著什麼樣的祕密，終究無法不為母親的死悲傷。根據今枝的調查，雪穗應該是成為唐澤禮子的養女後，才得以過著無憂無慮的生活，也才擁有接受高等教育的機會。

目的地大概不遠了，濱本夏美開始為司機指路。一成從口音判斷，她應該也是大阪人，這才明白唐澤雪穗在許多員工中找她來的理由。

經過古老的寺廟，轉入幽靜的住宅區時，計程車停車了。一成準備付車資，卻被濱本夏美堅拒了。「社長交代，絕對不能讓篠塚先生付錢。」她雖然帶著笑容，語氣卻是明白而篤定的。

唐澤雪穗的老家是一幢木籬環繞、古意盎然的日式房舍，有一扇小小的腕木門。學生時代，雪穗一定每天都會穿過這道門。也許她一邊走過，一邊對養母說「我上學去了」。一成想像著那樣的情景，那是一幅美得令人想深深烙印在腦海裡的畫面。

門上設有對講機。濱本夏美按了鈕，一聲「喂」立刻從對講機裡傳出來，正是雪穗的聲音。

「我把篠塚先生接來了。」

「那麼直接請他進來，玄關的門沒有鎖。」

「是。」濱本夏美回答後，抬頭對一成說，「請進。」

他隨著她穿過大門，玄關還安裝了拉門。一成心想，最近一次看到這麼傳統的房子是什麼時候呢？他想不起來。

在濱本夏美的帶領下，他來到屋內，走在走廊上。木製的走廊打磨得極爲光亮，其中綻放出來的光澤，來自耗費無數精力的手工擦拭，而非打蠟，同樣的光澤也出現在每一根柱子上。一成彷彿看到了唐澤禮子這名女性的人品，同時想到，雪穗是由這樣一位女性教養成人。

耳裡聽到說話聲。濱本夏美停下腳步，朝身邊一道拉上的紙門說，「社長，方便打擾嗎？」

「請進。」應答聲從裡面傳來。

濱本夏美把紙門拉開三十公分左右，「我帶篠塚先生來了。」

「請客人進來。」

在濱本夏美示意下，一成跨過門檻。房間雖是和室，卻以西式的方式布置。榻榻米上鋪著棉質地毯，上面擺著籐製的桌椅。一把長椅上坐著一對男女，他們對面本應是唐澤雪穗，但她爲了迎接一成站了起來。

「篠塚先生……謝謝你特地遠道而來。」她行禮致意，身上穿著深灰色連身洋裝，她比起上次見到時瘦了不少，可能是因母喪而憔悴。臉上幾乎素顏，但儘管素淨的臉上難掩疲憊之色，卻仍有其魅力。換句話說，她是眞正的美人。

「請節哀順變。」

「嗯。」她好像回應了一聲，但聲音低不可聞。

坐在對面的男女兩人臉上露出困惑的表情。雪穗似乎察覺到了，便告訴一成，「這兩位是葬儀社的人。」接著對他們介紹一成，「這位是工作上的客戶。」

「請多指教。」一成對他們說。

「篠塚先生，你來得正好。我們現在正在討論，可是我實在不知如何是好，正頭痛呢。」雪穗坐下後說。

「我也沒有當喪家的經驗啊。」

「可是一個人作主總是教人不安，身旁有人可以商量心裡就篤定多了。」

「但願我能幫得上忙。」一成說。

與葬儀社討論完種種細節，時間已將近兩點。在討論過程中，一成得知守靈的準備工作已著手進行。守靈與葬禮都會在距此車程十分鐘左右的靈堂舉行，靈堂是在一棟七層樓的大樓裡。

濱本夏美與葬儀社的人先行前往靈堂，唐澤雪穗表示她必須等東京的東西送到。

「什麼東西？」一成問。

「喪服，我麻煩店裡的女孩幫我送來。我想，她應該快到新大阪了。」她看著牆上的鐘說。

雪穗到大阪時，可能沒有預期到要辦葬禮吧。即使養母的狀況一直沒有好轉，想必她也不希望預先備好喪服。

「不必通知學生時代的朋友嗎？」

「哦……是啊，我想不必通知，因爲現在幾乎沒有來往了。」

「社交舞社的人呢？」

一成的問題讓雪穗瞬間睜大了雙眼，她的表情彷彿是被觸動了心靈死角。但是她立刻回復平常的表情，輕輕點頭，「嗯，我想不必特地通知。」

「好。」一成搭乘新幹線時，曾在萬用記事本上寫下好幾則葬禮的準備事項，他將其中「聯絡學生時代的朋友」一則劃掉。

「糟糕，我眞是的，竟然連茶都沒有端給篠塚先生。」雪穗匆匆忙忙地站起來，「咖啡可以嗎？還是要喝冷飲？」

「不用費心了。」

「對不起，我太漫不經心了。也有啤酒。」

「那我喝茶就好。有沒有涼的？」

「有烏龍茶。」說著，她離開了房間。

一落單，一成便從椅子上站起來，環視室內。這個房間雖然是西式的，但房間一角放著傳統的茶具櫃，不過這款家具也與整個房間相當協調。

看來極爲堅固的木製書架上，並排著茶道與花道的相關書籍，但也摻雜了中學參考書和鋼琴初級教本等等，應該是雪穗用過的。一成想，她也曾在這個客廳讀書，鋼琴可能在別的房間。

他打開與進房紙門相對的格子門，出現了一個小小的緣廊，角落裡堆著舊雜誌。

他站在緣廊上望著庭院，雖然不大，但植株和頗富野趣的石燈籠營造出素雅和風庭園的氣氛。原本可能由草皮覆蓋的地方，很遺憾的，已經全被雜草占據。年過七十，要讓這個庭園維持美觀，想必很困難吧，一成心想。

他面前擺著許多小盆栽，幾乎都是仙人掌，其中有許多是球狀的。

「院子很見不得人吧？因爲完全沒有整理。」聲音從後面傳來。雪穗端著擺了玻璃杯的托盤站在那裡。

「稍微整理一下，就會像以前一樣漂亮了。像那個燈籠，眞的很不錯。」

「可是已經沒有人來欣賞了。」雪穗把裝了烏龍茶的玻璃杯放在桌上。

「這個房子，妳有什麼打算？」

「不知道，我還沒有想到這裡。」她露出悲傷的笑容。

「啊……說的也是。」

「不過我不想賣掉，也不想拆……」她把手放在紙門框上，憐愛地撫摸著上面的小小傷痕，然後像是突然想起般抬頭看一成，「篠塚先生，眞的很謝謝你，我還以爲你不會來。」

「爲什麼？」

「因爲……」雪穗先垂下眼睛，才又再次抬起頭來。她的眼眶泛紅，珠淚欲滴，「篠塚先生討厭我呀。」

一成一驚，要掩飾內心的波動並不容易，「我爲什麼會討厭妳？」

「這我就不知道了。也許你氣我跟誠離婚，也許還有別的理由。只是我確實感覺到，你躲著我、討厭我。」

「是妳想太多了，沒這回事。」一成搖搖頭。

「眞的嗎？我能相信你這句話嗎？」她向他靠近一步，兩個人僅相距咫尺。

「我沒有理由討厭妳。」

「太好了。」雪穗閉上眼睛，彷彿由衷感到安心般舒了一口氣。甜美的香味瞬間麻痺了一成的神經。

她張開眼睛，已經不再泛紅了。難以言喻的深色虹膜想吸住一成的心。

他別開視線，稍微拉開了他們的距離。在她身邊會產生一種錯覺，似乎會被一種無形的力量牢牢捕獲。

「妳母親一定很喜歡仙人掌吧。」他看著庭院說。

「跟這個院子很不搭調吧？不過媽媽以前就很喜歡，種了很多再分送給別人。」

「這些仙人掌以後怎麼辦呢？」

「我也不知道該怎麼辦才好。雖然不太需要照顧，但總不能就這樣放著不管。」

「只好送給別人了。」

「是啊。篠塚先生，你對盆栽有興趣嗎？」

「不了，謝謝。」

「說的也是。」她露出淺淺笑容，轉身面向院子蹲下，「這些孩子眞可憐，沒主人了。」

話聲才落，她的肩膀便開始微微顫抖。不久，顫抖加劇，她的全身都在晃動，而且發出嗚咽聲，「孤伶伶的，不止它們，我也無依無靠了……」

她哽咽的呢喃大大撼動一成的心，他站在雪穗身後，右手放在她搖晃的肩上。

她將白皙的手疊了上來，好冷的手。他感覺到她的顫抖趨於平緩。

突然間，連自己都無法說明的感情從心底泉湧而出，簡直像是封印在內心深處的東西獲得了解放。甚至連他都不知道自己擁有這樣的感情，這份感情逐漸轉變爲衝動，他的眼睛注視著雪穗雪白的頸項。

正當他的心防就要瓦解的那一剎那，電話響了。一成回過神來，抽回放在她肩上的手。

雪穗似乎有所遲疑般靜靜地等了幾秒鐘，隨即迅速起身。電話在矮腳桌上。

「喂，小淳，妳到了？……是嗎，那一定很累吧，辛苦妳了。不好意思，可以麻煩妳帶著喪服，到我接下來跟妳說的地方去嗎？妳上了計程車以後，先……」

一成愣愣聽著她明朗的說話聲。

7

葬禮會場位在五樓。一出電梯便是一個類似攝影棚的空間，祭壇已布置好，開始排列鐵椅。

那個叫做廣田淳子的年輕女子業已抵達，她從東京帶來雪穗與濱本夏美的喪服，濱本夏美已換裝完畢。

「那麼我去換個衣服。」雪穗接過喪服，便消失在休息室裡。

一成坐在鐵椅上，望著祭壇。雪穗曾說，「錢不是問題，請做得體面一點，不要委屈了我母親。」一成倒是看不出眼前的祭壇和一般的有何不同。

一回想起在唐澤家的事，一成就捏一把冷汗。要是那時候電話沒有響，他一定會從雪穗身後緊緊抱住她。爲什麼會有那種心情，他自己也不明白。明明已經再三告誡自己必須對她提高警覺，但那一刻，他卻完全卸下心防。

他警告自己，一定要小心唐澤雪穗，不能臣服於她的魔力。然而另一方面，他開始產生一種想法，認爲自己也許對她產生了天大的誤會。她的眼淚、她的顫抖，實在不像作假。她看到仙人掌而嗚咽的身影，與過去一成對她的印象截然不同。

她的本質……

一成心想，她的本質剛才不就顯現出來了嗎，會不會是因爲自己向來對此不加以正視，才會在心裡塑造出一個扭曲的形象？反而是高宮誠和康晴打從一開始，就看到她的原貌？

視野的一角有東西在移動，一成往那個方向看，正好看到換上西式喪服的雪穗緩緩靠近。一朵黑色的玫瑰，他想。他從未見過如此絢麗、光芒如此強烈的女子。一身黑衣，更凸顯出雪穗的魅力。

她注意到一成的視線，嘴角微微上揚，然而雙眼仍然帶著淚，那是黑色花瓣上的露珠。

雪穗慢慢走近設置於會場後面的接待櫃檯。濱本夏美與廣田淳子正在討論事情，她也加入討論，針對細節給予兩名員工指示。一成痴痴望著她。

不久，前來弔唁的客人陸續來到，幾乎都是中年女子。唐澤禮子在自宅教授茶道與花道，她們應該是她的學生。她們往祭壇上的遺照前一站，幾乎毫無例外地流下眼淚。

某個認識雪穗的女子握住她的手，絮絮不休地談著唐澤禮子的過往。一開口，自己也悲從中來，泣不成聲，這樣的情況周而復始。即使是這些稍嫌麻煩的弔唁者，雪穗也不會隨便應付，而是傾聽她們說話，直到對方滿意爲止。那光景從旁看來，眞不知是誰在安慰誰。

一成與濱本夏美討論葬禮的流程，發現自己無事可做。另一個房間備有餐點與酒水，但他總不能大搖大擺地坐在那裡。

他漫無目的地在會場四周走動，看到樓梯旁有自動販賣機。雖然沒有特別想喝，但他仍掏出零錢。正當他買咖啡時，聽到女性的說話聲，是雪穗的員工，似乎是在樓梯門後。也許這時也是她們的午茶時間吧。

「不過眞是幸好，雖然媽媽往生實在可憐。」濱本夏美說。

「就是啊。之前雖然陷入昏迷，可是也許還會活很久，這樣的話，可能會忙不過來。」廣田淳子回應。

「而且又有自由之丘的三號店，那裡又不能延期開幕。」

「如果社長的媽媽沒走的話，社長有什麼打算？」

「不知道。可能會在開幕那天露個臉，然後就回大阪也說不定。說眞的，我最怕的就是這樣，客人來的時候社長不在，實在說不過去。」

「眞的好險。」

「對啊。而且，我覺得不光是店裡的事，能早點過去也好。妳看嘛，就算人沒醒過來，還是得照顧啊，那眞的滿慘的。」

「妳說的對。」

「已經七十幾了吧？像我，還想到能不能安樂死呢。」

「哇！妳好壞——！」

「不可以告訴別人哦。」

「我知道啦，這還用說。」兩人竊笑著。

一成拿著裝了咖啡的紙杯離開了那裡。回到會場，把紙杯放在接待櫃檯上。

濱本夏美的話還留在耳際，安樂死。

不會吧，他在心中喃喃地說，那是不可能的。儘管心裡這麼想，大腦卻開始檢視這不祥的可能性。

他不由得想起幾件事。首先，濱本夏美被叫到大阪後不久，唐澤禮子便亡故。而且是晚上她們兩人在一起的時候，接到醫院的通知。

可以說雪穗有了不在場證明。然而這同時也可以懷疑她叫濱本夏美到大阪來，是爲了製造不在場證明。爲自己製造出完美的不在場證明，而有人在這段期間偷偷溜進醫院，在唐澤禮子的維生儀器上動手腳。

這是個雞蛋裡挑骨頭的推理，也可以說是胡亂推測。然而一成無法將這個想法置諸腦後，是因爲他忘不了笹垣刑警告訴他的那個名字。

桐原亮司。

濱本夏美說，半夜裡聽到雪穗房間裡有聲音。她說一定是雪穗在哭，但眞的是這樣嗎？她是不是在與「犯罪者」聯絡？

一成拿著咖啡杯，看著雪穗。她正在接待一對剛邁入老年的夫婦，每當老夫婦開口，她便深有所感似地點頭。

晚上十點過後，已不見弔唁客的身影。絕大多數親朋故舊，大概都準備參加明天的葬禮吧。

雪穗命兩名員工回飯店。

「社長呢？」濱本夏美問。

「我今晚住這裡，這是守靈的規矩。」

的確，會場旁備有讓喪家過夜的房間。

「您一個人不要緊嗎？」

「沒事的，辛苦妳們了。」

「社長辛苦了。」說著，雪穗的員工離開了。

只剩他們倆，一成感到空氣的濃度彷彿驟然升高。他看看手表，準備說我也差不多該走了。但雪穗搶先一步說，「要不要喝個茶？還可以再待一會兒吧？」

「哦，嗯，可以啊。」

「這邊請。」說著，她先移動腳步。

房間是和室，感覺像溫泉旅館的房間。桌上有熱水瓶及茶壺、茶杯，雪穗為他泡茶。

「和篠塚先生這樣在一起，感覺眞不可思議。」

「是啊。」

「讓我想起集訓的時候，比賽前的集訓。」

「聽妳這麼一說，果然很像。」

當時，他們為了取得佳績，在比賽前都會進行集訓。

「那時候大家常常說，要是永明大學的人來夜襲該怎麼辦。當然，是開玩笑的。」

一成啜了一口茶，笑了，「的確是有人放話說要這麼做，只不過從沒聽說有人付諸實行。但是沒有人說要偷襲妳。因為那時候，妳已經是高宮的女朋友了。」他看著她說。

雪穗微笑著低下頭，「誠一定跟你提過很多關於我的事吧。」

「沒有，他不太提……」

「沒關係，我能理解。我想我也有很多令人非議之處，所以誠才會移情別戀。」

「他說都是他的錯。」

「是嗎？」

「他是這麼說的。當然，你們兩個人的事，你們自己最清楚。」一成把玩著手裡的茶杯。

雪穗吐了一口氣，「我不懂。」

一成抬起頭來，「不懂什麼？」

「怎麼愛人？」她定定凝視他的雙眼，「我不懂得怎麼去愛一個男人。」

「這種事沒有一定作法吧，我想。」一成別開視線，把茶杯送到嘴邊，但幾乎沒有入口。

兩人陷入沉默，空氣似乎變得更沉重了，一成感到無法呼吸。「我要走了。」他站起來。

「不好意思，把你留下。」她說。

一成穿好鞋，再度回過頭面向她，「那我走了，明天我會再來。」

「麻煩你了。」

他伸手握住門把，準備開門。然而就在他打開門的前一秒，感覺到背後有人。不必回頭，也知道雪穗就站在他身後。她纖細的手，觸碰著他的背。

「其實，我好怕。」她說，「我好怕孤伶伶一個人。」

一成自知內心正劇烈起伏。想直接轉身面對她的衝動，如浪濤般排山倒海而來，他發現警示燈號從黃燈變成紅燈。現在要是看見她的雙眼，一定會不敵她的魔力。

一成打開門，然後頭也不回地朝著前方說，「晚安。」

這句話如同解開魔法的咒語，她的氣息倏忽間消失了。接著響起的是她與先前一樣冷靜的聲音，「晚安。」

一成踏出房門。離開房間後，背後傳來關門聲，這時他才終於回頭。又傳來「卡嚓」的上鎖聲。

一成凝視著緊閉的門。看著門，他在心裡低聲說，妳眞的是「一個人」嗎……？

一成邁開步伐，腳步聲在夜晚的走廊迴響。

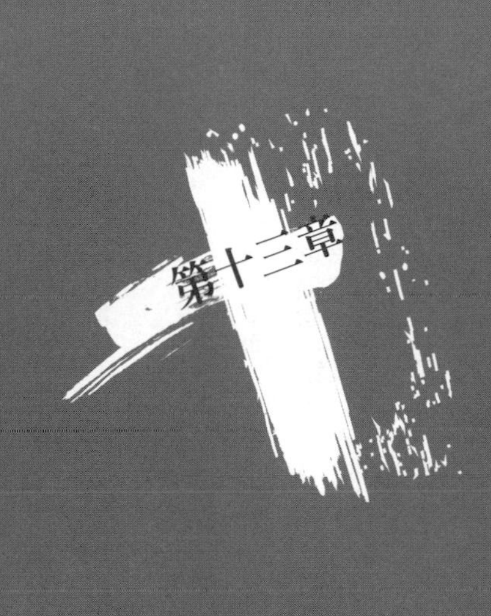

第十三章

1

一下公車，外套的下襬便被風揚起。一直到昨天，天氣都還算暖和，今天卻突然變冷了。不，應該是東京的氣溫比大阪低吧，笹垣心想。

走在已然熟悉的路上，到達目的地所在的大樓。時間是下午四點，和預估的時間差不多。雖然多花了點時間繞到新宿的百貨公司，但如果不買對方指定的禮物，恐怕對方會大失所望。

爬上樓梯來到二樓，右膝有些疼痛。以疼痛的程度來感受季節的變化，是從幾年前開始的？

他在二樓一扇門前停步。門上貼著「今枝偵探事務所」的門牌，擦得很乾淨，不知情的人，一定會以爲還在營業吧。

笹垣按了對講機，感覺室內有動靜。肯定是站在門後，透過窺視孔看門外的訪客。

鎖開了，菅原繪里笑盈盈地開了門，「辛苦了，這次比較晚呢。」

「買這個花了點時間。」笹垣拿出蛋糕盒。

「哇啊！謝謝，好感動哦！」繪里開心地雙手接過盒子，當場打開盒蓋確認裡面的東西，「你眞的幫我買我想要的櫻桃派來了呀。」

「找這家店找半天。不過還有別的女孩也買了同樣蛋糕。我倒不覺得看起來特別好吃。」

「今年櫻桃派當紅啊，因爲《雙峰》(*1)的關係。」

「這我就不懂了，蛋糕還有紅不紅的啊。不久前不是才流行過提拉米蘇，女生的想法眞是無法理解。」

「大叔不必懂這些啦，好，馬上就來吃。大叔要不要也來一點？我幫你泡咖啡。」

「蛋糕就不必了，咖啡倒是不錯。」

「沒問題！」繪里元氣十足地回答，走進廚房。

笹垣脫下外套，在旁邊的椅子上坐下。室內的擺設和今枝直巳從事偵探業務時幾乎一模一樣，鐵製書架和文件櫃也原封不動。不同的是多了一台電視，有些地方擺上少女風格的小東西而已，這些都是繪里的東西。

「大叔，這次要在這邊待幾天？」繪里邊操作咖啡壺邊問。

「還沒決定，大概三、四天吧。我不能離家太久。」

「擔心老婆嘛。」

「老太婆倒是沒什麼好擔心的。」

「好過分哦。不過才三、四天，做不了什麼事吧？」

「是啊，不過沒辦法。」

笹垣拿出Seven Star，以火柴點著。今枝的辦公桌上就有一個玻璃菸灰缸，他把點過的火柴丟在裡面。鐵製辦公桌的桌面擦得一塵不染，今枝一回來，馬上可以開始工作。只不過桌上的月曆一直停留在去年八月，那是今枝失蹤的時候，已經是一年又三個月前的事了。

笹垣望著繪里的身影，她穿著牛仔褲，踩著節奏哼歌，正在切櫻桃派。她看起來總是那麼開

*1《雙峰》（*Twin Peaks*），由美國導演大衛林區（David Lynch）執導，於一九九〇年至一九九一年播出兩季的影集，一九九二年上映電影。二〇一七年播出第三季。

朗樂觀，但一想到她內心的悲傷與不安，他就為她難過。她不可能沒有猜想到今枝已經死了。

笹垣是在去年這個時候見到繪里的。他想知道今枝身邊是否有所變化，來事務所查看，卻發現一個陌生的年輕女孩住在這裡，那個女孩就是繪里。

她一開始對笹垣高度警戒，但知道他是刑警，且在今枝失蹤前見過面，便慢慢解除了戒心。

繪里本人雖然沒有明說，但她與今枝似乎是戀愛關係，至少她把他當作那樣的對象。也因此，她用自己的方法拚命尋找今枝的下落。她之所以退掉原本的公寓搬到事務所來，也是怕這裡若被收走，就會失去所有的線索。待在這裡，可以查看寄給今枝的郵件，也可以見到來找他的人。所幸房東並不反對她住在這裡，考慮到房客失蹤，也不好放著房子不管，答應讓她搬進來應該是順水人情。

認識繪里後，笹垣每次來到東京必定會順道來看看她。她會告訴他關於東京的街道分布與流行事物，對笹垣而言是求之不得的。最重要的是，和她聊天很愉快。

繪里以托盤端來兩個馬克杯與一個小碟子，小碟子上裝了笹垣買來的櫻桃派。她把托盤放在今枝的不鏽鋼辦公桌上。

「來，請用。」她把藍色馬克杯遞給笹垣。

「哦，謝謝。」笹垣接過杯子，先喝了一口。暖了暖受寒的身體。

繪里坐在今枝的椅子上，說聲「開動」，大口咬下櫻桃派。嘴裡一邊嚼，一邊向笹垣做出OK手勢。

「後來怎麼樣，有沒有什麼事？」笹垣不敢問得太直接。

繪里原本開朗的臉上出現了一絲陰影，她把沒吃完的派放回碟子上，喝了一口咖啡。

「沒什麼值得向大叔報告的。這陣子幾乎沒有他的信，就算有人打電話來，也只是有工作要委託而已。」

今枝的電話仍保持通話狀態，這當然是因爲繪里定期繳款。電話簿上既然刊登今枝偵探事務所的電話，自然會有人來電委託工作。

「已經沒有客人直接過來了嗎？」

「是啊，本來到今年初都還滿多的……」

說完，繪里打開抽屜，拿出一本筆記本。笹垣知道她以她的方式，把事情記在筆記本裡。

「今年夏天來過一個，九月也一個，就這樣。兩個都女的，夏天來的那個是回鍋的。」

「回鍋的？」

「意思就是以前委託過今枝先生的客人。那個女人姓川上，我跟她說，今枝住院了，短時間內可能沒辦法出院，她很失望地回去了。後來我一查，原來兩年前她來查過老公的外遇。那時候好像沒有查到關鍵的證據，這次大概也是想查她老公吧，一定是安分一陣子的老公又開始癢了。」繪里開心地說。她本來就喜歡刺探別人的祕密，也幫過今枝。

「九月來的是什麼樣的人？也是之前來過的客人嗎？」

「不是，那個女人就不是了。她好像是想知道朋友以前有沒有找今枝先生幫忙。」

「咦？怎麼說？」

「就是呢，」繪里從筆記本裡抬起頭來，看著笹垣，「她想知道大概一年前，有沒有一個姓秋吉的人請我們做過調查。」

「哦。」乍聽到秋吉這個姓氏，笹垣覺得有些耳熟，但想不起來，「好奇怪的問題。」

「其實也不見得哦。」繪里笑得不懷好意。

「怎麼說？」

「之前我聽今枝先生說過，搞外遇的人啊，怕老婆或是老公找偵探調查自己的人其實滿不少，我想那個女人八成也是。我猜，她一定是發現什麼蛛絲馬跡，知道她老公一年前找過偵探，才跑來確認。」

「看妳自信滿滿的。」

「我對這種事的直覺最準了。而且我跟她說，我當場沒辦法幫她查，等我查出來再跟她聯絡，結果她說不要打電話到她家，要我打到她上班的地方。這不是很奇怪嗎？這就表示她怕她老公接到電話嘛。」

「原來如此。這麼說，這個女人也姓……呃……」

「秋吉，可是她卻跟我說她姓栗原。我想這應該是她結婚前的姓，出外工作還是用原名。有很多婚後繼續工作的女人都這麼做。」

笹垣打量眼前的女孩，搖搖頭，「了不起啊，繪里，妳不僅能當偵探，也可以當刑警了。」

繪里一臉得意，嘿嘿嘿地笑了，「那我再來推理一下。那個栗原小姐好像在帝都大學醫院當藥劑師，她外遇的對象是醫院醫生，而且對方有老婆小孩。就是現在最流行的雙重外遇。」

「這算什麼啊！妳這已經不叫推理，該叫做幻想才對。」笹垣皺著眉頭笑了。

2

離開今枝的事務所，笹垣前往位於遠離新宿中心的商務飯店。走進大門時，正好七點。

這是家整體感覺昏暗又冷清的飯店。沒有像樣的大廳，所謂的櫃檯也只是一張橫放的長桌而已，有個不太適合從事服務業的中年男子板著臉站在那裡。但是如果想在東京住上幾天，只好在這種水準的飯店裡委屈一下。事實上，就連這裡笹垣負擔起來也不輕鬆。只是他沒辦法住現在流行的膠囊旅館，他住過兩次，但老骨頭承受不起，壓根兒無法消除疲勞。他只求一間可以好好休息的單人房，簡陋點也無妨。

他照常辦好住房手續，那個冷冰冰的櫃檯人員說「這裡有給笹垣先生的留言」，便把一封白色信封連同鑰匙一起遞給他。

「留言？」

「是的。」交代完這句，櫃檯人員便做起其他的工作。

笹垣打開手上的白色信封查看，一張便條紙上寫著「進房後請打電話到三〇八號房」。

這是什麼啊？他百思不解，完全摸不著頭緒。那個櫃檯服務生不但態度不佳，而且心不在焉，笹垣不禁懷疑他是不是把留言給錯了人。

笹垣住三二一號房，和留言的人位於同一樓層。搭上電梯，前往自己房間途中，便經過三〇八號房。他躊躇片刻，還是敲了門。

裡面傳來穿著拖鞋的腳步聲，接著門開了。看到門後出現的面孔，笹垣不禁一愣，完全出乎他意料之外。

「現在才到啊，眞晚。」露出笑容說話的是古賀久志。

「你……你怎麼會在這裡？」笹垣有些口吃地問。

「這個嘛，原因很多。我在等老爹，吃過晚飯了嗎？」

「還沒。」

「那，我們去吃飯吧。老爹的行李可以先放這裡吧。」古賀把笹垣的行李放進自己的房間後，打開衣櫥，拿出西裝外套和大衣。

他問笹垣想吃什麼，笹垣回答只要不是西餐就好，於是古賀帶他來到一家相當平民化的小吃店。店內有榻榻米座位，放著四張小小的方形餐桌，他們在其中一張桌子面對面坐下。古賀說，這裡是他來東京時經常光顧的店，生魚片和滷菜相當不錯。

「先乾一杯。」古賀說著拿起啤酒瓶倒酒，笹垣拿著杯子接了。當他反過來要爲古賀倒酒時，古賀辭謝了，自行在杯子裡倒啤酒。

沒有原因地說聲「乾杯」，喝了一口後，笹垣問，「那，你怎麼來了？」

「警察廳有個會議，本來應該是由部長來，但他說什麼實在抽不出時間，要我代他出席。眞是敗給他了。」

「這代表你受重用啊，要高興才是。」笹垣伸筷子夾起鮪魚中肚肉，果然好吃。

古賀曾是笹垣的後輩，現在已是大阪府警搜查一課的課長。由於他接二連三通過升級考，有些人背地裡喊他考試蟲，這點笹垣也知道。但就笹垣所見，古賀從未在實務上鬆懈過。古賀和其他人一樣精於實務，同時又發憤用功，通過升級考的難關，這可是一般人難以望其項背的。

「想想也眞好笑。」笹垣說，「一個忙碌的警視高官，怎麼會跑到這種地方來摸魚呢？而且還住那種廉價飯店。」

古賀苦笑，「就是啊，老爹，你也挑稍微像樣一點的飯店住嘛。」

「別傻了，我可不是來玩的。」

「老爹，問題就在這裡。」古賀在笹垣的杯子裡倒啤酒，「如果你是來玩的，我什麼話都不會說。一直到今年春天，你都做牛做馬地拚命，現在大可遊山玩水，老爹絕對有這個權利。但是，一想到老爹來東京的目的，我實在沒資格在一邊涼快，阿姨也很擔心啊。」

「哼，果然是克子要你來的，眞拿她沒辦法。她把府警的搜查課長當什麼啊？」

「不是阿姨要我來的。我是聽阿姨提起，很擔心老爹，所以才來的。」

「都一樣啦！還不都是克子找你發牢騷，還是跟織江說的？」

「這個嘛，事實上大家都很擔心。」

「哼！無聊。」

古賀現在算是笹垣的親戚，因爲他娶了笹垣妻子克子的姪女織江。他們不是透過相親，是戀愛結婚的。但笹垣不清楚他們兩人認識的經過，多半是克子牽的紅線，他一直被蒙在鼓裡，以至於將近二十年後的現在，他還心存芥蒂。

兩瓶啤酒都空了，古賀點了日本酒，笹垣向滷菜下箸。調味雖是關東口味，仍不失美味。古賀拿送來的日本酒往笹垣酒杯裡倒，冒出一句，「你還放不下那件案子嗎？」

「那是我的舊傷。」

「可是被打進冷宮的不止那件案子，而且打進冷宮這個說法也不知道對不對。凶手可能就是車禍死亡的那個人，專案小組應該也是偏向這個意見。」

「寺崎不是凶手。」笹垣一口乾了酒杯裡的酒。命案發生已過了十九年，但他的腦海裡仍牢記著相關人物的姓名。

十九年前的那椿當鋪命案。

「寺崎那裡再怎麼找，都找不到桐原那一百萬圓。雖然有人認為他藏起來了，我卻不這麼想。當時，寺崎被債務壓得喘不過氣來，如果他有一百萬，應該會拿去還錢，他卻沒有這麼做。唯一可能的原因就是他根本沒有這筆錢，也就是說他沒有殺桐原。」

「基本上我贊成這個意見。那時候也是因為這麼想，所以寺崎死後，我也跟著老爹一起到處查訪。可是老爹，已經二十年了。」

「時效已經過了，這個我知道。知道歸知道，但唯獨這件案子，不查個水落石出，我死也不瞑目。」

古賀準備往笹垣空了的酒杯裡倒酒，笹垣擋住他，從古賀手裡搶走酒瓶，先把古賀的酒杯倒滿，接著為自己倒酒，「的確，被打入冷宮的不止這件案子，其他更大宗、更殘忍的案子，最後連凶手的邊都摸不到的多得是，每個案子都讓人沮喪，讓我們辦案的沒臉見人。但我特別放不下這件案子是有理由的。我覺得因為這件案子沒破，結果害了好幾個無辜的人遭到不幸。」

「怎麼說？」

「有一株芽應該在那時候就摘掉，因為沒摘掉，芽一天天成長茁壯，長大了還開了花，而且是作惡的花。」笹垣張開嘴，讓酒流進嘴裡。

古賀鬆開領帶，打開襯衫的第一顆鈕釦，「你是說唐澤雪穗嗎？」

笹垣伸手進外套的內口袋，抽出一張摺起來的紙，放在古賀面前。

「這是什麼？」

「你看啊。」

古賀把紙打開，濃濃的雙眉間緊緊蹙起，「『R&Y』大阪店開幕……這是……」

「唐澤雪穗的店。厲害吧，終於要進軍大阪了，在心齋橋。而且你看，上面說要在今年聖誕節前一天開幕。」

「這就是作惡的花嗎？」古賀把傳單整齊地摺好，放在笹垣面前。

「這算是花結出來的果實吧。」

「從什麼時候開始的呢？老爹什麼時候開始懷疑唐澤雪穗？不對，那時候還叫西本雪穗吧。」

「在她還是西本雪穗的時候。桐原洋介被殺的第二年，西本文代也死了，不是嗎？從那件案子後，我對那女孩的看法就變了。」

「那件案子好像是被當作意外結案了，可是老爹到最後都堅持那不是單純的意外死亡。」

「那絕對不是意外死亡。報告上說，被害人喝了平常不喝的酒，又吃了一般用量五倍的感冒藥，哪有這種意外死亡的？遺憾的是，那不是我們這組負責的，不能隨便表示意見。」

「應該也有人認為是自殺，只是後來……」古賀雙手抱胸，臉上露出回想的表情。

「是雪穗作證說她媽媽感冒了，身體畏寒時會喝杯裝清酒之類的，才排除了自殺的可能。」

「一般人不會想到女兒會作偽證的。」

「但是除了雪穗，沒有人說文代感冒了，所以有說謊的可能性。」

「她何必說謊呢？對她來說，是自殺還是意外，沒有什麼差別吧？如果說前一年文代保了壽險，那或許是想要理賠金，可是又沒有這種狀況。再說，當時雪穗還是小學生，應該不會想到那裡吧……」說到這裡，古賀突然驚覺到什麼，「你的意思該不會是文代是雪穗殺的吧？」

古賀以開玩笑的語氣這麼說，笹垣卻沒有笑，「我不會這麼說，但她可能做了什麼手腳。」

「手腳……」

「例如，她可能發現母親有自殺的徵兆，卻裝作沒有發現之類的。」

「你是說，她希望文代死嗎？」

「文代死後不久，雪穗就被唐澤禮子收養了。搞不好，她們很早之前就提過這件事了。很可能是文代不同意，但雪穗本人很想當養女。」

「可是總不會因爲這樣就對親生母親見死不救吧？」

「那女孩不會把這種事當一回事。還有，她隱瞞母親自殺的事還有另一個理由。搞不好，這對她來說才是最重要的，那就是形象。母親死於意外會引起世人同情，但若是自殺，就會被別人以有色眼光看待，懷疑背後有什麼不單純的原因。爲將來著想，要選哪一邊應該很清楚吧。」

「老爹的意思我懂，可是……還是有點難以接受。」古賀加點了兩瓶日本酒。

「我也一樣，當時沒有想到這些。我是這些年來追查唐澤雪穗，才慢慢整理出這些想法的。喔，這個好吃！這是用什麼炸的？」他以筷子夾起一小塊，仔細端詳。

「你覺得呢？」古賀得意地笑。

「就是不知道才問你啊，是什麼啊？這味道我沒吃過。」

「這個啊，是納豆。」

「納豆？那種爛掉的豆子？」

「是啊。」古賀笑著把酒杯端到嘴邊，「就算老爹再怎麼討厭納豆，如果這樣料理，應該也敢吃才對。」

「哦——這就是那個黏不拉嘰的納豆啊。」笹垣嗅了嗅味道，再次細看後才放進嘴裡，滿口都是焦香味。「嗯，好吃。」

「不管對什麼事情都不可以有先入為主的觀念。」

「一點也沒錯。」笹垣喝了酒，胸口感覺相當暖和，「沒錯，就是先入為主的觀念。就是因為這樣，我們犯下大錯。我開始覺得雪穗這個女孩不是普通小孩後，重新再看一次當鋪命案，發現我們錯失了好幾個重點。」

「什麼重點？」古賀以認真的眼神問。

笹垣迎向他的視線，「首先，是腳印。」

「腳印？」

「陳屍現場的腳印。地板積了一層灰，所以留下了不少腳印。但是，我們完全沒有留意那些腳印。你還記得是為什麼嗎？」

「因為沒有發現屬於凶手的腳印，沒錯吧？」古賀回答。

笹垣點點頭，「留在現場的腳印，除了被害人的皮鞋，全是小孩子的運動鞋。那裡被小孩子當遊樂場，發現屍體的又是大江國小的學生，有小孩的腳印也是當然。但陷阱就在這裡。」

「你是說凶手穿著小孩子的運動鞋嗎？」

「你不覺得完全沒想到這一點，我們實在太大意了嗎？」

笹垣的話，讓古賀嘴角上揚。他給自己的酒杯斟滿酒，一口氣喝乾，「小孩子不可能那樣殺人吧？」

「換個看法，正因為是小孩子，才做得到。因為被害人是在沒有防備的狀態下被殺的。」

「可是……」

「我們還漏掉一點，」笹垣放下筷子，豎起食指，「就是不在場證明。」

「有什麼漏洞嗎？」

「我們盯上西本文代，確認她的不在場證明，首先想到有沒有男性共犯，因爲這樣找到寺崎這個人。但是在那之前，我們應該更注意另一個人。」

「我記得……」古賀撫著下巴，視線向上望，「雪穗那時候是去圖書館了。」

笹垣瞧著比自己年輕的警視，「你記得還眞清楚。」

古賀苦笑，「老爹也認爲我是不懂實務，只會考試的考試蟲嗎？」

「我不是這個意思，我只是以爲我們刑警沒有半個人掌握到雪穗那天的行蹤。你說的沒錯，雪穗是到圖書館去了。但是仔細調查，那座圖書館和命案現場大樓近在咫尺。就雪穗來說，那棟大樓就在從圖書館回家的路上。」

「我懂老爹的意思，可是再怎麼說，她才五年級啊，五年級也才……」

「十一歲。那個年紀，已經有相當的智識了。」笹垣拿出 Seven Star 香菸盒，抽出一根銜在嘴裡，開始找火柴。

古賀的手迅速伸過來，手裡握著打火機。「是這樣嗎？」邊說邊點火。高級打火機連點火的聲音都顯得沉穩。

笹垣先道了聲謝，才把菸頭湊近火苗。吐著白煙，盯著古賀的手看，「登喜路嗎？」

「不是，這是卡地亞。」

笹垣嗯了一聲，把菸灰缸拉過來，「寺崎死於車禍後，從他車裡找到一個登喜路的打火機，不是嗎？你還記得嗎？」

「當時大家懷疑是遇害的當鋪老闆的東西，後來查不出來，就不了了之了。」

「我認爲那就是被害人的打火機，但是凶手不是寺崎。照我的推論，如果不是想讓寺崎背黑鍋的人偷偷放在他那裡，就是找了什麼藉口把那東西給了寺崎。」

「這也是雪穗玩的把戲嗎？」

「這樣推論比較合理，總好過寺崎剛好跟被害人有同一款打火機。」

古賀嘆了一口氣，他的嘆氣不久便變成沉吟，「老爹會懷疑雪穗，想法這麼有彈性，這一點我是佩服的。的確，那時候我們因爲她年紀小，沒有詳加調查，可能眞的太大意了。但是老爹，這只不過是一種可能性啊，不是嗎？你有雪穗就是凶手的關鍵證據嗎？」

「關鍵證據啊，」笹垣深深吸了一口菸，緩緩地吐出來。有一瞬間，煙凝聚在古賀頭部，隨即擴散開來。「沒有，我只能說沒有。」

「既然這樣，不如從頭再重新想一次吧。再說，老爹，很遺憾的，那個案子已經過了時效了。就算老爹之後眞的找到眞凶，我們也奈何不了對方。」

「這我知道。」

「那……」

「你聽我說……」笹垣在菸灰缸裡摁熄了菸，然後看了看四周，確定沒有人在偷聽，「你誤會了最重要的一件事，我不是在追查那件當鋪老闆命案。順便再告訴你，我也不止在追查唐澤雪穗一個人。」

「你是說，你在追查別的案件？」古賀兩眼射出銳利光芒，臉上也出現搜查一課課長的表情。

笹垣露出得意的笑容，「我在追查的是槍蝦和蝦虎魚。」

3

帝都大學附屬醫院的診療時間從早上九點開始。栗原典子的上班時間，則是診療時間開始前的八點五十分。這是因爲醫生開始看診到處方箋實際傳回藥局，有相當長的一段時間差。

處方箋一回傳到藥局，藥劑師便以兩人一組的方式配藥。一個人實際配藥，另一個人確認是否有誤，再將藥裝袋。確認者要在藥袋上蓋章。

除了爲門診病患服務之外，還有來自住院病房的工作，例如運送藥劑或配製緊急藥品等等。

這一天，典子正與同事爲這些工作忙得不可開交時，有個男人始終坐在藥局一角。他是醫學系的年輕副教授，眼睛一直盯著電腦螢幕不放。

帝都大學於兩年前開始透過電腦，積極與其他研究機構進行資訊交流。其中最具體的成果之一，便是與某製藥廠中央研究所進行線上合作。凡是該製藥廠生產販售的藥品，院方均可透過此系統即時取得必要資料。

基本上任何人都可以使用這套系統，但條件是必須取得ＩＤ與密碼。事實上典子兩者都有，但是這架用途不明的機器搬進來後，典子從沒碰過。想了解藥品相關資訊時，她會採取以往的方式，即詢問製藥廠。其他藥劑師也都這麼做。

坐在電腦前的年輕副教授，正與某藥廠合作，共同進行某項研究，這是眾所皆知的。典子認爲這樣的系統對他們而言一定很方便。但電腦似乎不是萬能的，就在前幾天，院外的技術人員前來和醫師討論，他們懷疑電腦被駭客入侵了。當然，典子對這些事情一竅不通。

到了下午，她到病房指導住院病患服藥，和醫生護士討論各個患者的用藥，然後回到藥房配藥，這是一如往常的一天。她也一如往常地工作到五點。

正當她準備回家時，同事叫住了她，說有她的電話。

她心裡一陣激動，也許是他。

「喂。」她對著聽筒說，聲音有些沙啞。

「啊……栗原典子小姐？」是一個男人的聲音，但一點都不像典子期待的那個聲音。對方的聲音細小到令人聯想到易得腺體疾病的體質，有點耳熟。

她回答，「我就是。」

「妳還記得我嗎？我是藤井，藤井保。」

「藤井先生……」這個名字一出口，典子便想起來了。藤井保是透過婚友社認識的男子，唯一約會過三次的那一個。她哦了一聲，「你好嗎？」

「很好，托福。栗原小姐也不錯吧？」

「還好……」

「其實我現在就在醫院附近。剛才我在裡面看到妳，妳好像比以前瘦了一點。」

「是嗎……」典子很驚訝，不知道他到底找她做什麼。

「請問等一下可以見個面嗎？一起喝個茶。」

聽到男子的話，典子感到不勝其煩，還以爲他有什麼正事。

「不好意思，我今天有事。」

「只要一下子就好。有件事，我無論如何都要告訴妳。三十分鐘就好，可以嗎？」

典子故意大聲嘆氣，讓對方聽見，「請別再這樣了。你光是打電話來，就已經造成我的困擾了，我要掛了。」

「請等一下。那麼請妳回答我的問題，妳還跟那個男人同居嗎？」

「咦……」

「如果妳還跟他住在一起的話，我一定得把這件事告訴妳。」

典子以手掌遮住聽筒，壓低聲音問，「什麼事？」

「我要當面告訴妳。」可能是感覺到這句話已引起她的關切，男子堅定地說。

典子有些猶豫，但她無法置之不理，「好吧，要在哪裡碰面？」

藤井指定的是距離醫院幾分鐘腳程的一家咖啡館，就在荻窪站附近。

一進店裡，坐在裡面座位的一名男子便舉起手招呼。像螳螂般細瘦的身影沒變，他穿著灰色西裝，但上衣看起來簡直像掛在衣架上。

「好久不見。」典子在藤井對面坐下。

「不好意思，突然打電話給妳。」

「是什麼事呢？」

「先點個飲料吧。」

「我不用了，聽你講完我就要走了。」

「可是那不是三言兩語講得完的。」藤井叫來服務生，點了皇家奶茶。然後看著典子微微一笑，「妳喜歡皇家奶茶沒錯吧。」

的確，以前和他約會的時候，她常點皇家奶茶。看到他連這種事都記得，總覺得不太舒服。

「你母親還好嗎？」典子問，想藉此挖苦他。

藤井的表情突然蒙上陰影，搖搖頭，「半年前去世了。」

「這樣啊……那你要節哀順變。是因病去世的嗎？」

「不，是意外，噎死的。」

「啊，是吃了年糕之類的東西嗎？」

「不是的，是棉花。」

「棉花？」

「她趁我不注意的時候，吃了棉被裡的棉花。我實在不明白她爲什麼要這麼做。拿出來一看，塞在裡面的棉塊竟然比壘球還大。妳能相信嗎？」

典子搖搖頭，感到難以置信。

「我又難過又自責，有一段時間我無心做任何事。可是啊，傷心歸傷心，心裡卻不免感到鬆了一口氣，想著以後再也不用擔心媽媽亂跑了。」藤井吐了一口氣。

典子能夠理解他的心情。因爲工作的關係，疲於看護的家屬她見多了。

但是，她心想，你可怨不了我。

皇家奶茶送上來了，她喝了一口。藤井看著她喝茶，瞇起眼睛，「好久沒看到妳這樣喝茶了。」

典子垂下眼睛，不知該如何作答。

「其實，我母親走了，我除了鬆了一口氣外，也有種不安分的想法。」藤井繼續說，「就是如果是現在的話，她應該願意和我交往了吧。我說的她是指誰，妳應該知道吧？」

「已經那麼久了……」

「我一直忘不了妳，所以我跑到妳公寓那裡去。那是我媽去世後一個月左右，我才知道妳和別的男人一起生活了。老實說，我很震驚，但是除此之外，看到他也讓我非常驚訝。」

典子看著藤井，「有什麼好驚訝的？」

「其實我見過他。」

「不會吧……」

「是眞的。我不知道他叫什麼名字，但他的長相我記得很清楚。」

「你在哪裡見到他的？」

「就在妳身邊。」

「咦？」

「那是去年四月的時候。我老實跟妳招了吧，那時候我只要一有時間，就到醫院或公寓那邊去看妳，我想妳一定沒有發現。」

「我完全不知道。」典子搖頭。她作夢也沒想到有人偷看她，不禁反感得起雞皮疙瘩。

藤井似乎沒有察覺她的不快，繼續說，「但是那時候觀察妳的，不是只有我，還有一個男人也一直看著妳。他來過醫院，也去過妳公寓那邊。我覺得一定有問題，甚至想告訴妳。可是不久我就忙著工作和照顧母親，挪不出半點時間。那個男人的事我一直掛在心上，但後來並沒有採取任何行動。」

「你說的那個男人就是……」

「對，就是跟妳住在一起的人。」

「怎麼可能？」她搖搖頭，臉頰有點僵硬，「你一定是弄錯了。」

「我絕對沒有弄錯。別看我這樣，我對別人的長相可是過目不忘。他就是那時候的那個人。」藤井篤定地說。

典子拿起茶杯，卻沒有心情喝茶，種種思緒像狂風暴雨般在她心中翻騰。

「我當然沒有因爲這樣就認定那個人是壞人。他也許只是跟我一樣，是基於愛慕妳才那麼做。只是，要怎麼形容呢，就像我剛才說的，那時候的氣氛實在太不尋常了。一想到妳跟他在一起，我就坐立難安。話是這麼說，我又認爲我不該干預，就這麼忍到今天。但是，前幾天，碰巧又看到妳，從那天起，我滿腦子都是妳，所以今天才下定決心告訴妳。」

藤井後來說了什麼，典子幾乎都沒有聽進去。他的主旨似乎是要她與同居男友分手，和他交往，但典子甚至無心應付他。

她不記得自己是怎麼離開的，等到她回過神來，已經走在夜晚的街道上。並不是因爲覺得太可笑，而是她的精神狀態不足以支撐。

他說是四月，去年的四月。

那是不可能的，典子是五月遇到秋吉的，而且他們的相遇應該是偶然的。

不是嗎？難道不是偶然嗎？

她回想起那時候的事情。秋吉的臉因爲腹痛而扭曲，在那之前，他一直在等典子回家嗎？那一切，都是他爲了接近典子使出的演技嗎？

可是目的何在？

假設秋吉接近典子是有目的的，那麼爲什麼要選她呢？她很清楚自己的斤兩，十分確定中選的原因不是美貌。

是她符合了什麼條件嗎？藥劑師？老小姐？獨居？帝都大學？

她心裡一驚，想起婚友社。在入會時，她提供了大量個人資料。只要調閱那裡的資料，要找到符合希望條件的對象並不難。或許秋吉能夠接觸到那些資料，他以前在一家叫Memorix的軟體公司工作，婚友社的系統會不會就是那家公司設計的？

不知不覺中，她已回到公寓。腳步有些蹣跚地爬上樓梯，走到門前，她開了鎖，把門打開。

一想到妳跟他在一起，我就坐立難安——藤井的話聲在她耳邊響起。

要是知道這個事實，你就沒有什麼好不安了吧——她望著漆黑的房間喃喃地說。

4

有人在腦海裡敲鐵槌。叩——叩——叩——

同時還有細碎的笑聲，聽到這裡，她睜開眼睛。花朵圖案的牆上有一道光，是朝陽從遮光窗簾縫隙射進來的晨光。

篠塚美佳轉過頭去看枕畔的鬧鐘。那是康晴從倫敦買回來給她的鐘，鐘面上有會動的人偶。一到設定的時間，便會有一對少年少女配合音樂跳著舞出現。美佳把時間訂在七點半，指針即將到達那個時刻。只要再等一分鐘，輕快的旋律便會照常響起，但她伸手關掉了設定。

美佳下床，打開遮光窗簾。陽光透過大大的窗戶和蕾絲窗簾灑滿室內，讓原本昏暗的房間立刻明亮起來。牆邊的穿衣鏡中，一個穿著皺巴巴的睡衣，滿頭亂髮的少女站在那裡，臉上的表情難看到極點。

又傳來「叩——」的一聲，接著是說話聲。她聽不見談話的內容，但可以想像得到，反正是些沒營養的對話。

美佳走向窗邊，俯視著草地仍顯得綠油油的庭院。果然如她所料，康晴和雪穗在那裡練習高爾夫球。應該說，康晴正在教雪穗打高爾夫球才對。

雪穗拿著球桿擺姿勢，康晴在身後貼著她，手疊在她的手上握住球桿，猶如雙人羽織(*1)。康晴對雪穗耳語，同時牽著她的手移動球桿，緩緩揮起，又緩緩放下。康晴的嘴唇好像隨時都會碰到雪穗的頸項，不，他一定不時故意去碰。

像這樣練了一陣子後，康晴總算離開她身邊。在他注視下，雪穗試著實際推桿。叩——有時打得很好，但還是沒打好的居多。雪穗露出羞赧的笑容，康晴則給她建議。然後又回到最初的步驟，開始那可笑的雙人羽織，這樣的練習會持續三十分鐘。

這一陣子，每天都看得到這幅情景。是雪穗主動說想學高爾夫球，還是康晴建議的，美佳並不清楚詳情，但看來他們似乎是在培養夫婦共同的嗜好。

媽媽想學高爾夫球的時候，爸爸明明大力反對……

美佳離開窗邊，站在穿衣鏡前。鏡裡映出一個剛滿十五歲的少女的身軀。瘦削的身體，還沒有女性的圓潤曲線，只有手腳特別細長，肩膀的鎖骨清晰可見。

她把雪穗的身體與自己的重疊在一起。美佳曾經看過一次雪穗的裸體，她沒注意到雪穗在浴室裡，便打開浴室門。雪穗身上一絲不掛，連浴巾都沒拿。

*1 雙人羽織爲日本傳統藝能的段子之一，A站在B身後，A的雙手伸進B的短外褂（即羽織）裡，充當B的雙手，做出種種動作。

出現在美佳眼裡的是一具完美的女性胴體，輪廓有如以電腦精密計算過的曲線所構成，同時卻又簡潔如以轆轤塑形的花瓶。豐滿的胸部形狀完美，微微透出粉紅的白皙肌膚上附著著細小的水珠。她身上並不是毫無贅肉，但那微量的脂肪卻使複雜的身體曲線顯得滑順柔美。美佳忘了呼吸。雖然只有短短的幾秒鐘，那模樣卻烙在她的眼裡。

那時雪穗的反應極爲高明。她不慌不忙，沒有露出一絲不愉快。

「啊，美佳，要洗澡嗎？」雪穗笑著說道，並沒有急著遮住她的裸體。

慌了手腳的反而是美佳，她不發一語地逃走，衝進房間，鑽到床上，心臟狂跳不止。

想起那時自己的醜態，美佳臉都扭曲了，鏡子裡的她也做出相同的表情。她拿起梳子梳理一頭亂髮。頭髮打結了，梳子無法梳開，她用力硬扯，弄斷了好幾根頭髮。

這時，傳來敲門聲。「美佳小姐，早安，妳起床了嗎？」

她沒有回答，在第三次敲門聲後，門打開了，葛西妙子小心翼翼地探頭進來。

「啊，原來妳已經起來了。」妙子一進房，便立刻著手整理美佳剛起身的床鋪。胖胖的身軀，繫在粗腰上的圍裙，袖子捲起的毛衣，頭頂上梳的包頭，妙子的一身打扮與外國老電影裡的女傭如出一轍。打從她來家裡幫傭，美佳就一直這麼想。

「我本來想再多睡一下卻醒了，因爲外面好吵。」

「外面？」妙子一臉不解，接著才恍然大悟般點點頭，「這陣子，老爺也起得很早呢。」

「眞可笑，一大早打什麼球。」

「因爲老爺夫人都很忙啊，只有早上有時間吧。我認爲運動是好事啊。」

「媽媽還在的時候，爸爸根本不會這樣。」

「人啊，年紀大了就會變的。」

「所以爸爸才跟年輕女人結婚？找一個比媽媽小十歲的人。」

「美佳小姐，老爺也還年輕啊，總不能一輩子單身吧？美佳小姐遲早會出嫁，少爺也有一天會離開家裡。」

「阿妙姨講話眞是顚三倒四。一下子說年紀大了就會變，一下子又說還年輕。」

美佳的話，似乎讓多年來疼愛她的妙子也感到不悅。妙子閉上嘴，走向房門。「早餐已經準備好了，請早點下樓。老爺交代，以後即使小姐快遲到了，也不會開車送妳上學。」

「哼！」美佳哼了一聲，「這一定也是她唆使爸爸的。」

妙子一語不發，準備離去。這時候，美佳卻說「等一下」，叫住了她。妙子準備關門的手停了下來。

「阿妙姨，妳是站在我這邊的吧？」美佳說。

聽到這句話，妙子露出困惑的表情，接著呵呵笑了，「我不是任何人的敵人。」然後，胖胖的女傭關上房門。

美佳做好上學的準備來到一樓，其他三人已經在餐桌就座，開始用餐了。康晴與雪穗並排背牆而坐，前面是美佳的弟弟優大。優大念國小五年級。

「我實在沒有自信，至少要把一號木桿打好，不然會給大家添麻煩的。」

「實際打，就會發現沒有妳想像的那麼難。更何況妳說至少要把一號木桿打好，那可是最難的，打得好就是職業級的了。反正，妳先去高爾夫球場打打看，那是第一步。」

「話是這麼說，我還是很不安。」雪穗偏著頭，眼光朝向美佳，「早呀。」

美佳沒有回答，在她的位子坐下。結果，換康晴對她說早，並投以責備的眼神。美佳無奈，只好在嘴裡小聲地咕噥一聲早。

餐桌上，火腿蛋、沙拉、可頌麵包分別盛放在盤子裡。

「美佳小姐，請稍等一下，我馬上就端湯過去。」妙子的聲音從廚房傳來，她似乎正在忙別的事情。

雪穗放下叉子站起來。「沒關係，阿妙姊，我來。」

「不用了，我不要喝湯。」說著，美佳抓起可頌，啃了一口。然後拿起擺在優大面前裝了牛奶的玻璃杯，大大喝了一口。

「啊！姊姊，妳怎麼喝我的！」

「有什麼關係，小氣。」

美佳拿起叉子，開始吃火腿蛋。這時候，一碗湯擺在她眼前，是雪穗端過來的。

「我都說我不要喝了。」她頭也不抬地說。

「特地爲妳端來的，妳說這是什麼話！」康晴說。

「沒關係啦。」雪穗小聲安撫丈夫，尷尬的沉默籠罩著餐桌。

一點都不好吃，美佳心想。連她最愛吃的妙子的火腿炒蛋都吃不出味道，而且用餐一點都不愉快。胃的上方有點痛。

「對了，妳今晚有沒有事？」康晴喝著咖啡問雪穗。

「今晚？沒有啊。」

「既然這樣，那我們一家四口出去吃個飯吧，我朋友在四谷開了一家義大利餐廳，叫我一定要去捧個場。」

「義大利菜呀，眞棒。」

「美佳和優大也聽到了吧，有什麼想看的電視，要記得預約錄影。」

「太棒了！那我點心要少吃一點。」優大開心地說。美佳橫了弟弟一眼，「我不去。」

夫妻倆的視線同時落在她身上。

「爲什麼？」康晴問道，「妳有什麼事？今天沒有鋼琴課，也不必上家教吧？」

「我就是不想去啊，不去也沒關係吧。」

「爲什麼不想去？」

「這有什麼好問的。」

「妳這什麼話？想說什麼就說啊！」

「老公。」雪穗插進來，「今晚還是算了吧。仔細想想，我也不是完全沒事。」

康晴無言以對，瞪著女兒。雪穗顯然是在迴護美佳，這反而讓美佳更加焦躁難耐。

她粗魯地放下叉子，站了起來，「我去上學了。」

「美佳！」

美佳對康晴的叫聲充耳不聞，拿起書包和上衣來到走廊。她在玄關穿鞋的時候，雪穗和妙子走出來。

「路上小心哦，別只顧著趕時間。」

雪穗拿起放在地上的外套，遞給美佳，美佳默默搶了過來。雪穗對正在穿外套的她微笑著說，「這件深藍色的毛衣眞可愛。」然後加了句「對不對？」徵求妙子的同意。

妙子也笑著點頭說，「是啊。」

「最近的制服都做得很漂亮，眞好。我們那個年代的都很呆板。」

一股莫名的怒氣湧上心頭。美佳脫掉外套，接著在雪穗等人的錯愕之中，連Ralph Lauren毛衣也一併脫掉。

「美佳小姐，妳這是做什麼呢？」妙子慌忙說。

「沒關係，我不想穿了。」

「可是會冷呀！」

「我都說不用了。」

或許是聽到她們的聲音，康晴走了出來，「現在又在鬧什麼脾氣了？」

「沒事，我走了。」

「啊！美佳小姐！小姐！」

「不要管她！」康晴的怒斥聲像是要蓋住妙子的聲音似的。美佳背對著他的斥罵，跑向大門。從玄關到大門是一條花木扶疏的甬道，向來是她所喜愛的。爲了感覺季節的變化，她有時候甚至會刻意放慢腳步，但是現在甬道的長度卻讓她痛苦萬分。

到底是什麼事情讓她這麼反感，美佳自己也不明白。心裡的另一個她冷冷地問，妳是哪根筋不對？對於這個問題，她回答，我不知道啊！不知道，就是很氣啊！我有什麼辦法……

第一次見到雪穗，是今年春天的時候。康晴帶著她和優大兩姊弟到南青山的精品店，一個令人驚豔的美女來招呼他們，那正是雪穗。康晴對她說，他想爲孩子添購新衣，於是她便命店員接二連三自後面取出衣服。這時候，美佳才發現店裡沒有別的客人，整家店都由他們包下來了。
美佳和優大彷彿成了時裝模特兒，在鏡子前不斷換裝。不久，優大便垮著臉說，「我累了。」
美佳正處於愛美的年紀，穿著精選的名牌服飾，當然不可能不開心。只是她一直很在意，這個女人究竟是什麼人？同時，也感覺到她與父親多半有特別的關係。
在挑選美佳的小禮服時，美佳懷疑她可能將與自己和弟弟產生特殊關係。
「有時候全家會受邀參加宴會吧？這時候，美佳要是穿著這件衣服，一定會豔驚全場，做父母的也有面子。」雪穗對康晴這麼說。
她親密的口吻也讓美佳感到刺耳，然而更刺激美佳神經的，是她的說法帶有兩種微妙的含意：首先是，她本人當然也會參加那場宴會，再者便是將美佳視為自己的附屬品。
看過衣服後，父女開始討論該買哪些。康晴問美佳想要哪幾件？美佳猶豫了，她全都想要，很難取捨。
「爸爸決定好了，我每件都喜歡。」
聽美佳這麼說，康晴說著「好難啊」，邊挑了幾件。看著他選的衣服，美佳心想，很像爸爸，選的多半是千金小姐氣質的衣服。不暴露，裙長也很長。這樣的偏好與美佳死去的母親相同，她仍不脫少女情懷，喜歡把美佳當作洋娃娃打扮。一想到爸爸畢竟受到媽媽的影響，美佳不由得有些欣喜。
然而，最後康晴詢問雪穗，「妳認為這樣如何？」
雪穗雙手抱在胸前，望著衣服說，「我倒是認為，美佳小姐可以穿稍微再華麗、活潑一點的衣服。」

「是嗎，那麼如果是妳的話，會選哪些？」

「如果是我的話……」說著，雪穗選出幾件衣服，大多是較爲成熟，卻也帶點俏皮的風格，沒有一件是少女風的。

「她還是中學生，會不會太成熟了啊？」

「她比你以爲的大多了。」

「會嗎？」康晴搔搔頭，問美佳怎麼辦。

「爸爸決定就好。」她說。聽到她的話，康晴向雪穗點了點頭，「好，那就全部買吧。要是穿起來不好看，妳可要負責哦。」

「放心吧。」對康晴這麼說後，雪穗朝著美佳笑，「從今天起，就別再當洋娃娃嘍。」

這時候，美佳感覺心裡某處似乎被踐踏了，她認爲把她當作洋娃娃打扮的亡母遭到侮辱。回想起來，那一刻可能就是她第一次對雪穗產生負面情感。

自那天起，美佳與優大便時常被康晴帶著出門，與雪穗一起用餐、兜風。和雪穗在一起的時候，康晴總是異常興奮多話。美佳母親還在世的時候，偶爾休假出門，康晴多半悶不吭聲，但他在雪穗面前卻滔滔不絕。話雖如此，無論大小事他都要徵求雪穗的意見，對她言聽計從。每當這時候，父親在美佳眼裡便化身爲蠢到極點的丑角。

七月的某一天，康晴告訴她一個重大的消息。那不是商量，也不是詢問，而是通知。他說，他打算和唐澤雪穗小姐結婚。

優大愣住了，看來雖然不是欣喜不已，但對於雪穗將成爲新媽媽似乎並不排斥。美佳認爲那是因爲他還沒有自己的想法，而且母親過世時，他才四歲。

美佳老實地說自己不太高興。還說，對她而言，七年前去世的母親是她唯一的媽媽。

「這樣很好。」康晴說，「我並不是叫妳忘記死去的媽媽。只是這個家會有新成員，我們會多一個新家人。」

美佳沒有說話。她低下頭，內心嘶吼著她才不是我的家人！

然而她無法阻止已經開始轉動的齒輪，一切情況都朝著美佳所不樂見的方向進行。康晴為了能夠迎娶新歡而樂不可支，她打從心底瞧不起這樣的父親。一想到父親竟變得如此俗不可耐，她更加無法原諒雪穗。

若問她究竟不滿意雪穗哪一點，她也答不上來，到頭來，只能說是直覺。她承認雪穗的確美麗，也佩服她的聰慧。她那麼年輕就一手掌管好幾家店，必定有過人的才幹。然而一旦和雪穗在一起，美佳身體就會不由自主地僵硬起來。她心裡不斷發出警告，叫她絕不能對這個人掉以輕心。她感到這名女子散發出來的氣質中，含有一種異質的光，是他們生活的世界中不存在的。而這種異質的光，絕不會為他們帶來幸福。

但是也許這種想法，並不是美佳獨自醞釀出來的。可以確定的是，其中有幾分的確是受到某個人的影響。

那個人便是篠塚一成。

自從康晴向家族表明要迎娶雪穗，一成便頻繁地造訪。他是眾多親人中，唯一堅決反對這樁婚事的人。美佳好幾次偷聽堂叔與父親在客廳的對話。

「那是因為康晴哥不知道她的真面目。至少，她不會是個安於家庭、以家人幸福為第一的人。拜託你，可不可以重新考慮？」一成這麼懇求康晴。

然而康晴的態度卻是顯得不勝其煩，壓根兒不把堂弟的話當一回事。漸漸的，康晴對一成心生厭惡，美佳好幾次親眼看到他佯裝不在家，拒見一成。

就這樣，三個月後，康晴與雪穗結婚了。他們並沒有舉行豪華婚禮，喜宴也很低調，但新郎新娘顯得極爲幸福，賓客也相當愉快。

唯有美佳暗自擔憂，她認爲事情已經無可挽回了。不，也許並不止她一個人，因爲篠塚一成也出席了。

家裡有新媽媽的生活開始了。表面上，篠塚家並沒有太大的變化，然而美佳感覺得到，很多事情確實在改變。過世母親的回憶被刪除，生活形態也變了樣，連父親的個性都變了。

她的亡母生前喜愛插花。玄關、走廊、房間角落等處，總是裝飾著與季節相呼應的花朵。如今，這些地方放置的花更爲華美，其氣派豪華的程度，任誰都會爲之驚嘆。

只不過那些並不是鮮花，全都是精巧的人造花。

會不會連整個家都變成人造花？美佳有時甚至會這麼想。

5

搭營團地下鐵東西線在浦安站下車，沿葛西橋通朝東京方向折返，走上一小段，便在舊江戶川這個地方左轉。一幢接近正方形的白色建築矗立在小路上，門柱上寫著公司名稱「ＳＨ油脂」。因爲沒看到警衛，笹垣直接進了大門。

穿過卡車並排停放的停車場，一進入建築物，右手邊便是小小的櫃檯。一名四十歲左右的女性正在寫東西。她抬頭看到笹垣，訝異地皺起眉頭。

笹垣出示名片，表示想見篠塚一成。看過名片後，櫃檯小姐的表情並沒有緩和下來，沒有頭銜的名片，似乎無法卸除人們的戒心。

「你和董事有約嗎？」她問。

「董事？」

「對，篠塚一成是我們的董事。」

「哦……有的，我來之前和他通過電話。」

「請稍等。」

女子拿起身旁的聽筒，應該是撥內線到篠塚的辦公室。說了幾句話後，她邊放下聽筒邊看著笹垣，「他要你直接進辦公室。」

「是嗎？請問辦公室在哪裡？」

「三樓。」說完，她又低頭寫東西，一看原來是在寫賀年卡的收件人住址。從一旁攤開的通訊錄看來，是她私人的東西，賀年卡顯然不是以公司名義寄出的。

「請問是三樓的什麼地方？」

聽到笹垣這麼問，她露出老大不耐煩的表情，以手上的簽字筆指了指他的後方。

「搭裡面那部電梯到三樓，沿著走廊走，門上就掛著董事辦公室的牌子。」

「哦，謝謝。」笹垣低頭道謝，但她早已埋頭做自己的事了。

笹垣照指示來到三樓，便明白她爲什麼懶得說明。因爲這裡的空間配置很簡單，就是一道口字型的走廊，所有房間都面向走廊並排。笹垣邊走邊看門上的標示，在第一個轉角後，寫著董事辦公室的牌子便出現了。笹垣敲了敲門。

裡面傳來「請進」的應答，笹垣推開門。

篠塚一成從窗前的位子站起來，身上穿著棕色的雙排扣西裝。

「您好，好久不見了。」一成滿面笑容地招呼笹垣。

「好久不見，近況可好？」

「好歹還活著。」

辦公室中央是一套沙發組。一成請笹垣在雙人沙發上坐下，自己則坐在單人扶手椅上。

「上次見面是什麼時候？」一成問道。

「去年九月，在篠塚藥品的會客室。」

「是啊。」一成點頭，「已經過了一年多了。時間過得眞快啊。」

這段期間，笹垣與一成都以電話聯絡，並沒有實際碰面。

「這次我也是先向篠塚藥品聯絡，他們告訴我你被調到這裡來了。」

「嗯，是啊，從今年九月開始。」一成稍稍垂下眼睛，他的表情似乎欲言又止。

「聽到你當上董事，嚇了我一跳。眞是高昇啊！才這麼年輕，眞了不起！」笹垣在語尾加上驚嘆號。

一成抬起頭來，微微苦笑，「您這麼認爲嗎？」

「是啊，難道不是嗎？」

一成一語不發地站起來，拿起辦公桌上的電話，「送兩杯咖啡進來。嗯，馬上。」

他放下聽筒，便站著說，「上次我在電話裡提過，我堂哥康晴終於結婚了。」

「十月十日，體育節，是吧。」笹垣點點頭，「婚禮想必非常盛大豪華吧。」

「沒有，很低調。他們在教堂舉行婚禮後，在東京都內的餐廳宴客，只有至親出席。據說因爲雙方都是再婚，不想太招搖，更何況我堂哥還有孩子。」

「篠塚先生也出席了吧？」

「是啊，親戚嘛。但是……」他再度在椅子上坐下，嘆了一口氣後接著說，「他們兩個大概不太想邀請我吧。」

「你說你直到婚禮之前都持反對態度……」

「是啊。」一成說著點點頭，注視著笹垣，眼裡充滿認眞與迫切的神情。

笹垣一直到今年春天，都與篠塚一成保持密切的聯繫。一成尋求找出唐澤雪穗眞面目的線索，笹垣則是設法找出桐原亮司，然而雙方都無法得到關鍵性的情報。其間，篠塚康晴便與唐澤雪穗訂婚了。

「難得結識了笹垣先生，到最後卻仍然無法查出她的底細，也無法讓我堂哥看清眞相。」

「這也難怪，她就是以這種方式，騙過了無數男人。」笹垣接著說，「我也是其中之一。」

「十九年了……是嗎？」

「是啊，十九年了。」笹垣拿出香菸，「可以抽嗎？」

「可以可以，請。」一成將玻璃菸灰缸放在笹垣面前，「那麼，笹垣先生，我之前在電話裡也懇求您好幾次，您今天願意將這長達十九年的故事、將一切告訴我嗎？」

「當然，我今天可說是專程爲此前來的。」笹垣把菸點著。這時敲門聲響了。

「正好，咖啡送來了。」一成站起身來。

喝著裝在厚重咖啡杯裡的咖啡，笹垣開始述說。從那棟中止興建的廢棄大樓裡發現屍體開始，嫌犯一個換過一個，直到最後專案小組視爲重點人物的寺崎忠夫死於車禍，使調查宣告結束的這段過程，時而詳細、時而簡要地加以說明。篠塚一成起初還拿著咖啡杯，聽到一半便放在桌上，雙手抱胸，專心聆聽。當西本雪穗的名字出現時，他才將蹺著的腳換邊，深呼吸一口氣。

「……所以這就是當鋪老闆命案的概況。」笹垣喝了咖啡，咖啡只剩餘溫了。

「案子就這樣成爲懸案了嗎？」

「並沒有一下子就被當懸案，但新證詞、情報愈來愈少，有種遲早會成爲懸案的氣氛。」

「可是笹垣先生並沒有放棄。」

「不，老實說，我也有一半放棄了。」

放下咖啡杯，笹垣又繼續述說。

笹垣是在寺崎忠夫車禍死亡後大約一個月，才發現那則紀錄的。專案小組沒有查獲足以證明寺崎爲凶手的物證，也沒有發現其他嫌犯，這樣的狀態持續下來，專案小組內部充斥著一股倦怠感，小組本身也即將解散。石油危機使得整個社會充滿一股殺伐之氣，強盜、縱火、綁架等殘暴事件陸續發生。不能爲一件凶殺案無限期地投注眾多人力，這才是大阪府警高層眞正的心聲吧。而且，眞凶可能已經死了。

笹垣本人也產生打退堂鼓的想法。在此之前，他曾經經手三件懸案，這些後來成爲懸案的案子，往往有一種獨特的氣氛。有些是一切都如墜五里霧中，令人無從著手，但比起這類案子，一些乍看之下認爲可以迅速緝凶，最後卻以懸案告終的例子反而更多。當時的當鋪命案，便有這種不祥的氣氛。

笹垣會在那時將之前所有調查報告重新審視，其實只是一時興起。因爲除此之外，此案也沒有其他事可做了。

他翻看爲數眾多的調查報告。資料多，並不代表線索多，反而可以說因爲調查始終沒有焦點，使得無意義的報告一味增加。

笹垣翻閱文件的手，在看到記錄發現屍體男孩的調查報告時停了下來。男孩名叫菊池道廣，九歲。男孩首先告訴小學五年級的哥哥，哥哥在確認屍體後，告訴了母親。實際上報警的是兩兄弟的母親知子，因此那份調查報告是根據菊池母子的話整理出來的。

報告記載了發現屍體的經過，內容是笹垣所熟知的。正當男童在大樓的通風管內移動，玩他們稱爲「時光隧道」的遊戲時，道廣和同伴走失，在通風管內盲目亂闖，來到那個房間。然而卻有一名男子倒在那裡，他覺得奇怪，仔細一看，男子身上還流著血，這時候他才發現男子好像已經死了。他知道應該要通知其他人，便急著想離開現場。

問題是接下來的紀錄。報告是這麼寫的，「男孩非常害怕，想盡速離開，門卻被廢棄物、磚塊阻擋，難以開啓。男孩設法開門來到室外，尋找朋友，卻沒有找到，便匆忙回家。」

看到這裡，笹垣覺得奇怪。他對「被廢棄物、磚塊阻擋」這個部分產生了疑問。

他回想起現場的門，那是向內開啓的。菊池道廣的敘述指出「難以開啓」，那麼這些「廢棄物、磚塊」應該是放在會妨礙門開關的位置。

那是凶手刻意放置的嗎？爲了延遲屍體被發現的時間，故意在門的內側放置障礙物嗎？

然而那是不可能的。開了門來到外面，便無法在門後放置障礙物。這樣的話，這名男孩的描述該如何解釋？

笹垣立刻進行確認。男孩的偵訊報告上的偵訊官，塡的是西布施分局小坂警部補。

小坂警部補對這一部分記憶猶新，但解釋得不清不楚。「那件事啊。關於這一點，是有點模糊。」小坂警部補皺著眉說，「他本人不太記得了，他要開門的時候，很多東西擋在腳邊，但是他不確定是門完全沒辦法打開，還是可以打開到讓人通過的程度。也難怪他啦，那時候一定受到很大的驚嚇吧。」

「既然凶手都能通過了，門至少是可以開的吧。」小坂警部補加上這句。

笹垣也把這部分的鑑識報告找出來看，但遺憾的是，就門與「廢棄物、磚塊」的相關位置並未詳細記載。原因是菊池道廣移動過那些東西，破壞了原本的樣貌。

於是笹垣便放棄這方面的調查。因爲他和小坂警部補一樣，相信凶手應該是從那扇門離開的。而除了他以外，也沒有任何調查人員對此有所懷疑。

笹垣大約在一年後，才又想起這個小疑點。因爲西本文代之死，讓他將懷疑的目光轉向雪穗的時候。笹垣如此推測：假設那扇門內確實曾放置了障礙物，那麼就門能夠打開的程度，將成爲限制條件，也就等於能過濾出嫌犯。當然，這時候他腦海裡想的是雪穗。他認爲如果是她，即使是相當狹小的縫隙，應該也能通過。

雖然不知道小孩子對一年前的事情能夠記得多少，笹垣還是去找菊池道廣。男孩已經升上小學四年級了。

而這個四年級男孩，告訴笹垣一個令人驚異的事實。

菊池道廣說，他並沒有忘記一年前的事情，甚至表示，現在反而能夠有條理地加以說明。笹垣認爲這是可能的，要一個發現屍體、備受衝擊的九歲男孩，詳細描述發現當時的狀況，想必是極爲苛刻的一件事，但經過一年後，他已經有所成長了。
笹垣問他是否記得門的事，男孩毫不猶豫地點頭。
笹垣要他盡可能詳細地說出當時的狀況，男孩沉默了一會兒後，不慌不忙地開口說道，「門完全打不開。」
「咦？」笹垣驚訝地問，「完全……怎麼說？」
「那時候我想趕快通知別人，馬上就開門，可是門動也不動。往下一看，下面堆著磚頭。」
菊池道廣的話，讓笹垣大爲震驚，「眞的嗎？」
男孩用力點頭。
「你那時候怎麼沒有這麼講呢？是後來才想起來的嗎？」
「我那時候一開始就這麼說。可是警察先生聽了我的話，就說那很奇怪，你是不是記錯了啊，我就愈來愈沒自信，自己也搞不清楚了。但後來我仔細想過，門眞的是完全打不開。」
聽了菊池的話，笹垣不禁扼腕。一年前，寶貴的證詞就已經存在了，卻因爲調查人員的自以爲是而被曲解了。
笹垣立刻將這件事報告上司，上司的反應卻很冷淡，並表示小孩子的記憶不可靠，甚至還說，把一年後才加以修正的證詞信以爲眞，是不是腦袋有問題。
當時，笹垣的上司已經不是命案發生時的組長中塚了。中塚稍早之前因調動離開，繼任的上司極重名位，認爲與其追查不起眼、且即將成爲懸案的當鋪老闆命案，不如破解更具話題的案子，好揚名立萬。
笹垣雖掛名當鋪老闆命案的調查員，但只是兼任。他的上司並不贊成部下追查沒有多少績效

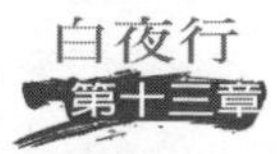

可言的案子。

無奈之下，笹垣只好獨自進行調查。他知道自己應該前進的方向。根據菊池道廣的證詞，殺害桐原洋介的凶手不可能開門離開。而且，現場所有窗戶都自內側上了鎖。該棟建築雖然未完工便遭棄置，但玻璃並未破裂，牆壁也沒有破損。如此一來，便只有一個可能性。

凶手與菊池道廣反其道而行，是由通風口逃離現場的。

凶手若是成年人，不可能會想到這個方法。唯有曾經在通風管中遊戲的孩童，才會想到這個主意。

於是笹垣的標的完全鎖定在雪穗身上。

但是他的調查卻不如預期。首先，他希望能證明雪穗曾在通風管中到處爬動遊玩，也就是找到她曾參與「時光隧道」遊戲的確切證據，然而他在這裡便碰壁了。他問過與雪穗熟識的小孩，他們說她從來沒有玩過那種遊戲。他又問過好幾個經常在那棟大樓遊玩的小孩，沒有任何人看過這女孩的身影。其中一個對笹垣這麼說，「女生才不會在那麼髒的大樓裡玩咧，裡面有死老鼠，還有很多奇奇怪怪的蟲。而且在通風管裡爬一下，就全身髒兮兮的。」

笹垣不得不同意這個意見。此外，一個在通風管裡爬過幾十次的男孩表示，他認爲女孩子無法玩這個遊戲。據他說，通風管當中有些陡峭的斜坡，有時必須匍匐攀爬，如果不是對體力與運動細胞有十足自信，絕對無法在裡面隨心所欲地活動。

笹垣把這個男孩帶到現場，實驗是否能自發現屍體的房間經由通風管逃離。男孩花了約十五分鐘的時間，從相對於大樓玄關的另一側通風管現身。

「累死了。」這是男孩的感想，「中間有一段爬得很吃力，要是手臂不夠力，一定爬不上去。女生不可能的啦！」

笹垣無法忽視男孩的意見。當然有些小學女生的體力或運動細胞都不輸男生，但一想起西本雪穗，他實在無法相信她會在通風管裡像隻猴子般攀爬。就笹垣的調查，西本雪穗的運動能力並不見得特別優秀。

懷疑十一歲的女孩是殺人凶手，終究是自己胡思亂想嗎？菊池道廣的證詞果眞是小孩子的錯覺嗎？——笹垣心裡開始動搖。

「我不知道您說的通風管是什麼樣子，但的確很難想像女孩子會玩那種遊戲，尤其是唐澤雪穗。」篠塚一成以沉思的表情說。他以雪穗的舊姓唐澤稱呼她，純粹是因爲叫慣了，還是因爲不想承認她現在與自己冠有相同的姓氏，笹垣就不得而知了。

「這下子，我就完全走入死胡同了。」

「可是您找到答案了吧？」

「我不知道能不能叫做答案。」笹垣點起第二根菸，「我試著回到原點，把之前所有觀點全部拋開，這麼一來，之前完全看不見的東西就出現在我眼前了。」

「您是說？」

「很簡單。」笹垣說，「女孩子不可能通過通風管，這就表示通過通風管離開現場的，是男孩子。」

「男孩子……」篠塚一成彷彿在玩味這個字眼的意思般，沉默片刻後問道，「您是說，桐原亮司殺了親生父親？」

「對。」笹垣點點頭，「推論的結果便是如此。」

6

當然，笹垣腦海裡並不是立刻出現如此特殊的想法。是因爲一件微不足道的小事，讓桐原亮司這名男孩再度引起笹垣的注意。

那是時隔許久，笹垣再度前往「桐原當鋪」時的事。

笹垣假裝閒話家常，想從松浦嘴裡套出關於桐原洋介生前的蛛絲馬跡。松浦毫不掩飾地露出厭煩的態度，對於笹垣的問題也不願認眞作答。一年多來不斷接受訪查，也難怪他無法維持親切友好的態度。

「刑警先生，你再來多少次，也不會有什麼收穫的。」松浦皺著眉頭說。

這時候，笹垣的視線停留在櫃檯角落的一本書上。他拿起那本書，問松浦，「這是？」

「哦，那是小亮的書。」他答，「剛才他不知道在做什麼，先放在那裡，大概就忘了。」

「亮司同學常看書嗎？」

「他看不少書哦，那本書好像是買的，不過他之前也常上圖書館。」

「常上圖書館？」

「是啊。」松浦點頭。臉上的神情像是問這有什麼不對嗎？

「哦。」笹垣說著點點頭，把書歸回原位，內心卻開始暗潮洶湧。

那本書是《飄》，也就是笹垣他們去找西本文代時，雪穗正在看的書。

笹垣不知道這能不能叫做共通點。兩個都是喜歡閱讀的小學生，是極有可能正好看同一本書。再說，雪穗和亮司並不是在同一時期看《飄》，雪穗早了一年。

但是這仍是個令人好奇的巧合，於是笹垣前往那家圖書館。從桐原洋介陳屍的大樓朝北走兩百公尺左右，有一座小型灰色建築，便是圖書館。

戴著眼鏡的圖書館員，一望便知年輕時是個文學少女。笹垣向她出示西本雪穗的照片，她一看到照片，便用力點頭，「這女孩以前常來，她總是借好多書，我記得她。」

「她都一個人來嗎？」

「是啊，她都是一個人來的。」說著，圖書館員微微偏著頭，「啊，不過有時候也和朋友一起，一個男孩子。」

「男孩子？」

「是的，感覺像是同學。」

笹垣急忙取出一張照片，是桐原夫婦與亮司的合照。他指著亮司問，「是不是他？」

圖書館員瞇起鏡片後的眼睛看著照片，「是啊，感覺跟他很像，不過我不敢百分之百確定。」

「他們總是在一起嗎？」

「我想不是，應該是有時候。他們常一起找書。還有，也會剪紙來玩。」

「剪紙？」

「男孩子手滿巧的，會把紙剪成一些形狀給女孩子看。我記得提醒過他剪下來的紙屑不要亂丟。不過，我這樣可能很囉嗦，可是我真的沒辦法確定他是否就是照片上的男孩，我只能說感覺很像。」

或許是怕自己的意見具有什麼決定性的影響力，圖書館員的語氣很愼重。然而笹垣卻近乎確定，他眼底出現了在亮司房裡看過的那幅精美剪紙。原來雪穗和亮司常在這裡碰面，命案發生時，他們便已認識。

對笹垣來說，這簡直是顚覆昔日所想的新發現，他對命案的看法有了一百八十度的轉變。

於是他再度回頭思考凶手自通風管脫身的假設。

若是桐原亮司，就可能在通風管中來去自如。事實上，一名與亮司同上大江小學，三、四年級與他同班的男孩說，他們經常爬通風管玩。根據這名男孩的說法，亮司熟知大樓中通風管的位置與走向。

不在場證明呢？於桐原洋介的推定死亡時間，亮司和彌生子及松浦都在家裡。但他們包庇亮司的可能性極高，而專案小組卻從未針對這一點加以檢視。

但是……

兒子會殺害父親嗎？當然，漫長的犯罪史中弒父案爲數眾多。然而如此異常事件的背後，必須具備背景、動機及條件。笹垣自問桐原父子間是否存在其中任何一項，他不得不回答一項都沒有。就他的調查，他們父子之間沒有任何摩擦。不僅如此，幾乎所有的證詞都說桐原洋介溺愛獨生子，亮司敬愛父親。

笹垣持續進行實地訪談偵訊，但同時懷疑一切會不會只是他的想像，會不會是只是因爲陷入迷霧的焦慮而產生的妄想。

「我很清楚，如果告訴別人這些推測，只會被當成異想天開。因此亮司就是凶手的看法，就連刑警同事和上司我也沒提過。要是說出來，他們一定會認爲我腦袋有問題，也許當時就得從第一線退下來了。」笹垣苦笑著，口氣半開玩笑、半認眞。

「那麼動機這方面您後來有什麼發現嗎？」一成問道。

笹垣搖搖頭，「那個時候應該說沒有發現吧，亮司總不會爲了那一百萬圓，就殺了父親。」

「您說那個時候沒有，這麼說，現在有了？」

對於湊過身來的一成，笹垣伸出手要他稍安勿躁，「請讓我按順序講下去。在這種情況下，我獨自調查也遭遇挫折，但是我後來仍一直追蹤著兩人。不過不是隨時盯著他們，只是偶爾到附近打探一下消息，掌握他們成長的狀況、念哪間學校等等，因爲我認爲他們一定會有所接觸。」

「那結果如何？」

對於一成的問題，笹垣刻意報以深深的嘆息，「我無法找出兩人的交集。不管是從上到下還是從裡到外，怎麼看他們都是毫不相干的兩個人。如果照這種狀態持續下去，大概連我也會放棄了吧。」

「發生了什麼事嗎？」

「是的，他們中學三年級的時候……」笹垣手指伸進菸盒，但最後一根菸已經抽完了。於是一成打開桌上玻璃盒的盒蓋，裡面滿滿都是KENT菸。笹垣道聲謝，拿起一根菸。

「中三的時候……這麼說，跟唐澤雪穗的同學遇襲事件有關了？」一成邊爲笹垣點火邊問。

笹垣看著一成，「你也知道那件事？」

「是今枝先生告訴我的。」

一成說，關於中學時代那件疑似強暴的案子、發現者是雪穗，都是今枝告訴他的。一成還進一步說，他曾告訴今枝自己大學時代遇到同樣的事件，而今枝把雪穗視爲兩起案件的交集。

「不愧是職業偵探，連這些都查出來了。我現在要講的就是這件強暴案。」

「果然。」

「只不過我的角度和今枝先生有些不同。這件強暴案最後並沒有抓到歹徒，但那時候有一個嫌犯，是另一所中學的三年級學生。可是後來證實了他的不在場證明，洗清了嫌疑。問題是爲那個嫌犯的不在場證明作證的人。」笹垣吐了一口對他算是高級香菸所形成的高級煙霧，繼續說，「嫌犯名叫菊池文彥。他就是剛才提到、發現屍體的男孩的哥哥，而爲他的不在場證明作證的就是桐原亮司。」

「咦！」一成驚呼一聲，身體微微從沙發上彈起來。笹垣對他的反應很滿意。

「這可眞是件怪事！不是巧合兩字就解釋得過去。」

「究竟怎麼回事？」

「事實上，我是在案發一年多之後，才聽說這件強暴案。是菊池文彥本人告訴我的。」

「他本人……」

「由於發現屍體那件事，我認識了菊池兄弟。有一次很久沒見面，碰頭時菊池文彥提到一年前發生了一件怪事，把強暴案以及當時他遭到懷疑的事告訴我。」

笹垣是在大江國小旁一座神社前遇見菊池文彥的，當時他已經是一名高中生了。聊了一些學校的事後，他似乎突然想到，便說起強暴案的事。

「簡單說是這樣的，強暴案發生時，菊池同學正在看電影。正當他苦於無法證明此事時，桐原亮司挺身而出。電影院對面有一家小書店，那天桐原和小學時代的朋友一起在那家店裡，剛好看到菊池同學進入電影院。警察也向和桐原在一起的朋友確認過，證明他的證詞不假。」

「所以洗清嫌疑了。」

「是的，菊池同學認爲自己很幸運。但是沒多久，桐原便與他聯絡，意思是說，如果他知道好歹，就不要亂來。」

「亂來？」

「菊池同學說，那時候他從朋友那裡拿到一張照片，拍的據說是桐原的母親跟當鋪員工幽會的場面。菊池同學曾經拿那張照片給桐原看。」

「幽會照片……這麼說，他們兩人果然有私情了。」

「應該是吧，但是先把這件事擱到一邊。」笹垣點了點頭，抖落菸灰，「桐原要求菊池同學把那張照片交出來，同時要他發誓，從今以後不再管當鋪命案。」

「也就是Give and take。」

「是的。但是當菊池同學事後仔細回顧這件事，認爲事情可能不是那麼單純，所以才會想告訴我。」

說著，笹垣想起菊池文彥那張滿是青春痘的臉孔。

「不單純是指？」

「是指這一切可能全部都是設計出來的。」笹垣指間的香菸已經變短了，即使如此，他還是吸了一口，「本來菊池同學之所以會遭到懷疑，是因爲他的鑰匙圈掉落在現場。可是菊池同學說他從未去過那個地方，那個鑰匙圈也不是那麼容易就會掉的東西。」

「您是說是桐原亮司偷了鑰匙圈，再放在現場的？」

「菊池同學似乎是這麼懷疑的，所以說桐原才是眞正的歹徒。他在電影院前和朋友一起看到菊池同學後，立刻趕到現場，攻擊他盯上的那個女孩，然後留下證據，讓菊池同學遭到懷疑。」

「桐原事先知道菊池同學當天會到電影院去嗎？」一成提出了理所當然的疑問。

「問題就在這裡，菊池同學說，他並沒有將這件事告訴桐原。」笹垣豎起食指說。

「那麼桐原不就不可能布下這個陷阱了嗎？」

「的確會導出這樣的結論，菊池的推理也是在這裡就卡住了。」

可是我還是覺得事情一定是他設計的——菊池當時不服氣的表情，笹垣至今記憶猶新。

「只是我也覺得怪怪的，所以聽了菊池同學的話之後，便查閱了那件強暴案的紀錄，結果讓我大吃一驚。」

「因爲唐澤雪穗也牽連在內。」

「正是。」笹垣深深點頭，「被害人是個名叫藤村都子的女孩，但發現者是唐澤雪穗。我認爲這一定有問題，於是又把菊池同學找出來，確認詳情。」

「您說的詳情是？」

「他去看電影那天的詳細經過。結果我發現了一件有趣的事。」

由於口渴，笹垣把冷掉的咖啡喝完，「當時，菊池同學的母親在市場的甜點店工作，電影的特別優待券就是客人給他母親的。而且有效期限就是當天，這麼一來，他只能在那天去看。」

聽到這裡，一成似乎明白笹垣的意思了，「給那張特別優待券的客人是？」

「不知道姓名，但菊池同學記得他母親是這麼說的。『一個舉止高雅，年紀大約中三或高中的女孩』……」

「唐澤雪穗……」

「這麼想不算突兀吧？假如唐澤雪穗和桐原亮司是爲了封住菊池同學的嘴，設計了那件強暴案的話，整件事的榫頭便接得絲毫不差了。爲了這個緣故，犧牲一個毫不相關的無辜女孩，除了冷酷也無可形容了。」

「不，那個姓藤村的女孩，也許不能說完全無關。」

這句話，讓笹垣注視著一成，「你是說？」

「他們選上那個女孩是有原因的，這也是今枝先生告訴我的。」

一成將遇襲女學生對雪穗懷有競爭意識、四處散播雪穗身世、但事情發生後卻態度丕變，對雪穗馴順非凡等，一一告訴笹垣。這些都是笹垣不知道的。

「這我倒是第一次聽說。原來如此，這個事件可以同時達到唐澤和桐原的目的，眞是一箭雙鵰的計畫。」笹垣發出沉吟，之後，他看著篠塚，「這件事有些令人難以啓齒，不過篠塚先生剛才提起的大學時代的那件事，眞的是偶發事件嗎？」

一成回視笹垣，「您是說，那是唐澤雪穗授意的？」

「我覺得有此可能。」

「今枝先生也是同樣的推理。」

「是嗎，果然。」

「如果眞是如此，她爲什麼要做那種事……」

「因爲她相信這種做法，能夠輕易奪走對方的靈魂。」

「奪走靈魂……」

「是的，而殺害當鋪老闆的動機，多半便隱藏在讓他們深信如此的根源中。」

就在一成睜大眼睛時，辦公桌上的電話響了。

7

篠塚一成嘖了一聲，說聲抱歉後離席。

低聲說些話後，他旋即回座，「不好意思。」

「沒問題。剛才的電話不是公司的公事，是我個人進行的調查。」

「調查？」

「時間沒問題嗎？」

「是的。」一成點點頭，略顯猶豫，但還是開口了，「剛才笹垣先生不是說我高昇了嗎？」

「是啊。」笹垣心想，這麼說有什麼不對嗎？

「其實這算是貶職。」

「貶職？不會吧，」笹垣笑了，「你可是篠塚家的少爺啊。」

但一成沒有笑，「笹垣先生知道優尼斯製藥這家公司吧。」

「知道。」

「從去年到今年，不斷發生怪事。我們和優尼斯在許多領域都是競爭對手，有幾項研究篠塚藥品的內部資料被洩漏給對方了。」

「咦，有這種事！」

「這是優尼斯內部人士來告密的，只不過優尼斯並不承認。」說著，一成露出一絲冷笑。
「從事研究方面的工作，內部一定很複雜吧，但是這跟篠塚先生有什麼關係？」
「來自優尼斯的內幕消息，說資料就是我提供的。」
一成的話，讓笹垣大吃一驚，「這怎麼可能？」
「這怎麼可能，一點也沒錯。」他搖了搖頭，「我完全不知道是怎麼回事。那個告密人士究竟是誰，也沒有人知道，因爲他只靠電話和郵件聯絡。只是，篠塚藥品的內部資料的確是被洩漏出去了。看到告密者送來的資料，研發部的人臉都綠了。」
「你不可能做這種事。」
「一定是有人設計陷害我。」
「你心裡有譜嗎？」
「沒有。」一成當下立刻加以否定。
「原來如此，可是如果因爲這樣就貶職，實在是……」笹垣偏著頭沉思。
「董事似乎也相信我不會這麼做。但是既然發生這種狀況，公司不能不採取行動。再說，也有人認爲既然會遭到別人設計陷害，表示當事人也有問題。」
笹垣不知該說什麼，只是沉吟。
「還有另外一點，」一成說著豎起一根手指，「有一個董事，希望把我調得遠遠的。」
「那是……」
「我堂哥康晴。」
「哦……」原來如此，笹垣明白了。

「他似乎認為這是一個好機會，可以把為難自己未婚妻的麻煩攆出去。對我則是說，這次調動是暫時的，很快就會把我調回去。天曉得是什麼時候。」

「這麼說來，你所說的調查是指？」

聽到笹垣的問題，一成的表情又轉為嚴肅，「我正在調查內部資料是怎麼洩漏出去的。」

「有眉目了嗎？」

「某種程度算是。」一成說，「歹徒似乎是從電腦入侵的。」

「從電腦？」

「篠塚藥品正在執行電腦化，不僅公司內部以網路連接，和幾個外部的研究機構也可以隨時交換資料。看樣子似乎是從網路入侵的，也就是所謂的駭客。」

笹垣不知如何作答，陷入沉默。這是他棘手的領域。

一成顯然也明白老刑警的心事，嘴角露出笑容，「不必想得那麼難。總之就是透過電話線路，在篠塚藥品的電腦上作怪。根據目前的調查，大致已經知道是從哪裡入侵的了。帝都大學藥學系的電腦是中繼站，也就是說，歹徒先侵入帝都大學的系統，再從那裡進入篠塚藥品的電腦。只不過要找出歹徒是從哪裡進入帝都大學的系統，恐怕非常困難。」

「帝都大學啊……」

總覺得很耳熟。笹垣思索了一會兒，想起了他與菅原繪里的對話。登門來找今枝的女子，是帝都大學附屬醫院的藥劑師。「你是說藥學系嗎？這麼說，附屬醫院的藥劑師也能使用那裡的電腦嗎？」

「是的，體制上是可以的。只是篠塚藥品的電腦雖然和外部的研究機構連結，但並不是所有資訊都對外公開。系統各處都設有屏障，公司內部機密理應不會外洩。所以歹徒應該是對電腦具有相當知識的人，多半是專家。」

「電腦專家，是嗎？」

笹垣腦海裡出現了一個疙瘩。電腦專家，他心中有一個人選。曾經造訪今枝事務所的帝都大學附屬醫院藥劑師，陷害篠塚一成的神祕駭客——這只是巧合嗎？

「怎麼了？」一成訝異地問。

「沒有。」笹垣揮揮手，「沒什麼。」

「因爲剛才那通電話，打斷了您。」一成坐著挺直了背脊，「可以的話，麻煩您繼續說。」

「呃，我講到哪裡了？」

「動機。您說，那多半是他們想法的根源。」

「沒錯。」笹垣也調整了姿勢。

8

那段時間有如置身於一股下曳的氣流一般。

星期六下午，美佳在房間邊聽音樂邊看雜誌，和平常沒有兩樣。床頭櫃上放著空了的茶杯，以及裝了一點餅乾的盤子。那是二十分鐘前妙子端來的。

那時候她說，「美佳小姐，我待會兒要出門一下，麻煩妳看家哦。」

「妳出去的時候會鎖門吧。」

「是啊，那是一定的。」

「那就好啦，不管誰來我都不會應門的。」美佳趴在床上看著雜誌回答。

妙子出門後，寬敞的宅邸裡便只剩美佳一個人。康晴去打高爾夫，雪穗去工作。而弟弟優大到祖父家去玩，今晚要在那邊過夜。

這樣的狀況並不少見。親生母親去世後，美佳就經常被獨自留在家裡。一開始會覺得寂寞，現在反而覺得一個人還比較輕鬆自在。至少，總比和雪穗兩個人單獨相處好得多。

正當她從床上起來，準備換ＣＤ的時候，走廊上傳來電話鈴聲。她皺起眉頭，如果是朋友打來的，當然很開心，但多半不是。這個家共有三條電話線，一條是康晴專用，一條是雪穗專用，剩下的那一條是全家共用的。美佳要求康晴早點讓她擁有專線電話，康晴就是不肯答應。

美佳走出房間，拿起掛在走廊牆上的無線電話子機。「喂，篠塚家。」

「您好。我這邊是杜鵑快遞，請問篠塚美佳小姐在嗎？」一個男人的聲音這麼說。

「我就是。」她回答。

「啊，呃……這邊有菱川朋子小姐寄給您的東西，請問現在送過去方便嗎？」

聽到這幾句話，美佳覺得納悶。送快遞的時候，會像這樣先知會收件人嗎？不過她以爲這是一種特別系統的配送方式，並沒有多想。倒是聽到菱川朋子這個名字，勾起了她的好奇。朋子是她中學二年級時的同學，今年春天因爲父親工作的緣故，舉家遷往名古屋。

「方便啊。」她回答。電話另一頭的人說，「那麼我現在就送過去。」

電話掛斷後過了幾分鐘，門鈴響了。在起居室等候的美佳拿起對講機的聽筒，螢幕上出現了一個穿著快遞公司制服的男子，兩手抱著一個水果紙箱大小的箱子。

「喂。」

「您好，我是杜鵑快遞。」

「請進。」美佳按下開門鈕，這樣便可開啓大門旁出入口的鎖。

美佳拿著印章來到玄關等待。不一會兒，第二道門鈴響了。她打開門，抱著紙箱的男子就站在門外。

「請問要放在哪裡呢？東西滿重的。」男子說。

「那，放在這裡好了。」美佳指著玄關大廳的地板。

男子入內，將紙箱放在那裡。他戴著眼鏡，帽子壓得很低。「請蓋章。」

「好。」她回答，拿好印章。男子拿出傳票，「請蓋在這上面。」

「要蓋在哪裡呢？」她向他走近。

「這裡。」男子也走近她。

美佳正要蓋下印章時，傳票突然從眼前消失。

正當她要發出「啊！」的聲音時，嘴巴卻被東西塞住了，好像是布。由於過度驚愕，她吸進一口氣。刹那間，意識離她遠去。

時間感變得很奇怪，耳鳴得好厲害，但那也只是有意識的時候。意識像收訊極差的收音機，不時斷訊。全身無法動彈，手腳變得好像不是自己的。

分不清是夢還是現實，劇烈的疼痛是唯一確定的感覺。她並沒有立刻注意到疼痛來自於身體的中心，因爲太過疼痛，全身的感覺似乎麻痺了。

男子就在眼前，看不清他的臉。氣息噴在她身上，很熱的氣。

她被強暴了……

這其實是美佳本身的認知，她明白自己的身體正在遭受凌辱，但心情卻彷彿在遠觀這一幕。更高一層的意識觀察著這樣的自己，想著，我怎麼這麼粗心大意呢？

當然，另一方面，前所未有的巨大恐懼包圍著她。那是一種即將掉落到一個不明深淵的恐懼，不知這場地獄般的磨難將持續到何時的恐懼。

風暴是何時離去的，她不知道，也許那時候她失去了意識。

視力首先慢慢恢復正常，她看到一整排盆栽，仙人掌的盆栽。那是雪穗從大阪娘家帶來的。

接著聽覺恢復了，耳裡聽到不知何處傳來的車輛聲，還有風聲。

突然間，她意識到這裡是戶外，她在庭院裡。她躺在草地上，看得到網子，那是康晴練習高爾夫用的。

美佳撐起上半身，全身疼痛，有割傷的疼，也有撞傷的痛。而身體的中心有一種不屬於割傷、撞傷，而像是內臟被翻攪後悶悶重重的疼痛。

她意識到空氣的冰冷，發現自己幾近全裸。身上雖然穿著衣物，但已經成爲破布了。我很喜歡這件襯衫的——另一個意識帶著冷冷的感想。

裙子還穿在身上，但不用看也知道內褲被脫掉了。美佳呆呆地望著遠方，天空開始泛紅了。

「美佳！」突然有人聲。

美佳轉頭朝聲音的方向看，雪穗正朝著她飛奔而來。她望著這幅景象，完全沒有現實感。

9

便利商店的袋子深深陷進典子的手指中，都是寶特瓶裝的礦泉水和米太重了。她拿著這些，費力地打開玄關的門。

雖然很想開口「我回來了」，卻沒出聲。因爲她深知裡面已經沒有聽這句話的人了。

栗原典子先把買回來的東西往冰箱前一放，打開裡面西式房間的門。房裡黑漆漆的，空氣冷颼颼的。昏暗中，浮現出一台白色個人電腦。以前它的螢幕總是發出亮光，機體會傳出嗡嗡聲。現在既不發光，也不出聲。

典子回到廚房，整理買回來的東西。生鮮、冷凍的東西放進冰箱，其餘的放進旁邊櫥櫃裡。在關上冰箱前，拿出一罐三五〇cc裝的啤酒。

來到和室，打開電視，也將電暖爐的開關打開。等待房間變暖的這段期間，她把在角落塞成一團的毯子蓋在膝上。電視螢幕裡，搞笑藝人正在玩挑戰遊戲。成績最差的藝人被迫高空彈跳作爲處罰。她想，好低級的節目。以前的她，是絕對不會看的。現在，她反而慶幸這種愚蠢節目的存在，她才不想在如此陰暗冰冷的房間裡看一些會讓心情沉重的節目。

拉開罐裝啤酒的拉環，大口喝下，冰冷的液體自喉嚨流向胃。全身起雞皮疙瘩，竄過一陣戰慄，但這也是一種快感。所以即使到了冬天，冰箱裡還是少不了啤酒。去年冬天也一樣，他在天冷時更想喝啤酒。他說，這樣可以讓神經更敏銳。

典子抱著膝蓋，心想要吃晚飯才行。不需任何精心調理，只要把剛才從便利商店買回來的東西微波加熱一下就好了。但是，連這樣她都覺得麻煩得不得了。整個人有氣無力，最主要是因爲

她沒有半點食慾。

她調高電視的音量，房間裡沒有聲音，感覺更冷。她稍微向電暖爐靠近。

原因她很清楚，是因爲自己很寂寞。待在安靜的房間裡，似乎會被孤獨壓垮。

之前並不是這樣的。一個人獨處既輕鬆又愉快，就是因爲這麼想，才會和婚友社解約。

但是與秋吉雄一的同居生活，讓典子的想法產生了極大的轉變。她知道了和心愛的人在一起的喜悅，曾經擁有的東西被奪走，並不代表就會回到原本沒有那樣東西的時候。

典子繼續喝啤酒，叫自己不要想他。但腦海中浮現的淨是他面向電腦的背影。這是理所當然的，因爲這一年來，她心裡想的、眼裡看的都是他。

罐裝啤酒很快就空了，她雙手壓扁啤酒罐，放在桌上。桌上還有兩個同樣也被壓扁的啤酒罐，是昨天和前天的。這陣子，她連屋子都不怎麼打掃了。

先來吃便利商店的便當吧——正當她這麼想，奮力抬起沉重的身軀時，玄關的門鈴響了。

一開門，只見門前站著一個六十開外的男子，身上穿著嚴重磨損的舊外套，體格魁梧，眼神銳利。典子直覺地意識到男子的職業，心裡有一股不好的預感。

「妳是栗原典子小姐吧。」男子問道，帶著關西口音。

「我就是。您是？」

「敝姓笹垣，我是從大阪來的。」男子遞出名片，上面印著笹垣潤三，但沒有職稱。他補充似地加上一句，「我到今年春天都還是刑警。」

果然沒猜錯，典子確認自己的直覺是對的。

「其實是有些事想請教，可以耽誤妳一點時間嗎？」

「現在嗎？」

「是的。那邊就有一家咖啡館吧？到那裡談談好嗎？」

典子心想，該怎麼辦呢？要讓陌生男子進屋，心裡不免有些排斥，但她又懶得出門。

「請問是關於哪方面的事呢？」她問。

「這個嘛，有很多。尤其是關於妳到今枝偵探事務所的事。」

「啊！」她不由得發出一聲驚呼。

「妳去過新宿的今枝先生那裡吧，我想先向妳請教一下這件事。」自稱曾任刑警的老先生露出親切的笑容。

不安的思緒在她心中擴大，這個人是來問什麼的？但是另一方面，她心裡也有幾分期待。也許可以得到關於他的線索？

她遲疑了幾秒鐘，把門大大打開，「請進。」

「可以嗎？」

「沒關係，只是裡面很亂。」

「那麼我就打擾了。」說著，男子進入室內。他身上有股老男人的味道。

典子是九月到今枝偵探事務所的。在那約兩週前，秋吉雄一從她的住處消失了蹤影。沒有任何預兆，突然不見了。她立刻知道他不是發生意外，因爲住處的鑰匙裝在信封裡，投入了門上的信箱。他的東西幾乎原封不動，但原本他就沒有多少東西，也沒有貴重物品。

唯一能夠證明秋吉曾經住在這裡的，便是個人電腦，但典子不懂得如何操作。煩惱許久後，她請熟悉電腦的朋友到家裡來。明知不該這麼做，還是決定請朋友看看他的電腦裡有些什麼。擔任自由作者的朋友不但看過電腦，連他留下的磁片也看過了，結論是，「典子，沒有用，什麼都不剩。」據她說，整個系統處於眞空狀態，磁片也全是空白的。

典子思忖，眞的沒有辦法找到秋吉的去處嗎？她能夠想起來的，是有一次他帶回來的空資料夾，上面寫著「今枝偵探事務所」。

她翻閱電話簿，很快就找到那家事務所。也許能有所發現——這個念頭幾乎讓她無法自持，第二天她便前往新宿。

遺憾的是，她連一丁點兒資料都沒有得到。年輕女職員的回答是，無論是委託人或是調查對象，都沒有秋吉這個人的相關紀錄。

這麼一來，就沒有尋找他的方法了——典子一心這麼認爲，所以笹垣從偵探事務所這條線索找上門來，令典子感到萬分意外。

笹垣從確認她前往今枝偵探事務所一事問起。典子有些猶豫，但還是大致說出到事務所的經過。聽到和她同居的男子突然失蹤，笹垣也顯得有些驚訝。

「他會有今枝偵探事務所的空資料夾，實在很奇怪，所以妳沒有任何線索了嗎？妳和他的朋友或家人聯絡過嗎？」

她搖搖頭，「想聯絡也不知道該怎麼聯絡。關於他，我實在一無所知。」

「眞是奇怪。」笹垣似乎相當不解。

「請問笹垣先生到底在調查什麼呢？」

典子這麼一問，他遲疑片刻後，「其實這也是一件怪事，今枝先生也失蹤了。」

「咦！」

「然後又發生了許多事情，我在調查他的行蹤，但是完全沒有線索。我才會抱著姑且一試的心情，來打擾栗原小姐。眞是不好意思。」笹垣低下白髮叢生的頭。

「原來如此。請問今枝先生是什麼時候失蹤的？」

「去年夏天，八月的時候。」

「八月……」

典子想起那時候的事，倒抽了一口氣。秋吉就是在那時帶著氫化鉀出門的，而他帶回來的資料夾，上面就寫著今枝偵探事務所的名稱。

「怎麼了嗎？」退休刑警眼尖地發覺她的異狀，開口詢問。

「啊，沒有，沒什麼。」典子急忙搖搖手。

「對了。」笹垣從口袋裡取出一張照片，「妳對這個男人有印象嗎？」

她接過照片，一看到上面的人物差點失聲驚呼。雖然年輕了幾分，但的確是秋吉雄一沒錯。

「有嗎？」笹垣問道。

典子費了好大一番工夫才壓抑住狂跳的心臟，腦海裡種種思緒交織。該說實話嗎？但退休刑警隨身攜帶這張照片的事實讓她擔心。秋吉是什麼案件的嫌犯嗎？殺害今枝？不會吧。

「沒有，我沒見過他。」她一邊回答，一邊將照片還給笹垣。她知道自己的指尖在發抖，臉頰也脹紅了。

笹垣盯著典子直看，視線已轉變成刑警的視線。她不由自主地轉移了目光。

「是嗎？那眞是遺憾。」笹垣以溫和的語氣這麼說，收起照片。「那麼，我該告辭了。」起身後，像是忽然想起般說，「我可以看看妳男朋友的東西嗎？也許可以作爲參考。」

「咦？他的東西？」

「是的，不方便嗎？」

「不會，你看沒關係。」

典子領笹垣到西式房間，他立刻便走近個人電腦，「哦，秋吉先生會用電腦啊。」

「是的，他用來寫小說。」

「寫小說啊。」笹垣仔細地看著電腦與其周邊，「請問有沒有秋吉先生的照片？」

「啊……沒有。」

「小小的也沒有關係，只要拍到臉就可以了。」

「眞的連一張都沒有，我沒有拍。」

典子沒有說謊。有好幾次，她想兩人一起合照，但每次都被秋吉拒絕了。所以當他失蹤後，典子只能靠回憶還原他的身形樣貌。

笹垣點點頭，但眼神顯然有所懷疑。一想到他心裡可能會有的想法，典子便感到極度不安。

「那麼有沒有任何秋吉先生寫下的東西呢？像是筆記或是日記。」

「我想應該沒有那類東西。就算有，也沒有留下來。」

「是嗎？」笹垣再度環顧室內，望著典子粲然一笑，「好的，眞是打擾了。」

「不好意思沒幫上忙。」她說。

笹垣在玄關穿鞋時，典子內心舉棋不定。這個人知道關於秋吉的線索，她好想問問看。可是她又覺得，如果告訴他照片裡的人就是秋吉，一定會對秋吉造成無可挽回的後果。即使明知再也見不到他，他依舊是她在這世上最重要的人。

穿好鞋子的笹垣，面向她說，「對不起，在妳這麼累的時候還來打擾。」

「哪裡。」典子說，感覺喉嚨似乎哽住了。

接著，笹垣環顧著室內，似乎是最後一次掃視時，眼睛停留在一個定點上，「那是？」

他指的是冰箱旁邊，有個小小的櫃子，上面雜亂地擺著電話和便條紙等東西。

「那不是相本嗎？」他問。

「對。」典子說，伸手去拿他盯上的東西。那是照相館送的簡易相本。

「這沒什麼，」典子說，「是我去年到大阪的時候拍的。」

「大阪？」笹垣雙眼發光，「可以讓我看看嗎？」

「可以呀，不過裡面沒有拍人哦。」她把相本遞給他。

那是秋吉帶她去大阪時，她自己拍的照片。拍的都是一些可疑的大樓和普通的民宅，不是什麼賞心悅目的風景，是她基於小小的惡作劇心態拍下來的。她也沒讓秋吉看過這些照片。

然而笹垣的樣子卻變得很奇怪，他看著照片的眼睛瞪得好大，嘴巴半開，就這麼僵住了。

「請問……有什麼不對嗎？」她問。

笹垣沒有立刻回答，而是盯著照片看了好一會兒，然後把攤開的相本朝向她，「妳曾經經過這家當鋪前面吧，妳爲什麼要拍這家當鋪呢？」

「這個……也沒有什麼特殊的用意。」

「這棟大樓也令人好奇。妳喜歡它什麼地方，讓妳想拍下來呢？」

「這有什麼不對嗎？」她的聲音顫抖了。

笹垣伸手進胸前口袋，拿出剛才那張照片，秋吉的大頭照。

「我告訴妳一件好事，妳拍的這家當鋪招牌上寫著『桐原當鋪』對不對？這個男人就是姓桐原，他的本名叫桐原亮司。」

10

手腳像冰一樣冷。即使在被窩裡待再久，還是暖和不起來。美佳把頭埋在枕頭裡，像貓一樣蜷起身子。

牙齒不停地打顫，全身顫抖不已。

她閉上眼睛，試著入睡。但是當她睡著時，便會夢見自己被那個沒有面孔的男人壓住，因過度恐懼而醒來。全身盜汗，心臟狂跳，簡直像要把胸口壓碎。這樣的情況不斷反覆。

同樣的情況持續多久了呢？心裡會有獲得平靜的一刻嗎？

她不願意相信今天發生的事是眞的。她想把今天當作一如往常的一天，就和昨天、前天一樣。但是那並不是夢，下腹部殘留的悶痛便是證明。

「一切有我，美佳什麼都不必想。」雪穗的聲音在耳邊響起。

那時候她是從哪裡現身的，美佳記不得了。是怎麼把事情告訴她的，也是一片模糊。那時候，自己應該什麼話都說不出來吧，但雪穗似乎一眼便明白發生了什麼事。當美佳回過神來時，雪穗已經幫她穿上衣服，讓她坐上ＢＭＷ了。雪穗一邊開車，一邊打電話。由於她說得很快，加上美佳思考能力遲緩，無法理解談話的內容。只隱約記得雪穗重複說著「絕對要極度保密」。

她被雪穗帶到醫院，但她們是從類似後門的地方進去，而不是從正門進入醫院的。爲什麼不走正門？當時她並沒有產生這樣的疑問，因爲美佳的靈魂並不在她的身體裡。

是否進行了檢查、做了什麼治療，美佳本身並不清楚。她只是躺著，緊緊閉著眼睛。

一個小時後，她們離開醫院。

「這樣身體方面就不需要擔心了。」雪穗開著車，溫柔地對她說。美佳不記得自己是怎麼回答的，恐怕一個字都沒有說吧。

雪穗完全沒有提起報警這回事。不僅如此，甚至沒有向美佳詢問詳情的意思，彷彿這些對她來說是枝微末節的小事。美佳對此求之不得，她的狀態實在無法說話，而且害怕被陌生人知道發生了什麼事。

回到家時，康晴的車已經在車庫裡了。一看到這個狀況，美佳的心簡直快崩潰。這件事該怎麼跟爸爸說……？

但雪穗卻一臉平靜，宛如這種程度的謊話不算什麼。她說，「我會跟爸爸說，因爲妳有點感冒，所以我帶妳去看醫生。晚餐也請阿妙姊送到妳房間。」

這時，美佳明白了，這一切將成爲她們兩人之間的祕密，成爲自己和全世界最討厭的女人之間的祕密……

雪穗在康晴面前展現了絕佳演技，她以告訴美佳的話向丈夫解釋。康晴顯得有些擔心，但「別擔心，已經從醫院拿藥回來了」，妻子這句話似乎讓他放心了。對於美佳與平常截然不同的模樣，也沒有起疑。反而對美佳讓平日厭惡的雪穗帶去醫院的事實，感到十分滿意。

之後，美佳便一直待在房裡。妙子大概是受到雪穗的指示，送來晚餐。妙子將飯菜擺在桌上時，美佳在床上裝睡。

美佳根本一點食慾都沒有。妙子離開後，她試著小口小口地把湯和焗義大利麵吞下去，但嗯心反胃得隨時都會吐出來，便不再吃了。後來便一直在床上縮成一團。
隨著夜愈來愈深，恐懼也漸漸放大。房裡的照明全部關掉了，一個人待在黑暗裡固然害怕，但是把自己暴露在光線中，更加令人不安，會讓她覺得似乎有人在看著自己。多希望能像海裡的小魚一樣，悄無聲息地躲在岩縫裡。
現在究竟幾點了？在天亮前，還要受到多少痛苦的折磨？這樣的夜晚，往後要持續到什麼時候？——快被不安摧毀的她，啃著大拇指。
就在這時候，門把傳來「卡喳」的轉動聲。
美佳一驚，從床上看向門口。即使在黑暗中，也知道門悄悄地打開，有人進來了。隱約可以辨識出銀色睡袍。「誰？」美佳問，聲音都啞了。
「妳果然醒著。」是雪穗的聲音。
美佳別開視線，不知道該以什麼態度面對共同擁有禁忌祕密的對象。
她感覺到雪穗向她靠近，她以眼角掃視，雪穗就站在床邊。
「出去。」美佳說，「不要管我。」
雪穗沒有回答，默默解開睡袍的帶子。睡袍滑落後，朦朧地浮現一具白皙的裸體。
美佳還來不及出聲，雪穗已鑽上床。美佳想躲，卻被用力壓住了。力道比她想像的強得多。
美佳呈大字形被壓在床上，一對豐滿的乳房在美佳胸部上方晃動。
「別這樣。」
「是這樣嗎？」雪穗問道，「妳是被這樣壓住的嗎？」
美佳別開臉，但臉頰卻被抓住，用力扳回來。

「不要轉開妳的眼睛，看這邊，看著我。」

美佳怯怯地看著雪穗。她那一雙微微上揚的大眼睛正俯看著美佳，臉孔近得似乎感覺得到她的鼻息。

「想睡的時候，就會想起被強暴那時候，對不對？」雪穗說，「不敢閉上眼睛，怕睡著了會作夢，對不對？」

「嗯。」美佳小聲回答，雪穗點了點頭。

「記住我現在的臉。快想起被強暴的事的時候，就想起我，想起我曾經對妳這樣。」雪穗跨坐在美佳身上，按住她的雙肩，美佳完全無法動彈。「還是妳寧願想起強暴妳的人，也不願意想起我？」

美佳搖頭。看到她的反應，雪穗露出了一絲微笑。

「好孩子，不要怕，妳很快就會重新站起來，我會保護妳。」雪穗以雙手捧住美佳的臉頰，然後像在玩味肌膚的觸感一般移動手掌，「我也跟妳有同樣經驗，不，我的經驗更淒慘。」

美佳差點驚呼失聲，雪穗伸出食指抵住她的唇。

「那時候，我比現在的美佳更年輕，眞的還是小孩子。但是惡魔不會因爲妳是小孩子就放過妳，而且惡魔還不止一個。」

「不會吧……」美佳喃喃地說，卻沒有發出聲音。

「現在的妳，就是那時候的我。」雪穗壓在美佳身上，雙手抱住美佳的頭，「眞可憐。」

這一瞬間，美佳心裡好像有什麼東西爆開了。感覺就像之前被切斷的某根神經連繫起來了。通過那根神經，悲傷的情緒如洪水般流進美佳的心裡。

美佳在雪穗的懷裡放聲大哭。

11

笹垣決定隨同篠塚一成，於十二月中旬的星期日造訪篠塚康晴宅邸。爲了這件事，笹垣連續兩個月造訪東京。

「不知道他肯不肯見我。」笹垣在車裡說。

「總不會把我們趕出去吧。」

「但願他在家。」

「這一點就不必擔心了，我有來自內應的情報。」

「內應？」

「就是女傭啊。」

下午兩點多，一成開著賓士來到篠塚家。訪客用的停車位就在大門旁，一成把車停妥。

「眞是豪宅啊，光從外面看，根本不知道裡面有多大。」從大門抬頭看房子的笹垣說。大門和高聳的圍牆後，只看得到樹木。

一成按下裝設在大門旁的對講機按鈕，立刻便有人回應。

「好久不見了，一成先生。」是中年女性的聲音，看來似乎是透過攝影機看著這邊。

「妙子妳好，康晴哥在嗎？」

「老爺在家，請稍等一下。」

對講機掛斷了。過了一、兩分鐘後，通話孔又傳來聲音，「老爺請您繞到院子那邊。」

「好的。」

在一成回答的同時，門旁的小門傳來「卡嚓」的金屬聲響，鎖開了。

笹垣跟在一成身後，踏進大宅內。鋪著石頭的長長甬道向宅邸延伸。笹垣心想，好像外國電影的場景。

玄關那邊，正好有兩名女子走過來。不需要一成介紹，笹垣便知道那是雪穗與篠塚康晴的女兒，他知道女兒的名字叫做美佳。

「怎麼辦？」一成小聲地問。

「請隨便找個名堂幫我混過去。」笹垣也對他耳語。

兩人緩緩走在甬道上，雪穗微笑著向他們點頭，然後四人正好在甬道的中點停下腳步。

「妳好，我來打擾了。」一成第一個開口。

「好久不見了，一切可好？」雪穗問道。

「還好，妳看來氣色也滿好的。」

「托你的福。」

「大阪的店就要開幕了吧，準備得怎麼樣？」

「有好多事情無法照計畫進行，頭痛得很呢，就算三頭六臂也不夠用。我等會兒就要爲了這件事去開會了。」

「是嗎，眞是辛苦啊。」一成朝向她身邊的少女，「美佳呢？妳好不好？」

少女笑著點頭，她給笹垣一種單薄的印象。他曾聽一成說她不肯接納雪穗，但就他所見，卻沒有那種氣氛，因而有些意外。

「我想順便幫美佳找聖誕節穿的衣服。」雪穗說。

「原來如此，眞好。」

「一成先生，這一位是？」雪穗的視線朝向笹垣。

「他是我們公司的廠商。」一成流利地說。

「妳好。」笹垣低頭打招呼。抬起頭時，眼睛和雪穗對個正著。

這是時隔十九年的對峙。當然，笹垣已看過好幾次長大成人的她，但從未像這樣面對面。他想起在大阪那棟老公寓第一次見面的情況，那時的女孩就在眼前，有著一雙和那時相同的眼睛。

妳還記得嗎？西本雪穗小姐——笹垣在心中對她說。我可是追了妳十九年，連作夢都會夢到。但是妳一定不記得我了吧？像我這種老頭子，只不過是被妳騙得團團轉的蠢人當中的一個。

雪穗嫣然一笑，「是來自大阪的嗎？」

眞是出奇不意，大概是從口音裡認出來的。「呃，是的。」笹垣有些狼狽地回答。

「是嗎，果然沒猜錯。這次我要在心齋橋開店，請您務必蒞臨指教。」

她從包包裡拿出一張明信片，是開幕的邀請函。

「既然這樣，我問問親戚要不要去。」笹垣說。

「眞令人懷念，」雪穗說完，凝視著他，「讓我想起以前的事。」她的表情裡沒有笑意，那是凝視著遠方的眼神。

她的臉上突然間露出笑容，「我先生在院子那邊，好像是不滿意昨天高爾夫球的成績，正在加緊練習呢。」這話是對一成說的。

「那好，我不會耽誤他太多時間的。」

「哪裡，請慢慢坐。」雪穗向美佳點點頭，邁開腳步。笹垣和一成讓路給她們倆。目送著雪穗的背影，笹垣暗想，那女人可能記得自己。

正如雪穗所說的，康晴正在南側庭院裡打高爾夫球。看到一成靠近，便放下球桿，以笑容迎接。從他的表情，感覺不出他把堂弟趕到子公司的冷漠無情。

然而，一成一介紹笹垣，康晴臉上立刻出現警戒的神色。

「大阪的退休刑警？哦。」他盯著笹垣直看。

「因爲有些事，無論如何都想讓康晴哥知道。」

聽一成這麼說，康晴的臉上笑容全失，指著室內說，「那就到屋裡說吧。」

「不了，在這裡就好。今天天氣還算暖和，話說完我們馬上就走。」

「要在這裡說嗎？」康晴來回看他們兩人，然後點點頭，「好，我叫阿妙端點熱飲來。」

庭院裡有一張白色餐桌和四張椅子。或許在天氣晴朗的日子裡，他們一家人會在這裡享受英式下午茶。喝著女傭端來的奶茶，笹垣想像著幸福家庭的畫面。

然而他們三人會晤的這個場面並沒有成爲和樂融融的午茶時光。因爲一成一開始說話，康晴的臉色便愈來愈難看。

一成所說的是關於雪穗的事情。笹垣和一成討論、整理出來種種暗示出她本性的事，桐原亮司的名字當然也出現好幾次。

然而正如預期，話說到一半，康晴便激憤不已，他拍了桌子站起來，「無聊！簡直放屁！」

「康晴哥，你先聽完再說。」

「不用聽也知道，我沒時間陪你們胡說八道。你有時間做這種無聊事，不如想想要怎麼整頓你那家公司！」

「這件事我也有情報，」一成也站起來，朝著康晴的背影說，「我找到陷害我的歹徒了。」

康晴轉過身來，嘴角都歪了，「你該不會說這也是雪穗搞的鬼吧？」

「你應該知道篠塚藥品的網路被駭客入侵了吧？那個駭客就是透過帝都大學附屬醫院的電腦進來。那家醫院有個藥劑師不久前跟一名男子同居，他就是我們提過數次的桐原亮司。」

「這是眞的。」笹垣在一旁說，「那個藥劑師認出來了，的確是桐原亮司沒錯。」

一成的話，讓康晴的眼睛睜得老大。或許是一時間說不出話，半張著嘴一動也不動。

康晴似乎說了些什麼，無關——笹垣耳裡聽到的是這兩個字。

笹垣從外套口袋裡拿出一張照片，「可以請你看一下這個嗎？」

「這是什麼？哪裡的照片？」

「剛才一成先生說明的，將近二十年前發生命案的大樓，就在大阪。那個藥劑師和桐原亮司到大阪去的時候拍的。」

「那又怎麼樣？」

「我問她他們去大阪的日期，是去年的九月十八日到二十日這三天。這是什麼日子，您當然還記得吧？」

康晴花了一點時間才想起來，但他的確想起來了。低低的一聲「啊」，便足以說明。

「是的。」笹垣說，「九月十九日是唐澤禮子女士去世的日子。她會爲什麼突然停止呼吸，連院方都感到不可思議。」

「胡說八道！」康晴把照片一扔，「一成，帶著這個腦筋不正常的老頭子，趕快給我滾。從今以後，要是敢再提起這種事，就不要想再回我們公司。我告訴你，你老子已經不是我們公司的董事了！」

接著，他撿起滾落在腳邊的高爾夫球，向網子猛力一扔。那顆球打在架起網子的鐵柱上，大力反彈，然後撞到排在露台上的盆栽，發出東西破掉的聲響。但是他看也不看，便從露台上走進屋裡，「唰」的一聲關上玻璃門。

一成嘆了一口氣，看著笹垣苦笑，「有一半跟我們預期的一樣。」

「他一定是死心塌地愛著唐澤雪穗吧，這就是那女人的武器。」

「我堂哥現在是氣昏了頭，等他冷靜下來，應該會好好思考我們的話的。我們只有等了。」

「但願眞的會有那一刻。」

兩人正準備打道回府時，女傭趕過來了，「發生了什麼事嗎？我聽到很大的聲音。」

「是康晴哥丟的高爾夫球，不知道打到什麼了。」

「咦！有沒有受傷？」

「受傷的是盆栽，人倒沒事。」

女傭嘴裡喊著「哎呀呀呀」，邊看並排的盆栽。

「糟糕，夫人的仙人掌……」

「她的仙人掌？」

「是夫人從大阪帶回來的，啊——花盆整個破掉了。」

一成走到女傭身邊查看，「她的興趣是栽培仙人掌？」

「不是的，聽說是夫人去世的母親的興趣。」

「聽妳這麼一說，我倒想起來了，的確是。我在她母親的葬禮時聽她說過。」

一成再度準備離開時，女傭驚呼了一聲，「哎呀！」

「怎麼了？」一成問。

女傭從破掉的盆栽中撿起一樣東西，「裡面有這種東西。」

一成看了看她手裡的東西，「是玻璃，應該是太陽眼鏡的鏡片吧。」

「好像是，大概是本來就混在土裡的。」女傭偏著頭，但仍把東西放在盆栽的碎片上。

「怎麼了？」笹垣也有點好奇，走近他們。

「沒什麼，盆栽的土裡有玻璃碎片。」一成指著破掉的盆栽說。

笹垣朝那邊看，扁平的玻璃碎片停留在他眼中。看來的確是太陽眼鏡的鏡片，大約是從中破掉的，他小心拾起玻璃碎片。

一眨眼過後，他全身的血液都沸騰起來。幾段記憶復甦，目不暇給地交錯，很快地便形成一條路徑。

「你說，仙人掌是從大阪拿來的？」他壓低聲音問。

「是的，本來是在她母親家裡。」

「那時候盆栽是放在院子裡嗎？」

「是的，排在院子裡。笹垣先生，這有什麼不對嗎？」一成也察覺退休刑警的樣子有異。

「這個……現在還不知道。」笹垣拿起玻璃鏡片對著陽光。

鏡片呈現淺淺的綠色。

12

「R&Y」大阪第一家店的開幕準備，一直進行到將近晚間十一點。濱本夏美跟著仔細進行最後檢查的篠塚雪穗身後，在店內來回走動。無論在店面的大小、商品的種類、數量，這裡都遠遠超越東京本店，宣傳活動也做得十全十美，無可挑剔。再來只有靜待結果了。

「這樣就努力到九十九分了。」做完所有檢查後，雪穗這麼說。

「九十九分？還不夠完美嗎？」夏美問。

「沒關係，缺這一分，明天才有目標啊。」雪穗說著盈盈一笑，「好了，接下來就要讓身體好好休息。今天晚上，我們彼此喝酒都要有節制哦。」

「等明天再慶祝。」

「沒錯。」

兩人坐進紅色捷豹時，已經是半夜十一點半了。夏美握著方向盤，雪穗在前座深呼吸一口氣。「一起加油吧！別擔心，妳一定做得到的。」

「真的嗎？但願如此。」夏美有些膽怯。這家大阪店的經營管理，實際上是交由夏美負責。

「妳要有自信，相信自己是最好的，知道嗎？」雪穗搖搖夏美的肩膀。

「是。」回答後，夏美看著雪穗，「可是其實我很害怕。我覺得好不安，不知道能不能做得像社長一樣。社長從來都不覺得害怕嗎？」

只見雪穗那雙大眼睛筆直地望過來，「夏美，一天當中，有太陽出來的時候，也有落下的時候。人生也一樣，有白天和黑夜。當然，不會像真正的太陽那樣，有定時的日出和日落。看個

人，有些人一輩子都活在太陽的照耀下，也有些人不得不一直活在漆黑的深夜裡。而人會怕的，就是本來一直存在的太陽落下不再升起，也就是非常害怕原本照在身上的光芒消失，現在的夏美就是這樣。」

夏美聽不懂老闆在說些什麼，只好點點頭。

「我呢。」雪穗繼續說，「從來沒有生活在太陽底下過。」

「怎麼會！」夏美笑了，「社長總是日正當中吧。」

雪穗卻搖了搖頭。她的眼神是那麼眞摯，夏美的笑容也不由得消失了。

「我的天空裡沒有太陽，總是黑夜，但是並不暗，因爲有東西代替了太陽。雖然沒有太陽那麼明亮，但對我來說已經足夠。憑藉著這份光，我便能把黑夜當成白天。妳明白吧？我從來就沒有太陽，所以不怕失去。」

「代替太陽的東西是什麼呢？」

「妳說呢？也許妳以後有明白的一天。」說完，雪穗朝著前方調整坐姿，「好，我們走吧。」

夏美無法再問下去，啓動了引擎。

雪穗住宿的地方，是位於淀屋橋的大阪天空大飯店，夏美則已經在北天滿租了公寓。

「大阪的夜晚，其實現在才要開始。」雪穗望著車窗外說。

「是呀。大阪不缺玩的地方，我以前也玩得很凶。」

夏美說完，便感覺到隔壁的雪穗「呵」地笑了一聲。

「人在這邊，講起話來就會變回大阪腔呢。」

「對不起，一時沒注意……」

「沒關係，這裡是大阪啊。我到這裡來的時候，也跟著說大阪腔好了。」
「我覺得這樣很棒。」
「是嗎？」雪穗微笑。
不久她們便抵達飯店，雪穗在大門口下車。
「社長，明天要請妳多關照了。」
「今晚要是有急事，就打我的手機。」
「好的，我知道了。」
「夏美，」雪穗伸出右手，「勝負從現在才開始。」
「是。」夏美回答後，握住雪穗的手。

13

時鐘的指針走過十二點，正以爲今天不會再有客人的時候，老舊的木門發出吱嘎聲打開了。一個身穿深灰色外套、六十出頭的男子，慢步走了進來。

看到客人，桐原彌生子堆著笑的臉又恢復原樣，輕輕嘆了口氣，「原來是笹垣先生啊，我還以爲財神爺上門了。」

「這什麼話啊，我是財神爺沒錯啊。」

笹垣自行把圍巾和外套掛在牆上。在可以擠上十個人的L形吧檯約中央的位子坐下。他外套底下穿著一件磨損嚴重的咖啡色西裝，從刑警的崗位退下來後，這號人物的風格還是沒變。

彌生子在他面前放了玻璃杯，打開啤酒瓶蓋幫他倒酒。她知道他在這裡只喝啤酒。

笹垣津津有味地喝了一口，伸手去拿彌生子端出來的簡陋下酒菜，「生意怎麼樣啊？尾牙的季節就快到了吧。」

「你都看到啦，我這裡從好幾年前泡沫經濟就已經破滅了。應該說，泡沫經濟從來沒在我這裡發生過。」

彌生子拿出另一只玻璃杯，爲自己倒了啤酒。也不向笹垣打聲招呼，一口氣就喝掉半杯。

「妳喝起酒來還是這麼爽快。」笹垣伸手拿起啤酒瓶，直接幫她把酒倒滿。

「謝謝。」彌生子點頭致意，「這是我唯一的樂趣。」

「彌生子小姐，妳這家店開幾年了？」

「嗯，幾年啦？」她扳著手指，「十四年吧……對，沒錯，明年二月就十四年了。」

「還撐滿久的嘛，妳還是最適合做這一行，是吧？」

「哈哈哈！」她笑了，「也許吧，之前的咖啡館三年就倒了。」

「當鋪的工作妳也從來不幫忙吧？」

「對呀，那是我最討厭的工作，跟我的個性完全不合。」

即使如此，她還是當了將近十三年的當鋪老闆娘。她認爲那是自己一生最大的錯誤。如果沒嫁給桐原，繼續在北新地的酒吧工作的話，現在不知道掌管多大的店。

丈夫洋介遭人殺害後，當鋪暫時由松浦管理。但不久家族便召開了會議，當鋪改由洋介的堂弟主事。桐原家原本就代代經營當鋪，由親戚聯合成立了好幾家「桐原當鋪」。洋介身故後，彌生子也不能爲所欲爲。

沒多久，松浦便辭掉店裡的工作。據接手的新老闆，也就是洋介的堂弟說，松浦盜用了店裡不少錢，但數字方面的事情彌生子根本不懂。事實上，她對這些毫不關心。

彌生子把房子和店面讓給堂弟，利用那筆錢在上本町開了一家咖啡館。那時她打錯了一筆如意算盤，那便是「桐原當鋪」的土地是在洋介大哥名下，並非洋介所有。換句話說，土地是借來的。這件事彌生子直到當時才知道。

咖啡館剛開店時相當順利，但過了半年客人便開始減少，後來更是每下愈況，原因不明。彌生子試著更新品項、改變店內裝潢，生意仍然一蹶不振。不得已只好刪減人事費，卻導致服務品質降低，客人更不肯上門了。

最後，不到三年便收店了。那時候，當酒店小姐時的朋友說天王寺有家小吃店，問她願不願意試試看。條件很好，既不需要權利金，裝潢設備也都是現成的。她立刻答應了，那就是現在這家店。這十四年來，彌生子的生活全靠這家店支撐。一想到如果沒有這家店，即使是現在，她仍怕得汗毛直豎。只不過她這家店才剛開張，「太空侵略者」便風靡全國，客人爭先恐後地進咖啡館都不是爲了喝咖啡，而是爲了遊戲，那時候她倒是因爲收掉前一家咖啡館而後悔得咬牙切齒。

「妳兒子怎麼樣了？還是一樣沒消息嗎？」笹垣問。

彌生子的嘴角垮了下來，搖搖頭，「我已經死心了。」

「今年幾歲啦？正好三十嗎？」

「天曉得他幾歲，我都忘了。」

笹垣從彌生子開店的第四年，便偶爾來訪。他本來是負責偵辦洋介命案的刑警，但他幾乎不曾提起那件案子，只是他每次一定會問起亮司。

亮司在「桐原當鋪」一直住到國中畢業。彌生子那時候滿腦子都是咖啡館的生意，不必照顧

兒子倒是幫了她大忙。

約與彌生子開始經營這家店同時，亮司離開了「桐原當鋪」。但是他們並沒有就此展開母子相依爲命的溫馨生活。她必須陪喝醉的客人直到半夜，接著倒頭大睡。起床時總是過了中午時分，簡單吃點東西，洗個澡化了妝後，便得準備開店。她從來沒有爲兒子做過半次早餐，晚餐也幾乎都是外食。就連母子碰面的時間，一天可能都不到一小時。

後來，亮司外宿的情況愈來愈頻繁。問他住哪裡，只得到含糊不清的回答。但學校或警察從來不曾找上門來說亮司惹了麻煩，彌生子就沒有放在心上。她應付每天生活就已經疲憊不堪。

高中畢業典禮那天早上，亮司照常準備出門。難得在早上醒來的彌生子，在被窩裡目送他。平時總是默默離家的他，只有那天在門口回頭，然後對彌生子說，「那我走了。」

「嗯，路上小心。」睡得昏昏沉沉的她回答。

結果這成爲他們母子最後一次對話。好幾個小時後，彌生子才發現梳妝台上的便條紙，紙上只寫著「我不會回來了」。一如他的留言，他始終沒有回來。

若眞要找他，當然不至於無從找起，但彌生子並沒有積極去找。儘管寂寞，她心裡也覺得這樣的局面其來有自。她自知自己從來沒有盡過母親應盡的責任，也明白亮司並不把自己當母親。

彌生子懷疑自己是不是天生缺乏母性。當初會生下亮司並不是因爲想要孩子，唯一的原因是她沒有理由墮胎。她嫁給洋介，也是因爲以爲往後不必工作就有好日子。然而，妻子與母親的角色，遠比她當初預期的枯燥乏味。她想當的不是妻子或母親，她希望自己永遠都是女人。

亮司離家後三個月左右，她和一個男人有了深入的關係，他是經營進口雜貨的。他讓彌生子寂寞的心靈得到慰藉，實現了她希望再當女人的願望。

她和男人大約同居了兩年，分手的原因是男子必須回他本來的家。他已婚，家室在……市。之後，她和好幾個男人交往、分手，現在是孤家寡人。生活很輕鬆，有時卻寂寞難耐。這樣的夜晚，她便會想起亮司。但她不准自己興起想見他的念頭，她知道自己沒有那種資格。

笹垣叼了根 SEVEN STAR，彌生子迅速拿起陽春打火機，幫他把香菸點著。

「吶，後來都幾年了？從妳老公被殺之後。」笹垣抽著菸問。

「二十年左右吧……」

「仔細算是十九年，眞是好久以前的事了。」

「是啊，笹垣先生退休了，我也變成老太婆了。」

「都過了這麼久了，怎麼樣，有些事情應該可以說了吧？」

「什麼意思？」

「我是說，有些事那時候不能說，現在可以說了。」

彌生子淡淡一笑，拿出自己的菸，點著火，朝著燻黃的天花板吐出細細的灰煙，「你這說法眞奇怪，我可是什麼都沒有隱瞞。」

「是嗎？我倒是有很多地方想不通。」

「你還放不下那個案子？眞有耐性。」彌生子以指尖夾著菸，輕輕倚著身後的櫃子。不知從何處傳來背景音樂。

「案發當天，妳說和店員松浦還有亮司三個人在家。那是眞的嗎？」

「眞的啊。」彌生子拿起菸灰缸，抖落菸灰，「關於這點，笹垣先生不是查得快爛了嗎？」

「查是查了，但是能具體證明的只有松浦的不在場證明。」

「你是說，人是我殺的嗎？」彌生子從鼻子裡噴出煙。

「不，妳跟他在一起吧。我懷疑的是你們三個人在一起這一點，事實上，是妳和松浦在一起，是不是？」

「笹垣先生，你到底想說什麼？」

「妳和松浦有一腿吧？」笹垣喝光玻璃杯裡的啤酒，要彌生子不必幫他倒酒，自己動手。「不必再隱瞞了吧？已經是過去的事了。事到如今，沒有人會說三道四了。」

「這時候才問過去的事，要做什麼？」

「不做什麼，只是想把事情想通而已。命案發生時，去當鋪的客人說門上了鎖。關於這件事，松浦的說法是他進了保險庫，而妳和兒子在看電視。但是這不是事實，其實妳和松浦在裡面房間的床上，是不是？」

「你說呢？」

「果然被我說中了。」笹垣不懷好意地笑著喝啤酒。

彌生子不慌不忙地繼續抽菸。看著飄蕩的煙，思緒也跟著飄忽起來。

她對松浦勇並沒有多少感情，只是每天無所事事，心裡很著急，深怕再這樣下去，自己將不再是個女人。所以當松浦追求時，她便索性接受了。他一定也是看穿了她的空虛，才找上她吧。

「妳兒子在二樓嗎？」笹垣問。

「咦？」

「我是說亮司，妳和松浦在一樓後面的房間，當時那孩子在二樓吧？你們擔心他突然闖進來，才把樓梯門加掛的鎖鎖上。」

「加掛的鎖？」話說出口後，彌生子才用力點頭，「對喔，聽你這麼一說，樓梯的門上的確加掛了一道鎖。不愧是刑警先生，記得這麼清楚。」

「怎麼樣？那時候亮司在二樓吧？但是爲了隱瞞妳跟松浦的關係，你們決定對外宣稱他也在一起。是不是這樣？」

「你要這麼想，那就隨你吧，我什麼都不會說的。」彌生子將變短的菸在菸灰缸裡摁熄，「要再開一瓶啤酒嗎？」

「好啊，開吧。」

笹垣吃著花生配新開的啤酒，彌生子也陪他一起喝。一時之間，兩人默默無言。

彌生子再次想起當時的情形。一切正如笹垣所說，命案發生時，她與松浦好事方酣，亮司在二樓，樓梯的門上了鎖。

但是——當警察問起不在場證明時，最好說亮司也在一起——這是松浦提議的，這樣警察才不會胡亂猜測。商量的結果，決定說那時候彌生子和亮司在看電視，看的是一齣鎖定男孩觀眾的科幻劇。節目內容在當時亮司訂閱的少年雜誌裡有相當詳細的介紹，彌生子和亮司看雜誌記住了節目的內容。

「宮崎不知道會怎麼樣。」笹垣突然冒出一句。

「宮崎？」

「宮崎勤。」

「哦。」彌生子撥動長髮，感覺手上纏著落髮，一看原來是白髮纏在中指上。她悄悄讓頭髮掉落在地上，不讓笹垣發現。「死刑吧，那種壞蛋。」

「幾天前的報紙上報導了公開判決的結果。好像是說犯案前三個月，他敬愛的爺爺死了，失去了心靈支柱什麼的。」

「那算什麼，要是每個人這樣就要去殺人，那還得了？」彌生子點起另一根菸。

一九八八至八九年間，日本埼玉及東京接連有四名女童遭到殺害。彌生子透過新聞知道這樁所謂「連續誘拐女童命案」正在審判中。辯方以精神鑑定的結果提出反證，但對於專挑女童下手的心態，她並不感到特異。她早就知道具有這種變態心理的男子不在少數。

「如果能早點知道那件事就好了。」笹垣低聲說。

「那件事？」

「妳老公的興趣。」

「哦……」彌生子想笑，臉頰卻怪異地抽筋了。

她這才明白，原來笹垣是爲了引出這個話題，才提起宮崎勤的。

「那件事能有什麼幫助嗎？」她問。

「何止是幫助，要是命案當時就知道，調查內容就會有一百八十度的改變。」

「這樣啊。」彌生子吐了一口煙，「話是這麼說沒錯……」

「是啦，那時候當然說不出口。」

「是啊。」

「也不能怪妳啊，」笹垣伸手貼住變寬的額頭，「結果這一耗就是十九年。」

彌生子強忍住，沒有問這句話是什麼意思。笹垣心裡恐怕藏了什麼祕密吧，但事到如今，她也不想知道。

接著又是一陣沉默。當第二瓶啤酒剩下三分之一時，笹垣站起來，「那我走了。」

「謝謝你這麼冷的天還來，想到了再來坐坐。」

「是啊，我下次再來。」笹垣付了帳，穿上外套，圍上棕色的圍巾，「雖然早了點，不過祝妳新年快樂。」

「新年快樂。」彌生子露出和悅的笑容。

笹垣握住舊木門的門把，卻在開門前回頭，「他真的在二樓嗎？」

「啊？」

「亮司，他真的一直在二樓嗎？」

「你到底在說什麼呀？」

「沒什麼，打擾了。」笹垣打開門離去。

彌生子望著門半晌，在身旁的椅子坐下來。身上起的雞皮疙瘩，並不光是外面滲進來的冷風造成的。

小亮好像又出去了——松浦的聲音在耳邊響起。他壓在彌生子身上，鬢邊冒著汗水。

松浦是聽到有人踩著屋瓦的聲音才這麼說的。彌生子也早就知道，亮司會從窗戶爬到屋外，沿著屋頂跑出去。但她從來沒有念過亮司這件事，他不在家，她才方便與情郎幽會。

那天也是一樣。他回來的時候，瓦片發出了輕微聲響。

但是……

那又怎麼樣呢？這樣又能說亮司做了什麼呢……？

14

店門口有聖誕老人發送卡片，店內持續播放著改編爲古典曲風的聖誕歌曲。聖誕節、年底再加上開幕優惠等因素交互作用，店內擠得舉步維艱。放眼望去，來客幾乎都是年輕女性，笹垣心想，眞像是成群昆蟲圍繞著花朵。

篠塚雪穗所經營的「R&Y」大阪一店，今天盛大開幕。這裡和東京的店面不同，「R&Y」占了整棟大樓，賣場裡不僅有服裝，也有飾品、包包與鞋子的專賣樓層。笹垣雖然不懂，但據說店內全都是高級名牌。社會上各處正飽受泡沫經濟破滅之苦，這裡卻採取反其道而行的行銷手法。

一樓通往二樓的手扶梯旁有個喝咖啡的空間，顧客可在此休息片刻。一個小時前，笹垣便坐在靠邊的桌位俯瞰一樓。天黑後人潮絲毫未見減少。他也是排了相當久的隊，才得以進入。現在入口依然大排長龍，深怕遭店員白眼，笹垣點了第二杯咖啡。

和他隔著桌子相對而坐的，是一對年輕人。在旁人看來，應該是一對年輕夫妻和其中一位的父親吧。男子小聲對他說，「還是沒有現身呢。」

「嗯。」笹垣微微點頭，眼睛仍望著樓下。

這對年輕男女都是大阪府警本部的警官，男方還是搜查一課的刑警。

笹垣看看鐘，營業時間就要結束了。

「現在還不知道。」他喃喃地說，不是與對方說話，而是自言自語。

他們在這裡等的，自然是桐原亮司。一旦發現他，便要立刻捉拿。現階段尚無法逮捕，但必須先將他拘押。已從刑警崗位退休的笹垣對他了解至深，來此協助辦案。當然，這是搜查一課課長古賀安排的。

桐原涉嫌殺人。

當笹垣在篠塚家看到仙人掌盆栽裡的玻璃碎片，有個東西便從他的腦海裡閃過，那便是松浦勇失蹤時的服裝打扮。有好幾個人供稱「他經常戴著綠色鏡片的雷朋太陽眼鏡」。

笹垣拜託古賀調查玻璃碎片。他的直覺是正確的，那的確是雷朋的鏡片，而且上面殘留的一小塊指紋，也與松浦房間採得的本人指紋極爲近似。一致率高達百分之九十八以上。

盆栽裡爲何會有松浦的太陽眼鏡碎片？依照推測，應該是仙人掌原先的主人唐澤禮子將土壤放進花盆時，鏡片便已混在土中。那麼那些土壤是從哪裡來的？如果不是購買園藝專用土壤，採用自家庭院的土壤應該是最合理的推測。

話雖如此，要挖掘唐澤家的庭院需要搜索令。光靠如此薄弱的證據，難以判斷應否做出如此大膽的決定。最後，搜查一課課長古賀毅然同意。目前唐澤家無人居住雖是一大因素，但笹垣解釋爲古賀相信退休老刑警的執著。

搜索於昨日進行。唐澤家庭院最靠牆處，有裸露的土壤。調查老手幾乎毫不猶豫地從那裡動手挖掘。

開挖約兩個小時後，發現了一具白骨。屍體身上沒有衣物，約已死亡七、八年。

大阪府警已尋求科學搜查研究所(*1)協助，確認死者身分。方法有好幾種，至少要證明是否爲松浦勇應該不難。

笹垣確信死者便是松浦，因爲他聽說白骨的右手小指上戴著一只白金戒指。松浦手上戴著那

只戒指的模樣，回想起來如同昨日一般清晰。

而且屍體右手上還握有另一項證據。化為白骨的手指上，纏著數根人類毛髮。推測應是打鬥之際，從對方頭上扯斷的。

問題是，能否判斷那是桐原亮司的頭髮。一般的情況，可依毛髮的顏色、光澤、軟硬、粗細、髓質指數(*2)、黑色素顆粒的分布狀態、血型等要素辨識毛髮的所有人。但是這次發現的毛髮是數年前便掉落的，能做出何種程度的判斷還是未知數，但古賀對此已做好準備。

「要是真的不行，就拜託科學警察研究所(*3)。」他這麼說。

古賀打算做DNA鑑定。以基因的組成分子DNA的排列異同進行身分辨識的方法，近一、兩年已在幾起案件中應用。警察廳預定在未來四年內將此系統導入全國各級警政單位，但目前仍由科學警察研究所一手包辦。

笹垣不得不承認時代變了。當鋪命案之後過了十九年，這些年的歲月讓一切都變了樣，連辦案手法也不例外。

然而關鍵在於找出桐原亮司。如果無法逮捕他，空有證據也沒有意義。

笹垣提議對篠塚雪穗展開監視，因為槍蝦就在蝦虎魚身邊──他至今仍如此堅信。

「雪穗精品店開幕當天，桐原一定會現身。在大阪開店對他們兩人有特殊意義，再說雪穗在東京也有店要照顧，不能經常來大阪。他們一定不會錯過開幕日。」笹垣向古賀如此強力主張。

古賀接受了這位退休刑警的意見。今天從開店起，便由好幾組調查人員輪流交班，且不時更換地點，持續監視「R&Y」。笹垣一早便與調查人員同行，約一個小時前，他人在對面的咖啡館。但桐原完全沒有現身的跡象，他便來到店裡。

「桐原現在還用秋吉雄一這個名字嗎？」男刑警低聲問道。

「這個就不知道了，可能已經改用別的名字也不一定。」

回答後，笹垣想著不相關的另一件事——秋吉雄一這個假名。

他一直覺得這個名字似曾相識，終於在不久前知道了原因。

這個名字，是他從少年時代的菊池文彥口中聽說的。

菊池文彥因強暴案遭警方懷疑，是桐原亮司的證詞還他清白。但當初為什麼會遭到懷疑？因為有人向警方告密，現場遺落的鑰匙圈為菊池文彥所有。菊池說那個「叛徒」叫秋吉雄一。

桐原為什麼選這個名字當作他的假名？其中原因只有問本人才知道，但笹垣有他的看法。桐原多半自知自己的生存建立在背叛一切的基礎上。所以才帶著幾分自虐的想法，自稱秋吉雄一。

只是事到如今，這些都不重要了。

桐原陷害菊池的理由，笹垣可說有全盤解開的把握。菊池手中的那張照片，對桐原極為不利。據說照片裡拍到桐原彌生子與松浦勇幽會的情景。若是菊池將照片交給警方，會造成什麼影

*1 日本警視廳及各道府縣警察本部均設有科學搜查研究所，負責勘驗犯罪現場、證物蒐集及鑑定等工作。

*2 頭髮依其組成可分為三層，由內而外依序為毛鱗層、皮質層與髓質層，髓質指數為髓質寬度與毛髮寬度比值。

*3 科學警察為日本警方技術部門，總部為東京科學警察研究所，在各道府縣設搜查科學研究所，主要負責犯罪現場的科學調查與犯罪偵查技術的研發。

響？調查可能因此重新展開。桐原擔心失去命案當天的不在場證明，既然彌生子與松浦忙於私會，那麼桐原便是一個人獨處。以客觀的角度考量，警方不可能會懷疑當時仍是小學生的他，但他仍希望隱瞞此事。

昨晚和桐原彌生子碰面後，笹垣更相信自己的推理。那天，桐原亮司獨自待在二樓，但他並非一直待在那裡。在那片住宅密集的區域，正如同小偷能輕易由二樓入內行竊般，要從二樓外出也不難。他自屋頂攀緣而下，又循原路回去。

這段期間，他做了什麼……？

店內開始播放營業時間即將結束的廣播。如同暗號般，人潮突然改變了流向。

「看來是不行了。」男刑警說，女警也以抑鬱的表情環顧四周。

警方擬定的步驟是，若未發現桐原亮司，今日便要傳訊篠塚雪穗。但笹垣反對這麼做，他不認爲雪穗會透露任何有助於案情的訊息。她必定做出足以騙過任何人的驚訝表情，「我娘家院子裡發現白骨？實在令人難以置信。這不是眞的吧？」她這麼一說，警方便束手無策。七年前新年松浦遇害時，唐澤禮子應邀至雪穗家，這一點已得到高宮誠的證明。但是沒有任何證據證明雪穗與桐原間有所關聯。

「笹垣先生，你看那個……」女警悄悄指了指。

往那個方向一看，笹垣不禁睜大了眼睛。雪穗正緩步在店裡走動，她穿著一襲純白套裝，臉上露出堪稱無上的微笑。那已超越了美，是她身上的光芒，瞬間吸引了四周的客人和店員的眼光。有人在經過後還回頭觀望，有人看著她竊竊私語，還有人以憧憬的眼神望著她。

「眞是女王。」年輕刑警低聲說。

然而在笹垣眼裡，女王般的雪穗卻和另一個截然不同的身影重疊在一起——在那間老舊公寓遇到的她。那個無依無靠，不肯打開心扉的女孩。

如果早點知道那件事的話——昨晚他向彌生子說的同一句話，又在他心中迴響。

彌生子是在五年前向他提起那件事的，當時她醉得相當厲害。正因爲醉得厲害，才會毫不隱瞞地告訴他。

「現在我才敢說，我老公那方面根本就不行。其實他本來不是那樣子，是後來慢慢變了。他不碰女人，卻碰那些……要怎麼說？走偏鋒。那叫戀童癖，是不是？對小女孩有興趣。還向有門路的人買了一大堆那類的怪照片。那些照片？他一死，我馬上就處理掉了，這還用說嗎？」

她接下來的話，更令笹垣驚愕。「有一次，松浦跟我講一件很奇怪的事。他說老闆好像在買女孩子。我問他買女孩子是什麼意思，他告訴我說，就是出錢叫年紀很小的小女生跟他上床。我嚇了一跳，說有那種店啊，松浦笑我，說老闆娘以前明明是那一行出身的，卻什麼都不知道，這年頭，爸媽都賣女兒來過日子了。」

聽到這些話時，笹垣腦海裡颳起了一陣風暴，一切的思考都混亂了。但在風暴過後，過去絕望地看不見的東西，如撥雲見日般清晰可見。

彌生子的話還沒有說完，「不久，我老公開始做些莫名其妙的事。跑去問認識的律師，要領養別人的孩子當養女，要辦哪些手續？當我拿這件事質問他，他就大發脾氣，說這跟妳無關，這樣還不夠，還說要跟我離婚。我想，那時候他的腦袋大概就有問題了。」

笹垣認爲，這是決定性的關鍵。

桐原洋介經常前往西本母女的公寓，目的並不在於西本文代，他看上的是女兒。想必他曾數

度買過女兒的身體，那老公寓裡的房間，便是用來進行這種醜惡交易的地點。

這時，笹垣理所當然產生了一個疑問。

那就是，客人是否只有桐原洋介一個？

好比死於車禍的寺崎忠夫又如何？專案小組將他視爲西本文代的情人，但是沒有人能夠斷定寺崎沒有與桐原洋介相同的癖好。

遺憾的是，如今這些都無法證明了。即使當時有其他嫖客，也無從追查了。

能夠確定的只有桐原洋介而已。

桐原洋介的一百萬圓，果眞是向西本文代提出的交易金額。但是那筆錢不是要她當情婦，而是領養她女兒的代價。想必是在數度買春後，他希望將她女兒據爲己有。

洋介離開後，文代獨自在公園盪鞦韆。她心裡又有什麼樣的思緒在擺盪？

而洋介和文代談完後，便前往圖書館，迎接擄獲自己的心的美少女。

接下來的經過，笹垣能夠在腦海裡清楚地描繪。桐原洋介帶著女孩，進入那棟大樓。女孩曾經抵抗嗎？笹垣推測，可能沒有。洋介一定是這樣對她說的，我已經付了一百萬給妳媽媽了……

連要想像在那個塵埃遍布的房間裡發生了什麼樣的事，都令人厭惡，然而如果有人看到那幅光景的話……

笹垣不相信亮司當時是在通風管中遊玩，從自家二樓離開的他，應是走向圖書館。他可能經常這樣和雪穗碰面，向她展示自己拿手的剪紙。唯有那座圖書館，是他們兩人的心靈休憩之處。

但是那天亮司卻在圖書館旁看到奇怪的景象，自己的父親和雪穗走在一起。他尾隨兩人，而他們走進了那棟大樓。

他們在裡面做些什麼？男孩感覺到一股無法形容的不安。要窺伺他們只有一個辦法，他不假思索地爬進通風管。

就這樣，他可能看到了最不堪的一幕。

那一瞬間，在男孩心中，父親只是一頭醜惡的野獸。他的肉體一定被悲傷與憎惡所支配了。至今，笹垣仍記得桐原屍體所受的傷，那些傷痕，也是男孩心頭的傷。

殺害父親後，亮司讓雪穗逃走。會在門後堆放磚塊，應該是小孩子絞盡腦汁想出來的做法，希望藉此多少延遲命案被發現的時間。之後，他再度鑽進通風管。一想到他是抱著什麼樣的心情在通風管中鑽動，笹垣便感到心痛。

事後，他們兩人如何協調約定，不得而知。笹垣推測，多半沒有協調約定這回事，他們只是想保護自己的靈魂而已。結果雪穗從不以眞面目示人，而亮司至今仍在黑暗的通風管中徘徊。

亮司殺害松浦的直接動機，應該是因爲松浦握有他的不在場證明的祕密。松浦或許是在某個機會下，發現亮司可能犯下弒父的罪行。而他極可能向亮司暗示此事，脅迫他參與那次仿冒遊戲的行動。

但笹垣認爲他還有另一個動機。因爲沒有人能夠斷定桐原洋介的孌童癖，不是肇始於彌生子的紅杏出牆。在那個二樓的密室中，亮司必然被迫聽見無數次母親與松浦之間的醜態。都是那個男人，害我的父母發狂了——即使他如此認定也不足爲奇。

「笹垣先生，我們走吧。」

刑警的招呼聲讓他回過神來，四下一看，咖啡館裡已經沒有其他客人了。

沒有出現啊……

心裡感到一陣空虛。他覺得，如果今天沒有在這裡找到桐原，就再也抓不到他了，但是他總不能賴在這裡不走。

「走吧。」他無奈地支撐起沉重的身軀。

走出咖啡館，笹垣與這對男女一同搭上手扶梯。客人三三兩兩開始離去。店員似乎為開幕第一天的優惠活動圓滿落幕而心滿意足。在店面發卡片的聖誕老公公搭著上行的手扶梯，他看來也帶著一身愉快的疲憊。

下了手扶梯後，笹垣掃視店內一周，不見雪穗的蹤影。這時候或許已經開始計算今天的營業額了吧。

「辛苦了。」走出店門前，男刑警悄聲說。

「哪裡。」笹垣說著，微微點頭。之後就只能交給他們了，交給年輕的一輩。

笹垣和其他客人一起離開店裡。假扮情侶的刑警迅速離開他身邊，走向在其他地點監視的刑警。也許接下來他們便要去找雪穗進行偵訊。

笹垣拉攏外套，邁開腳步。走在他前面的是一對母女，她們似乎也是從「R&Y」出來的。

「收到一個好棒的禮物呢，回去要給爸爸看哦。」母親對孩子說道。

「嗯。」點頭回答的是一個三、四歲的小女孩，她手裡拿著東西，輕飄飄地晃動。

一瞬間，笹垣睜大了眼睛。女孩拿的是一張紅色的紙，剪成一隻漂亮的麋鹿。

「這個……這是哪裡來的？」

他從小女孩身後抓住她的手。應是母親的女子露出害怕的神情，想保護自己的女兒。

「有……有什麼事？」

小女孩似乎隨時會放聲大哭，路過的行人無不側目。

「啊！對不起。那個，請問……這是哪裡來的？」笹垣指著小女孩手裡的剪紙問。

「哪裡來的……送的啊。」

「哪裡送的？」

「就是那家店。」

「是誰送的？」

「聖誕老公公。」小女孩回答。

笹垣立刻轉身，不顧因寒氣而疼痛的膝蓋，全力狂奔。

店門已經開始關上了，刑警還在前面沒有離開。他們看到笹垣的模樣，臉色都變了。

「怎麼了？」其中一人問道。

「聖誕老人！」笹垣大喊，「就是他！」

刑警立刻反應過來，強行打開正要關上的玻璃門，進入店內。無視阻止他們的店員，踩著停止運作的手扶梯往上衝。

笹垣原本準備跟在他們身後入內，但下一秒，腦裡冒出另一個想法。他走進建物旁的小巷。眞蠢！我眞是太蠢了！我追他多少年了？他總是在人們看不見的地方守護雪穗，不是嗎……？

繞到建築物後面，看到一道裝設了鐵製扶手的樓梯，上方是一扇門。他爬上樓梯，打開門。眼前站著一個穿著黑色衣服的男子，對方似乎也因爲突然有人出現而吃驚。

那眞是一段奇異的時間，笹垣立刻知道眼前這個人就是桐原亮司。即使如此，他的身體不

動，嘴裡也沒出聲。但大腦的一角卻冷靜地判斷著，這傢伙也在想我是誰。然而這段時間大概連一秒鐘都不到。那名男子一個轉身，朝反方向跑。

「別跑！」笹垣在後面追。

穿過走廊就是賣場。刑警的身影出現了，桐原在陳列著包包的貨架中竄逃。「就是他！」笹垣大喊。

刑警一齊上前追趕。這裡是二樓，桐原正跑向已經停止的手扶梯，笹垣相信他逃不了了。但桐原並沒有跑上手扶梯，而是在那之前停下腳步，毫不遲疑地翻身往一樓跳。

耳裡聽到店員的尖叫，巨大的聲響接連傳來，好像有東西被撞壞了。刑警從停止的手扶梯飛奔而下。

幾秒後，笹垣也到達手扶梯。心臟快吃不消了，他按著疼痛的胸口，緩緩下樓。

巨大的聖誕樹倒下，旁邊就是桐原亮司。他整個人呈大字形，一動也不動。

有一名刑警靠近他，想拉他起來。但刑警的手停止動作，回頭看笹垣。

「怎麼了？」笹垣問，但對方沒有回答。

笹垣走近桐原，讓他臉部朝上。這時，尖叫聲再度響起。

有東西扎在桐原胸口。由於鮮血湧出難以辨識，但笹垣一眼就知道那是什麼。那是他視若珍寶的剪刀，改變他人生的那把剪刀。

「快送醫院！」只聽見有人這麼喊，奔跑的腳步聲再度傳來。但笹垣明白這些都是徒勞，他早已看慣屍體了。

感覺到有人，笹垣抬起頭來。雪穗就站在他身邊，如雪般白皙的臉龐正往下看。

「這個人……是誰？」笹垣看著她的眼睛問。

雪穗像個人偶般沒有表情，面無表情地回答，「我不知道。臨時工的僱用都交由店長全權負責。」

這句話還沒說完，一名年輕女子便從旁出現，臉色鐵青地以微弱的聲音說，「我是店長濱本。」

刑警開始採取行動。有些人採取維護現場的步驟，有些人準備對店長展開偵訊。另外有人搭著笹垣的肩，要他離開屍體。

笹垣腳步蹣跚地走出刑警的圈子。只見雪穗正由手扶梯上樓，她的背影猶如白色的影子。

她連一次都沒有回頭。

解說　陳國偉

在日光中泅泳，在夜色裡生存

（本文涉及情節及謎底，未讀正文請勿閱讀。）

沒有終點的白夜

看完《白夜行》的結局，相信大部分的讀者都跟我一樣，有著相當複雜的情緒。

在這裡面，可能摻雜了因爲看完日劇而期待著小說，但卻發現人物性格上的迥異而感到震驚；也有可能是看過了東野圭吾的《嫌疑犯X的獻身》、《信》等作，而充滿了對於作者書寫人性光明面的認同；當然，也可能是覺得所有的謎團並沒有隨著亮司的死亡完全解開，而產生了更多的疑惑。我們就像那些圍繞在亮司和雪穗身邊的人一樣，也在閱讀的過程中，被他們一一帶入白夜之中，墜入他倆所打造的陰陽魔界。

這部傳說中的名作，給予讀者的震撼，不僅在於東野圭吾以一種純然客觀的敘述視角，呈現出一連串讓人瞠目結舌的犯罪，甚至還透過赤裸裸的感官描寫，反襯出小說人物間異樣的距離感，以及其灰暗的心理狀態；甚至以懸宕、不完全明朗的結局，營造出小說的未盡之感。讓讀者在閱畢之後，仍繼續苦思著，他們之間眞的存在著這樣一個互利共生的關係嗎？爲什麼他們要做到這樣的地步？他們為何要不斷地掠奪周遭的人的幸福？只是因為他們童年的悲慘境遇所致，還是這其實是隱藏在普世人性中，隨時可能傾洩而出的惡意？

在死亡之後：東野流推理敘事美學

自一九八五年以《放學後》出道至今，東野圭吾已寫出超過五十部以上的推理小說，在二十多年的創作歷程中，我們可以看到作為一個推理文學的「思想者」(*1)，他如何在文體層次上進行各種嘗試，思索著新的小說敘述方式。雖然他仍遵循著推理小說那最古典的美學——從一個死亡開始，但他不僅止於滿足重新扶正時間順序，進而建構死亡的生成；而是在探究人物身世、記憶等過去的同時，也敘述死亡之後，犯罪者及關係人如何面對死亡帶來的餘波，他們的生命秩序該如何重新設定？他們的生命節奏將以更多的犯罪與死亡來推動，抑或是他們該如何在罪與罰的心靈荒原中逃亡？他們該如何在現實中自處？死亡究竟是為他們帶來了解脫，還是另一個懲罰輪迴的開始？

在《白夜行》中，東野更是讓這樣一種敘事美學，推演到最極致。從頭到尾，讀者看到的就是桐原洋介死亡之後，圍繞在亮司與雪穗身邊或明或暗的犯罪事件，就不曾暫歇。表面上看起來每個案件都是各自獨立的，但其背後卻有著神祕的連結，甚至似乎隱然形成一整個犯罪網絡。東野圭吾藉由各種安排，暗示某個被刻意隱瞞的關鍵，像是在魚水之歡中暴斃的花岡夕子，卻因為神祕女子的假扮證明，死亡時間被延後；或是雪穗買賣股票、開精品店的金錢來源不明，而亮司盜版機密軟體、管理系統卻又來自於雪穗丈夫的公司。因此，整部小說中第一個層次的謎團正在於，桐原亮司生命歷程中經由軟體盜版、機密竊取等一連串的智慧型犯罪，以及雪穗邁向上流社

會的華麗之路過程中，那些環伺在她身後的犯罪伏流，這兩條一明一暗、亮度迥異的犯罪線，之間所存在的「接點」，而我們才終於明白，自始至終，這其實就是一條完整而互補的犯罪線。

然而，隨著兩人的關係愈來愈明朗，愈逼近事件的眞相，我們卻愈來愈困惑，一個是被害者的遺族（桐原亮司），一個是嫌疑犯的後代（唐澤雪穗），理論上應該是劍拔弩張的衝突關係，爲何又會形成一個「犯罪生命共同體」？純粹只是利益的結合，還是說，這其實是兩個畸零人相互依偎取暖的方式？這裡面隱藏的眞相與動機又是什麼？我們才驚覺到，這兩位事件的發動者，他們共謀的動機，才是東野圭吾所意圖設定的謎團核心。而這一切，就得回到東野圭吾推理敘事美學上另一個層次的實踐：人本學的思考。

掠奪靈魂的生存之道

九〇年代初期的《宿命》之後，東野圭吾的小說中就隱然開發出一系列關於人性、命運與存在的「人本學」思索，不論是在《惡意》、《湖邊凶殺案》、《殺人之門》中對於人性善惡的主題，或是《信》中犯罪者家屬在現實社會中的存在困境，抑或《單戀》中的人與性別本質的討論，甚至是他直木獎的得獎作《嫌疑犯X的獻身》中以獻身作爲主體存在意義的實踐，都可以看出東野圭吾對於「人是什麼」、「人如何存在」問題思辨進化的痕跡。

我們可以看到，《白夜行》作爲這樣一個思考脈絡的階段代表，它不僅延續著《惡意》中對於人性黑暗面的挖掘，還更進一步讓這組「犯罪生命共同體」爲了自我生存，不斷地剝奪身邊的人的幸福與生命，他們的邪惡與罪愆，幾乎到了罄竹難書的地步。一個是遊走在白日的道德邊界的華麗女王，一個則是躲藏於社會正義暗影間隙的社會害蟲，他們無所不用其極地成就自我，以他人的幸福獻祭，在這樣一個尋找不到救贖可能的層面上，可以說是演繹出東野圭吾最極致的「極惡物語」。

然而，東野圭吾給予了他們一個行爲的原型基礎，他們一切的惡，來自於他們的父母。父母親不僅給予了孩子生命，但又爲了自己的慾望，孕育出孩子心中的憤怒與惡意。篠塚一成詢問笹垣刑警爲什麼他們要不斷製造出同樣形式的強暴襲擊時，笹垣的回答正說明了一切，「因爲她相信這種作法，能夠輕易奪走對方的靈魂」、「而殺害當鋪老闆的動機，多半便隱藏在讓他們深信如此的根源中」。

因爲脆弱的純眞受到傷害，所以必須捨棄而堅強，因爲堅強，所以必須自過去、自記憶逃亡，從無視人間的律法道德，一直到狼狽不已、泯滅人性。沒有了靈魂，也就等於失去了「心」，喪失了善良／道德感的可能，只剩下腦所能夠製造的智慧，智慧不見得能夠保證善良，但卻可以確保犯罪的可行，讓他們一步步走入暗夜之中。即便他們有彼此作爲頭上的太陽，但相互守護的陽光因爲沒有了靈魂的良善，而無法彼此淨化，反而更顯映出自我內在靈魂的空乏？所以只好以更多的惡意來塡補，以他人的純潔靈魂作爲代償，以此作爲生存之道。

如果有機會回頭，他們會願意仍如此選擇嗎？或者我們應該說，他們眞的有選擇嗎？亮司不能選擇自己有著戀童癖的父親，雪穗無法抗拒母親將自己賣給洋介當養女，推入更深的人間地獄。他們只能選擇自己變身爲醜陋的生物——殺害自己的父母，讓自己背負原罪；或是選擇在他

*1　此一概念我曾在東野圭吾的另一本小說《單戀》的解說〈W／M的悲劇〉一文中說明過，詳情請參閱該文。

人的眼光中，被催化為醜陋的生物——抱著被忽略的可能，求助警察或社福團體（七〇年代的日本顯然不可能有這樣的體系），然後被同伴指點著：原來這就是被性侵害的少女、原來這就是禽獸父親的兒子（即使沒有背負這樣的罪名，但後來仍是流言四竄，甚至出現威脅）。在日本那樣以恥文化為社會規儀核心的社會，這種恥辱，只會從父母的身上，轉移為孩子的形象，只會更加深刻，不可能消失。

那一條綿延不絕的墮落之路，一如松本清張所說的「獸道」，是東野圭吾認為他們唯一的求生之道。是啊，因為我們早已看到，現實中無所不在的歧視證明了，陽光下的獸道可能比白夜裡的獸道，更刺眼、傷人。他們無法選擇天童荒太《永遠的仔》裡的孩子相互舔舐傷口的人生，而選擇正面迎擊宿命，對他們來說，是積極的，但對他們周遭的人來說，卻是不幸的。

永遠不再

小說的最後，亮司縱身一跳，在雪穗的面前絕命，他選擇保護她，將一切祕密帶走；而雪穗掉過頭去，走上了樓，一次都沒有回頭，彷彿與她無關，繼續擁抱她的華麗人生。

也許有人會問，為什麼作惡多端的他們沒有受到法律的制裁，這樣人間的公理正義又何在呢？然而，眞的是如此嗎？失去了太陽的雪穗，眞的能夠繼續活得耀眼嗎？當犯罪生命共同體裂解，失去最大的支柱後，她如何選擇新的靈魂吞噬，去塡補她空洞的肉身，製造出她新的替身呢？

失去了亮司，那生命中唯一的光，雪穗也就失去了存在的憑藉，或許這才是對她最嚴厲、且唯一的制裁方式。她失去了頭頂的太陽，連走在白夜裡都不復可能，只能永遠躲藏在黑夜中，再也無法找回任何一點點眞實。

本文作者介紹

陳國偉，筆名遊唱，新世代小說家、推理評論家、MLR推理文學研究會成員，現爲國立中興大學台灣文學與跨國文化研究所副教授，並執行多個有關台灣與亞洲推理小說發展的學術研究計畫。

國家圖書館出版品預行編目資料

白夜行／東野圭吾著；劉姿君譯. -- 四版. - 台北市：獨步文化, 城邦文化事業股份有限公司出版：英屬蓋曼群島家庭傳媒股份有限公司城邦分公司發行
面； 公分. --（東野圭吾作品集；13）
譯自：白夜行
ISBN 9786267226957（平裝）
9786267226933（EPUB）
861.57 112018773

東野圭吾作品集13 白夜行

原著書名／白夜行
原出版社／集英社
作者／東野圭吾
翻譯／劉姿君
責任編輯／詹凱婷
編輯總監／劉麗真
校稿協力／許瀞云

事業群總經理／謝至平
榮譽社長／詹宏志
發行人／何飛鵬
出版／獨步文化
城邦文化事業股份有限公司
115台灣台北市南港區昆陽街16號4樓
電話：(02) 2356-0933　傳真：(02) 2351-9179; (02) 2351-6320
發行／英屬蓋曼群島商家庭傳媒股份有限公司
城邦分公司
115台灣台北市南港區昆陽街16號5樓
讀者服務專線：(02) 2500-7718; 2500-7719
24小時傳真服務：(02) 2500-1990; 2500-1991
服務時間：週一至週五上午09：30-12：00; 下午13：30-17：00
讀者服務信箱E-mail：service@readingclub.com.tw
劃撥帳號／19863813
戶名／書虫股份有限公司

香港發行所／城邦（香港）出版集團有限公司
香港灣仔駱克道193號東超商業中心1樓
電話：(852) 2508631　傳真：(852) 25789337
E-mail: hkcite@biznetvigator.com
馬新發行所／城邦（馬新）出版集團【Cite (M)Sdn. Bhd. (458372 U)】
11,Jalan 30D/146, Desa Tasik,
Sungai Besi, 57000 Kuala Lumpur Malaysia
電話：603-9056 3833　傳真：(603) 9056 2833

Printed in Taiwan

封面設計／高偉哲
排版／游淑萍
印刷／鴻霖印刷傳媒股份有限公司
□2024年1月四版一刷
□2024年9月9日二版四刷
售價／740元